Micaela Jary
Wie ein fernes Lied

PIPER

Zu diesem Buch

Hamburg, 1939: Die schnellen Rhythmen, die Klänge von Saxophon, Bass und Trompete – keine andere Musik geht Marga so sehr in die Beine wie amerikanischer Swing. Am meisten begeistert sie das Klarinettenspiel ihres Jugendfreunds Michael, der regelmäßig mit seiner Swingband in den Tanzlokalen Hamburgs auftritt. Seit sie denken kann, himmelt sie den Sohn ihrer jüdischen Nachbarn an. Doch der Zweite Weltkrieg wirft seine dunklen Schatten voraus, und Michael sieht sich aufgrund seiner Herkunft gezwungen, in Paris unterzutauchen. Wird ihre Liebe den Krieg überdauern – wie ein Lied in der Ferne, das niemals verklingt?

Paris, 1999: Um sich ihr Musikstudium zu finanzieren, spielt die junge Pianistin Andrea regelmäßig in Hotellobbys und Cafés. Dabei bemerkt sie immer wieder einen alten Mann, der stundenlang ihrer Musik lauscht. Wer ist der einsame Zuhörer, und weshalb flieht er aus dem Café, als sie ihn ansprechen möchte? Andrea beschließt, dem merkwürdigen Verhalten des alten Mannes auf den Grund zu gehen, und stößt dabei auf die Geschichte zweier Liebender in den unheilvollen Zeiten des Zweiten Weltkriegs.

Micaela Jary wurde als Tochter des Filmkomponisten Michael Jary in Hamburg geboren. Sie wuchs in der Welt des Kinos und der Musik auf und arbeitete als Zeitungsredakteurin, ehe sie sich ganz der Schriftstellerei widmete. Seit vielen Jahren schreibt sie nun erfolgreich Bücher. Durch ihren Vater lernte sie viele Größen des Swing der 30er- und 40er-Jahre persönlich kennen, die sie zu dem Roman »Wie ein fernes Lied« inspirierten. Sie lebte lange in Paris und wohnt heute mit Mann und Hund in Berlin und München.

Micaela Jary

WIE EIN FERNES *Lied*

Roman

Piper München Berlin Zürich

Mehr über unsere Autoren und Bücher:
www.piper.de

Von Micaela Jary liegen im Piper Verlag vor:
Wie ein fernes Lied
Sterne über der Alster

Hören Sie hier in die schönsten Swingsongs des »Kammertanzorchesters Michael Jary« hinein:
http://www.piper.de/buecher/wie-ein-fernes-lied-isbn-978-3-492-30613-3

MIX
Papier aus verantwortungsvollen Quellen
FSC® C083411

Originalausgabe
August 2015

Umschlaggestaltung: Mediabureau Di Stefano, Berlin
Umschlagabbildung: Peter Ogilvie
Satz: Fotosatz Amann, Memmingen
Gesetzt aus der Aldus
Druck und Bindung: CPI books GmbH, Leck
Printed in Germany ISBN 978-3-492-30613-3

Ganz still, zuweilen wie ein Traum
Klingt in dir auf ein fernes Lied.
Du weißt nicht, wie es plötzlich kam,
du weißt nicht, was es von dir will.
Und wie ein Traum ganz leis und still,
verklingt es wieder, wie es kam.

Cäsar Flaischlen
(1864–1920)

HAMBURG JUNI 1939

1

Die Menschen starrten sie an, als wäre sie nicht ganz bei Trost. Doch Marga tat nichts Unrechtes. Sie liebte nur den Jazz. Musik, die in die Beine ging und den Kopf zudröhnte, bis jeder Gedanke erfüllt war von den Tönen, und den Alltag ausschloss wie hinter einer schalldichten Tür.

Eine Konsequenz daraus war, dass sie sich bei besonderen Gelegenheiten wie Eleanor Powell in den *Broadway-Melodie*-Filmen kleidete. In dem für sie umgearbeiteten Frack ihres Vaters wirkte Margas schlanke Statur schmaler, fast jungenhaft. Das Schwarz des Anzugs bildete jedoch einen mondänen Kontrast zu dem blonden Haar, das ihr in weichen Wellen auf die Schultern fiel und wiederum ihre Weiblichkeit unterstrich. Darin unterschied sie sich von dem brünetten Hollywoodstar. Mit dem Stepptanz klappte es leider auch noch nicht so gut, dafür machte Marga großartige Fortschritte im Gesangsunterricht. Eines Tages, das hatte sich die fast Achtzehnjährige fest vorgenommen, würde sie auf einer Bühne stehen und zu den Schlagern ihres Idols swingen. Vielleicht sogar mit gefärbten Haaren.

An diesem Abend tanzte sie nicht auf einer Party oder in einem der einschlägigen Lokale. Zwischen den vielen Menschen am Hauptbahnhof kam sie sich vor wie ein Pfau. Dabei war sie nicht einmal allein in ihrer ausgefallenen Garderobe. Ringsum scharten sich Fans von Bobby Schwan und den Original Bobbys.

Die Swingheinis hatten sich dem Anlass entsprechend ebenfalls in Schale geworfen: weite Hosen mit Bügelfalte, lange, dandyhafte Jacketts, gelbe Krawatten, mit dem sogenannten kleinen Schellackknoten gebunden, dazu weiße Schals, auf dem Kopf einen *Scötch* und – obligatorisch bei jedem Wetter – einen Regenschirm über dem Arm. Die anderen Girls trugen weit schwingende Tanzkleider oder Hosen und waren stark geschminkt. Alle pilgerten zum Gleis des Nachtzugs nach Basel, um das berühmte Orchester auf dem Weg zu einem neuen Engagement zu geleiten.

Bobby Schwan und die Original Bobbys waren jedoch nicht Margas einziges Ziel. Sie marschierte mit weit ausholenden Schritten an der Spitze der etwa zwei Dutzend Jugendlichen und suchte nach einem ganz bestimmten, unendlich wichtigen jungen Mann. Am Nachmittag hatten sie sich bereits verabschiedet, aber Marga wollte ihm unbedingt noch einmal Adieu sagen, ihn noch einmal sehen. Das letzte Mal – vielleicht für immer. Obwohl er nur von einem Gastspiel in der Schweiz gesprochen hatte, ahnte sie, er würde die Gelegenheit nutzen und nicht ins Deutsche Reich zurückkehren.

Es war nicht so einfach, die Übersicht auf dem Bahnsteig zu behalten, denn trotz der Abendstunde herrschte ziemlich viel Betrieb. Zahllose Reisende drängten zu den Waggons, dazwischen hielten Leute den Strom auf, die sich zum Abschied umarmten. Schaffner kontrollierten seelenruhig Fahrkarten, als gäbe es kein Gedränge, Polizisten behielten all jene Fahrgäste im Auge, die mit kleinem Gepäck und auffällig bescheiden einzusteigen versuchten. Neben einem Wagen der zweiten Klasse stand eine Sackkarre im Weg, ein Dienstmann hob Taschen und Koffer von dort nach oben zum Abteilfenster, wo Hände sie ergriffen und hineinzogen.

Am Fuß eines Treppenaufgangs lungerten ein paar uniformierte Hitlerjungen, die sich den Anschein gaben, nicht grenzenlos neugierig zu sein.

Als die Swingfans betont lässig an den Gleichaltrigen vorbeischlenderten, skandierten die strammen HJler: »Wahnsinn in Noten, Tanz der Idioten!« Der Reim endete in albernem Gelächter.

Marga stockte der Atem.

Nicht auszudenken, wenn sich die anderen provozieren ließen und es mitten auf dem Bahnsteig zu einem Gerangel oder gar einer Prügelei kam. Natürlich lauerten die Knaben in den khakifarbenen Blousons, mit ihren schwarzen Halstüchern und den Kniebundhosen den Boys gelegentlich auf. Im Schatten von Hauseingängen, Kanalbrücken oder Parkanlagen bezog mal die eine, mal die andere Gruppe Dresche. Aber an einem Ort wie diesem, umgeben von unbeteiligten Frauen und Männern, womöglich vielen Ausländern, deren Gesinnung sich auf den ersten Blick nicht feststellen ließ – hier war eine schlagkräftige Auseinandersetzung unwahrscheinlich. Dennoch fürchtete Marga sich für einen Moment. Wie leicht könnten während eines Tumults die Musiker abreisen, bevor sie Michael gefunden hatte.

Sie entdeckte ihn und die anderen Original Bobbys an einer Waggontür. Die Musiker gruppierten sich mit ihrem Orchesterleiter zu einem Abschiedsfoto, einige schon im Zug, manche auf den Trittstufen oder noch auf dem Bahnsteig. Blitzlichtapparate wurden über Kopf gehalten, zischten und flammten kurz auf. Ein Reporter gestikulierte wild, woraufhin die Mitglieder des Tanzorchesters ihre Positionen oder Haltung etwas änderten. Dann grinsten alle synchron in die Kameras. Abschiedsfreude für die Nachtausgabe oder die Morgenzeitungen.

Michael Friedländer stand ganz links, jünger als seine Gefährten, mittelgroß, ein wenig schmächtig wirkend in dem für ihn viel zu weiten hellen Sommeranzug. Jeder der Original Bobbys trug diese Art Garderobe, als stünden sie bereits auf der Bühne. Marga wusste um das kurzfristige Engagement und dass in der Eile keine passende Kleidung für Michael herangeschafft werden konnte, er musste sich mit eigentlich ausrangiertem Ersatz begnügen. Dennoch fand sie ihn attraktiv wie nie. Seine braunen Locken fielen auf den Hemdkragen, den weißen Panamahut hatte er verwegen in den Nacken geschoben.

Aber vor allem war es seine Ausstrahlung. Er wirkte unendlich zufrieden, ein Lächeln auf den weichen, für einen Mann überraschend vollen Lippen. Wann hatte sie ihn jemals so glücklich gesehen? Unwillkürlich verlangsamte sie den Schritt, um jedes Detail seines Anblicks in sich aufzusaugen wie eine Biene den Nektar.

»Was für ein Wirbel um diese Ausländer«, schimpfte jemand irgendwo in der Menge.

»Spielen Neger- und Judenmusik und werden behandelt wie Hans Albers oder Johannes Heesters«, pöbelte eine andere Stimme.

Marga würdigte diese Leute keines Blickes. Langsam drängte sie sich vorwärts.

Mit den Reisenden, Pressevertretern und Bahnangestellten hatten sich inzwischen auch die Swingheinis und ihre Girls um Bobby Schwan und die Original Bobbys versammelt. Es schien, als bildeten die Fans einen Ring um die Bandmitglieder. Ein Durchkommen war fast unmöglich. Hände wurden ausgestreckt, letzte Autogrammwünsche hastig hervorgestoßen.

Marga fühlte sich wie eingekesselt. Sie benutzte ihre Ellenbogen, stellte sich auf die Zehenspitzen und versuchte hochzuspringen, um über die Köpfe ihrer Freunde zu spähen. Sie rief nach Michael, doch bei dem herrschenden Geräuschpegel hörte er sie offenbar nicht. Ratlos und verzweifelt ließ sie schließlich die Schultern hängen. Ihre Augen füllten sich mit Tränen.

Sie war so mit sich selbst beschäftigt, dass sie im ersten Moment nicht wahrnahm, wie die Menge in Bewegung geriet. Unvermittelt stand Michael vor ihr und sie versuchte erst gar nicht herauszufinden, wie er sich zu ihr durchgekämpft hatte. Alles einerlei.

»Was machst du hier?«, fragte er. Seine Stimme klang weniger erfreut, als sie erhofft hatte.

»Ich wollte ... ähmmm ... ich wollte sehen, wie du abreist.« Sie schluckte, weil sie spürte, wie sich eine Träne aus ihren Augen stahl.

Marga wollte sich abwenden, da wischte Michaels Daumenballen bereits zärtlich über ihre Wange.

»Nicht weinen. Bitte nicht weinen. Du solltest dich mit mir freuen. Ein Engagement wie mit den Bobbys werde ich so schnell nicht wieder bekommen.«

»Ich weiß.« Sie nestelte an dem schmalen Revers ihrer taillenkurzen Jacke. Dann verschränkte sie die Hände hinter dem Rücken und zerrte an den Schwalbenschwänzen. Der Wunsch, sich Michael an den Hals zu werfen, wurde fast übermächtig. »Ich weiß«, wiederholte sie. »Das weiß ich ja alles, aber ... aber ...« Die Worte blieben in dem Kloß in ihrer Kehle stecken.

Sie konnte sich ein Leben ohne Michael Friedländer nicht vorstellen. Er war der Begleiter ihrer Kindertage, ihr Beschützer. Sie himmelte den drei Jahre älteren Sohn ihrer Nachbarn an, seit sie denken konnte. Mit seiner besonnenen Art hatte er sie erobert, als sie noch ein ganz kleines Mädchen war. Er ersetzte ihren älteren Bruder, der an Kinderlähmung gestorben war und an den sie sich kaum erinnerte. Michael stützte sie beim Eislaufen, gab ihr Tennisunterricht, half ihr geduldig bei den Mathematikhausaufgaben, hörte ihren ersten Versuchen am Klavier zu, tanzte mit ihr auf dem Abschlussball der Tanzstunde. Es gab ziemlich wenig, das er ihr nicht beigebracht hatte. Sie waren wie eine Einheit. Und dabei spielte es keine Rolle, dass sein Vater ein Kaufmann jüdischer Herkunft war.

Nachdem Michael beschlossen hatte, seine musikalische Begabung zu nutzen und Klarinettist zu werden, nahm sie Gesangs- und Tanzunterricht. Eines Tages, so hoffte Marga, würden sie und Michael gemeinsam auftreten. Und was bei dieser Gelegenheit noch mit ihnen geschehen könnte, wagte sie nur in stillen Nächten zu planen und bei Licht nicht einmal zu denken. Nicht nur, weil sie noch so jung war, sondern auch, weil sie nicht die geringste Ahnung von seinen Gefühlen besaß. Sie waren Nachbarn, Freunde, verbunden in der Begeisterung für den Jazz, über so Persönliches wie Liebe hatten sie nie gesprochen. Und wahrscheinlich würden sie dies auch nie mehr tun. Denn nun ging Michael fort. Aus der Traum.

»Außerdem ist es ein großes Glück, dass man mir einen Pass und das Visum für die Schweiz gegeben hat«, hörte sie ihn vernünftig argumentieren.

Auf dem Weg zum Bahnhof hatte sich Marga eine Rede ausgedacht. Sie wollte sich verführerisch geben wie eine Filmdiva und gleichzeitig zurückhaltend sein. Doch nichts von dem fiel ihr in diesem Moment mehr ein.

»Ich wünschte, du könntest mich mitnehmen«, platzte sie heraus. Dabei sah sie ihn mit dem flehenden Blick eines kleinen Hundes an, der um die Aufmerksamkeit seines Herrchens bettelte.

»Mach mir den Abschied doch bitte nicht so schwer!« Er nahm den Hut ab, starrte mit gequälter Miene auf seine Hände, in denen er die Kopfbedeckung nervös drehte. »Ich vermisse dich ja jetzt schon.«

»Du wirst mich vergessen. Wenn du erst mit den Bobbys in den großen Tanzpalästen spielst, denkst du bestimmt nicht mehr an mich. Dann lernst du andere Mädchen kennen und …«

Weiter kam sie nicht, denn die Stimme des Schaffners dröhnte aus einem Megafon: »Alles einsteigen! Der Zug fährt in wenigen Minuten ab.«

Aus den Augenwinkeln beobachtete sie, wie sich die Gepäckwagen in plötzlich überraschender Eile leerten und das Gedränge abebbte. Die ersten Zugtüren wurden geschlossen. Marga hörte die dumpfen Geräusche, als wären es Geschosse, die ihre Seele trafen. Die Zeit lief ihr davon.

»Michael, wenn du noch mit uns reisen willst, musst du dich beeilen, oder!«, rief eine Männerstimme mit einem deutlichen deutschschweizerischen Akzent aus einem nahen Abteilfenster. »Sag dem Meitli Adieu und chum.«

Sie sah Michael in die Augen, hielt seinen Blick fest. »Versprichst du mir, dass wir uns wiedersehen?«

Michael zögerte.

Warum sagte er nichts?

Einen oder zwei Atemzüge lang fürchtete Marga, er werde sich umdrehen und weglaufen. Vielleicht war sie zu weit gegangen, hatte die Grenze ihrer Kameradschaft überschritten. Womöglich hatte sie ihn falsch verstanden. Es konnte ja sein, dass er froh war, endlich nur noch für seine Musik leben zu können und nicht mehr das Mädchen am Halse zu haben, das sich als Klette entpuppte. Er hatte ihr schließlich niemals Hoffnungen gemacht. Sie war jung und dumm und ohne Erfahrung, da kam ein Irrtum vor.

Michael nahm ihr Gesicht in seine Hände, den Hut noch zwischen den Fingern.

»Wir werden uns wiedersehen«, murmelte er leise, sodass sie Mühe hatte, ihn zu verstehen. »Das verspreche ich dir.«

Dann fügte er in einem Ton hinzu, als sei er selbst erstaunt über die Worte, die ihm offenbar überraschend leicht über die Lippen flossen: »Marga, ich liebe dich.«

Glückseligkeit ergriff sie. Staunen wechselte sich mit Wonne ab. Marga meinte, ein überströmender Brunnen aus Gefühlen zu sein.

Sie spürte mehr, als dass sie sah, wie sich sein Gesicht zu ihr senkte und sein Mund zart den ihren berührte. Ihr Körper drängte sich wie selbstverständlich an ihn. Sie verlangte nach mehr, wünschte, er möge sie verschlingen. Für einen kurzen Moment vergaß sie, wo sie sich befanden. Sie schwamm auf einer Woge der Leidenschaft, die Wellen der Erfüllung schwappten über ihr zusammen.

»Michael! Chum!«

Abrupt löste er sich von ihr, trat einen Schritt zurück, setzte den Hut auf.

»Ich habe dich schon so lange lieb, das wird sich nie ändern, meine Marga«, rief er ihr atemlos zu, während er sich rückwärts in Bewegung setzte.

Zuerst schien es Marga, als verhülle dichter Nebel ihre Sicht. Doch dann klarte sich die Szene auf. Michael rannte jetzt zu der einzigen noch offenen Zugtür, die ein anderer Musiker für ihn aufhielt. Aus dem Abteilfenster daneben steckten die Bobbys ihre Köpfe heraus, winkten und warfen neugierige Blicke zu dem Mädchen, das ihr neues Bandmitglied zurückließ.

Die Swingheinis hatten eine Gruppe vor dem Waggon gebildet, von den Hitlerjungen aus einiger Entfernung argwöhnisch beobachtet. Ein paar Fremde standen verstreut auf dem Bahnsteig, hoben ihr Taschentuch zum Abschiednehmen, manche den Arm zum Hitlergruß. Die Schutzmänner fahndeten offenbar anderswo nach Reisenden ohne gültige Papiere oder mit unerlaubtem Gepäck, ein Kofferträger lehnte an seiner Sackkarre und zündete sich eine Feierabendzigarette an, die Reporter waren in ihre Redaktionen geeilt.

Der Schaffner hielt die Kelle hoch. Kurz darauf schrillte ein Pfiff. Langsam zog die Lokomotive an.

»Swing heil!«, riefen die Fans von Bobby Schwan und den Original Bobbys im Chor.

Ohne darüber nachzudenken, lief Marga neben dem Zug her. Eingehüllt in eine Wolke aus Dampf und das Wummern der Maschinen, versuchte sie, mit der Eisenbahn Schritt zu halten. Der Fahrtwind fuhr in ihre Haare und schlug die Frackschöße hoch.

Michael verharrte auf der Trittstufe in der offenen Zugtür.

»Ich werde auf dich warten!«, rief sie ihm zu.

Die Bahn nahm Fahrt auf.

Seine Stimme wehte verzerrt zu ihr her: »Ich schreibe dir.« Dann trat er zurück auf die Plattform, die Tür wurde von innen zugezogen.

Keuchend blieb sie stehen, beugte sich vor, um ihre Atmung zu beruhigen.

Es war nicht allein der Spurt. Die Aufregung tat ein Übriges. Die anfängliche Unsicherheit, der erste Kuss, das Wissen um seine Liebe. Marga hatte das Gefühl, endlich angekommen zu sein. Gleichzeitig fühlte sie sich verloren wie nie zuvor.

Marga konnte die Tränen nicht mehr zurückhalten.

Ich werde es schaffen!, dachte sie trotzig. Ich werde einen Weg finden, ihn wiederzusehen. Irgendwann sind wir wieder zusammen – und dann sind wir ein richtiges Liebespaar!

Als sie langsam an den Hitlerjungen vorbei zum Treppenaufgang trottete, feixten die Gleichaltrigen in ihren Uniformen: »Man möchte weinen, sie liebt nur einen mit Gummibeinen.«

Marga schenkte ihnen keine Beachtung.

PARIS FRÜHLING 1999

2

Die Musik plätscherte dahin wie ein unscheinbar im Schatten von Bäumen gelegener Bach. Seicht, leise, unaufdringlich. Easy Listening. Hintergrundmusik, wie sie in Supermärkten vom Band lief. Meistens nahmen die Kunden nur eine Geräuschkulisse wahr, mehr nicht. Im Hotel Concorde La Fayette war dies nicht anders. Die Gäste schwirrten durch das Foyer, ohne auf die gefälligen Melodien zu achten. Im Unterschied zu den Casino- oder Franprix-Läden wurde hier jedoch live gespielt. Andrea Cramer saß am Flügel in der Lobby und fand ihre von der Hoteldirektion gewünschte Darbietung selbst dermaßen langweilig, dass sie nur mühsam ein Gähnen unterdrückte.

Dennoch ärgerte es die junge Pianistin, wie sie hier praktisch nicht einmal zur Dekoration diente. Meist wurde Zierrat wenigstens flüchtig beachtet. Sie schien jedoch unsichtbar zu sein. Die Leute, die an ihr vorbeiströmten, warfen ihr kaum einen Blick zu. In einem der Konferenzräume des Hotels fand ein internationaler Kongress statt und die Teilnehmer interessierten sich offensichtlich keine Spur für wohlklingende Schlager und deren Interpretin.

Nur ein einziger Gast hob sich deutlich ab. Der alte Herr hatte es sich in einem der modernen neonfarbenen Sessel nahe ihrem Instrument bequem gemacht. Bereits gestern war er hier gewesen. Aufrecht sitzend, die Hände auf dem Knauf des Spazierstocks zwischen seinen Knien gefaltet, hatte er eine Weile zugehört, bevor er sich erhob und seines Wegs ging. Heute war er zur selben Zeit gekommen, saß genauso da und lauschte ihrem Klavierspiel mit einer Hingabe, die Andrea gänzlich unangemessen und verwirrend fand.

Das Concorde La Fayette war ein vierunddreißig Stockwerke hoher moderner Hotelkomplex an der Porte Maillot. Französischen Charme suchte man hier vergebens. Ebenso Gemütlichkeit. Dafür gab es viel Funktionalität, erstklassige Drinks und einen atemberaubenden Panoramablick über Paris für die Besucher der Bar. Bei Geschäftsreisenden ein beliebtes Ziel, Touristen im Seniorenalter fanden sich hier jedoch eher selten ein. Allein deshalb fiel Andreas einsamer Zuhörer auf. Ansonsten wirkte er mit seinem dunklen Anzug und ebensolchen Mantel sowie dem weißen Schal um den Hals durchaus wie ein Vertreter der üblichen Businessklientel, wäre er nicht jenseits der achtzig.

Während sie einen amerikanischen Evergreen spielte, überlegte sie, ob sie den alten Herrn ansprechen sollte. Vielleicht hatte er ja einen bestimmten Musikwunsch, den sie ihm gern erfüllen wollte. Eine Erinnerung an seine Jugend, womöglich an eine bestimmte Frau, eine unerfüllte Liebe. Er strahlte Würde aus, sogar eine unbezähmbare Energie. Diese wurde nicht einmal von der Zartheit überdeckt, die Menschen seines Alters häufig innewohnte. Sicher war er ein interessanter Mann, der viel zu erzählen hatte, wenn man ihn ließ. War er der Ödnis eines Seniorenheims in das Vier-Sterne-Hotel entflohen? Langweilige Musik gegen einen trostlosen Alltag und beides verbunden mit endlosem Schweigen?

Obwohl selbst erst siebenundzwanzig Jahre alt, kannte sich Andrea mit den Neigungen alter Leute aus. Sie war bei ihren Großeltern in Baden-Baden aufgewachsen, einer Stadt mit einem höheren Altersdurchschnitt als anderswo. Ihre unstete, flatterhafte Mutter hatte sich frühzeitig aus dem Staub gemacht, zu Barbara hatte sie auch als Erwachsene nur ein loses Verhältnis; von ihrem Vater wusste Andrea nicht einmal den Namen.

Im Grunde wollte sie auch nichts über ihren Erzeuger erfahren, da die Wahrheit möglicherweise die Illusion zerstörte, die sie sich um seine Person aufgebaut hatte. Andrea ging davon aus, dass er einer jener Rockmusiker war, denen Barbara einst als Groupie nachreiste, um der Enge ihres Elternhauses zu entkommen. Von ihrem Vater hatte Andrea das musikalische Talent geerbt. Davon war sie überzeugt. Ihre bürgerlichen Großeltern kamen dafür nicht infrage, und die künstlerische Begabung ihrer Mutter beschränkte sich auf Ölbilder und Töpferwaren von zweifelhafter Qualität.

Es wäre ernüchternd, wenn Andrea herausfinden müsste, dass diese Version ihrer Geschichte nicht der Wahrheit entsprach und die damalige Affäre ihrer Mutter ein harmloser Durchschnittstyp war. Ein berühmter Rockstar, ständig abwesend, weil er sich auf Welttournee befand, das hatte schon in der Schule funktioniert, wenn ihre Klassenkameraden nach Andreas Vater fragten – und es ergab für sie nach wie vor Sinn. Es erklärte ihre ungewöhnliche Musikalität, ihren Berufswunsch Pianistin, der ein Herzensanliegen und nicht mehr und nicht weniger als ein Lebensziel war.

Letztlich erklärte sich daraus auch ihr Musikstudium zunächst in Frankfurt am Main und nun in Paris. Die Idee, Carlos Santana oder ein Mitglied seiner großartigen Band könnte ihr Erzeuger sein, gefiel ihr am besten. Die Musikrichtung stimmte in etwa, auch wenn Andrea nicht Gitarre spielte. Sie wollte ihren Weg nicht im Bereich der Klassik machen, sondern als Jazzpianistin, am liebsten mit einem präparierten Klavier gemeinsam mit Perkussionskünstlern. Doch damit erreichte sie weder ein großes Publikum noch die Zustimmung ihrer Professoren, solange sie nicht mindestens zum Jazz Festival nach Montreux eingeladen wurde, wovon leider noch keine Rede sein konnte. Da die eigene steile Karriere also noch auf sich warten ließ, musste sie sich ihren Lebensunterhalt auch in der Lobby des Hotels Concorde La Fayette erspielen – vor einem alten Mann als einzigem Zuhörer.

Sie nahm sich vor, nach dem nächsten Lied eine kurze Pause einzulegen und den Herrn anzusprechen.

Doch während sie etwas mehr Enthusiasmus in die letzten Takte legte, erhob er sich. Er stützte sich mit der einen Hand auf seinen Stock, die andere zog den Schal fest. Nach einem langen Innehalten wandte er sich um.

Er verschwand aus ihrem Blickfeld, ohne dass sie etwas dagegen unternehmen konnte. Ihr Spiel abzubrechen und ihm nachzulaufen war unmöglich. Wie sollte sie sich erklären? Dem alten Mann gegenüber und – viel schlimmer – dem Chefportier, der von der Rezeption aus ständig ein wachsames Auge auf sie hatte.

Ein Hauch von Enttäuschung legte sich über Andrea.

Morgen, dachte sie. Wenn er morgen wieder hier ist, rede ich mit ihm.

Dann fiel ihr ein, dass morgen Sonntag war und sie nicht in diesem Hotel, sondern zum Brunch im Le Fumoir spielte, einem Lokal im 1. Arrondissement. Seit Wochen freute sie sich auf dieses Engagement, weil sie dort mit ein paar Kommilitoninnen ein jazziges Repertoire bringen durfte.

Andrea fühlte ein gewisses Bedauern beim Gedanken daran, dass der alte Mann vielleicht morgen vergeblich hier auf sie wartete. Danach würde er sicher nicht mehr auftauchen. Die Vorstellung, ihn nicht wiederzusehen und nichts über ihn zu erfahren, hinterließ eine eigentümliche Leere.

3

Sängerin für Tanzkapelle gesucht!
Wegen eines Krankheitsfalls braucht
der bekannte Orchesterchef Harry
Alsen kurzfristig Ersatz. Gesucht
wird eine Solistin mit fundierter
musikalischer Ausbildung und
Erfahrung in der Interpretation
von Schlagern. Bewerberinnen mögen
sich am Dienstag um 13 Uhr im Café
Heinze am Millerntorplatz melden.

Marga hatte noch nichts von dem angeblich bekannten Orchesterchef Harry Alsen gehört, auch nicht von seiner Tanzkapelle. Aber das Café Heinze kannte sie als erstklassige Adresse. Dort war Teddy Stauffer aufgetreten, spielten die Bands von Heinz Wehner und Arne Hülphers.

Die Anzeige in der *Hamburger Neuesten Zeitung* hätte sie allerdings auch dann elektrisiert, wenn das Vorsingen in einem weniger renommierten Lokal angesetzt worden wäre. Sängerinnen wurden nicht oft per Inserat gesucht. Das war ein Wink des Schicksals. Der Anfang auf ihrem Weg zu Michael.

Selbstbewusst beschloss Marga, den Termin wahrzunehmen. Sie würde alle anderen Bewerberinnen ausstechen. Ihre Stimme verbesserte sich immer mehr und sie war auf dem Laufenden in Sachen Unterhaltungsmusik, da sie regelmäßig das Wunschkonzert im Reichsrundfunk anhörte und heimlich Radio Beromünster einschaltete, wo es die neuesten Hits aus England und Amerika gab. Das war zwar seit Beginn des Krieges untersagt, aber keiner ihrer Freunde hielt sich an das Verbot. Außerdem ließ es sich zu den Liedern von Cole Porter, George Gershwin oder Glenn Miller besser steppen. Ja, auch als Tänzerin hatte sie Fortschritte gemacht, seit Michael nicht mehr da war. Damit war sie gewiss im Vorteil gegenüber anderen jungen Frauen, selbst wenn die ganz gut singen konnten.

Das erhoffte Wiedersehen mit Michael Friedländer beherrschte unverändert ihre Gedanken. Dabei hatte er ihr nur zu Beginn seines Aufenthalts in der Schweiz geschrieben. Einige Ansichtskarten zeigten zufriedene Kühe vor einer malerischen Alpenkulisse und Ausflugsboote auf dem Zürich- und dem Vierwaldstättersee, die sich nur unwesentlich von den Alsterdampfern unterschieden. In den wenigen Briefen berichtete er von seinen Auftritten mit den Bobbys, begeisterten Zuhörern und weiblichen Fans, die sich plötzlich um ihn scharten.

Keine drei Monate nach Michaels Abreise fegte der Polenfeldzug mit der Wucht eines plötzlich einsetzenden Sturms nicht nur den Frieden hinweg, sondern auch Margas Korrespondenz mit dem fernen Geliebten. Der Kontakt brach ab, ihre Briefe blieben unbeantwortet. Sie erhielt keine Nachrichten mehr von ihm, schließlich kamen die von ihr sorgfältig beschrifteten Kuverts mit diversen amtlichen Stempeln zurück. Anscheinend blieb ihr nichts anderes übrig, als persönlich nach dem Rechten zu sehen. Über kurz oder lang würde es wieder möglich sein zu reisen. Davon war Marga überzeugt. Alle Welt redete von einem raschen Ende der Kampfhandlungen, das Wort »Blitzkrieg« gehörte zu den beliebtesten Vokabeln. Bis sich die Lage stabilisiert hatte, würde sie einen Weg zu Michael finden. Und wenn sie erst einmal irgendwo öffentlich mit einer Band auftreten durfte, war eine Tournee nur eine Frage der Zeit. Ein Gastspiel in der Schweiz stand dann sicher auch bald auf dem Terminplan. Dafür musste sie jedoch überhaupt erst einmal Sängerin werden.

Ihre Vorsätze wurden von Alltagsproblemen überschattet. Sie schwänzte die letzte Unterrichtsstunde am Gymnasium, damit sie sich bei Harry Alsen bewerben konnte. Das bedeutete, dass sie in Faltenrock und Bluse unterwegs war, denn in Hosen durfte sie selbst bei den derzeit herrschenden Minusgraden nicht vor ihren Lehrern erscheinen. Sie hatte ja wenigstens den Frack, für ihre Freundinnen war die Kleiderfrage bei anderer Gelegenheit inzwischen nicht ganz unproblematisch, da seit Kriegsbeginn Bezugsscheine vergeben wurden, die den Einkauf regelten. Aber den Anzug konnte sie unmöglich in ihre Schultasche stopfen, um sich irgendwo umzuziehen. Schon die Steppschuhe passten kaum hinein.

Und als Abiturientin war sie natürlich ungeschminkt!

Auch hätten ihre Haare mal wieder in Form geschnitten werden müssen. Aber seit Kriegsbeginn waren viele kleine Handwerksbetriebe geschlossen, weil die Männer bei der Wehrmacht dienten. Auch ihr Friseur hatte Kamm und Schere gegen Feldspaten und Sturmgewehr eingetauscht und seinen Salon »für den Sieg« zugesperrt, wie ein Schild an der Ladentür verkündete.

Als Marga am Dienstagmittag mit der U-Bahn nach St. Pauli fuhr und die anderen Fahrgäste beobachtete, ging ihr durch den Kopf, dass die Schließung der kleinen Geschäfte für sie eigentlich das berührendste Zeichen für den Kriegszustand war. Es sorgte für eine gewisse Leere in dem ansonsten unverändert betriebsamen Einerlei. Das Fehlen junger Männer im Stadtbild fiel natürlich auch auf, sie wusste von den älteren Brüdern ihrer gleichaltrigen Freunde und Klassenkameradinnen, die im Feld waren. Trotzdem griff der Krieg nicht stark in ihren Alltag ein. Selbst die Lebensmittelrationierungen machten sich nicht sonderlich bemerkbar, denn zu essen gab es genug. Jedenfalls in einem wohlhabenden, großbürgerlichen Haushalt wie dem des Germanistikprofessors Maibach. Für Margas Vater, einen anerkannten Goethe-Forscher, bedeuteten ein schmackhaftes Dinner und ein gutes Buch die größten Annehmlichkeiten. An beidem litt er keine Not, zumal in diesem Jahr eine Neuausgabe des Werks von Johann Wolfgang von Goethe angekündigt war.

Leider war es seit Kriegsbeginn einfacher, Bücher mit unterschiedlichstem literarischem Anspruch zu kaufen als Schallplatten. Das traf Marga hart. Seit vorigem September gab es keine Schallplatten aus dem Feindesland Großbritannien mehr im Handel, und wer in Hamburgs größtem Musikhaus – bei Detmering – eine in den USA produzierte Schellack kaufen wollte, musste dafür zwei alte Aufnahmen zum Einschmelzen mitbringen. Solche Vorkehrungen sollten dem Reich einen Rohstoffengpass ersparen, betrafen allerdings auch einheimische Walzerklänge und Marschmusik. Für Marga bedeutete dies, sich von Platten trennen zu müssen, an denen sie mit ganzem Herzen hing, denn in fast jeder Rille verbarg sich eine Erinnerung an Michael.

Das Café Heinze, ein modernes, niedriges Gebäude vor der alten, kuppelartigen Volksoper, bildete das Tor zur Reeperbahn. Im Gegensatz zu seinem Namen war es kein Kaffeehaus, sondern ein Tanzpalast. Eine kirchturmhohe Lichtsäule, die wie ein riesiger Schornstein mit greller Beleuchtung aus dem Dach ragte, machte in der Vorkriegszeit beeindruckend Werbung für das Etablissement. An einem kalten Mittag wie diesem waren die Lampen jedoch abgeschaltet, ein eisiger Wind fegte um das rund gebaute Eckhaus. Um diese Uhrzeit waren in der Gegend der Nachtschwärmer kaum Passanten unterwegs, ein Schutzmann stand neben einer Straßenlaterne und überblickte die erstaunlich stille Kreuzung, der Verkehr war mehr als übersichtlich.

Leichter Schneefall setzte ein, Flocken fingen sich unter der Überdachung zum Eingang des Lokals. Obwohl es bitterkalt und ziemlich zugig war, blieb Marga vor der Doppeltür stehen. Von dem Portier, der hier jeden Abend seinen Dienst verrichtete, war noch nichts zu sehen. Deshalb wandte sie sich zu einem der Schaukästen, in dem ein Plakat das Konzert von Tangokönig Juan Llossas und seiner Solisten ankündigte.

Im Glas spiegelte sich ihr Gesicht, hübsch umrahmt von einer dunkelblauen Mütze, unter der ihre Zöpfe hervorlugten. Sie sah aus wie ein braves deutsches Schulmädel. Nicht wie ein Revuestar unmittelbar vor Beginn seiner internationalen Karriere. Eleanor Powell war weit weg. Unglücklich streckte sie sich die Zunge heraus.

Es war zwar schon reichlich spät, aber Marga nahm sich trotzdem die Zeit, in ihrer Tasche nach dem Lippenstift zu suchen, den sie heute Morgen hastig zwischen Füllfederhalter und Bleistifte geschoben hatte. Ein bisschen Schminke musste sein.

Sorgfältig malte sie ihren Mund knallrot aus, den Michael so zärtlich geküsst hatte …

Ein Stoß in ihren Rücken, ein Schubs. Der Lippenstift flog ihr in hohem Bogen aus der Hand und landete auf dem vereisten Straßenmatsch, auf den eine feine Schicht Neuschnee gepudert war. Zuvor hatte die Farbe einen breiten Streifen in Richtung Nase hinterlassen. In einer Mischung aus Erschrecken und Empörung kreischte Marga auf.

»Können Sie Ihrem Gewerbe nicht vor einem einschlägigen Etablissement nachgehen?«, herrschte sie eine Männerstimme an.

Jemand drängte sich an ihr vorbei zum Eingang. Unter einem langen dunklen Mantel mit hochgestelltem Kragen, einem wollweißen Schal und einem tief ins Gesicht gezogenen grauen Hut verbarg sich ein hochgewachsener Mann.

Die Beleidigung, die er ausgestoßen hatte, war ungeheuerlich! Der Kerl hielt sie für eine Bordsteinschwalbe!

Marga schnappte nach Luft. »Können Sie nicht aufpassen?« Ihr wütender Kommentar kam nur erstickt heraus, weil es ihr den Atem verschlug. Sie war nicht nur über seine Anmaßung erbost, sondern auch über den ruinierten Lippenstift. Leider klang sie nicht im Entferntesten so, wie sie sich fühlte.

»Tun Sie mir einen Gefallen und verschwinden Sie!« Die Hand in einem schwarzen Lederhandschuh lag bereits auf der Türklinke, da drehte er sich noch einmal um. »Manche Männer mögen ja auf dieses Schulmädchen-Getue stehen, aber vor diesem Lokal hat das nichts zu suchen.«

Sprachlos vor Entrüstung starrte Marga auf den Rücken, der im Türspalt verschwand.

Er hielt sie wirklich für eine Hure!

Was bildete sich dieser Kerl ein? War das etwa der Direktor des Café Heinze? Ein solches Benehmen brauchte sie sich nicht bieten zu lassen!

Einen Moment lang war sie versucht, nach Hause zu gehen. Doch dann wurde ihr wieder bewusst, warum sie überhaupt hierhergekommen war. Es ging um ihre Zukunft als Sängerin und um ein Wiedersehen mit Michael. Das genügte, um über den üblen Vorfall hinwegzusehen.

Marga bückte sich nach ihrem abgebrochenen Lippenstift, an dessen Fett der Straßenschmutz klebte. Seufzend schob sie die Hülle darüber und steckte ihn ein. Dann musste sie eben ohne Make-up brillieren.

Abends gehörte das Café Heinze zu den exklusivsten und bestbesuchten Tanzlokalen Hamburgs. Zur Mittagszeit war es die Domäne der Putzfrauen und Handwerker. Als Marga durch das Foyer marschierte, mischte sich das Dröhnen eines Bohrgeräts irgendwo im Gebäude mit schmissiger Klaviermusik und einer herrischen Frauenstimme, die einen Schlager vortrug, als befände sie sich ohne Mikrofon in einer Arena. Hinter der Tür zum Tanzsaal wechselte ein vierschrötiger Mann in blauer Arbeitermontur unbeeindruckt eine Glühbirne an der Beleuchtung der Treppe aus, die zum Barbereich hinaufführte und von signierten Fotografien verschiedener Starmusiker geschmückt wurde. Marga musste über den Wassereimer der Reinigungskraft steigen, die den Boden wischte. Die Frau stützte sich mit beiden Händen auf ihren Besen und beobachtete interessiert das Geschehen im Saal.

An einem der mit Telefonen für abendliche Verabredungen ausgestatteten Tische hatte ein junger Mann eine Art Büro aufgebaut und notierte sich gerade etwas in eine Kladde. In seiner Nähe standen etwa eine Handvoll junger Frauen, die sich ihrer Aufmachung nach als Sängerin bewarben: Perfekt onduliertes Haar gehörte ebenso dazu wie modische Kleidung, keine Bühnengarderobe, aber auch nichts, was eine Dame zum Einkaufen oder im Büro trug – oder in der Schule.

Marga sah an sich hinunter, von der weißen Bluse unter der dunkelblauen Strickjacke zu dem dunkelblauen Faltenrock und den dicken Wollstrümpfen bis zu den praktischen Winterschuhen mit dicker Kreppsohle. Zumindest optisch würde sie wenig Eindruck machen.

Die Sängerin auf der Bühne warf ihr kupferrotes Haar in den Nacken und schmetterte: »*Kann denn Liebe Sünde sein?*«

Unwillkürlich fuhren Margas Hände nach oben, um ihre Zöpfe zu lösen. Dabei fiel ihr die Mütze zu Boden, die sie beim Betreten des Tanzcafés abgenommen hatte. Sie bückte sich rasch danach und klemmte sie sich unter den Arm.

»Aus. Aus. Aus.« Eine Männerstimme drang aus dem dämmrigen Schatten des Raumes, den die Probenbeleuchtung nicht erfasste. »Vielen Dank für Ihren Vortrag. Aber wenn wir Zarah Leander wollten, würden wir uns um das Original bemühen.«

Marga stockte der Atem. Nicht nur, weil sie den Kommentar für ausgesprochen angeberisch hielt. Der größte Star der Ufa trat gewiss nicht mit dem *berühmten* Orchesterleiter Harry Alsen auf, den keiner – zumindest Marga nicht – kannte. Die Band besaß nicht die Popularität, die in diesem Zusammenhang angemessen schien. Offenbar neigten die Herren dazu, sich zu überschätzen. Bei derartiger Überheblichkeit würde ein Vorsingen bestimmt kein Vergnügen werden. Viel schlimmer war allerdings, dass die Stimme eindeutig zu dem Mann gehörte, der sie vorhin auf der Straße angepöbelt hatte. Sollte sie sich unter diesen Bedingungen überhaupt bewerben?

»Name?«

Marga zuckte zusammen. Sie sah den jungen Mann mit der Kladde verwundert an. Wie mechanisch war sie an seinen Tisch getreten. »Margarete Maibach«, sagte sie.

Hinter ihr klackten energische Schritte über das Parkett. Die abgefertigte Zarah-Leander-Kopie stakte wutentbrannt auf hohen Absätzen aus dem Tanzsaal.

»Was wollen Sie singen?«

Sie hatte sich sicherheitshalber für den neuesten Schlager von Marika Rökk entschieden. Der war fast so schmissig wie ein Swingsong und sie konnte gut dazu tanzen. »›Ich brauche keine Millionen‹«, erwiderte sie. Dabei sah sie sich nach einer Möglichkeit um, um schnell die Schuhe zu wechseln. Die Steppschuhe warteten auf ihren Einsatz.

Ihr Blick streifte im Halbdunkel die Silhouette des Menschen, der hier das Sagen hatte. Was für ein Flegel! Er hatte nicht einmal seinen Hut abgenommen.

Nachdem der junge Mann am Tisch ein Zeichen gegeben hatte, das dem Pianisten auf der Bühne galt, setzten die nächsten Töne ein. Eine elegante Frau in einem schwarzen Kostüm, das aussah, als käme es aus dem besten Salon in Berlin, trat an die Rampe. Auf den Takt genau setzte sie mit dem Vers ein: »*Ein kleines Liedchen geht von Mund zu Mund …*«

Der junge Mann sah wieder zu Marga. »Was wollen Sie noch mal singen?«

»›Ich brauche keine Millionen‹. Kennen Sie das nicht?«

Zum besseren Verständnis stimmte sie das Lied einfach a cappella an.

Unbewusst wurde sie lauter, damit sie auch zu hören war, während die Sängerin einige Meter entfernt den Refrain von »Du hast Glück bei den Frau'n, Bel Ami« intonierte. Offenbar nahm auch die Elegante auf der Bühne die Konkurrenz wahr, denn über kurz oder lang klang es, als müssten sie einen Wettstreit austragen. Die Sängerin sang mit Klavierbegleitung den Schlager von Theo Mackeben, Marga auf sich allein gestellt den neuen Hit von Peter Kreuder – und jede der beiden versuchte, gegen die andere anzukämpfen.

»Aus. Aus. Aus.« Wieder brüllte die Stimme aus dem Hintergrund. »Wenn hier alle durcheinandersingen, versteht man sein eigenes Wort nicht mehr. Walter, was ist bei dir los? Die Musik gehört auf die Bühne und nicht in den Saal. Sag der …« Der Rüpel verstummte.

Einen Atemzug später polterte er: »Was soll das? Walter, schick sofort das Schulmädchen weg. Wir wollen hier keine vom BDM. Oder woher auch immer die Kleine kommt.«

Die anderen Bewerberinnen lachten, die Sängerin auf der Bühne stieß einen uneleganten Pfiff aus.

Der junge Mann, der Walter hieß, zuckte ergeben mit den Achseln. Marga sah, wie er ihren Namen auf der Kladde durchstrich. »Tut mir leid, mein Fräulein. Das war's dann mit dem Vorsingen. Auf Wiedersehen.«

»Aber … ich … ich wollte nicht … ich bin nicht beim … ich …« Marga suchte fassungslos nach Worten.

»Kann ich weitermachen?«, rief die junge Frau von der Bühne.

Bevor die andere zu einem neuen Einsatz kam, protestierte Marga lauthals: »Ich bin nicht beim Bund Deutscher Mädel. Und ich gehe auch nicht anschaffen. Ich bin Sängerin!«

Der Pianist, der die ersten Töne angeschlagen hatte, hielt inne. Das flüchtige Kichern einer weiteren Bewerberin erstarb. Für einen Moment war es im Lokal so still, dass man die sprichwörtliche Nadel hätte fallen hören. Marga meinte, ihr eigener Herzschlag hallte als Echo von den Wänden wider.

Wie mitten in einem Gewitter setzte nun der Donner ein. Zunächst war die Stimme im Hintergrund nur ein leises Grollen, dann dröhnte sie los: »Haben Sie mich nicht verstanden? Fräulein, Sie sind hier nicht erwünscht. Ich verlange, dass Sie nicht länger die Probe stören.«

»Ich kann auch tanzen«, gab Marga trotzig zurück.

»Bitte, mein Fräulein, gehen Sie«, mischte sich Walter ein. »Sie haben doch gehört, was Herr Alsen gesagt hat.«

Marga starrte irritiert ins Halbdunkel. Die Gestalt erhob sich zu bedrohlicher Größe. Der Mann sah zu ihr her, aber sie konnte sein Gesicht nicht erkennen. Das brauchte sie allerdings auch nicht, denn den Ausdruck darin konnte sie sich sehr gut vorstellen. Freundlich war er nicht.

»Das ist Harry Alsen?«, fragte sie.

»Ja. Natürlich. Unser Orchesterleiter. Er entscheidet, wer

engagiert wird und wer nicht. Also machen Sie sich keine Hoffnung auf einen anderen Fürsprecher. Leben Sie wohl.«

Margas Augen glitten noch einmal durch den Saal, doch richtig anschauen konnte sie Harry Alsen nicht. Sie sah nur, wie er die Hand zur Bühne hob. Im nächsten Moment setzte das Klavierspiel wieder ein und die junge Frau in dem eleganten Kostüm trällerte: »*Ein kleines Liedchen geht von Mund zu Mund. Es ist beliebt und das hat seinen Grund …*« Der Kapellmeister nahm ruhig wieder Platz.

»Sie haben da übrigens etwas an Ihrer Oberlippe«, stellte Walter grinsend fest. »Das sollten Sie vielleicht wegwischen, Fräulein Maibach. Ein verschmierter Lippenstift macht nicht so viel her, wenn Sie nicht zum Zirkus wollen.«

Sie biss die Zähne zusammen und begab sich auf den Rückweg. Als Marga an dem Putzeimer vorbeiging, hinderte sie nur ihre Rücksicht auf die Reinigungsfrau daran, dagegenzutreten.

4

Auf dem Teller des *Hotkoffers* drehte sich eine Schellack. Marga lauschte dem aus dem Lautsprecher klingenden Song, summte die Melodie mit und sang leise den Refrain: »*Thanks for everything. Every word, every sigh, every kiss …*« Als das Klarinettensolo von Artie Shaw einsetzte, kullerte eine stumme Träne über ihre Wange.

Michael hatte dieses Lied am Ende seines letzten Konzerts im Hamburger Ruderclub gespielt. Als Halbjude war er nicht im Besitz der sogenannten »braunen Karte« der Reichsmusikkammer, ohne die kein Berufsmusiker öffentlich auftreten durfte. Deshalb wurde er nur von Amateurorchestern und zu privaten Feiern und Vereinsfesten engagiert, wo es niemanden interessierte, wer oder was er war. Hauptsache, er swingte, wie es die Leute verlangten. Und genauso scherte sich niemand bei diesen Veranstaltungen um das Verbot, Jitterbug zu tanzen. Vor allem die jungen Leute aus der Mittel- und der Oberschicht taten, was ihnen gefiel – und nicht, was ihnen vorgeschrieben wurde.

Auch heute Abend stand wieder ein privates Tanzfest auf dem Programm der Swingjugend. Michaels alte Band spielte im Curio-Haus. Eigentlich hatte Marga ihren gemeinsamen Freunden versprochen, wenigstens kurz vorbeizukommen, aber sie verspürte nicht die geringste Lust dazu.

Das Fiasko im Café Heinze lähmte sie wie eine schleichende Krankheit. Sie fühlte sich matt, niedergeschlagen und hatte seit ihrem Abgang Kopfschmerzen. Genau genommen rollte sie sich seit vorgestern in ihrem Bett zusammen, konnte sich nicht zur Schule aufraffen, aß kaum etwas und machte ihrer Mutter weis, sie habe sich erkältet. Dabei fehlte ihr nichts anderes als Zuversicht.

Dummerweise waren ausgerechnet die Freunde, die sie zu versetzen beabsichtigte, die einzigen Menschen, mit denen sie über das Erlebnis sprechen konnte. Zu Hause war das Thema tabu.

Ihre Eltern wussten natürlich von ihrer fast lebenslangen Kameradschaft mit Michael, er war ja der Sohn ihrer Nachbarn in dem großbürgerlichen Mietshaus an der Rothenbaumchaussee. Sie hatten der Beziehung unvoreingenommen zugeschaut, selbst dann noch, als der alte Friedländer von einer Reise nach Ostafrika nicht zurückgekehrt und jedem klar war, dass dies keine Folge seines florierenden Kaffeehandels war. Der offensichtliche Grund, die Tatsache, dass Michaels alter Herr Jude war, wurde totgeschwiegen.

Margas Vater lebte ausschließlich für die klassische Literatur, er interessierte sich nur wenig für andere Menschen und gar nicht für Politik. Margas Mutter hatte Pianistin werden wollen und mit dem Tod von Margas älterem Bruder jede Ambition verloren. Fortan kümmerte sie sich nur noch um ihren Haushalt und den nachbarschaftlichen Klatsch. Dieser traf Michaels Familie, weil Margas Mutter nicht verstand, dass sein Vater die kränkelnde Ehefrau und den einzigen Sohn zugunsten der eigenen Sicherheit verließ. Beschwichtigungen wollte sie nicht gelten lassen, auch nicht den Hinweis, dass sich Herr Friedländer aus der Ferne besser um ein Visum und das Reisegeld für die anderen bemühen konnte, nachdem man seine Konten in Deutschland überwachte. Dann war Michaels Talent zufällig von Bobby Schwan entdeckt worden – und auch er hatte Deutschland verlassen. Vor Kurzem war seine Mutter zu einer Kusine ins weit entfernte Schlesien gezogen. Die Riesengebirgsluft sei besser für ihre Lungen, behauptete sie. Damit brach jede Verbindung zu Michael und seiner Familie ab. Nebenan wohnten jetzt fremde Leute, die gern die kostbare Einrichtung der Friedländers übernommen hatten. Michaels Schallplattensammlung allerdings befand sich in Margas Besitz, die hatte sie in einer heimlichen Rettungsaktion mit ihrer Freundin Helga rechtzeitig in ihr Kinderzimmer geschafft.

Von ihrer Freundschaft zu Michael wussten ihre Eltern, Margas Musikgeschmack ignorierten sie jedoch. Solange Marga einmal im Monat mit ihrer Mutter ein klassisches Konzert besuchte, konnte sie tun und lassen, was ihr gefiel. Schlager wurden von ihrem Vater generell als Ausdruck jugendlicher Narretei abgetan, mit der sich Erwachsene nicht zu beschäftigen brauchten. Deshalb behauptete Marga zu Hause, sie wolle nach ihrem Abitur im Frühjahr und den sich daran automatisch anschließenden sechs Monaten beim Reichsarbeitsdienst zum Musikstudium nach Berlin gehen und Opernsängerin werden. Dass der Jazz in ihren Adern pulsierte, behielt sie in diesem Haushalt des hanseatischen Bildungsbürgertums für sich. Über ihre gescheiterte Bewerbung im Café Heinze verlor sie ebenfalls kein Wort.

Wie sollte es nun aber weitergehen?

Ihr erster Versuch, Sängerin zu werden, war nicht nur als erfolglos zu bezeichnen. Er hatte in einer Katastrophe geendet. Vor allem in Beleidigungen.

Natürlich war es um ihre Aufmachung gegangen, vielleicht auch um ihr jugendliches Alter. Doch beides konnte nicht ausschlaggebend sein. Das war ungerecht. Sie hatte die Chansonette auf der Bühne mit einem musikalisch perfekten Vortrag übertönt. Nicht übertönt. Vielmehr übertrumpft. Aber anscheinend hatte ihr niemand zugehört.

Marga vergrub das Gesicht in ihrem Kissen und weinte wegen der vergebenen Chance – und weil sie nicht brünett war wie Eleanor Powell. Oder wie La Jana. Oder Zarah Leander. Die Haarfarbe spielte gewiss eine Rolle bei der Aufmerksamkeit, die man bei anderen Menschen erregte. Als Blondine verkörperte eine Frau heutzutage einen bestimmten Typ, dem Marga nicht entsprach und der offensichtlich einer wirklich großen Karriere auf der Bühne und im Film entgegenstand. Aber der Wunsch nach dieser optischen Veränderung würde vorerst ebenso unerfüllt bleiben wie der Traum vom Auftritt mit einem Tanzorchester. Margas Tränenstrom verstärkte sich zu einem erstickten Schluchzen.

Ein vorsichtiges Klopfen an der Tür, dann die leise Stimme ihrer Mutter: »Marga, schläfst du?«

Sie wischte sich rasch über die Augen und richtete sich auf. Sie schniefte, was entsetzlich laut klang, weil die Platte gerade zu Ende gespielt war.

»Ach, mein armes Kind!« Ihre Mutter stürzte auf sie zu, um in unerwartetem Aktionismus die Bettdecke aufzuschütteln und ihr die Kissen in den Rücken zu drücken. Sie strich

Marga das Haar aus der Stirn und prüfte die Temperatur. »Kein Fieber«, stellte sie mit einem kleinen Lächeln fest. »Dann kann dein Besuch ja reinkommen.«

Hinter ihr erschien Helga. Die Freundin blickte sich mit entgeistertem Gesichtsausdruck schweigend um. Sie sagte nichts, bis Frau Maibach mit einem kurzen Nicken, das wie die Genehmigung zum Gespräch mit Marga wirkte, aus dem Raum schwebte: »Wieso bist du krank? Wir wollten doch zusammen zum Tanzen ins Curio-Haus gehen!« Helgas Stimme klang eher nach Protest als nach Sorge.

»Ich hab keine Lust.«

Die Freundin baute sich vor Margas Bett auf, die Hände in die Taille gestemmt. »Du kannst mich nicht im Stich lassen! Nobsi spielt heute Abend mit den anderen, und wenn ich allein hingehe, denkt er, ich komme nur seinetwegen. Dann sieht das so aus, als liefe ich ihm nach. Und außerdem hast du mir versprochen, dass ich mir ein Kleid von dir ausleihen darf.«

Marga streckte den Arm aus. »Da ist der Schrank. Such dir aus, was du haben möchtest. Ich leih dir jedes Kleid, das dir passt.«

»Das genügt aber nicht«, insistierte Helga. »Steh auf, mach dich fertig und komm mit! Bitte!«

»Ich war seit zwei Tagen nicht in der Schule. Meine Mutter wird verrückt, wenn ich heute tanzen gehe. Ich kann nicht, selbst wenn ich wollte.« Marga zog die Decke bis zu ihrer Nasenspitze und murmelte: »Und ich will nicht. Ganz bestimmt nicht.«

Helga zuckte mit den Achseln. Als wäre sie hier zu Hause, trat sie an das Sideboard, auf dem der Schallplattenspieler stand. Kopfschüttelnd nahm sie die Schellack vom Teller. »Bei diesem Lied würde ich auch lieber im Bett bleiben, das ist viel zu traurig.« Sie zog eine der Kommodentüren auf und bückte sich zu dem Inhalt. Kurz darauf legte sie ihr Fundstück auf das

Grammofon. Durch den Lautsprecher dröhnte das Saxofon von Teddy Stauffer zu »Goody Goody«. Im Takt der Musik tänzelte Helga zu Margas Kleiderschrank.

Unwillkürlich zuckten Margas Füße. Die Musik ging in die Beine, selbst wenn diese ausgestreckt unter einem Federbett lagen. Sie zwang sich jedoch zur Ruhe. Schließlich wollte sie nicht mit Helga ins Curio-Haus gehen. Heute nicht. Und wahrscheinlich niemals wieder. Je länger sie darüber nachdachte, desto kleiner und erbärmlicher fühlte sie sich nach dem Erlebnis im Café Heinze. In Selbstmitleid versinkend, dachte sie, dass sie ihrer Mutter wahrscheinlich die Freude machen und tatsächlich Opernsängerin werden würde. Nie wieder Schlager. Schon gar kein Swing.

Aber das erschwerte ihre Pläne von einem Wiedersehen mit Michael. Neue Tränen tropften auf die Bettdecke.

Schließlich kapitulierte Marga vor den Überredungskünsten der Freundin. Sie gestand es zwar nicht offen ein, aber verantwortlich war vor allem die Kostümprobe. Als Helga ihre Kleider durchsah, Haarbänder verknotete, neue Kombinationen mit Boleros und Jacken kreierte und durchs Zimmer tanzte, wurde Marga neidisch auf die Vorfreude der anderen. Am Ende siegte auch ihr Trotz, der Gedanke, sich nicht unterkriegen zu lassen. Sie würde schon einen Weg zur großen Gesangskarriere und zu Michael finden, redete Marga sich ein. Die Frage nach dem Wie verschob sie erst einmal.

Als sie Helga Bruchstücke von dem Vorfall im Café Heinze berichtete, meinte diese prompt pragmatisch: »Vergiss das Orchester Harry Alsen. Es spielen so viele Tanzkapellen in allen möglichen Lokalen. Du findest schon eine professionelle Band, die begeistert davon ist, mit dir auftreten zu dürfen. Warte nur ein bisschen ab. Es war wohl einfach nicht der richtige Zeitpunkt – und es waren die falschen Musiker.«

Marga fand diesen Kommentar nicht unbedingt tröstlich. Wie sollte sie sich bei einem anderen Kapellmeister Gehör verschaffen, wenn es nicht einmal bei einem offiziellen Vorsingen geklappt hatte? Aber Helgas Zuversicht war immerhin etwas.

»Dafür, dass du so viel geheult hast, siehst du ausgesprochen gut aus«, lobte Helga später, obwohl sie nicht Marga, sondern sich selbst im Spiegel an der Garderobe des Festsaals im Curio-Haus betrachtete. Zufrieden lächelnd fügte sie hinzu: »Ich hatte also recht. Wenn du weiter im Bett Trübsal geblasen hättest, wärst du von einer Genesung noch weit entfernt. Jetzt bist du wieder gesund!«

»Wenn meine Eltern erfahren, dass wir nicht nur einen Kaffee trinken, sondern tanzen gegangen sind, bleibt mir nichts anderes als eine schwere Krankheit, um das Donnerwetter zu überstehen.«

»*Oh, come on, my dear.*« Helga wandte sich zu ihr um. Sie wechselte mühelos ins Englische, die von den Swingkids untereinander mit Vorliebe benutzte Sprache, und zurück ins Deutsche: »Vergiss dein schlechtes Gewissen. *Your parents* werden es schon nicht erfahren.«

Marga nickte ergeben.

Ihr Blick streifte ihr Spiegelbild. Sie sah in dem Frack und mit den offen über ihre Schultern fallenden blonden Wellen wirklich hübsch aus, Lippenstift und Wimperntusche waren auch hilfreich. Zum ersten Mal seit langer Zeit hatte sie sich sorgfältig zurechtgemacht. Im nächsten Moment fragte sie sich aber, wofür eigentlich. Michael war nicht da und niemandem sonst wollte sie gefallen.

Sie seufzte. Zugegebenermaßen war es netter, sich wohl in der eigenen Haut zu fühlen. Vorgestern war ja genau das Gegenteil geschehen. Ergeben folgte sie ihrer Freundin ins Getümmel.

Die Gesellschaftsräume des Curio-Hauses, eines vor dem Großen Krieg errichteten, riesigen Geschäfts-, Wohn- und Verwaltungsgebäudes, waren seit jeher ein beliebter Ort für Vereinstreffen, Bälle oder andere Tanzvergnügen der Hamburger Jugend. Hier hatte Marga ebenso den traditionellen Abschlussball ihrer Tanzstunde gefeiert wie zahllose ausgelassene Swingpartys, fast immer an der Seite von Michael. Als sie den leicht verräucherten Saal betrat, fühlte sie wieder Wehmut in sich aufsteigen – und eine unbändige Sehnsucht nach seiner Hand. Die Hand, die sie hielt und führte, ihr Sicherheit gab.

Es war bereits sehr voll. Marga hatte Mühe, Helga nicht aus den Augen zu verlieren. Etwa fünfhundert Jugendliche flanierten, tanzten, redeten, lachten, rauchten und tranken. Marga fiel auf, dass der Altersdurchschnitt der Jungs niedriger war als früher. Älter als neunzehn Jahre schien kaum einer zu sein. Als müsste es noch einen deutlicheren Hinweis auf den Kriegszustand geben, sah Marga, dass die Mitglieder der Kapelle, die auf der Bühne amerikanische und englische Hits der letzten Jahre spielten, feldgraue Uniformen trugen. Warum hatte sie daran nicht gedacht? Michael wurde demnächst zweiundzwanzig, seine Freunde waren im selben Alter, natürlich waren sie eingezogen worden, auch Helgas Schwarm Norbert, genannt Nobsi. Über ihrem Kummer hatte Marga das ganz vergessen. Jetzt fiel ihr auch wieder ein, dass die Musiker hier ihr Abschiedskonzert gaben, bevor sie einrückten.

Helga tauchte ins Gewühl auf der Tanzfläche ein. Dort war Lindy Hop angesagt. Es tanzten nicht immer nur Paare im klassischen Stil, auch zwei oder mehr Boys hakten sich zuweilen unter, klatschten Mädchen ab, drehten sich, schwangen die Beine, als befänden sie sich im Savoy Ballrom in Harlem. Marga schloss sich der Gruppe an, die sich um zwei Backfische bildete. Ein Girl und sein Boy tanzten in Paarhaltung den East-Coast-Swing, als kämen sie nicht aus Hamburg, sondern aus New York. Die schnelle, rhythmische Fußarbeit der beiden auf engstem Raum war atemberaubend.

Die Band spielte »In the Mood« von Glenn Miller und gleich danach »I Got Rhythm« von George Gershwin. Der Saal schien zu kochen. Die Melodien brachten auch Margas Blut zum Rauschen, stiegen ihr zu Kopf wie Aufputschmittel. Sie tanzte ausgelassen mit den anderen jungen Leuten, warf die Haare zurück, schwang die Beine. Als alle im Chor den Refrain anstimmten, sang sie aus vollem Hals mit: »*I got rhythm, I got music …*«

Durch die wilden, ausladenden Figuren des Swing kam es fast zwangsläufig zu einer kleinen Rempelei. Marga wurde zur Seite geschubst und fand sich plötzlich einem unbekannten jungen Mann gegenüber. Groß und schlank, mit elegantem dunkelgrauem Anzug, dazu den obligatorischen weißen Schal. Sein Gesicht war schmal, umrahmt von leicht welligem dunkelblondem Haar. In den runden Gläsern seiner Hornbrille tanzten die Sterne der sich spiegelnden Saalbeleuchtung. Er grinste Marga an und nahm mit der größten Selbstverständlichkeit ihre Hand.

Anfangs leicht widerstrebend folgte sie seinen Schritten. Doch der Fremde bewegte sich perfekt, er *hatte* den Rhythmus. Marga ließ sich führen und wunderte sich nur kurz darüber, was ein Mann von Mitte oder Ende zwanzig bei dieser Veranstaltung machte. Dann dachte sie gar nichts mehr, gab sich den schnellen Schritten hin und freute sich des Lebens. Was für ein Spaß!

Der Tusch kam viel zu früh. Die Kapelle legte eine Pause ein. Ein mürrisches Raunen ging durch das Publikum. Dann hob sich der Geräuschpegel und der ganze Saal schien in

Bewegung zu geraten, als sich Paare zum Ausgang schoben, andere an die Bar oder zu den Tischen strebten.

Ihr Tanzpartner blickte Marga zögernd an.

Lächelnd entzog sie ihm die Hand. »Sie brauchen sich nicht wie in der Tanzstunde zu benehmen und mich an meinen Platz zurückzubringen, den ich übrigens noch gar nicht habe. Gehen Sie nur zu Ihren Freunden, wir sind ja eher zufällig aufeinandergeprallt. Und ich bin auch nicht alleine hier.«

Er schmunzelte. »Wie schade. Ein Mädchen wie Sie sollte man nicht aus den Augen lassen. Wenn ich Ihr Verehrer wäre, würde ich an Ihren Sohlen kleben wie ein nasses Herbstblatt.«

Marga starrte den fremden Mann an wie einen Geist. Sprachlos vor Staunen öffnete sie mehrmals den Mund und schloss ihn wieder, weil kein Wort über ihre Lippen drang.

Seine Stimme war ihr unvergessen. Allerdings in einer völlig anderen Tonlage. Gewinnend und gut gelaunt hatte sie vorgestern nicht geklungen.

Da sie nichts sagte, verabschiedete er sich mit einer leichten Verbeugung. Er wirkte durchaus ein wenig geknickt, als wäre er lieber an ihrer Seite geblieben. »Man sieht sich«, meinte er leichthin, aber es klang, als bedeute es das Gegenteil.

Im nächsten Moment war er in der Menge verschwunden. Eine Fata Morgana.

Vielleicht bildete Marga es sich wirklich nur ein, dass sie in ihrem zufälligen Tanzpartner den Orchesterleiter Harry Alsen wiederzuerkennen glaubte.

Wegen des heruntergezogenen Huts und der Probenbeleuchtung hatte sie sein Gesicht nicht gesehen. Ein Irrtum war daher möglich. Dennoch rührte sie sich nicht vom Fleck, starrte auf den Platz, wo er eben noch gestanden hatte, und hoffte auf eine Erkenntnis.

Plötzlich stand Helga neben ihr und drückte ihr ein Glas in die Hand. »*What's on, baby?* Du siehst aus, als würdest du Trübsal blasen!«

»Tu ich gar nicht. Ich habe…« Marga unterbrach sich, schüttelte den Kopf, als könnte sie damit die verworrenen Eindrücke vertreiben. Ein Irrtum, dachte sie. Es war ein Irrtum, und sie machte sich wahrscheinlich lächerlich, wenn sie Helga davon erzählte.

»Ich war außer Atem vom Tanzen«, behauptete sie und trank einen Schluck von der Limonade, die Helga ihr gebracht hatte. Das Getränk war eisgekühlt und half gegen die Hitze, die unerwartet in ihr aufstieg.

»Swing heil, Girls!«, rief der junge Soldat, der eben noch als Bassist auf der Bühne gestanden hatte. Er gestikulierte wild mit den Armen, um im Gedränge auf sich aufmerksam zu machen.

»Da kommt Nobsi«, wisperte Helga aufgeregt und stellte sich seitlich hinter Marga, als brauchte sie ein Schutzschild für die Begegnung mit ihrem Schwarm.

»Hallo, Nobsi.« Marga strahlte Michaels Freund an.

Norbert hatte kaum Augen für sie, seine Blicke wanderten sofort zu Helga und blieben an ihr haften. Obwohl er offensichtlich am liebsten mit Helga allein gewesen wäre, sprach er beide Mädchen an: »*How are you?* Es ist schön, euch zu treffen. Nächste Woche geht es für mich an die Westfront.«

»Ist das gefährlich?«, entfuhr es Helga.

Er schüttelte den Kopf. »Überhaupt nicht. Im Westen fällt kein Schuss. Den Sitzkrieg gewinnen wir sowieso.«

»Na, dann…«, murmelte Helga. Sie lächelte, errötete, senkte die Lider und scharrte nervös mit ihren Füßen wie ein junger Vollblüter am Start eines Rennens.

»Vielleicht habt ihr beide bis zu meiner Abreise noch einmal Zeit, um ein bisschen *loszubutschern*«, schlug Norbert vor und sah dabei wieder nur Helga und nicht Marga an.

»Ich weiß nicht, ob ich noch einen Termin frei habe …« Helga wand sich kokett, unterbrach sich und knabberte nachdenklich an ihrer Unterlippe.

Marga stöhnte auf. »Ich habe gar keine Zeit. Aber, Helga, bei dir ist das anders. Das weiß ich genau.«

Eine Fanfare unterbrach den hilflosen Versuch, sich zu verabreden. Die meisten Musiker hatten sich wieder auf der Bühne versammelt, der Trompeter spielte die ersten Takte des Liedes von »Lili Marleen«. Die Pause war vorüber. Applaus brandete auf.

»Ich muss los«, verkündete Norbert unnötigerweise, rührte sich aber nicht, sondern sah Helga weiter mit treuherzigen, bittenden Augen an.

Marga stieß ihre Freundin mit dem Ellenbogen in die Seite.

»Also, morgen. Ja, ich glaube, morgen Nachmittag habe ich ein Stündchen Zeit«, behauptete Helga.

Norbert strahlte. »Dann um drei Uhr im Alsterpavillon. Was meinst du?«

»Mhm«, machte Helga.

»Endlich«, seufzte Marga leise.

Norbert vollführte eine *Cabriole* wie ein Balletttänzer. Grinsend machte er sich auf den Weg zu seinen Kollegen. Als sei ihm plötzlich etwas eingefallen, drehte er sich noch einmal um und kam zu den Mädchen zurück.

Er neigte den Kopf, sodass sein Mund ganz nah war, und warnte mit gesenkter Stimme: »Passt auf euch auf. Bei der Party im Hotel Kaiserhof neulich waren Spitzel unterwegs. Es heißt, Gestapoleute seien eingeschleust worden und hätten sich Notizen gemacht. Keine Ahnung, was das soll. Aber wenn ihr jemanden seht, der nicht hierhergehört, gebt mir oder einem der Jungs von der Band Bescheid.«

Dann zwinkerte er gut gelaunt, machte kehrt und lief durch eine Gasse, welche die Gäste für ihn bildeten, zur Bühne.

Während ihm Helga verträumt nachsah, blickte Marga sich suchend um. Als Norbert von den Schnüfflern im Kaiserhof gesprochen hatte, war ihr sofort der Fremde eingefallen, der so gar nicht zum sonstigen Publikum des Festes passte. Harry Alsen.

In diesem Moment begann die Soldatenband wieder zu spielen.

Ein Klarinettist, der nach Michaels Abreise engagiert worden war und den Marga nicht kannte, spielte Cole Porters »Begin the Beguine« in der Art von Artie Shaw. Unwillkürlich wanderten Margas Gedanken von ihren seltsamen Begegnungen mit Harry Alsen wieder zu Michael, dem liebsten, angebeteten Freund. Die Unsicherheit und die Angst, die nach ihr gegriffen hatten, verflüchtigten sich wie ein schlechter Geruch. Es blieb ein Nachgeschmack, doch sowohl Norberts Warnung als auch ihre Vorbehalte gegen Harry Alsen – so er es denn tatsächlich vorhin auf der Tanzfläche war – verloren vor dem Gedanken an Michael an Bedeutung.

Marga schloss die Augen und meinte, irgendwo in ihrer Erinnerung die spezielle Art zu hören, wie Michael Klarinette spielte. Sie tanzte allein vor sich hin, als wäre sie zum Tanzen geboren und nur auf der Welt, um mit ihrem Körper Michaels Musikalität auszudrücken. Der Rauschzustand, in dem sie sich vorhin bewegt hatte, stellte sich wieder ein. Gegenwart und Vergangenheit verschmolzen. Ihr Bewusstsein unterschied kaum mehr zwischen Realität und Traum. Spielte da der unbekannte Klarinettist oder war es doch Michael? Der Jazz brachte sie in eine Art Ekstase.

Die Unruhe, die sich im Saal ausbreitete, nahm sie im ersten Moment kaum wahr. Sie spürte, dass sich etwas veränderte, aber ihr Kopf war noch erfüllt von der Erinnerung.

Die Dissonanzen drangen verspätet an ihre Ohren und zu ihrem Gehirn vor. Erst als sie ein Mädchen entsetzt kreischen hörte, Füßescharren und Gleichschritt die Musik übertönten und die Band aus dem Takt kam, erwachte Marga aus ihrer Trance. Erschrocken sah sie auf.

Im selben Moment hob ein Chor junger Stimmen zu einem Marschlied an und die Instrumente verstummten mit deutlichem Missklang. »*Vorwärts! Vorwärts! schmettern die hellen Fanfaren*«, hallte es durch den Saal, begleitet von Schreien, Rufen, Poltern.

Jemand brüllte mehr, als dass er den Refrain sang: »*I got rhythm, I got music*«, andere Stimmen folgten, doch der Protest brach rasch ab.

Marga wurde hin und her gestoßen. Obwohl sie taumelte, blieb sie wie festgewurzelt auf dem Platz stehen, auf dem sie getanzt hatte. Die Menge umringte sie, schien in Richtung Bühne zu streben, dann wieder zu den Eingangstüren, schließlich liefen alle kopflos durcheinander. Panik brach aus.

Sie fühlte sich wie die Hauptperson in einem Kinofilm und gleichzeitig wie deren Zuschauerin. Seltsamerweise schien die Szene in Zeitlupe gedreht. Langsam und überdeutlich nahm sie das Geschehen wahr.

Ihr fiel auf, dass sich vor den Eingangstüren und Fenstern Männer in schwarzen Ledermänteln und schwarzen Uniformen phalanxartig postierten. Buddjes in HJ-Uniform stürmten auf gleichaltrige Mädchen zu und drehten ihnen die Arme auf den Rücken, Jungs wurden in den Schwitzkasten genommen, während ihre Freunde vergeblich versuchten, sich zu wehren. Auf der Bühne legten die Musiker die metallenen Notenpulte zusammen und hantierten damit, als nähmen sie Aufstellung für einen Fechtkampf.

Marga spürte die Tritte und Knuffe nicht, stand da und hielt nach Helga Ausschau. Doch die Freundin war nirgends zu sehen. Sie suchte, bis die Szenerie vor ihren Blicken zu einer wogenden, gesichtslosen Masse verschwamm. Ihr Herz wummerte gegen die Brust, raubte ihr den Atem und lähmte ihre Gliedmaßen. Angst legte sich auf sie wie eine bleierne Last.

»Komm mit!« Die Worte gingen in dem Chaos fast unter.

Marga begriff erst, dass sie gemeint war, als sie die Hände spürte, die sie unter den Frackschößen um die Taille packten.

Der Schrei in ihrer Kehle erstarb vor dem Gesicht, das dem ihren ganz nah war. Ohne darüber nachzudenken, trat sie nach dem Mann, den sie als Harry Alsen zu erkennen glaubte. Sie wehrte sich mit aller Kraft dagegen, dass er sie vorwärtsschob. »Lass mich los, du Spitzel!«

Tatsächlich ließ er kurz von ihr ab, zerrte im nächsten Atemzug aber an ihrem Arm.

»Ich bin kein Spitzel«, stieß er hervor. »Ich will dich hier rausbringen. Die Gestapo hat alle Ausgänge abgeriegelt, nur den Speiselift haben sie übersehen. Komm schnell, Mädchen, sonst landest du wie die anderen auf einem Opel Blitz. Es stehen genug Lastwagen vor der Tür, um alle Swingkids einzusammeln.«

Orientierungslos folgte sie ihm durch das Gedränge, gegen den Strom, dann wieder getragen und geschoben wie von einer Welle. Trillerpfeifen schrillten, wieder Schreie, dann donnernde Befehle. Sie spürte die Hände des fremden Mannes, denen sie sich ergab, weil sie nicht wusste, was sie sonst tun sollte.

Der Speiseaufzug befand sich in einer verlassenen Nische. Harry Alsen hantierte an der Bedienung, drückte hektisch auf Knöpfe. Schließlich öffnete sich eine Tür.

Innen war es eng und dunkel, aber groß genug für eine Person. Ohne Widerspruch setzte sich Marga hinein.

Ihr Retter verzog das Gesicht, drückte wieder auf einen Knopf. Dann zwängte er sich ebenfalls in das Loch. »'tschuldigung«, murmelte er, als er seine langen Beine einzog. Er lag mehr oder weniger auf ihr.

Aneinandergedrängt kauerten sie in dem kleinen Fahrzeug. Sekunden wurden zu Minuten, als sie darauf warteten, dass sich die Tür schloss.

Margas Herz klopfte ihr bis zum Hals, sie rang nach Atem. Unwillkürlich biss sie die Zähne zusammen, schlug sie jedoch in ihre Unterlippe. Sie schmeckte Blut. An ihrem Gaumen stieg Übelkeit hoch.

Mit einem Klicken rastete die automatisch betriebene Tür plötzlich ein. Ein Ruck. Der Aufzug setzte sich in Bewegung. Langsamer als Marga je einen Fahrstuhl erlebt hatte, glitt der Speiselift nach unten.

Es war so finster, dass Marga nicht einmal mehr die Umrisse ihres Begleiters ausmachen konnte. Der schwache Geruch von Zigarettenrauch, Lavendelwasser und Schweiß drang ihr in die Nase.

Wenn sie noch länger in diesem Gefährt blieb, würde sie ersticken. Sie japste nach Luft, verschluckte sich und hustete.

Sofort tastete seine Hand nach ihrem Mund. »Psst!«

Ich sterbe, fuhr es Marga durch den Kopf. Sie versuchte, den Husten zu unterdrücken, blähte die Wangen auf. Panik wallte in ihr hoch. Ihr Blutdruck verwandelte ihren Körper in eine einzige glühende Materie. Ihr Magen drehte sich.

Sie versuchte, sich zu bewegen. Da zog ein stechender Schmerz durch ihre Beine. Ihr wurde schwarz vor Augen.

5

Zu den Annehmlichkeiten seines Berufs gehörten Reisen. Frank Renner mochte es, unterwegs zu sein. Nicht, dass er sich in seiner Altbauwohnung im angesagten Hamburger Stadtteil Eppendorf nicht wohlfühlte, aber er wollte frei sein und mit kleinem Gepäck erzählenswerte Geschichten in aller Welt aufspüren. Er war Journalist geworden, um Informationen zu sammeln, die sich hinter der schnelllebigen Aktualität der Nachrichten verbargen. Dass dies manchmal eine recht zeitaufwendige, langwierige Recherche erforderte, nahm er für ein zufriedenstellendes Ergebnis gern in Kauf. Auf diese Weise hatte er sich einen gewissen Ruf erworben. Im vorigen Jahr war seine Dokumentation über eine bayerische Nonne, die als blutjunges Mädchen vergewaltigt wurde und die Tat nie verwinden konnte, sogar für den Grimme-Preis nominiert worden.

Frank war ein smarter Globetrotter, der mit Einfühlsamkeit, Charme und Beharrlichkeit hinter die Kulissen schaute. Nach dem Studium an der Deutschen Journalistenschule und einem Lehrgang an der Filmhochschule in München entschied er sich dafür, Hintergrundberichte zu schreiben und zu drehen. Sein damals bester Freund und Kommilitone war einen anderen Weg gegangen, hatte sich als Redakteur durch die Hierarchien der Zeitungslandschaft geschlagen und schrieb inzwischen als Frankreichkorrespondent für eine deutsche Illustrierte. Sie hatten über die Jahre losen Kontakt gehalten, was sich als ausgesprochen nützlich erwies. Jeder konnte den anderen hin und wieder mit beruflichen Informationen versorgen. Als Frank beschloss, die Geschichte der Swingfans im besetzten Paris zu recherchieren, war Jürgen Weigand sein erster Ansprechpartner.

Ihr Wiedersehen organisierte Jürgen in einem Lokal, das in unmittelbarer Nachbarschaft des Louvre lag, für jeden Fremden gut erreichbar. Ein Jazzbrunch im Bar-Café-Restaurant Le Fumoir. Das mit reichlich Leder, Bücherwänden und alten Bildern im Kolonialstil eingerichtete Lokal erwies sich als gelungene Mischung aus Bibliothek und Esszimmer. Sensibel ausgesucht, fand Frank, wenn auch sein Antrieb an diesem Vormittag weniger der zu erwartenden Musik als vielmehr seinem knurrenden Magen geschuldet war.

»Du hast dich überhaupt nicht verändert!«, behauptete Jürgen nach der ersten Umarmung.

Ein etwas problematischer Einstieg für ihr Treffen, denn auf Jürgen traf diese Bemerkung nicht zu. Seine Vorliebe für die französische Küche zeigte sich in einem Bauchansatz, den Frank für einen Mann Mitte dreißig etwas verfrüht fand. »Du siehst gut aus«, gab Frank vage zurück und klopfte dem alten Freund auf die Schulter.

»*Bon*, du erinnerst misch an Magnum«, meinte Jürgens Begleiterin mit einem entzückenden französischen Akzent.

»Echt?«, gab Frank amüsiert zurück. Mit seiner hochgewachsenen Statur, blauen Augen, braunem Haar und Schnauzbart wurde er oft von Frauen mit dem amerikanischen Schauspieler Tom Selleck verglichen. »Zwischen Magnum und mir liegen allerdings zwanzig Jahre. Zu meinen Gunsten«, fügte er schmunzelnd hinzu.

Die zarte, dunkelhaarige Französin streckte ihm die Hand entgegen. »Isch bin Jacqui, Jürgens Sekretärin.«

Frank lächelte sie unverbindlich an. Wenn sein Freund die junge Frau am Sonntagvormittag zum Brunch ausführte, hatte er vermutlich ein größeres Interesse an ihrer Person als an ihrer Fähigkeit, Diktate aufzunehmen. Dem wollte er nicht in die Quere kommen, obwohl Jacqui ganz reizend und Frank wieder Single war.

Die letzte Beziehung war an seiner Arbeit gescheitert: »Wenn ich einen Mann wollte, der dauernd verreist ist, würde ich einen Seemann heiraten«, meinte Elke und zog nach drei Jahren Zusammenlebens aus. Hals über Kopf heiratete sie dann tatsächlich – einen Arzt mit hohem Überstundenkontingent. Frank wusste gerüchteweise, dass sie ziemlich unglücklich war und die Uhr gern zurückgedreht hätte, doch derartige Arrangements lagen ihm nicht.

Dank Jürgens Voraussicht war in dem sich stetig füllenden Lokal ein Vierertisch nahe der Bühne für sie reserviert. Die drei nahmen gerade Platz, als die Damenband Aufstellung bezog, die für den musikalischen Genuss beim Brunch sorgen sollte.

Fünf junge Frauen, wie dem Katalog einer Modelagentur entsprungen: Eine Latina stellte sich an die Congas, eine kupferrote Schönheit setzte sich ans Schlagzeug, eine zierliche Person mit dunklem Pagenkopf spielte Gitarre, eine dunkelhäutige Musikerin hängte sich ein Saxofon um den Schwanenhals, was Frank ausgesprochen sexy fand, und eine große Blondine ließ sich auf dem Klavierhocker nieder. Letztere wirkte mit ihrem langen, glatten, schimmernden Haar und dem ebenmäßigen, sonnengebräunten Gesicht wie eine US-Amerikanerin, vielleicht kam sie auch aus Skandinavien oder aus Deutschland. Das Bild einer Enkelin von Hemingway oder Fitzgerald, die nach Paris pilgerte, um hier Musik zu machen, regte Franks Phantasie jedoch deutlich mehr an. Alle anderen Nationalitäten schienen ihm nicht symbolkräftig genug. Jazz, dachte er, das sind die Zwanzigerjahre am Montparnasse.

»Pardon, Monsieur«, eine mit den Speisekarten bewaffnete

junge Kellnerin erschien neben Jürgen, »hätten Sie etwas dagegen, wenn wir den freien Platz an Ihrem Tisch an einen Gast vergeben? Ich weiß, das ist ungewöhnlich und ich würde Sie auch nicht fragen, aber es ist ein alter Herr. Er hat nicht reserviert und möchte unbedingt den Auftritt der Musikerinnen erleben, aber wir sind ausgebucht.«

Jürgen blickte etwas hilflos zu Jacqui und Frank. »Habt Ihr etwas dagegen?«

»Pas de problème«, meinte die Französin, obwohl ihr Gesichtsausdruck keine Freude über den zusätzlichen Gast verriet. »Kein Problem.«

»Find ich auch«, erwiderte Frank. »Der alte Herr wird uns schon nicht stören. Außerdem unterhalten wir uns auf Deutsch, er versteht bestimmt kein Wort.«

Jürgen nickte der jungen Kellnerin zu.

Diese strahlte. »Danke, ich danke Ihnen.«

Kurz darauf kam sie mit einem Mann wohl jenseits der achtzig zurück. Er war nicht sehr groß, strahlte aber viel Würde aus. Zu einem dunklen Anzug mit Krawatte trug er den Mantel auf altmodisch elegante Art über den Schultern, um den Hals hatte er sich mit der Verwegenheit einer anderen Generation einen weißen Schal geschlungen.

»Bonjour, Mademoiselle«, er verneigte sich zuerst formvollendet vor Jacqui, nickte dann den beiden Männern höflich zu, *»bonjour, Messieurs.«*

Anschließend setzte er sich auf den freien Stuhl. Er schien sofort das Interesse an seinen Tischnachbarn zu verlieren, sah sie nicht einmal an. Er rückte sich den Stuhl zurecht und wandte seine ganze Aufmerksamkeit der Bühne zu. Den Stock, den er in der Hand gehalten hatte, klemmte er sich zwischen die Knie.

Die fünf jungen Frauen begannen mit einem modernen Arrangement des alten französischen Chansons »La Mer«.

Bei diesem und den nächsten zwei, drei Titeln lauschten Frank, Jürgen und Jacqui der Darbietung. Als aber Kaffee, Eierspeisen, Käse und Baguette serviert wurden, überwog das Interesse an ihrem Frühstück.

Während der Alte an ihrem Tisch lediglich an seinem Mokka nippte und dabei die Musikerinnen nicht aus den Augen ließ, entspann sich unter den Freunden ein Gespräch. Die meisten ihrer Sätze begannen mit der Frage: »Erinnerst du dich …?« und endeten in fröhlichem, manchmal böswilligem und auf jeden Fall albernem Gelächter, wenn die beiden Männer ihre alten Geschichten für Jacqui verständlich machten.

Frank bemerkte, dass ihnen der zufällige Tischnachbar verstohlene Blicke zuwarf. Ärgerte sich der Mann, weil sie sich unterhielten, während er der Musik lauschte, als befänden sie sich in einem Konzertsaal? Aber sie saßen schließlich in einem Restaurant und nicht in der Salle Pleyel.

»Wie lange wirst du in Paris bleiben?«, fragte Jacqui.

»Voraussichtlich drei Wochen. Wenn das nicht reicht, um alle Dokumente ausfindig zu machen, verlängere ich entsprechend. Das Apartment, das ich gemietet habe, steht mir für mindestens einen Monat zur Verfügung, mal sehen.«

»Das ist nicht schlecht für den Anfang.« Jacqui schenkte ihm ein strahlendes Lächeln.

Frank warf Jürgen einen fragenden Blick zu, doch der war mit seinem Essen beschäftigt und schien Jacquis Flirtversuche nicht zu bemerken. Vielleicht war Jürgens Interesse an ihr ja nicht so groß, wie Frank angenommen hatte. Allerdings waren diese zarten, brünetten Frauen nicht unbedingt sein Typ. Seine Blicke wanderten unwillkürlich über die Musikerinnen. Er mochte langgliedrige, große Frauen wie die Kupferrote oder die blonde Pianistin auf der Bühne. Aber vielleicht lohnte es sich ja bei Gelegenheit, die eigenen Vorlieben zu hinterfragen.

»Ich kann jederzeit wiederkommen«, versicherte er Jacqui.

»Es wird spannend«, nuschelte Jürgen mit vollem Mund, »ob du auf Anhieb alle Informationen bekommst, die du für deine Reportage brauchst. Mit ein bisschen Glück treibst du den einen oder anderen Zeitzeugen auf. *Les zazous* waren sehr junge Leute, soviel ich weiß, von denen sind bestimmt noch einige gesund und munter.«

»Wenn sie nicht damals verhaftet wurden und in einem KZ umkamen.«

Ein Trommelwirbel unterbrach Franks ernsten Kommentar. Die Latina entlockte den Congas eine geradezu fantastische Tonfolge, der sich kaum ein Gast entziehen konnte.

Jürgen legte das Besteck nieder und applaudierte begeistert. »*Génial!*«, rief er der Musikerin zu. Doch seine Stimme ging im frenetischen Beifall unter.

»Du könntest dich bei den Händlern an der Seine erkundigen«, schlug Jacqui vor, als sich die Lautstärke etwas legte. »Manche der *bouquinistes* handeln auch mit alten Schallplatten. Sie sind gut vernetzt mit ihren Kunden und Freunden alter Schlager. Wenn du magst, begleite ich dich dorthin.«

Meine Güte, fuhr es Frank durch den Kopf, wie sollte er dieser Charmeoffensive standhalten?

Bevor er etwas antworten konnte, veränderte der alte Mann neben ihm seine Sitzposition. Der Franzose beugte sich vor und sagte in klarem Deutsch: »Verzeihen Sie, meine Herrschaften, ich wollte Sie nicht belauschen, aber ich habe gehört, dass Sie sich für *les zazous* interessieren. Darf ich fragen, was Sie über die französischen Swingfans im Zweiten Weltkrieg wissen möchten?«

Verblüfft sah Frank den alten Mann an.

Er wurde jedoch abgelenkt, weil die Pianistin bei ihrem auf die Conga-Einlagen folgenden Solo unangenehm falsche Töne anschlug.

»Die muss aber noch ein bisschen üben«, grummelte Jürgen.

Unwillkürlich wanderten Franks Blicke zur Bühne – und blieben dort staunend hängen.

Die junge Frau starrte ihn an. Überrascht, beinahe sogar fassungslos.

Er suchte in seinem Gedächtnis, war sich aber sicher, ihr nie zuvor begegnet zu sein. Über diesem seltsamen Blickkontakt vergaß er die Frage seines Tischnachbarn. Ruhig erwiderte er den Blick der Blonden, versuchte zu ergründen, warum seine Person sie so aufbrachte.

Es dauerte eine Weile, bis er begriff, dass nicht ihm ihre Aufmerksamkeit galt, sondern dem alten Mann, der sich bei seiner Frage zu ihm geneigt und dadurch in ihr Blickfeld bewegt hatte. Irritiert betrachtete Frank die Pianistin, die buchstäblich aus dem Takt geraten war. Als sie ihren Kolleginnen ein Zeichen gab, das auf eine bevorstehende Pause hinwies, wandte er sich wieder dem alten Mann zu.

Seltsamerweise schmolz auch dessen innere Ruhe unter dem durchdringenden Blick von der Bühne. Mit fahrigen Bewegungen klopfte der Alte seine Jacke ab, fand die Brieftasche und legte einen Fünfzig-Franc-Schein vor Frank auf den Tisch.

»Ich muss leider gehen«, sagte er und erhob sich von seinem Stuhl. »Würden Sie bitte so freundlich sein und meinen Kaffee bezahlen? Das Geld sollte reichen.«

»Es ist viel zu viel …«

Auf der Bühne brachen die Töne ab. Das Stimmengewirr wurde lauter.

»Den Rest kann die nette Kellnerin behalten.« Der alte Mann verneigte sich kurz und schloss bei diesem Abschiedsgruß Jacqui und Jürgen mit ein. Ungewöhnlich wendig drängte er sich durch das inzwischen überfüllte Restaurant in Richtung Ausgang, der sich erst hinter dem Barbereich befand.

Frank sah ihm verdutzt nach, den Geldschein nachdenklich in seinen Fingern drehend.

Aus den Augenwinkeln nahm er eine hektische Bewegung auf der Bühne wahr.

Die Pianistin sprang von dem Podest und stürzte hinter dem alten Mann her. Obwohl sie viel jünger und beweglicher war, kam sie weniger schnell voran, da ihr Musikfans aus dem Publikum in den Weg traten, um sie anzusprechen. Sie wimmelte die Leute ab und schaffte es, dem Alten auf den Fersen zu bleiben, als dieser hinter dem Durchgang zur Bar um eine Ecke bog und aus Franks Sichtkreis verschwand.

»Seltsamer kleiner alter Mann.« Jürgen schaute dem Abgang ebenfalls verwundert hinterher.

»Ich finde es viel netter, wenn wir unter uns sind«, kommentierte Jacqui das Geschehen. »Es ist nicht *comme il faut,* wenn jemand die Gespräche anderer Leute belauscht.«

»Wartet mal einen Moment«, bat Frank und schob seinen Stuhl zurück.

Ohne dass er sich darüber klar war, was ihn eigentlich antrieb, folgte er dem alten Mann und der Pianistin. Inzwischen hatte sich die Stimmung im Lokal beruhigt und es war ein leichteres Durchkommen. Lediglich die Kellner, die die Pause zum Abservieren, Kassieren oder für neue Bestellungen nutzten, liefen herum. Er erreichte die Eingangstür des Lokals unmittelbar hinter der Pianistin. Ihm schien es, als befände er sich in ihrem Windschatten, als wehte ihm ihr langes goldenes Haar ins Gesicht. Aber das war nur Einbildung.

»Monsieur!« Ihre Stimme hallte über den Bürgersteig der vierspurigen Rue de l'Amiral de Coligny, übertönte die Geräusche des für einen Sonntagvormittag lebhaften Verkehrs.

Frank war sich sicher, dass der alte Mann sie hörte. Dennoch drehte der sich nicht um, sondern setzte seinen Weg unbeirrt fort. Er trat ohne zurückzublicken von der Bordsteinkante und zwischen den parkenden Autos auf die Fahrbahn.

»*Stop!*«, rief die Blonde. »Halt!«

Sie warf sich nach vorn, wahrscheinlich in der Hoffnung, den Alten zu packen. Sie griff jedoch ins Leere, strauchelte, wäre beinahe gefallen, fing sich wieder.

Wenn Frank sich die Szene später vor Augen führte, erschien vor seinem geistigen Auge immer die Farbe Schwarz. Der dunkle Mantel des Mannes, der durch die Luft geschleudert wurde. Die junge Frau in schwarzer Jeans und schwarzem Rollkragenpullover, die den Alten nicht aufzuhalten vermochte. Die schwarze Karosserie eines Taxis.

Und dann erst traten die kreischenden Bremsen in seine Erinnerung, das nicht mehr regelmäßige Tucktuck eines Dieselmotors, ein protestierendes Autosignal, dem ein Hupkonzert folgte. Schließlich ein Schrei. Ein sich in Hysterie verwandelnder, nicht enden wollender Schrei.

6

»Hören Sie auf!« Hände umschlossen mit festem Griff ihre Schultern, schüttelten sie, eine Männerstimme brüllte: »*Calmez-vous!*«

Andrea begriff nicht, was man von ihr wollte. Hatte der Fremde sie eben tatsächlich in ihrer Muttersprache angesprochen, mitten in Paris? Sie kannte ihn nicht, aber egal. Sie konnte ihn ja nicht einmal sehen, weil sie die Lider fest aufeinandergepresst hielt, um dem Blick auf den alten Mann auszuweichen.

Wenn sie die Augen fest zukniff, verschwammen das Bild des Taxis und die zarte Gestalt des Alten zu einem Ball, der zur Seite gekickt wurde. Ein großer, dunkler Ball, der unter die Räder des Wagens kam, ein Kinderspielzeug, das versehentlich vom Trottoir auf die Fahrbahn rollte. Kein Mensch. In ihrer Phantasie verwandelte sich der Ball in eine riesige Kugel, die durch Andreas Kopf rollte, als wäre ihr Gehirn ein lebendiger Flipperautomat. Das Monstrum schoss mal hierhin, dann dorthin, donnerte gegen ihre Schläfen, ruckelte an ihrem Schädel.

Das Heulen mehrerer Sirenen schrillte durch die Häuserschluchten. Irgendwelche Autofahrer drückten unablässig auf die Hupe ihres Fahrzeugs. Aufgeregtes Stimmengemurmel. Wieder der Fremde, der auf sie einredete, sie schüttelte und auf Französisch wiederholte, sie möge sich beruhigen.

Langsam gelang es Andrea, die Geräusche zu isolieren und zu sortieren. Aber erst nach einer Weile war sie in der Lage, ihre Gedanken so weit zu ordnen, dass ihr bewusst wurde, wer die wie wahnsinnig schreiende Person war. Sie selbst.

Mit der einen Hand griff sie sich an den Hals, die andere legte sie auf den Arm des Unbekannten, um ihn stumm zu bitten, sie nicht durchzuschütteln. Ihre Kehle schmerzte vom Schreien, sodass sie befürchtete, nicht sprechen zu können. Sie schloss den Mund, atmete tief durch, öffnete endlich die Augen.

Sie blickte in klare blaue Augen, in denen Sorgen und Panik aufflammten, nahm das braun gebrannte Gesicht eines Mannes Anfang dreißig wahr, einen gepflegten Schnauzbart. Er war größer als sie, maß sicher fast zwei Meter, und er war ziemlich schlank. Sie verstand nicht, wie er hierhergekommen war und was er von ihr wollte.

In seinem Rücken entdeckte sie einen Ring aus Passanten und Autofahrern, der sich um das Geschehen gebildet hatte. Ein Stau aus Autos und Reisebussen zog sich beidseitig die Straße entlang. Das rhythmische Jaulen der Sirenen wurde lauter, kam näher. Irgendjemand hatte offenbar die Polizei und einen Krankenwagen gerufen.

Eben noch meinte sie, in ewigem Wiederholungsmodus eine bestimmte Szene zu sehen, im nächsten Moment wusste sie nicht mehr, was geschehen war. Doch die Erinnerung kehrte unerbittlich zurück.

Sie war vollkommen konsterniert gewesen, als sie den Zuhörer aus dem Concorde La Fayette wiedererkannt hatte. Der alte Mann saß mit jüngeren Leuten zusammen, die womöglich seine Kinder oder Enkelkinder waren und ihn zum Sonntagsbrunch ausführten. Eine wenig spektakuläre Gesellschaft, doch Andrea war sicher, dass seine Anwesenheit kein Zufall war. Drei Begegnungen in drei Tagen konnten nur bewusst herbeigeführt worden sein. Sie wollte ihn fragen, warum er ihr nachstellte. Deshalb hatte sie ihre Kolleginnen um eine Pause gebeten, ihr katastrophal schlechtes Klavierspiel abgebrochen.

Aber warum war er vor ihr davongelaufen?

Ich bin schuld, dachte sie. Ich bin schuld an dem Unfall.

»Geht es Ihnen besser?«

Andrea hatte den Fremden von eben völlig vergessen.

Sie versuchte, ihm zu antworten, doch ihre Zähne stießen aufeinander und gleichzeitig verkrampfte sich ihr Unterkiefer. Bebend schlang sie die Arme um ihren Leib.

Der Fremde zog seinen Blazer aus und legte ihn ihr um die Schultern. »Das ist der Schock«, murmelte er zu sich selbst auf Deutsch, um dann etwas ratloser hinzuzufügen: »*Choc?*« Und fast ohne Luft zu holen, grummelte er wieder auf Deutsch: »Hoffentlich heißt das so …«

Sie zuckte mit den Achseln, achtete aber darauf, dass die Jacke nicht herunterglitt.

»Andrea!« Die Stimme von Cristina, mit der sie die Frauenband gegründet hatte. Cristina stammte aus Spanien, sah aber aus wie die Tochter eines Konquistadors und einer Einheimischen irgendwo in Mittelamerika. Tatsächlich spielte sie die Congas wie eine waschechte Kubanerin. Die Freundin kam aus dem Lokal auf die Straße, ratlos und offensichtlich auf der Suche nach ihr. Cristinas Tonfall änderte sich, wirkte alarmiert, als sie neben Andrea auftauchte: »Was ist passiert?«

Blaulicht brannte in Andreas Augen, die Signaltöne der Einsatzwagen schrillten ohrenbetäubend. Ein weißer Renault mit dem rot-blauen Schriftzeichen der Police Nationale hatte sich durch den Stau gequält und fuhr schräg in eine Parklücke. Dem Wagen folgte die Ambulanz. Polizisten sprangen heraus, bahnten sich einen Weg durch die Menge, riefen Befehle oder Anweisungen, begannen mit der Abriegelung der Unfallstelle. Sanitäter folgten ihnen.

Andrea konnte nicht sprechen. Sie zitterte vor Kälte. Der Schüttelfrost hielt sie davon ab, an irgendetwas anderes zu denken. Erleichtert nahm sie wahr, dass die tiefe Männerstimme neben ihr die Situation in langsamem, gut überlegtem Schulfranzösisch zu erklären versuchte.

»Sie steht unter Schock. Ein alter Mann ist vor ein Taxi gelaufen. Er war Gast im Le Fumoir, hat Ihr Konzert gehört. Ich glaube, er kannte Ihre Freundin.«

»Wirklich?« Cristina blickte verblüfft von ihm zu Andrea.

»Der alte Herr …« Der Fremde unterbrach sich und murmelte, wieder auf Deutsch: »Was heißt bloß: vor jemandem flüchten …?«

»*Fuir de quelqu'un*«, entfuhr es Andrea automatisch.

Die Freundin und der Fremde starrten sie an.

»Warum sollte ein alter Mann vor dir flüchten?«, fragte Cristina verwundert.

»Ich kenne ihn nicht, aber er hat mich verfolgt«, ächzte Andrea.

»Unsinn! Das bildest du dir ein. Warum sollte er das tun?«

Im Kopf des Mannes, dessen Blazer Andrea nach wie vor trug, schien ein Gedanke aufzublitzen. Er sah Andrea eindringlich ein. »Kommen Sie aus Deutschland?«

Ihre stärker klappernden Zähne ließen nur ein Nicken zu.

»Ja«, erwiderte Cristina an ihrer Stelle, »Andrea kommt aus Deutschland. Ist das wichtig?«

»Es ist *bizarre.*« Nachdenklich strich sich der Fremde über das Kinn. »Ich kenne den alten Mann nicht, habe aber gehört, dass er sehr gut Deutsch spricht. Das ist ungewöhnlich für einen Franzosen, auch für einen Menschen seiner Generation. Es muss eine Verbindung zwischen Ihnen geben. Erinnern Sie sich, bitte.«

Andrea schüttelte den Kopf.

7

Fröstelnd, zitternd und zutiefst verwirrt beantwortete Andrea die Fragen der Polizei. Als Zeugin musste sie sich zur Verfügung halten. Zur Aufklärung des Unfallhergangs konnte sie jedoch nicht beitragen. Der Taxifahrer erklärte indes, der alte Mann sei ihm direkt vor das Auto gelaufen. Passanten und andere Verkehrsteilnehmer bestätigten dies. Niemand gab Andrea die Schuld an dem Unglück oder behauptete gar, sie habe den Alten verfolgt. Im Gegenteil. Irgendjemand meinte gesehen zu haben, dass sie den Unglücklichen aufhalten wollte. Die Befragungen wurden in der Annahme abgeschlossen, Monsieur sei konfus, vermutlich etwas *dément,* nichts Ungewöhnliches in seinem Alter. Er selbst konnte nicht Rede und Antwort stehen, da er bewusstlos war. Mit heulenden Sirenen wurde der Schwerverletzte von der Ambulanz abtransportiert.

Andrea lehnte jede Hilfe ab, wollte nur nach Hause und sich unter das dicke Steppbett verkriechen, das sie sich von ihrer letzten Reise aus Deutschland mitgebracht hatte. Sie bat Cristina, sie bei der Band zu entschuldigen, doch die Freundin rührte sich nicht vom Fleck, machte Hilfsangebote. Während Cristina mit dem Fremden diskutierte, ob der Schock in einem Krankenhaus behandelt werden müsse, entdeckte Andrea ein freies Taxi und sprang wortlos hinein.

Ohne sich noch einmal umzudrehen, ließ sie sich zu ihrer Adresse im 15. Arrondissement bringen. Die Geldscheine in der Gesäßtasche ihrer Jeans reichten aus, die Fahrt zu bezahlen. Da sie ihre Handtasche im Le Fumoir vergessen hatte, musste sie die Concierge bitten, ihr mit einem Ersatzschlüssel auszuhelfen. Das kostete sie nur ein paar freundliche Worte, dann war sie endlich allein.

Als sie sich in ihrer kleinen Dachwohnung ihrer Kleidung entledigen wollte, bemerkte sie erst, dass sie noch den Blazer trug, der dem Deutschen gehörte. Doch für neue Komplikationen hatte sie nun keinen Kopf. Sie sehnte sich nach Ruhe. Also ließ sie die Sachen einfach auf den Boden fallen und zog sich unter ihre Bettdecke zurück.

An Schlaf war natürlich nicht zu denken. Immer wieder spulte ihr Hirn die Bilder ab, die sich ihr eingeprägt hatten wie Melodien auf einer Schallplatte. Verzerrte Sequenzen, mal in Zeitlupe, dann im Zeitraffer oder als endlose Wiederholung derselben Szene. Sie konnte die Gedanken nicht ausschalten, die ihr immer wieder den alten Mann zeigten, der durch den Aufprall hochgeschleudert wurde und dessen lose um die Schultern liegender Mantel wie eine schwarze Fahne durch die Luft wehte, um den zerschundenen Körper anschließend zuzudecken wie ein Leichentuch.

Aber nicht nur die Erinnerung an den Unfall machte Andrea zu schaffen. Die Vermutung des Gastes aus Deutschland, dass es eine Verbindung zwischen ihr und dem Verunglückten gebe, ging ihr nicht aus dem Kopf. Und warum hatte sie in ihrer Zeugenaussage verschwiegen, dass sie dem Alten schon wiederholt begegnet war? Irgendetwas verband sie mit diesem Mann, sie wusste nur nicht, was. Und solange es so war, wollte sie nicht darüber sprechen.

Grübelnd warf sie sich hin und her, nickte irgendwann vor Erschöpfung ein – und erwachte kurz darauf mit einer Panikattacke. Schweißgebadet und mit Herzrasen versuchte sie, sich an ihren Albtraum zu erinnern, doch die Visionen verschwammen vor der Realität.

Die Dämmerung hatte Andreas Schlafzimmer längst in Besitz genommen, als das Telefon klingelte.

Andrea zog die Decke über den Kopf, aber die fröhliche Frauenstimme drang trotzdem vom Anrufbeantworter zu ihr durch: »*Bonsoir,* Andrea. Ich hoffe, es geht dir gut. Bitte ruf mich unbedingt an. Ich bin noch in der nächsten Stunde zu Hause erreichbar, dann muss ich weg zu einem Gig. *À tout à l'heure*!« Cristina legte auf.

Die Stunde verging – vielleicht auch mehr Zeit – und Andrea schaffte es nicht, sich aufzuraffen. Das Telefon läutete noch einmal, aber es wurde aufgelegt, als sich der Anrufbeantworter einschaltete.

Es herrschte diese für Paris typische Abendstimmung – keine richtige Dunkelheit, sondern ein von den Lichtern der Stadt orange und hellblau bemalter Himmel breitete sich vor Andreas Dachfenster aus. Sie war offenbar eingeschlafen, diesmal konnte sie sich weder erinnern, was noch ob sie überhaupt geträumt hatte. Für einen Moment fühlte sie sich besser. Sie strampelte sich frei und richtete sich auf, wischte sich die Haare aus der feuchten Stirn.

Von der Straße wehte leise das Rauschen des Verkehrs herauf. Das ständige Hupkonzert klang plötzlich weniger vertraut. Mit dem nächsten Atemzug füllten sich Andreas Hirnwindungen wieder mit den Bildern des Vormittags – und die Erleichterung war dahin.

Das Klingeln des Telefons ließ sie zusammenfahren. Seltsam erstarrt lauschte sie Cristinas Stimme, die verzerrt durch den Anrufbeantworter sprudelte. Im Hintergrund hörte Andrea Gläserklirren, undeutliche Gespräche und Lachen, als würde die Freundin aus einem Lokal oder von einer Party anrufen: »Ich mache mir Sorgen um dich. Schick mir bitte wenigstens eine Nachricht auf mein *portable,* wie es dir geht.« Danach beendete Cristina das Gespräch – und Andrea hatte es wieder nicht angenommen.

Keine Minute später läutete es noch einmal, der Anrufbeantworter sprang an: »Tut mir leid, *ma chère,* aber ich musste deine Telefonnummer dem Monsieur geben, mit dessen Jackett du weggelaufen bist. Er möchte seine Brieftasche natürlich wiederhaben. Bitte nicht böse sein für diese Indiskretion. Ich weiß, dass du es nicht magst, wenn Fremde deine Nummer haben. Aber in diesem Fall ist es entschuldbar, denke ich. *À demain* und vergiss nicht, mir eine SMS zu schicken!« Klick. Ende.

Der Blazer!

Andrea hatte das entführte Kleidungsstück ebenso vergessen wie die Menschen, die ihr geholfen hatten und sich jetzt um ihr Wohl sorgten. Sie musste endlich aus ihrer Höhle kriechen und sich den drängendsten Dingen stellen!

Als sie die Decke zurückschlug und mit vorgetäuschter Energie aufstehen wollte, wurde ihr schwindelig und sie fiel in die Kissen zurück.

»Reiß dich zusammen, Mädchen!«, schalt sie sich laut und versuchte es noch einmal, allerdings etwas weniger behände.

Nach einem weiteren Versuch war ihr Kreislauf so weit wiederhergestellt, dass sie langsam in ihr Wohnzimmer tappen konnte, das gleichzeitig Diele und Küche in einem war. Sie stolperte beinahe über ihre Jeans und sah dann im Lichtschein der Tischlampe die fremde Jacke auf dem Boden liegen. Mit zusammengebissenen Zähnen, weil sich beim Bücken wieder alles um sie zu drehen begann, hob sie den Blazer auf. Sie klammerte sich an das Kleidungsstück, als gebe es ihr Halt, und ließ sich in den alten Ohrensessel fallen, den sie erst kürzlich in Saint-Ouen erstanden hatte, auf dem größten Flohmarkt der Stadt.

Ziemlich gute Qualität, stellte sie beiläufig fest, hoher Kaschmiranteil. Der Mann hatte Stil – und offensichtlich auch Geld. Flüchtig ging ihr durch den Kopf, dass sie in die Intimsphäre eines fremden Menschen eingriff, dennoch zog sie das weinrote Lederetui aus der Innentasche des Sakkos und klappte es auf.

Im linken Fach steckten ein Reisepass der Bundesrepublik Deutschland und ein paar Visitenkarten unterschiedlicher Herkunft, auf der rechten Seite drückten sich ein leicht zerfledderter grauer Führerschein und ein ebenfalls grauer Personalausweis durch die Klarsichtfolie. Da sie nun schon einmal dabei war, nahm sie die Papiere eines nach dem anderen heraus, betrachtete die Schwarz-Weiß-Porträts und las sich die Angaben durch. Auf dem ältesten Bild, dem in der Fahrerlaubnis, sah er ein bisschen aus wie Bob Dylan mit Bart, die anderen beiden Ausweisfotos kamen dem Mann nahe, den sie am Vormittag kennengelernt hatte. Außer dem Namen erfuhr sie, dass er dreiunddreißig Jahre alt war und in Hamburg lebte.

Als Nächstes nahm sie sich die Visitenkarten vor. Zwei waren von ihm selbst – dunkelblaue Gravurschrift auf weißem Karton: Frank Renner, Journalist. Die anderen Karten waren von einem Redakteur beim NDR-Fernsehen in Hamburg, einer Kfz-Werkstatt, ebenfalls in Hamburg, einer Autovermietung am Flughafen Charles de Gaulle. Die Büroadresse einer deutschsprachigen Illustrierten in Paris schien am häufigsten benutzt worden zu sein, die Ecken waren abgestoßen und auf der Rückseite erkannte Andrea die anscheinend auf die Schnelle notierte Adresse des Le Fumoir und darunter eine Telefonnummer mit dem Hinweis »Hot Club de France«.

Nachdenklich drehte Andrea die Karte in ihren Händen, als könne sie ihr etwas über den Mann erzählen, der sie in seiner Brieftasche aufbewahrte. Immerhin wurde deutlich, dass Frank Renner nicht zufällig bei dem Brunch gewesen war. Er war Jazzfan. Das bewies der zweite Eintrag. Der Hot Club de France hatte in den Dreißigerjahren und auch unter deutscher Besatzung seine glorreiche Zeit erlebt. Die bekanntesten Musiker jener Jahre spielten in den Clubräumen am Montmartre, es gab eine eigene Jazz-Zeitung und eine Plattenproduktion entstand. Nach dem Zweiten Weltkrieg, als Swing nicht mehr eine der größten Metaphern für Freiheit war, zerstritten und entzweiten sich die Organisatoren. Der Name blieb jedoch eine Legende und traf jeden Liebhaber dieser Musik ins Herz.

»Sympathischer Mensch«, murmelte Andrea. Sie verstaute die Unterlagen in der Brieftasche, wie sie sie vorgefunden hatte. Anschließend raffte sie sich auf, um den Blazer samt Inhalt ordentlich über die Lehne eines Stuhls an dem alten, abgebeizten Esstisch zu hängen.

Ratlos stand sie daneben und überlegte, wie sie ihm sein Eigentum schnellstens zurückgeben könnte. Aber in seiner Brieftasche befand sich kein Hinweis auf ein Hotel, in dem er sich vielleicht einquartiert hatte. Sie bückte sich noch einmal zu der Jacke, griff in die Außentaschen. Nichts. Frank Renner schien nicht nur ein Jazzfan, sondern auch sehr ordentlich zu sein. Zumindest trug er keinen Kram mit sich herum.

Nachdem sie in dieser Sache nichts weiter unternehmen konnte, suchte Andrea in ihrem Lieblingszettelkasten nach Cristinas Handynummer. Ihr eigenes Mobiltelefon mit allen Kontakten befand sich in ihrer Handtasche im Le Fumoir oder wo auch immer. Sie erreichte die Mailbox der Freundin und hinterließ eine Nachricht.

Erschöpft von diesen Handgriffen, legte sie sich zurück ins Bett. Als sie die Lider schloss, traten wieder grausame Bilder vor ihr geistiges Auge. Sie wunderte sich, dass sie eine Weile nicht mehr an den Unfall und den verletzten alten Mann gedacht hatte. Vielleicht lag es an der Dunkelheit, dass ihre Gedanken immer monströser wurden.

Sie schaltete ihre Nachttischlampe ein – und im Lichtschein gelang es ihr endlich, Schlaf zu finden.

8

Wie eine Prozession von Leuchtkäfern bewegten sich die Leute über den Jungfernstieg. Außer den winzigen, meist auf Schulterhöhe sitzenden Phosphorlämpchen war unter dem bewölkten Abendhimmel kaum etwas zu erkennen. Der Mond schien die Vorschriften zur Verdunkelung ebenso ernst zu nehmen wie die Bevölkerung. Von ihm war genauso wenig zu sehen wie von den Menschen, die an diesem winterlichen Spätnachmittag aus den Büros nach Hause strebten, Einkäufe erledigten oder einfach nur zum Vergnügen ausgingen. Es war stockfinster, da blickdichte Vorhänge die reich geschmückten vorweihnachtlichen Auslagen in den Schaufenstern der Geschäfte verbargen. Die Scheinwerfer von Autos und Straßenbahnen waren abgeklebt und die Fahrzeuge fanden nur dank winziger Schlitze und weißer Markierungen am Bürgersteig irgendwie ihren Weg.

Während Marga vorwärtsstolperte, fragte sie sich, was gefährlicher war: die Verdunkelung zwischen Sonnenunter- und Sonnenaufgang oder die britischen Luftangriffe, die sich allerdings in Grenzen hielten. Der Krater einer Bombe, die kürzlich auf Hamburg gefallen war, wurde von den meisten Leuten eher als Ausflugsziel denn als Fanal wahrgenommen. Die Gefahr, sich durch eine Rempelei mit Unbekannten auf der Straße zu verletzen, erschien Marga größer. Zackig wich sie einer Gestalt aus, die sie nur deshalb bemerkte, weil auch diese Person ein mit Stickstoff gefülltes Lämpchen als Anstecknadel am Revers trug.

Der Alsterpavillon lag in völliger Dunkelheit. Marga spürte ein Kribbeln in der Magengegend. Es war das erste Mal seit Langem, dass sie zu einer Verabredung in das berühmte Café-Restaurant ging. Nachdem öffentliche Tanzveranstaltungen seit Kriegsbeginn immer wieder mal verboten wurden, hatten sich die Tanztees und Dinner-Dancing-Programme in Konzerte verwandelt. Marga war den Auftritten namhafter Kapellen in den vergangenen Monaten jedoch ferngeblieben, weil sie nach ihrem bestandenen Abitur als sogenannte Arbeitsmaid in den Reichsarbeitsdienst abkommandiert wurde. Bei der Obsternte im Alten Land gab es keinen Swing, höchstens sonntags aus dem Volksempfänger deutsche Unterhaltungsmusik.

Sie war zwar schon seit knapp vier Wochen wieder zu Hause, aber es hatte sich noch keine Gelegenheit zum Ausgehen ergeben. Vor allem nicht, sich mit Mitgliedern ihrer Clique außerhalb geschlossener Gesellschaften in der Öffentlichkeit zu treffen. Kurz nach der Razzia im Februar im Curio-Haus hatte die Reichsjugendführung eine Verordnung erlassen, die Jungen und Mädchen unter achtzehn Jahren den abendlichen Besuch von Gaststätten und Lichtspielhäusern untersagte. Marga war inzwischen zwar neunzehn, aber die Swingkids wurden immer jünger, nachdem die meisten von Margas gleichaltrigen Freunden eingezogen worden waren. Die Freundschaften veränderten sich. Was für ein Glück, dass Norbert auf Heimaturlaub war und sie und Helga in den Alsterpavillon eingeladen hatte!

Der nur schemenhaft erscheinende Portier öffnete Marga die Tür. Sie schob die dichten Filzvorhänge beiseite, drängte sich durch die nur spaltbreite Öffnung wie eine Schauspielerin, die durch den geschlossenen Theatervorhang ins Publikum spähte – und prallte zurück.

Gleißende Helligkeit blendete ihre Augen. Punkte und

Sterne ließen ihren Blick verschwimmen. Kurz wurde sie von einem heftigen Schwindel erfasst. Doch bevor sie taumelte, fing sie sich wieder, sah klarer.

Es war unglaublich. Der Alsterpavillon erstrahlte in seiner Vorkriegspracht, als gäbe es keine Verdunkelung, keine Vorschriften, die das Vergnügen reglementierten, und auch keine Lebensmittel- und Kleiderkarten. Die Damen trugen überwiegend die aktuelle Altwiener Mode, jüngere Frauen die schwingenden Tanzkleider oder weiten Hosen ihrer Vorbilder aus Hollywood; die meisten jüngeren Männer waren in Uniform, die älteren in elegantem Zivil. Kostbare Gläser glitzerten unter den zahllosen Kristallen der riesigen Lüster, auf Silbertabletts balancierten die Kellner Speisen und Getränke um Marmorsäulen und mannshohe Palmen. Auf der Bühne spielte eine Kapelle Tanzmusik, die – ein wenig verhalten, aber doch ziemlich deutlich – nach Swing klang, auch wenn ein Akkordeon den Part des Saxofons übernahm. Dennoch war bei genauer Betrachtung etwas anders: Hinter den Fenstern zur Binnenalster hinaus herrschte Finsternis, wo sich früher die Lampen der Dampfer gespiegelt hatten. Das verlieh dem Ort eine seltsam unwirkliche Stimmung. Die Außenwelt war ausgesperrt.

Nachdem sie ihren Mantel abgelegt hatte, wurde Marga von einem Ober zu dem Tisch am anderen Ende des Raums geführt, an dem ihre Freunde bereits warteten.

Ihr Strahlen verdüsterte sich für einen Moment, als sie feststellte, wie sehr sich Norbert im Feld verändert hatte. Er wirkte erwachsener, älter, das Jungenhafte war aus seinen Zügen gewichen. Diese Ernsthaftigkeit und die Strenge der Uniform machten ihn zwar sehr attraktiv, aber eben auch erwachsener.

Helga hielt verstohlen seine Hand, ihre Wangen überzog eine leichte Röte und ihre Augen leuchteten. Ein paar Herzschläge lang fühlte Marga eine bislang unbekannte Eifersucht in sich aufsteigen. Was hätte sie darum gegeben, mit Michael hier zu sitzen, seine Nähe zu spüren, das Glück ihres Zusammenseins auszukosten. Doch sie war seit über einem Jahr ohne Nachricht von ihm – und ohne Chance, daran etwas zu ändern.

Sie blinzelte die Wehmut fort und sagte herzlich: »Nobsi, ich freue mich so, dass du wieder da bist!«

Er sprang auf, drückte ihre Rechte und schob ihr einen Stuhl zurecht. »Es ist kaum zu glauben, dass ich zehn Monate in Frankreich war.«

»Hauptsache, du bist wieder da«, versicherte Marga, nachdem sie Helga begrüßt und Platz genommen hatte.

»Die meisten meiner Kameraden dürfen jedes halbe Jahr Urlaub nehmen«, erklärte Norbert mit gesenkter Stimme, »aber mir hing die Party im Curio-Haus nach. Du weißt schon, Marga, die Razzia damals, an dem Abend, bevor ich einrücken musste.«

»Der Ärger hängt einer Menge Leute nach«, erwiderte Helga lakonisch. »Kaum jemand konnte sich aus dem Staub machen. Das Glück von Marga hatten die wenigsten.«

Marga wollte erwidern, dass sie es eigentlich nicht als Glück empfand, mit einem fremden Mann in einem Speiseaufzug eingepfercht ohnmächtig zu werden. Aber sie biss sich rechtzeitig auf die Zunge. Natürlich war das allemal besser, als von der Gestapo abgeführt zu werden. In den Tagen nach der Party sprach sich herum, dass die meisten Gäste verhaftet und – unabhängig von ihrem Alter – über Nacht eingesperrt worden waren. Die Delinquenten mussten in einem riesigen Vernehmungssaal im Stadthaus stundenlang mit geradem Rücken auf Bänken mit dem Gesicht zur Wand sitzen. Als wäre das nicht erniedrigend genug, wurden die jungen Leute angeschrien und wüst beschimpft. Bei den meisten konnte man damit jedoch nicht den Willen brechen, die Musik zu hören, die ihnen gefiel.

Ja, Helga hatte recht. Es war ein Glück, dass sich Marga mit ihrem Retter in einem an die Küche grenzenden Vorratsraum verstecken konnte, bis die Polizeitruppe abgefahren war. Danach hatte er sie nach Hause gebracht und sich formell als »Harald Alsen« vorgestellt. Über eine Band oder ein Vorsingen im Café Heinze fiel kein Wort und Marga war sich sicher, dass er sie nicht wiederkannte. Deshalb sagte sie ebenfalls nichts, nannte nicht einmal ihren Namen. Es gab keine Veranlassung dafür. Ein Wiedersehen war ausgeschlossen, mehr als Dankbarkeit verband sie nicht mit Harry Alsen. Und tatsächlich: Von seiner Tanzkapelle hörte sie danach ebenso wenig wie von dem Orchesterleiter selbst. Vielleicht war er ebenfalls eingezogen worden.

Unvermittelt fielen Marga die Bilder der *Wochenschau* ein, die sie bei ihrem einzigen Kinobesuch während des Arbeitsdienstes im Juni gesehen hatte: Wie aus dem Ei gepellte Soldaten beim Einzug in Paris, Paraden am Arc de Triomphe und über die Avenue Foche, begleitet von Spielmannszügen. »Bist du einem Musikkorps zugeteilt?«, fragte sie den Freund.

Norbert schüttelte den Kopf. »Nein. Leider. So weit habe ich es noch nicht gebracht. Bassisten werden seltener gebraucht.« Er zuckte mit den Achseln. »Wahrscheinlich sollte ich Bläser werden.«

Der Kellner brachte eine neue Flasche Weißwein und füllte die Gläser auf dem Tisch. Als der Mann sich zurückzog, meinte Marga: »Schade, dass du bei keiner Militärkapelle untergekommen bist. Fehlt dir die Musik nicht?«

»I wo!« Helga lachte. Sie rutschte aufgeregt auf ihrem Stuhl hin und her. »Erzähl es ihr endlich, Nobsi.«

Margas Augenbrauen hoben sich erstaunt, während sie wartete.

»Tja …« Norbert und Helga grinsten sich verschwörerisch an, dann fuhr er fort: »In Paris wird Musik gemacht, Marga, richtige Musik. Die spielen da Swing wie sonst wohl nur in London und New York. Als gäbe es keinen Krieg und keine Besatzung, verstehst du?« Sie nickte und er fügte hinzu: »Der Hot Club de France ist eine großartige Bühne für Jazzer, man hat dort sogar ein eigenes Plattenlabel gegründet. Das gibt es schon eine Weile, aber Michael sagt, eine Blüte wie …«

Es dauerte exakt vier weitere Worte, bis Marga begriff, welchen Namen ihr Freund genannt hatte. Hastig legte sie die Hand auf Norberts Arm. Dabei stieß sie ihren Wein fast um. Doch auf das kurz schwankende Glas achtete sie nicht.

»Michael?«, stieß Marga hervor. »Welcher Michael?«

»Unser Michael!«, antwortete Helga, bevor Norbert etwas sagen konnte. »Dein Michael. Michael Friedländer. Nobsi hat ihn zufällig in Paris getroffen. Stell dir vor. Ist das nicht wunderbar?«

»Ja … ja … natürlich …« Die Worte flossen automatisch über ihre Lippen. Margas Stimme war nur ein heiseres Ächzen. Genau genommen war ihr gar nicht aufgefallen, dass sie überhaupt gesprochen hatte. In ihrem Kopf herrschte absolute Leere, wo sich sonst ein intelligenter, aufgeweckter Geist befand. Selbst ihr Körper fühlte sich an, als bestünden Muskeln und Sehnen nur noch aus Watte.

Norbert sprach weiter, aber ihr kam es vor, als würden Wachskugeln ihren Gehörgang verstopfen. Kaum wahrnehmbar drang sein Bericht zu ihr durch, mischte sich mit der Musik und dem allgemeinen Lärmpegel zu einer Geräuschkulisse, die gegen ihre Schläfen hämmerte. Sie musste sich unglaublich konzentrieren, um Norbert nicht nur zu verstehen, sondern auch zu begreifen, was er erzählte.

»… im Hot Club getroffen. Michael spielt dort in einer

Band. Unter anderem Namen, sonst hätte ich natürlich schon im Programm gesehen, dass er dabei ist, und nicht erst, als ich ihn auf der Bühne hörte und sah. Er ist ein wahrer Meister auf der Klarinette, sogar noch besser als früher … Aua! Warum kneifst du mich, Marga?«

Sie hatte völlig vergessen, dass ihre Hand auf seinem Arm lag. »Entschuldige«, murmelte sie und verschränkte die Finger im Schoß. Sie starrte vor sich hin, blickte auf Bilder, die vor ihrem geistigen Auge auftauchten: Michael am Bahnhof bei der Abfahrt nach Basel …

»In Paris hat Michael das richtige Podium gefunden«, unterbrach der Freund Margas Erinnerungen. »Es wäre natürlich schön gewesen, wenn er in der Schweiz hätte bleiben dürfen …«

»Was ist eigentlich aus Bobby Schwan und den Original Bobbys geworden?«, warf Helga ein.

Norbert nippte an seinem Wein, bevor er antwortete: »Es gibt die Original Bobbys nicht mehr, das Orchester hat sich bei Kriegsbeginn aufgelöst. In Paris hörte ich, dass Bobby Schwan eine neue Kapelle auf die Beine gestellt hat, mit der er jetzt im Casino von Estoril bei Lissabon spielt. Aber mit diesen Kollegen ist er wohl nicht mehr so erfolgreich wie mit den Original Bobbys.«

Die Lebensgeschichte von Bobby Schwan interessierte Marga herzlich wenig. Endlich wurde ihr bewusst, dass Michael in Paris weilte, Musik machte und es ihm anscheinend gut ging. Sie wollte alles über ihn wissen, jedes kleinste Detail erfahren. Langsam erwachten ihre Lebensgeister wieder. Sie setzte sich aufrecht hin, trank einen viel zu großen Schluck gegen die Trockenheit in ihrer Kehle.

Sie holte gerade Luft, um sich an Norbert zu wenden, als ihr Helga mit einem Kommentar zuvorkam: »Also, ich finde es schade, dass sich die Kapelle aufgelöst hat. Bobby Schwan und die Original Bobbys waren doch ziemlich bekannt und …«

Marga pustete ihren Atem aus. Sie klang wie ein Luftballon mit einem Loch.

Die Freunde sahen sie erstaunt an.

Sie schluckte. »Wen interessieren denn diese alten Geschichten? Erzähl doch lieber, wie es Michael ergangen ist. Wieso ist er jetzt in Paris?«

Norbert schüttelte verwundert den Kopf. Ein wenig ungehalten erklärte er: »Marga, das tue ich doch die ganze Zeit. Michael war nicht der einzige Musiker mit einem deutschen Pass, der damals zu dem Engagement in die Schweiz reiste. Die Eidgenossen haben aber bei Kriegsbeginn alle Ausländer ausgewiesen. Deshalb musste sich ja das Orchester auflösen.«

Er war so glücklich über sein Visum gewesen! Marga schloss für einen Moment die Augen. Sie selbst hatte auch geglaubt, Michael stünde eine rosige Zukunft bevor, wenn er erst in der Schweiz angekommen war. Jeder wusste, dass er es als Halbjude im Reich schwerer hatte als andere Deutsche.

Als sie die Lider wieder hob, fragte sie: »Konnte er nicht als Flüchtling in der Schweiz bleiben? Ich meine, wegen seines Vaters …«

Norberts ernstes Kopfschütteln ließ sie kurz verstummen, dann fiel ihr noch etwas ein: »Warum ist er nach Paris gegangen und nicht nach Hamburg zurückgekommen? Ich verstehe das nicht. Mit einem deutschen Pass konnte er doch bestimmt nicht so einfach nach Frankreich reisen. Das war doch schon Feindesland!«

Wieder setzte Helga zuerst zu einer vorlauten Erklärung an: »Warum, glaubst du wohl, spielt er in Paris unter einem falschen Namen?«

»Pscht!«, machte Norbert beschwörend und blickte sich zu

den älteren Herrschaften am Nebentisch um. »Nicht so laut, mein Mädchen.«

Auf Fassungslosigkeit und aufgeregte Freude folgte tiefe Sorge. Ein falscher Name! Das klang riskant. Ob die Behörden in Paris ebenso auf Ordnung bedacht waren wie in Hamburg? Bei den Franzosen mochte es ja einen gewissen Schlendrian gegeben haben, aber unter deutscher Besatzung konnte sich Marga beim besten Willen nicht vorstellen, dass Michaels Tarnung lange hielt. Er beging bestimmt eine Straftat, indem er unter falschem Namen auftrat! Ihr Herz klopfte wild, ihre Hände wurden feucht. Sie stürzte den Rest ihres Weins in einem Zug hinunter und forderte Norbert mit einem Nicken auf, den Kellner nachschenken zu lassen. Helgas warnenden Blick ignorierte sie.

Als könne er in ihren Zügen lesen, nutzte Norbert den Einsatz eines Trompeters, um sich zu Marga zu beugen und mit gesenkter Stimme zu sagen: »Jules Delaborde ist ein ganz hervorragender Klarinettist …«

»Jules Delaborde?«, wiederholte Marga. Ihre Stimme war nur ein Wispern. War Michael als Franzose Freund oder Feind?

Unbeeindruckt von ihrem offensichtlichen Befremden, setzte Norbert noch einmal an: »Jules Delaborde spielt demnächst seine erste Platte im Hot Club ein. Wenn ich auf meinen nächsten Heimaturlaub komme, bringe ich dir die Scheibe mit. Jetzt soll ich dir ausdrücklich Grüße ausrichten.«

Grüße!, fuhr es Marga durch den Kopf. Meine Güte, was waren schon *Grüße*, wenn man sich so lange nach einem einzigen Wort sehnte? Grüße waren so wenig gegen die verzweifelten Gefühle, die sie in den vergangenen Monaten umgetrieben hatten. Ihr kam der schreckliche Gedanke, dass Michael vielleicht nicht mehr so viel für sie übrighatte. Ein »Ich liebe dich« zum Abschied krönte viele Spielfilme und erwies sich zumindest im Kino oft als bedeutungslos. Zweifel befielen sie wie Schimmel einen alten Liebesroman.

Durstig trank sie aus dem frisch gefüllten Glas. Der Wein begann, seine Wirkung zu zeigen. Ihr wurde schwindelig. Aber vielleicht drehte sich das prachtvolle Lokal auch nur unter der Szene, die sie sich lebhaft vorstellte – Michael mit einer anderen.

»Hat er eine Freundin?«, fragte sie gepresst.

Norbert lachte. »Oh nein. Er hat nur seine Musik. Das weißt du doch.«

Beruhigt lehnte sie sich auf ihrem Stuhl zurück. Michael hatte nur seine Musik – und sie, Marga. Sie musste nur einen Weg zu ihm finden. Dann würde alles gut. Sie versuchte, ihre Zweifel mit Zuversicht zu ersticken. Irgendwie würde sie nach Paris gelangen …

»Dafür musst du ein Blitzmädchen werden«, antwortete Norbert.

Erst mit einiger Verzögerung wurde Marga bewusst, dass sie laut gesprochen hatte. Versonnen nickte sie. Es gab keine Garantie, dass sie als Wehrmachtshelferin ausgerechnet an die Seine geschickt würde. Außerdem war das nichts für sie. Schon als Arbeitsmaid hatte sie sich mit der zuweilen notwendigerweise angewandten militärischen Disziplin nicht anfreunden können. Ihren Eltern würde sie überdies das Herz brechen, wenn sie den Soldaten folgte. Ihr Vater war Pazifist, ihre Mutter gänzlich unpolitisch. Marga musste deshalb einen anderen Weg zu Michael finden. Irgendeinen. Dummerweise hüllten sich alle vernünftigen Gedanken aber gerade in dichten Nebel.

»Oder du musst als Sängerin auf Tournee gehen«, hörte sie Helga vorschlagen. »Nobsi hat erzählt, dass Tanzkapellen aus dem Reich zur Truppenbetreuung in Paris auftreten. Nicht wahr, Nobsi?«

Der Freund grummelte zustimmend.

Auf der Bühne sang eine fröhliche Frauenstimme den neuen Schlager: »*Für eine Nacht voller Seligkeit, da geb ich alles hin!*«

Marga nickte stumm. Genau so fühlte sie. Egal, wohin ihr Wunsch sie bringen würde.

9

»Ich hoffe, Sie mögen Croissants.«

Andrea rieb sich die Augen und betrachtete unter zusammengekniffenen Lidern hervor den Mann, der sie aus tiefem Schlaf geklopft hatte. Ein wenig schwankend stand sie in der Tür, barfüßig und in dem lose um ihren Körper geschlungenen Bademantel, ihr Haar hing in zerzausten Strähnen auf die Schultern. Sie hatte den Postboten erwartet. Um einen Brief oder ein Paket anzunehmen, brauchte sie nicht erst ins Badezimmer. Eine Unterschrift – und weg war er. Wer sollte sonst am Morgen an der Concierge vorbeikommen? Teresa, die wie fast alle Hausmeisterinnen in Paris aus Portugal stammte, achtete streng auf die Bewohner *ihres* Hauses und deren Besucher. Offensichtlich war ihr aber dieser unbekannte Gast seriös genug erschienen, die Sicherheit in der Rue de Javel nicht zu gefährden.

Mit der linken Hand stützte sich Frank Renner am Türrahmen ab, die rechte hielt eine Tüte mit dem grünen Aufdruck der Boulangerie Poilâne und eine zusammengerollte Tageszeitung. Dazwischen erblickte Andrea gebügelte Jeans und ein weißes Hemd, dessen obere beiden Knöpfe offen standen und einen schlanken Hals freigaben, die Ärmel waren bis zum Ellenbogen aufgekrempelt. Sein Gesichtsausdruck war überraschend entspannt. Anscheinend war er nicht allzu verärgert, weil sie mit seinem Blazer samt Papieren davongelaufen war. Und die über einhundert Treppenstufen bis zu ihrer Wohnung hatten ihn offenbar nicht einmal außer Atem gebracht. Wäre Andrea in etwas besserer Verfassung gewesen, hätte sie ihn durchaus attraktiv gefunden.

Ein Gähnen unterdrückend, bemühte sie sich um Höflichkeit: »Es tut mir leid, dass Sie sich extra hierherbemüht haben … ähhh … woher haben Sie überhaupt meine Adresse …?«

»Ihre Freundin …«

»Egal«, fiel sie ihm ins Wort. »Ich hole Ihnen rasch Ihre Jacke. Warten Sie bitte einen …«

»Ich wollte eigentlich mit Ihnen frühstücken.« Er hielt ihr die Tüte mit den Croissants unter die Nase. Das Gebäck verströmte sogar durch das Papier einen himmlischen Duft. »Würden Sie mir einen Kaffee kochen? Sozusagen als Entschädigung dafür, dass ich ohne Sakko herumlaufen muss.« Demonstrativ blickte er an sich hinunter.

Sie zog den Gürtel ihres Bademantels fester um die Taille. »Tut mir leid, ich bin nicht auf Besuch eingestellt …«

»Schade«, murmelte er und klang tatsächlich betrübt.

»Außerdem bin ich Teetrinkerin.«

»Ich liebe Tee«, versicherte er rasch.

Andrea fühlte sich schuldig, immerhin hatte sie seine Jacke entführt. Es wäre an ihr gewesen, den Blazer zu ihm zu bringen. Dass er hierherkam und sich obendrein ausgesprochen nett benahm, rührte sie. Sie hatte nicht die geringste Idee, warum er unbedingt in ihre Wohnung wollte, aber es bestand sicher keine Gefahr, dass er über sie herfallen würde. Da sie sich nicht für ihn interessierte, war es letztlich auch einerlei, wie unaufgeräumt es aussah. Wenn ihn ihr morgendlicher Anblick nicht verstörte, würde es ihr Wohnzimmer mit den herumliegenden Kleidungsstücken auch nicht tun.

Mit diesem tröstenden Gedanken trat sie zur Seite. »Bitte. Kommen Sie herein.«

Vorsichtig stieg er über Andreas herumliegende Garderobe, woraufhin sie sich hektisch bückte, um Jeans, Pulli, BH und Höschen hinter ihm aufzuheben. Zuletzt nahm sie die Stiefel auf, wobei ihr leicht schwindelig wurde. Unwillkürlich griff sie nach einer Stuhllehne, worauf ihr das Schuhwerk aus den Händen glitt und zu Boden polterte.

»Ich … mir … ähmmm … mir geht's nicht so gut.«

Er legte die Tüte mit den Croissants und die Zeitung auf den Esstisch. »Vielleicht sollte ich das Teekochen übernehmen. Mit Ihren Anweisungen schaffe ich das schon. Setzen Sie sich hin, bevor Sie umfallen. Sie sind ganz bleich.«

Gehorsam sank sie auf einen der knarrenden, etwas wackeligen Stühle, ihre Kleidungsstücke auf dem Schoß. Sie legte den Arm auf den Tisch und stützte ihren Kopf mit der Hand. »Tut mir leid. Ich weiß gar nicht, was mit mir los ist.«

»Das ist der Schock«, diagnostizierte er, während er an den schmalen Apothekerschrank trat, in dem Andrea das Geschirr aufbewahrte, und zwei von ihren Sammeltassen herausnahm. »Es ist ziemlich schrecklich, dabei zusehen zu müssen, wie ein Mensch überfahren wird. Immerhin ist der alte Mann nicht tot. Schwer verletzt, es bestand wohl sogar Lebensgefahr, aber es soll ihm den Umständen entsprechend gut gehen.«

Sie sah ihn erstaunt an. »Woher wissen Sie das?«

»Aus der Zeitung. Der Redakteur hat übrigens auch ein hübsches Foto von Ihnen aufgetrieben, Mademoiselle Andrea Cramer. Wenn Sie nicht als Pianistin berühmt werden, schaffen Sie es jetzt garantiert als Model.«

»Oh!«

»Bevor ich mich in Ihrer Küche breitmache«, mit deutlicher Skepsis betrachtete er den Raum, der nicht größer als zwei Quadratmeter war, »sollte ich mich vorstellen: Ich heiße Frank Ren…«

»Ich weiß, wie Sie heißen«, unterbrach sie ihn. Sie deutete

auf das Jackett, das in ihrem Rücken über der Stuhllehne hing. Seine überraschte Miene beantwortete sie: »Tut mir leid, aber ich musste doch wissen, wem ich den Blazer geklaut habe.«

»Dann geht es Ihnen offenbar doch nicht so schlecht«, kommentierte er lächelnd, während er sich dem Wasserkocher zuwandte. »Ich dachte, Ihre Prioritäten lägen anderswo. Schön, dass Sie sich gefangen haben. Dann ist der kleine Rückfall von eben sicher nicht so schlimm …« Er steckte den Kopf wieder in den Teil ihrer winzigen Wohnung, den sie großspurig *Speisezimmer* nannte. »Wo finde ich den Tee?«

»Im Regal über dem Kühlschrank«, erwiderte sie, ohne nachzudenken. Im nächsten Moment fragte sie sich, warum sie ihn gewähren ließ, als wären sie alte Freunde.

Da sie keine zufriedenstellende Antwort fand, begnügte sie sich mit dem angenehmen Gefühl, das er ihr vermittelte, indem er die Dinge in die Hand nahm.

Während das Wasser im Kocher rauschte, angelte Andrea nach Frank Renners Mitbringsel. Es war die aktuelle Ausgabe der Boulevardzeitung *France Soir*. Die Titelgeschichte betraf die französische Wirtschaft: Der Autokonzern Renault hatte 38,8 Prozent an dem japanischen Konkurrenten Nissan erworben und die Auswirkungen auf den inländischen Arbeits- und Absatzmarkt wurden ausführlich analysiert. Andrea überflog nur die Überschrift und die ersten Textzeilen, dann blätterte sie weiter, eine Seite nach der anderen raschelte – bis sie sich selbst in die Augen blickte.

Das Foto zeigte Andrea in Großaufnahme bei einem Konzert in den neuen Räumen der Pariser Musikhochschule. Es war vor etwa einem Jahr anlässlich einer Benefizveranstaltung für Verfolgte des Terrorregimes der Roten Khmer in Kambodscha aufgenommen worden. Wie meist war sie ganz in Schwarz gekleidet, sie trug statt des üblichen Rollkragenpullis jedoch ein Kleid und darüber einen stilisierten, mit rotem Taft gefütterten Frack. Frank Renner hatte schon recht: Sie wirkte mehr wie ein Model, das man für den Fototermin an einen Flügel gesetzt hatte, als eine professionelle Pianistin. Na toll, fuhr es ihr durch den Kopf, für meine Reputation als Musikerin ist damit ja gesorgt.

Ihr Blick wanderte zu dem etwas größeren Bild, das einen Herrn vor den altehrwürdigen Mauern eines Krankenhauses zeigte. Der Mann war mittelgroß, sicher jenseits der vierzig, gut genährt, vorbildlich gekleidet, sein Gesichtsausdruck war gefasst. Sein Habitus war der eines Menschen, der den Umgang mit den Medien gewohnt war. Daneben war in einem deutlich kleineren Format das Porträt jenes Alten abgebildet, von dem sich Andrea verfolgt fühlte. Und – als Beweis für den Unfall – die Aufnahme mehrerer Polizeifahrzeuge.

Über dem Artikel stand: »Vater des Abgeordneten Maurice Delaborde in Lebensgefahr!«

Aus dem Bericht erfuhr sie mehr über den Politiker als über dessen Vater. Maurice Delaborde lebte als erfolgreicher Rechtsanwalt mit seiner Familie in Saint-Germain-en-Laye, einem noblen Vorort westlich von Paris. Er war Abgeordneter im Regionalrat der Île-de-France. Seine politische Karriere ließ ihn auf ein hohes Amt hoffen, was er, wie er dem Reporter mitteilte, nicht zuletzt der Zuwendung und Erziehung seines alten Herrn zu verdanken habe. Dieser war der zweiundachtzigjährige Gastwirt Jules Delaborde aus Pacy-sur-Eure, einer Kleinstadt in der Normandie. Das Bulletin der Ärzte sprach Stunden nach dem Verkehrsunfall zwar nicht mehr von Lebensgefahr, aber von schweren inneren Verletzungen und Bewusstlosigkeit, es werde alles getan, um die Krise zu bewältigen. Andrea wurde dann noch kurz als deutsche Studentin erwähnt, die versucht hatte, dem offenbar verwirrten alten Mann zu Hilfe zu eilen.

»Ich vermute, man hat Ihr Foto deshalb so groß aufgemacht, weil Sie der traurigen Geschichte wenigstens ein hübsches Antlitz verleihen.« Frank Renner stand hinter ihr, stellte die Teekanne auf den Tisch. »Der informative Teil des Berichts ist ja eher mager.«

»Jules Delaborde …« Andrea ließ den Namen auf der Zunge zergehen wie ein Stück Schokolade. »Nie gehört«, fügte sie mit einem Seufzer hinzu.

»Vielleicht waren Sie einmal in seinem Restaurant und haben vergessen, die Rechnung zu bezahlen«, witzelte ihr Gast und setzte sich auf den freien Stuhl. »Deshalb ist er nach Paris gereist, beobachtete Sie und wollte den Moment abpassen, an dem Sie Ihre Gage ausbezahlt bekommen. Den Scheck hätte er Ihnen dann abgenommen und die Sache wäre erledigt.« Er zog ein Croissant aus der Tüte und biss herzhaft hinein.

»Ich weiß noch nicht einmal, wo dieses Pacy-sur-Eure liegt«, gab sie mürrisch zurück. Mit dem Automatismus einer guten Gastgeberin stand sie auf, um aus dem Apothekerschrank zwei Teller zu nehmen. Diese stellte sie für die Hörnchen auf den Tisch. Dann nahm sie wieder Platz. Ihre Kleider hatte sie gedankenverloren im Arm gehalten, nun deponierte sie sie wieder auf ihren Knien.

»Vermutlich wohnte Monsieur Delaborde während seines Aufenthalts in Paris im Concorde La Fayette und saß deshalb im Foyer«, fuhr sie fort. »Ob er tatsächlich meinetwegen bei dem Jazzbrunch war, werden wir wohl nie erfahren. Ich glaube, das war alles ein zufälliges Zusammentreffen und er ist einfach nur musikbegeistert.«

Frank Renner, der sein Croissant gerade zum Mund führen wollte, hielt in der Bewegung inne. Er blickte ihr über das Backwerk hinweg in die Augen. »Sind Sie sicher? Gestern Vormittag waren Sie überzeugt, dass mehr als Zufall hinter Ihrer Begegnung steckt.«

Sie nickte eifrig, sah jedoch rasch auf ihre Tasse. Die Überzeugungskraft, die sie an den Tag legte, deckte sich nicht mit der Unruhe, die weiter durch ihre Überlegungen jagte. Sie war es aber bereits müde, mit einem Fremden darüber zu diskutieren. Am liebsten hätte sie sich wieder in ihrem Bett verkrochen und wäre ihren Gedanken nachgehangen.

»Von mir aus.« Frank Renner zuckte mit den Achseln. »Alles nur Zufall. Dennoch frage ich mich, warum ein Gastwirt aus irgendeinem Kaff in der Normandie so gut Deutsch spricht.«

»Monsieur Delaborde ist zweiundachtzig«, gab Andrea zurück. »Im Krieg war er demnach … hmmm … Mitte oder Ende zwanzig. Besatzung, Widerstandsbewegung, Arbeitslager. Es gab damals eine Menge Gründe, warum ein Franzose Deutsch lernte.«

»Ich zweifle nicht an Ihren Geschichtskenntnissen, aber eben auch nicht an dem, was ich beobachtet habe. Irgendetwas stimmt nicht mit diesem Jules Delaborde. Und ich würde gern herausfinden, was los ist.«

»Warum sind Sie so scharf darauf, in das Leben eines Ihnen unbekannten alten Menschen einzudringen?«

Ihr Besucher lächelte freudlos. »Ich bin Journalist.«

Diesmal hielt sie seinem Blick stand. Was immer Frank Renner vorhatte, Andrea wollte keinesfalls Mittel zum Zweck bei der Recherche eines Sensationsreporters sein.

»Lassen wir es bitte auf sich beruhen und dem alten Mann seinen Frieden. Wem nützt es, wenn Sie erfahren, warum Monsieur Jules Delaborde über ausgezeichnete Deutschkenntnisse verfügt? Gibt es nichts Wichtigeres, worüber es sich zu berichten lohnt?«

BERLIN APRIL 1941

10

Der Delphi-Palast war ein zweigeschossiges Casino-Gebäude aus den Zwanzigerjahren inmitten eines schönen Gartens neben dem Theater des Westens und unweit vom Bahnhof Zoo. Im Erdgeschoss befand sich ein Café, im ersten Stock ein riesiger Tanzsaal mit Galerie, in dem über sechshundert Leute Platz fanden – und der selbst in diesen Kriegszeiten meistens voll besetzt war, obwohl zumindest Angehörige der Luftwaffe nicht an Tanzveranstaltungen teilnehmen durften. Das Delphi blieb eine der ersten Ausgehadressen Berlins. Auf dieser Bühne spielten seit dreizehn Jahren die namhaftesten in- und ausländischen Orchester. Derzeit gastierte hier die berühmte Tanzkapelle des Belgiers Robin de Baeck, von der Marga in ihrem heimischen Zimmer sogar eine Schellack mit amerikanischen Jazzstandards aufbewahrte. Doch Hamburg war weit weg und die Band live spielen zu hören kein Vergleich mit der Dudelei auf dem Hotkoffer.

Es war unvorstellbar aufregend, in Berlin zu studieren. Alles außerhalb ihrer kleinen Welt wurde für Marga zu einer bleichen Kulisse, nachdem sie den begehrten Platz für Gesangsausbildung und Musikgeschichte am Städtischen Konservatorium ergattert hatte. Ihr schien es, als würde die Reichshauptstadt sie mit zuvor ungekannter Intensität aufsaugen. Sie hatte ein Gefühl von Glanz und Lebendigkeit, fern des Elternhauses natürlich auch von Freiheit, denn in Berlin flirrte trotz der Verdunkelungsvorschriften das Nachtleben noch mehr als in Hamburg. Marga bewegte sich plötzlich in Künstlerkreisen, kannte Leute mit Kontakten bis in die Filmstudios in Babelsberg und Joachimsthal, tanzte Swing und Tango und sang klassische Weisen im Chor von Bruno Kittel, dem Direktor des Instituts, das früher einmal das berühmte Stern'sche Konservatorium gewesen war, die Konkurrenz zur Akademischen Musikhochschule.

Nur ganz langsam schlich sich der Krieg in Margas Alltag und sie bemerkte dies eher am Rande. Bezugsscheine waren für sie inzwischen ebenso Normalität wie das Heulen von Luftschutzsirenen, auch wenn die Flak die meisten feindlichen Angriffe abwehrte. Als Anfang April die Staatsoper Unter den Linden von britischen Bomben beschädigt wurde, regte sie dies weniger auf als die am selben Abend gefeierte Uraufführung des Spielfilms *Die schwedische Nachtigall* über das Leben der Sopranistin Jenny Lind. Die Nachwuchsschauspielerin Ilse Werner wurde mit dieser Rolle zum Star – und Marga beschloss, sich endlich von ihren blonden Haaren zu trennen. Wahrscheinlich machte man als junge Sängerin tatsächlich eher Karriere, wenn man brünett war. Am nächsten Morgen ließ sie sich die Haare färben.

Als sie sich zum ersten Mal im Spiegel betrachtete, fragte sie sich unwillkürlich, was Michael wohl zu diesem Ergebnis sagen würde. Oder Jules Delaborde, wie er sich jetzt nannte. Der Name war Marga auch nach Monaten und endlosen Wiederholungen so fremd wie das eigene Antlitz in diesem Moment. Jedenfalls wirkte sie mit dem altmodischen Pagenkopf, den sie sich hatte schneiden lassen, erwachsener, älter, mit roter Lippenfarbe auch verruchter. Das, fand Marga, waren gute Voraussetzungen für ihren Aufstieg als Sängerin.

Sie beschloss, die neue Frisur mit ihrer Mitbewohnerin Lisa, einer jungen Fotoreporterin, und deren Freund Stefan im Delphi-Palast zu feiern. Stefan war als Sprecher für den Großdeutschen Rundfunk unabkömmlich gestellt, obwohl er sich im besten wehrfähigen Alter befand. Offensichtlich nicht der einzige junge Mann, auf den dieses Prädikat zutraf. Verwundert beobachtete Marga die gleichaltrigen Herren, die sich mit ihren Partnerinnen auf der Tanzfläche zum Foxtrott drehten. Sie alle wirkten in ihren tadellos sitzenden zivilen Anzügen, als wäre der Krieg ebenso Illusion wie der Nachthimmel über ihnen – eine dunkelblau gestrichene und mit Dutzenden Glühbirnen versehene Stuckdecke.

»Tolle Musik«, meinte Stefan, während er in dem Programm auf dem Tisch las, den die drei ergattert hatten. Kopfschüttelnd fügte er nach kurzer Lektüre hinzu: »Ich bin ja gespannt, wie es klingt, wenn diese Kapelle ›Laterne, Laterne‹ spielt … Kennst du ein Lied namens ›Moosröschen‹, Marga?«

»Nein. Lass mal sehen, bitte …« Sie nahm ihm das in der Mitte gefaltete DIN-A4-Blatt ab, betrachtete das Foto des Tanzorchesters auf der Titelseite. Lächelnd sahen die Bandmitglieder in die Kamera, attraktive Männer im Frack, ihre Instrumente in Händen. Auf der linken Innenseite waren die Namen der Musiker aufgelistet, rechts ihr Repertoire.

Es war das selbstverständliche Interesse eines Swinggirls, das Margas Blick auf den Namen der Musiker verweilen ließ. In ihrer Hamburger Clique hatten sie sich ständig über die besten Solisten ausgetauscht. Die meisten Mitglieder von Robin de Baecks Kapelle kamen aus Flandern, ein deutscher Klarinettist war dabei, ein Trompeter, der anscheinend aus Italien stammte. Der eine oder andere Name kam ihr vage bekannt vor, aber seit Michael nicht mehr da war, um sie in die Geheimnisse von Plattenlabels und Studioorchestern einzuführen, war sie nicht mehr so auf dem Laufenden wie früher. Der letzte Eintrag betraf den Gitarristen: Jules Delaborde.

Sie starrte auf die Buchstaben, bis sie vor ihren Augen verschwammen.

Jules Delaborde.

Dort hätte genauso gut Michael Friedländer stehen können.

Er war hier. Mit ihr in einem Raum. Sie atmeten dieselbe Luft, hörten dieselben Geräusche aus Musik, Gesprächsfetzen, Lachen, Gläserklirren, Stühlescharren, Schritten. Es war unfassbar, dass das Warten so abrupt enden sollte.

Eine vorwitzige Stimme in Margas Hinterkopf fragte, warum Michael plötzlich Gitarre spielte und nicht Klarinette, aber sie wischte sie beiseite. Auch war da eine Warnung, die sie an die Gefahr erinnerte, der sich Michael als Halbjude im Deutschen Reich aussetzte. Es war widersinnig, dass er einem Engagement ausgerechnet in der Reichshauptstadt nachkam. Egal.

Sie reckte sich, um besser zur Kapelle sehen zu können.

Die Musiker spielten zwar etwas erhöht auf der Bühne, wurden aber trotzdem mehrheitlich von den tanzenden Paaren verdeckt. Es herrschte ein ziemliches Gedränge, sodass die Leute wie eine Mauer wirkten. Marga konnte den Hals einer Gitarre erkennen und den Griff einer schmalen Hand, auch ein Bein in schwarzer Abendhose und ein Knie, aber der Rest des Mannes blieb im Gewühl verborgen. Sie erhob sich, um über die Gäste hinwegzuspähen.

Ein Akkord ertönte, ein enttäuschtes Raunen ging durch die Menge. »Wir machen eine kurze Pause und sind in zehn Minuten wieder da«, verkündete der Orchesterleiter mit flämischem Akzent.

Schweißperlen standen auf Margas Stirn, ihr Herz raste.

»Warum stehst du? Willst du irgendwohin gehen?«, erkundigte sich Lisa.

Marga schüttelte den Kopf. Sie stand an ihrem Tisch, starrte über die sich leerende Tanzfläche – und zählte die Sekunden, bis sie endlich einen freien Blick auf die Musiker hatte. Lieber Gott, lass sie nicht zu schnell abgehen, betete sie still.

Wie ein Vorhang öffnete sich die Sicht auf die Bühne. Instrumentenpulte und Notenständer glitzerten im Licht der Deckensterne und Scheinwerfer. Die Trompeter und Streicher waren bereits in der Garderobe verschwunden. Eine kleine Gruppe Musiker hatte sich mit dem Orchesterleiter am Flügel versammelt, offenbar damit beschäftigt, Notenblätter zu sortieren oder die Stücke für den nächsten Einsatz auszuwählen. Einer der Männer hatte sein Instrument noch nicht fortgelegt, er hielt eine Gitarre in Händen.

»Das ist nicht Jules Delaborde!« Margas Kehle fühlte sich an wie ein Reibeisen. Ihre Stimme klang wie das Kratzen auf einem Wäschebrett. Mit zitternden Fingern fächelte sie sich mit dem Programm Luft zu.

Der Gitarrist war ein mittelgroßer, sehr schlanker junger Mann mit braunen Haaren, die mit Pomade zurückgestrichen waren. Er sah nicht unattraktiv aus, besaß eine gewisse Ähnlichkeit mit Michael Friedländer, aber er war es nicht. Auf Marga wirkte er in diesem Moment wie ein Monster. Die verkörperte pure Enttäuschung.

»Marga?« Lisa fasste nach ihrer Hand. »Geht es dir nicht gut?«

Sie schüttelte die Freundin ab. »Dieser Mann ist nicht Jules Delaborde. Das … das ist ein Hochstapler …!«

»Psst!«, machte Stefan und sprang auf. Er legte einen Arm beschützend um Margas bebende Schultern, versuchte vergeblich, sie wieder auf ihren Platz zu drücken. »Was ist denn los? Sorg doch bitte nicht für solches Aufsehen!«

»Ich kenne Jules Delaborde wie mich selbst. Und ich weiß, dass dieser Mensch«, Marga streckte ihre Hand aus und deutete mit dem Zeigefinger zur Bühne, »jemand anderer ist!«

Inzwischen hatte sich die Tanzfläche so weit geleert, dass der Blick zur Bühne von allen Tischen aus frei – und die aufgeregte junge Frau im Publikum ebenfalls für alle Gäste sichtbar war.

Die Zigarettenverkäuferin mit ihrem Bauchladen blieb aufdringlich lange in der Nähe von Marga und ihren Freunden. Ihre stechenden Augen schienen Marga zu durchbohren. Doch von dem offensichtlichen Interesse ließ diese sich nicht abschrecken.

Verwirrung, Hoffnung und Sehnsucht ergaben eine Mischung, die Marga blendete wie der gleißende Sonnenschein an jenem Sommertag vor zwei Jahren, als sie und Michael zum letzten Mal über die Alster gesegelt waren.

»Das ist nicht Jules Delaborde«, wiederholte sie mit erhobener Stimme.

Ihr Kreischen kam anscheinend auch auf der Bühne an. Die Musiker wandten verwundert die Köpfe in ihre Richtung.

»Du machst dem Mann ziemlichen Ärger mit deinem Geschrei«, zischte Stefan. Unter leichter Gewaltanwendung zwang er Marga auf ihren Stuhl. »Wenn du den Rest des Abends nicht bei einer polizeilichen Vernehmung verbringen willst, solltest du den Mund halten.«

»Aber … ich … ich … weiß …«

»Bestimmt ist das nur ein Missverständnis«, beschwichtigte Lisa. »Du bist einer Verwechslung zum Opfer gefallen. Wahrscheinlich tragen in Frankreich Gott und die Welt diesen Namen. Du meinst eben jemand anderen. So etwas kommt vor.«

Verzweifelt schüttelte Marga den Kopf. Es erschien ihr unvorstellbar, dass ausgerechnet unter Swingmusikern mehrere Männer Jules Delaborde heißen sollten.

»So beruhige dich doch.« Stefans sonst so ruhige, angenehme Mikrofonstimme klang scharf. »Die Leute schauen schon zu uns her.«

Marga wollte ihm antworten, dass ihr die Aufmerksamkeit der anderen Gäste vollkommen gleichgültig war. Sie musste mit Robin de Baeck sprechen und herausfinden, was mit dem *echten* Jules Delaborde geschehen war. Irgendetwas stimmte mit dieser Kapelle nicht, davon war sie überzeugt. Sie wollte aufdecken, welches Geheimnis sich hinter der Fassade der eleganten Wohlanständigkeit verbarg. Doch zu alldem kam sie nicht, denn ein hochgewachsener Mann trat an ihren Tisch, rückte seine Brille zurecht und blickte mit einem Hauch von Ironie auf sie nieder.

»Ich glaube, wir kennen uns. Wenn ich mich recht entsinne, trafen wir uns zuletzt auf einer Party in Hamburg.«

Marga blieb das Wort im Halse stecken.

»Sie haben sich verändert. Allerdings scheinen Sie eine gewisse Unruhe nach wie vor anzuziehen. Ich biete mich gern an, mit Ihnen frische Luft schnappen zu gehen, bis Sie sich beruhigt haben. Durch die Tür. Das wäre immerhin eine Verbesserung zum letzten Mal. Finden Sie nicht?«

II

Marga atmete tief ein. Eine kühle Brise strich durch das frühlingszarte Blätterdach von Pappeln und Kastanien, wirbelte den Sand im Vorgarten des Delphi-Palasts auf. Aus dem Lokal drangen leises Stimmengemurmel und eine Melodie, deren erste Takte von einer Trompete gespielt wurden. Der Verkehr auf der Kantstraße klang im Finstern wie ein fernes Rauschen. Obwohl sie den Mann neben sich kaum sah, spürte sie seine Nähe.

Die frische Luft tat nicht nur ihren Lungen gut, sondern half auch ihrem Kopf, wieder klare Gedanken zu fassen. Sie hatte sich unmöglich benommen. Statt sich den Musikern diskret zu nähern und einen von ihnen direkt anzusprechen, hatte sie für unglaublichen Wirbel gesorgt. Andererseits: Wie kam man als Frau mit den Mitgliedern eines berühmten Tanzorchesters ins Gespräch? Das war keine Studentenband, die auf den Privatfeiern ihrer Clique spielte. Sie seufzte.

Ein Feuerzeug flammte kurz auf.

»Warum waren Sie so … ähm … echauffiert?«, erkundigte sich Harry Alsen, nachdem er sich seine Zigarette angezündet hatte.

Sie zuckte mit den Achseln, was er vermutlich gar nicht wahrnahm, und schwieg. Aus Angst, sich noch unmöglicher zu machen, wagte sie nicht, ihm die Wahrheit zu sagen.

Wenn sie jetzt darüber nachdachte, erschien ihr der eigene Auftritt ebenso unverständlich und vor allem peinlich. Sie konnte froh sein, dass Stefan sie einigermaßen zu beruhigen versucht hatte – und dass Harry Alsen aufgetaucht war, um sie nach draußen zu führen, bevor sie für noch mehr Wirbel sorgte. Wahrscheinlich hätte nicht viel gefehlt und der Portier oder die Kellner hätten die Polizei gerufen. Ob der Gitarrist oder sie abgeführt worden wäre, blieb offen. Als sie sich an den stechenden Blick der Zigarettenverkäuferin erinnerte, lief ein Frösteln durch ihren Körper. Ob die junge Frau der Betriebsobmann der Partei war? Oder einfach nur ein gewöhnlicher weiblicher Spitzel? Sie schlang die Arme um sich.

»Es könnte unsere Unterhaltung deutlich verbessern, wenn Sie mit mir reden würden.«

»Natürlich … Entschuldigung«, stammelte Marga. Sie schluckte, versuchte, sich auf ihre Antwort zu konzentrieren: »Ich habe den Gitarristen mit … nun ja, mit jemand anderem verwechselt.«

Die Zigarette glomm orange auf. »Das gibt es. Aber warum haben Sie deshalb so rumgeschrien? Sie wären mir niemals aufgefallen, wenn ich Ihre Stimme nicht erkannt hätte.«

Sie zögerte, dann: »Es ist ein alter Freund, den ich aus den Augen verlor und gern wiedersehen würde.«

»Ein alter Freund oder eine alte Liebe?«

Harry Alsens direkte Frage schockierte sie. Nervös scharrte sie mit der Spitze ihres Schuhs im Sand des Gartenwegs, der um das Gebäude herumführte. Als er ruhig weiter an seiner Zigarette zog und offensichtlich auf ihre Antwort wartete, stieß sie ein unwilliges »Das geht Sie nichts an!« hervor.

»Sie haben recht. Aber wenn Sie einen renommierten Musiker öffentlich der Hochstapelei bezichtigen, ist das reichlich gewagt. Außerdem haben Sie mich heute Abend um eine Jamsession gebracht. Das sollte Grund genug sein, mir Ihre Beweggründe zu erläutern.«

Da war er wieder – dieser überhebliche, anmaßende Ton, mit dem er ihr schon im Café Heinze aufgefallen war. Es ärgerte Marga, wie Harry Alsen mit ihr sprach. »Sie hätten sich nicht einzumischen brauchen!«, fauchte sie.

»Jules Delaborde ist als Gitarrist fast so gut wie Django Reinhardt«, gab er gelassen zurück. »Er hat es nicht verdient, von einem unglücklich verliebten kleinen Mädchen diskreditiert zu werden.«

Marga schnappte nach Luft. »Sie kennen Jules Delaborde?«

»Ja. Ich kenne ihn sogar ziemlich gut. Wir spielen hin und wieder zusammen. Die meisten Musiker, die aus irgendwelchen Gründen in Berlin sind, schauen gelegentlich im Delphi vorbei und improvisieren ein bisschen miteinander.«

»Sehen Sie, ich kenne Jules Delaborde auch sehr gut. Und ich weiß ganz genau, dass er Klarinette spielt. Und dass dieser Mann auf der Bühne nicht der ist, der er behauptet zu sein, weil …«

»Machen Sie sich nicht lächerlich, Fräulein …?« Der Zigarettenstummel flog wie ein Leuchtkäfer durch die Luft, als er ihn ungeduldig fortwarf. »Wie heißen Sie eigentlich?«

»… weil mein Jules Delaborde aus Hamburg stammt und kein Franzose ist …« Entsetzt biss sie sich auf die Zunge.

Warum hatte sie das zugegeben? Warum hatte sie sich in ihrer Aufregung dazu verleiten lassen? Sie trat einen Schritt zurück, als könnte sie damit der Realität ausweichen.

Sie hörte Harry Alsen langsam durchatmen. »Verstehe ich Sie richtig? Sie beschuldigen einen Ihnen völlig unbekannten Mann, während Ihr Freund unter dessen Namen Klarinette spielt oder sonst was treibt?! Wer ist bitte der Hochstapler? Sie können einem ganz schön Ärger bereiten, mein Fräulein. Wie heißen Sie denn nun? Oder tragen Sie auch den Namen einer anderen?«

»Ich heiße Margarete«, erwiderte sie, plötzlich kleinlaut. »Margarete Maibach. Da ich kein Gretchen sein will, nennen mich alle Marga.«

»Gretchen. Ach, du lieber Himmel. Etwas Originelleres ist Ihren Eltern wohl nicht eingefallen?«

»Mein Vater ist Literaturwissenschaftler.«

»Oha«, schnaubte Harry Alsen.

Seine herablassende Art empörte sie, aber inzwischen war sie ihm auch dankbar, dass er sie davor bewahrt hatte, im Tanzpalast größeren Schaden anzurichten. Deshalb schluckte sie ihren zurückkehrenden Zorn hinunter.

»Wäre es Ihnen möglich, die Szene von vorhin zu vergessen? Ich verspreche Ihnen, dass ich diesem Jules Delaborde nichts anhaben werde. Wahrscheinlich sollte ich ohnehin am besten gleich nach Hause gehen. Ich muss nur meinen Freunden Bescheid geben, dass …«

»Lieben Sie ihn?« Seine Stimme klang unerwartet sanft.

»Wen?«

»Diesen Mann, der sich wie mein Kollege nennt.«

Es kostete sie unendlich viel Mühe, Contenance zu bewahren. »Warum wollen Sie das wissen?«

Sein leises Lachen antwortete ihr. Dann: »Ich habe ein großes Herz für die Liebe. Und für Mädchen, die mit unerhörter

Nonchalance einen Frack tragen. Für Klarinettisten natürlich auch«, fügte er ein wenig zu schnell hinzu.

Obwohl sie wütend auf ihn war, schmunzelte sie. »Ihr Herz in allen Ehren, aber ich möchte darin keinen Platz besetzen.«

»Vielleicht aber in meinem Orchester. Ich suche mal wieder nach einer Sängerin. Sind Sie interessiert, Fräulein Marga?«

Er erinnerte sich an das Vorsingen!

Wenn es heute Abend nicht schon genug Gründe gegeben hatte, im Boden zu versinken, so wusste Marga, dass nun der Zeitpunkt endgültig gekommen war. Obwohl der Wind an Stärke zunahm und inzwischen recht kräftig von Osten wehte, wurde ihr heiß.

»Sie haben eine ziemlich gute Stimme, ein bisschen wie eine weiße Ella Fitzgerald.«

Über ihre Lippen kam nur ein Hauchen: »Sie haben mich gehört?«

»Sie waren nicht zu überhören. Kräftiges Organ, das Sie da haben. Wären Sie damals nicht herumgelaufen wie eine BDM-Führerin, hätte ich Sie auf die Bühne gestellt. Und wäre ich Ihnen nicht auf dieser Party in Hamburg begegnet, würde ich Ihnen auch heute kein Angebot machen. Wollen Sie mir noch einmal vorsingen?«

»Jetzt? Hier?«

»Ihre Tatkraft in allen Ehren, aber das wäre wohl doch etwas deplatziert. Kommen Sie nächste Woche bei mir vorbei. Wenn wir wieder im Hellen sind, gebe ich Ihnen meine Karte. Sie sind doch noch eine Weile in Berlin, oder?«

Sie nickte, stumm vor Fassungslosigkeit. Als ihr einfiel, dass er ihre Geste nicht sehen konnte, versicherte sie rasch: »Natürlich, solange Sie wollen. Ich meine, ich bleibe in Berlin. Ich wohne jetzt hier, weil ich am Städtischen Konservatorium studiere.« Ich benehme mich wie der größte Naivling, fuhr es ihr durch den Kopf.

»Gut. Das ist gut. Dann haben Sie den Sommer über frei. Ich suche nämlich eine Sängerin, die das Orchester Harry Alsen zur Truppenbetreuung begleitet …«

Ohne zu zögern, fiel sie ihm ins Wort: »Gehen Sie nach Frankreich?«

Er schwieg.

Nach einer Weile, die Marga wie eine Ewigkeit erschien, sagte Harry Alsen leise: »Nach Frankreich sind wir nicht abkommandiert. Die Heeresleitung schickt uns nach Dänemark. Aber – wer weiß? – vielleicht kommen wir auch einmal nach Frankreich. Ich hoffe, Ihr Jules Delaborde wartet so lange auf Sie.«

Wenn sie später darüber nachdachte, konnte sie niemals verstehen, wieso seine Hand so zielsicher ihr Gesicht fand. Sein Daumenballen strich von ihrem Wangenknochen abwärts und ihren Kiefer entlang. Es war eine unendlich tröstende, zärtliche Berührung, die sie bis in ihr Herz spürte.

Plötzlich fuhren seine Finger in ihr Haar. »Tun Sie mir bitte einen Gefallen«, in seiner Stimme lag der bekannte Spott, »werden Sie wieder blond. Diese braune Haarfarbe ist furchtbar.«

PARIS FRÜHLING 1999

12

Irgendetwas stimmte mit dem alten Mann nicht. Darin war sich Andrea mit Frank Renner einig. Mit einem möglicherweise großen, aber harmlosen Interesse an Musik ließ sich nicht erklären, warum der Alte vor ihr davongelaufen war. Er wollte sie ansehen, ihr zuhören – aber nicht mit ihr sprechen. Warum? Sein Verhalten war ungewöhnlich gewesen, mit beinahe tödlichen Folgen. Das umgab ihn mit einem Geheimnis und machte Andrea neugierig. In einer anderen Sache stimmte sie dem Journalisten jedoch nicht zu: Die Deutschkenntnisse von Monsieur Delaborde erschienen ihr weniger wichtig. Seltsam, ja, aber vernachlässigbar.

Sie demonstrierte gegenüber Frank Renner zwar den eisernen Willen, sich nicht in seine Recherchen hineinziehen zu lassen. Doch kaum war er mit seinem Blazer aus ihrer Wohnung verschwunden, war ihre Entschlossenheit dahin. Keine Minute, nachdem sie die Tür hinter ihm geschlossen hatte, saß sie schon an ihrem Telefon, schaltete das Minitel an, suchte nach der Auskunft und gab den Namen Delaborde ein. Im Display tauchten einige Personen über ganz Frankreich verstreut auf, die so hießen und einen Telefonanschluss besaßen. Sie ging die Adressen durch, fand in Pacy-sur-Eure keinen Jules, dafür aber in Saint-Germain-en-Laye einen Eintrag des Rechtsanwalts Maurice Delaborde.

Bevor sie der Mut verließ, tippte sie die angegebene Telefonnummer in die Tastatur. Zwei Klingeltöne, dann eine weibliche Stimme, die im ersten Moment wie ein Anrufbeantworter klang und die für französische Verhältnisse ungewöhnlich lange Begrüßung zwitscherte: »Büro von Maître Delaborde. Guten Tag. Giselle am Apparat.«

So kurz vor ihrem Ziel stiegen Zweifel in ihr auf. Was wollte sie eigentlich von dem Sohn des Verunglückten? War sie verrückt geworden, einen honorigen Rechtsanwalt und Abgeordneten wegen einer fixen Idee zu belästigen? Was sollte sie Monsieur Delaborde junior sagen?

Ihr Vater ist meinetwegen unter das Auto gekommen. Er ist vor mir davongelaufen und ich möchte wissen, warum Ihr Vater das getan hat. So konnte sie unmöglich mit Maurice Delaborde sprechen.

Doch die Neugier nagte an ihr wie eine Maus an einem Stück Comté. Außerdem war da das Gefühl von Schuld. Alles in ihr schrie nach einer Erklärung. Sie würde sich schon etwas einfallen lassen, wenn sie den Sohn des Alten erst am Apparat hatte, redete sie sich gut zu. Ins Telefon sagte sie mit einer Stimme, in die sie all ihre Überzeugungskraft zu legen versuchte: »Ich möchte mit Monsieur Delaborde sprechen.«

»In welcher Angelegenheit, Madame?«

Was war überzeugend genug, die Mitarbeiterin des Rechtsanwalts zu überreden, eine Verbindung mit ihrem Chef herzustellen? Die Wahrheit, entschied Andrea.

»Ich war Zeugin des Unfalls von Monsieur Delabordes Vater gestern Vormittag in Paris. Mein Name ist Andrea Cramer. Mademoiselle Cramer.«

Wenn Maurice Delaborde *France Soir* gelesen hatte, sagte ihm ihr Name etwas. Möglicherweise war sie auch in anderen Zeitungsberichten erwähnt worden. Vielleicht hatte sich der Sohn überdies mit dem Polizeibericht über den Unfall seines Vaters auseinandergesetzt, dann wusste er ebenfalls, wer sie war.

Es knackte in der Leitung. Einmal, noch einmal. Andrea dachte schon, die Verbindung wäre unterbrochen, als sich Musik in die Warteschleife einschaltete. Claude Debussys »Arabesque«. Natürlich. Der Komponist stammte aus Saint-Germain-en-Laye. Maître Delaborde besaß offenbar ein feines Gespür für den Stolz und die Heimatverbundenheit seiner Nachbarn und Wähler.

Völlig überraschend meldete sich inmitten einer Tonsequenz plötzlich eine Männerstimme mit dem üblichen: *»Allô, oui!«*

»Guten Tag, Maître Delaborde, hier spricht Andrea Cramer. Ich war gestern …«

»Meine Sekretärin sagte mir, wer Sie sind, Mademoiselle. Was kann ich für Sie tun? Sind Ihnen noch Details zum Unfallhergang eingefallen?«

Maurice Delaborde klang nicht unfreundlich, aber bestimmt und kurz angebunden. Er besaß die Attitüde eines französischen Schuldirektors, dem bedingungslos Respekt gezollt wurde. Andrea fuhr flüchtig durch den Kopf, dass es erstaunlich war, einen Mann mit diesem Ton als politischen Repräsentanten in einer Demokratie zu wissen. Er war so unverbindlich.

»Nein, Monsieur, ich habe keine neuen Informationen zum Unfallhergang, tut mir leid. Ich möchte mich vielmehr nach Ihrem Vater erkun…«

Er schien ein ausgesprochen ungeduldiger Mensch zu sein, denn er fiel ihr wieder ins Wort: »Meinem Vater geht es gut. Vielen Dank für die Nachfrage. Wir beten für seine Gesundheit und vertrauen auf Gottes Hilfe.«

»Ja … ähhh …« Andrea verlor den Faden.

»Wenn das alles ist, Mademoiselle …« Er fiel in beredtes Schweigen, wollte ihr offenbar den ersten Schritt zum Abschiednehmen überlassen.

Andrea holte Luft. »Warten Sie, bitte, Monsieur.« Sie atmete noch einmal tief durch. Gleichzeitig spürte sie durch die Leitung, wie ihr Gesprächspartner unruhig wurde. Er überlegte sicher gerade, wie er sie am elegantesten loswerden konnte.

»Ich möchte etwas über Ihren Vater erfahren, Maître Delaborde. Über sein Leben, seine Gedanken. Er war interessiert an meiner Musik, er hörte mir zu. Nicht nur im Le Fumoir, sondern auch in der Hotellobby, in der ich gelegentlich spiele.« Die Sätze sprudelten plötzlich aus ihr heraus: »Ich bin Pianistin, aber das wissen Sie wahrscheinlich bereits. Jedenfalls wollte ich Ihren Vater ansprechen, weil er mir so oft zuhörte, aber er lief vor mir davon. Und deshalb möchte ich gerne erfahren, wer er ist und warum er sich so verhalten hat. Verstehen Sie?«

Schweigen.

Unwillkürlich befürchtete Andrea, er habe aufgelegt. »Monsieur? Sind Sie noch da?«

Ein entnervtes Seufzen. Dann: »Ja, Mademoiselle. Ja, ich bin noch da. Ich verstehe leider nicht, was Sie von mir wollen. Sind Sie von der Presse?«

»Nein!« Sie war nicht nur erstaunt, sondern empört. Hatte sich Frank Renner mit ihm in Verbindung gesetzt und ihren Namen erwähnt? Das wäre sehr indiskret und ziemlich unverfroren. »Wie kommen Sie darauf? Ich bin Pianistin. Na ja, eigentlich bin ich noch Musikstudentin. Ich habe mit der Presse nichts zu tun. Ich möchte aus persönlichen Gründen wissen, wer Ihr Vater ist.«

»Ich glaube nicht, dass Sie das etwas angeht, Mademoiselle. Mein Vater ist meine Privatangelegenheit. Wenn Sie mich nun entschuldigen wollen. Die Zeit eilt und ich muss dringend zu einem Termin in den Élysée-Palast.« Maurice Delaborde führte nicht explizit aus, wen er im Amtssitz des französischen Staatspräsidenten zu treffen gedachte. Das brauchte er auch nicht – seine wichtigtuerische Art machte klar, dass er ihretwegen Jacques Chirac höchstselbst versetzen musste, wenn sie das Gespräch nicht endlich beendete.

»Aber, Monsieur, ich möchte doch nicht …«

Der Höflichkeit schien Genüge getan. Ohne ein Wort des Abschieds legte Maurice Delaborde einfach auf.

Verwundert hielt Andrea den Telefonhörer von ihrem Ohr weg, starrte ihn an. Worüber war der Mann eigentlich so verärgert? Vielleicht war er wirklich getrieben von seiner Verabredung, aber dann hätte er sie vertrösten können, anstatt sie einfach aus der Leitung zu werfen. Vater und Sohn schienen – jeder auf seine Weise – nicht sonderlich gesprächig zu sein. Was für eine seltsame Familie.

In den nächsten zwei Stunden versuchte Andrea, sich die Sache aus dem Kopf zu schlagen. Doch die Fragen blieben in ihrem Hirn eingemeißelt wie Runen in Stein. Sie schaltete den Jazzsender im Radio ein, duschte, räumte ihre Wohnung auf, erwog sogar, die Fenster wieder einmal zu putzen. Für Letzteres fehlte ihr zwar die Kraft, aber sie begann, mit dem Küchenkrepp auf einem Quadratzentimeter Glas herumzureiben, in der Hoffnung, dass es hilfreich wäre. Es nutzte jedoch alles nichts. Sie grübelte fast ununterbrochen über die Herren Jules und Maurice Delaborde – und darüber, was sie eigentlich mit den beiden zu schaffen hatte.

Schließlich kapitulierte sie.

Erschöpft von ihrem Aktionismus und den doch ziemlich nachhaltigen Folgen des Schocks sank sie in ihren Lieblingssessel, nachdem sie die aufgeschlagene Boulevardzeitung vom Tisch gezogen hatte. Zum zweiten Mal las Andrea den Artikel. Allerdings war der Bericht nicht aufschlussreicher, sofern es das Leben des Alten betraf. Eine Information hatte sie zuvor jedoch überlesen: den Namen des Krankenhauses, in das der Verletzte gebracht worden war. Hôpital Saint-Louis im 10. Arrondissement.

Wenn Maurice Delaborde jede Auskunft verweigerte, würde sie den alten Mann eben direkt fragen. Aus der Klinik konnte er ja wohl kaum vor ihr davonlaufen. In *France Soir* stand, dass er sich auf der Intensivstation befand. Man würde ihr dort wahrscheinlich keinen Zutritt gewähren. Sie musste sich also gedulden, bis er in ein reguläres Krankenzimmer verlegt wurde. Wann aber würde das sein? Wie lange musste sie auf die Gelegenheit warten, mit Jules Delaborde zu sprechen? Das musste doch herauszufinden sein …

Sie schaltete noch einmal den Bildschirmtext ihres Telefons ein, suchte die Auskunft. Nach einer weiteren Eingabe flammte die Telefonnummer des Hôpital Saint-Louis im Minitel auf.

Kurz darauf fragte sie sich durch die Telefonvermittlungen der verschiedenen Stationen nach dem Patienten Jules Delaborde, der gestern Mittag nach einem Verkehrsunfall eingeliefert worden war. Sie wurde mehrmals verbunden, bis sie schließlich eine Krankenschwester am Apparat hatte, die sie nicht an eine weitere Person verwies.

»Monsieur Delaborde ist nicht ansprechbar, Mademoiselle Cramer. Ich kann Sie nicht verbinden. Aber es geht ihm den Umständen entsprechend gut, so viel kann ich Ihnen sagen.«

»Ich würde Monsieur Delaborde gerne besuchen, ihm Blumen bringen«, improvisierte Andrea und dachte dabei, dass sie das wirklich tun sollte. »Könnten Sie mir bitte sagen, wann das möglich ist?«

»Sind Sie mit ihm verwandt, Mademoiselle?«

»Nein«, entfuhr ihr, bevor sie sich bewusst machte, dass ihre Ehrlichkeit wahrscheinlich ein Fehler war. »Nein. Ich … Wir kennen uns durch meinen Beruf. Und, wie gesagt, ich war

Zeugin des Unfalls. Deshalb liegt mir das Wohlergehen von Monsieur Delaborde am Herzen.«

»Es tut mir leid, Mademoiselle. Wenn Sie nicht zu seiner Familie gehören, darf ich Ihnen keine Auskünfte erteilen.« Und zum zweiten Mal an diesem Tag wurde ein Telefongespräch mit Andrea beendet, ohne dass sie auch nur ein Wort des Abschieds sagen konnte.

Das hatte sie nun von ihrer Wahrheitsliebe!

Aber in Krankenhäusern gab es Schichtdienst. Diese Pflegerin würde irgendwann durch eine Kollegin ersetzt werden. Andrea wollte noch einmal anrufen und dann behaupten, die Enkeltochter von Jules Delaborde zu sein.

Sechs Stunden und einen zweiten Versuch später sagte ihr ein junger Mann, der sich als Assistenzarzt vorstellte: »Mademoiselle, bitte rufen Sie nicht mehr an. Das ist das Telefon einer Intensivstation. Einer Abteilung, bei der es oft genug um Leben und Tod geht. Ich weiß nicht, was Sie von Monsieur Delaborde wollen, aber ich weiß, dass er keine Enkeltochter besitzt. Lassen Sie den alten Herrn bitte in Ruhe und uns ungestört unsere Arbeit machen.« Nach diesem Monolog legte er ohne ein weiteres Wort auf.

13

Entgegen ihrer Gewohnheit las Andrea täglich die Boulevardpresse in der Hoffnung auf eine Notiz über den Gesundheitszustand des alten Mannes, fand aber keine weitere Meldung über Jules Delaborde. Ihr fehlte der Mut oder die Impertinenz, sich noch einmal im Büro von Maurice Delaborde zu melden, auch fragte sie nicht im Krankenhaus nach. Ihre Neugier und ihre Schuldgefühle blieben unbeantwortet.

Eine Woche nach dem Vorfall kapitulierte sie vor der Mauer, die Vater und Sohn vor ihr aufbauten. Inzwischen hatte sie auch den Schock einigermaßen überwunden. Zumindest ließen die körperlichen Auswirkungen nach. Die Bilder des Unfalls verfolgten sie trotzdem in vielen Nächten. Sie verschwammen jedoch bald mit den Spuren anderer Erlebnisse in ihrem Unterbewusstsein zu Träumen, die schließlich nicht mehr zwangsläufig in einem Albdruck mündeten. Damit schien irgendwie die Notwendigkeit zu verblassen, das Geheimnis des Alten zu ergründen. Während sie sich vornahm, ihre Begegnungen und den Unfall zu vergessen, gewann sie die Einsicht, dass es eigentlich keinen Spaß machte, sich in das Leben eines fremden Menschen einzumischen.

In dem Zettelkasten neben ihrem Telefon fand sie die Eintrittskarte für ein Konzert in der Kathedrale Notre-Dame für den Mittwochabend. Johann Sebastian Bach. Es spielte ein Absolvent des Orgelkurses an der Musikhochschule, ein begabter junger Pole, den sie durch andere Kommilitonen kennengelernt und der sie eingeladen hatte. Es war vom ersten Moment an klar gewesen, dass sie Janusz gefiel. Ein Grund, warum sie eigentlich nicht hatte hingehen wollen. Er war nicht ihr Typ, eine Beziehung passte darüber hinaus nicht in ihr derzeitiges Lebensmuster. Sie war zu sehr mit sich selbst, ihrer Musik, der eigenen Karriere beschäftigt, der sie Vorrang gewährte. Sie wollte Janusz keine falschen Hoffnungen machen. Doch das war vor Jules Delabordes Unfall. Jetzt dachte sie, dass ein kleiner Flirt das wahrscheinlich beste Mittel war, den alten Mann endgültig aus ihren Gedanken zu vertreiben.

Auf dem Weg ließ sie sich viel Zeit. Sie nahm die Metro bis zum Musée d'Orsay und ging dann zu Fuß, unternahm einen langen, gemütlichen Spaziergang über die Quais auf der linken Seite der Seine. Es tat ihr gut, sich nach der Phase der

Niedergeschlagenheit im Freien zu bewegen und ihre Lungen mit frischer Luft zu füllen. Natürlich hatte sie ihre Wohnung in den vergangenen zehn Tagen hin und wieder verlassen müssen, aber sie war nie mit diesem wiedergewonnenen Gefühl von Leichtigkeit unterwegs gewesen.

Der Nieselregen sprühte auf Paris wie aus einem Parfümflakon. Tatsächlich brachte das Wetter die Stadt zum Duften. Die Bäume verströmten das würzige Aroma des Frühlings und die ersten Blüten in den Blumenbeeten rochen nach der süßen Verlockung des bevorstehenden Sommers. Selbst der sonst so müde Fluss sandte salzige Erinnerungen an seine Mündung in die Luft. Es hatte nicht sonderlich stark abgekühlt, sodass der Regen wie ein Dunstschleier wirkte, allemal wohltuend nicht nur für die Botanik, sondern auch erfrischend für Andreas Gemüt.

Gut gelaunt lachte sie die Touristen an, die sich unter Regenschirmen drängten und die Planen hochhoben, die gegen die Feuchtigkeit über die Bücherkisten der *bouquinistes* gebreitet waren. Andrea hatte keinen Schirm bei sich und schob sogar ihren Südwester in den Nacken, um ihre Gesichtshaut mit der natürlichen Feuchtigkeit zu versorgen. Sie liebte dieses Wetter, das es im Frühjahr und im Herbst in Paris fast so oft zu geben schien wie in London. Nur dass es hier weniger legendär war. Es weckte ihre Lebensgeister – und deshalb hopste sie wie ein kleines Mädchen über eine Pfütze, die sich auf ihrem Weg am Seine-Ufer gebildet hatte. Den erstaunten Blicken eines asiatischen Paares begegnete sie mit einem fröhlichen Winken.

Die grün gestrichenen Stände der Antiquare und Buchhändler reihten sich auf einer Länge von drei Kilometern auf beiden Seiten der Seine aneinander. Manche Kaufleute hatten ihren Verkaufstresen wegen der nassen Witterung zu einer Box zusammengefaltet und verschlossen, andere hielten unverdrossen bis zum Sonnenuntergang, dem Ende ihrer gesetzlichen Ladenöffnungszeit, durch und boten neben alten Quartbänden auch Stiche, Ansichtskarten oder Plakate aus der Anfangszeit der Werbegrafik an, gelegentlich alte Schallplatten und Notenblätter.

Andrea liebte es, an den *Buchregalen von Paris* zu stöbern. Sie besaß nie genug Geld, um all das zu erstehen, was sie gerne gekauft hätte. Aber allein zu sehen, wie Werke halb vergessener Schriftsteller oder verloren geglaubte Musik wiederentdeckt werden konnten, machte sie glücklich. Manchmal fand sie ein altes Jazzarrangement, dessen Preis erschwinglich war, weil es von einem unbekannten Bearbeiter stammte. Es bereitete ihr unendliches Vergnügen, den Rhythmus später an ihrem Klavier wieder zum Leben zu erwecken.

Sie steuerte ihren Lieblingshändler hinter der aus Stahlbeton erbauten Pont des Arts an, einer schmalen Fußgängerbrücke, die ebenso Liebespaare aus aller Welt anzog wie die steinerne Pont Neuf etwas weiter flussaufwärts.

Unter dem Dach des Standes betrachtete ein Mann in einem hellen Regenmantel das Angebot, während seine zierliche Begleiterin etwas ungelenk einen großen Schirm über beide hielt. Die junge Frau hantierte dermaßen ungeschickt, dass sie von Glück sagen konnte, keinen Kunden oder Passanten mit der Stockspitze zu erstechen. Jedenfalls hielt sie auf diese Weise andere potenzielle Kunden fern.

Nachdem Andrea dem Schirm im ersten Moment automatisch ausgewichen war, begann sie sich über die Überheblichkeit zu ärgern, mit der die andere so viel Platz beanspruchte. Ganz wie Touristen, die das Warenangebot prüften, aber meist nicht einmal eine Postkarte kauften. Mit einem ebenso lauten wie empörten »*Pardon!*« und unter Einsatz ihrer Ellenbogen schob sie die junge Dame zur Seite.

Der Schirm verfing sich in der Markisenhalterung. Die

Frau schrie entsetzt auf, was aus ihrem Mund entzückend und filmreif klang.

»Hey!«, protestierte ihr Begleiter.

»Selber *hey*«, schnarrte Andrea leise.

Sie wandte den fremden Leuten den Rücken zu und beugte sich über einen Karton mit alten Schallplatten: Schellack und Vinyl aus der Zeit zwischen 1940 und 1955, wie die Aufschrift eines Zettels verkündete, der auf der Pappummantelung angeklebt war. Andrea wusste, dass dies Kostbarkeiten waren. Die letzten Pressungen der alten Ära und die ersten Produkte einer neuen technischen Entwicklung.

Der Händler erkannte sie anscheinend wieder, denn er grüßte sie mit einem erfreuten: *»Bonsoir, Mademoiselle, ça va bien?«*

»Oui, très bien«, beantwortete sie die Frage nach ihrem Wohlbefinden und lächelte ihn über die Schallplatten hinweg an.

»Das ist ja ein überraschendes Wiedersehen!«, stellte eine tiefe Männerstimme auf Deutsch fest.

Andrea blickte über ihre Schulter und in Frank Renners Gesicht. Er war neben sie getreten, während sich seine Begleiterin damit abmühte, das Gestänge ihres Schirms aus der Haltung der Markise zu befreien.

»Hallo.«

Seltsamerweise war sie über diese Begegnung nicht sonderlich erstaunt. Als wäre es nicht ungewöhnlich, sich in einer Stadt mit über zwei Millionen Einwohnern, zehn Millionen Arbeitnehmern, die jeden Tag aus dem Umland hereinströmten, und rund fünfzehn Millionen Besuchern im Jahr – als wäre es also nicht ungewöhnlich, sich hier zufällig zu treffen. Aber all diese Menschen bewegten sich auf einem vergleichsweise engen Raum. Frank Renner hatte ihr erzählt, dass er Recherchen für eine Dokumentation über den Swing im

Zweiten Weltkrieg anstellte. Warum sollte er sich nicht nach Erinnerungsstücken aus jener Zeit umsehen?

Als habe er ihre Überlegungen erraten, umfasste er die diversen Kartons des *bouquiniste* mit einer weitläufigen Geste. »Ich habe gedacht, ich finde hier etwas für meine Story.«

Sie nickte. »Wenn Sie sich ein bisschen Zeit nehmen, werden Sie hier sicher das eine oder andere musikalische Schmuckstück ausgraben.« Aus den Augenwinkeln beobachtete sie die vergeblichen Bemühungen der jungen Frau und fügte ungewollt schnippisch hinzu: »Sofern Ihre Freundin nicht den Stand demoliert.«

»Ohhh…!« Tatkräftig eilte er der anderen zu Hilfe.

Kopfschüttelnd beschäftigte sich Andrea wieder mit den stehend gelagerten Platten. Sie blätterte die Aufnahmen durch wie die Seiten in einem Buch. Die älteren Versionen steckten in schlichten, vom Alter braun verfärbten Papierhüllen, die neueren in Hochglanzcovern mit einer Fotografie und dem Aufdruck der Sänger und Kapellen und teilweise abgestoßenen Ecken. Sie entdeckte eine Pressung des Jazzstandards »Petite Fleur« aus den Fünfzigerjahren und ein Remake von Benny Goodmans »Sing Sing Sing« aus derselben Zeit. Als sie diese Neuaufnahme herauszog, nahm sie eine zweite Scheibe mit. Eine Schellack schien an dem Objekt ihres Interesses zu kleben. Vielleicht wegen der Feuchtigkeit.

Die alte Platte wäre beinahe hinuntergefallen und zweifellos zerbrochen, wenn Andrea nicht reaktionsschnell mit der anderen Hand danach gegriffen hätte. Ohne sonderlich darüber nachzudenken, betrachtete sie das Label ihres offensichtlich deutlich älteren Zufallsfunds. Es war ein abgeschabtes dunkelblaues Etikett mit silberner Beschriftung:

QUINTETT de HOT CLUB de FRANCE
STARDUST
Musik: Hoagy Carmichael

Neben den sehr klein gedruckten, im Lauf der Zeit verblichenen Namen der Musiker stach eine Zeile Andrea wie mit Leuchtbuchstaben geschrieben ins Auge: »Klarinette: Jules Delaborde.«

»Haben Sie etwas gefunden?«, hörte sie Frank Renner hinter sich fragen.

Die leise gesummten Töne verklangen.

»Das kann man wohl sagen«, erwiderte Andrea, während sie die neuere Schallplatte vorsichtig zurück in den Karton schob. Sie hielt Renner die Schellack des Hot Club de France hin, ließ sie aber nicht los, als fürchte sie, dass er ihr das Fundstück sonst fortnehmen würde. »Schau'n Sie mal, wer der Klarinettist ist.«

»Jules …«, begann er laut zu lesen, unterbrach sich aber, als er des Nachnamens gewahr wurde. Er stieß einen leisen Pfiff aus. »Jules Delaborde. Sieh an!«

Sie mochte kaum laut aussprechen, was ihr durch den Kopf ging. Dennoch fragte sie: »Meinen Sie, das ist unser Mann?«

»Vom Alter her könnte es passen.«

»Über wen sprichst du, Frank?«, erkundigte sich die Französin in Renners Rücken.

Doch weder Andrea noch Frank Renner beachteten sie, da beide wieder in der Magie eines Geheimnisses versanken.

»Es hieß in der Zeitung, Jules Delaborde sei Gastwirt«, erinnerte Andrea.

»Warum soll ein Musiker kein Lokal aufgemacht haben?«

Sie zuckte mit den Achseln.

»Passen Sie auf: Ich kaufe die Platte und dann …«

»Ich werde sie kaufen!«, unterbrach sie ihn energisch.

»Von mir aus. Auf jeden Fall sollten wir die Seriennummer in einschlägigen Discografien nachschlagen. Das bringt uns sicher am schnellsten auf die Spur von Jules Delaborde, dem Klarinettisten.«

»Frank«, seine Begleiterin zupfte an seinem Ärmel, »wollen wir nicht endlich gehen? Der Regen wird stärker.«

Ohne ihr zu antworten, starrte er mit gerunzelter Stirn auf das alte Etikett.

»Ihre Freundin wird ungeduldig«, bemerkte Andrea.

Er hob den Blick bis zu ihren Augen und lächelte unergründlich. Dann übernahm er die längst fällige Vorstellung: »Jacqui, das ist Andrea. Andrea – Jacqui … Jacqui ist eine … ähhh … Mitarbeiterin«, fügte er nach einem kurzen Zögern hinzu.

Mit hochgezogenen Augenbrauen musterte Jacqui Andrea. Statt einer Begrüßung sagte sie: »Wollt ihr euch nicht in einem Bistro weiterunterhalten? Ich bin vollkommen durchnässt.«

»Kein Bistro«, wehrte Andrea rasch ab. Sie beeilte sich mit ihrer Erklärung und verschob die stumme Frage, warum Renner sie nur mit ihrem Vornamen wie eine alte Bekannte vorgestellt hatte, auf später. »Ich bin noch verabredet. Ein Konzert in Notre-Dame.«

»Hört sich gut an«, erwiderte der Journalist.

»Es ist ein klassisches Orgelkonzert. Kein Jazz. Ein Freund von mir spielt.«

»Das hört sich immer noch gut an«, meinte er prompt. »Wir würden uns gerne anschließen, nicht wahr?« Er wandte sich zu der jungen Frau, um ihr seine geänderte Abendplanung mitzuteilen, was nicht unbedingt auf Gegenliebe stieß.

Jacqui murrte leise, wies ihn darauf hin, dass es in der Kathedrale womöglich kalt und feucht und ziemlich ungemütlich sein könnte.

Andrea dachte, dass sie Frank Renner auf den notwendigen

Kauf von zwei Eintrittskarten aufmerksam machen sollte. Sie glaubte nicht, dass das Konzert ausverkauft war. Aber die regulären Tickets kosteten immerhin bis zu hundert Franc. Andererseits: Wer mit einer Französin unterwegs war, deren Garderobe auf einen teuren Geschmack schließen ließ, würde sich einen gemeinsamen Abend sicher etwas kosten lassen. Erstaunlicherweise fand Andrea überdies Gefallen an der unerwarteten Gesellschaft. Sie konnte sich das selbst nicht erklären, zumal Jacqui der Typ Frau war, den sie nicht zu ihren Freundinnen zählte. Nun, sie würde sehen, was aus dem Abend wurde.

Während die beiden leise weiterdiskutierten, teilte Andrea dem *bouquiniste* mit, dass sie die Platte erwerben wollte.

Der Händler verlangte zehn Franc. »Es ist eine alte Aufnahme aus dem Weltkrieg«, sagte er, während er die Ware in Zeitungspapier einwickelte. »Niemand interessiert sich dafür, weil der Solist völlig unbekannt ist. Aber die Scheibe ist in Ordnung, hat nicht einen Kratzer und klingt sehr schön.«

Andrea gab ihm die Münze und nahm die Platte an sich.

Willkommen zurück in meinem Leben, Jules Delaborde!

14

»Halt! Stehen bleiben!«

Marga schrak zusammen. Die schneidende Männerstimme hallte durch die stille Nacht wie ein Schuss. Obwohl es sie drängte weiterzulaufen, hielt sie mitten in der Bewegung inne und stand wie festgewurzelt. Ihr Körper bebte unter ihrem stürmisch pochenden Herzen, ihre Lungen schienen trotz der frischen Meeresbrise von Erstickung bedroht. Atemlos presste sie das Paket an ihre Brust, die Hände steif vor Kälte.

Im Mondlicht machte sie die Silhouetten von zwei hochgewachsenen Männern in Wehrmachtsuniform aus, die sich nur wenige Schritte vor ihr aufgebaut hatten. Ihre Gesichter unter den tief in die Stirn geschobenen Schirmmützen waren nicht zu erkennen, die Kopfbedeckung wies die beiden jedoch als Offiziere aus. Untere Dienstgrade der Flakzüge oder Marineabteilungen trugen andere Kappen. So viel hatte sie über die Garderobe ihrer Zuhörer inzwischen gelernt, vor denen sie im Rahmen der Truppenbetreuung mit Harry Alsens Kapelle auftrat. In der Regel schienen das nette junge Kerle zu sein, die nach Unterhaltung gierten, sich in das eine oder andere dänische Mädchen verguckten und unter dem Tanzverbot litten. Gefürchtet hatte sich Marga bisher noch vor keinem von ihnen.

Nun aber klopfte ihr Herz so laut, dass sie meinte, das Wummern halle über den Pier und übertöne das leise Schlappen der Wellen gegen die Hafenbefestigung. Die Takelagen der Schiffe klapperten im Wind. Sonst herrschte Ruhe in der

Stadt. Wie in eigentlich jeder Nacht, seit deutsche Truppen das Königreich besetzt hatten.

Marga hatte gehört, dass der Einmarsch ohne große Verluste auf beiden Seiten verlaufen war. Das Leben nahm einen relativ normalen Gang für die Bevölkerung, die sich jedoch darüber beklagte, dass es weniger Brennstoff zum Heizen und Autofahren gab. Marga fühlte sich indes wie auf einem anderen Stern, denn die Lebensmittelrationen waren der reinste Luxus – und der Krieg schien hier in Jütland weit entfernt. Lediglich die Devisenbeschaffung bereitete ihr Sorgen. Mit ihrer in dänischen Kronen ausbezahlten Gage kam sie nicht gut über die Runden.

Die Restaurants und Cafés waren für heute ebenso wie die Vergnügungslokale geschlossen, die Soldaten hielten sich in ihren Unterkünften auf. Offenbar waren nur noch vereinzelt Patrouillen unterwegs. Marga ärgerte sich über sich selbst, weil sie sich hätte denken müssen, dass sie auffallen würde, wenn sie nachts wie eine Schlafwandlerin herumgeisterte.

»Was haben Sie da? Zeigen!«, befahl die barsche Stimme.

Als sie der Aufforderung nicht sofort nachkam, schrie sie der Offizier an: »Herzeigen. Das Paket. *Pakke*!«, fügte er etwas unbeholfen in der Landessprache hinzu.

Zögernd lieferte sie ihren Schatz aus.

Packpapier wurde brutal auseinandergerissen. Marga zuckte bei dem Geräusch zusammen. Sie hoffte, dass der Inhalt des Päckchens nicht auch zerriss. Es waren vor allem Blaupausen, die sie von einem schwedischen Kutter in Empfang genommen hatte, der noch vor der Morgendämmerung wieder auslaufen würde.

Ein Lichtstrahl flammte auf und brannte Marga in den Augen. Der schweigsame Kamerad des Befehlenden richtete eine Taschenlampe auf das Fundstück.

»Das sieht aus wie Musiknoten«, murmelte der Erste, anscheinend aufrichtig verblüfft.

Sein Erstaunen löste Margas Erstarrung. Sie fühlte sich etwas sicherer, weil sie offenbar nicht besaß, was der Offizier vermutete. Ihr Atem beruhigte sich und ihr Herz schlug wieder regelmäßig. Sie zermarterte sich den Kopf nach einer unverfänglichen Erklärung.

Würde ein so eifriger Wehrmachtsoffizier Verständnis dafür aufbringen, dass Blaupausen und Noten aktueller amerikanischer und britischer Songs für eine Tanzkapelle Gold wert waren? Im Rahmen der Truppenbetreuung sang Marga auch Swing aus dem englischsprachigen Ausland, meist mit deutschen Texten, aber häufig sogar im Original. Die jungen Männer liebten diese Musik ebenso wie sie. Bislang hatte es keinen Ärger wegen des Repertoires gegeben, was Marga insgeheim mehr überraschte als erfreute.

Vielleicht spielte Harry Alsen mit dem Feuer. Er behauptete, er orientiere sich am Geschmack seines Publikums, die Reichskulturkammer mit ihren konservativen, engstirnigen Vorschriften war weit weg. Außerdem waren gerade die skandinavischen Tanzkapellen für ihre Interpretation internationaler Standards berühmt. Das war eine ernst zu nehmende Konkurrenz. Deshalb ließ er Marga und seine Musiker immer wieder die neuesten Titel aus London und New York einstudieren. Dafür Noten zu erhalten war jedoch für einen deutschen Orchesterleiter nicht einfach. Ein befreundeter Musiker aus Stockholm hatte das Paket an der Hafenkommandantur vorbeischmuggeln lassen. Marga war als Botin eingesprungen, als sie hörten, dass das schwedische Boot noch in dieser Nacht ablegen musste. Harald selbst kurierte derweil eine fiebrige Erkältung in seinem Hotelbett aus.

In der Hoffnung, dass die beiden Offiziere gänzlich unmusikalisch waren, wollte Marga gerade zu einer Lüge ansetzen.

Falls die beiden Richard Wagner nicht von George Gershwin unterscheiden konnten, war die Ausrede, die ihr durch den Kopf ging, die einfachste Lösung. Doch da hob sich der Lichtstrahl von den Blättern zu ihrem Gesicht. Automatisch kniff sie die Augen zusammen. Die Worte blieben ihr im Halse stecken.

Der Erste hatte seine befehlsgewohnte Sprache wiedergefunden. »Name?«, bellte er.

Bevor sie antworten konnte, stieß sein bislang stummer Kamerad aufgeregt hervor: »Ich hab sie schon mal gesehen! Das ist die Sängerin von neulich Abend. Theo, erkennst du sie nicht? Die von dem Tanzorchester Harry Alsen aus Berlin.«

»Wie heißen Sie?«, wiederholte der andere in etwas höflicherem Ton.

»Marga Mai.« Stockend nannte sie ihren vor der Abreise nach Dänemark erfundenen Künstlernamen.

»Ja. Ja. Das ist sie«, jubelte der zweite.

Sterne tanzten vor Margas Augen. Endlich wagte sie es, die Hand zu heben und über ihre Lider zu legen.

»Mach mal die Lampe aus. Die Dame wird ja ganz blind.«

Als das Licht erlosch, blickte sie wieder auf. »Danke«, sagte sie leise.

»Sie sollten nicht mitten in der Nacht alleine herumspazieren, Fräulein Mai«, tadelte der Offizier namens Theo, dessen Stimme erstaunlich angenehm klingen konnte, wenn er nicht gerade Befehle erteilte. »Man weiß nie, welche Gestalten sich im Hafen herumtreiben.«

»Ich wollte noch ein bisschen Luft schnappen«, improvisierte sie. Einer plötzlichen Eingebung folgend, fügte sie hinzu: »Wissen Sie, in den Konzertsälen ist es oft ziemlich stickig. Das ist sehr ungesund für eine Sängerin. Und die Brise von der Ostsee tut so gut.«

»Trotzdem.« Theo drückte ihr das Paket in den Arm. Seltsamerweise fragte er nicht, warum sie auf ihrer nächtlichen Wanderung einen Stapel Noten und Blaupausen mit sich führte. Vielleicht hielt er es für die Narretei einer Künstlerin. »Sie sollten vorsichtig sein, Fräulein Mai. Wir haben Informationen, dass der Däne lieber mit den Kommunisten gemeinsame Sache machen will als mit dem Führer. Solchen Aufrührern sollten Sie besser nicht begegnen.«

»Danke für die Warnung. Ich werde auf mich aufpassen.« Die Lieferung aus Schweden hastig an sich gedrückt, wandte sie sich zum Gehen.

»Könnte ich vielleicht ein Autogramm von Ihnen haben?«, warf sein Kumpel ein.

»Oh ... ich ... habe nichts bei mir ...«

»Vielleicht sehen wir uns noch einmal wieder«, unterbrach Theo. »Es war schön, Sie singen zu hören, Fräulein Mai.«

»Bestimmt ergibt sich die Gelegenheit. Wir treten noch öfter im Tivoli auf.«

Sie lächelte den beiden Männern aufmunternd zu. Zu spät fiel ihr ein, dass sie das wahrscheinlich gar nicht sahen. Dabei hatte sie ihr unverbindliches Lächeln inzwischen so gut einstudiert.

»Gute Nacht, meine Herren«, wünschte sie.

»Heil Hitler!«, folgte die automatische zackige Antwort. Und dann wieder wie aus einem Munde, aber sehr viel sanfter: »Gute Nacht, Fräulein Mai.«

Ihre Absätze klapperten auf dem Straßenpflaster, als sie die niedrige Häuserzeile am Hafen entlangrannte und dann in eine schmale Straße einbog, die sie nach einer weiteren dunklen Ecke bis zum Hotel Royal führte. Marga zitterte und fragte sich, ob sie die beiden Offiziere nicht doch besser hätte um Geleitschutz bitten sollen.

Die Bühnenbeleuchtung tauchte Marga in gelbes Licht, das ihre schlanke Figur umschmeichelnde Abendkleid wirkte wie flüssiges Gold. Die schulterfreie Robe war nur einen Ton dunkler als ihr Haar, das, von zwei Kämmen über den Ohren hochgesteckt, in sanften Wellen über ihren Nacken fiel.

Seit Harry Alsen sie zum ersten Mal in dieser Garderobe gesehen hatte, behauptete er, sie wirke wie eine Statue des Swing. In Anlehnung an den Namen der berühmten Kühlerfigur von Rolls-Royce nannte er sie seinen »Geist der Verzückung«. Marga wusste nicht recht, ob sie diese Beschreibung als Kompliment aufnehmen sollte. Wer hieß schon gerne wie das Erkennungsmerkmal eines Wagens? Sie verschwieg ihm jedoch ihre Bedenken und protestierte auch nicht, als er sie mit den Worten anzusagen begann: »Es singt Marga Mai, die mit ihrer Stimme jeden musikalischen Geist in Verzückung bringt.« Ihrem Publikum blieb verschlossen, welche Albernheit sich hinter diesem Kommentar verbarg, und die Musiker lachten sich schlapp über dieses Bonmot. Marga ließ sie gewähren, weil Männer für gewöhnlich vernarrt in Automobile waren und Swingfans nun einmal alles Britische mochten.

Mit ihren fünf Kollegen verband sie inzwischen tiefe Kameradschaft. Die Musiker waren Kumpeltypen, fröhliche, unkomplizierte Menschen, die erleichtert waren, vom Propagandaministerium »uk« gestellt zu sein. Diesen Unabkömmlichkeitsvermerk erhielten die durchaus wehrfähigen Männer, weil sie dank der Truppenbetreuung kriegswichtige Aufgaben diesseits der Front erfüllten. Ihr stark kurzsichtiger Chef war der Einzige unter ihnen, der unter normalen Umständen nicht an die vorderste Linie geschickt worden wäre. Anfangs hatte Marga den Instrumentalisten großen Respekt entgegengebracht, schließlich waren es Berufsmusiker und keine Amateure wie die Mitglieder der Schüler- und Studentenbands in Hamburg, mit denen Michael gespielt hatte. Im

Lauf der Wochen legte sich jedoch ihre Scheu. Der leichte Umgangston mit seinen manchmal anzüglichen, aber stets harmlosen Frotzeleien erleichterte das Zusammensein; die gemeinsame Arbeit verlief professionell und angenehm.

Allerdings fiel es ihr schwer, Harald Alsen als Kollegen und nicht als in der Hierarchie weit über ihr stehenden Chef zu sehen. Ihr ängstlicher Respekt blieb bestehen, obwohl sie sich so rasch duzten, wie es in ihrer Branche üblich war. Marga konnte den ebenso wütenden wie gefürchteten Orchesterleiter aus dem Café Heinze nicht vergessen, dessen zornige Kritik sie mittlerweile als durchaus kompetent einzuordnen wusste. Ihre privaten Begegnungen verblassten vor dieser Erinnerung und seiner beeindruckenden Gegenwart bei den Proben und den Vorstellungen.

Vor jedem Auftritt bekam sie schreckliches Lampenfieber. Durch Margas Bauch flatterten Schmetterlinge, Arme, Beine und Rücken kribbelten, als wären dort Ameisenkolonien unterwegs. Sie litt unter Atemnot, ihr wurde übel. Doch wenn sich die Lichter auf ihre Person richteten und die Musik zu ihrem ganz eigenen Hafen wurde, verflog auch die Scheu. Mit jedem Takt gewann sie an Sicherheit und Genuss. Sie liebte es, dem Klang ihrer eigenen Stimme nachzulauschen, und sie liebte es, für ihren Gesang bejubelt zu werden.

»Der Beifall ist eine Gabe des Himmels«, hatte Goethe einmal geschrieben. Nie zuvor hatte Marga dem von ihrem Vater verehrten Literaten so vehement zustimmen können. Seit ihrem Tourneestart mit dem Tanzorchester Harry Alsen kannte sie den Wahrheitsgehalt solcher Aussagen. Sie schwebte wie auf einer Wolke, getragen von den Noten, die ihr die Bandmitglieder wie auf einem silbernen Tablett servierten, bejubelt von einem dankbaren Publikum.

Zu Beginn der Tournee hatte sie die Bewunderung der Soldaten verwirrt, nach fast drei Monaten Truppenbetreuung war sie vor allem gerührt von der Anbetung manch gleichaltriger Jungen, denen sie ein Stückchen Heimat ins Feld brachte. Wenn sie – meist am Ende eines Konzerts – einen Schlager anstimmte, bei dem die meisten mitsangen, ging ihr Herz auf.

Manchmal stellte sie sich vor, wie Michael in Frankreich in einem Saal wie dem Theater des Tivoli von Aarhus saß und einer Sängerin lauschte, die ähnliche Melodien zum Besten gab. Sie wusste nicht, ob er Konzerte besuchte und wo er vielleicht spielen durfte – und hätte so viel für ein Lebenszeichen von ihm gegeben. Ob er sie vergessen hatte? Wenn sie bei diesen Gedanken auf der Bühne vor dem Mikrofon stand, die Kapelle in ihrem Rücken, hoffte sie, dass ihre Gefühle für ihn mit den Tönen davonwehten und ihren Weg zu seinem Herzen fanden, wo immer Michael sich gerade aufhielt.

Trotz der Intensität, mit der sie sich nach ihrer Jugendliebe sehnte, genoss sie die Bewunderung anderer. Inzwischen gehörten auch immer mehr Dänen zu ihrem Publikum, angezogen von den internationalen Titeln in ihrem Repertoire. Eines Abends kurz vor der Pause wurde sie von ihrem Orchesterleiter zur Seite genommen.

»Schau mal zu den Leuten ganz rechts vorne«, wisperte er mit seiner noch leicht erkälteten nasalen Stimme, als sie sich unter donnerndem Applaus an der Rampe verneigten. Er hielt ihre Hand ein wenig fester als sonst bei der gemeinsamen Verbeugung und zeigte kaum merklich in eine Richtung. »Das sind Volmar Sørensen, der Direktor des bekannten Cabarets von Lulu Ziegler in Kopenhagen, und die Dame höchstselbst. Ich wette, die beiden planen ihr nächstes Programm.«

Während Marga ins Publikum strahlte, gab sie zögernd zurück: »Du meinst, uns erwartet ein Engagement in Kopenhagen?«

»Es gibt Schlimmeres!«

Sie vergaß ihr professionelles Lächeln. »Ich kann nicht«, antwortete sie zögernd. »Ich muss zurück nach Berlin.«

Harald schüttelte kaum merklich den Kopf. Mit einer Geste seiner freien Hand deutete er ihren Abgang an, die andere hielt sie weiter umklammert. Als er Marga schließlich hinter den Bühnenvorhang gezogen hatte, fragte er schneidend: »Was willst du in Berlin?«

»Mein Studium fortsetzen.« Sie blickte ihn hilflos an. Er konnte doch nicht vergessen haben, dass sie nur für den Sommer vom Konservatorium freigestellt war!

Sein Griff wurde fester. »Wir sind ein erfolgreiches Gespann. Du kannst jetzt nicht zurück.«

Kurt, der Saxofon und Trompete spielte, drängte sich an Marga und Harry vorbei zum Bühneneingang. »Zigarettenpause!«, verkündete er gut gelaunt und fügte im Weitergehen hinzu, während er über Beleuchtungskabel und Requisiten stieg: »Irgendjemand hat mir erzählt, wenn's nicht Asta Nielsen ist, sitzt Lulu Ziegler im Publikum. Träume ich? Oder stimmt das?«

»Stimmt«, antwortete Harald grimmig. »Und diese kleine Verräterin will uns verlassen.«

»Du tust mir weh!«, zischte Marga und entzog ihm ihre Hand.

Sie sah flüchtig zu Kurt, der in einer alten Kulisse stehen geblieben war, und sie dachte, dass sie auch hinausgehen sollte. Der Vergnügungspark lag malerisch in einer schönen Waldschneise am Rande der Stadt. Ein wenig frische Luft würde ihr guttun – und Harald beruhigen, falls er ihr folgte.

»Ach, was!« Kurt lachte. »Mädchen zieren sich eben immer ein bisschen. Das haben sie so im Blut. Marga weiß doch, was sie an uns hat.« Er zwinkerte ihr zu und marschierte weiter, seiner Zigarettenpause und den Kollegen entgegen, die sicher schon auf ihn warteten.

Ein Lichtstrahl fiel auf Haralds Brille, brach sich in dem Glas, blitzte auf. Marga versuchte vergeblich, dahinter zu lesen. Stumm blickte sie in seine Augen, ohne sie wirklich zu erkennen. Der Moment verstrich, in dem sie hätte hinter Kurt herlaufen und sich der Auseinandersetzung mit Harald entziehen können.

»Du wirst mir nie verzeihen, dass ich dich damals im Café Heinze fortgeschickt habe, nicht wahr?«, brummte er.

Seufzend schüttelte sie den Kopf.

»Du sollst auch nicht meinetwegen nach Kopenhagen mitkommen, sondern wegen der Jungs. Sie zählen auf dich. Und sie schätzen dich sehr. Der Unterricht am Konservatorium kann dir kaum mehr bringen als die praktische Erfahrung mit uns.«

Paris. Wäre das Engagement in Paris, dann hätte sie nicht einmal zu überlegen brauchen, ob sie es annehmen wollte. Was sollte sie jedoch in Kopenhagen? Die Stadt lag noch ein Stück weiter von Michaels letztem ihr bekannten Aufenthaltsort entfernt. Da ging sie lieber dorthin zurück, wo die Möglichkeit bestand, dass sie einen anderen Weg zu ihm fand. Dennoch war Haralds Anschuldigung nicht von der Hand zu weisen.

Bedrückt senkte Marga die Lider. »Meine Eltern werden mir nicht erlauben, die Tournee über die Semesterferien hinaus zu verlängern.«

»Es ist noch immer Truppenbetreu…«

»Ich weiß«, fiel sie ihm rasch ins Wort. »Aber …«

»Marga!« Kurts Stimme wehte durch den verwinkelten Flur, der sich hinter der Bühne bis zum Ausgang erstreckte. »Kommst du mal, bitte. Draußen wartet ein Verehrer auf dich und er lässt sich nicht abwimmeln.«

Erleichtert, nun doch die Flucht ergreifen zu dürfen, wandte sie sich ab. Doch Harald fasste wieder nach ihrer Hand.

»Überleg es dir. Bitte. Wir arbeiten gut zusammen. Mit einer neuen Sängerin wird alles schwieriger.«

Seine Stimme war sanft, sein Griff überraschend zärtlich.

Plötzlich begann Marga zu schwanken. Was erwartete sie in Berlin? Nichts als Ungewissheit. Es war nicht sicher, dass sie eine zweite Chance wie diese erhielt – und es stand auch in den Sternen, ob sie in der Reichshauptstadt jemanden traf, der sie nach Paris mitnahm. War sie nicht angekommen, wo sie immer hatte sein wollen? Auf einer Bühne als Sängerin einer erfolgreichen Tanzkapelle. Michael hatte einmal gesagt, dass ihr der Swing im Blut liege. Verriet sie nicht auch ihn, wenn sie ihrer Begabung entsagte, um einem langweiligen Studium nachzugehen, das seinen eigentlichen Zweck für sie inzwischen verfehlte? Zudem fragte sie sich zum zweiten Mal an diesem Abend, ob Michael noch mit derselben Hingabe an sie dachte wie sie an ihn.

Sie machte sich von Harald los. »Bis jetzt hast du das Engagement noch nicht in der Tasche«, versuchte sie zu scherzen. »Wenn es so weit ist, werden wir weitersehen.«

Dann ging sie raschen Schrittes an ihm vorbei in Richtung Bühneneingang, hin- und hergerissen zwischen Freundschaft, Loyalität und – Liebe.

Kälte schlug Marga entgegen. Erhitzt von ihrem Auftritt und dem Gespräch mit Harry Alsen, genoss sie die frische Luft, die über ihre nackten Schultern und Arme strich, ihr einen angenehmen Schauer über den Rücken jagte. Sie atmete tief durch, bevor sie aus dem Türrahmen und ins Freie trat, wo sie sich suchend umblickte.

Ihr wartender Verehrer warf seine Zigarette auf den Boden und trat die Kippe aus. Er stand abseits von den Musikern, die eine Gruppe bildeten und gerade mit ihren Biergläsern anstießen. Offensichtlich war ihnen der verdiente Schluck nach draußen serviert worden. Glas klirrte, verhaltenes Lachen folgte. Die Blicke der Kollegen ruhten auf ihr, das wusste Marga, ohne hinzusehen. Die Neugier hielt aber nicht lange an. Auch davon war sie überzeugt.

Der Sandboden knirschte unter den energischen Schritten des Mannes, der auf Marga zueilte. Er konnte seine militärische Ausbildung nicht einmal in diesem Moment verbergen. Im müden Licht der Schaukastenbeleuchtung erkannte sie den befehlsgewohnten Offizier, der sie kontrollierte, nachdem sie die Noten und Blaupausen auf dem schwedischen Kutter in Empfang genommen hatte. Ihr fiel auf, dass diesmal er ein flaches Paket unter dem Arm trug. Er nahm seine Mütze ab und schob sie dazu. Vor ihr angekommen, schlug er die Hacken zusammen.

»Guten Abend, Fräulein Mai.« Er grüßte diesmal nicht mit »Heil Hitler!«.

Sie nickte schmunzelnd. »Guten Abend.«

»Ich bin gekommen, um mich für mein barsches Benehmen neulich zu entschuldigen.«

»Das ist nicht nötig. Sie haben sicher nur Ihre Pflicht erfüllt.«

Meine Güte, dachte sie, warum rede ich so geschwollen? Sie war sich nicht sicher, ob dieser Offizier ihr noch immer Angst einjagte. Dabei sah er gut aus, war groß und blond und nicht unattraktiv. Er war eigentlich nicht anders als die meisten jungen Männer in Uniform, deren Applaus ihr inzwischen so viel bedeutete. Aber sein militärisch korrektes Auftreten schüchterte sie ein.

»Es geraten neuerdings unerlaubt dänische Zeitungen in Umlauf«, sagte er mit gesenkter Stimme. »Manchmal wird dieser Schund von jungen Frauen wie Ihnen ausgetragen.«

Marga verstand. Unwillkürlich fuhr sie sich mit der Hand ins Haar. »Und weil ich so blond wie die meisten Däninnen bin, dachten Sie, ich wäre ein Kurier.« Der Mann ahnte nicht einmal, wie nah er der Wahrheit kam. Brünett, dachte sie, wäre die sicherere Alternative. Laut fügte sie hinzu: »Dann war das also ein Missverständnis und ist nicht der Rede wert.«

»Es war eine Verwechslung«, berichtigte er steif. »Ich bin untröstlich, dass ich einer deutschen Frau wie Ihnen so etwas zumuten musste.«

»Machen Sie sich deswegen keine Sorgen. Ich habe unsere Begegnung längst verschmerzt. Es ist ja nichts passiert.«

Sie schlang die Arme um sich. Langsam fröstelte sie. Wie lange musste sie dieses Gespräch führen, um der Höflichkeit zu genügen? Verstohlen blickte sie zu ihren Kollegen. Die Musiker lachten, tranken und rauchten, als würde die Pause noch endlos dauern.

»Eigentlich wollte ich Sie zur Entschädigung ins Kino einladen«, sagte der Offizier und Marga fiel auf, dass er sich noch nicht vorgestellt hatte. »In der Stadt läuft *Hauptsache glücklich* mit Theo Lingen in der Hauptrolle.«

»Ich habe sehr wenig Zeit, weil ich regelmäßig auftrete.«

Er lächelte. »Das dachte ich mir. Deshalb habe ich mir eine andere Entschuldigung überlegt. Wissen Sie, ich war schon mehrmals in Ihrem Konzert. Die Lieder, die Sie singen, gefallen mir. Sie erinnern mich an die Musik, die ich in Paris hörte. Ich kannte diese Melodien nicht, bevor ich nach Frankreich abkommandiert wurde, aber hier in Dänemark sind sie anscheinend auch sehr beliebt.«

Verblüfft öffnete Marga den Mund, doch von den zahllosen Fragen, die ihr durch den Kopf schwirrten, konnte sie nicht eine einzige formulieren.

Ein Schatten zog über sein Gesicht. »Ich hoffe, Sie halten mich jetzt nicht für einen Hinterwäldler. Unser deutsches Liedgut ist mir besser vertraut. Außerdem legten meine

Eltern großen Wert auf eine klassische Erziehung. Beethoven, Brahms, Wagner. Ich spiele ganz passabel Klavier, wenn ich das so sagen darf.«

»Ja … ähmmm … das glaube ich Ihnen gerne … man muss ja schließlich nicht alles wissen.«

Am liebsten hätte sie ihn nach Paris gefragt. Wann er dort gewesen war. Nach den Verhältnissen, die er vorgefunden hatte. Ob er eine Ahnung hatte, wie ein junger Musiker in Frankreich lebte. War dort etwas vorgefallen, das den Offizier nach Aarhus brachte? Oder war er einfach nur eine Nummer in einem Dienstplan? Jede Information – und sei sie auch noch so klein –, die sie mit Michael in Verbindung bringen könnte, war wichtig für sie. Aber sie traute sich nicht, in Worte zu fassen, was ihr auf der Seele brannte. Wieder rann ihr ein Schauer über den Rücken, diesmal weniger vor Kälte.

»Sie frieren«, stellte ihr Gesprächspartner prompt fest. »Es tut mir leid, ich darf Ihnen meinen Uniformrock nicht anbieten. Ich wollte Sie auch nicht mit meinem Gerede aufhalten. Eigentlich bin ich nur hier, um Ihnen eine kleine Aufmerksamkeit zu übergeben.« Er zog den flachen Pappkarton hervor.

Als sie das Material in ihren Händen spürte, bemerkte sie, dass es sich um eine Schallplatte handelte. »Wie nett«, murmelte sie, während sie das Geschenk unsicher hin und her drehte. Welche Art von Musik mochte ein so makellos wirkender Offizier wohl für sie ausgesucht haben?

»Es geht weiter!«, rief eine Stimme hinter ihr mit dem dänischen Akzent des Inspizienten.

Die Musiker machten sich im Gänsemarsch auf den Weg zurück zur Bühne. »Bis gleich, Marga«, ertönte es als vielfältiges Echo.

Sie schenkte ihrem Verehrer ein bedauerndes Lächeln, hob die Hand mit der Schellack. »Danke. Das war wirklich nicht nötig. Ich werde sie mir nachher anhören. Jetzt muss ich wieder hinein. Werden Sie sich noch den zweiten Teil anhören?«

»Nein. Leider, Fräulein Mai. Zapfenstreich. Deshalb habe ich mir erlaubt, Sie in der Pause aufzusuchen. Meine Einheit wird morgen früh nach Norwegen verlegt.«

»Dann wünsche ich Ihnen viel Glück, Leutnant ...«

Wieder schlug er die Hacken zusammen. »Theodor Freiherr von Eulen-Hardenburg.«

Unwillkürlich fragte sie sich, was ihre Freundinnen zu diesem formvollendeten Adeligen sagen würden. Sie streckte ihm herzlich ihre Rechte entgegen, die er zögernd ergriff. »Ich habe mich gefreut, Sie kennenzulernen.«

»Marga!«, schallte es vom Bühneneingang. Harry Alsens Stimme klang deutlich ungehalten.

Leutnant von Eulen-Hardenburg führte ihre Hand an seine Lippen. »Auf Wiedersehen, Fräulein Mai«, raunte er und sein Atem berührte ihre Haut.

»Auf Wiedersehen!« Sie machte sich von ihm los, drehte sich um und lief zur Hintertür des Theaters.

»Darf ich Ihnen schreiben?«, rief er ihr nach.

»Ja ... ja ... natürlich ...«, antwortete sie, bevor sie im Inneren des Theaters verschwand.

Sie wusste nicht, ob er ihre Zustimmung wahrgenommen hatte, sondern hörte nur noch, wie Theo von Eulen-Hardenburg ein zackiges »Heil Hitler!« in die Abendluft brüllte.

»Swing heil!«, entfuhr es ihr automatisch.

15

In dieser Nacht erlebte Marga eine ganz besondere Art von Glückseligkeit, die mit Michael damals im Zug davongedampft zu sein schien.

Sie lag wach auf ihrem Bett und lauschte wieder und wieder der Klarinette, die aus dem Lautsprecher des Hotkoffers flötete und ihr Hotelzimmer mit ihren Tönen erfüllte. Sie hatte die Vorhänge zurückgezogen und blickte durch das Fenster in den sternklaren Himmel. So oft hatte sie sich in den vergangenen zwei Jahren gefragt, ob es wirklich derselbe Himmel war, den Michael und sie sahen. Heute war sie sich dessen zum ersten Mal sicher. Mehr noch. Die Musik transportierte die Illusion, mit der Liebe ihres Lebens zusammen in diesem Raum zu sein. Auch wenn er einen fremden Namen benutzte, sein Spiel war so vertraut. Marga hatte bei den ersten Klängen erkannt, wessen Hände das Instrument bedienten, wessen Atem durch das Mundstück floss.

Es war ein Zeichen. Sie war sich absolut sicher, dass dieses unerwartete Geschenk eine Gabe des Schicksals war. Wie fast alle künstlerischen Menschen war sie abergläubisch. Und wenn nicht, wäre sie der Magie des Jazz und dem Glück verfallen, das ihr Herz erwärmte. Sie gab sich dem Glauben hin, dass Michael dieses Stück nur für sie eingespielt hatte. Natürlich konnte er nicht wissen, dass ein deutscher Offizier eine Scheibe, die es im Reich nicht zu kaufen gab, von Paris nach Aarhus mitnahm. Aber eben genau deshalb besaß die Aufnahme etwas Mystisches. Dass dieses Lebenszeichen von Michael zu Marga gefunden hatte, war kein Zufall!

Wie dumm von ihr, dass sie die Verpackung erst nach der Vorstellung geöffnet hatte. Aber wer hätte auch ahnen können, welcher Schatz sich darunter verbarg? Als sie auf dem leuchtend blauen Etikett in kleiner silberner Schrift »Klarinette: Jules Delaborde« gelesen hatte, war ihr schwindelig geworden, sie hatte keine Luft mehr bekommen. Im nächsten Moment stellten sich Fragen ein, die nach wie vor unablässig in ihrem Kopf herumspukten: Warum hatte Leutnant Freiherr von Eulen-Hardenburg ausgerechnet diese Scheibe für sie ausgewählt? War er im Hot Club de France gewesen und hatte diese Formation spielen hören? Kannte er womöglich Michael Friedländer alias Jules Delaborde? Die Gedanken kreisten wie auf einem Plattenteller.

Zum x-ten Mal erhob sie sich von ihrem Bett, um den Arm des tragbaren Grammofons aufs Neue zu bedienen und die Nadel vorsichtig auf die Schellack zu setzen. Doch diesmal legte sie sich nicht wieder hin.

Während sie sich langsam im Takt des Lieds wiegte, begann sie zu der Instrumentalfassung zu singen. Sie hatte den Text der »Stardust Melody« immer ein wenig kitschig gefunden, doch heute passten die Zeilen so gut zu ihren Gefühlen, als wären sie für sie geschrieben worden: Auch Marga verbrachte die einsame Nacht damit, von einem Lied zu träumen, dessen Melodie durch ihre Gedanken jagte und sie wieder mit dem Geliebten vereinte, ihre Erinnerungen an ihn wurden lebendiger als je zuvor. Sie bewegte sich in Tanzhaltung mit einem imaginären Partner im langsamen Foxtrott …

Ein überraschendes Klopfen an ihrer Zimmertür ließ sie über ihre eigenen Füße stolpern. Sie fing sich gerade noch, bevor sie das Gleichgewicht verlor. Für einen Moment hielt sie inne, gefangen von dem Zauber der Musik und ihrer Fantasie.

Die Melodie verklang und nur das tonlose Kratzen der Nadel auf den engen Schallplattenrillen drang durch den Lautsprecher.

Wieder ein Klopfen, diesmal energischer.

Marga sah an sich hinunter. Sie trug einen Pyjama mit rot kariertem Schottenmuster, den sie in der Herrenabteilung des Kaufhaus des Westens in Berlin erstanden hatte. Das war keine Kleidung, um Besucher zu empfangen, verhüllte aber ihren Körper vom Hals bis zu den Knöcheln. Dennoch verbarg sie sich hinter der Tür, als sie einen Spaltbreit öffnete und in den um diese Uhrzeit stillen Flur hinausspähte.

»Bist du von allen guten Geistern verlassen?«, polterte Harald.

Er sah nicht gut aus, seine Gesichtsfarbe wirkte fahl, das Haar fiel ihm in die Stirn, selbst durch die Brille waren seine müden, rot geränderten Augen erkennbar. Wie Marga trug er einen Schlafanzug – blau-weiß gestreift –, doch darüber einen dunkelblauen Morgenmantel.

»Pscht!« Sie legte den Zeigefinger an ihre Lippen. »Sprich leise«, wisperte sie. »Du weckst ja das ganze Hotel auf.«

Offenbar dachte er nicht daran, seinen Zorn zu zügeln: »Ich frage mich, wie hier überhaupt jemand zum Schlafen kommt. Ist dir klar, dass nicht alle Wände schalldicht sind? Warum lässt du seit Stunden dasselbe Stück laufen?«

Erschrocken schlug sie sich die Hand vor den Mund. Sie hatte überhaupt nicht daran gedacht, dass sich irgendjemand von »Stardust Melody« in Wiederholungsschleife gestört fühlen könnte. Genau genommen war ihr in den vergangenen Stunden alles um sie herum gleichgültig gewesen. Sie hatte sich bis zu diesem Moment nicht einmal daran erinnert, dass Harald im Nebenzimmer logierte.

»Ich möchte meinen Verstand nicht verlieren, was aber durchaus der Fall ist, wenn du weiter dieses Folterwerkzeug von Hotkoffer bedienst!«

Spontan trat sie zur Seite. »Komm rein.«

Ohne sich davon zu überzeugen, ob er ihr folgte, ging sie durch den winzigen Eingangsbereich in ihr Zimmer. Noch immer knarzte die Nadel. Mit leisem Bedauern stellte sie das Grammofon aus. Sie blieb vor der Kommode stehen, auf der sie das tragbare Abspielgerät platziert hatte, starrte auf die im Zwielicht der Lampen und der hereinbrechenden Morgendämmerung glänzende Schellack. In ihrem Rücken klappte die Tür.

»Was ist los?«, wollte Harald wissen.

»Ich habe diese Aufnahme geschenkt bekommen«, erklärte sie und hob die Scheibe vorsichtig vom Plattenteller. Dann drehte sie sich um und hielt sie wie zum Beweis – oder wie eine Trophäe – hoch. »Sie stammt aus dem Hot Club de France in Paris.«

Harald lehnte sich gegen die Wand, verschränkte wie zur Abwehr die Arme vor seiner Brust. »Sie ist möglicherweise sehr gut, aber ich sehe darin keinen Grund, sie als Marterwerkzeug zu benutzen.«

»Der Klarinettist ist Jules Delaborde!«

»Das kann nicht sein. Jules Delaborde spielt Gitarre.«

Marga seufzte entnervt. »Diese Diskussion hatten wir doch schon einmal. *Mein* Jules Delaborde ist Klarinettist und hier zu hören.«

»Oh! Ich verstehe.« Er strich sich das Haar zurück, gähnte verstohlen. »Nein, tut mir leid, eigentlich verstehe ich gar nichts. Ich erinnere mich nur, dass du den französischen Gitarristen Delaborde für einen Hochstapler hieltest …«

»… weil er denselben Namen wie mein Freund trägt, der seit Kriegsbeginn in Paris lebt«, vollendete Marga. »Du wolltest mir nicht glauben und hier ist der Beweis, dass ich recht habe.«

Zögerlich nickte Harald. »Von wem hast du die Scheibe?«

»Ein Offizier gab sie mir. Er war in Paris stationiert und ist nun nach Norwegen abkommandiert. Unsere Show gefiel ihm und daher …« Sie brach ab, weil sie ihm nicht erzählen wollte, unter welchen Umständen sie Theodor von Eulen-Hardenburg zum ersten Mal begegnet war. Sie hatte Harald den Vorfall neulich nicht gestanden, weil er zu krank für jede mögliche Beunruhigung gewesen war. Außerdem war ja alles gut gegangen. Niemand stellte bisher die Integrität des Tanzorchesters Harry Alsen und seiner Sängerin infrage.

»Was für ein Zufall!«, murmelte er.

»Schicksal!«, gab sie gelassen zurück.

»Du meinst, dein Freund ist via Platte zu dir zurückgekehrt, und wenn du mich verrückt machst, übernimmt er meinen Platz und die Leitung des Orchesters Harry Alsen? Ist das nicht ein bisschen zu viel Hokuspokus?«

»Es tut mir leid, dass ich dich gestört habe. Das war nicht meine Absicht. Weißt du, als ich die Musik hörte, war es wie Magie. Er war plötzlich hier, wieder bei mir.« Versonnen lächelnd blickte sie auf die Schellack, bevor sie endlich nach der unscheinbaren Hülle griff und die Platte hineinschob.

»Wer? Der Offizier mit dem anscheinend guten Musikgeschmack oder der Rohrblattbläser unter falschem Namen?«

Ein schmaler orangeroter Streifen am perlgrauen Himmel hinter dem Fenster kündigte den bevorstehenden Sonnenaufgang an. Marga legte ihr Geschenk auf die Kommode und begann gedankenverloren, die Tischlampen auszuschalten. Die Handgriffe verhalfen ihr zu ein wenig Zeit, nicht aber zu der erhofften Eingebung. Wie sollte sie Harry Alsen sagen, dass sie heute Nacht die Entscheidung getroffen hatte, sein Orchester zu verlassen?

Die Aufnahme bestärkte sie darin, unverzüglich ins Deutsche Reich zurückzukehren. Sie hatte zwar noch immer keine Ahnung, wie sie nach Frankreich gelangen sollte, aber sie wusste jetzt ganz genau, was sie wollte. Es war nicht die Karriere als Sängerin und die Kameradschaft mit den Musikern, nicht einmal der Erfolg auf der Bühne. Jedenfalls nicht hier und jetzt. Sie wollte mit Michael zusammen sein, mit ihm gemeinsam musizieren. Nichts sonst. Dass sie diese Schellack erhalten hatte, erschien ihr wie ein Fingerzeig des Himmels. Nun konnte sie nicht mehr in Aarhus bleiben und so tun, als wäre nichts geschehen. Ja, das Engagement war in vielerlei Hinsicht ein Sprungbrett gewesen. Doch es hatte ausgedient, zumal es in die falsche Richtung führte.

Ihr Schweigen zog sich hin.

»Es ist der Musikus!«, stellte Harald nach einer Weile lakonisch fest. »Du hast dich seinetwegen auf die Tournee eingelassen, obwohl du eigentlich nach Frankreich und nicht nach Dänemark wolltest. Der Himmel weiß, warum, aber so ist es wohl. Und jetzt willst du uns aus demselben Grund wieder verlassen, stimmt's?«

Sie sah ihn überrascht an. »Wie kommst du darauf?«

»Menschenkenntnis.« Er hob entschuldigend die Arme. »Ich bin ein Frauenversteher.«

»Wie ich schon sagte«, erwiderte sie ausweichend: »Ich habe noch mein Studium und meine Eltern haben ja auch ein Wörtchen mitzureden, ich bin nicht volljährig. Mein Vater wird nicht wollen, dass ich ohne Abschluss vom Konservatorium abgehe. Er ist schließlich …«

»Professor«, vollendete Harald. »Ich weiß. Aber ich weiß auch, dass das nicht der Grund ist. Nicht einmal ich bin es.« Er blickte sie eindringlich an. »Du willst die Kapelle verlassen, weil dir ein junger Mann wichtiger ist als jedes Pflichtgefühl. Das ist unprofessionell.«

»Das ist meine Privatangelegenheit.«

»Meine Güte, Marga, wir haben das Engagement für Kopenhagen so gut wie in der Tasche. Die Anfrage richtet sich an uns alle – auch an dich.«

Sie hatte nicht damit gerechnet, wie schwer es ihr fallen würde, von Harry Alsens Tanzorchester Abschied zu nehmen. Ihr Herz, das sich bei dem Klarinettensolo auf der Platte geöffnet hatte, zog sich bei dem Gedanken an die Trennung zusammen. Harald hatte viel für sie getan, keine Frage. Ohne sein Vertrauen in ihre Stimme und ihre Zuverlässigkeit wäre sie nicht durch das nächtliche Aarhus und dem eifrigen Offizier in die Arme gelaufen. Irgendwie gehörte Harald Harry Alsen zu dem Mosaik, das sie – einer Landkarte gleich – zu Michael führen sollte. Sie war ihm unendlich dankbar für die Chance, die er ihr gegeben hatte, aber nun stand sie an einer neuen Weggabelung. Davon war sie überzeugt, auch wenn sie sich dafür illoyal zeigen musste.

Seufzend lehnte sie sich gegen das Fensterkreuz. »Du hast eine großartige Kapelle ins Leben gerufen. Mit einer anderen Sängerin seid ihr genauso gut. Das Können der Musiker hat doch nichts mit mir zu tun.« Ihre Stimme war ein einziges Flehen um Verständnis und Vergebung.

»Du bist unmöglich!«

Eine Weile sahen sie sich schweigend an, bis Marga seinen vorwurfsvollen, betretenen Gesichtsausdruck nicht mehr ertrug und sich umdrehte. Aschgraue Wolken zogen an einem in allen Orange- und Lilatönen schimmernden Himmel vorbei.

»Was hast du vor?«, fragte Harald schließlich eisig.

Sie zuckte mit den Achseln. »Ich muss eine Gelegenheit finden, so rasch wie möglich nach Frankreich zu reisen. In Berlin dürfte ich größere Chancen dafür haben als hier.« Mit einem zerknirschten Lächeln auf den Lippen wandte sie sich wieder zu ihm um.

Harald nickte.

Ermutigt, weil er sie nicht anraunzte, fuhr sie stockend fort: »Mir ist, als würde diese Platte zu mir sprechen. Ich muss zu Michael … ähmmm … Jules Delaborde, dem Klarinettisten … Ich möchte es schon so lange … Verstehst du …?« Ihre

Frage hing in der Luft wie der verklingende Ton einer Melodie.

»Ich bin nicht aus Holz, Marga. Ich weiß, was Liebe bewirken kann.«

Aus irgendeinem seltsamen Grund fürchtete sie, Harald werde in sie dringen und nach ihren Gefühlen für Michael bohren. Plötzlich war es ihr unangenehm, mit ihm über ihre große Liebe zu sprechen. Deshalb flüchtete sie sich in die sachliche Erklärung: »Unser Engagement hier in Aarhus geht nächste Woche zu Ende. Anschließend möchte ich, wie geplant, nach Hamburg zu meinen Eltern fahren und dann zum Semesterbeginn ans Konservatorium zurückkehren. Ich wünsche dir und den anderen viel Glück in Kopenhagen. Toi, toi, toi!« Sie klopfte dreimal gegen den Fensterrahmen.

Wieder nickte er stumm.

Sie sahen sich schweigend an. Keiner sprach.

Nach einer Weile löste er sich aus seiner Position neben dem Zimmereingang, durchquerte mit langen Schritten den Raum und hantierte an Margas tragbarem Grammofon und ihren Schallplatten. Da er das Gerät mit seinem Rücken verdeckte, konnte sie nicht sehen, was er dort tat. Sie vernahm das leise Rascheln einer Papierhülle.

Sie rührte sich nicht vom Fleck. Als die Griffe eines Pianisten durch den Lautsprecher schallten und kurz darauf das vertraute Klarinettensolo, sank Marga das Herz. Sie schmeckte etwas Galliges auf der Zunge.

Warum hatte Harald die Platte wieder aufgelegt? Womit wollte er sie quälen?

»Ich dachte, du hast genug von dieser Melodie.«

Mit ernster, unbeweglicher Miene trat er mit leicht erhobenen Armen vor sie. »Darf ich bitten?«

»Was?« Da sie keinen Schritt zurück und von ihm fort treten konnte, drückte sie sich an das Fensterkreuz. Die Holzverstrebung schnitt schmerzhaft in ihren Rücken. Doch sie spürte es kaum, weil sie sich das Hirn darüber zermarterte, ob sie es mit einem Wahnsinnigen zu tun hatte.

Er legte den Arm um sie und ergriff ihre Hand. »Komm schon, schenk mir zum Abschied diesen Foxtrott.«

Wie ging man mit einem Menschen um, der den Verstand verloren hatte? Andererseits: Was machte es aus, ein einziges Mal mit ihm zu tanzen? Es war albern, im Schlafanzug und barfuß über den Teppich eines Hotelzimmers zu schweben, während draußen gerade die Sonne aufging. Aber niemand sah, wie sie sich lächerlich machten. Außerdem war sie nicht allein mit Harald – Michael war mit ihnen beiden im Raum, es konnte nichts passieren.

Sie ließ sich auf den Tanz ein.

Anfangs konzentrierte sie sich auf die Töne der Klarinette. Bis ihr auffiel, dass ihre Füße sich wie von selbst im Einklang mit ihrem Tanzpartner bewegten. Harald führte sie mit einer Leichtigkeit, die sie anfangs nicht einmal spürte. In seinen Armen fühlte sie sich wie eine Feder.

Nach ein paar Takten verloren sich ihre Gedanken. Da war nur noch die Musik, zu der sie sich im Takt mit ihm bewegte, als wären sie eine einzige Person.

Er zog sie wie selbstverständlich an sich. Seine Schritte wurden zu ihren Schritten. Ihr Herz schlug an seiner Brust, ihre Finger bewegten sich leicht in seiner Hand, verflochten mit seinen Fingern. Sein Atem streifte ihre Wange, seine körperliche Nähe schien ihre Seele zu berühren. Staunen erfasste sie, Verwunderung über den Rausch des Augenblicks. Unwillkürlich teilten sich ihre Lippen …

Die Musik brach ab.

Harald blieb stehen und ließ sie los.

Sie schwankte.

»Ich danke für den Tanz, gnädiges Fräulein, und wünsche

nun eine gute Nacht. Du solltest noch etwas schlafen. Um halb zwölf ist die Probe angesetzt.« Während er in amüsiertem Ton sprach, ging er mit federnden Schritten zur Tür. »Bitte, sei pünktlich.«

Verstört sah sie ihm nach.

Erst als er die Tür hinter sich schloss, fiel ihr auf, wie lange sie nicht mehr an Michael gedacht hatte. Ausgerechnet bei »seinem« Lied hatte Harald es geschafft, den geliebten Mann aus ihren Gedanken zu vertreiben.

16

Was konnte Harald mit diesem Tanz anderes bezweckt haben, als dass sie Michael vergessen sollte? Marga ärgerte sich, weil sie in die Falle getappt war. Weil er es tatsächlich geschafft hatte, sie für ein paar Minuten von dem Geliebten abzulenken, obwohl er durch seine Musik präsent war. Und weil sie sich benutzt fühlte.

Harry Alsen spielte mit ihr, um das Engagement in Kopenhagen ohne Schwierigkeiten durchziehen zu können. Natürlich machte die Suche nach einer neuen Sängerin Arbeit und schaffte möglicherweise Probleme, aber letztendlich hatte Marga ihm nur bis zu Semesterbeginn zugesagt. Dass er sie zu bezaubern versuchte, um ihre Entscheidung abzuwenden, fand sie schändlich.

Sie war zornig. Auf ihn. Auf sich selbst. Und eigentlich auch auf ihren Wankelmut. Aber darüber wollte sie nicht weiter nachdenken. Sie grollte Harry Alsen so sehr, dass die verbliebenen Tourneetage zu einer Tortur für sie alle wurden. Er benahm sich höflich, zurückhaltend und ein bisschen beleidigt, vermutlich, weil sie auf ihrer Abreise beharrte. Da sie sich nicht in der Lage sah, unvoreingenommen mit ihm umzugehen, zeigte sie ihm die kalte Schulter. Den Musikern blieb dieses veränderte Verhalten natürlich nicht verborgen. Außer einer gewissen Unruhe gab es jedoch keinerlei Aussprache. Als der Abschied unmittelbar bevorstand, wirkten alle beinahe wie erlöst.

Es war ein nebliger, kühler Herbstmorgen, als sie sich auf den Weg zum Zug nach Hamburg machte. Das hohe Jugendstilgebäude des Hotels lag unter einem Dunstschleier verborgen, nur schemenhaft tauchten die Silhouetten der Passanten darunter hervor. Margas Gepäck war bereits vorausgeschickt worden, sodass sie nur ihre Handtasche und den kleinen Kosmetikkoffer zu tragen brauchte. Sie atmete tief durch, als sie über die kaum befahrene Straße in Richtung Bahnhof marschierte, der so nah war, dass sie ein Taxi nicht fahren würde, selbst wenn sie eines erwischen könnte. Das Herz wurde ihr schwer beim Gedanken daran, dass sie Harry Alsens Tanzorchester wahrscheinlich niemals wiedersah. Rückblickend hatten sie eine gute Zeit zusammen gehabt. Wenn Harald nur nicht …

»Marga! Warte!«

Seine Stimme klang gedämpft im Nebel. Im ersten Moment hielt sie sie für ein Ergebnis ihrer Fantasie, doch dann hörte sie die näher kommenden schnellen Schritte auf dem Pflaster. Sie wollte nicht stehen bleiben – und tat es trotzdem.

Marga war wie hypnotisiert, unfähig zu verhindern, dass er ihr das Köfferchen abnahm. Als sich ihre Hände berührten, zuckte sie jedoch zurück.

»Es ist wohl das Mindeste, dass ich dich zum Bahnhof bringe«, erklärte Harald.

»Das ist nicht nötig«, entgegnete sie kühl.

»Vermutlich. Aber ich möchte es gern.«

Schweigend gingen sie nebeneinanderher. Er trug ihr

Gepäck und sie umklammerte den Griff ihrer Handtasche, weil sie etwas brauchte, woran sie sich festhalten konnte.

Als sie das gewaltige Bahnhofsgebäude erreichten, fragte Harald plötzlich: »Warum bist du eigentlich so böse auf mich?«

Weil du mich benutzt hast. Weil du mich verletzt hast. Weil du es geschafft hast, Michael für einen Augenblick aus meinen Träumen und Sehnsüchten zu vertreiben.

Sie riss sich zusammen, lachte ebenso albern wie gekünstelt. »Ich bitte dich! Ich bin nicht böse auf dich. Wie kommst du darauf? Es ist sieben Uhr morgens und ich bin noch sehr müde. Das ist alles.«

»Hm«, machte er. Vielleicht sagte er auch gar nichts und das Geräusch war das Schnauben einer Lokomotive, das in die Bahnhofshalle heraufdrang.

Vor den Treppen zum Bahnsteig blieb sie stehen. Die Szenerie erinnerte sie an eine andere Gelegenheit, als sie es war, die einen Reisenden zum Zug brachte. Diesmal lungerten keine Hitlerjungen herum und sie ging auch nicht im Gefolge der Swingheinis, an den Gleisen sah sie vor allem Soldaten in feldgrauen Uniformen marschieren. Aber dieses seltsame Gefühl von Verlorenheit stellte sich wieder ein.

»Ich hasse Abschiednehmen«, brach es plötzlich aus ihr heraus. »Das hat immer so … so etwas Dramatisches …«

»Dann wollen wir es nicht so weit kommen lassen«, gab Harald zurück. Er reichte ihr den kleinen Koffer. »Auf Wiedersehen, Margarete Maibach. Sollte Marga Mai noch einmal auf der Suche nach einer Kapelle sein, erinnere sie bitte an mich.«

Unwillkürlich erwiderte sie sein Lächeln. »Wenn sie wüsste, wo sie dich dann erreichen kann, wird sie sich sicher melden.«

Er zuckte mit den Achseln. »Keine Ahnung, wohin es die Jungs und mich verschlägt. Wir sind ja ständig auf Achse.

Morgen fahren wir nach Kopenhagen und danach …« Er unterbrach sich, fügte dann jedoch mit gesenkter Stimme hinzu: »Ich hoffe jedenfalls nicht, dass wir die Instrumente eines Tages gegen Waffen eintauschen müssen.«

»Ich wünsche dir viel Glück«, erwiderte sie leise.

Stumm sahen sie sich an. Marga suchte vergeblich Harrys Blick, den die Brille und der Schatten unter seiner Hutkrempe verdeckten. Schließlich wandte sie sich mit einem Nicken ab. Es gab nichts mehr zu sagen.

Eine Gruppe Soldaten wich ihr aus, als sie mit gestrafften Schultern langsam zum Bahnsteig hinunterschritt. Einige der jungen Männer pfiffen leise.

Marga senkte den Kopf und schaute konzentriert auf ihre Füße und die Treppenstufen. In ihr regte sich Neugier. Zu gerne hätte sie gewusst, ob Harald ihr nachsah. Aber sie verbat sich den Blick zurück. So viel Aufmerksamkeit wollte sie ihm nicht schenken. Wozu auch? Harry Alsen spielte keine Rolle mehr in ihrem Leben. Sie reiste ab, um anderswo ihr Glück zu suchen. Und doch brannten ihr Tränen in den Augen.

Als sie am Gleis ankam, stellte sie das Köfferchen ab und wischte sich über die Wange. Sie schniefte. Wahrscheinlich hatte sie sich an diesem kühlen, nebligen Morgen in Aarhus erkältet. Oder der Rauch war schuld, der über den Bahnsteig trieb.

Es fiel ihr schwerer als erwartet, in ihr altes Leben zurückzukehren. Die sorglose Zeit in Dänemark und die Erfahrung als bejubelte Sängerin schienen so gar nicht zu ihrem Alltag als Studentin zu passen, die erst am Anfang ihrer Ausbildung am Konservatorium stand. Nach fast drei Monaten auf Tournee war sie außerdem ein recht angenehmes Dasein in einem vornehmen Hotel gewohnt, das weder mit der elterlichen

Wohnung in Hamburg noch mit dem zur Untermiete bewohnten Zimmer in Berlin vergleichbar war. Das Vertraute war plötzlich anders, ihre Pflichten zermürbender. Glanzloser. Einfacher. Beschwerlicher. Außerdem war der Krieg viel näher gerückt, in Aarhus war er trotz der musikalischen Truppenbetreuung weit entfernt gewesen. Nach ein paar Wochen in der Heimat verblassten daher die Erinnerungen an Harry Alsens Tanzkapelle und die gemeinsamen Auftritte. Es gab Wichtigeres für Marga als zurückzuschauen.

Auf der Durchreise in Hamburg traf sie sich mit Helga. Ihre Freundin war seit Kurzem durch eine Ferntrauung mit Norbert verheiratet. Unwillkürlich spürte Marga Wehmut. Mit gemischten Gefühlen dachte sie, dass die beiden wohl nicht so schnell zusammengekommen wären, wenn der Krieg ihre Schwärmerei nicht vertieft hätte. Seit dem vorigen Sommer war Norbert aus Frankreich abgezogen worden, inzwischen stand er irgendwo im Osten im Feld. Er schrieb Helga viele Briefe und Postkarten, wie sie berichtete, aber von Musik erzählte er darin nie wieder.

Der Herbst verging, ohne dass Marga Fortschritte in ihrer Herzensangelegenheit erzielen konnte. Der Weg nach Paris war versperrt wie ehedem. Sie hörte, dass der eine oder andere Ufa-Streifen an der Seine gedreht wurde, aber als Komparsin setzte man sie nur in den Studios in Babelsberg ein. Trotz Harry Alsens Referenz gelang es ihr nicht, ein neues Engagement über die Grenzen von Berlin hinaus zu erhalten. Um einer zweiten Dienstverpflichtung zu entgehen, wie dies für Studenten inzwischen vorgesehen war, ging sie als Freiwillige zum Winterhilfswerk. Kurz nach der Kriegserklärung an die Vereinigten Staaten von Amerika Anfang Dezember kam sie zu dem Schluss, dass ihr wohl nichts anderes übrig blieb, als sich nun auch zur Wehrmacht zu melden und auf eine Entsendung nach Frankreich zu hoffen. An ein baldiges

Ende des Krieges war nicht mehr zu denken, und eine andere Chance auf ein Wiedersehen mit Michael sah sie nicht.

In den Weihnachtsferien wollte sie ihre Eltern von dem Entschluss in Kenntnis setzen. Professor Maibach kränkelte und vergrub sich in seiner Literatur, war für Alltagsprobleme und Diskussionen über den Krieg nicht ansprechbar; ihre Mutter meisterte den Alltag dagegen mit einer Bravour, die Marga nie für möglich gehalten hatte. Auch sie sprach kaum von dem, was in der Welt geschah, nur einmal sagte sie leise zu ihr: »Ich hätte nicht gedacht, dass ich eines Tages froh über den Tod deines Bruders sein würde. Ihn heute im Feld zu wissen wäre für mich unerträglich.« Und dann erwähnte sie, dass eine Bekannte bereits zwei Söhne verloren hatte. Auf derartige Äußerungen standen schwere Strafen – Marga quälten sie, weil sie ihr Vorhaben unendlich erschwerten.

Kurz nach den Feiertagen klingelte am späten Vormittag das Telefon. Als Marga an den Apparat im Flur ging, hörte sie zunächst nur ein Knarzen und Rauschen in der Leitung, dann die Stimme einer Telefonistin, die eine Verbindung herzustellen versuchte, schließlich abgehackte Töne in einer skandinavischen Sprache.

»Hallo?«, rief sie in den Hörer. »Hallo!«

»Wenn die verdammte Telefonleitung endlich hält, könnte ich dir nachträglich schöne Weihnachten wünschen«, drang eine verzerrte Stimme an ihr Ohr.

Sie ärgerte sich, weil ihr Herz einen Hüpfer veranstaltete, bevor es wieder regelmäßig, aber schneller als zuvor schlug. »Harald?«

»Wie viele Leute kennst du in Kopenhagen?«

Da sie nicht wusste, was sie sonst sagen sollte, wünschte sie: »Fröhliche Weihnachten, Harald.« Sie lehnte sich mit dem Rücken gegen die Wand und wartete, dass sich ihre Aufregtheit wieder legen möge.

»Ich rufe an, weil ich eine Sängerin für unsere nächste Tournee suche. Es wird wohl eine längere Sache. Hast du ab Februar Zeit?«

»Nein. Ich …« Sie zögerte, ihm ihr Vorhaben anzuvertrauen, und entschied sich schließlich dagegen. »Nein. Leider.«

»Schade«, gab er zurück. Durch die schlechte Verbindung schwankte seine Stimme, wurde mal lauter, dann wieder leise, sodass sie sich anstrengen musste, überhaupt ein Wort zu verstehen. »Das ist wirklich bedauerlich. Wir spielen nämlich ab März in Paris.«

PARIS FRÜHLING 1999

17

Auf den ersten Blick war für Frank nicht erkennbar, ob es sich tatsächlich um eine Galerie oder eine der zahllosen Bars und Clubs an der Rue Oberkampf handelte, in der er sich mit Andrea Cramer verabredet hatte. In der ziemlich heruntergekommenen, aber angesagten Gegend zwischen Bastille und Belleville flackerten grelle Neonreklamen über fast jeder Ladentür, tauchten Nachtschwärmer in buntes Licht, die sich davor sammelten oder wie schwarze Ameisen durch die Straßen pilgerten. Autohupen, Stimmengewirr, Lachen, Rufe, Glasklirren und praktisch überall Musik bildeten eine Kakofonie, die auf ihn wie eine Sinfonie reinster Jugendkultur wirkte. Hip-Hop, Rhythm and Blues, Electro Funk – alles, was gerade in Mode war, schien auf den Bühnen und in den Hinterzimmern der Kneipen und Cafés geboten zu werden.

Neben dem Eingang der Kunsthandlung, deren rote Innenbeleuchtung durch die Schaufenster schimmerte, drückte sich ein Straßenmusiker in die zu dem Haus gehörende Hofeinfahrt. Er spielte auf seiner Klarinette altmodischen Jazz mit eigenwilligen Improvisationen.

Frank hielt inne und hörte dem dunkelhäutigen jungen Mann zu. Er versuchte, den schrillen Sound der Umgebung auszublenden und sich allein auf den Song zu konzentrieren, was ihm erstaunlich gut gelang. Nicht zuletzt, weil seine Gedanken zu jenem Musiker namens Jules Delaborde wanderten, der dieses Instrument vor mehr als einem halben Jahrhundert ebenso vortrefflich beherrschte. Allerdings war

»Petite Fleur« ein Lied aus den Fünfzigern und von Jules Delaborde vielleicht gar nicht mehr gespielt worden. Jedenfalls lag die Vermutung nach Franks Recherche nahe, dass irgendetwas während der deutschen Besatzung von Paris passiert war und Jules Delabordes musikalisches Wirken beendet hatte.

Nach einer Weile griff Frank in seine Hosentasche und warf alle Münzen, die er fand, in den kleinen Weidenkorb neben den Füßen des jungen Mannes. Dann wandte er sich ab und betrat nach zwei Schritten die Galerie, in der die Vernissage eines Fotokünstlers gefeiert wurde.

Die etwas schummrige, fast ausnahmslos aus roten Birnen bestehende Beleuchtung verwandelte die zahllosen Gäste in verschwommene dunkle Gestalten, die sich unter den silbernen Sternen einer Discokugel irgendwie seltsam verzerrt zu bewegen schienen. An den Wänden hingen überdimensionale Schwarz-Weiß-Fotografien, auf denen jeweils ein Hingucker zinnoberfarben übermalt war, angestrahlt von kleinen Scheinwerfern mit weißem Licht. Anscheinend überwog der gesellschaftliche Anlass jedoch. Die meisten Leute standen in Grüppchen herum und unterhielten sich, ein Glas Wein in der Hand, und kehrten den Kunstwerken den Rücken zu. Aus einem Lautsprecher dröhnte das unverkennbare erotische Hauchen von Jane Birkin.

Frank versuchte, Andrea in dem Gewühl zu finden. Nachdem er jedoch die dritte oder vierte Frau angesprochen und leicht konsternierte Blicke geerntet hatte, gab er es auf. Dreiundzwanzig Uhr, hatte sie gesagt, das war es längst. Wahrscheinlich verspätete sie sich. Also würde er warten und sich die Zeit mit der Betrachtung der Bilder vertreiben.

Demonstrativ baute er sich vor einer der Tafeln auf. Unwillkürlich schmunzelte er, als ihm die Verbindung zwischen den Motiven und der Hintergrundmusik auffiel: Die Fotografien stellten junge weibliche Prostituierte auf dem Straßenstrich in aller Welt dar. Mal waren ihre Lippen mit roter Ölfarbe überpinselt, mal das Kleid, eine Blume im Haar, die Stöckelschuhe. Offensichtlich handelte es sich bei dem Bild, dem er gerade seine Aufmerksamkeit schenkte, um eine Hommage an den Spielfilm *Pretty Woman*: Die Szene zeigte den Hollywood Boulevard in Los Angeles und ein Cabriolet am Straßenrand war in Farbe getränkt; der Fahrer verhandelte gerade mit einer jungen Frau.

Frank trat einen Schritt zurück, um die Aufnahme besser betrachten zu können.

Etwas Hartes rammte schmerzhaft seine Rippen. Er fuhr herum. Im selben Moment klirrten Gläser, zerbrachen, schepperten zu Boden. Überraschend verzögert folgte ein Aufschrei, dann protestierendes Gemurmel.

»*Pardon!* Es tut mir sehr leid. Entschuldigen Sie bitte. Wie ungeschickt von mir.«

In der diffusen Beleuchtung erkannte er nur vage die Umrisse von Andrea Cramer, die in alle Richtungen Entschuldigungen stammelte, die bei der Geräuschkulisse wahrscheinlich kaum jemand verstand. Als sie sich niederkniete, um die Scherben aufzusammeln, bückte sich ganz automatisch auch Frank.

»Was machen Sie hier?«, fragte er, als sein Kopf dem ihren so nahe kam, dass sie fast ungestört Konversation betreiben konnten.

Sie legte die Scherben etlicher leerer Gläser behutsam auf das Tablett in ihrer Hand. »Nach was sieht das wohl aus? Ich habe heute hier gekellnert. Aber offensichtlich eigne ich mich nicht unbedingt für diesen Job.«

»Nicht wirklich«, bestätigte er und tat ein paar Glasstiele, die vormals zu einem Sektkelch gehört hatten, behutsam zu den anderen Überresten.

»Ich bin aus dem Hotel Concorde La Fayette geflogen und

musste mir etwas anderes suchen, um meine Miete zu bezahlen.«

»Das klingt nicht gut.«

»Es *ist* nicht gut! Ich erzähle Ihnen die Geschichte, wenn wir hier raus sind.« Sie richtete sich auf, strich sich seufzend das Haar aus dem Gesicht, das an ihrer schweißnassen Stirn klebte. »Ich habe jetzt Feierabend und wollte nur noch die benutzten Gläser abräumen. Na ja, das ist mir wohl irgendwie gelungen«, fügte sie mit einem entwaffnend zerknirschten Lächeln hinzu. »Danke für Ihre Hilfe.«

Noch in gebückter Position sah er ihr nach, wie sie, das Tablett vorsichtig in beiden Händen balancierend, zur Tür eines Hinterzimmers ging. Dabei hatte sie ziemliche Mühe, eine weitere Kollision zu vermeiden. Erst als sie aus seinem Blickfeld verschwunden war, erhob er sich.

Was für eine chaotische Person! Aber nett. Hübsch. Intelligent. Herzerfrischend. Selbstironisch. Eine sehr gute Pianistin. Wenn er sich an ihre Wohnung erinnerte, musste er zugeben, dass sie anscheinend auch Geschmack besaß …

Als ihm bewusst wurde, wie er sich stumm von den Vorzügen Andrea Cramers zu überzeugen versuchte, schalt er sich selbst. Keine komplizierten Affären! Schon gar nicht mit einer Frau, die er in die Recherchen für seinen Dokumentarfilm einsetzen wollte. Es genügte ihm schon, dass Jacqui wie eine Klette an seinem Hals hing, obwohl er – außer vielleicht einen One-Night-Stand – rein gar nichts von ihr wollte. Nein, korrigierte er sich in Gedanken, stimmte nicht ganz. Auch Jürgens Sekretärin half ihm bei den Recherchen. Erstaunlich, wie viele Helferinnen er für diese Geschichte bereits aufgetrieben hatte. Eine alte Freundin im Archiv des Norddeutschen Rundfunks in Hamburg war auch sofort dazu bereit gewesen, als er sie vor ein paar Tagen um Nachforschungen in einer bestimmten Discografie bat.

Zehn Minuten später fand er sich an Andreas Seite in einem Café wieder, wo der Lärmpegel nicht geringer war als zuvor in der Galerie. Der Unterschied zwischen den beiden Lokalitäten bestand vor allem in den Rauchschwaden, die aus den Zigaretten und Aschenbechern der Gäste aufstiegen und das Ambiente wie mit dichtem Nebel überzogen. Während er sich zwischen ein paar Hipstern zum Bartresen vordrängte und zwei Bier – *deux pressions* – orderte, spielte die Band auf der Bühne modernen Swing, der entfernt nach Big Bad Voodoo Daddy und Lucky Strikes klang. Er konnte nicht beurteilen, ob die Musiker gut waren, sie spielten auf jeden Fall zu laut. Möglicherweise tat er ihnen Unrecht. Immerhin hatten er und Andrea die letzten freien Plätze ergattert, direkt unter den Lautsprechern.

»Haben Sie etwas über Jules Delaborde herausgefunden?«, fragte Andrea rundheraus, als er mit den beiden Biergläsern zurück an den Tisch kam. Sie musste ihn anschreien, um sich verständlich zu machen.

»Ja«, gab er zu und dankte im Stillen der alten Freundin beim NDR. »Seltsame Sache. Erzählen Sie aber erst einmal, warum Sie zur Kellnerin avanciert sind.«

»Das habe ich doch gesagt.« Sie setzte das Glas an, trank einen großen Schluck und fügte dann hinzu: »Puh! Das tut gut.« Sie wischte sich mit dem Handrücken die Schaumspuren von den Lippen und sah ihm in die Augen. »Man hat mich rausgeworfen.«

»Warum?«

»Mein Repertoire gefiel nicht. Genau genommen sollen sich Gäste über mich beschwert haben.«

»Das glaube ich nicht«, entfuhr es ihm.

Sie zuckte gleichgültig mit den Achseln. »Ich muss das akzeptieren. Natürlich melden sich die Leute an der Rezeption und nicht bei mir, wenn ihnen etwas nicht passt. Ich frage mich nur …« Sie verstummte, hob noch einmal die Schultern. Gedankenverloren griff sie nach ihrem Glas.

Wie aus einem Reflex heraus legte er die Hand auf ihren Arm. »Was fragen Sie sich?«

»Ach, es ist verrückt.« Sie schüttelte den Kopf, setzte das Bier wieder ab, ohne davon getrunken zu haben. »Wahrscheinlich spinne ich, weil ich zum ersten Mal in meinem Leben Erkundigungen über wildfremde Leute einziehe. Ich bin sonst nicht jemand, der alles über andere wissen will. Klatsch hat mich noch nie interessiert. Aber Jules Delaborde bringt mich langsam dazu, Gespenster zu sehen.«

Der Druck seiner Hand wurde ungewollt fester. »Was haben Sie gesehen?«

»Wen, sollten Sie fragen. Ich bilde es mir nur ein … geben Sie nichts auf mein Gerede … Ich dachte, der Mann, der neulich Abend im Hotelfoyer war, hätte ausgesehen wie Maurice Delaborde. Wissen Sie, der Sohn von Jules Delaborde, der Abgeordnete. Ich habe mir sein Foto in der Zeitung noch einmal genau angesehen und könnte schwören, dass er es war. Andererseits war es bestimmt eine Verwechslung. Warum sollte sich Maître Delaborde in die Lobby setzen, während ich dort spiele?«

Frank ließ sie los und lehnte sich auf seinem Stuhl zurück. Er griff in die Brusttasche seines cognacfarbenen Lederblousons und kramte eine Schachtel Zigaretten und ein Feuerzeug hervor. Bevor er sich eine anzündete, stieg ihm der beißende Rauch vom Nebentisch in die Nase. Die Jugendlichen qualmten starke blaue Gauloises. Er steckte das Feuerzeug wieder ein, begann, die kalte Zigarette in seinen Fingern zu drehen.

»Vielleicht hat Sohn Delaborde eine Verabredung wahrgenommen, die sein Vater sonst regelmäßig traf«, sinnierte er. »Vermutlich gab es für Delaborde senior in der Vergangenheit triftige Gründe, das Hotel aufzusuchen.«

»Nach Monsieur Delaborde hatte ich noch einen sehr interessiert wirkenden Zuhörer, einen auffallend billig gekleideten Mann. Ich hielt ihn für einen Geschäftsreisenden, vielleicht einen Pharmavertreter. Aber dann sah ich ihn vor meiner Haustür. Ist das nicht merkwürdig?«

Frank fand dieses Zusammentreffen auch seltsam, doch das sagte er nicht. Er setzte sich aufrecht hin und stellte vernünftig fest: »Das war sicher ein Zufall.«

»Drei Männer, die mir zuhören, während sich sonst niemand für meine Musik interessiert, und am Ende werde ich entlassen, weil ich das falsche Repertoire spiele. Toll.« Sie stützte ihren Kopf auf die Hand und sah ihn erwartungsvoll an. »Erklären Sie mir das. Bitte.«

»Kann ich nicht.«

»Ich auch nicht. Jedenfalls wissen Sie jetzt, was Sie wissen wollten.«

Was für schöne Augen. Tiefe, dunkelblaue Augen mit lichten grünen Sprenkeln. Die Farbe der Südsee in einem frischen, offenen Gesicht. Selbst bei der ungünstigen Beleuchtung in diesem Lokal konnte er das erkennen. Hatte sie eigentlich einen Freund?

Ihm fiel auf, dass sie wohl eine Antwort erwartete. Dummerweise war ihm entfallen, worüber sie gesprochen hatte. Oder hatte sie gar nichts gefragt? »Was?«, murmelte er daher etwas zusammenhanglos.

»Na ja, Sie wollten doch wissen, warum ich in einer Galerie Getränke serviere.«

»Ach so ... ja ... natürlich ...«

»Und? Haben Sie in der Zwischenzeit etwas über die Schellack mit der ›Stardust Melody‹ herausgefunden?«

Frank riss sich zusammen.

»Es wird Ihnen nicht gefallen«, entgegnete er sachlich, während er die Zigarette zurück in die Schachtel schob und diese wieder in seine Brusttasche steckte. »Ihre Schallplatte taucht in den Discografien, auf die ich Zugriff habe, nicht auf. Bemerkenswert ist allerdings, dass Aufnahmen mit einem Gitarristen namens Jules Delaborde gelistet sind. Der Typ muss bis Kriegsende ziemlich gut im Geschäft gewesen sein.«

»Das heißt, es gibt drei Männer dieses Namens: einen Wirt, einen Klarinettisten und einen Gitarristen.«

»Nein. Das heißt nur, dass wir auf alles, was wir herausfinden, keine Antworten erhalten, sondern neue Fragen.«

Nachdenklich knabberte Andrea an ihrer Unterlippe. Nach einer Weile meinte sie: »Manche Bläser bekommen im Lauf der Zeit Probleme mit den Atemwegen. Vielleicht musste Jules Delaborde die Klarinette aus gesundheitlichen Gründen gegen eine Gitarre eintauschen.«

»Ich konnte leider erst für übermorgen einen Termin mit jemandem vom Hot Club de France vereinbaren. Eines muss man den Franzosen lassen: Die haben die Ruhe weg, kurzfristige Interviewanfragen werden so gut wie gar nicht beantwortet. Jedenfalls hoffe ich, dort etwas über Monsieur Delaborde zu erfahren.«

Frank erzählte ihr nicht, dass er Jules Delaborde inzwischen als »Aufhänger« für seine Dokumentation sah. Der Musiker, dessen Geschichte den roten Faden in seinem Film bilden sollte, so er denn Gitarre oder Klarinette oder beides spielte. Er folgte seinem Gefühl, das ihm sagte, dass sich hinter der Fassade des alten Mannes eine interessante Vergangenheit verbarg.

»Es ist mir unangenehm, im Leben eines anderen Menschen zu stochern«, sagte Andrea, »aber es ist wie eine Sucht. Ich kann nicht aufhören. Meinen Sie, es wäre sinnvoll, wenn ich mich auf der Suche nach Jules Delaborde eine Weile in der Bibliothek der Cité de la Musique vergrabe? Ich kenne die Bestände nicht genau, aber vielleicht finde ich etwas.«

»Das wäre großartig. Ihr Französisch ist deutlich besser als meines, das dürfte unsere Nachforschungen erleichtern.

Sie grinste ihn an. »Was ist mit Ihrer Freundin? Übersetzt sie Ihnen nicht, was Sie brauchen?«

»Ich habe Ihnen gesagt, dass Jacqui nicht meine Freundin ist.«

Ihr schmunzelnder Mund versank in dem Bierglas.

Ohne sich erklären zu können, warum er plötzlich verärgert war, stürzte Frank sein Getränk hinunter. Durch die Lautsprecher über seinem Kopf drang der Trommelwirbel des Schlagzeugers, dann folgten Trompete und Saxofon in einer für sein Trommelfell fast unerträglichen Tonstärke. »*You and me and the bottle makes three tonight*«, plärrte die heisere Stimme des Sängers. Ein guter Song, wohl auch vom Text her ziemlich passend für die Stimmung in diesem Lokal. Das Ambiente – und Andreas offensichtliche Belustigung – begannen jedoch, an seinen Nerven zu zehren. Worüber amüsierte sie sich eigentlich so? Auf seine Kosten, das war ihm jedenfalls klar.

»Wollen wir gehen?«, brüllte er.

Sie nickte und erhob sich von ihrem Stuhl.

Kaum waren sie einen Schritt von dem Tisch fortgegangen, saß bereits ein anderes Paar dort.

Frank bahnte ihnen durch die Menge einen Weg zum Ausgang. Wenn er gehofft hatte, sich hinter der Tür frei an Andreas Seite bewegen zu können, irrte er. Sie mussten sich durch eine Traube von jungen Menschen wühlen, die vor dem Lokal auf Einlass warteten. Selbst auf dem Bürgersteig war es so voll, dass er für einen Moment befürchtete, Andrea aus den Augen verloren zu haben. Als er endlich knapp einen Quadratmeter Trottoir für sich hatte, drehte er sich auf der Suche nach ihr um die eigene Achse.

Da registrierte er die Frau, die sich erschöpft gegen ein im

Halteverbot parkendes Auto lehnte. Sie hatte die Hände vors Gesicht geschlagen, den Kopf nach vorn geneigt. Das blonde Haar fiel wie ein Vorhang über ihre Wangen, die Straßenbeleuchtung ließ es golden schimmern.

Er trat neben sie, strich die Haare über ihre Schultern zurück. »Müde?«, fragte er sanft.

Stummes Kopfschütteln. Dann ließ sie die Hände sinken und er erkannte den Ausdruck tiefer Verstörung in ihrem Blick.

»Ich … ich habe ihn gesehen. Diesen Mann … Sie wissen schon. Den Pharmavertreter aus dem Hotel, der vor meinem Haus stand. Er war hier!«

Automatisch sah sich Frank um – und konnte niemanden entdecken, auf den Andreas Beschreibung zutraf. Achselzuckend wandte er sich wieder ihr zu. »Hier sind so viele Leute unterwegs, dass ein Einzelner kaum auffällt«, erwiderte er vage, weil er ihr nicht direkt sagen wollte, dass sie sich die Begegnung sicher nur einbildete.

»Sie denken, ich sei verrückt«, konstatierte Andrea prompt.

»Nein …«

»Sie haben recht. Die ganze Sache treibt mich in den Wahnsinn. Dabei weiß ich nicht einmal, warum mich so brennend interessiert, welches Geheimnis Monsieur Delaborde verbirgt. Ja, wahrscheinlich bin ich schon verrückt.«

Er nahm ihren Arm. »Kommen Sie. Ich bringe Sie zu einem Taxi.«

Widerstandslos folgte sie ihm, trottete an seiner Seite die Straße entlang, wobei sie sich an der Straßenkante hielten, wo sie am besten den Leuten ausweichen konnten, die vor den Lokalen standen oder flanierten.

Plötzlich blieb Andrea stehen. Mit dem Trotz eines kleinen Mädchens in der Stimme verkündete sie: »Ich bin nicht paranoid!«

»Natürlich nicht«, beruhigte er sie wider besseres Wissen.

»Wenn Sie sich ausgeschlafen haben, sieht die Welt wieder ganz anders aus.«

Tatsächlich war er sich nicht im Klaren, was er von ihren Beobachtungen halten sollte. Konnte es sein, dass ihre Vorgeschichte mit Jules Delaborde aus der Luft gegriffen war? Litt sie unter Verfolgungswahn? Hatte *sie* einen harmlosen alten Mann verfolgt und unter das Auto gejagt? Lag der Fall komplett anders, als er angenommen hatte? Irgendetwas passt nicht zusammen, sinnierte Frank. Er würde morgen darüber nachdenken, beschloss er. Auch er brauchte erst einmal Schlaf.

18

Die Reise verlief beschwerlicher, als Marga erwartet hatte. Die Fahrt mit der Eisenbahn von Berlin über Frankfurt am Main nach Paris dauerte in Friedenszeiten fast vierundzwanzig Stunden, wie sie aus einem alten Fahrplan wusste, im Krieg verlängerte sich die Reise um einige Stunden. Truppentransporte und Güterzüge hatten Vorrang. Bei Fliegeralarm wurde angehalten, wobei Marga leicht panisch reagierte, wenn sie sich auf freier Strecke befanden. Sie ließ es sich in Gegenwart von Harald und den Musikern nicht anmerken, aber ihr Sicherheitsgefühl war seit dem verheerenden britischen Luftangriff auf Lübeck Anfang des Monats ein anderes.

Marga war zu diesem Zeitpunkt in Berlin und probierte mit Harry Alsen und seinem Tanzorchester das neue Repertoire. Als sie von dem »Terrorangriff des Engländers« erfuhr, schnürte ihr die Angst die Kehle zu. Es war die erste Flächenbombardierung einer Stadt in Deutschland – und die Flak hatte nichts dagegen ausrichten können. Die kleinere Hansestadt lag überdies keine siebzig Kilometer nordöstlich von Hamburg. Marga stellte sich daher die Frage, wann zu Hause nicht nur Hafen und Industrieanlagen zum Ziel der feindlichen Flugzeuge würden, sondern auch die Wohngebiete. Margas Sorge um ihre Eltern und Freunde wuchs, nährte aber auch ihre eigene Furcht. Da konnten die Zeitungen schreiben und der Volksempfänger Siege und Verharmlosungen vermelden, so viel sie wollten, sie hörte ja, dass es anders klang, wenn sie heimlich BBC einschaltete. Letzteres allerdings weniger, um sogenannte Feindnachrichten zu empfangen. Sie wollte vor allem in Sachen Swing auf dem Laufenden bleiben. Die Musik war ihr noch immer näher als die Politik.

Bei der Ankunft in Paris war Marga am Ende ihrer Kräfte. Müde schleppte sie sich neben Harald über den Bahnsteig zum Ausgang des Gare de l'Est, während sich die Musiker um einen Gepäckträger scharten und den Transport ihrer Instrumentenkoffer auf dessen Leiterwagen bewachten. Es war später Nachmittag und es waren erstaunlich viele Menschen unterwegs: Arbeitskolonnen, bewacht von französischer Polizei und Männern in deutschen Uniformen, Menschen in zerrissener Kleidung, die in den Abfalleimern herumwühlten, erstaunlich gut angezogene Zivilisten, einfache Leute in abgetragener Garderobe, Marktfrauen, die leere Körbe und Käfige schleppten. Die Passanten und Zugreisenden machten auf Marga den Eindruck, als zeigten sie einen Querschnitt der Bevölkerung. Mitten in dieser Kulisse leuchteten die roten Wimpel der Hakenkreuzfahnen und Reichskriegsflaggen an jedem erdenklichen Ort. Über alldem hing ein unglaublicher Lärmpegel, der sogar die Geräuschkulisse des Anhalter Bahnhofs in Berlin zu übersteigen schien. In Margas Ohren dröhnten laute Gesprächsfetzen in fremder Sprache, Befehle auf Deutsch, das Zischen des Dampfes in den Lokomotiven und das Kreischen von Eisenbahnbremsen.

Jenseits des mit einer Konstruktion aus Glas und Stahl überdachten und mit Säulen geschmückten Bahnhofsportals dann der nächste unerwartete Eindruck: ein ärmlich wirkendes Viertel mit Gebäuden, von denen der Putz abblätterte, und auf der Straße kaum Automobile oder andere motorisierte Fahrzeuge – dafür ein Meer von Fahrrädern. Jeder hier schien einen Drahtesel zu besitzen.

»Gibt es keine Taxis?«, fragte sie ebenso matt wie verzweifelt. »Was machen wir denn nun?«

»Wir werden abgeholt«, beruhigte Harald. »Ein Mitarbeiter der Propagandastaffel Literatur und Musik wird uns zur Seite gestellt. Er ist bestimmt gleich da.«

Zur Seite gestellt klang für Marga wie *unter Beobachtung gestellt,* aber sie äußerte ihren Verdacht nicht. Dafür war sie viel zu müde. Sie verglich ihre Ankunft und das bleischwere Gefühl von Düsternis zwar mit den angenehmen Wochen in Dänemark, aber sie verbannte diesen Gedanken sofort aus ihrem Kopf. Sie war nicht nach Paris gekommen, um eine schöne Zeit zu haben, sondern um Michael wiederzusehen. Das allein zählte. Dabei spielte es auch keine Rolle, ob sie von dem herrschenden Sprühregen durchnässt wurde.

Unwillkürlich zog sie die Krempe ihres im Herrenstil gefertigten Hutes tiefer in die Stirn. Alles in allem konnte sie nicht verstehen, warum so viele Dichter von dieser Stadt schwärmten.

Der Wagen der Propagandastaffel – ein riesiger Vorkriegs-Citroën mit Standarte – hielt kurz darauf am Bürgersteig und ein attraktiver hochgewachsener junger Mann sprang heraus, der seine Uniformmütze etwas ungelenk auf dem sandbraunen Lockenkopf platzierte.

»Entschuldigen Sie, bitte«, rief er aus, als er um den Wagen herum und auf die Ankömmlinge zueilte. »Ich kam nicht durch. Nach dem abscheulichen Terrorakt der Briten auf die Renault-Werke in Billancourt scheint die Stadt aus einem einzigen Stau zu bestehen …«

Unwillkürlich griff Marga Schutz suchend nach Haralds Arm. Dass auch Paris bombardiert wurde, hatte sie nicht gewusst. Wo lag dieses Billancourt? War Michael womöglich verletzt worden? Aber sie wusste ja nicht einmal die Adresse des Geliebten.

Der junge Mann hielt vor ihr an und verneigte sich ehrfürchtig, als empfange er einen Ufa-Star. »Leutnant Gerhard

Weber, ich bin als Sonderführer für die Truppenbetreuung zuständig.«

»Guten Tag«, murmelte sie geistesabwesend.

Mit einem sympathischen Lächeln fügte Leutnant Weber hinzu: »Meine Freunde nennen mich Gerd.« Dann streckte er Harald die behandschuhte Hand entgegen.

»Harry Alsen«, erwiderte dieser die herzliche Begrüßung. »Sehr erfreut.«

Das Gepäck wurde im Kofferraum verstaut und auf dem Dach festgebunden, die Musiker drängten sich in den Fond, während Marga sich zwischen den Fahrer und Harald auf die vordere Sitzbank schob. Als sie den bewundernden Blick von Leutnant Weber bemerkte, zog sie ihren Rock etwas weiter über die Knie. Der junge Mann war jedoch so gut erzogen, dass er jede Berührung vermied. Dennoch rutschte Marga ein wenig dichter an Haralds Seite. Nach einer Weile entspannte sie sich. Offenbar brauchte sie keine Anzüglichkeiten zu befürchten.

Sie fuhren über fast beängstigend breite Prachtstraßen und an hohen mehrstöckigen Häusern vorbei, die im vorigen Jahrhundert erbaut worden waren. Schmiedeeiserne Balkons vor verschnörkeltem Stuck zeugten von einer glanzvolleren Ära. An vielen Gebäuden hingen Hakenkreuzbanner von den Fahnenstangen, rote Flaggen vor hellen Sandsteinfassaden. Es war eine unübersichtliche Menge von Leuten unterwegs, die sich unter den baumbestandenen Alleen zu Fuß fortbewegten oder mit dem anscheinend unvermeidlichen Fahrrad über die mehrspurige Fahrbahn rasten. Marga reckte ihren Hals, um besser aus dem Fenster schauen zu können.

»Das sind die sogenannten *Grands Boulevards*, Fräulein Mai«, erklärte ihr Chauffeur. »Die ersten großen Straßen, die im mittelalterlichen Paris angelegt wurden.« In seiner Stimme lag unüberhörbar Begeisterung für die Schönheit der Stadt.

»Ich hätte Ihnen gerne die Place de la Concorde und die Avenue des Champs-Élysées gezeigt, aber auf diesem Weg kommen wir schneller durch. Und sicher möchten Sie zuerst ins Hotel.«

»Ja. Ich glaube, das wollen wir alle«, versicherte Marga. Eine Stadtrundfahrt, eingezwängt zwischen zwei Männern, war das Letzte, wonach ihr nach der anstrengenden Anreise der Sinn stand.

»Vielleicht darf ich Sie ein anderes Mal herumfahren.«

»Diesen Vorschlag nehmen wir alle gerne an«, erwiderte Harald und grinste, weil ihm nicht entgangen war, dass Leutnant Webers Angebot eigentlich nur Marga galt.

»Das Vernet ist ein hübsches kleines Hotel in einer ruhigen Seitenstraße«, plauderte der Vertreter der Propagandastaffel weiter. »Es logieren hauptsächlich Geschäftsreisende und Künstler dort, aber auch einige untere Offiziersgrade. Sie wissen sicher, dass unsere Soldaten überwiegend nicht in Kasernen, sondern in den Hotels der Stadt einquartiert sind.«

Harald stieß ein Grummeln aus, was als Zustimmung zu verstehen war. Marga war sich jedoch nicht sicher, ob er tatsächlich wusste, dass die Besatzer die Pariser Hotels bevölkerten.

Schweigend setzten sie die Fahrt fort.

Plötzlich nahm der junge Offizier eine Hand vom Steuer und schlug sich gegen die Stirn, als habe er etwas vergessen. Der Wagen schlingerte leicht, ein Radfahrer musste ausweichen, verlor die Kontrolle über sein Gefährt und fiel um. Sofort umfasste Weber das Lenkrad wieder und brachte den Citroën in die richtige Spur.

Einen Aufschrei unterdrückend, drehte sich Marga, um aus dem Seitenfenster zu blicken. Sie verbog sich so weit, bis sie den Verunglückten nicht mehr sehen konnte. Anscheinend ein alter Mann, der es nicht aus eigener Kraft schaffte aufzustehen. Ob er mithilfe herbeieilender Passanten wieder auf die Beine kam, war nicht zu erkennen. Der Leutnant neben ihr schien den Unfall nicht bemerkt zu haben.

»Verzeihen Sie«, hob Marga stockend an, »da ist etwas passiert. Sollten wir nicht anhalten und nachsehen?«

»Ach, machen Sie sich keine Sorgen. Franzosen helfen sich schon untereinander.«

Als sie sich nach Luft schnappend zurücklehnte, fiel ihr auf, dass Harald mit versteinerter Miene die Lippen aufeinanderpresste.

»Fast hätte ich's vergessen!«, verkündete Weber fröhlich, den stummen Protest ignorierend. »Meine Herrschaften, ich darf Ihnen eine Einladung von höchster Stelle überbringen. Deshalb bin ich auch persönlich gekommen, um Sie abzuholen. Man hat in der deutschen Botschaft kurzfristig umdisponiert und erwartet Sie morgen beim Geburtstagsempfang von Herrn Brigadeführer Abetz. Sie haben ja sicher die neuesten Klänge aus der Heimat mitgebracht, die Sie zu Ehren unseres Gesandten und zur Freude seiner Gäste spielen werden.«

Marga spürte, wie ihr das Blut in die Wangen schoss.

»Selbstverständlich.« Haralds Stimme klang ruhig und souverän, als wäre er es gewohnt, deutsches Liedgut im Kreise von Nationalsozialisten zum Besten zu geben.

Während der Wagen über die Prachtstraßen brauste und Harald mit Gerd Weber eine flache Konversation über das Wetter betrieb, kreisten verworrene Gedanken durch Margas Kopf.

Lange verdrängte Bilder stiegen unerwartet in ihr auf. Von johlenden Männern in Uniformen, die alte Leute schlugen, vom Mob, der leichtfertig den Parolen irgendwelcher Politiker folgte und den eigenen Missmut an hilflosen Menschen ausließ. Ihr war es in ihrem bisherigen, bald einundzwanzigjährigen Leben immer gelungen, sich der Nähe der Partei und deren willfährigen Handlangern zu entziehen. Nicht zuletzt, weil ihr Vater einen anderen Weg als blanken Opportunismus beschritt. Und auch, weil sie als Swinggirl andere Wertvorstellungen besaß als die meisten Mitglieder der Hitlerjugend. Sie dachte an ihre Freunde, die wegen ihrer Vorliebe für angloamerikanischen Jazz verprügelt und beschimpft wurden, dafür sogar ins Gefängnis wanderten. In Berlin erfuhr sie wenig über die Zustände zu Hause, aber als sie in den Weihnachtsferien ihre Freundin Helga besuchte, hörte sie von ihr erschreckende Geschichten darüber, wie man in der neuen Gestapostelle »Swing« im Stadthaus, der Hamburger Polizeioberbehörde, mit den jungen Leuten umging.

Bei der Vorstellung, vor einem Botschafter des Deutschen Reiches und dessen Freunden aufzutreten, erschrak sie zutiefst. Es war eine Sache, Soldaten mit ihrer Musik ein wenig Lebensfreude an die Front zu bringen. Aber es war etwas ganz anderes, sich auf Partys mit Bonzen gemeinzumachen. Außerdem war Marga noch nie vor Persönlichkeiten aufgetreten, deren gesellschaftliche Stellung ihr Angst einflößte. Sie würde vor diesem Publikum niemals – niemals! – unbefangen auftreten können.

Ihr Magen zog sich zusammen. Schwindel erfasste sie.

Erst jetzt bemerkte sie, dass ihr körperliches Unwohlsein nicht nur eine Reaktion auf die »Einladung« war. Leutnant Weber fuhr buchstäblich im Kreis. Er lenkte das Auto in halsbrecherischem Tempo um einen großen Platz, in dem es für niemanden – weder für Kraftfahrzeuge noch für Fahrräder – eine Vorfahrtsregelung zu geben schien. Offensichtlich musste er so schnell fahren, um im Kreisverkehr das allgemeine Tempo zu halten und keinen Unfall zu bauen. Die frühlingshaft kahlen Äste der Linden und die Fassaden der prächtigen Häuser hinter hohen schmiedeeisernen Zäunen huschten an ihr vorbei wie in einem Zeitraffer. Marga kniff die Augen zusammen, öffnete sie kurz – und sah die gewaltigen Mauern des Arc de Triomphe auf sich zurasen …

Als sie schließlich überraschenderweise unversehrt in einer kleinen Seitenstraße ankam, wünschte sie, niemals dieses Engagement angenommen zu haben. Wie konnte Michael in Paris nur Sicherheit suchen? Diese Stadt war mörderisch! Marga fühlte sich zunehmend elend.

Ihre Verabschiedung unter dem in der Belle Époque aus Glas und Stahl errichteten Vordach des Hotel Vernet fiel ausgesprochen frostig aus. Sie beabsichtigte nicht, die Fahrdienste von Leutnant Weber noch einmal in Anspruch zu nehmen. Mit wackeligen Knien stöckelte sie in die hübsch im Empirestil eingerichtete Halle des bürgerlich anmutenden Hotels. Auch das eine Enttäuschung. In Aarhus war Harry Alsens Tanzorchester im besten Haus am Platz untergebracht worden.

Nachdem der Gepäckträger die Koffer in den Räumen der neuen Gäste abgeliefert hatte, bat Marga: »Harald, könnte ich dich bitte einen Moment sprechen.«

Wie in Dänemark war er gleich neben ihr einquartiert worden. Als sie in der Tür stand und mit einer auffordernden Geste in ihr Zimmer wies, schloss er seines ab und kam ohne Widerspruch zu ihr herüber.

»Sehr hübsch!«, stellte er fest und sah sich um. »Nicht nur, dass dein Bett breiter ist und über einen Himmel verfügt, man hat dir im Gegensatz zu mir auch ein eigenes Badezimmer gegeben. Irgendjemand hat mal gesagt, Frankreich sei das Land der Frauen. Das scheint zu stimmen.«

Sie lehnte sich mit dem Rücken gegen die geschlossene Zimmertür. »Ich kann das nicht!«, presste sie zwischen zusammengebissenen Zähnen hervor.

»Was kannst du nicht?« Seine Stimme klang beiläufig,

während er weiter durch das Zimmer schlenderte und die Einrichtungsgegenstände inspizierte, als handele es sich um einen mit Antiquitäten bestückten Saal.

»Es geht um diesen Empfang in der deutschen Botschaft. Ich kann dem Gesandten kein Geburtstagsständchen bringen.«

Harald blieb mitten im Raum stehen. »Es ist nur eine Party. Was regt dich daran auf?«

»Die Leute.«

»Wieso? Die meisten werden Zivilisten sein, und wenn nicht, kennst du die Uniformen bereits bestens von der Truppenbetreuung in Dänemark. Das waren doch hauptsächlich nette Jungs.«

»Das ist etwas anderes.« Sie schlang die Arme um ihren Körper, als müsse sie sich vor einem Angriff schützen. »Der deutsche Botschafter und seine Gäste ... Harald, das sind Bonzen ...«

»Sei still!«, fuhr er schneidend dazwischen. Raschen Schrittes trat er neben sie und zog sie von der Tür fort. »Willst du, dass das ganze Hotel dich hört? Weiß der Himmel, wer alles im Flur lauscht.«

»Ich bin ein einfaches Mädchen«, flüsterte Marga. Sie sank auf ihr Bett, setzte sich jedoch gleich darauf kerzengerade hin. »Ich möchte mit solchen Leuten nichts zu tun haben und es macht für mich einen erheblichen Unterschied, ob ich vor Bonzen oder vor Soldaten singe. Weißt du, ich war noch nicht einmal beim BDM.«

Sein Kiefermuskel zuckte nervös. Als er sprach, klang seine Stimme ungewöhnlich heiser: »Wir sind dienstverpflichtet und müssen daher auch bei einem Empfang in der Botschaft auftreten, wenn dies gewünscht ist. Die Regeln sind klar. Wenn dir dieses Spiel nicht gefällt, bist du am falschen Ort, Marga.«

Hatte er das eben wirklich gesagt? Sie sah ihn von unten herauf verwundert an. Er stand aufrecht vor ihr, die Hände in den Hosentaschen. »Du bist Swingmusiker«, erinnerte sie ihn leise. »Du kannst dich doch nicht eins mit solchen Leuten machen.«

»Das tue ich nicht, indem ich einer unausweichlichen Verpflichtung nachkomme.«

Beide schwiegen, hingen ihren Gedanken nach. Marga überlegte, ob sie ihm vorschlagen sollte, dass sie sich geschlossen krank meldeten. Harry Alsens Tanzorchester hatte sich auf der Zugreise den Magen verdorben. So etwas kam vor.

»Sieh mal, Marga«, hob er sanft an und ließ sich neben ihr nieder, »ich bin Musiker und will nichts anderes, als mein Leben retten.« Er nahm seine Brille ab, zog das Einstecktuch aus seinem Jackett und begann, damit die Gläser zu putzen.

Geistesabwesend starrte sie auf seine vertrauten Bewegungen. »Du bist zu kurzsichtig. Dich würden sie bei der Wehrmacht sowieso nicht nehmen.«

»Wer weiß.«

»Du denkst nur an dich, das ist Verrat an unserer Musik«, protestierte sie und vermied es bewusst, das Wort *Feigling* auszusprechen, das über ihre Lippen drängte.

»Ich will auch das Leben meiner Musiker retten. Und vielleicht das des einen oder anderen Ersatzmannes, dem ich ein Engagement verschaffen kann, das er sonst nirgendwo bekäme. Dafür spiele ich auch ›Die Wacht am Rhein‹, wenn es sein muss.«

Sie versuchte vergeblich, den Ärger hinunterzuschlucken, der in ihr hochstieg. Unwillkürlich dachte sie an Michael, der sich eines falschen Namens bedienen musste, um durchzukommen. Sie hatte nicht die geringste Ahnung, in welcher Gefahr der Geliebte schwebte, aber sie sorgte sich nun schon seit fast drei Jahren um ihn. Deshalb würde sie Harald keinen Freibrief erteilen. Harry Alsen, der in bequemen Hotelbetten schlief und bereit war, vor Vertretern einer Politik zu katzbuckeln, die gute Männer wie Michael Friedländer in eine ungewisse Zukunft jagten. Harry Alsen, der durch sein Verhalten jeden Swingheini verriet, der für seine Musik einstand.

»Ganz, wie du meinst«, zischte sie.

Er zögerte kurz. Seine Hand, die offenbar nach der ihren hatte greifen wollen, hing für einen Moment in der Luft. Dann erhob er sich, blickte von oben mit einem milden Lächeln auf sie hinab. »Schlaf dich erst einmal aus. Wir besprechen alles morgen beim Frühstück.«

Sein begütigender Ton steigerte ihren Zorn.

»Wie kommt dein Gewissen damit zurecht, dass du dich bei einem Bonzen anbiedern willst?«, fuhr sie ihn an.

Das Lächeln auf seinen Lippen erstarb. Er öffnete den Mund, schloss ihn jedoch wieder. Ohne ein weiteres Wort marschierte er in Richtung Tür. Auf halbem Weg blieb er plötzlich stehen, verharrte in seinen Gedanken. Nach einer Weile wandte er sich zu ihr um und sagte kühl: »Meine Ehre messe ich daran, wie viele Menschenleben ich rette. Mit welchen Mitteln mir dies gelingt, spielt keine Rolle.«

Sprachs und durchmaß mit langen Schritten die verbleibenden Meter bis zum Ausgang.

Die Tür fiel mit einem lauten Krachen ins Schloss.

19

Die Tränen rannen in Strömen über Margas Wangen und ließen sich nicht mehr trocknen. Nach dem dritten durchnässten Taschentuch kühlte sie ihre Augen mit kaltem Wasser, was nur zur Folge hatte, dass sich Tränen und Wassertropfen vermischten. Über kurz oder lang lief ihre Nase, und als sie in den Spiegel über dem Waschbecken schaute, sah sie eine erbärmlich wirkende junge Frau mit roten Lidern und Flecken auf den bleichen Wangen.

Sie warf sich angezogen aufs Bett und vergrub ihr Gesicht in den Kissen. Alles war so traurig. Geradezu verstörend. Sie empfand Paris nicht nur als fremd, sondern auch als abweisend. Die ersten Stunden in dieser Stadt waren schrecklich.

Wie sollte sie Michael in dieser Umgebung finden? Der von der Propagandastaffel im Zimmer hinterlegte Reiseführer *Paris – deutsch gesehen* nebst Soldatenstadtplan half ihr nicht weiter. Wo sollte sie überhaupt anfangen zu suchen? Darüber hatte sie zu Hause niemals nachgedacht, stets war sie überzeugt davon gewesen, dass die Kraft der Liebe sie zu ihm tragen werde. Vielleicht hatte sie auch auf Haralds Hilfe vertraut. Aber der entpuppte sich nun als Feigling, der sich selbstgefällig mit Nazis gemeinmachte, um weiter ein bequemes Leben führen zu können. Er wollte seine Musiker schützen. Pah! Ohne die konnte er ja kein Tanzorchester leiten, das er als eigene Lebensversicherung betrachtete. Am Ende wollte er sie, seine angeblich so geschätzte Sängerin, sogar loswerden, um seine Ziele zu verfolgen. Hatte er das nicht genau so gesagt? Doch wenn sie ihrem Stolz folgte und Paris mit dem nächsten Zug nach Deutschland verließ, vernichtete sie die kleinste Chance auf ein Wiedersehen mit Michael.

So musste sich eine Gefangene fühlen. Und ihr Wärter war Harald. Marga schüttete alle negativen Gedanken, die sich ihrer bemächtigten, wie einen Eimer Gülle über ihm aus. Doch es half nichts: Die Tränen sammelten sich in ihren Augen wie an einem Staudamm und ergossen sich über ihre Wangen, als würde eine Talsperre geöffnet.

Irgendwann schlief sie vor Erschöpfung ein.

Am nächsten Tag schien zwar die Sonne, doch Margas Herz erreichte sie nicht. Sie fühlte sich entsetzlich. Ihre Glieder schienen aus Blei, ihr Gesicht war verquollen. Sie fror, weil sie ohne Decke geschlafen hatte. Ihr Hals schmerzte. Vielleicht, weil sie sich tatsächlich erkältet hatte, womöglich aber auch von dem nicht enden wollenden Schluchzen. Unwillkürlich füllten sich ihre Augen angesichts ihres Elends wieder mit Tränen. Doch Marga war zumindest so ausgeruht, dass sie auch rationale Gedanken zuließ.

Zur Frühstückszeit betrat sie den Raum, den ihr die höfliche Frau hinter der Rezeption wies. Es herrschte eine gediegene, sehr geschmackvolle Atmosphäre, mit weißem Leinen gedeckte Tische vor Wänden, die mit gerahmten alten Stichen geschmückt waren, überall Vasen mit Blumen. Am beeindruckendsten war die Kuppel, die sich als Decke über den kleinen Speisesaal wölbte: eine Konstruktion aus Stahl und buntem Glas. Eine wundervolle Jugendstilarbeit, die Marga für einen Moment den Atem raubte, als sich die Sonnenstrahlen darin brachen und wie funkelnde Sterne durch die Luft flirrten.

Sie hätte das Farbenspiel gerne genauer beobachtet, nahm die dunkle Brille, mit der sie ihre angeschwollenen Lider schützte, jedoch nicht ab. Sie behielt sie auch auf, als sie sich zu den Musikern setzte, die schon fast vollzählig versammelt waren. Sie ließ sich auf einem freien Stuhl neben Ulrich nieder, dem Schlagzeuger der Band.

»Heute als Zarah Leander unterwegs?«, witzelte Ulli, wie er von allen genannt wurde.

»Mir geht es nicht so gut«, murmelte sie mit heiserer Stimme.

»Bist du krank?«, erkundigte sich Harald. Er klang weniger besorgt als sachlich.

»Ich habe mich erkältet«, erwiderte sie und fasste an ihren Hals, um den sie einen Schal geschlungen hatte.

»Kannst du singen?«

Sie presste die Lippen aufeinander und nickte.

Es hatte keinen Sinn, vor der Realität zu fliehen. Das war ihr inzwischen klar geworden. Sie musste Michael finden. Für das ersehnte Wiedersehen würde sie nicht nur viel in Kauf nehmen, sondern alles. Insofern handelte sie nicht wesentlich anders als Harald. Aus egoistischen Motiven war auch sie bereit, sich Regeln zu unterwerfen, die sie eigentlich ablehnte. Sie würde sich mit dem Teufel arrangieren, wenn dies bedeutete, so schnell wie möglich in die Arme des geliebten Mannes sinken zu dürfen.

Harald blickte auf seine Armbanduhr. »Dann würde ich vorschlagen, dass wir uns in einer Stunde zur Probe treffen. Es gibt hier im Hotel ein Zimmer mit einem Klavier, das wir benutzen können. Dein Schlagzeug steht auch schon dort, nicht wahr, Ulli?«

»Habe mich noch gestern Abend darum gekümmert. Die Franzosen scheinen überall sehr freundlich und entgegenkommend zu sein. Uns stehen angenehme Zeiten bevor.«

»Kommt auf unser Repertoire an«, meinte Kurt, der Saxofonist und Trompeter, vielsagend. Er stippte sein Croissant in den Kaffee und biss ab. Nach einer Weile schluckte er hörbar und seufzte. »Kein mit Zichorie gestreckter Muckefuck. Das schmeckt einfach köstlich!«

»Ich sag doch, dass uns angenehme Zeiten bevorstehen!«

Die anderen Musiker lachten zustimmend und gaben sich weitgehend schweigend dem Genuss ihres Frühstücks hin.

Ihr Chef und Orchesterleiter schob als Erster seinen Teller zurück und erhob sich kommentarlos. Er nickte mit ernster Miene in die Runde und verließ dann das Speisezimmer.

Marga beobachtete ihn durch die Gläser ihrer Sonnenbrille, aber auch sie sagte kein Wort. Als sich die Tür hinter Harald geschlossen hatte, starrte sie noch immer darauf. Mit einem Mal zweifelte sie an der Richtigkeit ihrer Entscheidung. Ihr Herz zog sich zusammen.

Das Palais Beauharnais verschlug Marga die Sprache. Die deutsche Botschaft befand sich in einem schlossartigen Gebäude am linken Ufer der Seine zwischen dem französischen Parlament und dem Gare d'Orsay, einem hauptsächlich für den Postverkehr genutzten Bahnhof. Fast jedes Haus, das sie auf dem Weg dorthin passierte, war beeindruckend, aber dieser Palast aus dem frühen 18. Jahrhundert war etwas Besonderes, weil sie ihn betreten durfte. Säulen, Marmorhallen, vergoldete Stuckarbeiten, kostbare Skulpturen und wertvolle Gemälde, Orientteppiche, überdimensionale Lüster und Kerzenleuchter und mit viel Geschmack ausgesuchte Antiquitäten bildeten den Rahmen für ihren Auftritt.

Eigentlich wollte sie Abscheu gegenüber den SS-Männern empfinden, die das imposante Säulenportal bewachten und all das verkörperten, was ihr an der Politik des Führers missfiel. Aber dann fühlte sie sich doch geschmeichelt, zu einem Empfang in diesem Rahmen gebeten worden zu sein. Als sie schließlich einer höchstens dreißig Personen umfassenden Gästeschar gewahr wurde, die nur aus wenigen Offizieren, dafür vorwiegend aus Herren im Frack und überaus eleganten Damen im Abendkleid bestand, begann sie sich zu entspannen. Die Tatsache, dass der Gesandte mit seinen Freunden

Französisch sprach, aber ein deutsches Musikrepertoire wünschte, brachte Marga sogar zum Schmunzeln.

Harry Alsen und sein Tanzorchester spielten vor und nach dem Dessert. Marga blickte von ihrem Platz hinter dem Mikrofon fassungslos auf die lange, erlesen gedeckte Tafel und auf das Buffet mit kalten und warmen Speisen dahinter. Sie kam sich vor wie in einem Traum. Die Köstlichkeiten, die unmittelbar vor ihrem Auftritt abserviert wurden, überstiegen ihre Fantasie. Ein solches Überangebot an Resten erschien ihr obszön, da im Deutschen Reich Lebensmittelrationierungen an der Tagesordnung waren. Und der Nachtisch erst! Unter ihren Augen wurde Schokoladensoufflé mit Vanilleeis aufgetragen.

Während sie »Ich brauche keine Millionen« sang, knurrte ihr Magen so laut, dass sie fürchtete, jeder in dem feudalen Saal könne das Geräusch hören. Sie versuchte, es mit ein paar Steppschritten zu übertönen, was ihr gut gelang, aber gegen ihren Appetit auch nicht half.

Ihr fiel auf, dass einer der Herren sie interessiert beobachtete. Wahrscheinlich achtete sie nur deshalb auf ihn, weil er sie durch ein Monokel anstarrte. Er war nicht mehr jung, ein Mann in den sogenannten besten Jahren, das zurückgekämmte dunkle Haar von grauen Fäden durchzogen. Sein distinguierter Gesichtsausdruck passte zu dem Frack, den er auf elegante Weise trug. Selbst die goldene Uhrkette schien nur ein Requisit, das den Gesamteindruck vervollkommnte. Als er seine Hände zum Beifall hob, sah sie einen Siegelring am kleinen Finger der rechten Hand.

Nach ihrer Vorstellung löste sich die Tafel auf. Es blieb nicht mehr jeder bei Tisch sitzen, der Hausherr und seine aus Frankreich stammende Ehefrau erhoben sich und begannen, interessierte Gäste herumzuführen. Der hauptsächlich aus Herren bestehende Zirkel um Otto Abetz sammelte sich um einen Bartisch und eine Schatulle mit Rauchwaren, während Suzanne Abetz die Kunstwerke im Raum erklärte. Die verbliebene Gesellschaft rückte näher zusammen, um eine zuvor begonnene Unterhaltung in kleinerem Kreis fortzuführen.

Marga wollte gerade hinter den Musikern ins Vestibül gehen, als ihr der Mann mit dem Monokel in den Weg trat. In jeder seiner Hände hielt er einen Kelch mit blassgolden schimmernder, prickelnder Flüssigkeit.

»Mademoiselle!«, sprach er sie an und fügte in fließendem, von einem französischen Akzent nur leicht gefärbten Deutsch hinzu: »Würden Sie mir die Freude machen und ein Glas Chamapgner mit mir trinken? Ich hoffe, *Veuve Clicquot* entspricht Ihrem Geschmack.«

Die Aufmerksamkeit dieses vornehmen, attraktiven Mannes schmeichelte ihr. Ohne sonderlich darüber nachzudenken, griff sie nach dem dargebotenen Glas. »Vielen Dank. Sehr gerne.« Der Sekt stieg ihr nach dem ersten Schluck in den Kopf. Zu spät erinnerte sie sich, dass sie noch nichts gegessen hatte.

»Darf ich mich vorstellen?« Der Herr verneigte sich formvollendet. Er wirkte in seinen Bewegungen überaus geschmeidig. »Vicomte de Valory. Gilles de Valory.«

»Marga Maib… Marga Mai«, wiederholte sie mit einem dümmlichen Grinsen, weil ihr das inzwischen wieder ungewohnte Pseudonym beinahe nicht über die Lippen gekommen wäre. Aarhus war lange her und weit weg.

»Sie sind eine wundervolle Sängerin, Mademoiselle Mai. Ihre Stimme würde sich auch ganz hervorragend für französische Chansons eignen. Ein Duett mit Maurice Chevalier … *superbe*!«

Das konnte sich Marga zwar nicht auf Anhieb vorstellen, aber sie nickte zustimmend. Ihr Lächeln wurde noch etwas breiter und sie fand es sehr angenehm, den warmen Blick ihres Gegenübers auf sich zu spüren. Sie trank noch einen Schluck Champagner. Veuve Clicquot entsprach durchaus ihrem Geschmack.

Die Herrenrunde um den Gesandten hatte sich in ihre Richtung bewegt und war jetzt ganz nah. Alle lachten laut auf. Jemand hatte einen Witz gemacht, der offenbar wiederholt wurde, weil er so spaßig war. Vicomte de Valory wurde dadurch abgelenkt, seine Augen wanderten zwischen ihr und den Männern hin und her, flackerten kurz amüsiert auf.

Margas Französisch war nicht gut genug, um zu verstehen, was geredet wurde. Den Begriff *juif* kannte sie jedoch. Offenbar wurden Judenwitze erzählt.

Sie mochte das nicht. Sie mochte keine Witze über Juden. Sie machte sich für gewöhnlich nicht über andere Leute lustig, gleichgültig, welcher Herkunft sie waren.

Im nächsten Moment dämmerte ihr, dass sie einem Irrtum zum Opfer gefallen war. Sie hatte vor Harald über Bonzen wie den Botschafter geschimpft, aber eben war sie dem Charme eines französischen Adligen erlegen, der ein Freund von Abetz war. Vicomte Gilles de Valory machte sich mit der herrschenden Klasse weitaus mehr gemein als ein durchschnittlicher Orchesterleiter, der nur zum Souper aufspielte. Sie hatte sich blenden lassen.

Marga sah sich nach Harald um, konnte ihn jedoch nicht auf Anhieb entdecken. Er war nicht bei den Musikern, die die letzten Instrumente zusammenräumten und den Kollegen in das Vestibül folgten. Erst als sie aus den Augenwinkeln eine Bewegung am anderen Ende des Saales wahrnahm, entdeckte sie ihn. Sie drehte sich in die Richtung, wobei sie ihrem Gesprächspartner den Rücken zuwandte. Harald sprach am Eingang mit einem jungen Mann, der offenbar gerade eingetroffen war.

Für einen Moment stockte ihr der Atem. Ihre Hand zitterte

so stark, dass der Champagner über den Rand schwappte. Sie spürte, wie ihre Gesichtsfarbe wechselte.

»Die ersten Gäste, die nach dem Diner geladen wurden, treffen ein«, erklärte Vicomte de Valory in Margas Rücken. »Pünktlich wie die deutschen Maurer.«

Erst auf den zweiten Blick sah sie, dass sie sich schon wieder irrte. Der junge Mann im Smoking, den Harald begrüßte, besaß zwar die Statur von Michael, aber die Ähnlichkeit war bei genauerer Betrachtung nur oberflächlich. Kopfform und Profil wie bei einer antiken römischen Statue. Das war aber auch alles. Sein Haar war glatt und nicht lockig.

Wie hatte sie nur so dumm sein und annehmen können, dass Michael in dieser Gesellschaft auftauchen würde? Es musste am Alkohol liegen, dass ihr eine solche Verwechslung unterlaufen war.

Marga blickte sich noch einmal suchend um. Diesmal nach einer Möglichkeit, ihr halb volles Glas so diskret wie möglich abzustellen. »Ich glaube, ich sollte gehen.«

»Das bedauere ich zutiefst«, erwiderte Vicomte de Valory. »Darf ich mir erlauben, Sie an einem Wochenende auf meinen Landsitz einzuladen? Sie würden mir eine große Freude bereiten, wenn Sie auch einmal für meine Gäste singen, Mademoiselle Mai.«

Sie bemerkte, dass Harald und der junge Mann, der ein bisschen aussah wie Michael, langsam den Saal in ihre Richtung durchschritten. Auf halbem Weg wurden sie aufgehalten, der Fremde begrüßte die Gastgeberin und einige andere Damen mit Handkuss.

»Wie ich sehe, hat mein Sohn bereits die Bekanntschaft Ihres Pianisten gemacht. Nun ja, er ist als Musiker sehr begabt, wie es heißt, aber er schlägt natürlich aus der Art und kommt mehr nach seiner Mutter.«

Kopfschmerzen trommelten gegen Margas Schläfen. Sie

hatte Mühe, einen Zusammenhang zwischen dem freundschaftlichen Umgang von Harry Alsen und dem jungen Mann mit der Erklärung von Gilles de Valory herzustellen. Irgendetwas passte nicht zusammen. Hätte sie doch nur nicht so hastig getrunken!

Der Vicomte schien ihre Irritation zu bemerken, deutete sie jedoch offenbar falsch: »Sicher wäre es nett, wenn Sie mit meinem Sohn zusammen auftreten. Aber mein vorrangiges Interesse betrifft Sie, Mademoiselle, nicht ihn.«

Plötzlich standen Harald und der junge Mann vor Marga. Ihr Orchesterleiter lächelte, aber sein Lächeln spiegelte sich nicht in seinen Brillengläsern wider. Er deutete auf seinen Begleiter. »Marga, das ist Jules Delaborde. Ich dachte, du würdest ihn gerne kennenlernen.«

Großer Gott, fuhr es Marga durch den Kopf, Michael versteckt sich hinter dem Namen eines Nazis!

PARIS FRÜHLING 1999

20

»*Salût*, Andrea!«

Die fröhliche Begrüßung riss Andrea aus ihren Gedanken. Verstört hob sie den Blick von der Tastatur des Flügels, über die ihre Finger in einer Nocturne von Frédéric Chopin geflogen waren. Sie hatte sich gerade auf den schnellen Tonartwechsel konzentriert, als sie unterbrochen wurde. Es war selten genug, dass sie mit solcher Hingabe klassische Stücke spielte. Ein wenig ungnädig sah sie daher zu ihrer Freundin Cristina auf. »Was machst du denn hier?«

»Da ich annahm, dass du heute hier bist, wollte ich einfach mal vorbeischauen«, erklärte Cristina und fügte schelmisch hinzu: »Wenigstens diesen Job wirst du ja wohl auf längere Sicht behalten.«

»Mach dich nicht lustig über mich. Ich habe nicht behauptet, dass ich kellnern kann, als ich mich als Aushilfe in dieser Galerie bewarb.«

Nachdem sie das Tablett hatte fallen lassen und ein Dutzend Gläser zerbrochen waren, hatte die Galeristin an der Rue Oberkampf auf eine weitere Zusammenarbeit verzichtet. Andreas Budget schmolz inzwischen bedenklich zusammen. Neben den gelegentlichen Gigs mit ihrer Percussion-Frauenband und diesem überaus angenehmen Job im Piano-Haus Hanlet, wo sie einmal in der Woche zur Unterhaltung für Kunden spielte, hatte sie keine nennenswerten Einnahmequellen mehr. Ihr Klavierprofessor riet ihr, regelmäßig an gut dotierten Wettbewerben teilzunehmen, aber Andrea wollte sich nicht bei einem *concours* mit den Kommilitonen aus Südkorea, Japan oder China messen, die perfekt wie Maschinen spielten. Außerdem hätte sie die Musik, die sie am meisten liebte, vernachlässigen müssen, um entweder modernen Jazz oder klassische Konzerte einzustudieren und in Endlosschleife zu üben. Sie würde wieder auf Stellensuche gehen und Klinken putzen müssen, daran bestand kein Zweifel.

»Aldo meint, er kann uns einen Auftritt im Sunside Club in Les Halles beschaffen, wenn wir ihn als Manager verpflichten.«

»Oh, Cristina!« Andrea stieß einen tiefen Seufzer aus. »Du weißt, dass ich keine Verträge mit windigen Typen unterschreibe, die mit uns allen – am besten gleichzeitig – ins Bett wollen und deshalb das Blaue vom Himmel versprechen. Seriös ist kein Synonym für Aldo Fumagalli.«

Die Freundin wand sich. »Ja … Er ist ein bisschen geil … das ist ein Problem … ich weiß … Aber er hat gute Kontakte, Andrea. Das musst selbst du zugeben.«

»Nein!« Zur Untermauerung des Wortes schlug sie einen Schlussakkord an. »Ohne mich!«

»Wir müssen aber doch nicht mit ihm schlafen«, insistierte Cristina. »Ich meine, wir sind erwachsene Frauen. Wir können uns wehren. Und ein Vergewaltiger ist Aldo bestimmt nicht. Er besorgt uns Engagements, bekommt seine Prozente von der Gage und alles ist gut.«

»Er wird uns über den Tisch ziehen«, prophezeite Andrea.

Aus den Augenwinkeln sah sie, dass der Geschäftsführer des noblen Musikhauses sie und Cristina beobachtete. Ihre Freundin in dem hellen, dick gestrickten Seemannspulli zum wadenlangen geblümten Rüschenrock, der Requisite einer Salsatänzerin, und mit Cowboystiefeln wirkte nicht wie eine potenzielle Kundin. Selbst wenig begüterte Pianisten, die sich ein Instrument mieten wollten, waren selten solche Paradiesvögel.

Leise begann Andrea, ihr Klavierspiel wieder aufzunehmen. Sie wählte ein einfacheres Stück von Chopin, das sie auswendig beherrschte. »Bist du wegen Aldo hier?«, fragte sie dabei. »Sei mir nicht böse, aber dann kannst du wieder gehen.«

»Nein. Nein, nein. Der Managementvertrag fiel mir nur gerade ein.« Cristina legte eine Gedankenpause ein, setzte dann einen dramatischen Gesichtsausdruck auf und berichtete: »Mein Bruder hat etwas über *deinen* Monsieur Delaborde herausgefunden.«

»Er ist nicht …«, begann Andrea automatisch, bevor sie den eigentlichen Inhalt von Cristinas Worten begriff: »Was? Was hat Jean damit zu tun?«

Sie beschlich das ungute Gefühl, in ihrer Privatsphäre gestört worden zu sein. Es war eine Sache, einem Phantom nachzujagen. Eine sehr persönliche Sache, die sie nur mit Frank Renner teilte, weil der – ja, warum eigentlich mit ihm? Weil er Journalist war und ein angenehmer, interessierter Mann und eben irgendwie immer da, wenn sie ihn brauchte. Aber es war etwas anderes, beschloss sie in Gedanken, wenn sich einer ihrer weitläufigen Bekannten ungefragt mit dem Schicksal Jules Delabordes befasste. Cristina war eine ihrer besten Freundinnen, aber mit Cristinas Bruder verband Andrea so gut wie nichts. Jean studierte Jura an der Sorbonne, hatte hochfliegende Ziele und lebte in Yuppie-Kreisen, für die Andrea hauptsächlich Verachtung übrig hatte.

Cristina lehnte sich gegen die polierte, glänzende Oberfläche des Flügelkorpus. »Jean beschäftigt sich im Rahmen seines Studiums des Europäisches Rechts auch mit Rechtsgeschichte. In einem Seminar über die Prozesse nach der Befreiung Frankreichs im Zweiten Weltkrieg erfuhr er einiges über Kollaboration. Da fiel ihm der Name Jules Delaborde auf.«

»Woher weiß er denn …?«

»Ich hab mit ihm über den Unfall gesprochen«, fiel ihr Cristina ins Wort. Die Freundin schenkte Andrea ein zerknirschtes Lächeln. »Hätte ich das etwa nicht tun dürfen? Du lieber Himmel, dein Name stand in allen Zeitungen.«

»Na ja, aber …«

»Du bist paranoid, *ma chère*!«

»Wahrscheinlich«, gab Andrea zu. Und: »Tut mir leid, ich wollte dich nicht so anfahren.«

Ihr fiel der Mann in dem schlecht sitzenden Anzug wieder ein, von dem sie sich tatsächlich verfolgt fühlte. Nicht nur, dass sie sich einbildete, ihm neulich Nacht begegnet zu sein. Sie vermutete ihn inzwischen hinter jedem Alleebaum und an jeder Straßenecke, die sie passierte. Wenn sie durch die Stadt ging, drehte sie sich immer wieder argwöhnisch um. Heute Morgen war sie beinahe auf der Rolltreppe der Metro-Station bei ihrer Wohnung gestürzt, weil sie den Mann in ihrem Rücken vermutet hatte. Gesehen hatte sie ihn allerdings nicht.

»Findest du es nicht interessant, dass Jules Delaborde ein Verräter gewesen sein soll?«, wunderte sich Cristina, die ob der Neuigkeit wohl ein wenig mehr Begeisterung von Andrea erwartet hatte. »Hey, sein Sohn ist Abgeordneter. Ich könnte mir vorstellen, dass der die Erinnerung an diese schmutzige Ära mit aller Macht tilgen will.«

»Das wäre ihm nicht zu verdenken«, murmelte Andrea.

Sie improvisierte etwas von Rachmaninoff, weil die dramatischen, schweren Klänge ihrer momentanen Gefühlswelt näherkamen als Chopins Leichtigkeit.

Die Vorstellung, Jules Delaborde könnte mit den Nazis gemeinsame Sache gemacht haben, tat ihr weh. Kollaboration war unanständig. Es passte nicht zu dem kultivierten, fragilen alten Herrn, dessen Bild sich in ihr Gedächtnis gegraben hatte. Wenn ihm aber der Prozess gemacht worden war, musste er ein Schieber oder Schwarzmarkthändler, wenn nicht sogar ein deutscher Agent gewesen sein. Fast jeder Bürger von Paris kannte Geschichten über Geschäftemacher, Mitläufer und Kollaborateure. All jene Franzosen, die unter der deutschen Besatzung gelitten oder gar aufseiten der Widerstandsgruppen gekämpft hatten, nahmen an ihren Landsleuten nach der Befreiung gnadenlos Rache. Selbst Honoratioren fielen unter den damaligen Generalverdacht. Oder berühmte Persönlichkeiten wie etwa der Filmstar Maurice Chevalier und Charles Trenet, der Komponist des Welthits »La Mer«, selbst Édith Piaf hatte sich gegen Kollaborationsvorwürfe verteidigen müssen. Andrea hatte gehört, dass auch Coco Chanel seinerzeit in Ungnade gefallen war. Viele Anklagen wurden später fallen gelassen oder die Beschuldigten freigesprochen, ein Makel blieb häufig dennoch.

Als habe sie ihre Gedanken erraten, fragte Cristina: »Das wirft kein gutes Licht auf den Alten, hm?«

»Wohl nicht«, stimmte Andrea zu, die sich bereits mit einem neuen Geistesblitz beschäftigte.

Die Zusammenarbeit mit den Besatzern war der Bezug Jules Delabordes zu Deutschland, den sie und Frank Renner suchten. Deshalb sprach der Alte so gut Deutsch. Wenn Andrea ihre Überlegung weiterspann, kam sie unweigerlich zu ihrer eigenen Familie. Ein Franzose, der mit einem Deutschen gemeinsame Sache machte. Nicht außergewöhnlich im Krieg. Aber vielleicht war noch eine alte Rechnung zwischen zwei damals jungen Männern offen, in die stellvertretend nun die Enkelin hineingezogen wurde. Soweit sie sich erinnerte, war ihr Opa niemals nach Frankreich gereist, obwohl er sein Leben nur wenige Kilometer von der Grenze verbrachte. Was hatte er eigentlich im Krieg gemacht? Ihr fiel auf, dass sie nicht einmal wusste, ob er Soldat gewesen war. Ihre Großeltern hatten in ihrem Beisein über jene Jahre eisern geschwiegen, alte Fotografien gab es nicht. Und Andrea hatte nicht gefragt. Jetzt war es zu spät dafür, weil die beiden nicht mehr lebten.

»Schau nicht so trübsinnig«, sagte Cristina und legte Andrea sanft eine Hand auf die Schulter. »Du kennst Monsieur Delaborde doch eigentlich gar nicht. Es kann dir im Grunde vollkommen gleichgültig sein, welche Rolle er vor fünfundfünfzig Jahren spielte.«

Nein, dachte Andrea, eben nicht. Wenn es eine Verbindung zwischen Jules Delaborde und ihrem Großvater aus jenen Tagen gab. Mit einer offenen Rechnung. Ein privater Rachefeldzug schien ihr die einzig logische Erklärung für alles zu sein, was in den vergangenen Wochen geschehen war.

Im nächsten Moment ging ihr durch den Kopf, dass sie wohl besser aufhören sollte, Thriller zu lesen. Vermutlich sollte sie auch aufhören, im Leben von Jules Delaborde herumzustochern.

»Könnte dein Bruder versuchen, ein wenig mehr über den Prozess damals herauszufinden?«, hörte sie sich fragen.

»Natürlich, aber du weißt, wie Jean ist: ständig im Stress. Vor allem ist er damit beschäftigt, andauernd darüber zu reden, wie gestresst er ist. Aber ich glaube, er findet den Unfall spannend. Irgendetwas ist da mit dem rechtlichen Aspekt. Ich habe keine Ahnung.«

»Mademoiselle, interessieren Sie sich für einen Steinway?«

Die beiden Freundinnen waren derart in ihre Unterhaltung vertieft gewesen, dass sie das Herannahen des Geschäftsführers nicht bemerkt hatten. Erstaunt, als fragten sie sich, was dieser elegante Mann hier zu suchen habe, sahen sie ihn an. Andrea ein wenig konsternierter als Cristina, die sich zwei Atemzüge später wieder fing.

»Oh ja, Monsieur, mein Interesse ist sehr groß an diesem Instrument. Nur leider …«

»Falls es Probleme bei der Finanzierung geben sollte, möchte ich Ihnen die Möglichkeit eines Mietkaufs empfehlen.«

»... kann ich nicht Klavier spielen, ich trommle lieber«, vollendete Cristina mit einem arglosen Strahlen ihren Satz. »Vielleicht sollte ich erst einmal ein paar Stunden nehmen. Mademoiselle hier spielt ganz hervorragend. Ich bin sicher, sie würde mich unterrichten.«

»Ja. In der Tat. Ja. Geben Sie auch Klavierstunden, Mademoiselle Cramer?«

»Wir sind uns bereits einig«, warf Cristina rasch ein. Sie zwinkerte Andrea zu. »Ich werde Sie anrufen, Mademoiselle.« Dann nickte Cristina hoheitsvoll in Richtung des sich höflich verneigenden Geschäftsführers. »*À bientôt, Monsieur!* Sobald ich meine Kenntnisse erweitert habe, werde ich den Kauf eines Instruments in Betracht ziehen. Das verspreche ich Ihnen. Bis bald!«

21

Beklommen sah sich Marga um. Die Gegend wirkte etwas heruntergekommen, obwohl die Hauptstraße wie fast überall in Paris sehr breit und mit einem baumbestandenen Mittelstreifen sowie von bis zu achtstöckigen Altbauten gesäumt war. Die Läden im Erdgeschoss der Wohn- und Geschäftshäuser waren mit Eisengittern verrammelt, die Kioskbuden verschlossen. Vor einem Gebäude, das bei näherem Hinsehen trotz der Verdunkelung als Theater zu erkennen war, sammelten sich Dutzende von Menschen, Uniformierte wie auch Zivilisten, die Marga hauptsächlich an den unterschiedlichen Kopfbedeckungen identifizierte. Ein paar Fahrräder waren ohne Licht unterwegs, ein oder zwei Wehrmachtsfahrzeuge mit abgeblendeten Scheinwerfern. Mädchen und Frauen verschiedenen Alters lehnten – von ein paar Metern getrennt – an den schmiedeeisernen Begrenzungen des Boulevard de Clichy. Es war trotz der Lichtverhältnisse eindeutig, dass die weiblichen Körper gegen Geld angeboten wurden, vermutlich auch für eine Lebensmittelration oder ein Abendessen in einem der Bistros in der Nähe. Harald hatte Marga erzählt, dass Fraternisierung nicht verboten war. Viele heimwehkranke deutsche Soldaten schäkerten mit jungen Französinnen, erhört wurden sie aber häufig nur, wenn sie für die Liebe bezahlten. Er wusste diese Details von Leutnant Weber und sie bemerkte, dass er den einen oder anderen Blick riskierte. Dennoch bemühte er sich vor ihr, nicht sonderlich interessiert an den Schönheiten des Rotlichtviertels zu wirken.

In der Seitenstraße, die den Hügel hinabführte und in die Harald einbog, war es ruhiger und dunkler. Da der Mond von den Dächern verborgen war, konnte Marga die Gestalten mehr erahnen, die um die Ecken in die angrenzenden Gassen huschten. Nur wenige Einheimische und Besatzer schienen abseits des Boulevards unterwegs zu sein. Es war noch keine Ausgangssperre, die begann erst um Mitternacht, aber hier machten sich die Leute in der abendlichen Dunkelheit entweder mehrheitlich unsichtbar oder zogen sich in die Häuser zurück. Marga fand die Szenerie unheimlich, obwohl sie sich an Haralds Seite eigentlich sicher fühlen sollte.

Unter den Jalousien eines Cafés drang ein schmaler, gelber Streifen auf den Bürgersteig. Auf einem Akkordeon gespielte Melodien plätscherten leise wie Wassertropfen durch die ungewöhnliche Stille. Marga lauschte auf ihre Schritte, die auf dem Pflaster widerhallten, und auf das französische Chanson, das hinter einem Fenster erklang. Im nächsten Moment wurde es lauter, als der Text zu dem Lied von mehreren Stimmen auf Deutsch gegrölt wurde.

»Bist du sicher, dass wir hier richtig sind?«, wisperte sie.

»Ja. Absolut«, bestätigte ihr Begleiter und marschierte unbeeindruckt weiter. »Jules hat mir den Weg zur Rue Chaptal genau beschrieben.«

»Ich verstehe nicht, wieso du diesem Jules Delaborde ein derart blindes Vertrauen entgegenbringst.«

»Er ist ein wunderbarer Musiker, Marga.«

Sie wollte ihm gerade antworten, dass das möglicherweise zutraf, aber nichts über den Menschen aussagte. Ihre Worte verwandelten sich jedoch in einen kleinen Schrei, als sie beim Laufen umknickte. Das Straßenpflaster war uneben und sie war bereits mehrfach gestolpert, seit sie die Metro-Station verlassen hatten. Darüber hinaus schmerzten ihre Füße in den Spangenschuhen mit den hohen Absätzen. Sie hatte sie nur angezogen, weil Harald von dem Besuch eines Tanzlokals schwärmte. Wenn sie ihre Situation allerdings jetzt betrachtete, war sie überzeugt davon, dass eine Empfehlung des Jules Delaborde, dem sie im Palais Beauharnais begegnet war, nichts Gutes verhieß.

Harald umfasste ihren Oberarm. »Es kann nicht mehr weit sein, wir sind sicher gleich da.«

»Ich weiß gar nicht, ob ich überhaupt in diesen Club möchte. Warum habe ich mich nur von dir überreden lassen mitzukommen? Dein Freund Jules umgibt sich mit Leuten, die ich nicht in meinem Bekanntenkreis haben will.«

»Bitte! Fang nicht schon wieder damit an«, stöhnte er und ließ sie los.

Sie taumelte etwas, weil ihr die Stütze fehlte. Als sie wieder Tritt fasste, nörgelte sie: »Jetzt verstehe ich, warum er mitten in Berlin eine sorglose Jamsession spielen konnte. Er kennt die richtigen Leute. Und das sind die falschen für uns. Ich möchte mit Bonzen nichts zu tun haben.«

»Das sagtest du bereits.«

»Sein Vater ist …«, insistierte sie weiter, doch Harald unterbrach sie, indem er mit einer zornigen Geste wieder nach ihrem Arm griff und sie zu sich herumriss. »Misch dich nicht in die Angelegenheiten des Vicomte de Valory. Die haben mit Jules nichts zu tun. Verstehst du?« Seine leise Stimme klang so gefährlich wie das Zischen einer abgefeuerten Kugel.

Sie atmete tief durch. Dann nickte sie stumm.

»Jules ist der uneheliche Sohn des Vicomte«, fuhr Harald in ruhigerem Ton fort. »Deshalb trägt er einen anderen Namen. Der Vicomte hat ihn anerkannt, aber Jules besteht auf seinem Namen.«

Als wenn das irgendetwas an ihrer Meinung änderte. Sie hatte schließlich mit eigenen Augen gesehen, mit welcher Nonchalance sich sowohl Gilles de Valory als auch Jules

Delaborde in der deutschen Botschaft bewegten. Der Jüngere stand seinem Vater in nichts nach, auch wenn es durchaus widersprüchlich war, hinter der Fassade eines Swingmusikers einen Nazi zu vermuten. »Die Liebe zum Jazz schließt Rassismus aus, sie steht für Freiheit und Frieden«, hatte Michael einmal zu ihr gesagt.

Marga schüttelte Haralds Hand ab. »Deine Freunde können mir eigentlich ebenso gleichgültig sein wie deren Familienverhältnisse. Ich möchte aber gerne wissen, warum wir in dieser Gegend herumstreunen müssen wie heimatlose Katzen.«

»Das ist der Montmartre«, Harald breitete beide Arme aus, als wolle er den ganzen Stadtteil umfassen. »Das berühmteste Amüsierviertel der Welt …«

»Harald, ich stamme aus Hamburg«, erinnerte sie unwirsch. »Sankt Pauli ist auch nicht ganz unbekannt.«

»Mag sein. Aber oben am Boulevard de Clichy ist das Moulin Rouge und in diesen Straßen gibt es sogar ein Filmatelier und ein Aufnahmestudio für Schallplatten.«

»Was hat das mit uns zu tun?«, schnappte sie.

»Geduld, Marga. Hab einfach mal ein wenig Geduld. Und Vertrauen.«

Seit ich in Paris bin, habe ich nichts anderes, dachte sie. Aber statt etwas zu erwidern, folgte sie ihm ergeben die Rue Blanche hinunter und dann um die Ecke in eine schmale Seitenstraße. Rue Chaptal, las sie auf dem Pariser Straßenschild, weiße Schrift auf blauem Grund mit grüner Umrandung.

Hier war es dunkler, die hohen Häuser wurden gelegentlich von niedrigeren Gebäuden flankiert, die wie gemauerte Schuppen wirkten. Es war noch weniger los. Nicht einmal Liebe befand sich im Angebot, geschweige denn männliche Passanten auf Einkaufstour. Nirgendwo erklang ein Lied. Marga hatte das Gefühl, wie auf Eiern laufen zu müssen, um nicht noch einmal hinzufallen.

Neben einer Toreinfahrt standen zwei Männer in Zivil. Der eine hatte sein Fahrrad an einen schmiedeeisernen Poller gelehnt und beugte sich nun vor, um sich von dem anderen Feuer geben zu lassen. Die Glut wirkte in der Finsternis wie ein kleiner roter Punkt. Die beiden, wahrscheinlich eine zufällige Straßenbekanntschaft, unterhielten sich leise. Marga fühlte, dass sie von ihnen angestarrt wurde – und wäre am liebsten davongelaufen, wenn dies auf ihren hohen Absätzen möglich gewesen wäre.

»Die Messieurs da vorne werden uns überfallen und ausrauben«, flüsterte sie Harald zu.

»Quatsch!«

Bei näherem Hinsehen erkannte sie, dass die Raucher vor einem Laden standen. Oder einem Lokal. Da die Reklametafel über der Tür im Dunkeln lag, konnte Marga nicht erkennen, auf welche Art von Etablissement Harald zusteuerte.

Zu ihrer größten Überraschung trat er zu der Straßenbekanntschaft. »*Bonsoir*«, wünschte er freundlich. »Ist Jules Delaborde schon da?«

»Ich habe ihn heute noch nicht gesehen«, erwiderte der mit dem Fahrrad. »Sind Sie ein Freund von Jules?«

»Harry Alsen«, stellte dieser sich vor.

»Ahhh!« Der andere lachte offenbar erleichtert auf. »Ich habe von Ihnen gehört. Gehen Sie nur schon in den Keller, Jules wird bestimmt gleich da sein.«

Bei näherer Betrachtung sah Marga, dass die beiden Männer an der Laterne sehr jung waren. Das dunkle Haar fiel ihnen in den Kragen eines doppelreihigen Sakkos, das, ebenso wie die Hosen, viel zu weit geschnitten war. Ein Déjà-vu setzte bei Marga ein, das ihr Herz wärmte. Die Aufmachung der Jungs war fast identisch mit dem Habitus von Margas Hamburger Freunden, als sie noch eine Clique waren und Michael dazugehört hatte. Swingboys!

»Komm … Marga, kommst du?«

Sie starrte die wahrscheinlich gerade mal Siebzehn-, Achtzehnjährigen an – und hatte das Bild anderer junger Männer in diesem Alter vor Augen. Verspätet nahm sie Haralds Stimme wahr, noch gefangen in ihren Erinnerungen. Zum ersten Mal seit ihrer Ankunft in Paris vor acht Tagen fühlte sie so etwas wie Zuneigung zu dieser Stadt und ihren Menschen.

Wie benommen folgte sie Harald durch eine Tür, die ihr von einem der Franzosen aufgehalten wurde. Die beiden blieben mit ihren Zigaretten zurück.

»Warum kommen die Jungs nicht mit? Herrscht hier Rauchverbot?«, fragte Marga verwundert.

»Nein. Die beiden stehen Schmiere.«

»Oh!«, kommentierte sie nur und folgte ihm durch das Halbdunkel eines Garderobenraums zu einer Treppe.

Mit Filz bespannte Wände und Plakate aus der Vorkriegszeit säumten ihren Weg abwärts. Obwohl Marga höllisch aufpassen musste, immer wieder Tritt zu fassen, wanderten ihre Gedanken zurück.

Sie erinnerte sich an Gespräche über den französischen Swing. Durch den Jazz hatte ihr alter Kumpel Norbert, der inzwischen an der Ostfront stand und mit Helga verheiratet war, Michael wiedergesehen, und die Schellack, die sie in Aarhus von Theodor von Eulen-Hardenburg erhalten hatte, stammte auch aus Paris. Immer wieder war der Name »Hot Club de France« aufgetaucht, aber als sie vor ein paar Tagen Leutnant Weber darauf anzusprechen versuchte, war Harald dazwischengegangen und hatte das Thema gewechselt. Zur Rede gestellt, erklärte er ihr später, dass sie vor einem ausgewiesenen Zensor wie dem Mitarbeiter der Propagandastaffel besser nicht über Swing sprechen sollte. Darauf schrie sie Harald an: »Aber wie soll ich Michael finden, wenn nicht über seine Musik?« Und er antwortete lakonisch: »Vielleicht ist es ja Sache deines Freundes, *dich* zu finden. Wenn er die Augen offen hält, wird er schon erfahren, welche Sängerin zur Truppenbetreuung engagiert ist.«

Seine Worte trafen sie wie vergiftete Pfeile. Vor allem wurde ihr bewusst, wie sehr ihr die Hände gebunden waren. Bevor sie sich nicht besser in dieser Stadt auskannte, würde sie – auf sich allein gestellt – keine Möglichkeit haben, Michael zu suchen. Noch schlimmer war allerdings, dass in Haralds Worten durchaus ein Quäntchen Wahrheit lag.

Unter ihren Füßen vibrierte der Boden. Überrascht blieb sie auf dem Treppenabsatz stehen. »Wird hier irgendwo Musik gemacht? Wo sind wir?«

Harald drehte sich zu ihr um. Im Dämmerlicht machte sie ein breites Grinsen auf seinem Gesicht aus. »Du befindest dich im Hot Club de France, Teuerste.«

Ein paar Schritte weiter – und sie vernahm den schnellen Rhythmus eines ihr unbekannten Songs, die Klänge von Posaune, Trompete und Saxofon, dann den Trommelwirbel eines gut gelaunten Schlagzeugers. Hier wurde gehottet, keine Frage. Der aufbrandende Beifall sprach für ein begeistertes Publikum.

Hot Club de France.

Für Marga waren diese Worte wie Magie. Der einzige Anhaltspunkt, den sie auf ihrer Suche nach Michael besaß.

Sie flog die letzten Stufen regelrecht hinunter, spürte ihre Füße nicht mehr, hatte plötzlich keine Angst, hinzufallen oder sich zu vertreten.

Es war, als ahne sie bereits, was folgen würde: In dem Moment, in dem sie sich – blind gegen die anderen Gäste – an ein paar im verräucherten Vorraum herumstehenden Leuten vorbei in den Club drängte, setzte eine Klarinette ein. Applaus übertönte die ersten Takte, aber als Marga neben

Harald in Sichtweite der Bühne angekommen war, erkannte sie die Melodie des »Saint Louis Blues«.

Und sie erkannte den Musiker.

Die Jahre waren wie fortgeblasen. Sie befand sich im Curio-Haus in Hamburg, umringt von Hunderten von Swingkids, und lauschte den Tönen, die Michael und die anderen Mitglieder der Schülerband ihren Instrumenten entlockten. Mit leuchtenden Augen blickte sie zur Bühne, ihre Wangen glühten. Sie sah den Jungen an, der ihre Kindheit und Mädchenzeit begleitet hatte – sie sah Michael an und wusste, dass sich in diesem Moment etwas an ihren Gefühlen für ihn veränderte. Er war nicht mehr der zuverlässige, liebevolle Freund, der ihr den verstorbenen Bruder ersetzte. Mit einem Mal war er ein Mann, an den die heranreifende Frau ihre Hoffnungen, Wünsche und Sehnsüchte knüpfte. Ihr fiel auf, dass andere Mädchen für ihn schwärmten. Sie sah, wie er sich über deren Applaus und Bewunderung freute. Und sie spürte Eifersucht und einen gewissen Besitzanspruch in sich keimen. Das war der Anfang, der Augenblick, in dem sie wusste, dass sie ihn mehr liebte, dass sie ihn stärker wollte als sonst einen Menschen auf der Welt. Der Anfang, der mit einem zarten Abschiedskuss auf dem Bahnhof sein Ende nahm.

Eine Berührung an ihrer Schulter holte sie in die Gegenwart zurück.

»Möchtest du etwas trinken?«, fragte Harald.

»Was? Nein … ich … Warum soll ich etwas trinken …?«

Marga konnte nichts zu sich nehmen. Allein der Gedanke daran verursachte Übelkeit. Durch ihren Bauch flatterten Schmetterlinge. Ihre Kehle fühlte sich an wie zugeschnürt. Doch im nächsten Moment verspürte sie dramatischen Durst, als wäre sie völlig ausgedörrt. Sie schluckte schwer, die Augen auf den Klarinettisten gerichtet.

Konnten Blicke Botschaften senden? Ja, aber besaßen sie

auf diese Entfernung und durch die Menge überhaupt eine Chance anzukommen?

Ihr wurde mit einem Mal bewusst, wie sehr sich Michael verändert hatte. Seine etwas stämmige Statur war dünn geworden, sein weiches Gesicht kantig. Das wellige Haar hatte er mit Pomade zurückgekämmt, was ihm ebenfalls ein fremdes Aussehen verlieh. Zu ihrem größten Schrecken traf Marga die Erkenntnis, dass sie ihn vermutlich nicht sofort erkannt hätte, wenn sie ihm zufällig zwischen all den Passanten auf einem der großen Boulevards begegnet wäre. In dieser Umgebung, geleitet vom Swing, war es hingegen ein Leichtes, ihr Gegenüber zu identifizieren.

Drei Jahre und ein falscher Name trennte ihre gemeinsame Vergangenheit von der Gegenwart. Es war so vieles anders, nicht nur Michaels Äußeres. Während sie ihn betrachtete, wurde ihr schwindelig. Hitze strömte durch ihre Nervenbahnen wie durch elektrische Leitungen, gleichzeitig fröstelte sie.

Doch da war auch dieses Lied, das sie von Aufnahmen mit Benny Goodman und Louis Armstrong kannte. Michael hatte mit ihr Noten und Texte einstudiert. Die vertrauten Töne begannen sie von innen zu wärmen. Unbewusst wiegte sie sich in dem Rhythmus, ihre Lippen formten stumm die Worte. Ihre Gedanken verloren sich wie selbstverständlich in der Melodie …

Ein schriller Pfiff beendete abrupt Margas Seligkeit. Stimmengewirr legte sich wie das Brausen von Flugzeugmotoren über die Gäste des Clubs. Das Spiel der Klarinette brach ab, die Trompeter der Kapelle schmetterten eine Fanfare. Danach schien sich der gesamte Raum in Bewegung zu setzen. Menschen strömten in die eine oder andere Richtung, andere drängten sich an die Wände, um die Flüchtenden vorbeizulassen. Es herrschte ein seltsam geordnetes Durcheinander.

Verwirrt von ihren Gefühlen, ließ sich Marga widerstandslos von Harald in eine Ecke schieben. Sie wachte erst aus ihrer Erstarrung auf, als sie spürte, wie sich sein Körper gegen den ihren presste. Eine intime Berührung. Wahrscheinlich zufällig in dem Gedränge, aber absolut indiskutabel – nur wenige Meter von Michael entfernt.

Keuchend vor Aufregung, stieß sie Harald von sich, blickte an ihm vorbei zur Bühne.

Michael war nicht mehr an seinem Platz.

Haralds Griff schloss sich fest um Margas Handgelenk. »Tu so, als wäre nichts geschehen.«

Sie zerrte und zog, um zum Bühnenausgang zu gelangen, aber er hielt sie eisern zurück. »Ich muss zu ihm«, schrie sie ihn an. »Der Klarinettist. Das war Michael. Mein Jules Delaborde. Der Mann, den ich suche. Jetzt ist er verschwunden und ich …«

»Du hast niemanden gesehen, den du kennst. Das war reine Einbildung.«

»Was soll der Quatsch? Natürlich habe ich ihn gesehen!«

»Marga! Halt. Den. Mund.«

Die Musik setzte wieder ein. Es schien, als würde ein Film zurückgespult. Wieder erklang der »Saint Louis Blues«, doch diesmal spielte ein Trompeter die Melodiestimme. Marga hielt nach dem Klarinettisten Ausschau und entdeckte zwischen den Bläsern im Hintergrund einen jungen Mann mit sandblondem schütterem Haar und Hornbrille, der nicht die geringste Ähnlichkeit mit Michael besaß. Die anderen Gäste applaudierten, tanzten. Es sah aus, als habe es die Unterbrechung und das Chaos eben nicht gegeben. War Marga einem Trugbild aufgesessen?

»Er war da!«, schrie sie Harald über das Trompetensolo hinweg an. »Ich habe ihn gesehen. Lass mich endlich los. Ich muss zu ihm. Er kann noch nicht weit …«

Harald riss sie herum, drückte sie gegen die raue, unzureichend verputzte Wand, vor der sie standen. Die eine Hand umklammerte noch immer ihren Arm, die andere stützte er neben ihrem Kopf ab und verhinderte so jeden Fluchtversuch.

Sie holte tief Luft, um ihn weiter anzuschreien.

Da senkte sich sein Mund auf ihre geöffneten Lippen.

Sein Kuss war fest. Es lag keine Zärtlichkeit darin, nichts Leidenschaftliches. Er raubte ihr lediglich den Atem. In einem Anflug von Platzangst dachte Marga, er wollte sie zum Schweigen bringen, indem er sie erstickte. Und erdrückte. Sein Körper lehnte so schwer gegen den ihren, dass er genauso gut auf ihr hätte liegen können. Sie fühlte sich wie gelähmt. Nicht einmal den Kopf konnte sie drehen. Ihr Herz trommelte, als müsste es mit dem Schlagzeuger konkurrieren.

Sie spürte sie mehr, als dass sie die Bewegung auf der Treppe optisch wahrnahm.

Doch dann sah sie die Uniformen mit den runenförmigen SS-Abzeichen. Aus den Augenwinkeln erblickte sie die deutschen Soldaten, die in den Club marschierten, gefolgt von einer Handvoll französischer Polizisten. Eindeutige Anzeichen einer Razzia!

Vor Schreck schloss sie die Augen. In Dunkelheit gehüllt, die zum zweiten Mal abbrechende Melodie noch in den Ohren, empfand sie Haralds Umklammerung wie einen Schutz. Vage begann sie zu begreifen, dass Michael gewarnt worden und geflohen war. Nur Haralds Überrumpelung hatte verhindert, dass sie ihm nachlief und ihn der Entdeckung preisgab.

Sie entspannte sich, ihre Lippen wurden ohne ihr Zutun weich. Ihr Widerstand brach, während in Haralds Rücken Befehle gebrüllt wurden. Mit einem Mal veränderte sich auch seine Haltung. Und plötzlich küssten sie sich, als müssten sie sich gegenseitig die eigene Lebendigkeit beweisen und dabei tiefe Sehnsüchte erfüllen, bevor die Welt um sie her zerbrach. Ein Sturm der Gefühle erfasste sie, rüttelte an ihr wie an den Blättern eines Astes.

»Papiere!«, bellte eine Stimme neben ihr.

Unwillkürlich erstarrte sie, hob die Lider.

Zögernd löste sich Harald von ihr. Er blickte ihr unverwandt in die Augen, als er in seinem Jackett nach seinem Reisepass fingerte. Ohne hinzusehen, hielt er seinen Ausweis dem SS-Sturmmann hin.

Ihr fiel auf, dass Haralds Brillengläser leicht beschlagen waren. Auf diese Weise abgelenkt, kam sie der Aufforderung nicht gleich nach. Erst als sie mit einem »Verstehen Sie kein Deutsch?« angefahren wurde, fand sie sich in der Realität wieder.

Sie sah fort und öffnete die kleine Tasche, die an dem Handgelenk baumelte, auf dem sich Haralds Finger von dem eisernen Griff rot abzeichneten. Kommentarlos reichte sie ihren Reisepass weiter.

»Truppenbetreuung«, stellte der Gefreite der Schutzstaffel fest, als er durch die Pässe blätterte und die Seite mit den Visa-Einträgen aufschlug. »Gut, gut.« Er gab Harald beide Ausweise zurück. »Gehen Sie mit Ihrer Freundin in ein Hotel und sorgen Sie mit einer deutschen Frau hier nicht für öffentliches Aufsehen.«

Nach diesem Rat wandte der SS-Sturmmann sich den jungen Leuten zu, die ein paar Schritte weiter gelassen auf die Überprüfung warteten, als wären sie Razzien bereits gewöhnt.

Harald steckte sowohl seinen als auch Margas Ausweis ein. »Wollen wir gehen?«

Ihr Blick wanderte zu der Bühne, wo die verbliebenen Musiker in aller Seelenruhe ihre Instrumente einpackten.

»Ich weiß nicht …«, murmelte sie.

Wieder fragte sie sich, ob sie Michael tatsächlich gesehen hatte. Oder war sie ihrer Einbildungskraft erlegen, weil sie ihn mit dem Hot Club de France in Verbindung brachte und sich seine Anwesenheit so gewünscht hatte? War es nicht ein Zeichen ihres beginnenden Wahnsinns, dass sie Haralds Kuss erwiderte? Genau genommen hatte sie ihn zuerst richtig geküsst. Zuvor hatte er sie eigentlich nur zum Schweigen gebracht. Nicht mehr. Sie spürte, wie flammende Röte über ihre Wangen kroch. Es war unklar, welche Peinlichkeit schwerer wog. Die Verwirrung oder die Zärtlichkeit.

»Komm!« Er nahm ihre Hand und führte sie die Treppe hinauf, durch einen Pulk von Wachleuten und Gästen, die in beide Richtungen strebten.

Warum fühlte es sich nur so warm und sicher an? Das war irgendwie nicht richtig.

Sie entzog ihm ihre Hand und hielt sich auf dem Weg nach oben am Treppengeländer fest.

Auf der Rue Chaptal parkten zwei Armeefahrzeuge. Ein paar Schaulustige hatten sich in der Dunkelheit um den Eingang des Hot Club de France geschart. Die beiden Jugendlichen, die nach Haralds Meinung »Schmiere« standen, waren verschwunden. Nur ein einsames Fahrrad lehnte an einem schmiedeeisernen Poller.

Harald zündete sich in aller Seelenruhe eine Zigarette an und entfernte sich gelassen von dem Jazzclub. Er ging nicht in die Richtung, aus der sie gekommen waren. Marga fühlte sich unbehaglich, aber sie hatte keine Wahl, musste an seiner Seite bleiben, wenn sie nicht komplett verloren sein wollte. Die Straße zog sich lang und dunkel hin. Ein paar Meter hinter der Razzia war es vollkommen still.

Obwohl sie aufpasste, konnte sie nicht verhindern, wieder zu stolpern.

Harald griff nach ihrem Ellenbogen, um sie zu stützen. »Es

ist wohl noch ein Stück bis zur nächsten Hauptstraße«, sagte er leise. »Tut mir leid, dass ich diesen Weg genommen habe. Ich wollte nur nicht an dem Auflauf vorbei.«

»Du hast anscheinend Erfahrungen mit Kontrollen bei Swingkonzerten«, gab sie mit ebenfalls gesenkter Stimme zurück. »Wir türmen ja nicht das erste Mal.«

»Wir türmen nicht, Marga. Gegen unsere Anwesenheit in dem Club war nichts zu sagen. Es wurde nur ein wenig ungemütlich.«

Der Anblick des Drahtesels eben hatte einen verstörenden Gedanken in Margas Hirn aufleuchten lassen wie einen Blitz vor einem schweren Gewitter. »Dein Freund Delaborde ist nicht gekommen«, sprach sie aus, was ihr durch den Kopf ging. Ihre Stimme klang wie eine Anklage.

»Möglicherweise war Jules verhindert.«

»Hat er die SS geschickt?«

Harald warf seine Zigarette in den Rinnstein, fuhr herum und drängte sie in einen Hauseingang.

Einen kurzen Moment lang fragte sie sich, ob er sie wieder küssen würde. Und sie ertappte sich bei dem Gedanken, dass ihr das nicht einmal unangenehm wäre.

Doch an den Austausch von Zärtlichkeiten dachte er offenbar nicht, denn er wies sie in leisem, schneidendem Ton zurecht: »Es wäre für alle Beteiligten von Vorteil, wenn du deinen Verstand einsetzen würdest und künftig genau überlegst, was du sagst!«

»Kommt es dir nicht komisch vor, dass jemand, der offenbar in der deutschen Botschaft ein- und ausgeht, gerade dann nicht zu einer Verabredung erscheint, wenn dort eine Razzia stattfindet?«

»Ich sagte dir bereits, dass niemand nach uns gesucht hat. Es ist Soldaten und Offizieren der Wehrmacht verboten, den Hot Club de France zu besuchen. Vor allem nach denen wurde gefahndet. Vielleicht auch nach Zigeunern oder Juden. Ich weiß es nicht. Als gewöhnliche Zivilisten standen wir jedenfalls nicht auf der Liste, sonst hätten sie uns nicht laufen lassen.«

Seine Worte kamen ihr wie eine Erklärung für Michaels Verschwinden vor. Gleichzeitig bewiesen sie aber auch, dass Michael in Paris im Untergrund lebte.

Sie atmete tief durch. In dem Hauseingang roch es nach Urin und vergammeltem Essen. Ihr wurde schlecht. »Können wir weitergehen?«, presste sie zwischen zusammengebissenen Zähnen hervor. Sie versuchte, den Würgereiz hinunterzuschlucken.

Er nickte stumm. Während er sich umwandte, suchte er in seinen Taschen nach den Zigaretten. Ein paar Schritte weiter blieb er stehen, ein Streichholz flammte auf.

Marga war viel zu sehr damit beschäftigt, ihren Magen zu besänftigen, um Harald weitere Vorwürfe zu machen. Langsam atmete sie ein und aus. Die frische Nachtluft tat ihr gut, klärte ihre Gedanken.

Sie hätte gerne gewusst, wohin Michael und ein paar andere Leute so spurlos verschwunden waren. Wenn sie es recht bedachte, waren anfangs mehr Gäste im Club gewesen als bei der Razzia. Und die verbliebenen hatten mit einer Gelassenheit reagiert, die auf ein erprobtes System schließen ließ. Nur sie hätte beinahe alles verdorben, wenn Harald nicht da gewesen wäre. Er war immer da, wenn sie ihn brauchte, und er rettete sie aus den unangenehmsten Situationen. Eine unerwartete Welle der Zärtlichkeit erfasste sie.

»Du solltest dir keine Sorgen wegen des Kusses machen«, meinte Harald plötzlich. »Ich entschuldige mich förmlich für mein ungebührliches Verhalten. Wir vergessen diesen Akt der Notwehr am besten ganz schnell.«

Ärgerlicherweise versetzte ihr sein Kommentar einen Stich.

»Ich mache mir keine Sorgen«, protestierte sie und klang dabei weniger souverän als spitz. Sie kam aus dem Schritt und stolperte beinahe, fing sich aber schnell wieder. »Warum sollte ich?«

»Eben«, nuschelte er zwischen zwei Zügen an seiner Kippe. »Sängerinnen waren noch nie mein Fall.«

22

Nach dem fatalen Verlauf des Abends im Hot Club de France empfand Marga ihren Aufenthalt in Paris zunehmend als Albtraum. Sie hatte keinen Blick für den Zauber der Stadt, für den zarten Duft des Frühlings, der sich über die breiten Straßen und liebevoll angelegten Plätze legte wie eine goldschimmernde Puderschicht auf makellose Haut. Immer wieder erinnerte sie sich an dieses Gefühl unfassbaren Glücks, als sie Michael auf der Bühne erkannte. Genauso oft war ihr aber der Moment seines Verschwindens präsent. Und noch schlimmer: Auch Haralds Lippen auf den ihren blieben unvergessen.

Sie war verwirrt, verzweifelt, verstört. Bei ihren Auftritten legte sie mehr Inbrunst in die melancholischen Lieder, die fröhlichen Schlager klangen in ihren Ohren falsch. Allerdings war sie wohl die einzige Person, der diese Unstimmigkeit auffiel. Ihr Publikum war begeistert und Harald hielt sich mit jeglicher Kritik zurück. Es folgten eine Reihe von Veranstaltungen, auf denen Harry Alsen und sein Orchester vor Wehrmachtsangehörigen spielten. Kleine Konzerthäuser zählten ebenso dazu wie die Bars in Hotels, in denen vornehmlich Besatzungsoffiziere einquartiert waren. Für Marga war ein Ort wie der andere, sie interessierte sich nicht für ihre Umgebung. In Gedanken weilte sie im Hot Club de France – und bei dem, was dort geschehen war.

Die Engagements verhinderten indes, dass sie noch einmal zum Montmartre fuhr. Ihre Auftritte endeten meist erst unmittelbar vor der Sperrstunde, sodass sie anschließend von Leutnant Weber oder einem anderen Mitarbeiter der Propagandastaffel direkt ins Hotel gefahren wurde. An einen nächtlichen Bummel durch das Vergnügungsviertel war also nicht zu denken. Allerdings war sich Marga auch nicht sicher, ob sie wirklich allein im Dunkeln durch die Straßen streifen wollte, in denen sie sich schon in Haralds Begleitung gefürchtet hatte. Andererseits hatte sie auf ihrer Suche nach Michael keinen anderen Anhaltspunkt als den Jazzclub.

Schließlich war sie so zermürbt, dass sie beschloss, am helllichten Tag in das Vergnügungsviertel zu gehen. Wenn sie Pech hatte, räumte nur eine Putzfrau in dem Keller auf, der ihr Ziel war. Aber immerhin könnte sie nach Michael fragen. Mit ein bisschen mehr Glück waren gerade Proben und sie erwischte einen Musiker, der Michael kannte. Wirklich wundervoll wäre es, ihn selbst anzutreffen, wie er ein neues Stück einstudierte. Dann würde sie sich in den Saal setzen und ihm zuhören – und alles wäre wie früher, wenn er auf der Klarinette übte.

Beflügelt von der neu entflammten Hoffnung, nahm Marga an einem frühen Nachmittag die Metro zum Boulevard de Clichy. An der Metro-Station Étoile, wo sie einstieg, herrschte ziemlich viel Betrieb: vor allem Gruppen deutscher Soldaten, die bildhübschen Französinnen auf Stöckelschuhen nachsahen, Mütter mit kleinen Kindern in adretten Schuluniformen an der Hand, Geschäftsleute mit Aktentaschen und zusammengerollten Zeitungen unter dem Arm waren unterwegs. Je weiter sich der Zug jedoch in nördliche Richtung bewegte, desto stärker leerte sich das Abteil. Die gutbürgerlich wirkenden

Passagiere stiegen aus, düstere Gestalten kamen gelegentlich hinzu, die den Kragen hochschlugen und sich vor den Blicken der wenigen verbliebenen Besatzer auf die Sitze duckten. Irgendwann war sie die einzige Frau in der Bahn.

Marga fühlte sich unwohl, ihr Herz klopfte schneller. Genau genommen bot ihr die Anwesenheit von Soldaten keine Sicherheit. Im Gegenteil. Zwischen den letzten Stationen fiel ihr ein, dass es angeblich seit einigen Monaten in der Metro immer wieder zu »kommunistischen Anschlägen« auf Deutsche gekommen war. Leutnant Weber hatte davon berichtet – und: »Das muss aufhören. Aufständische dürfen nicht von der französischen Bevölkerung geschützt werden. Diese Leute werden uns noch kennenlernen.«

Sie versuchte, sowohl die Männer, deren Gesichter sie unter den Schirmmützen nicht erkennen konnte, als auch die jungen Besatzer im Auge zu behalten, die arglos neben der Tür standen und sich unterhielten. Unwillkürlich fragte sie sich, wie sie sich verhalten würde, wenn es zu einer Schießerei käme. Was würde sie tun, wenn eine Kugel die Lampe traf und das ohnehin diffuse Licht ausging? Sie erschauderte.

Als die Metro in die Station Blanche einfuhr, sprang sie von ihrem Platz hoch. Kaum hielt der Zug, stürzte sie auf den Bahnsteig. Sie nahm sich nicht einmal die Zeit, der Beschilderung zu folgen, sondern wählte den Ausgang, der ihr am nächsten erschien. Wie gehetzt lief sie durch einen langen, schwach beleuchteten Gang. Ihre Absätze klapperten auf dem Steinboden und sie meinte, ihr Herzschlag würde von den Wänden widerhallen. Niemand begegnete ihr. Nicht hier – und auch nicht auf der Treppe, die sie ans Tageslicht führte.

Schwer atmend blickte sich Marga um. Der Boulevard wirkte wie ausgestorben. Von der Masse an Fahrrädern, die sich um den Arc de Triomphe und in die Champs-Élysées oder die anderen vom Étoile abgehenden Straßen drängten, war hier nichts zu erahnen. Ein Zeitungsblatt wehte über die Fahrbahn, flog hoch und blieb in den Ästen eines frühlingshaft kahlen Alleebaumes hängen. Die Kioske und Läden schienen zwar geöffnet zu sein, aber Marga hatte dasselbe Gefühl von Verlassenheit wie neulich Abend. Die tote Schrift einer Neonreklame starrte sie von einer Hauswand auf der anderen Straßenseite an, die Werbung eines Theaters, dessen Portale verrammelt waren. Sie konnte auf die Entfernung eine Art Flugblatt an der Tür erkennen. Wahrscheinlich eine behördliche Anordnung. Sie war jedoch nicht neugierig genug, hinzugehen und den Text zu lesen.

Das Ambiente war so trostlos, dass sie am liebsten umgekehrt wäre. Tapfer setzte sie einen Fuß vor den anderen. Sie versuchte sich zu orientieren, verlief sich aber und drehte mehrmals um, bis sie sicher war, den richtigen Weg gefunden zu haben. Im Hellen wirkte die Umgebung vollkommen anders als nachts, noch dazu bei Verdunkelung. Als sie schließlich in die Rue Chaptal einbog und das zweistöckige Haus Nummer vierzehn fand, war sie durchgeschwitzt wie nach einem langen Lauf. Ihr war heiß, obwohl ein kühler Wind um die Häuser strich.

Die Doppeltür, durch die sie an Haralds Seite den Hot Club de France betreten hatte, war abgeschlossen. Sie versuchte, sie zu öffnen, warf sich dagegen. Nichts rührte sich. Sie presste ihre Nase gegen die milchige, verschmutzte Scheibe. Drinnen war alles dunkel und fast gespenstisch still.

Irgendwo schlug eine Kirchenglocke.

Das ferne Läuten ging Marga durch Mark und Bein.

War das eine Totenglocke? Oder nur das Angelusläuten einer katholischen Kirche? Sie kannte sich zu wenig mit dem religiösen Ritus aus, um das beurteilen zu können. Dennoch erschreckte sie der Klang, den sie so unvermittelt mit dem Tod in Verbindung brachte.

Schräg gegenüber befand sich ein Ladengeschäft, doch es war ebenfalls geschlossen. Alte Rollläden hingen vor den Schaufenstern. Weit und breit schien es niemanden zu geben, den sie fragen konnte. Wonach genau? Sie verwarf die Idee, an irgendeiner Haustür zu läuten und die Anwohner nach den Musikern auszuhorchen, die im Hot Club de France spielten.

Unschlüssig stand sie da, verzagt und mit hämmerndem Herzen. Sie war vollkommen ratlos. Wenn sie jetzt von diesem Ort fortging, dachte sie, verlor sie Michael für immer. Dann gab sie die einzige Verbindung zu ihm auf, die sie noch besaß.

Das Surren eines Fahrrads weckte sie aus ihrer düsteren Fantasie. Die Lebendigkeit, die dieses Fahrzeug vermittelte, ließ sie erleichtert aufatmen. Rasch wandte sie sich um.

Sie blinzelte, mochte kaum glauben, was sie sah: einen jungen Mann, eigentlich noch einen Knaben, mit Haaren, die dringend einer Frisur bedurften, und in einem langen Mantel über weiten Hosen, die mit Bändern hochgebunden waren, damit sie sich nicht in den Speichen verfingen. Es war der Junge, der neulich Abend seinen Drahtesel an den Poller gelehnt hatte. Oder jemand, der ihm sehr ähnlich sah. Auf jeden Fall ein *Swingheini*. Jemand, dem sie auf den ersten Blick Vertrauen schenkte.

Automatisch entfuhr ihr die Begrüßung: »Swing heil!«

Der Junge bremste kurz ab, starrte sie erschrocken an und trat dann in die Pedale.

Ohne sonderlich darüber nachzudenken, lief sie hinter ihm her.

Doch der Fahrradfahrer entfernte sich rasch.

Weil sie nicht wusste, was sie sonst tun sollte, und weil sie verzweifelt und erschöpft war, schrie sie atemlos den Namen heraus, der Harald und ihr die Tür zu dem Jazzclub geöffnet hatte und der auch der Name des Geliebten war: »Jules Delaborde. Ich suche Jules Delaborde.«

Sie füllte ihre Lungen mit Luft, wobei sie meinte, ihr Brustkorb müsste gleich in Flammen aufgehen. Dann wiederholte sie in ihrem holprigen Schulfranzösisch: *»Je cherche Monsieur Jules Delaborde.«*

In einer halsbrecherischen Aktion fuhr der Junge eine Kurve und in eine Gasse.

Als Marga nach einem Spurt dieselbe Ecke erreichte, lag die schmale, kleine Straße in absoluter Stille da. Nach Luft ringend, lehnte sie sich an eine Hausmauer.

Erst auf dem Weg zurück ins Hotel überdachte sie die Situation. Wahrscheinlich hatte sie die falsche Anrede benutzt. Mit dem Hamburger *Swing heil!* konnte ein Franzose nichts anfangen. Wenn der Junge nur das Wort »heil« verstanden hatte, war dies fatal. Heil Hitler! Sieg heil!, fuhr es ihr durch den Kopf. Sie brach in Tränen aus.

23

»Zahlreiche kommunistische Angriffe gegen Angehörige der deutschen Wehrmacht und besonders die feige Ermordung eines deutschen Soldaten erfordern Maßnahmen, die der Bevölkerung den Ernst der Lage zum Bewusstsein bringen. Alle Theater, Kinos, Konzertrestaurants, Cabarets und andere Vergnügungsstätten werden vom 21. April vierzehn Uhr bis 24. April fünfzehn Uhr geschlossen sein. In den Restaurants sind musikalische Unterhaltungen untersagt. Die Polizeistunde ist auf dreiundzwanzig Uhr angesetzt.«

Harald ließ das Blatt mit der öffentlichen Bekanntmachung sinken. Er blickte seine Musiker der Reihe nach an. Seine

Augen blieben kurz an Marga hängen, doch sie schlug die Lider nieder. »Das bedeutet für uns wohl eine Zwangspause«, kommentierte er das eben Vorgelesene und legte das Papier schließlich bedachtsam neben den Teller mit seinem Frühstückscroissant.

»Ist mal etwas anderes als Erschießungskommandos«, murmelte Kurt in seine Kaffeetasse.

Sein Orchesterleiter schüttelte fast unmerklich den Kopf. Die Unterhaltungen der anderen Musiker verstummten.

Erschrocken sah Marga sich um. Außer ihr und den anderen Mitgliedern von Harry Alsens Tanzkapelle befand sich niemand im Frühstücksraum des Hotels Vernet. Ein Spitzel hätte schon sehr genau lauschen müssen, um die Bemerkung des Trompeters aufzuschnappen. Aber man wusste nie, ob die Wände nicht auch Ohren besaßen. Um die Situation zu überspielen, warf sie ein: »Das ist natürlich schade für unser Engagement im Olympia. Was machen wir nun?«

»Die Einschränkung gilt nur von Dienstag bis Freitag, am Wochenende können wir unseren Verpflichtungen wieder nachkommen«, erwiderte Harald. »Da wir für einen längeren Zeitraum en suite beschäftigt sind, dürften diese paar Tage keinen großen Ausfall für uns bedeuten.«

»Paris ist so billig, dass ich mich hier buchstäblich wie Gott in Frankreich fühle«, meinte Heinz, der Bassist. »Der Franc steht zur Reichsmark so viel besser als die dänischen Kronen. Und was es hier nicht alles gibt!«

»Dann hast du in den nächsten Tagen ja viel Zeit zum Einkaufen«, brummte Kurt.

»Warum nicht? Ich könnte meiner Frau ein Paket in die Heimat schicken.« Mit gesenkter Stimme fügte Heinz hinzu: »Feldpost wird nicht so stark kontrolliert, wie ich hörte. Mir hat einer unserer Fans neulich erzählt, dass auf diese Weise viele gute Swingplatten ihren Weg ins Reich finden, die dort nicht mehr zu haben sind. Abgesehen von Cognac, Zigaretten und Parfüm wären ein paar Schellacks eine lohnenswerte Ausgabe.« Laut fragte er: »Marga, hast du Lust, mit mir bummeln zu gehen?«

Automatisch schüttelte sie den Kopf. Erst einen Atemzug später wurde ihr bewusst, dass sie sich während der unfreiwillig freien Tage nicht ununterbrochen in ihrem Hotelzimmer verschanzen konnte. Wenn sie auftraten, hatte sie immer gute Ausreden, sich zurückzuziehen. Sie schloss sich von den Unternehmungen der Musiker aus, weil sie nicht fröhlich durch diese Stadt laufen konnte, deren Mauern so abweisend auf sie wirkten. Irgendwo hier versteckte sich Michael. Und sie war nicht in der Lage, ihn zu finden, weil sie niemanden um Hilfe bitten konnte. Nach dem Fiasko im Hot Club de France kam Harald dafür nicht infrage. Und Leutnant Weber war kaum die geeignete Person, ihr bei der Suche nach einem deutschen Halbjuden zu helfen, der unter falschem Namen in Paris lebte. Sie hoffte, dass Michael auf irgendeine Weise auf sie aufmerksam würde. Inzwischen hingen an einigen Litfaßsäulen Plakate mit Konzertankündigungen von Harry Alsens Tanzorchester. Vielleicht interessierte sich Michael ja für die Musiker aus Deutschland – und wurde irgendwo auf ein Bild von ihr aufmerksam. Es wäre dann sehr einfach für ihn, vor einen Bühneneingang zu kommen, um sie in die Arme zu schließen. Dieser Wunsch bedeutete jedoch Warten.

Geduld war nicht Margas größte Stärke, aber sie zwang sich dazu. Da sie an manchen Tagen zweimal auftreten mussten, war sie meist so müde, dass es ihr nicht schwerfiel, viele Stunden in ihrem Hotelzimmer zu verbringen. Sie schlief, kümmerte sich um ihre Garderobe, bei der immer mal wieder etwas ausgebessert oder aufgebügelt werden musste, wusch Wäsche oder betrieb Schönheitspflege. Sie las auch viel. Aber das war nichts, womit sie die nächsten vier Tage ausfüllen konnte. Tatenlos herumzusitzen, wie es der Stadtkommandant nun verlangte, würde ihren Langmut auf eine harte Probe stellen. Unter den gegebenen Bedingungen musste sie ihren Prinzipien wohl untreu werden.

»Ja … vielleicht … wahrscheinlich …«, stimmte sie vage zu.

»Oho!«, rief Ulli aus. Der Schlagzeuger grinste Marga an. »Unsere Prinzessin wagt sich aus ihrem Elfenbeinturm.«

»Und das ganz ohne den Kuss eines Prinzen«, fügte Harald hinzu.

Harmloses Gelächter antwortete ihm. Nur Marga verzog nicht einmal den Mund. Sie spürte, wie ihre Wangen sich röteten. Der Kuss! Hätte es den doch bloß nicht gegeben. Zuneigung und gar Zärtlichkeiten unter Bandmitgliedern führten zu nichts anderem als Komplikationen. Das hatte Michael immer gesagt – und die alte Warnung galt vermutlich heute mehr denn je. Dabei waren derartige Affären nicht unüblich. Abendfüllende Revuefilme wurden darüber gedreht, Komödien sorgten deswegen für volle Häuser. Dabei hatte sie gar nicht beabsichtigt, Harald zu küssen. Wie hatte er es genannt? Notwehr. Ja, das war es wohl gewesen. Warum nur fühlte es sich so anders an?

»Mademoiselle Mai …«

Es dauerte eine Weile, bis sie die Erinnerung abschüttelte. Mit Verspätung nahm sie wahr, dass sie angesprochen wurde. In den interessierten Gesichtern der Musiker an ihrem Tisch las sie, dass der Hotelbursche offenbar schon eine ganze Weile neben ihrem Stuhl stand und alle auf eine Reaktion von ihr warteten. Auch den herrlichen Strauß langstieliger roter und weißer Rosen, die der Junge etwas unbeholfen im Arm trug, sah sie erst nur verschwommen. Sie blickte darauf wie durch eine Kameralinse, die schärfer gestellt wurde.

»Ja, bitte?«

»Für Sie, Mademoiselle«, erklärte der Junge und hielt ihr die Blumen hin. Als sie nicht sofort danach griff, platzierte er die Rosen vorsichtig auf ihrem Gedeck. »Ein Geschenk«, fügte er hinzu, steckte ein Kuvert zwischen die Blüten und verneigte sich leicht gestelzt. Als er sich mit raschen Schritten entfernte, bewegte er sich allerdings deutlich lockerer.

Ulli begann leise eine Melodie zu singen, die Marga entfernt an eine Arie aus dem *Rosenkavalier* erinnerte.

Verwirrt starrte sie auf den luxuriösen Strauß. Wer hatte so etwas Wundervolles für sie abgegeben? Wenn sie es recht bedachte, gab es nur eine Person in Paris, der es zukam, die Blumen der Liebe für sie auszusuchen.

Ihr Herz schlug schneller, als sie nach dem Umschlag griff. Dickes Bütten. Die Hand, die den Brief herauszog, zitterte.

Sie hätte aufstehen und sich den neugierigen Blicken ihrer Kollegen entziehen sollen, aber Marga fühlte sich dazu nicht fähig. All ihre Bewegungen, ihr Denken und Fühlen waren nur darauf gerichtet, das kostbare Papier auseinanderzufalten und die steile, schwungvolle und mit einer breiten Feder niedergeworfene Schrift zu entziffern.

Sehr verehrtes Fräulein Marga,
erlauben Sie mir bitte, Sie so zu nennen. Seit Wochen bestimmt die Erinnerung an Sie meine Gedanken, sodass Sie mir näher zu sein scheinen, als die gesellschaftlichen Gepflogenheiten es üblicherweise zulassen.
Ich hoffe, Sie erinnern sich noch an unsere Begegnung im Hôtel de Beauharnais. Die seinerzeit ausgesprochene Einladung auf meinen Landsitz war nicht nur so dahingesagt. Ich habe sie bis heute nur nicht zu wiederholen gewagt, da Ihre Zeit gewiss angefüllt war mit den Verpflichtungen, derentwegen Sie nach Paris gekommen sind. Außerdem war ich leider geschäftlich unterwegs.

Nun erfahre ich, dass Musikveranstaltungen für die Dauer von vier Tagen untersagt sind. Es würde mich aufrichtig freuen, wenn Sie diese überraschende Freizeit für einen Ausflug in die Normandie nutzen wollten. Selbstverständlich sind auch Harry Alsen und Ihre Musiker eingeladen. Vielleicht möchten Sie ja ein wenig musizieren; in einem privaten Rahmen ist dies natürlich gestattet.
Mein Wagen wird Sie morgen um neun Uhr abholen. Bitte machen Sie mir die Freude und kommen Sie. Es wird für Ihre Bequemlichkeit und Unterhaltung bestens gesorgt sein.
Ihr ergebener
Gilles de Valory

Sprachlos starrte Marga auf das Schreiben. Das Zittern ihrer Hände verstärkte sich. Ihr Mund wurde trocken. Nicht nur die Enttäuschung setzte ihr zu, weil es nicht die erhoffte Nachricht von Michael war. Sie begann sich zu ärgern, weil sie sich plötzlich als Spielball eines alternden Charmeurs fühlte, der es sich leisten konnte, einer jungen Frau mit Rosen und Bütten zu imponieren. Sein Wagen würde sie abholen! Allein dieser Hinweis war ein untrügliches Zeichen seiner Nähe zu den höchsten deutschen Behörden, denn Privatfahrzeuge waren eigentlich nicht zugelassen. Nachdem sie sich gegen den Auftritt in der deutschen Botschaft gewehrt hatte, würde sie keine Einladung auf das Anwesen eines Kollaborateurs annehmen. Und wenn doch, was würde sie erwarten? Eine Tapetentür, die von ihrem Gästezimmer in das Schlafgemach des Hausherrn führte? War das nicht so, wenn sich ein Landadliger eine Mätresse hielt? Angewidert schüttelte sie sich.

»Na, wer hat es mit diesem Frontalangriff auf dich abgesehen?«, erkundigte sich Harald gutmütig.

»Der Vater deines Freundes Jules Delaborde«, stieß sie

hervor. »Natürlich werde ich seine Einladung nicht annehmen«, fügte sie hinzu. Nervös drehte sie eine Rose zwischen ihren Fingern, der Brief fiel ihr aus der Hand. »Die Blumen sind zu schön, um sie in die Mülltonne zu werfen … Ich werde sie morgen zurückgeben. Sein Wagen kommt ohnehin vorbei.«

Die Musiker gaben alberne Kommentare über ihren Verehrer ab und über ihre harsche Reaktion.

Marga bemerkte nicht sofort, dass Harald das Anschreiben aufhob. Erst als er seine Brille zurechtrückte und die Zeilen des Vicomte de Valory zu lesen begann, protestierte sie: »Gibt es für dich kein Briefgeheimnis?«

»Betrachte mich als deine private Zensurbehörde«, entgegnete er amüsiert.

Sie stöhnte entnervt.

Ihre Kollegen lachten.

Harald ließ das Blatt sinken. »Meine Herren«, verkündete er mit salbungsvoller Stimme, »wir sind ebenfalls eingeladen worden. Das hat uns unsere Freundin Marga vorenthalten. Ich finde eine Landpartie jedoch durchaus ansprechend. Was meint ihr? Wollen wir morgen in die Normandie reisen? Das gilt auch für dich, Heinz, Einkaufsbummel werden immer so schnell langweilig.«

»Nein!«, rief Marga aus.

Harald schmunzelte. »Sei nicht so stur.«

»Nein«, wiederholte sie. »Nein. Nein. Nein.«

»Mach dir keine Sorgen, wir werden deine Tugend bewahren.«

Wieder lachten die Kollegen, diesmal zustimmend.

Marga blickte in die freundlichen Gesichter und wusste, dass jede Widerrede zwecklos war. Ein Ausflug war verlockend und ein angenehmes Gegengewicht zu dem Auftrittsverbot. Natürlich würde eine Landpartie sogar ihr guttun.

Aber die Einladung mit dem Rosenstrauß hatte einen so widerlichen Beigeschmack. Einen Hautgout.

»Die Rosen gebe ich ihm trotzdem zurück«, verkündete sie und reckte stolz ihr Kinn.

Begeistert klatschten die Musiker Beifall.

24

Gilles de Valory schickte nicht nur einen, sondern zwei Wagen. Offensichtlich hatte er damit gerechnet, dass Marga nicht allein, sondern in Begleitung aller Mitglieder von Harry Alsens Tanzkapelle der Einladung folgen würde. Keiner der Musiker fragte, ob die Chauffeure mit Passierscheinen ausgestattet waren, falls sie in eine Straßensperre gerieten. Margas Kollegen gingen wohl ebenso wie sie selbst davon aus, dass ein derartiger Aufwand nicht ohne Vorbereitungen getroffen wurde. Wer trotz der Verbote herumfahren durfte, besaß auch die entsprechenden Genehmigungen. Und die besten Kontakte. Bei diesem Gedanken wäre Marga am liebsten umgedreht, aber sie ließ sich stumm neben Harald auf den karamellfarbenen Ledersitz im Fond eines eleganten dunkelgrünen Vorkriegs-Peugeot fallen.

Die Fahrt ging durch die wohlhabenden westlichen Vororte von Paris. Beeindruckende Villen reihten sich hinter Mauern und hohen schmiedeeisernen Zäunen aneinander, Alleen beschatteten die Straßen. Dann fuhren sie an der Seine entlang, die sich wie ein blaues Band durch die Baumgruppen wand. Je weiter sie sich von der Stadt entfernten, desto weitläufiger wurde die Bebauung, bis schließlich die Landschaft nur noch aus Feldern auf sich sanft erhebenden Hügeln und dichten Wäldern bestand. Der Himmel war wie ein magisches, lichtblaues Dach, Schleierwolken trieben vorüber und wirkten dabei so nah, als könnte Marga danach greifen, wenn sie nur die Hand ausstreckte.

»Schau mal!« Harald wies aus dem Fenster.

Eine Formation Vögel erhob sich in einem V von dem frisch gepflügten Feld, an dem sie vorbeifuhren. Marga konnte durch das Seitenfenster nicht erkennen, welcher Art die Flieger angehörten. Vielleicht waren es Schwalben, die ihren Weg begleiteten. Die Glücksbringer der Vogelwelt. Seit Robert Schumann hatten sich viele Komponisten mit diesem Symbol beschäftigt, selbst unter Schlagern gab es Beispiele. Ohne darüber nachzudenken, welche Melodie ihr durch den Kopf ging, begann sie leise zu summen.

»Woher kennst du dieses Lied?«, fragte Harald überrascht.

»Ich weiß es nicht genau. Aus meiner Kindheit, glaube ich. Es fiel mir gerade ein.«

»Vergiss es lieber wieder.« Leiser fügte er hinzu: »Emmerich Kálmán gehört zu den Komponisten, die von der Reichsmusikkammer verboten wurden.«

»Seit wann gehen wir denn mit denen konform?«, gab sie mit ebenfalls gesenkter Stimme lächelnd zurück.

Seine Antwort war ein breites Grinsen.

Marga und Harald sahen sich an. Und plötzlich lachten sie. Lachten in ungewohnter Einigkeit, gerade so, als fiele die Anspannung der vergangenen Wochen von ihnen ab. Ein harmloses, albernes und doch verbindendes Lachen. Und Marga dachte, wie wohltuend es war, ihn wieder als ihren besten Freund an der Seite zu haben.

Mit feinem Gespür für die Veränderung in ihr ergriff er ihre Hand und führte sie an seine Lippen. Eine zärtliche Geste ohne Forderung, aber wie ein Versprechen.

Eine Stunde später erreichten die beiden Wagen das Anwesen des Vicomte de Valory. Zunächst waren die Chauffeure von der Route Nationale in eine Nebenstraße eingebogen, die schwarze Schrift auf dem weißen Straßenschild wies den Weg zu einem Ort namens Douains. Doch bereits nach der ersten scharfen Kurve ging es rechts ab und auf einem schmalen, teilweise mit Grasbüscheln bewachsenen holprigen Weg unter einer Lindenallee hindurch weiter. Schließlich säumten niedrige Verwaltungsgebäude aus grauem, unverputztem Stein die Sackgasse. In einem Garten bellte ein Hund, unter einem mit zarten weißen und rosafarbenen Apfelblüten gesprenkelten Obstbaum pickten ein paar Hühner gackernd im Sand. Und dann öffnete sich der Blick auf ein mit Türmen und Zinnen bewehrtes, aus Klinker und Stein erbautes Märchenschloss aus dem 17. Jahrhundert. Ein mehrstöckiges Hauptgebäude, das sich in zwei Seitenflügeln vollendete, mit geschwungenen Erkern und einem Dach aus grauen Schindeln.

Staunend ergriff Marga Haralds Hand, als dieser ihr aus dem Wagen half. Sie sah an der beeindruckenden Fassade des Château de Valory empor und stellte fest, dass dieses Anwesen so sehr ihren Vorstellungen von einem französischen Prachtbau entsprach wie ein mystisches Traumgebilde.

»Zwickt mich!«, rief Kurt vom Trittbrett des zweiten Automobils.

Ein anderer Musiker stieß einen anerkennenden Pfiff aus.

»Das nenn ich mal einen Landsitz«, meinte Ulli. »Hübsche Bleibe.«

Marga fiel das Märchen von Dornröschen ein. Dort oben unter dem Dach aus Schiefer hatte die Prinzessin bestimmt geschlafen, bevor sie von ihrem Prinzen wach geküsst worden war. Sie fragte sich, ob die Rosen des Vicomte de Valory von seinem eigenen Anwesen stammten. Gab es hier irgendwo Gewächshäuser? Vielleicht auf der anderen Seite des Schlosses, jenseits des von den Seitenflügeln umschlossenen Ehrenhofs. Von ihrem Platz vor der flachen Treppe, die zu einer eher schlichten Eingangstür führte, konnte sie jedenfalls nichts dergleichen erkennen. Nur an den niedrigen Nebengebäuden zur Linken entdeckte sie Rankgerüste. Die Wand eines Häuschens zierte ein besonders vorwitziger Strauch, die Arme der jungen Triebe reichten bis über die vom Grünspan überzogene Dachrinne hinaus. Sie betrachtete die Kletterrose und überlegte, dass der Anblick im Sommer sicher hinreißend war, wenn sich die Knospen zu leuchtenden Blüten öffneten.

Die ochsenblutrot lackierte Tür daneben ging auf und ein junger Mann trat heraus. Er wirkte gedankenverloren oder desinteressiert, was die Gäste des Schlossherrn betraf. Er blickte nicht zu den Neuankömmlingen, sondern wandte sich zu dem Rankgewächs. Seine Füße steckten in Gummistiefeln, er trug derbe Hosen und ein weites weißes Hemd, das sich um seinen dünnen Leib bauschte. Das schwarze Haar fiel lockig auf seinen Kragen, die Baskenmütze war tief in die Stirn gezogen. In der Hand hielt er eine Gartenschere, mit der er das Prunkstück an seiner Hauswand zu bearbeiten begann.

Offenbar der Gärtner, dachte Marga. Wenn die langstieligen Rosen aus seinem Gewächshaus stammten, machte er seine Arbeit sehr gut.

Während das Gepäck von den Wagen geladen wurde und die anderen Mitglieder von Harry Alsens Tanzorchester sich umschauten, sah Marga dem jungen Mann zu. Irgendetwas an ihm zog sie an. Seine Bewegungen waren äußerst geschickt, ineinanderfließend. Für einen Burschen vom Land wirkten seine Handgriffe erstaunlich elegant. Die Entfernung zwischen ihrem Standort und dem äußersten Nebengebäude war recht weit, aber ihr ging bei seiner Betrachtung durch den Kopf, dass er mit den Rosenzweigen umging, als spiele er auf einem Instrument …

»*Bonjour, Mademoiselle et Messieurs,* seien Sie herzlich willkommen in meinem Heim.«

Marga nahm die Stimme ihres Gastgebers nur gedämpft wahr. Das Zwitschern der Vögel in den Linden an der Auffahrt veränderte sich. Ihr kam es vor, als würden Wattebäuschchen ihre Ohren verschließen.

Alle ihre Sinne bündelten sich in ihrem Blick auf den jungen Mann, der scheinbar gleichgültig gegenüber den Vorgängen vor dem Eingangsportal die Kletterrosen beschnitt.

Das war doch nicht möglich!

Eine Halluzination. Ihre Fantasie mit der Assoziation der Märchenprinzessin verwandelte sich in Realität. Da waren Rosen. Da war ihr Prinz. Sie träumte. Anders war nicht erklärbar, was sie zu sehen glaubte.

Als führten ihre Füße ein Eigenleben und würden nicht von ihrem Gehirn gesteuert, setzten sie sich in Bewegung. Sie schleuderten die hochhackigen Schuhe von sich und begannen zu laufen. Immer schneller. Der Hut wehte Marga vom Kopf, sie drehte sich jedoch nicht einmal danach um. Nur was ihr starr auf das Verwalterhäuschen gerichteter Blick einfing, war von Bedeutung.

Je näher sie kam, desto sicherer war sie, dass es sich um keine optische Täuschung handelte.

Der Gärtner war – Michael.

»Marga!« Haralds Ruf klang wie ein Befehl, aber sie ignorierte ihn.

25

Andrea mochte ihre Mutter, sie hatte sogar ein recht gutes Verhältnis zu ihr, jedoch keine enge Bindung. Es verband sie eher eine lose Freundschaft, was vor allem an Barbaras unstetem Charakter und ihrem Freiheitsdrang lag. Wann immer Andrea ihre Mutter gebraucht hatte – sie war nicht in der Nähe gewesen. Deshalb war Andrea auch nicht darauf gekommen, sich von Barbara wenigstens telefonisch trösten zu lassen, als es ihr nach dem Unfall Jules Delabordes schlecht ging. Aufgewühlt von den Recherchen von Cristinas Bruder, fand sie es allerdings an der Zeit, mit Barbara zu sprechen. Ihre Mutter war schließlich das einzige Verbindungsglied zu ihren Großeltern. Vielleicht wusste sie etwas über die Vergangenheit des alten Herrn oder erinnerte sich an eine Begebenheit aus ihrer Kindheit, die als Erklärung taugte.

Da ihr die Gebühren für ein Ferngespräch vom Handy zu hoch waren, kaufte sie sich im *tabac* eine Telefonkarte der France Télécom und begann, öffentliche Fernsprechzellen abzuklappern.

Es war nicht einfach, Barbara zu erreichen. Sie suchte – wie meistens – nach ihrem wahren Ich und befand sich deshalb in einer Akademie auf Sylt. Es war Andrea nicht ganz klar, wie lange dieser Selbstfindungstrip dauern sollte, denn ihre Mutter war schon seit Monaten im Klappholttal und es sah inzwischen nach weit mehr als einer kurzfristigen Schulung aus. Barbara hatte Fotos nach Paris geschickt und begeistert über Hütten geschrieben, die bereits vor dem Ersten Weltkrieg in die Dünen bei Kampen gebaut worden waren, von einem einfachen Leben, das den Gezeiten der Nordsee und dem Wind trotzte, und von asiatischen Meditations- und Bewegungsübungen, die sie im Rahmen eines Seminars erlernte und mit Gleichgesinnten am Strand trainierte. Telefonische Kommunikation gehörte offenbar nicht zu den Inhalten der psychologischen Studien. Andrea musste in Abständen von einer halben bis einer Stunde mehrmals im Büro der Verwaltung anrufen. Während eines Einkaufsbummels durch diverse Secondhandläden im Quartier Latin versuchte sie es wieder in einer Telefonzelle, als sie endlich Barbaras Stimme am anderen Ende der Leitung vernahm.

Ihre Mutter klang aufgeregt und außer Atem: »Schätzchen! Andrea! Warum rufst du an? Was ist passiert?«

»Hallo, Barbara«, erwiderte Andrea, der ein Wort wie »Mutter« oder »Mama« in diesem Moment niemals in den Sinn gekommen wäre. »Es ist nichts passiert. Na ja, nicht wirklich. Ich möchte dich etwas fragen: Sagt dir der Name Jules Delaborde etwas?«

»Wer? Was?«

»Jules Delaborde«, wiederholte Andrea ungeduldig. Das leise rhythmische Knacken im Hörer verriet ihr, wie die Sekunden und damit die Telefoneinheiten verstrichen.

»Ich habe den Namen nie gehört. Behauptet der Mann, dass wir uns kennen? Lass dich nicht von Fremden ansprechen, mein Kind, das gilt ein Leben lang«, fügte Barbara lachend hinzu.

»Genau genommen sagt er gar nichts. Er ist vor mir davon und in ein Taxi gelaufen und nun im Krankenhaus.« Obwohl sie nicht so ausführlich hatte sein wollen, sprudelten die Worte aus Andrea heraus. Sie berichtete von ihren Begegnungen mit dem alten Mann und dem Verhalten seines Sohnes nach dem Unfall. Schließlich erzählte sie, was sie inzwischen über Jules Delaborde erfahren hatte und welche Schlüsse sie daraus zog. Ihre Mutter ließ sie in Ruhe ausreden, warf nicht einmal eine Zwischenfrage ein. Erst als Andrea einen möglichen Zusammenhang mit dem Leben ihres Großvaters andeutete, atmete Barbara zischend aus.

»Die Idee ist gut«, sagte sie langsam, »wahrscheinlich hätte ich auch so kombiniert. Aber ich weiß über die Jugend meiner Eltern ebenso wenig wie du.«

»Schade«, erwiderte Andrea. »Ich hatte gehofft, du könntest Licht in diese Sache bringen. Das Dumme ist, ich fühle mich seit dem Unfall verfolgt, und das ist nicht angenehm. Ich will keine Angst haben müssen, wenn ich durch die Straßen gehe.«

Unwillkürlich blickte sie durch die Scheibe nach draußen. Um diese Nachmittagszeit war nicht viel los in der Gasse vor der Telefonzelle. Ein paar Touristen schlenderten an den griechischen und arabischen Imbissständen entlang, eine hübsche junge Frau, vielleicht eine Studentin, kaufte sich bei der Alexis-Sorbas-Kopie hinter dem Tresen gegenüber gerade ein Pitabrot gefüllt mit Gyros. Andreas Magen knurrte.

»Ach, Schätzchen«, Barbaras tiefes Seufzen drang nach ihrem langen Schweigen durch die Leitung, »ich will auch nicht, dass du Angst hast. Das wollte ich nie. Deshalb ließ ich dich bei meinen Eltern zurück. Mein Lebensstil war nicht dazu geeignet, den Alltag mit einem kleinen Kind zu teilen.«

Sie besaß schon immer ein großes Geschick darin, Andreas Probleme auf sich und ihre eigene Unfähigkeit zu beziehen, eine gute Mutter zu sein. Ärger begann in Andrea aufzusteigen, weil es diesmal nicht anders war. Barbara war amüsant und unterhaltsam, aber nur, wenn es nicht um die Schwierigkeiten ging, in denen sich ihre Tochter womöglich befand. Jedes weitere Gespräch war nur ein Verschwenden von Einheiten auf der Telefonkarte. Andrea öffnete den Mund, um sich von Barbara zu verabschieden, doch die sprach plötzlich weiter.

»Ich hätte längst mit dir darüber reden sollen, das weiß ich wohl, aber ich dachte, ich müsste mich erst selbst finden, bevor ich dich mit der Ungewissheit konfrontiere. Janne, ein netter Psychologe hier im Klappholttal, hat mir jedoch die Augen geöffnet. Du musst die Wahrheit kennen, auch wenn ich selbst noch nicht weiß, was die Wahrheit ist. Aber vielleicht ist jetzt der richtige Zeitpunkt, dir zumindest eine Tatsache mitzuteilen.«

Barbara schniefte, als wäre sie erkältet – oder weinte.

Noch nie hatte Andrea ihre Mutter in Tränen aufgelöst erlebt. Irritiert starrte sie den Telefonhörer an. Hatte Barbara gekifft? War sie Alkoholikerin geworden? Nahm man an der Nordsee nicht ständig irgendwelche heißen Getränke mit Rum zu sich? Vielleicht hatte sie zu viel davon erwischt. Seltsamerweise klang die Stimme aber ziemlich klar, obwohl Andrea inzwischen nicht mehr unterscheiden konnte, ob Barbara zu ihr oder mehr zu sich selbst sprach.

»Als ich schwanger war, gab es natürlich Blutuntersuchungen. Das ist so üblich. Keine große Sache. Für mich wurde das allerdings zu einem erheblichen Problem, als ich herausfand, dass meine Blutgruppe nicht mit der meiner Eltern identisch ist.«

»Was?«

»Das bedeutet, dass ich mit Herrn und Frau Cramer keinesfalls verwandt sein kann. Und du auch nicht, Andrea. Deine Großeltern waren immer gut zu dir, aber sie waren nicht deine leiblichen Verwandten.«

Andrea schnappte nach Luft. Sie wünschte, sie könnte sich hinsetzen. Notfalls auf den schmutzigen Boden, auf dem Zigarettenkippen und Papierschnipsel lagen. Aber das Telefonkabel war nicht lang genug, um dem Wunsch nachzugeben.

Sie befürchtete, ihre Beine würden ihr den Dienst versagen. Deshalb hielt sie sich mit der freien Hand am Türgriff fest.

»Du willst mir … du sagst mir … so einfach … ich meine, du sagst mir am Telefon, dass … Ich bin ein Niemand!? Ich habe mich damit arrangiert, dass ich nicht weiß, wer mein Vater ist … und jetzt behauptest du, dass meine Großeltern gar nicht meine Großeltern waren. Hallo, Barbara?! Was tust du mir an? Bist du sicher, dass du meine Mutter bist?«

»Daran besteht kein Zweifel«, versicherte Barbara mit gequälter Stimme. »Es tut mir so leid, aber du hast nach der Vergangenheit gefragt.«

»Hm«, machte Andrea und schwieg.

Auch Barbara sagte nichts.

Nach einer Weile hob Andrea mit bitterem Tonfall an: »Hast du sie gefragt? Ich meine, hast du meine angeblichen Großeltern gefragt, was es mit der falschen Blutgruppe auf sich hat?«

»Natürlich. Sie haben mich aus dem Haus geworfen. Letztlich hatte ich nichts anderes erwartet, so waren sie eben – bigott, verschlossen, ziemlich selbstgefällig, aber immer zuverlässig und konsequent.«

Ja, dachte Andrea traurig, das traf es genau. Wenn sie heute zurückdachte, würde sie ihre Großeltern – oder jedenfalls die Leute, bei denen sie aufgewachsen war – genau so beschreiben. Wahrscheinlich waren sie auch nur Kinder ihrer Zeit. Wieder fiel ihr die einzige Verbindung ein, die sie sich zwischen Jules Delaborde und Fritz Cramer vorstellen konnte.

»Hast du weiterrecherchiert?«, wollte sie wissen. »Adoptionsurkunden muss es doch auch schon gegeben haben, als du geboren wurdest.«

»Ich habe es versucht, allerdings ohne Erfolg. Ich vermutete, eines dieser armen kleinen Wesen zu sein, die bei Kriegsende irgendwo in Deutschland verloren gingen. Suchkinder nannte man das damals, es waren keine Einzelfälle und dieses Schicksal betraf Tausende. Oft nahmen sich Fremde der Mädchen und Jungen an. In meinem Fall war es anders, ich habe mich bei den Behörden erkundigt: Meine Geburtsurkunde lässt keinen Zweifel an meiner angeblichen Herkunft zu. Und deshalb weiß ich nicht, wer ich bin.«

Im Telefon piepste es. Die Kosten begannen Andreas Guthaben langsam zu übersteigen. *Merde!*

»Bist du sicher, dass dem Labor beim Bestimmen der Blutgruppe kein Fehler unterlaufen ist?«

»Ganz sicher. Ich habe sie mehrfach wiederho…«

In diesem Moment machte es klick. Das Gespräch wurde beendet, die Leitung war tot.

Andrea ballte die Hand zur Faust und hieb auf den Apparat.

»Ach, Mama«, flüsterte sie und legte auf.

Dann gaben ihre Beine nach. Sie rutschte an der Glaswand der Telefonzelle hinunter in die Hocke, wo sie ihr tränenfeuchtes Gesicht zwischen den Knien verbarg.

Frank Renners Stimme hallte durch ihren Kopf: »Das heißt, dass wir auf alles, was wir herausfinden, keine Antworten erhalten, sondern neue Fragen.«

26

Der Calvados brannte in Margas Kehle. Dennoch stürzte sie den Inhalt ihres Glases hinunter, als wäre es süßer Met. Sie verschluckte sich an dem Alkohol oder an ihren Tränen. Genau konnte sie zwischen ihrem Schluchzen und dem Trinken nicht unterscheiden. Sie hustete – und hätte sich am liebsten übergeben. Doch davon hielt sie ein letzter Rest Contenance ab, nachdem sie alle Grenzen von Peinlichkeit überschritten hatte.

Obwohl Harald versucht hatte, sie davon abzuhalten, war sie dem Gärtner des Vicomte de Valory fast um den Hals gefallen. Nur der Schrecken in den Augen des jungen Mannes, die aufflammende Panik, der offensichtliche Schock über ihren Überfall hatten sie dazu gebracht, ihren Lauf unmittelbar vor ihm zu bremsen. Dabei hätte sie beinahe das Gleichgewicht verloren. Harald war hinter ihr hergerannt und stützte sie unbeabsichtigt, als er grob nach ihrem Arm griff.

»*Pardon, Monsieur*«, sagte er zu dem Mann, der Marga aus der Nähe noch stärker an Michael erinnerte. »Es ist nur ein Missverständnis. Meine Freundin hat Sie mit einem Bekannten verwechselt.«

Der Fremde nickte stumm, drehte Marga und Harald den Rücken zu und beschnitt weiter die Zweige der Kletterrose an seinem Haus.

Wenn Marga jetzt an die Szene zurückdachte, hätte sie schwören können, dass seine Hand zitterte. Ihr Irrtum hatte den Gärtner zutiefst verstört. Aber nicht nur ihn. Sie wäre am liebsten im Boden versunken. Dabei war sie so sicher gewesen, in dem Franzosen ihren geliebten, vermissten Jugendfreund zu erkennen.

War sie wirklich so besessen von einem Wiedersehen, dass sie nun deswegen die Nerven verlor? Konnte geschehen sein, was sie neulich an Haralds Seite im Hot Club de France befürchtet hatte? Dass sie einem Trugbild zum Opfer fiel …

Sie fühlte sich wie betrunken. Dabei war der Boden des Cognacschwenkers nur knapp fingerbreit bedeckt gewesen.

»Könnte ich … bitte noch etwas haben?«, bat sie stockend und hielt ihr Glas hoch, das ihr jemand abnahm.

Sie schniefte laut. Natürlich gehörte es sich nicht, im Salon des Vicomte de Valory die Nase hochzuziehen wie ein unartiges Kind, aber Marga fand, dass dieses schlechte Benehmen die katastrophale Szene bei ihrer Ankunft im Château kaum verschlimmern konnte.

Stumm reichte ihr Harald sein blütenweißes Einstecktuch.

Während sie sich schnäuzte und darauf wartete, dass ihr das aufgefüllte Glas in die Hand gedrückt wurde, blickte sie sich durch den Tränenschleier vor ihren Augen um.

Sie saß in einem hochlehnigen, gepolsterten Stuhl mit breiten hölzernen Armauflagen in einem mit dunklem Holz vertäfelten Saal. Butzenscheiben, ein riesiger Kamin und eine rostige Ritterrüstung neben der doppelflügeligen Eingangstür verstärkten den Eindruck, im Mittelalter gelandet zu sein. Sie fragte sich, was dieser historische Rahmen mit der Barockzeit zu tun hatte, in der das Schloss wohl erbaut wurde. Da sie sich nicht imstande fühlte, vernünftig zu denken, gab sie ihre Überlegung jedoch gleich auf. Immer wieder wanderten ihre Blicke nach innen und zurück zu dem Vorfall vor dem Nebengebäude. Als sich erneut ein Weinkrampf ankündigte, versuchte sie, sich auf die Personen zu konzentrieren, die ein

Halbrund um sie bildeten und mit sorgenvollen Gesichtern auf sie heruntersahen.

Die Musiker waren da, Harald an ihrer Seite, in der Mitte der Hausherr persönlich. Eine junge Frau drängte sich nach vorn, den Calvados in der Hand. Sie war eine zierliche Person etwa in Margas Alter mit einem zarten Gesicht, das von einem schwarzbraunen Bubikopf umrahmt wurde, und mit dramatisch großen dunklen Augen. Wie hübsch sie aussah in dem Kleid aus dunkelroter Seide mit weißen Paspeln und Punkten. Marga erinnerte sich, trotz des von ihr verursachten Durcheinanders aufgeschnappt zu haben, dass dies die Tochter des Vicomte war, Isabelle de Valory.

»*Merci*«, Marga nahm ihr das Getränk ab. Ihr ging durch den Kopf, dass es angenehm war, sich in Gesellschaft einer gleichaltrigen Frau zu befinden. Sie verbrachte die meiste Zeit auf Tournee ja mit Männern. Da sie den Avancen des Vicomte nicht nachzugeben beabsichtigte, konnte seine Tochter vielleicht ihre Freundin werden. Auf diesen positiven Gedanken trank sie einen Schluck. Nun verbrannte der Alkohol ihren Gaumen nicht mehr. Er schmeckte sogar sehr gut. Darauf gab sie der Verlockung nach und setzte noch einmal an.

»Es erleichtert mich sehr zu sehen, dass es Ihnen langsam besser geht«, sagte Gilles de Valory. »Eine Verwechslung kann jedem passieren. Ich bin untröstlich, dass Sie davon so mitgenommen sind.«

Väterlich tätschelte Harald ihre Schulter. »Wahrscheinlich ist Marga nur ein wenig überanstrengt von den vielen Auftritten der verg…«

»Ich bin nicht überanstrengt«, protestierte sie.

»Nein, natürlich nicht«, stimmte Harald begütigend zu. »Es wird dir aber guttun, dich ein wenig auszuruhen. Insofern kam die Einladung auf das Land gerade recht. Wir danken Ihnen sehr dafür, Vicomte.«

»*Tout le plaisir était pour moi*«, erwiderte Gilles de Valory. Er gestattete sich eine elegante wegwerfende Handbewegung. »Es war mir ein Vergnügen.«

Mit glasklarer Stimme und in von einem bezaubernden Akzent gefärbtem Deutsch erkundigte sich die Tochter des Hausherrn: »Möchten Sie sich vielleicht ein wenig frisch machen, Mademoiselle? Ich bringe Sie gerne auf Ihr Zimmer.«

Mit Bedauern trennte sich Marga von ihrem Calvados, dann folgte sie Isabelle de Valory auf etwas wackeligen Beinen aus dem mittelalterlichen Saal und durch die Eingangshalle die pompöse Treppe hinauf.

Die junge Frau plapperte unaufhörlich, während sie Marga durch das Schloss und zu den Gästezimmern führte. Auf der breiten Treppe in die oberen Stockwerke berichtete sie davon, dass es auf dem Grund und Boden des Châteaus nach der Französischen Revolution zu blutigen Kämpfen zwischen Truppen der Ersten Republik und Royalisten gekommen war: »Das Zentrum des Bürgerkriegs befand sich weiter südwestlich von hier in der Vendée. Die Gegner sagten damals … darf ich zitieren?« Ohne eine Antwort auf ihre wahrscheinlich ohnehin rhetorisch gemeinte Frage abzuwarten, fuhr Isabelle fort: »Wir müssen all die Männer vernichten, die Waffen tragen, und sie mit ihren Vätern, ihren Frauen, ihren Schwestern und ihren Kindern zerschlagen. Das Land soll nichts anderes sein als ein großer nationaler Friedhof.« Sie atmete tief durch. »Über eine halbe Million Menschen wurden damals von der revolutionären Armee niedergemetzelt.« Ihre Worte verloren sich in einem bedeutungsvollen Schweigen.

Hätte sie sich nicht im Haus eines Mannes befunden, den sie von einer Dinnerparty des deutschen Botschafters her kannte, Marga hätte geschworen, dass die Worte der Vicomtesse zweideutig klangen. Allerdings war sie noch so betroffen von dem Missverständnis mit Valorys Gärtner, dass sie kaum einen klaren Gedanken fassen konnte. Wahrscheinlich sah sie überall nur Phantome. Deshalb nickte sie und setzte einen interessierten Gesichtsausdruck auf, äußerte sich aber nicht zur französischen Geschichte.

Schließlich öffnete Isabelle die Tür zu einem hellen hohen Raum im zweiten Stock des Gebäudes. Es war ein gemütliches Zimmer mit Dachschrägen und Holzbalken über einem wuchtigen Himmelbett. Ein leuchtendes Rot und Goldgelb waren die vorherrschenden Farben; Überdecke und Paradekissen, Vorhänge und Teppiche, jeden Stoff zierte das gleiche Muster, sogar der Blumenstrauß auf dem Toilettentisch war in den entsprechenden Tönen gehalten.

Unter der Fensterbank standen Margas Hutkoffer und ihre Reisetasche. Isabelle wies auf das Gepäck. »Soll ich Ihnen das Mädchen schicken, damit es Ihnen beim Auspacken behilflich ist?«

»Nein. Vielen Dank. Das ist sehr nett. Aber das mache ich schon selbst.«

»Dann lasse ich Sie jetzt allein. Wenn Sie möchten, zeige ich Ihnen nachher den Park. Um diese Jahreszeit blüht natürlich nicht so viel, aber er ist trotzdem schön anzusehen.«

»Das ist eine wunderbare Idee.«

»Wir sehen uns später.« Isabelle schenkte Marga ein gewinnendes Lächeln.

Nachdem die Tochter des Hausherrn das Zimmer verlassen hatte, streifte Marga zum zweiten Mal an diesem Tag ihre Schuhe ab. Angezogen wie sie war, ließ sie sich auf das Bett fallen. Ihre Lider schmerzten von den vielen ungeweinten, aber auch den Tränen, die sie vor Entsetzen und Scham vergossen hatte. Es kündigte sich überdies eine leichte Migräne an.

Ihre Gedanken kreisten um den Mann, der Michael zum Verwechseln ähnlich sah, und um ihre große Sehnsucht nach dem Menschen, der einmal ein Teil ihres Lebens gewesen war. Wie konnte sie nur so stark auf das Wiedersehen mit ihm fokussiert sein? War das nur Liebe? Oder schon ein Wahn? Eine Krankheit, die man gemeinhin als *Nervenkrise* verharmloste? Glücklicherweise konnte Harald das Ärgste verhindern. Harald war irgendwie immer da, wenn sie ihn brauchte. Fast so, wie Michael früher stets in ihrer Nähe gewesen war, um sie zu beschützen.

Marga massierte sich mit den Fingerspitzen die Nasenwurzel. An Schlaf war nicht zu denken. Sie war zu aufgewühlt, um einzunicken. Aber auch zu schwermütig und matt, um Isabelle de Valorys Einladung zu einem Spaziergang anzunehmen. Ihr Kopf drohte vom vielen Grübeln zu platzen.

Schließlich richtete sie sich auf. Sie torkelte mehr, als dass sie zum Fenster ging, setzte sich auf die Bank davor und blickte hinaus. Über den Ehrenhof und die anscheinend wie mit einem Zirkel angelegten Kompartimente zu den Wiesen und Feldern jenseits eines kleinen Waldes. Da sie sich recht weit oben befand, genoss sie eine wundervolle Aussicht. Vielleicht hatte man ihr deshalb dieses Zimmer gegeben. Eine Verbeugung des Hausherrn vor seinem Ehrengast. Ihre Hand fuhr wieder zu ihrer Stirn, als sie sich fragte, wie sie Gilles de Valory am deutlichsten in die Schranken wies.

Zuerst nahm sie nur einen Schatten am Rande ihres Blickfelds wahr, dann sah sie ein Paar die ornamentale Rasenfläche umrunden und hinter der Hecke eines Labyrinths verschwinden. Von ihrem Platz aus konnte sie die beiden weiterverfolgen. Einen Mann und eine Frau, die vertraut die Köpfe zusammensteckten. Er gestikulierte wild, was auf eine rege Diskussion schließen ließ. Seltsam. Seine Handbewegungen glichen denen von Michael.

Margas Herz begann schneller zur klopfen. Oder trog die Erinnerung sie schon wieder? Musste sie in jedem Mann, der ihm oberflächlich ähnelte, sofort Michael vermuten?

Sie kniff die Augen zusammen, presste ihre Nase an die Fensterscheibe.

Der Mann, der gerade so temperamentvoll durch die Anlagen spazierte, war der Gärtner. Und die Frau neben ihm Isabelle de Valory. Marga erkannte sie an ihrem roten Kleid und an ihrem Haar, das wie ein schwarzer Helm im Sonnenlicht glänzte. Es schien, als hätten die beiden viel zu bereden. Nicht nur das. Sie wirkten wie ein Liebespaar, das sich stritt.

»Das ist nicht Michael.« Marga wunderte sich, dass sie die Worte laut aussprach.

Er hat keine Freundin, nur seine Musik, fügte sie in Gedanken hinzu. Norbert hatte es gesagt und sie fühlte in sich, dass Michael keine andere liebte. Sie klopfte sich mit der rechten Faust leicht gegen die Brust, wo sich ihr Herz befand.

Erleichterung durchströmte sie. Es war also doch eine Verwechslung gewesen. Wie hatte sie nur etwas anderes annehmen können? Langsam setzte auch ihr logisches Denken wieder ein. Allein die Tatsache, dass der Hausherr ein Bekannter des deutschen Botschafters und Michael jüdischer Herkunft war, schloss eine Verbindung zwischen der Familie des Vicomte und dem geliebten Mann aus.

Die Köpfe der Spaziergänger drehten sich plötzlich zum Schloss um. Beide schienen an der Fassade heraufzublicken. Marga konnte es auf die Entfernung nicht erkennen, aber sie bildete sich ein, Isabelle und der Gärtner sähen zu ihr. Sie zögerte, ob sie winken sollte, aber dann zog sie sich ohne jede weitere Reaktion in den Schatten ihres Zimmers zurück.

27

Nachdem Marga entschieden hatte, dass sie einem Irrtum zum Opfer gefallen war und es sich bei dem Gärtner des Vicomte de Valory definitiv nicht um Michael handeln konnte, begann sie sich zu entspannen. Im Lauf des Nachmittags zogen schwere graue Wolken auf, sodass der mit Isabelle de Valory verabredete Spaziergang buchstäblich ins Wasser fiel. Regenböen klatschten gegen die hohen Fenster der Empfangsräume in der ersten Etage und irgendwo schlug unaufhörlich ein nicht befestigter Fensterladen oder eine Tür gegen das Mauerwerk, es wurde früh dunkel und ein alter Diener zündete zahllose Kerzen an. Auch ein Kaminfeuer fachte er an.

»Die meisten unserer Angestellten mussten wir zum Arbeitsdienst nach Deutschland schicken«, erklärte Isabelle, als sie mit Marga bei einer Tasse Mokka im heimelig warmen Salon saß. »Deshalb ist das Personal überschaubarer als früher. Ein Dienstmädchen und unsere langjährige Köchin sind uns neben dem Hausdiener geblieben.«

»Und der Gärtner«, entfuhr es Marga.

»*Pardon?*«

Marga bedauerte ihre unbedachte Äußerung, kam aber nicht um eine Erklärung herum: »Ihr Gärtner musste anscheinend auch nicht fort. Sicher hat er im Frühjahr sehr viel zu tun auf einem so großen und schönen Landsitz.«

Eine feine Röte legte sich auf Isabelles Wangen. Sie nickte stumm, trank einen Schluck Kaffee. Als sie die Tasse aus edlem Porzellan absetzte, meinte sie mit einem nichtssagenden Lächeln auf den Lippen: »Reisen ist heutzutage so anstrengend. Ich bewundere Ihren Mut, ganz allein durch Europa zu fahren. Bereitet Ihnen eine Tournee nicht viele Unannehmlichkeiten, Mademoiselle Mai?«

Marga war dankbar für den Themenwechsel, der es ihr gestattete, ihren Fauxpas bei der Ankunft zu übergehen. »Nennen Sie mich doch bitte Marga«, bat sie.

Das Lächeln erreichte die bernsteinbraunen Augen der anderen. »Ich heiße Isabelle.«

»Danke.« Marga freute sich über die Vertrautheit. Sie hob ihr Kaffeetässchen, als wollte sie Isabelle zuprosten. Dann beantwortete sie entspannt die ursprüngliche Frage: »Ich fahre ja nicht allein herum, mit Harry Alsens Tanzorchester ist das etwas ganz anderes. Außerdem gehört Tingeln zu meinem Beruf.«

»Wie aufregend! Einen Beruf zu haben, bei dem man Musik machen darf, ist wunderschön, nicht wahr? Wäre der Krieg nicht gekommen, hätte ich vielleicht in Paris Klavier studiert. Ich wäre gerne Konzertpianistin geworden. Aber natürlich ist mein Platz unter den gegebenen Umständen hier auf dem Gut und bei Papa.«

Marga hatte zwar nicht den Eindruck, dass der Vicomte de Valory in irgendeiner Weise der Unterstützung seiner Tochter bedurfte, aber sie widersprach nicht. Sie beobachtete Isabelle und dachte, wie attraktiv diese fragile Schönheit auf einer Bühne wirken würde. Mit einer entsprechenden Begabung gesegnet, hätte sie sicher das Zeug für eine große Karriere.

Dass die Französin talentiert war, sollte Marga noch am selben Abend erleben, als sich Harry Alsens Tanzorchester zu einem Hausmusikabend im Musikzimmer des Schlosses aufschwang. Musikzimmer war allerdings eine heftige Untertreibung, wie sich zeigte. Es handelte sich um den Ballsaal, der wegen der Stromsperre mit Dutzenden von Kerzen beleuchtet wurde. Die Flammen spiegelten sich in den Kristallen der Lüster und Kandelaber, warfen Schatten auf die Fresken an der Decke und den Wänden.

Zu Margas größter Überraschung räumte Harry Alsen bereitwillig den Platz am Flügel für Isabelle. Es schien, als hätten sich die beiden heimlich abgesprochen, und er strahlte die Tochter ihres Gastgebers mit einem hingerissenen Gesichtsausdruck an.

Diese offensichtliche Anbetung ärgerte Marga. Natürlich hätte sie niemals zugegeben, dass sie so etwas wie eifersüchtig war.

Sie erwog, Harald zu informieren, dass er in Konkurrenz zu dem Gärtner trat. Als sie allerdings hörte, mit welcher Leichtigkeit Isabelle dem Piano die wunderbarsten Töne entlockte, verwarf sie den Gedanken.

Vielleicht verehrte Harald ja nicht die junge Frau selbst, sondern die Musikerin in ihr. Falls ja, konnte sie ihn verstehen. Isabelle war wundervoll. Die fast schon obligatorischen Etüden von Chopin und Liszt spielte sie auf eine sehr eigenwillige Art. Sie interpretierte die klassischen Melodien wie Jazzsongs, und die Idee, Klavierwerke zu swingen, war atemberaubend. Marga konnte nicht umhin, der Vicomtesse begeistert zu applaudieren.

Es wurde ein fröhlicher Abend. Mit Gilles de Valory als einzigem Zuhörer musizierte Harry Alsens Tanzorchester mit der Tochter des Hauses. Isabelle versuchte, Marga unter allgemeiner Heiterkeit ein paar französische Chansons beizubringen, schrieb ihr Textzeilen auf und übte geduldig den einen oder anderen Refrain. Harald überließ ihr im Gegenzug die Noten von »Lili Marleen«.

Am Ende standen sie alle um den Flügel herum, Isabelle und Harald spielten vierhändig, der Vicomte sang mit Marga im Duett den französischen Schlager »Valentine« und die Musiker stimmten in den Refrain mit ein. Wie selbstverständlich legte ihr Gastgeber Marga den Arm um die Taille. Sie ignorierte diese Annäherung und schrieb sie der gelösten Stimmung zu. Eine winzige Entgleisung aus Freude über das gelungene Privatkonzert. In diesem Moment vergaß sie sogar, dass Krieg war und die Truppen ihres Vaterlandes das nördliche Frankreich besetzt hielten. Sie sang aus vollem Halse einen französischen Gassenhauer, und wo ihre Sprachkünste nicht ausreichten, behalf sie sich mit einem Lalala. Die fremde Hand auf ihrem Rücken schien dabei fast eine Selbstverständlichkeit, denn in der Musik waren sie alle vereint.

Nur flüchtig dachte sie an Michael und daran, dass er in einer Runde wie dieser eigentlich fehlte. Wäre er der Gärtner gewesen, hätte er es bestimmt nicht in dem Verwalterhäuschen ausgehalten. Die Klänge, die über den Ehrenhof und die Parkanlagen wehten, hätten ihn angezogen wie der Blütenduft die Bienen. Sobald er ihre Stimme erkannt hätte, wäre er ins Schloss gekommen – oder? Falls sie noch einen letzten Beweis dafür brauchte, dass sie einem Irrtum zum Opfer gefallen war, so war es dieser.

Erleichtert schmetterte Marga: »*Elle avait des tout petits petons, Valentine* …«

Später beugte sich Gilles de Valory galant über Margas Hand. »Wie kann ich Ihnen danken? Sie haben mir einen der schönsten Abende meines Lebens geschenkt.«

»Mir hat es ebenfalls viel Spaß bereitet«, erwiderte sie. Leider klang ihre Stimme nicht so kühl, wie sie es sich gewünscht hatte. Ihre Wangen glühten.

»Ich würde auch gerne wieder mit Ihrer Tochter vierhändig spielen«, mischte sich Harald ein. »Beim nächsten Mal ist vielleicht Jules dabei. Das wäre großartig.«

»Ja. Schade, dass mein Sohn zu einem Auftritt ins unbesetzte Frankreich reisen musste. Aber Sie haben recht: Beim nächsten Hauskonzert sollte er nicht fehlen. Meine Suite im Hotel Ritz in Paris wäre auch groß genug dafür, wenn Ihnen der Weg hierher zu weit ist. Darf ich Sie bei nächster Gelegenheit zum Souper ins Ritz einladen, Mademoiselle Mai?«

Sie entzog ihre Hand seinem nachdrücklichen Griff. »Ich kann Ihnen leider nichts zusagen. Sobald die Theater wieder öffnen, werden wir fast jeden Abend Vorstellung haben.«

»Dann werde ich mir erlauben, Sie zum Mittagessen einzuladen.«

»Wir werden sehen«, murmelte sie, wohl wissend, dass sie ihn nicht brüsk abweisen konnte. Immerhin war sie sein Gast. Gegen ein Mittagessen wäre natürlich auch nichts einzuwenden. Das erschien ihr einigermaßen unverfänglich, aber sie wollte es nicht unbedingt auf einen Versuch ankommen lassen.

Sie sah Hilfe suchend zu Harald, doch der räumte inzwischen die Noten und Zettel, auf die Isabelle die Texte geschrieben hatte, zusammen und unterhielt sich dabei mit Valorys Tochter. Die beiden steckten auf eine Art die Köpfe zusammen, die Marga ins Herz schnitt. Dass Harald nicht mehr ausschließlich für sie da war, machte sie zornig. Unglücklicherweise traf sie auch noch die Überlegung, dass sie sich noch nie über sein Privatleben Gedanken gemacht hatte. Er war nicht verheiratet, das wusste sie. Aber gab es eine Frau, die irgendwo auf ihn wartete? Warum hatte sie nie zuvor in Betracht gezogen, dass auch Harald auf der Suche nach Liebe sein könnte? Ihn mit einer anderen teilen zu müssen war eine unangenehme Vorstellung. Natürlich hatte sie kein Interesse an ihm als Mann, aber sie fürchtete, den Freund zu verlieren.

Margas Stimmung verdüsterte sich. Sie floh vor dem Anblick der beiden und Gilles de Valorys Zudringlichkeit mit einem aufgesetzten *bonne nuit* und einem Nicken in die Runde die Treppe hinauf.

Der Flur vor ihrem Zimmer lag nicht ganz im Dunkeln, der

Strom war wieder angeschaltet worden. Eine einzige schwache Glühbirne in einer großzügigen Wandlampe wies ihr den Weg. Die Funzel reichte gerade aus, damit sie einen Schritt vor den anderen setzen konnte und sich nicht an Möbelstücken oder Türpfosten anschlug. Dennoch war das Licht eine Überraschung, zeigte es doch, dass es in dieser Nacht Elektrizität gab. Die Ritterrüstung am Ende des Gangs, die sie am Tag belächelt hatte, wirkte bei dieser Beleuchtung bedrohlich. Marga erschauerte, als befände sich ein leibhaftiger Geist in dem alten Metallkostüm.

Sie drehte den Türknopf und trat in ihr Zimmer. Natürlich hatte sie nicht abgeschlossen, sie befand sich in einem Privathaus und nicht in einem Hotel.

In ihrem Schlafraum brannte kein Licht, die Fensterläden waren geschlossen, die Portieren zugezogen. Dennoch meinte sie, einen Schatten wahrzunehmen, der sich auf sie zubewegte.

Automatisch schnellte ihre Hand zum Lichtschalter an der Wand.

Doch bevor sie den Knopf erreichte, wurde sie herumgerissen. Eine eiserne Umklammerung drückte auf ihre Brust, raubte ihr den Atem. Den Schrei, der aus ihrer Kehle drängte, erstickte eine Hand auf ihrem Mund.

»Nicht erschrecken! Sag nichts!« Die Lippen des Mannes waren an ihrem Ohr, aber er wisperte so leise, dass sie ihn kaum verstand.

Marga hoffte, in Ohnmacht zu fallen, um nicht zu erleben, wie ihr Wahrnehmungsvermögen sie ein weiteres Mal täuschte. Sie wollte die Sehnsucht abschütteln, die sie seit drei Jahren lenkte und in die Irre führte. Die verstörendsten Gedanken gingen ihr durch den Kopf, der Überfall selbst gehörte nicht dazu. Sie fühlte sich wie im Auge eines Orkans, der ihren Geist herumwirbelte und ihren Körper lähmte. Sie wehrte sich nicht gegen die Arme, die sie festhielten, nicht gegen die Hand, die ihre Lippen verschloss. Das Herz schlug ihr bis zum Hals.

Die Stimme!

Obwohl er so leise gesprochen hatte, erkannte sie ihn. Seine Stimme erschütterte sie mehr noch als der Überfall.

28

Das Piepsen ihres Mobiltelefons brachte Andrea wieder in die Realität zurück. Wie ein Wecker, der sie aus einem Traum riss. Ein wenig konfus suchte sie in ihrer Tasche nach dem Handy. Als sie es schließlich fand, erwartete sie eine Nachricht von ihrer Mutter, die sich nach dem abrupt beendeten Gespräch meldete, doch die SMS war von Frank Renner: »Ziehen Sie sich etwas Elegantes an. Wir gehen heute Abend aus. Ein Empfang in La Défense, Maurice Delaborde wird auch da sein. Ich hole Sie um halb acht ab.«

Sie blieb in ihrer kauernden Haltung in der engen Telefonzelle und tippte in ihr Handy: »Nein, danke. Jules Delaborde interessiert mich nicht mehr, ich habe andere Probleme.« Sie wollte gerade auf »senden« drücken, als sie es sich anders überlegte.

In ihrer Wohnung zu sitzen und über ihre verlorene Identität zu grübeln, würde ihr nicht weiterhelfen. Diese Vorstellung war sogar beklemmend. Vielleicht klärte es ihren Geist, wenn sie sich auf ein anderes Thema konzentrierte. Andererseits waren die Fragen, die ihre Bekanntschaft mit Jules Delaborde aufwarfen, nicht dazu angetan, sie zu beruhigen. Ein Zusammentreffen mit seinem Sohn konnte deshalb ebenso sinnvoll wie katastrophal ausfallen.

Bevor sie aber einem ganz anderen Einfall nachgab, tippte sie schnell zwei Buchstaben und schickte die Nachricht ab: »Okay«.

Selten hatte sie sich so elend und bleich gefühlt wie an diesem Abend, als sie auf hohen Absätzen die Stufen von ihrer Wohnung abwärtsstöckelte. Sie trug das schlichte schwarze Etuikleid, das sie sich für die Beerdigung ihres Großvaters gekauft hatte und danach kürzen ließ, und darüber ihren schwarzen Gehrock mit rotem Seidenfutter. Die Haare hatte sie hochgesteckt. Sie wusste, sie sah attraktiv aus, aber ihre Gefühle kreisten in einer verzehrenden Endlosschleife an unbeantworteten Fragen. Das brachte sie dermaßen durcheinander, dass sie nur mit einem flüchtigen Gruß an der netten Madame Conchard aus der Beletage vorbeilief, für die sie sonst immer ein paar Worte übrig hatte. Die Nachbarin blieb auf dem Treppenabsatz stehen und blickte ihr verwundert nach.

In der Toreinfahrt des Vorderhauses parkte ein Taxi, an dessen Kotflügel Frank Renner lehnte. Unwillkürlich fragte sich Andrea, ob er nicht sah, dass die französischen Chauffeure ihre Wagen weniger oft durch eine Waschstraße fuhren als ihre Kollegen in Deutschland. Die bequeme Haltung würde Staub- und Schmutzränder auf seinem schwarzen Sakko hinterlassen. Aber dieser Mangel an peniblen Allüren machte ihn auch sympathisch. Sie lächelte ihn an.

Er pfiff leise durch die Zähne. »Wow! Sie sehen toll aus. Offenbar sind Sie immer für eine Überraschung gut.«

»Wenn Sie wüssten«, murmelte sie und das Lächeln verschwand aus ihrem Gesicht, während sie sich in den Fond des Wagens setzte.

Renner sank neben ihr auf den Sitz. Nachdem er den Fahrer angewiesen hatte, zum Grande Arche zu fahren, wandte er seine Aufmerksamkeit Andrea zu. »Was ist los? Haben Sie schon wieder einen Job verloren?«

Ich habe nur meine Großeltern verloren, fuhr es ihr durch den Kopf.

Sie sagte: »Sehr witzig«, gab aber keine weitere Erklärung ab.

Mit starrem Blick sah sie auf den Hinterkopf des Fahrers, dessen glänzendes schwarzes Haar auf eine maghrebinische Herkunft schließen ließ. Wie alle Taxifahrer in Paris liebte es auch dieser, Gas zu geben und abrupt auf die Bremse zu treten, wenn dies nötig war. Da er die Einbahnstraße entlangbrauste, als gäbe es keine anderen Fahrzeuge, musste er ziemlich oft bremsen. An der nächsten Kreuzung bog er rechts ab in Richtung Boulevard Périphérique, der Stadtautobahn, die das Zentrum der Metropole kreisförmig umschloss. Durch die Windschutzscheibe leuchteten die Scheinwerfer der entgegenkommenden Autos und blendeten Andrea. Sie drehte sich zu ihrem Begleiter um, der sie neugierig musterte.

Offensichtlich harrte er einer Erklärung, doch sie wollte ihm keine geben. Noch nicht jedenfalls. Erst einmal musste sie mit sich selbst ins Reine kommen.

Sie sahen sich schweigend an. Es war zu dunkel im Fond, um den Gesichtsausdruck des jeweils anderen zu erkennen. Wagenbeleuchtungen und Straßenlaternen warfen schmale Lichtstreifen und Leuchtpunkte auf ihre Kleidung, die Augen erreichten sie jedoch nicht.

Plötzlich ergriff er ihre Hand, und als wäre dies selbstverständlich, überließ sie sie seinen zärtlichen Fingern.

»Ich war im Hot Club de France«, sagte er nach einer Weile. »Außer ziemlich viel verblasster Pracht mit Erinnerungswert habe ich allerdings nicht mehr erfahren, als wir schon wussten. Es gab offenbar zwei Musiker namens Jules Delaborde, wobei der eine wie Phönix aus der Asche auftauchte und ebenso spurlos verschwand. Der andere scheint eine Weile lang gut beschäftigt gewesen zu sein. Aber: Welcher der beiden nun unser Jules Delaborde ist, konnte ich nicht in Erfahrung bringen.«

»Gibt es keine Fotos?«

Sein Zeigefinger malte Figuren auf ihren Handrücken. Andrea bildete sich ein, dass er einen Notenschlüssel zeichnete.

»Die alten Bilder befinden sich in einem Archiv.« Seine Stimme klang sachlicher, als seine Gestik vermuten ließ. »Wenn mein Ansprechpartner etwas findet, gibt er mir Bescheid. Ich erhoffe mir allerdings nicht sehr viel Enthusiasmus von dem Mann. Netter Kerl, bewundernswerter Jazzkenner, aber ein bisschen schwerfällig, wie mir schien.«

Ihre Blicke wanderten zu ihren Händen, ansonsten rührte sie sich nicht.

»Mir wurde zugetragen, dass Jules Delaborde nach dem Krieg wegen Kollaboration mit den Deutschen der Prozess gemacht wurde«, erzählte sie ruhig. »Das ist damals vielen Künstlern passiert, soviel ich weiß. Es gab wohl so eine Art Massenanklage gegen alle, die nicht ausdrücklich im Widerstand aktiv waren.«

Frank erstarrte. »Hat man ihn verurteilt?«

»Das weiß ich nicht. Die meisten Leute wurden meines Wissens freigesprochen und insgesamt hat man nach einer Weile den Mantel des Vergessens über diese Geschichten gelegt. Das war notwendig, um die verschiedenen politischen Kräfte zu einen und das durch den Krieg ausgeblutete und zerstörte Frankreich in die Zukunft zu führen.«

»Wieso kennen Sie sich so gut mit französischer Geschichte aus?« In seiner Stimme klang Bewunderung.

Zum ersten Mal seit dem Telefongespräch mit ihrer Mutter fühlte sie sich erheitert. Sie lachte leise. »Tu ich gar nicht. Ich habe nur ein paar Bücher über das Land gelesen, in dem ich lebe, um meine Nachbarn besser zu verstehen.«

»Kluges Mädchen! Zumindest wissen wir jetzt, warum Maître Delaborde so erpicht darauf ist, dass Sie nichts über seinen Vater herausfinden.«

»Das habe ich mir auch überlegt. Und ich denke, dass hier die Verbindung zu meiner Person liegt. Vielleicht ist im Krieg irgendetwas vorgefallen, was Jules Delabordes Interesse an mir erklärt.« Sie entzog ihm ihre Hand. »Fragen Sie mich jetzt aber bitte nicht nach meinen Vorfahren. Ich habe keine Ahnung, wer als Bindeglied infrage kommt.«

»Ich bestätige meine Rede über das *kluge Mädchen*«, frotzelte er. Ernst fuhr er fort: »Obwohl – oder gerade weil – Maurice Delaborde nicht interessiert daran sein dürfte, dass wir die alten Geschichten aufleben lassen, wird er nun mit uns kooperieren. Ich bin gespannt, was er sagt, wenn wir ihn mit unserem Wissen konfrontieren.«

Andrea rieb sich die Hände, weil sie plötzlich nicht wusste, was sie mit ihnen anfangen sollte.

»Wollen Sie ihn etwa bei dieser Party heute Abend auf die Sache ansprechen?« Ihre Skepsis gegenüber diesem unverfrorenen und vielleicht auch ein wenig schlechten Benehmen war aus jedem Wort herauszuhören. Bevor Frank antworten konnte, fiel ihr jedoch etwas ein und sie fügte rasch hinzu: »Was ist das überhaupt für ein Empfang?«

»Wir fahren zur Präsentation eines neuen Parfüms. *Très chic*. Die Fabrik liegt in seinem Wahlbezirk.«

Sie war verblüfft. »Wie kommen Sie zu dieser Einladung?«

»Ein befreundeter Korrespondent hat sie uns besorgt. Und ich finde, dass Smalltalk auch mal tiefgründig sein darf.« Er fasste nach ihrer Hand, mit der sie Fingerübungen in der Luft machte. »Geben Sie lieber wieder her. Ich werde ja noch ganz nervös von Ihrem Hantieren.«

In stummer Eintracht saßen sie nebeneinander, lauschten dem Brausen des Abendverkehrs und bemühten sich, nicht herumgeworfen zu werden, als der Taxifahrer zu halsbrecherischen Spurwechseln auf der viel befahrenen Stadtautobahn ansetzte. An der Porte Maillot bog er schwungvoll in die Avenue Charles de Gaulle ein, doch statt auf den hell erleuchteten Grande Arche zu blicken, der sich am Ende der breiten Straße erhob, sah Andrea aus dem Seitenfenster und die Fassade des Hotels Concorde La Fayette empor.

Zum ersten Mal seit Tagen dachte sie nicht an den oder die Musiker namens Jules Delaborde in der Vergangenheit, sondern an den alten Mann in der Gegenwart. Anscheinend lebte er und war nicht an den Folgen des Unfalls verstorben. Andrea nahm an, dass die Zeitungen davon berichtet hätten, wenn Maurice Delaborde um seinen Vater trauerte. Frank Renner war da sicher auf dem Laufenden. Deshalb sagte sie: »Ich wüsste gerne, wie es unserem Monsieur Delaborde geht.«

Er drückte ihre Hand. »Das werden wir seinen Sohn gleich fragen.«

Nach den Seine-Brücken erhoben sich die Wolkenkratzer des Geschäftsviertels La Défense. Wie quadratische Punkte leuchteten die Fenster, hinter denen noch Licht brannte, vor dem Nachthimmel. Inmitten dieser gigantischen, von einer schier endlosen und um diese Uhrzeit öde wirkenden Fußgängerzone durchzogenen Bürowelt glitzerte die aus Glas, Marmor und Stahl errichtete Konstruktion des Grande Arche. Scheinwerfer tauchten den modernen Triumphbogen in die französischen Farben Rot, Blau und Weiß. Zu Füßen des über einhundert Meter Höhe messenden Bauwerks reihten sich Taxen und andere von Chauffeuren gelenkte Fahrzeuge sowie Privatwagen aneinander. Elegant gekleidete Paare bewegten sich wie in einer Prozession über den Vorplatz zu den Aufzügen, die in gläsernen Röhren entlang der Außensäulen des Monuments nach oben schwebten. Livrierte Liftboys sorgten dafür, dass eine bestimmte Anzahl an Passagieren nicht überschritten wurde, was zur Erheiterung bei den einen und

Unmut bei anderen führte, als Paare oder Cliquen getrennt werden sollten. Absperrungsseile kanalisierten die Gäste, Sicherheitsleute kontrollierten die Einladungskarten. In ihren Funkgeräten rauschte es, undeutliche Stimmen gaben anscheinend monotone Anweisungen. Die Geräusche des Straßenverkehrs, das ewige Hupen der Pariser Autofahrer übertönten die Szenerie. Von irgendwoher wehte Musik. Klänge wie aus Andreas Easy-Listening-Repertoire.

Sie schlug zitternd den Kragen ihres Gehrocks hoch. Ihre Knie bebten, als sie an Franks Seite in den Lift trat und feststellte, dass sogar der Boden aus Glas war. Nicht nur, weil noch weitere Gäste in den Fahrstuhl drängten und es eng wurde, lehnte sie sich gegen ihn. »Ich bin nicht schwindelfrei«, flüsterte sie entschuldigend.

Er legte den Arm um sie. »Schauen Sie nach oben, dann wird Ihnen nicht schlecht.«

Andrea schloss die Augen. An ihre Ohren drang das Geplauder ihrer Mitfahrenden, Gekicher, die begeisterten Ahs und Ohs beim Betrachten der sicher atemberaubenden Aussicht. Sie stellte sich vor, wie es wäre, wenn die Kabine ungebremst in die Tiefe sauste. Obwohl sie ganz ruhig stand, schwankte sie. Ihr Herzschlag beschleunigte sich. Sie spürte, wie ihr Puls gemeinsam mit dem Lift in den fünfunddreißigsten Stock stieg.

Als der Aufzug mit einem kaum wahrnehmbaren Ruck anhielt und die Türen geräuschlos aufglitten, fühlte sie sich wie durchgeschüttelt. Ihr war unglaublich übel.

Das frisch-herbe, nach Zitrus und Vetiver duftende Aroma, das in der Luft des Foyers hing, brachte sie aber wieder einigermaßen ins Gleichgewicht.

Bildschöne junge Frauen verteilten kleine Parfümflakons als Werbegeschenke an die eintreffenden Damen, versprühten aus dekorativen Zerstäubern großzügig das neue Eau de

Toilette. Auf einer überdimensionalen Leinwand im Hintergrund lief ein Film, der wahrscheinlich die Entstehung des neuen Duftes dokumentierte. Andrea nahm einen altmodischen Destillierapparat und eine Laborantin in einem weißen Kittel wahr, bevor sie Frank in einen anderen Raum folgte.

Hier war das Stimmengewirr fast ebenso laut wie die Melodien, die eine Tanzkapelle spielte, als habe man sie aus den Zwanzigerjahren entliehen. Schicke Menschen drängten sich um eine Bar und das Vorspeisenbuffet, als hätten sie seit Tagen nichts zu essen und zu trinken bekommen. Gesprächsfetzen in Englisch und Spanisch unterbrachen das Französische, eine Gruppe Asiaten unterhielt sich deutlich leiser in ihrer Sprache, lachte aber dafür umso lauter. Die Menge wirkte wie eine wabernde Masse. Eine Art Schwarm, in dem sich die Arbeitsbienen um den Honig der Bienenkönigin scharten.

Nicht, dass Andrea schon viele Partys dieser Art erlebt hätte, aber sie wusste auf Anhieb, dass sie derartige gesellschaftliche Ereignisse nicht mochte. Die offensichtliche Doppelzüngigkeit der oberflächlichen Hautevolee und kreischende Begrüßungen mit der gebotenen Anzahl an *bisous* waren ihre Sache nicht. Sie betrachtete zwar interessiert die Leute in Haute Couture, die sie ansonsten nur vom Schaufensterbummel in der Avenue Montaigne kannte. Aber dabei fühlte sie sich ausgesprochen unwohl in ihrer Haut. Als ein Pressefotograf auftauchte und die Kamera zufällig in ihre Richtung hielt, drehte sie sich weg.

Frank drückte ihr ein Glas Champagner in die Hand. »Schauen Sie nicht so missmutig in die Gegend. Man könnte ja fast meinen, es mache Ihnen keinen Spaß, hier zu sein.«

»Es macht mir keinen Spaß, hier zu sein.«

Er stieß mit seinem Glas leicht gegen das ihre. Das Klirren war bei dem allgemeinen Geräuschpegel kaum wahrzunehmen. »Auf Ihr Wohl!« Nachdem er ein paar Schlucke getrunken hatte, setzte er schmunzelnd hinzu: »Denken Sie daran, dass wir nicht zum Vergnügen hier sind. Das ist alles Arbeit. Aber eine ausgesprochen angenehme, wie ich finde.«

»Wie wollen Sie hier Maurice Delaborde begegnen? Wir werden ihn zwischen diesen vielen Menschen gar nicht finden.«

»Seien Sie doch nicht so pessimistisch. Entspannen Sie sich. Wir werden ein wenig herumschlendern, wie man es bei solchen Gelegenheiten macht, und abwarten. Vielleicht sollten wir einen Blick auf die Terrasse werfen.«

Obwohl sie sich davor fürchtete, auf das Dach des Gebäudes zu steigen, trat sie durch die gläsernen Flügeltüren und erklomm an seiner Seite tapfer die wenigen Treppen nach oben. Kühle Luft schlug ihr entgegen. Die Gespräche schienen gedämpfter, es war auf der Panoramaterrasse nicht so voll wie in den Räumen unter ihr. Vor allem jüngere Paare genossen die Aussicht auf das Lichtermeer zu ihren Füßen.

Selbst Andrea gestand sich trotz ihrer Höhenangst ein, dass der Blick sensationell war. Inmitten der funkelnden Pracht, die Paris den Beinamen »Stadt der Lichter« eingetragen hatte, erstrahlte der Eiffelturm in unerhörtem Glanz. Selbst die beleuchteten Zahlen waren erkennbar, die auf der zweiten Plattform die verbleibenden Tage bis zur Jahrtausendwende anzeigten. Andrea wagte sich nicht nah an die Brüstung, aber der Faszination der Kulisse konnte sie sich nicht entziehen.

»Ich kann mir gar nicht vorstellen, dass die Lichter von Paris jemals ausgegangen sind«, meinte Frank gedankenverloren. »Es ist fantastisch.«

»Jean-Paul Sartre nannte die Zeit der deutschen Besetzung ›die dunklen Jahre‹«, erwiderte sie und nippte an ihrem Champagner. »Das bezog sich allerdings wohl nicht nur auf die vorgeschriebenen Verdunkelungen.« Sie war froh um das ernste Thema, denn die Szenerie und die Erinnerung an seine Hand im Taxi luden eigentlich zu ganz anderen Gedanken ein.

»Schauen Sie sich den Himmel an. Millionen von funkelnden Sternen. Die konnte selbst der schrecklichste Diktator nicht ausknipsen.«

Ein Windstoß fuhr ihr in die Frisur und löste eine Haarsträhne. In einer nervösen Geste schob Andrea sich diese hinters Ohr. Dass Frank sie dabei stumm beobachtete, verstärkte noch ihre Unruhe.

Die Klänge einer Trompete wehten auf die Terrasse. Offenbar hatte die Band den Verstärker aufgedreht. Wie eine Kopie von Louis Armstrong spielte der Musiker die Gesangsstimme von Édith Piaf in dem Evergreen »La vie en rose«, die Töne des Klaviers begleiteten ihn wie die Kohlesäurebläschen den Champagner in Andreas Glas. Die Wellen kalter Luft auf heißer Haut verstärkten sich, durchzogen ihren Körper wie ein Schüttelfrost.

Frank sah sie an. In der einen Hand sein Glas haltend, legte er den freien Arm um ihre Taille und zog sie ungeachtet der anderen Gäste an sich.

Sie legte den Kopf in den Nacken. »Wonach suchen Sie? Nach Monsieur Delaborde – oder … nach Liebe?«

»Das weiß ich im Moment selbst nicht so genau«, entgegnete er rau.

Während die Melodie in ihr nachhallte, formten sich die Textzeilen in ihrem Kopf. »*Quand il me prend dans ses bras, il me parle tout bas, je vois la vie en rose …*« Es fühlte sich wundervoll an, in seinem Arm zu liegen, und wäre da nicht eine gewisse Scheu gewesen, Andrea hätte tatsächlich geglaubt, das Leben mit einem Mal in Rosarot zu sehen.

»Ich habe meine Identität verloren«, hauchte sie an seinen Lippen.

»Wir finden sie gemeinsam wieder …«

Sein letztes Wort schwebte plötzlich so verloren in der Luft wie ein Seidentuch, das von seinem Besitzer sich selbst überlassen wurde.

Frank ließ sie abrupt los. Anscheinend hatte er in ihrem Rücken eine Bewegung wahrgenommen.

Er schob sie zur Seite und trat an ihr vorbei einem Mann in den Weg, der mit der Gelassenheit eines in sich ruhenden Menschen über die Terrasse schlenderte. »*Bonsoir*, Maître Delaborde.«

Noch ganz benommen von diesem besonderen Augenblick, der viel zu schnell verstrichen war, drehte sich Andrea um.

Frank streckte einem gut aussehenden mittelgroßen Mann die Hand entgegen. Sie erkannte den anderen sofort von dem Bild in der Zeitung. Maurice Delaborde wirkte im dunklen Anzug und mit einem blütenweißen, zu einer Rose geformten Einstecktuch und grau meliertem vollem Haar, das sich in seinem Nacken kräuselte, wie die Inkarnation eines Belami aus vergangenen Zeiten. Neben ihm stand unschlüssig eine gepflegte Dame, der man die Jahre jenseits der fünfzig deutlicher ansah als ihm. Offensichtlich seine Frau. Prompt verneigte sich Frank vor ihr.

»Ich bin hocherfreut, Ihre Bekanntschaft machen zu dürfen, Madame. Mein Name ist Frank Renner, ich bin Journalist aus Deutschland. Verzeihen Sie bitte mein schlechtes Französisch. Darf ich Ihnen ein paar Fragen stellen, Monsieur Delaborde?« Er sprudelte die Worte heraus, gleich einem Springbrunnen, unter dem der Rechtsanwalt mit seiner Gattin nicht hindurchlaufen konnte, ohne berieselt zu werden.

Maurice Delaborde stellte sich erwartungsvoll in Positur. »Was kann ich für Sie tun, Monsieur Renner?«

In diesem Moment trat Andrea neben Frank.

Delaborde erstarrte. Sein gerade noch professionell freundlicher Gesichtsausdruck veränderte sich ebenso wie seine Stimme. »Was wollen Sie?«, fragte er barsch.

»Ich möchte mich erkundigen, wie es Ihrem Vater geht«, erwiderte Frank. »Ein Interesse an der Gesundheit von Monsieur Jules Delaborde werden Sie sicher auch Mademoiselle Cramer zugestehen. Ich sehe, dass ich Sie einander nicht vorzustellen brauche.«

»Maurice, wer sind diese Leute?«, wollte Madame Delaborde wissen.

»Niemand«, zischte ihr Mann. Selbst bei der schwachen Beleuchtung waren die Schweißperlen erkennbar, die auf seiner Stirn glitzerten. »Lassen wir diese Angelegenheit ruhen, bitte. Wenn Sie uns weiter belästigen, werde ich den Sicherheitsdienst rufen.« Wohl um seiner Drohung Nachdruck zu verleihen, drehte er sich halb zu den Terrassentüren um und wedelte mit der Hand.

»Es besteht kein Anlass, die Contenance zu verlieren, Monsieur«, versetzte Frank kühl.

Maurice Delaborde starrte Andrea an. Sie fühlte sich unter seinem eindringlichen Blick nackt und verletzlich. Dennoch rührte sie sich nicht vom Fleck. Irgendetwas an ihrer Person irritierte diesen sonst so gewandten selbstbewussten Mann. Er fachte damit ihre Neugier an. Und wenn sie erfuhr, warum sein Vater vor ihr davongelaufen war, konnte sie vielleicht auch Barbaras Herkunft klären. Es war irrwitzig, aber eine Chance.

»Wäre es Ihnen möglich, Herrn Renner und mir einen Termin zu geben?«, hörte sie sich fragen, bevor sie ihren Gedankengang zu Ende verfolgt hatte. »Ich bin sicher, wir können alle Probleme in einem persönlichen Gespräch klären.«

Er sah ihr in die Augen. »Gewiss, Mademoiselle Cramer.« Dann fasste er in die Innentasche seines Sakkos und entnahm einem bordeauxroten Lederetui mit vergoldeten Kanten eine Visitenkarte. Diese überreichte er Frank. »Wenn Sie Forderungen stellen wollen, werden Sie erfahren, dass ich keinen Spaß verstehe.«

Ohne mit der Wimper zu zucken, ließ Frank die Karte in seine Hosentasche gleiten. Er nickte stumm.

»Rufen Sie morgen meine Sekretärin an, sie wird Ihnen einen Termin geben.« Delaborde nahm den Arm seiner Frau und sagte in verändertem Tonfall: »Komm, Mathilde, lass uns die Aussicht genießen.« Andrea und Frank würdigte er keines Blickes, als er sich zum Rand der Terrasse begab.

Kopfschüttelnd sah Andrea dem Paar nach. »Warum sollte ich Forderungen an ihn stellen wollen?«

»Er hält sich für erpressbar«, antwortete Frank leise. »Seltsam. Ich kann mir nicht vorstellen, dass es sich um die Anklage wegen Kollaboration handelt. Das ist eine unangenehme, aber alte Geschichte und sicher auch kein Geheimnis. Wahrscheinlich findet das jeder heraus, der sich eingehender mit der Delaborde-Sippe beschäftigt. Nein, da ist etwas anderes. Und ich wüsste gerne, was.«

»Ich hoffe, dass wir es erfahren.«

Er schenkte ihr ein aufmunterndes Lächeln. »Wir arbeiten daran. Die Sekretärin von Maître Delaborde wird meine neue Telefonfreundin, wenn sie mir nicht gleich morgen einen Termin gibt. Auf diese Aussicht sollten wir noch etwas trinken.« Er hob sein Glas, betrachtete skeptisch den verbliebenen Inhalt. »Mein Champagner ist schal. Wollen wir auf einen Drink an die Bar gehen, bevor wir uns auf den Heimweg machen?«

Der Zauber, der Andrea vorhin erfasst hatte, war gebrochen. Die Lichter von Paris wirkten plötzlich matter, die Sterne über ihr glänzten weniger verführerisch. Während sie Frank zurück in die lauten, vollen Gesellschaftsräume folgte, dachte sie, es war schon in Ordnung so. Eine Affäre mit ihm bedeutete eine weitere Komplikation in ihrem Leben, die sie beim besten Willen nicht gebrauchen konnte. Dennoch hing ein Hauch Wehmut an ihr wie der Duft des neuen Parfüms.

29

Die elektrische Lampe auf Margas Nachttisch flackerte hektisch. Ein untrügliches Zeichen, dass kaum noch Strom durch die Leitungen floss.

»Gleich werden wir kein Licht mehr haben«, sagte Michael.

»Hmmm«, machte Marga. Es klang wie das Seufzen eines waidwunden Tiers. Sie kauerte auf dem Bettrand und hatte die Arme um ihren Leib geschlungen, wiegte sich hin und her, den Blick starr geradeaus gerichtet.

Michael stand vor ihr in dem derben, einfachen Aufzug des Schlossgärtners und wirkte einerseits so vertraut, auf der anderen Seite aber erschreckend fremd.

In einer hilflosen Geste hob er die Arme und ließ sie wieder fallen. »Es tut mir leid. Ich wollte dich nicht erschrecken. Aber ich sah keine andere Möglichkeit als diesen Überfall, um Kontakt mit dir aufzunehmen.«

Sie nickte stumm.

»Heute Vormittag war ich ebenso überrascht wie du, aber ich konnte nicht zugeben, dass ich dich von früher kenne. Ja, ich war neugierig und wollte einen Blick auf die Musiker aus Deutschland werfen, von deren Ankunft ich gehört hatte. Aber ein Gärtner beim Rosenschneiden – das ist nicht ungewöhnlich. Ich dachte, ich falle euch gar nicht auf. Wie sollte ich ahnen, dass hinter Harry Alsens Sängerin Marga Mai meine alte Freundin steckt?«

»Hmmm«, wiederholte sie.

Unfassbar! Wie oft hatte sie sich das Wiedersehen mit

Michael bis ins kleinste Detail erträumt? Wie oft war sie in ihren Gedanken wieder und wieder die Dialoge durchgegangen, die sie beide sprechen würden? Nichts, absolut gar nichts, war so gekommen, wie sie es sich vorgestellt hatte!

Statt strahlend vor Glück fühlte sie sich wie das sprichwörtliche heulende Elend. Nur dass sie die aufsteigenden Tränen noch zurückhalten konnte. Am liebsten jedoch hätte sie sich in die Kissen geworfen und geweint. Aus Erleichterung, weil sie ihn bei offenbar guter Gesundheit antraf – ein bisschen schmaler, ja, aber doch gesund. Und aus Enttäuschung, weil die am Bahnhof in Hamburg geschürten Flammen der Leidenschaft nicht bis in die Normandie loderten. Nicht einmal pure Freude über das überraschende Zusammentreffen schien mehr möglich.

»Wie die Dinge liegen, muss ich mich verstecken«, sagte Michael leise, die Stimme fast nur ein Raunen, um niemanden außerhalb des Zimmers womöglich aufmerksam zu machen. »Als Musiker konnte ich hin und wieder unter falschem Namen auftreten …«

»Ich habe dich im Hot Club de France gesehen«, warf sie tonlos ein.

»Dort fragt niemand, woher du kommst, es zählt nur, wie du mit deinem Instrument umgehst. Weißt du, wie großartig es ist, mit Django Reinhardt und anderen von seiner Klasse zu swingen? Es gibt Razzien, aber weniger wegen der Musiker als vielmehr, um die Wehrmachtsangehörigen zu verhaften, die in Uniform zuhören. Irgendjemand steht immer Schmiere und warnt frühzeitig. Durch eine Falltür in der Bühne kann dann notfalls jeder verschwinden, der das für besser hält. Ein Keller, Gänge, Höhlen – Paris ist unterirdisch praktisch hohl. Die Katakomben sind zwar ein bisschen gruselig, aber ein gutes Versteck.«

»Ich liebe dich schon so lange, ich werde nie damit aufhören«, hallte es in ihrem Kopf. Mein Gott, dachte sie, selbst seine Stimme klingt heute anders. Und wie er redete. Früher hatte Michael nie viele Worte gemacht.

Marga sah ihn an und wünschte sich an den Platz dieses fremdartigen Gärtners den Mann, nach dem sie sich so lange gesehnt hatte. Seltsamerweise verschwamm das Bild aus ihrer Erinnerung. Ihr schien es, als hätte sie die vielen Monate hindurch nicht von dem realen Michael Friedländer geträumt, sondern von einem Phantom, das ihm nur vage ähnelte. Wie um die Vergangenheit aus ihrem nach innen gerichteten Blick zu wischen, fuhr sie sich über die Augen.

»Bitte … ich …«, hob er erneut an, sprach aber diesmal nicht weiter. Offenbar ratlos, weil sie nichts sagte. Er sank neben ihr auf das Bett. Seine Hände, die sie vielleicht berühren wollten, hielten jedoch in der Luft inne. Er spreizte die Finger und stützte sich auf den Oberschenkeln ab, als wäre er bereit zum Sprung.

»Du weißt nicht, wie es ist, wenn man nirgendwo mehr sicher ist, wenn jeder Schritt, den du vor deiner Tür hörst, dir zum Verhängnis werden kann. Es wäre gefährlich gewesen, mich dir am helllichten Tag vor den vielen Leuten zu offenbaren. Ich konnte nicht anders.«

Im Geiste sah Marga ein Paar, das über den Ehrenhof des Châteaus aufeinander zulief, die Arme ausgebreitet für die ersehnte Umarmung. So hatte sie sich ihr Wiedersehen vorgestellt. Leidenschaftlich, voller Liebe. Nicht als Lüge und Schmach. Sie fuhr sich noch einmal über die Lider. Diesmal, um die Tränen fortzuwischen, die sich aus den Winkeln stahlen.

Sie zog trotzig die Nase hoch. »Weißt du nicht, dass der Vicomte ein Bekannter des deutschen Botschafters in Paris ist? Was tust du ausgerechnet unter dem Dach dieses Mannes?«

»Das ist eine lange Geschichte. Um die zu erzählen, reicht diese Nacht nicht aus. Aber verrate mir: Wieso bist *du* hier?«

Marga fragte sich, ob er ihr nur auswich. Der Gedanke war unerfreulich, aber schlimmer konnte das Gefühl von Einsamkeit nicht werden, das sie nun in seiner Nähe erfasste. Resignierend begann sie, von ihrem Gesangsstudium zu berichten und von der Tournee mit Harry Alsens Tanzorchester nach Dänemark. Sie verschwieg jedoch, dass ihre Antriebsfeder nichts anderes gewesen war als die Hoffnung, ihn wiederzusehen.

»Aus dir ist eine wundervolle Sängerin geworden«, lobte er und fügte mit einem zerknirschten Lächeln hinzu: »Ich habe euch belauscht. Es war ein tolles Konzert. Ich hätte gerne mit euch musiziert. Isabelle de Valory ist eine begnadete Pianistin, findest du nicht?«

»Hmmm«, machte sie zum dritten Mal. Sie biss sich lieber auf die Zunge, als zuzugeben, dass ihr genau dieser Gedanke im Musikzimmer durch den Kopf gegangen war.

Die Nachttischlampe erlosch. Marga hatte nicht darauf geachtet, dass die Birne immer schwächer geworden war. Jetzt zuckte sie zusammen wie nach einem elektrischen Schlag. Neben ihr bewegte sich Michael. Sie hörte Stoff rascheln, dann ein leises Klappen. Es zischte und ein Streichholz flammte auf. Das kleine Licht verstärkte die Unwirklichkeit der Situation, selbst die Dunkelheit im Zimmer schien damit tiefer zu werden als zuvor.

»Wie lange wirst du hier zu Besuch sein?«, flüsterte Michael.

»Bis übermorgen. Am Freitag fahren wir zurück nach Paris.«

»Das ist gut. Dann können wir uns noch einmal … *Merde!*« Das Streichholz war fast heruntergebrannt, die Flamme versengte seine Fingerkuppen, er blies das Licht aus.

Marga widerstand dem Wunsch, nach seiner Hand zu greifen und die Verletzung mit einem Kuss zu heilen. Schweigend beobachtete sie, wie er ein zweites Zündholz anriss.

Die eine Hand hielt die Flamme, die andere kramte in der Tasche seiner abgetragenen Wolljacke nach einem Kerzenstumpen. Er hielt den Docht gegen das Feuer und wirkte dabei so konzentriert, dass sie am liebsten zu atmen aufgehört hätte, um ihn nicht zu stören. Vorsichtig das Licht vor seine Brust haltend, richtete er sich auf. Er stand da und blickte einen Moment stumm auf sie herab.

»Man darf uns eigentlich nicht zusammen sehen, aber wenn wir uns zufällig auf einem Spaziergang treffen, kann niemand auf falsche Gedanken kommen …« Er unterbrach sich, versank wieder in grüblerische Stille. Dann: »Du kennst den Gärtner von Schloss Valory nicht. Ist das klar? Versprichst du mir das?«

»Natürlich«, versicherte sie mit erstickter Stimme.

»Ich werde morgen früh im Garten arbeiten. Wenn du noch vor dem Frühstück draußen bist, fällt es am wenigsten auf. Dann können wir ungestört reden. Aber mach kein Aufhebens darum, sei unbedingt allein unterwegs. Und merk dir, dass es wie eine zufällige Begegnung aussehen muss. Verstehst du?«

Eine Träne lief über ihre Wange. Sie nickte.

»Bis morgen, Marga … Liebes …«

Später fragte sie sich, ob sie sich die zärtliche Anrede nur eingebildet hatte.

Marga fand keinen Schlaf. Ihre Gedanken kreisten um das verpatzte Wiedersehen. Obwohl sie für einen Augenblick sicher gewesen war, alles werde gut, glaubte sie in der Stille der durchwachten Nacht irgendwann nicht mehr daran. Genau betrachtet war Michaels Freude nicht gerade überschwänglich gewesen. Sie ließ jede Silbe ihres Gesprächs in ihrem Kopf nachhallen, fand mehr negative Aspekte als positive. Im Dunkeln sah sie die Wahrheit klarer als bei Sonnenschein: Bedeutete eine verliebte Traumtänzerin wie sie nicht eher Gefahr als Glück für ihn?

Schon bei Morgengrauen hielt Marga es nicht mehr in ihrem Zimmer aus. Als sie das noch schlafende Haus verließ, krähte in der Ferne ein Hahn. Über dem Boden hing der nächtliche Dunst wie der Dampf einer Trockeneismaschine, die im Filmstudio mit heißem Wasser begossen wurde. Es war kühl, aber die goldenen Streifen am blassblauen Himmel versprachen einen sonnigen Tag.

Sie zog die Schultern hoch und die Strickjacke fester um sich. Obwohl sie vermutete, dass Michael noch nicht seiner Arbeit nachging, spazierte sie von der rückwärtigen Terrasse in den Garten, an ornamentalen Rasenflächen und Blumenrabatten entlang. Die Bewegung und die taufeuchte Luft taten ihr gut und so schritt sie über den Kiesweg und an den Hecken des Labyrinths vorbei weiter in Richtung Wald.

Im Buchs saß ein Vogelorchester und Marga hielt inne, um den Stimmen zu lauschen. Meisen, Finken und Rotkehlchen glaubte sie zu erkennen. Vielleicht waren es aber auch nur Spatzen, die sich dort vergnügten. Unwillkürlich schüttelte sie den Kopf über sich selbst. Sie war ein Mädchen aus der Großstadt und wusste nicht das Geringste vom Landleben, nicht einmal die Arbeitsdienste bei der Ernte hatten daran etwas geändert. Ihre Sinne waren für andere Wahrnehmungen geschärft. Etwa wenn sie meinte, Michaels Klarinettenspiel aus dem von Dutzenden Musikern herauszuhören.

»Und beim Unterscheiden von Vogelgezwitscher versagt dein Gehör, du dumme Gans«, schalt sie sich. Sie lachte laut auf und das Lachen schien die Blockade in ihrem Herzen zu lösen. Mit einem Mal fühlte sie sich wie befreit nach dieser unglücklichen Nacht.

Michael hörte ihr Lachen, bevor er Marga sah. Leicht gedämpft hallte es durch den lichter werdenden Nebel. Trotzdem erkannte er darin jene unbändige Lebensfreude, die er noch so gut in Erinnerung hatte. Angestrengt blickte er in die Richtung, in der er seine alte Freundin vermutete, und beobachtete, wie sich ihre Gestalt zwischen ein paar einzelnen Bäumen aus dem Dunstschleier löste. Die weichen Umrisse ihres Körpers, die weiten Hosen, die ein langes Kleid vortäuschten, ihr offenes Haar – sie wirkte auf ihn wie eine Figur aus einer Wagner-Oper, eine der Nymphen im *Tannhäuser* vielleicht. Aber außer in den kümmerlichen Resten des einstigen Burggrabens war kein Wasser in der Nähe und in Wagners Libretti wurde auch selten so zufrieden und aus voller Seele gelacht.

Über seine Bezauberung schmunzelnd, blieb Michael neben dem Seitenflügel des Schlosses stehen, um sie einfach nur anzusehen. Einerseits war sie noch die Freundin von früher, seine Jugendliebe, die ihn bewundert hatte. Andererseits bewegte sich dort vor ihm die neue Marga: eine erwachsene Frau, selbstsicher und ehrgeizig, unglaublich attraktiv, gesegnet mit einer herrlichen Stimme. Eine schöne Unbekannte.

Sein Lächeln erlosch.

Michael packte die Griffe der Schubkarre, in der sich die Gartengeräte befanden, und stapfte mit der gelassenen Geschäftigkeit des Gärtners am Broderieparterre vorbei auf Marga zu.

Niemals hätte er für möglich gehalten, dass ihm die Arbeit im Freien Freude bereiten würde. Anfangs war es ihm sogar unvorstellbar erschienen, einer Tätigkeit nachzugehen, bei der er sich die Hände verletzen könnte. Er war Musiker, er brauchte seine Finger zum Spielen. Doch über kurz oder lang begriff er das Geschenk, das ihm die Natur machte: Es war ein fast vergessenes Gefühl von Freiheit.

»*Bonjour, Mademoiselle*«, grüßte er höflich und blieb in respektvoller Entfernung zu ihr stehen.

Sie zuckte zusammen. »Meine Güte«, stieß sie hervor, »musst du mich so erschrecken?«

»*Pardon?*«, fragte er verständnislos und rückte die Baskenmütze zurecht, die er in seiner Rolle als französischer Gärtner trug.

»Oh, bitte keine Spielchen. Dafür ist es zu früh. Außerdem bin ich etwas übernächtigt.«

Michael wusste, dass er sie verletzte, wenn er ihr die Wahrheit vorenthielt. Doch er konnte ihr nicht erzählen, wie er zu dem Mann geworden war, der jetzt neben ihr vor einer der mannshohen Hecken stand. Wenn er es täte, würde er Menschen in Gefahr bringen, die ihm vermutlich das Leben gerettet hatten. Gedankenverloren stellte er fest, dass der Buchs mal wieder in Form geschnitten werden musste.

Nach einer Weile sah er ihr in die Augen. »Wenn dir etwas an mir liegt, dann vergiss, dass wir uns von früher kennen. Erwähne es niemandem gegenüber. Niemals.« Mit gesenkter Stimme fügte er hinzu. »Ich bin mit falschen Papieren in Frankreich eingereist und lebe hier inkognito. Damit nicht genug. Wie du weißt, ist mein Vater Jude. Ich höre von vielen Seiten, dass es immer öfter Razzien gibt und dass Juden verschwinden, Unbequeme, Alte wie Junge, auf Lastwagen verfrachtet und abtransportiert.«

Marga schluckte, senkte den Blick, hob wieder die Lider, starrte in die Sträucher, aus denen sich fröhlich zwitschernd ein paar Sperlinge erhoben und flatternd davonflogen.

Michael erinnerte sich plötzlich an eine Szene an den Landungsbrücken in Hamburg. Sie hatten nebeneinandergestanden und den Möwen nachgeschaut, die dem Lauf der Elbe zur Nordsee folgten. Damals gestand Marga ihm ihre Sehnsucht nach der großen, weiten Welt, dass sie fortfliegen und reisen wolle. Und er antwortete ihr: »Das tust du doch bereits mit unserer Musik. Du bist längst unterwegs, du weißt es nur noch nicht. Irgendwann merkst du tief in dir drinnen, wie dich der Swing auf seinen Flügeln davonträgt.«

Er riss sich von dem Bild los und sagte: »Ich bin auf dem Weg in den Rosengarten. Die Rosen blühen natürlich noch nicht, aber sie machen immer Arbeit. Möchten Sie mich begleiten, Mademoiselle?«

Marga zuckte mit den Achseln. »Warum nicht?«

Der Kies knirschte unter ihren Füßen, als sie zum Ehrenhof zurückkehrten. Marga dachte daran, wie sie früher mit Michael durch Planten un Blomen spaziert war, Hamburgs schönste Gartenanlage. Die Eisbahn dort war im Winter ein beliebter Treffpunkt der Swingkids gewesen. Irgendwer hatte immer einen Hotkoffer und die beliebtesten Scheiben mitgebracht, sodass sie zum Jazz ihre Runden drehten. Einmal hatten sie versucht, den Lindy Hop auf Schlittschuhen zu tanzen, was mit einigen blauen Flecken endete – und damit sogar noch glimpflich. Seltsamerweise brachte ausgerechnet dieser schmerzliche Blick in die Vergangenheit sie auf eine wichtige Frage der Gegenwart.

»Warum trittst du im Hot Club de France auf, wenn deine Lage hier so brenzlig ist?« Es war ihr unmöglich, ihn zu siezen, wie sie dies bei einem echten französischen Gärtner getan hätte. Sie senkte jedoch die Stimme, sodass sie überzeugt war, niemand werde sie belauschen können.

»Der Swing erhält mich am Leben«, kam es wie aus der Pistole geschossen und ohne alle Vorsicht. »Ich brauche ihn wie die Luft zum Atmen.«

Da war er – ihr Michael!

Endlich hatte sie ihn wiedergefunden. Marga kam es vor, als würden ganze Felsbrocken von ihrem Herzen fallen. Am liebsten hätte sie den auf den ersten Blick so fremd wirkenden jungen Mann an ihrer Seite umarmt. Doch diese Reaktion verkniff sie sich gerade noch, als ihr bewusst wurde, dass man sie und ihn vom Schloss aus sehen konnte, so wie sie Michael und Isabelle am Vortag beobachtet hatte. Sie verschränkte die Hände hinter ihrem Rücken.

»Planst du wieder einen Gig?« Sie versuchte, so neutral wie möglich zu klingen. Nichts hätte sie in diesem Moment glücklicher gemacht als der Gedanke, wieder gemeinsam mit Michael swingen zu können.

»Keine Ahnung. Eine Jamsession ist immer spontan.«

Sie waren vor den Rosenbeeten angelangt. Im Windschatten der alten Schlossmauern, aber der Sonne zugewandt, die auch jetzt bereits durch den Dunst brach, gediehen Triebe und Knospen. Michael stellte die Schubkarre ab und ging vor den Sträuchern in die Knie. Mit konzentriert zusammengezogenen Augenbrauen und als habe er Margas Anwesenheit vergessen, betrachtete er das Laub. Sanft strichen seine Finger über die Oberfläche der Blätter.

Marga stand neben ihm, blickte auf ihn hinab und spürte heiß die abweisende Haltung dieses mit einem Mal wieder so fremd wirkenden Mannes. Am liebsten wäre sie davongelaufen. Doch sie fürchtete, das Band ihrer alten Freundschaft endgültig zu zerreißen, wenn sie jetzt beleidigt ging. Um irgendetwas zu sagen, flüchtete sie sich in leutselige Bemerkungen über das Wetter.

»Als ich von meinem Zimmer herunterkam, hatte ich das Lied ›A Foggy Day‹ im Kopf, aber es scheint ein schöner Tag zu werden.«

»Fred Astaire«, stimmte er gedankenverloren zu, während

er weiter die Blätter mit sanften Strichen bearbeitete und sich zwischendurch die Hände an einem karierten Tuch abwischte, das aus seiner Hosentasche hing.

Sie ging in die Hocke. »Was machst du da?«

»Ich sammle die Blattläuse ab. Der Brennnesselsud ist ausgegangen. Ich muss nachher eine Lauge aufsetzen. Sie hilft gegen das Ungeziefer.«

Das war definitiv nicht Michael Friedländer, der Klarinettist, ihr Jugendfreund, der Mann, den sie schon so lange liebte. »Wo hast du das gelernt?«

Bevor er ihr antwortete, bemerkte sie Geräusche auf der Terrasse hinter ihnen. Die Flügeltüren waren aufgestoßen worden und Kurt trat heraus, stellte sich breitbeinig an die Brüstung, streckte die Arme aus und neigte seinen Oberkörper in einem gleichmäßigen Rhythmus nach rechts und nach links. Dabei wirkte Harry Alsens Trompeter, als sei er geradewegs einem Werbefilm von Leni Riefenstahl über »Kraft durch Freude« entstiegen. Er absolvierte konzentriert seine Morgengymnastik, zweifellos würde aber jeden Moment sein Blick auf das ungleiche Paar am Rosenbeet fallen.

»Ich wünschte, wir könnten uns wiedersehen«, raunte Marga.

Ich wünschte, ich würde nicht so flehend klingen, dachte sie.

Tiefe Falten zerfurchten Michaels Stirn. »Ja«, antwortete er schlicht.

»Guten Morgen, Marga«, klang es munter von der Terrasse. »Lässt du dir die Rosen erklären? Das sind englische Teehybriden, glaube ich. Meine Eltern haben diese Sorte vor dem Krieg in ihrem Blumenladen verkauft.«

Noch ein Musiker, der sich mit Gärten auskannte. Das hatte Marga nicht erwartet. Sie zwinkerte verwirrt und richtete sich auf. »Gibt's schon Frühstück?«, rief sie in Kurts Richtung.

»Isabelle soll dir ihr Fahrrad leihen«, flüsterte Michael. »Komm nach dem Mittagessen nach Pacy-sur-Eure. Es ist nicht weit, etwa fünf Kilometer quer durch den Wald und über die Felder. Wir treffen uns an der Statue des heiligen Aubin von Angers.«

Kurt gab seine Übungen auf und trat näher. Er nickte Michael lächelnd zu. »Moin«, grüßte er und meinte dann: »Ach, nee … *bonjour* heißt es ja.« Ohne eine Antwort abzuwarten, wandte er sich wieder an Marga: »Es wird gerade aufgedeckt. Der Kaffee duftet wunderbar. So wie früher. Es ist wie in einer anderen Welt. Weißt du, was ich glaube: Wenn man von *Gott in Frankreich* spricht, muss dieses Schloss Sein Zuhause sein.«

»*Bonne journée*!«, wünschte Michael, griff nach seiner Schubkarre und entfernte sich gemächlich weiter in den Garten hinein.

Marga sah ihm nach, durchbohrte mit ihren Blicken seinen schmalen Rücken und wünschte, sein Herz zu treffen. Wie hatte sie nur zweifeln können? Dieser Mann war die Liebe ihres Lebens. Er würde es immer bleiben. Und sie würde notfalls gegen alle Widrigkeiten des Schicksals, gegen Krieg und Politik um ihn kämpfen.

Eine gute Entscheidung, wusste sie augenblicklich und fühlte, wie neu erwachte Kraft durch ihre Glieder strömte.

Gut gelaunt hakte sie sich bei Kurt unter. »Dann lass uns rasch nachsehen, was es außer Kaffee noch zum Frühstück gibt. Ich glaube, das wird ein großartiger Tag.«

30

»Das Mittagessen war eindeutig zu üppig. Ich brauche dringend etwas Bewegung, sonst passe ich nicht mehr in mein Auftrittskleid«, verkündete Marga. Sie konnte nicht verhindern, dass sie bei diesen Worten über das ganze Gesicht strahlte. Ein mögliches Bauchgrimmen sah man ihr gewiss nicht an. Natürlich reagierten ihre Musikerkollegen und ihr Gastgeber darauf mit Komplimenten und Beschwichtigungen.

Nur Isabelle ließ sich rasch überzeugen, dass Marga ein Fahrrad brauchte, um sich sportlich zu betätigen. Auch dass sie allein sein wollte, akzeptierte die Tochter des Vicomte ohne Widerspruch. Dies weckte in Marga den Argwohn, dass sich Michael mit Isabelle abgesprochen habe. Schenkte er der anderen das Vertrauen, das er Marga vorenthielt? Unwillen regte sich in ihr, durch ihren Kopf spukte das Wort *Verrat*. Es kam ihr wie ein Treuebruch vor, dass Michael die Französin über ihr heimliches Treffen informiert zu haben schien. Nicht mehr glücklich, sondern fast widerstrebend machte sie sich für ihren Ausflug bereit.

Als sie durch die unteren Räume lief, weil sie ihre Handtasche im Salon hatte liegen lassen, fiel ihr Blick zufällig durch eines der hohen Fenster auf die Terrasse. Die Szene, die sich ihr bot, ließ sie innehalten.

Isabelle deckte den Eisentisch für zwei Personen mit Kaffeegeschirr ein, während sich Harald mit dem rostigen Gestänge des Sonnenschirms abmühte. Einer von beiden sagte etwas, das Marga nicht verstand, und darauf brachen beide in albernes Gelächter aus. Die gegenseitige Sympathie hielt nach dem gestrigen Abend augenscheinlich an. Kichernd stellte Isabelle das Geschirr ab und eilte Harald zu Hilfe. Trotz vierhändigen Bemühens rastete der Schieber nicht ein und die

Bespannung fiel über den Köpfen der beiden zusammen. Obwohl ihr Lachen verklang, tauchten die beiden nicht sofort wieder auf.

Gegen einen plötzlichen Reiz in ihrer Kehle anhüstelnd, wandte sich Marga ab. Sie sagte sich, dass sie froh über die Bekanntschaft von Isabelle und Harald sein sollte. Wenn Gilles de Valorys Tochter mit dem Orchesterleiter flirtete, bedeutete dies wohl, dass sie nicht gleichzeitig an Michael interessiert war. Aber ihre Beobachtung hinterließ trotzdem einen schalen Nachgeschmack.

Um die Bilder von Isabelle und Harald aus ihrem Kopf zu verscheuchen, trat Marga energisch in die Pedale. Sie fuhr nicht querfeldein und durch den Wald, wie von Michael empfohlen, sondern blieb auf der Straße. Das erschien ihr sicherer, weil sie auf den unbefestigten Wegen Wurzeln, Steine oder Blattwerk vermutete und fürchtete zu stürzen. Außerdem hatte sie Angst, sich zu verfahren. Auf der Landstraße war es um diese Tageszeit ruhig, die von niedrigen Mauern begrenzten Felder lagen still da. Nicht einmal das Klappern eines Traktors mit Holzvergaser störte das Brausen des Fahrtwinds und das sanfte Rauschen der Blätter. Marga wurde eins mit der Natur, der meist flachen, grünen Landschaft, den Linden und Buchen am Wegesrand und den Alleen aus Apfelbäumen. Nach dem ersten Kilometer war Margas schlechte Laune wie fortgeblasen.

Als sie eine Dreiviertelstunde später Pacy-sur-Eure erreichte, begann der Ort gerade aus seinem Mittagsschlaf zu erwachen. Die Hauptstraße zog sich bis zum Fluss hinunter, aneinandergedrängte, höchstens dreistöckige Häuser wirkten wie zusammengewürfelt aus tausend Jahren Geschichte, roter Backstein wechselte sich mit rohem Naturstein ab und daneben erstrahlte ein Gebäude mit hellem Putz.

Marga stieg ab und schob ihr Rad an Lebensmittelgeschäften vorbei, an Handwerksbetrieben wie einem Schlosser und dem Friseur sowie an einem Bistro und einem Restaurant, das ebenso zugesperrt war wie die Bank. Über ihr wurden blaue Fensterläden aufgestoßen, ein Schwall französischer Worte wehte zu ihr, die unschwer die energisch vorgetragene Meinungsäußerung einer Frau erkennen ließen. Ein blutjunges Mädchen mit dunklem Pferdeschwanz schob das Eisengitter vor der *boulangerie* hoch, eine alte Frau humpelte, auf einen Stock gestützt, über die Straße und betrat als erste Kundin die Bäckerei. Drei ältere Männer kreuzten Margas Weg und strebten in das Innere des *tabac*. Wie Marga inzwischen wusste, waren das nicht nur Läden, in denen man Tabak kaufen konnte, sondern dunkle Bars, an deren Theke sich vornehmlich männliche Gäste auf einen *café* oder einen *pastis* drängten und Nachrichten austauschten; in Paris waren dies die geheimen Wettbüros der Pferderennbahn in Longchamp. Offensichtlich war wenig los in Pacy – und deshalb spürte Marga neugierige, nicht immer nur verstohlene Blicke auf sich ruhen.

Sie überlegte, wen sie nach Saint Aubin fragen könnte. Deutsche Soldaten sah sie nirgends.

Da rückte die Kirche in ihr Blickfeld, ein mittelalterlicher Sakralbau, der sich, von ferne kaum zu unterscheiden, in die Häuserfront aus grob behauenem Naturstein fügte. Wenn die Statue eines Heiligen sich irgendwo befand, dann mit größter Wahrscheinlichkeit dort.

Margas Herz schlug aus Vorfreude über das Treffen mit Michael schneller, sie hastete vorwärts. Ohne sich Gedanken darüber zu machen, ob ein Dieb Interesse an Isabelles Fahrrad haben könnte, stellte sie die Leihgabe neben dem mit einem Tympanon eingefassten Kirchenportal ab. Beschwingt zog sie am schmiedeeisernen Griff des schweren Tors. Vergeblich. Der Haupteingang war verschlossen. Enttäuscht wischte sie sich die Schweißperlen von der Stirn und blickte sich nach einem Menschen um, der ihr weiterhelfen könnte, aber hier, etwa hundert Meter entfernt vom eigentlichen Zentrum, wirkte der Ort wie ausgestorben.

Ärger stieg in ihr hoch. Auf Michael und seine undeutliche Angabe. Und auf sich selbst, weil sie Isabelle nicht nach der Statue gefragt hatte.

Wie von Zauberhand gelenkt, stand sie plötzlich vor einer kleinen Nebentür. Diese ließ sich problemlos öffnen. Einen Moment später befand sich Marga unter den Rundbögen im Seitenschiff der Kirche. Hier drinnen war es kalt und dunkel. Nur wenig Licht drang durch die alten Bleiglasfenster, lediglich durch das gläserne Tryptichon in der Apsis fielen ein paar Sonnenstrahlen auf den Hauptaltar. Sie zwinkerte, um ihre Augen an die Dämmerung zu gewöhnen.

Am Ende des Gangs schimmerte Kerzenschein. Marga folgte dem Flackern; es gehörte zu einem mehrarmigen Kandelaber. Darauf beleuchteten unterschiedlich weit heruntergebrannte neben bereits verlöschten Kerzen eine gütig wirkende Heiligenfigur in Bischofsgestalt.

An der Mauer dahinter waren Steintafeln angebracht. Marga trat näher, um die zum Teil bereits verwitterten Inschriften zu entziffern: in Stein gemeißelte Liebesschwüre, Taufdaten, Bitten. Marga konnte nicht jedes Wort lesen, aber sie verstand, dass diese Plaketten vor allem Danksagungen an Gott, Jesus Christus und alle Heiligen waren, vermutlich verbunden mit Spenden an die Kirche.

Ihr Blick fiel auf eine Platte, die so neu war, dass sie zwischen den alten Tafeln leuchtete.

Merci
M & M
1942

M & M. Marga und Michael.

Fassungslos starrte sie auf die Buchstaben und die Jahreszahl.

Ein Windhauch berührte sie, strich über ihre Wange wie eine zärtliche Hand. Die Flammen der Kerzen warfen Schatten auf die Steine, malten Bilder darauf. Marga meinte, Herzen zu erkennen, vielleicht waren es auch die Silhouetten zweier sich liebender Menschen.

Das Knarren der Tür hallte durch die mystische Stille, Schritte klapperten über die Fliesen des Kreuzgangs.

Marga drehte sich nicht nach dem Eindringling um. Sie brauchte sich nicht zu vergewissern, dass Michael auf sie zuging. Sie fühlte seine körperliche Nähe mit ungeahnter Intensität.

»Hast du das anbringen lassen?«, flüsterte sie ergriffen.

»Was?« Er klang verwirrt. Erst mit einiger Verzögerung konnte er ihr folgen. »Du meinst die Steintafel? M & M, 1942. Das ist in der Tat merkwürdig. Nein. Von mir ist die nicht. Natürlich nicht. Warum auch? Ich bin ja nicht katholisch.«

Der eben noch als sanft empfundene Luftzug ließ Marga mit einem Mal frösteln. Sie schlang zitternd die Arme um ihren Leib. Es war ihr peinlich, dass die Steintafel ihre romantischen Gefühle geweckt hatte und sie blind gegen die Realität werden ließ. »Tut mir leid«, wisperte sie.

Michael machte eine wegwerfende Handbewegung. »Egal. Früher habe ich die Sache mit den Religionen nicht so ernst genommen«, erwiderte er. »Aber das hat sich verändert. In meinem Herzen ist mir das Judentum heute wichtiger denn je. Weißt du, im September vor zwei Jahren, also nur wenige Monate nach dem Einmarsch der Wehrmacht, wurde in Frankreich eine Judenzählung durchgeführt. Die französische Polizei war der deutschen Kommandantur durchaus behilflich …«, er unterbrach sich, legte eine Gedankenpause ein, dann gestand er: »Ich habe nicht den Mut aufgebracht, mich zu melden. Dabei wäre ich es meinem Vater schuldig gewesen, denke ich.« Und mit einem leisen Lächeln fügte er hinzu: »Und auch Benny Goodman. Allein wegen Benny Goodman hätte ich mich registrieren lassen sollen.«

Sie erwiderte sein Lächeln. »Weil Benny Goodman Jude ist. Klar. Jules Delaborde hättest du damit wahrscheinlich in große Schwierigkeiten gebracht.«

»Woher …?«

»Ich besitze eine Platte von einem Klarinettisten namens Jules Delaborde. Es ist ›Stardust Melody‹, eine wundervolle Aufnahme.« Er nickte, wartete. Deshalb fuhr sie fort: »Außerdem hat Nobsi erzählt, dass er dich unter diesem Namen getroffen hat.«

»Plaudertasche!«, zischte Michael, wollte aber gleich wissen: »Wie geht es ihm?«

»Die letzte Nachricht, die ich von Helga erhielt, war, dass Nobsi an der Ostfront kämpft.«

»Hätte ich mir denken können. Sie haben große Truppenkontingente von Frankreich in die Sowjetunion verlegt. Die Wehrmacht ist inzwischen vor allem an der alten Maginot-Linie präsent und am nördlichen Teil der Küste, deshalb herrscht hier in der Gegend Ruhe. Du kannst stundenlang herumfahren und keinem deutschen Soldaten begegnen.«

»Das ist gut für dich«, stellte sie erleichtert fest.

»Nun ja, die französische Polizei mag Leute, die sich verstecken, auch nicht.«

Kälte kroch durch Margas Körper. Ob aus Angst um Michael oder wegen der niedrigen Temperaturen in der Kirche, das hätte sie nicht sagen können. Schlotternd trat sie von einem Fuß auf den anderen. Früher, fuhr es ihr durch den Kopf, hätte er sie bei dieser Gelegenheit in den Arm genommen und zu wärmen versucht.

Michael war mit seinen Gedanken zwar in der Vergangenheit, aber nicht bei Marga.

»Weißt du, wie es meiner Mutter geht?« In seinem Ton lag eine Sehnsucht, die ihr die Tränen in die Augen trieb.

Sie schluckte. »Nachdem sie zu deiner Tante nach Schlesien gezogen war, kam eine Ansichtskarte von ihr. Darauf stand, dass es ihr gut geht. Mehr weiß ich nicht. Aber du musst dir sicher keine Sorgen um sie machen. In Breslau soll es ruhig sein, es gibt dort keine Luftangriffe.«

»Manchmal träume ich, dass ich sie wiedersehe. Meine Eltern, meine ich. Ist schon verrückt, nicht wahr?«

Träume erfüllen sich manchmal, dachte sie. Ich habe dich ja auch wiedergefunden.

Aber sie sprach ihre Gedanken nicht aus. Stattdessen fasste sie schüchtern nach seiner Hand. Überrascht registrierte sie, dass er sie mit seinen Fingern fest umschloss.

»Ich möchte nach Amerika«, sagte er. »Wenn der Krieg vorbei ist, möchte ich nach New York. Das ist auch so ein verrückter Traum von mir. Ich will den Jazz dort hören, wo er geboren wurde.«

Das Gespräch nahm die falsche Wendung. Marga wollte weder der Vergangenheit nachweinen noch Luftschlösser für die Zukunft bauen. Sie hielt Michaels Hand und das genügte ihr völlig für diesen Moment. Sie überlegte fieberhaft, was sie sagen könnte, um ihrer beider Stimmung zu verbessern. Plötzlich fiel ihr etwas ein.

»New York würde mir auch gefallen«, begann sie und klang dabei seltsam kurzatmig, »aber fürs Erste sollte ich mir wohl Paris ansehen. Weißt du, dass ich seit Wochen hier bin und noch nicht einmal den Eiffelturm aus der Nähe gesehen habe? Ich war zwar am Montmartre – natürlich, ich war ja im Hot Club de France –, aber Montparnasse und das Quartier Latin kenne ich überhaupt noch nicht. Ich wünschte, ich könnte mit dir dorthin gehen, wo Cole Porter war. Wo er unsere Musik geschrieben hat.«

»Und George Gershwin«, murmelte Michael. »Der war in den Zwanzigerjahren auch hier.«

»Ja. Natürlich. *Ein Amerikaner in Paris.*«

»Vor fünfzehn, zwanzig Jahren trafen sich die Künstler im Le Dôme und im La Coupole am Montparnasse. Die Bistros existieren noch. La Coupole hat im Keller einen Nachtclub, in dem noch immer Jazz gespielt wird. Harry Alsen sollte mal mit dir hingehen.«

Ohne nachzudenken, versetzte sie: »Wahrscheinlich würde er lieber mit Isabelle de Valory ausgehen.« Einen Atemzug später biss sie sich entsetzt über die eigene Geschwätzigkeit auf die Lippen. Sie hielt zwar Michaels Hand, aber über seiner Beziehung zur Tochter des Vicomte stand ein leuchtendes Fragezeichen. Vorsichtig forschte sie: »Stört es dich, dass er sich gut mit ihr versteht?«

Ein bitteres Lachen antwortete ihr, dessen Klang die Rundbögen der Kirche zurückwarfen. »Nein. Warum sollte es? Isabelle ist ein wundervolles Mädchen, aber … was geht sie mich an?« Er ließ Marga los, fingerte an seiner Baskenmütze herum und fügte ernst hinzu: »Mit Isabelle de Valory verbindet mich nichts.«

Eine glatte Lüge. Ganz offensichtlich war die Französin Michael nicht so gleichgültig, wie er tat. Diese Erkenntnis schnitt eine neue Wunde in Margas Herz. Warum spielte er nicht mit offenen Karten? Hatte sie, Marga, all die Jahre vergeblich auf Michael gewartet? Die Kerzen an der Heiligenfigur verschwammen vor ihren Augen zu einem Lichtermeer.

»Wofür ist Saint Aubin gut?«, wechselte sie das Thema, um ihren stummen Fragen auszuweichen.

»Er hilft kranken Kindern. Angeblich soll dieses Standbild Wunder bewirken und Blinde sehend machen.«

»Oh!« Dann hat Saint Aubin mir also auch die Augen geöffnet, dachte sie niedergeschlagen und wandte sich ab. »Mir ist kalt, ich möchte gehen.«

Michael hielt sie am Arm fest. »Ich komme nicht sehr oft nach Paris, aber ich würde dir Le Dôme oder La Coupole gerne zeigen. Es ist nur … ich kann dich nicht dorthin einladen, dazu fehlen mir die Mittel. Wir müssen unser Rendezvous wohl auf später verschieben … wenn der Krieg vorbei ist.«

Marga hatte keine Ahnung, wann das sein sollte. Aber sie wusste, dass sie nicht so lange nach Michael gesucht hatte, um ihn wieder aus den Augen zu verlieren. Wenn ihm so viel an Isabelle lag, blieben Marga und er eben gute Freunde. Jedenfalls vorerst. Bis er begriffen hatte, dass er in Wirklichkeit nur sie, Marga, liebte. Ein guter Gedanke. Alles war besser als ein neuer Abschied auf unbestimmte Zeit.

Ihr lag auf der Zunge, dass sie für sie beide bezahlen könne, wenn sie in Paris ausgingen. Sie bekam ihre Gage in Reichsmark, die Währung war deutlich mehr wert als der französische Franc. Außerdem lag ihr Verdienst sicher weit über dem, was er als Gärtner des Vicomte erhielt. Ihr Vorschlag blieb jedoch unausgesprochen, da sich die schmale Kirchentür wieder mit einem leisen Quietschen öffnete.

Eine gebückt gehende alte Frau schlurfte in das Seitenschiff, den Kopf zu den Händen geneigt, in denen sie einen Rosenkranz hielt. Ihr Blick schweifte nur kurz zu Marga und Michael, dann bog sie in den Kreuzgang ab und kniete sich in die erste Bank vor dem Altar. Das morsche Holz knarrte unter ihrem Gewicht, der leise Singsang ihrer Gebete hallte monoton von den alten Mauern wider.

Auf Zehenspitzen verließen Marga und Michael die Kirche.

Als sie in der Gasse vor der Seitentür standen, wurde Marga

für einen Moment vom Sonnenlicht geblendet. Die Hand schützend über die Augen gelegt, murmelte sie: »Früher wären wir zu viert ausgegangen. Isabelle de Valory, Harald … ich meine, Harry Alsen … du und ich. Die Vorstellung gefällt mir. Ich wünschte, es wäre noch einmal – *früher*.«

Michael sah sie nachdenklich an, mit verschlossener Miene. Nach einer Weile hoben sich seine Mundwinkel zu einem traurigen Lächeln. »Ja … früher …!« Dann in verändertem, sachlichem Ton: »Du solltest zurückfahren. Im Schloss fragt man sich bestimmt schon, wo du so lange bleibst.« Er verneigte sich formvollendet. »Es war nett, Sie getroffen zu haben, Mademoiselle.«

»Wir könnten doch zusammen …«

»Nein, besser nicht. Wir sollten keine Aufmerksamkeit erregen. Ich bleibe hier. Vor dem Rathaus wird am Nachmittag Boule gespielt. Vielleicht ist mir das Glück wenigstens dabei hold.«

Sie zögerte, fügte sich dann aber widerspruchslos seinem Wunsch. Sie wandte sich um und trat auf den Weg an der Kirchenmauer entlang zurück zum Haupteingang.

»*À bientôt!*«, rief Michael ihr nach. Bis bald!

»Tschüss«, erwiderte sie.

Auf dem Rückweg trat sie deutlich weniger beherzt in die Pedale als auf der Fahrt nach Pacy-sur-Eure. Michael blieb dort, weil er – außer bei einer scheinbar flüchtigen Begegnung – nicht mit einer blonden Deutschen gesehen werden wollte. Aber war es wirklich so ungewöhnlich, dass der Gärtner einen Gast des Vicomte begleitete, nachdem er diesen zufällig getroffen hatte? Benötigte eine junge Frau wie sie nicht vielmehr seinen Schutz? Oder wollte Michael nicht, dass Isabelle sie zusammen heimkommen sah? Bei diesem Gedanken geriet Marga beinahe ins Straucheln. Sie biss die Zähne zusammen und hielt das Fahrrad energisch in der Spur.

31

Die dunkle Brille schützte Margas Augen, als sie am nächsten Morgen die Rückreise nach Paris antrat. Niemand sah, wie ihre Blicke über die Nebengebäude wanderten, während sie kurz innehielt, bevor sie in das Automobil stieg, das sie ins Hotel Vernet zurückbringen würde. Die Tür des Verwalterhäuschens war geschlossen, hinter den Fenstern war es dunkel und still. Ob Michael dort wohl irgendwo im Schatten stand und zu ihr hersah? Oder lebte er seinen Alltag, als hätten sie sich niemals wiedergesehen?

Nach dem halbherzigen Abschied vor der Kirche hatte sie nicht noch einmal mit ihm sprechen können. Isabelle und Gilles de Valory erwarteten Marga zum Tee und danach musste sie sich für das *diner* umziehen. Sie hatte jedoch kaum Appetit und verabschiedete sich noch vor dem Dessert, weil sie zu müde für die charmanten Gespräche mit dem Hausherrn und das harmlose Geplänkel mit den Musikern war. Auch hatte sie keine Lust, dem Flirt von Isabelle und Harald weiter zuzuschauen. Obwohl sie sich über die eigene Dünnhäutigkeit ärgerte und meinte, deshalb sicher keinen Schlaf zu finden, sackte sie in Minutenschnelle weg. Die frische Luft, die körperliche Anstrengung und all die zermürbenden Zweifel forderten ihren Tribut. Als sie am Morgen erwachte, fühlte sie sich nicht ausgeruht, sondern wie zerschlagen. Neben einem Aspirin linderte die Sonnenbrille ihre leichte Migräne, gegen ihren Herzschmerz gab es kein kurzfristig verfügbares Mittel.

»Hast du dich in dem alten Kasten erkältet?«, erkundigte sich Harald und sank neben ihr in das Lederpolster im Fond des Wagens.

Sie schüttelte den Kopf, stumm, weil sie gegen die Tränen ankämpfte, die ihrem Stolz trotzten.

Harald reichte ihr sein Taschentuch. »Deine Nase läuft ja. Kein Wunder, wenn man bedenkt, dass die Heizung seit dem letzten Winter nicht mehr funktioniert. Die Mauern sind zu stark ausgekühlt. Gut, dass wir zurück nach Paris fahren. Noch eine Nacht und du hättest dir womöglich eine Lungenentzündung geholt ...«

»Woher weißt du das?«, unterbrach sie ihn.

»Was? Dass du dir eine Lungenentzündung geholt hättest?«

Sie schnäuzte sich undamenhaft laut in sein Taschentuch. »Woher weißt du, dass die Heizung schon im vorigen Winter nicht lief?«

»Isabelle ...«

»Das habe ich mir gedacht«, fiel sie ihm noch einmal ins Wort. Ein bösartiger Teufel saß auf ihrer Schulter und flüsterte ihr all die Sätze ein, die sie nur aussprach, weil sie wollte, dass Harald ebenso unglücklich und ratlos abreiste wie sie selbst: »Glaub nicht, dass du der Einzige bist, dem Isabelle de Valory schöne Augen macht. Der Gärtner hat auch gute Chancen – und der bleibt im Gegensatz zu dir hier.«

»Tatsächlich?« Harald grinste. »Der arme Kerl. Ich fürchte, als Gärtner wird er eine Menge gesellschaftlicher Schranken überwinden müssen. Frankreich ist ein sehr traditionsbewusstes Land.«

Seine Unbefangenheit ärgerte sie. »Dann ist der Weg ja frei für dich«, gab sie gehässig zurück.

»Ach, Marga! Der Standesunterschied gilt für mich ebenso. Gaukler werden zur Unterhaltung akzeptiert, aber doch nicht für mehr.« Dann brach er in schallendes Gelächter aus. »Was ist mit dir los?«, prustete er. »Bist du etwa eifersüchtig?«

Sie schob ihre Sonnenbrille auf die Nasenspitze und blickte ihn über den Rand hinweg durchdringend an. »Das ist Unsinn. Wie kommst du nur darauf?« Um zu dokumentieren, dass ihre Frage rein rhetorisch gemeint war, rückte sie die Gläser wieder zurecht und lehnte sich gegen den Sitz, als wollte sie schlafen. Doch selbst wenn sie tatsächlich Ruhe gefunden hätte, sorgte Haralds verhaltenes Lachen dafür, dass sie nicht einnickte.

»Statt mein Taschentuch in deiner Hand zu zerknittern wie ein Blatt Papier, solltest du es besser benutzen«, bemerkte er nach einer Weile.

Entsetzt bemerkte sie, dass ihr Tränen über die Wangen rannen. Warum tat der Abschied nur so weh? Mit fahrigen Bewegungen strich sie über ihr Gesicht. Und als wäre die Szene nicht schon peinlich genug, entfuhr ihr: »Bist du in Isabelle de Valory verliebt?«

»Weinst du deshalb?« Er klang verblüfft.

»Nein. Nein, natürlich nicht.«

»Dann ist's ja gut.«

»Hast du …?« Sie ärgerte sich, weil sie redete, ohne vorher nachzudenken, was sie sagte. Warum insistierte sie? Es konnte ihr doch vollkommen gleichgültig sein, wem Harald seine Zuneigung schenkte.

Er lächelte still in sich hinein. »Isabelle ist eine Frau zum Verlieben. Irgendwie sind das alle Französinnen auf ihre Weise, glaube ich. Aber ich bin kein Narr. Es ist der völlig falsche Zeitpunkt für Isabelle, eine Affäre mit einem Musikanten wie mir zu beginnen.«

»Na ja, der Gärtner …«, hob sie wider besseres Wissen an.

»Ich weiß«, unterbrach er sie schmunzelnd.

»Dann ist's ja gut«, gab sie zurück.

»Übrigens solltest *du* damit aufhören, ihrem Vater den Kopf zu verdrehen. ›Wir sehen uns in Paris, *ma chère*‹«, ahmte er die Abschiedsworte des Vicomte nach. »Er ist zu alt für dich, meine Liebe, und wahrscheinlich ebenfalls zu bedeutend.«

»Ich möchte doch sehr bitten!«, protestierte sie.

Haralds Finger strichen zärtlich über ihre Wange. »Siehst du, wenn du dich aufregst, vergisst du deinen Kummer. Dafür streite ich mich gerne mit dir.«

Das Teufelchen in ihrem Hinterkopf wollte sich zu Wort melden, doch diesmal hörte sie nicht darauf. Sie wandte den Kopf zum Fenster, wo die Landschaft an ihr vorbeiflog, für die sie heute keinen Blick hatte. Ihre Gedanken schweiften ab, allerdings nicht zu Gilles de Valory, seiner Tochter Isabelle oder Michael. Seltsamerweise dachte sie an ihre Eltern. Haralds Bemerkung hatte eine Erinnerung in Marga wachgerufen, eine Szene aus ihrer Kinderzeit, die sie vergessen zu haben glaubte: Sie war voller Angst gewesen, weil ihre Eltern sich lautstark stritten, was praktisch nie vorkam. Den Grund hatte sie nie erfahren. Ihr Vater sagte dann etwas Ähnliches zu ihrer Mutter wie Harald eben zu ihr und anschließend war alles wieder gut. Genau wie jetzt.

Gilles de Valory versetzte Marga in größtes Erstaunen, weil er seinen Abschiedsworten rasch Taten folgen ließ. Bereits zehn Tage nach ihrer Abreise von seinem Landsitz erhielt sie von ihm eine Einladung zum Mittagessen ins Hotel Ritz. Das Billet steckte in einem mit Seidenpapier ausgeschlagenen Koffer, in dem sich ein Hut befand.

Zweifellos handelte es sich um das Meisterstück einer Pariser Modistin: eine Art Matrosenkäppi, an das eine steife Hutkrempe angenäht war, drapiert mit breiten Bändern und großen Schleifen. Weißes Stroh mit schwarzer Seide. *Très chic*, doch für Marga durchaus anstößig. Wenn ein Mann einer Frau einen Hut schenkte, wollte er mehr, als ihr nur den Kopf zu verdrehen. Sie hätte weder die Rosen annehmen noch auf sein Schloss fahren dürfen. Sie hätte wissen müssen, dass ein weltgewandter Mann wie Gilles de Valory danach mehr erwartete. Er benahm sich vorbildlich, natürlich, war charmant und aufmerksam, aber Harald hatte recht – er war zu alt für sie. Außerdem war der Vicomte ein Profiteur der politischen Verhältnisse, und das fand Marga eigentlich ebenso unanständig wie das Geschenk eines Huts.

Doch ein exzellentes Mahl war in diesen Zeiten ein bedeutsamer Grund, gewisse Prinzipien über Bord zu werfen. Um dem Mangel entgegenzuwirken, war es seit Neuestem an drei Tagen in der Woche verboten, Fleisch anzubieten, und für denselben Zeitraum durfte auch kein Alkohol ausgeschenkt werden. Obwohl sie keinen Hunger litt, wurde Marga von der Aussicht auf einen kulinarischen Hochgenuss angezogen wie die Motte vom Licht. Als einzigen Ausdruck ihrer Tugendhaftigkeit ließ sie das modische Geschenk in der schwarz-weißen Schachtel in ihrem Hotelzimmer zurück.

Dass dies ein Fehler war, sollte sie erfahren, als Leutnant Weber sie im Wagen der Propagandastaffel vor dem Ritz absetzte.

Er parkte in respektvollem Abstand zu dem roten Teppich, der die Treppe des Eingangsportals herabfloss. »Es tut mir leid«, sagte er, nachdem er um den Wagen herumgegangen war und die Beifahrertür öffnete, »weiter darf ich Sie nicht bringen. Subalternen Offizieren ist der Zutritt verboten.«

Marga rührte sich nicht, sondern starrte fasziniert nach draußen.

Die Place Vendôme war wie ein Kreis angelegt, der sich zu zwei Zufahrten öffnete, sodass die Häuserzeilen an beiden Seiten ein fast perfektes Halbrund bildeten. Die Fassaden waren einheitlich klassizistisch gestaltet, Juweliere und exklusive Modegeschäfte reihten sich in stilvoller Dekadenz aneinander, die Schaufenster wirkten zurückhaltend, die weißen Markisen darüber nobel, nicht protzig. Von robusten Fahnenstangen zwischen den oberen Stockwerken wehten riesige

Reichskriegsflaggen, eine in dieser eleganten Umgebung geschmacklose Zurschaustellung. Eine weitere Machtdemonstration bildeten die deutschen Soldaten am Fuß des mit Sandsäcken geschützten Säulenportals des Ritz. Die beiden Wehrmachtsangehörigen kontrollierten jede Person, die das Luxushotel verließ oder es zu betreten beabsichtigte.

In ihrer Handtasche befand sich ein vom Leiter der Propagandaabteilung – Major Heinz Schmidtke – ausgefertigter Passagierschein für das Restaurant. Marga hatte sich schon gewundert, wieso sie für das Mittagessen einen Ausweis benötigte. Aber das war ihr nun ebenso klar wie der Grund für das Präsent Gilles de Valorys. Angesichts der Damen, die gerade Einlass in das exklusive Haus begehrten, fühlte sie sich wie ein Mauerblümchen. Die beiden sahen aus, als kämen sie direkt vom Laufsteg. Das Tupfenmuster auf dem Hut der einen wiederholte sich nicht nur in den Applikationen ihres Kostüms, sondern auch an den Verzierungen der Schuhe. Eine unglaublich extravagante Kombination, der sie nur mit dem neuen Hut hätte entgegentreten können. Wie ärgerlich, dass sie so anständig war!

Leutnant Weber räusperte sich vernehmlich.

Sie hatte keine andere Wahl, als auszusteigen und zu ihrer Zusage ebenso zu stehen wie zu ihrer unmodernen Garderobe. Also ergab sie sich der Situation, verabschiedete sich von Gerhard Weber und stöckelte auf ihren Pumps über den roten Teppich, über den zuvor die beiden Damen gelaufen waren, die Schuhe mit modischem Keilabsatz trugen.

Als sie nach Vorlage ihrer Papiere das Foyer betrat, waren die Kleidersorgen schlagartig vergessen. Der dichte Flor des Teppichs, die gedämpft vornehme Atmosphäre, die eleganten, wohlerzogenen Menschen katapultierten Marga in eine neue Welt. Sie fühlte sich wie in einer Filmkulisse. Ihr fiel ein Jazzsong von Irving Berlin ein: »Puttin' on the Ritz«. Das Lied fachte ihre Lebensfreude weiter an. Unwillkürlich wagte sie einen Ausfallschritt.

Step, stomp, toe.

Auf dem Teppich hörte niemand, wie sie steppte. Sie blickte sich verstohlen um, aber weder dem Personal noch den anderen Gästen schien ihre kleine Albernheit aufgefallen zu sein. Mit Michael hatte sie zu dieser Melodie getanzt. Er hatte ihr erklärt, dass sich der Text des Songs auf dieses Hotel in Paris bezog und wie man sich für den Besuch in Schale warf. Hätte sie früher an den Schlager gedacht, hätte sie sich vielleicht auch für den neuen Hut entschieden.

Gilles de Valory erwartete sie an einem der runden Tische vor den großen Fenstern. Der Speisesaal war gut besucht, die meisten Herren trugen Zivil, Marga sah nur wenige Wehrmachtsuniformen. Auffallend war, dass die Offiziere keine Waffen trugen. Die weiblichen Besucher waren indes ebenso elegant und geschmackvoll gekleidet wie die beiden Damen, die Marga vor dem Eingang beobachtet hatte. Unter hohen Decken mit vergoldeten Stuckornamenten speisten die Herrschaften in erbaulicher Ruhe, die Gespräche wurden leise geführt, Gläserklirren oder Besteckklappern weitgehend vermieden. Die Kellner bedienten im Frack und bewegten sich mit bewundernswerter Geräuschlosigkeit.

Margas Gastgeber beugte sich galant über ihre Hand. »Wie schön, dass Sie gekommen sind.«

»Ich treffe keine Zusagen, um sie nicht wahrzunehmen.«

Er lächelte, wartete, bis der Kellner ihr den Stuhl zurechtrückte, und nahm wieder Platz. Dann sagte er: »Zuverlässigkeit ist eine der großen Stärken deutscher Frauen, nicht wahr? Bei einer Französin weiß man nie, was sie zu tun beabsichtigt. Französinnen ändern ihre Meinung andauernd. Ich sehe allerdings noch einen bemerkenswerten Unterschied: Eine Pariserin würde niemals auf einen neuen Hut verzichten!«

Seine Stimme klang so geschmeidig, dass Marga den vorwurfsvollen Unterton beinahe überhört hätte. Sie hob die Hand zu ihrer bescheidenen Kopfbedeckung, hielt jedoch in der Luft inne und nahm dem Ober die Speisekarte ab, die er ihr reichte.

»Unter einem neuen Hut kann ich nicht vernünftig denken«, zwitscherte sie, nachdem sich der dienstbare Geist zurückgezogen hatte, »und es wäre doch eine Verschwendung, wenn ich deshalb das falsche Menü bestellen würde.«

Großer Gott, fuhr es ihr durch den Kopf, ich klinge schon wie Madame Pompadour. Das muss an dieser altmodisch-luxuriösen Umgebung liegen. Seufzend senkte sie ihren Blick auf die mit Jugendstildekor verzierte Speisekarte.

Einen Atemzug später stieß sie ein leises Stöhnen aus, das in einem weniger distinguierten Raum wahrscheinlich zu einem anerkennenden Pfiff ausgeartet wäre. In diesem Restaurant wurden Köstlichkeiten angeboten, die sie seit Jahren nicht mehr gesehen, geschweige denn probiert hatte. Allein die Aussicht auf Grapefruits zur Vorspeise und Spargel mit Sauce hollandaise und Schinken war so ungewöhnlich, dass ihr das Wasser im Mund zusammenlief. Die Dame von Welt, die sie dem Vicomte eigentlich vorzuspielen beabsichtigte, war vergessen. Prompt orderte sie eine Menüfolge, die dem Hunger eines Hafenarbeiters entsprach.

»Die Küche hier ist erstklassig«, erklärte Valory belustigt. »Ich freue mich, dass Sie sich nicht mit einem Stückchen Tomate und einem Salatblatt begnügen, sondern einen guten Appetit haben.«

Marga presste eingeschüchtert die Fingerspitzen an ihre Lippen. »Habe ich zu viel bestellt?«

»Nein. Oh nein. Sie sind so jung und unbedarft – das finde ich sehr erfrischend.«

Während des Essens unterhielt er sie mit Anekdoten über

die Hotelgeschichte und seine derzeitigen Bewohner. Er erzählte ihr, dass der erste Koch des Ritz, Auguste Escoffier, angeblich der Erfinder des Maggi-Gewürzes war und dass Rudolph Valentino ebenso in diesen Räumen gespeist hatte wie Marcel Proust. Seit ein paar Jahren bewohnte die Königin der Pariser Modeschöpfer, Mademoiselle Coco Chanel, eine Suite im Ritz, wo sie Freunde wie den Schriftsteller und Regisseur Jean Cocteau bewirtete oder Serge Lifar, den Leiter des Balletts an der Pariser Oper, aber auch die wundervolle Muse Misia Sert.

»Natürlich kommen auch Besucher aus Deutschland«, fuhr Gilles de Valory fort. »Ich glaube, Zarah Leander weilte kürzlich hier. Vor allem aber ist Hermann Göring ein gern gesehener Gast. Ihm steht die Fürstensuite zur Verfügung. Einer der Räume ist eine exakte Kopie des Schlafzimmes der unglücklichen Königin Marie Antoinette im Schloss Versailles.«

Marga sprach wenig, lächelte, wo es angebracht war, staunte und hauchte »Tatsächlich?«, wenn der Bericht ihres Gastgebers dies erforderte, aber meistens aß sie. Sie konnte sich nicht entsinnen, jemals so hervorragend getafelt zu haben, und erst recht nicht solche Mengen an erlesenen Speisen. Widerstrebend verkniff sie sich das Soufflé au chocolat, und das auch nur deshalb, weil sie beim besten Willen nichts mehr essen konnte. Statt des Desserts nahm sie dankbar einen Kaffee an, der sich als echter Mokka herausstellte und nicht als mit Eicheln und Kichererbsen gestreckter sogenannter *café national*.

»Bevor ich es vergesse«, sagte Valory, als er seine Tasse vorsichtig absetzte: »Ich darf Sie ganz herzlich von meiner Tochter grüßen.«

»Das ist sehr nett, danke«, erwiderte Marga unverbindlich.

»Isabelle bat mich, Ihnen auszurichten, dass sie Sie gerne wiedersehen würde. Wenn Sie Zeit haben, würde sie Ihnen gerne Paris zeigen. Saint Germain, Montparnasse, Quartier

Latin, die Gegenden, wohin eine junge Dame eigentlich nicht geht, wohin es sie aber unbedingt zieht.«

Verwundert sah Marga ihn an. Die Verabredung erschien ihr seltsam, weil es die Orte waren, die sie sich mit Michael zu besichtigen wünschte.

»Ja … Warum … nicht?«, stotterte sie verwirrt.

»Am Nachmittag ist es in diesen Vierteln selbstverständlich nicht so leutselig wie am Abend, aber für junge Damen angemessener, wie ich finde. Isabelle bestand darauf, dass sie sich allein mit Ihnen treffen möchte.«

»Nun … am Nachmittag habe ich meistens frei. Vormittags proben wir und an fast jedem Abend treten wir im Olympia auf.«

»Isabelle wird sich freuen, Sie wiederzusehen.« Der Vicomte winkte dem Kellner und bat um die Rechnung. Dann: »Darf ich noch einmal zum Beginn unseres heutigen Treffens zurückkehren?«

Als sie erstaunt die Augenbrauen hob, fuhr er fort: »Ich meine den Hut. Da ich Ihren Geschmack anscheinend nicht getroffen habe, wird man das Stück im Laden von Mademoiselle Chanel in der Rue Cambon gewiss umtauschen. Ich werde Bescheid geben, dass Sie sich etwas anderes aussuchen möchten. Der Preis spielt selbstverständlich keine Rolle.«

Den Hut hatte Marga inzwischen vergessen. Sie schüttelte den Kopf. »Ich glaube nicht, dass das nötig ist. Am besten wäre es, wenn man ihn zurücknehmen und Ihnen das Geld erstatten würde.«

»Was ist schon Geld?« Er wirkte mit einem Mal überraschend verwundbar, als nähme er ihre Weigerung persönlich.

Worauf habe ich mich eingelassen?, fragte sich Marga still. Sollte sie Isabelle nicht besser absagen? Je größer ihre Nähe zu seiner Tochter, desto enger würde auch ihre Beziehung zu

Gilles de Valory werden. Nervös drehte sie die Serviette in ihren Händen. Letztendlich waren aber beide der Schlüssel zu einem Wiedersehen mit Michael. Ohne eine Einladung des Hausherrn würde sie kaum jemals wieder nach Château Valory kommen. Doch das Anwesen war das vorläufige Ziel ihrer Träume.

32

»Aus, aus, aus!« Harald beschrieb mit beiden Händen einen großen Halbkreis und hielt, die Handflächen nach außen, mitten in der Bewegung inne. »Der ›Waldemar‹ klappt schon ganz gut, Marga. Du singst fast besser als Zarah Leander.«

»Auf jeden Fall singt sie höher«, witzelte Ulli hinter dem Schlagzeug.

Die Musiker lachten.

Harald legte seinen Taktstock auf den Notenständer vor sich, faltete die Blätter darauf zusammen. »Und weil man aufhören soll, wenn es am schönsten ist, lassen wir es für heute gut sein. Die Probe ist beendet, meine Herrschaften!«, verkündete er gut gelaunt. »Macht euch einen schönen Tag. Das Wetter ist herrlich. Wir sehen uns spätestens eine halbe Stunde vor der Vorstellung heute Abend. Seid bitte pünktlich.«

»Wir würden niemals wagen, zu spät zu kommen«, alberte Kurt, während er das Mundstück von seinem Saxofon schraubte, um das Instrument anschließend in dem dafür bestimmten Koffer neben seinem Stuhl zu verstauen. »Marga, kommst du mit in eines dieser Straßencafés, wo man so gut die Leute beobachten kann?«

»Nein. Danke. Schau dir die hübschen Pariserinnen nur ohne mich an.« Marga kletterte von der Bühne und griff nach ihrer Handtasche, die sie auf einem Stuhl im Parkett abgelegt hatte. »Ich bin schon verabredet.«

Sprachs und lief mit klappernden Absätzen rasch in Richtung Ausgang. Als befürchte sie, Harald könne es sich anders überlegen und sie zurückrufen, um doch noch den einen oder anderen Titel aus ihrem neuen Repertoire durchzunehmen. Tatsächlich waren sie heute alle verspätet zur Probe erschienen, weil sie länger geschlafen hatten. Einer der seltenen Bombenalarme hatte nicht nur die Nachtruhe von Harry Alsens Orchester unterbrochen. Gemeinsam mit anderen Gästen waren sie vorsorglich in den Keller des Hotels gegangen, wo die Musiker stundenlang Skat spielten und Marga trotz der Notbeleuchtung ein Buch las. Sie würde sich die Augen verderben, hatte ein anderer Gast bemerkt, ein Vertreter für Spirituosen, aber sie war sich nicht sicher, ob er die Warnung ernst meinte oder einfach nur flirten wollte. Jedenfalls hatte sie sich bei der Lektüre einer deutschen Übersetzung von Guy de Maupassants Erzählungen nicht stören lassen. Beim Frühstück fiel ihr dann ein, dass sie heute mit Isabelle de Valory verabredet war. Sie würde die Tochter des Vicomte nach der Probe vor dem Olympia treffen.

Erleichtert, dass sie doch noch pünktlich sein konnte, stieß Marga die Tür zu dem um diese frühe Mittagszeit lärmenden Boulevard des Capucines auf.

»Du fegst ja wie der Wind davon.« Haralds tiefe Stimme in ihrem Rücken klang ein wenig maulend. »Warte doch auf mich!«

»Aber ich …«, protestierte sie, doch die weiteren Worte blieben ihr im Hals stecken. Sie verharrte mitten im Schritt und wäre beinahe von Harald über den Haufen gerannt worden. Doch sie musste erst begreifen, was – vielmehr wen – sie am Straßenrand erkannte.

Wenige Meter vom Eingang entfernt wartete im hellen

Sonnenschein nicht nur Isabelle, sondern auch Michael. Beide hatten sich neben einem Tandem postiert, an dessen Hinterrad eine Rikscha montiert war. Es war die Art Fahrzeug, welche die Pariser mangels Automobilen für gewöhnlich als Taxi benutzten. Ein fremder Fahrer war jedoch nicht zu sehen.

Isabelle winkte fröhlich. »*Salût, mes amis*. Ich hoffe, die Überraschung ist uns gelungen.«

»Das kann man wohl sagen«, entfuhr es Marga.

In ihr kämpften Freude, Entrüstung und Verwunderung. Sie mochte solche Überraschungen nicht. Gilles de Valory hatte ein Treffen zwischen ihr und seiner Tochter vereinbart, die wiederum den Gärtner mitbrachte. Und ihr Orchesterleiter schien auch eingeladen worden zu sein. Was für ein Durcheinander!

Unbekümmert begrüßte Harald die beiden anderen mit einem herzlichen Handschlag.

»Du wolltest Cole Porter besuchen«, erinnerte Michael. »Mademoiselle de Valory und ich dachten, es wäre nett, wenn wir alle zusammen unterwegs wären.«

Mademoiselle de Valory und ich …

»Ja«, brachte Marga zwischen zusammengebissenen Zähnen heraus. Mehr konnte sie nicht sagen, ihr Denken wurde beherrscht von der albernen Eifersucht, die sie erfasste.

Aller Augen richteten sich auf sie. Als sie ihr ablehnendes Verhalten nicht erklärte, zog sich das gemeinsame Schweigen bis zur Peinlichkeit in die Länge. Schließlich beendete Isabelle die unglückliche Situation, indem sie ihren modischen Glockenrock lüftete.

»*Voilà!* Ich habe mich extra fürs Radfahren angezogen.« Sie trug unter dem Rock eine enge Hose aus Jersey in der Farbe ihrer restlichen Kleidung. »Die Haute Couture hat Rücksicht auf die Lebensumstände der Pariserinnen genommen«, fügte sie lächelnd hinzu und ließ den Saum fallen.

Das Aufflackern in den Blicken der beiden Männer entging Marga nicht. Michaels und Haralds ebenso eingehende wie wohlwollende Betrachtung von Isabelles Beinen trug nicht dazu bei, ihre Laune zu heben. Da sich weder ihre eigene Garderobe noch ihr Schuhwerk für eine Fahrradtour eigneten, sank Marga missmutig auf die Bank in der Rikscha. Der Anhänger ruckelte, von Schlagseite bedroht. Beklommen rutschte sie hin und her, um das Gewicht auszugleichen. Worauf ließ sie sich nur ein!

Michael und Harald verabredeten, Marga und Isabelle zu fahren. Michael sollte als ortskundiger Lenker in die Pedale treten, Harald hinter ihm. Es kam noch zu einigem Gelächter und Diskussionen, weil der Sattel für Harald höher gestellt werden musste, aber schließlich saß Isabelle neben Marga und das Fahrzeug setzte sich in Bewegung.

»Gefällt es Ihnen im Olympia?«, plauderte Isabelle, als befänden sie sich auf den bequemen Sitzmöbeln im Salon des väterlichen Anwesens. »Der Saal ist ursprünglich als Konzerthalle gebaut worden, wurde später aber auch als Kabarett, Theater und für alle möglichen Veranstaltungen genutzt. Als ich klein war, gastierte dort sogar einmal ein Zirkus.« Sie schmunzelte in der Erinnerung. »Dann wurde es in ein Kino umgewandelt und erst die Deutschen haben es wieder für gelegentliche Konzerte geöffnet.«

Der Fahrtwind streichelte wie ein lauer Hauch über Margas Gesicht, Tandem und Anhänger glitten ruhig durch den Verkehr. Langsam begann sie sich zu entspannen.

»Sehr interessant!«, kommentierte sie Isabelles Bericht und verschwieg aus Höflichkeit, dass sie die Geschichte der ehemaligen Music Hall bereits kannte.

»Ich hoffe, dass Sie keine Probleme haben mit dem Publikum. Wie man hört, gab es Zwischenfälle auf der Frankreich-Tournee der Berliner Philharmoniker. In Marseille wurde während der Vorstellung eine Tränengasbombe gezündet und in Lyon gab es Randale im Publikum, sodass die Gendarmerie eingreifen musste.«

»Die Berliner Philharmoniker machen doch auch nur Musik und haben nichts gegen Frankreich«, entfuhr es Marga. »Das Orchester hat sogar vor dem Krieg erstmals Stücke von Maurice Ravel aufgeführt.«

»Ja. Sicher. Die Gastspielreise scheint trotzdem nicht allen meinen Landsleuten zu gefallen. Die Zeiten ändern sich.«

Wie neulich im Schloss der Valorys kam es Marga vor, als würde Isabelle etwas sagen und dabei verschweigen, was sie meinte.

Glücklicherweise wechselte Isabelle das Thema, sodass Marga einer Antwort enthoben wurde. Sie machte sie auf die Sehenswürdigkeiten aufmerksam, die sie passierten: die wie eine antike Ruhmeshalle erbaute Kirche La Madeleine ebenso wie das Restaurant Maxim's, das seit der Besatzung von dem Berliner Gastronom Otto Horcher geführt wurde und sich hochrangiger Gäste aus Deutschland erfreute, darunter Hermann Göring, Isabelles Bericht ließ nichts aus.

»Sie kennen gewiss das Lied aus der *Lustigen Witwe* von Franz Lehár«, fügte sie an. Leise begann sie die Melodie zu summen.

Wie selbstverständlich sang Marga den Refrain mit.

Einen Moment später sahen sich die beiden jungen Frauen an und lachten schallend.

Harald, der sie wahrscheinlich gehört hatte, hob kurz die Hand vom Lenker, um ihnen zuzuwinken. Zu ihnen umdrehen konnte er sich nicht, da seine Aufmerksamkeit von den anderen Rad- und Autofahrern und Fußgängern an der Place de la Concorde in Anspruch genommen wurde.

Sie fuhren über die Seine-Brücke und am Parlament vorbei. Über dem säulengeschmückten Eingang der französischen Nationalversammlung hing die Reichskriegsflagge, davor parkten deutsche Militärfahrzeuge. Als sich Marga vorneigte, entdeckte sie die goldene Kuppel des Invalidendoms. In der *Wochenschau* hatte sie Bilder gesehen, die den Führer während seines Parisbesuchs vor zwei Jahren am Grabmal Napoleons zeigten. Ein machtvolles Gebäude, dachte sie, aber es liegt keine Musik darin.

In dieser Gegend wimmelte es von Soldaten und Chorknaben in französischen Pfadfinderuniformen. Michael und Harald radelten in unauffällig gemächlichem Tempo an den Anlagen vorbei, die sich hinter dem berühmten Mausoleum erstreckten, und bogen dann in eine schmale Seitenstraße ein. Die Häuser hier waren niedriger, besaßen nur eines oder zwei Stockwerke, Fensterläden zierten die schlichten Fassaden, aber kaum Stuck und Schmiedeeisen, wie Marga es von den hohen Haussmann-Gebäuden gewohnt war. Es war sehr still. Nur die Felgen quietschten leise und rhythmisch im Takt des Antriebs.

»Das ist das siebte Arrondissement«, erklärte Isabelle. »Es ist das Viertel, in dem sich früher die französische Politik abspielte. Die deutsche Botschaft ist zwar auch hier, aber die Kommandantur befindet sich bekanntlich im Hotel Meurice, und das liegt im ersten Arrondissement auf der anderen Seite der Seine.«

Lag in ihrer Stimme ein Hauch Bitterkeit über die veränderten Verhältnisse? Oder teilte sie nur Margas Sorge um Michael, die angesichts der Machtdemonstrationen der Wehrmacht aufgeschreckt war wie ein Schwarm Vögel? Es war eine schöne, ruhige, aber auch Furcht einflößende Gegend, fand Marga. Nicht im herkömmlichen Sinne gefährlich, aber bedrohlich für einen Mann, der sich versteckt halten musste. Ihr Herzschlag beschleunigte sich wie hektisch flatternde Flügel.

»Warum fahren wir hier entlang?«, fragte sie.

»Die Rue Monsieur liegt in diesem Viertel. Es kommt nur noch eine Querstraße und dann sind wir gleich beim Haus von Cole Porter. Das Anwesen ist übrigens noch heute in seinem Besitz. Michel sagt, hier schrieb Cole Porter ›Night and Day‹.«

Dass Isabelle Michaels Vornamen französisch aussprach, versetzte Marga einen Stich – und dass er die andere offenbar ebenso in seine Welt der Musik einführte wie einst Marga.

Sie starrte zornig geradeaus. Dadurch bemerkte sie die Straßensperre etwa zeitgleich mit den beiden Radfahrern. Michael und Harald bremsten scharf ab. Im selben Moment griff Marga nach der Dachverstrebung und verhinderte so, nach vorn katapultiert zu werden. Isabelle neben ihr schrie erschrocken auf.

Etwa ein Dutzend Soldaten versammelten sich um einen Opel Blitz, der die Fahrbahn mit seiner gesamten Breite einnahm. Unverkennbar Waffen-SS. Einer der Männer wedelte mit den Armen, das Gewehr eines zweiten richtete sich auf die Zivilisten.

Die Angst detonierte in Margas Körper mit der Heftigkeit eines Vulkanausbruchs. Ihr wurde so heiß, als flösse Lava durch ihre Adern.

Ihre Augen richteten sich auf Michaels Rücken. Er und Harald stiegen langsam ab, hielten die Lenker fest umschlossen und das Tandem wie auch die Rikscha in der Spur. Haralds Stimme klang wie ein Mantra: »Ruhig bleiben!«

»*Papiers*!«, bellte der Uniformierte im Vordergrund. »*Documents*!« Es fiel ihm schwer, seine sächsische Herkunft hinter den französischen Wörtern zu verbergen.

Mit äußerst gemessenen Bewegungen trat Harald vor. Marga fiel auf, dass er sich schützend vor Michael stellte. Aber das war vielleicht nur Einbildung, weil sie sich ein lebensgroßes Schild wünschte, hinter dem sich ihr Jugendfreund verbergen konnte.

»Wir sind Deutsche und auf einer Stadtrundfahrt unterwegs. Mein Name ist Harald Alsen und das«, er wies auf die Freunde in seinem Rücken, »sind Mitglieder meines Tanzorchesters. Harry Alsens Tanzorchester. Vielleicht haben Sie schon von uns gehört. Wir sind zur Truppenbetreuung engagiert.«

»Das ist mir egal«, brüllte der Wortführer. »Her mit den Pässen. Es herrscht Ausweiszwang und der gilt auch für den lieben Gott, wenn Er zur Truppenbetreuung engagiert worden sein sollte.« Offenbar war sein Kommentar nicht launig gemeint, denn er verzog unter dem Stahlhelm keine Miene.

»Selbstverständlich«, versicherte Harald und griff in seine Jacke.

Marga konnte nicht mehr stillsitzen. Sie sprang aus dem Anhänger. Ihre Knie gaben nach, aber sie fing sich rasch. Mit zitternden Beinen machte sie einen Schritt auf den Sturmbannführer zu, der gerade Haralds Pass in Empfang nahm.

»Warte mal, Otto«, meldete sich eine männliche Stimme aus der Fahrerkabine. »Das sind wirklich die Leute von Harry Alsens Tanzorchester. Die Blonde ist Marga Mai. Die Sängerin. Ich erkenne sie.«

»Stimmt«, bestätigte Harald freundlich. »Marga Mai ist unsere Sängerin. Die andere Dame ist Isabelle, unsere Fremdenführerin. Und er hier ist Jules, einer der besten Bläser, die ich kenne. Sie haben sein Solo bestimmt auch gehört, wenn Sie in unserem Konzert waren.«

Er drehte sich zu Marga um, lächelte sie aufmunternd an. Dabei strahlte er so viel Gelassenheit aus, dass sie selbst glauben mochte, Michael und Isabelle gehörten zum Tanzorchester Harry Alsen. »Komm her, Marga, zeig dich deinen Verehrern. Hast du deine Autogrammkarten bei dir?«

Als wollte er ihre Unterschrift mit Gewalt erzwingen, richtete der zweite Soldat im Vordergrund seine Waffe direkt auf Marga. Aus der Gruppe der anderen Männer am Fahrzeug erklangen indes anerkennende Pfiffe.

Marga wagte nicht, sich nach Isabelle umzudrehen. Es bedurfte jedoch keiner großen Fantasie, um sich vorzustellen, dass Isabelle gerade die neueste Création der französischen Modeschöpfer präsentierte.

Eines muss man Gilles de Valorys Tochter lassen, fuhr es Marga durch den Kopf, sie hat Nerven. Im nächsten Moment fragte sie sich, warum Isabelle nicht mit den Verbindungen ihres Vaters zum deutschen Botschafter angab und dieser Schikane damit ein Ende bereitete.

Ihr Blick fiel auf Michael, der nach seinem gefälschten Ausweis nestelte. Er ließ sich die Nervosität kaum anmerken, aber Marga kannte ihn gut genug, um zu sehen, wie er sich mühsam beherrschte.

»Jungs, soll ich euch eine kleine Privatvorstellung geben?«, rief sie mit einem Enthusiasmus, der sie selbst erstaunte. Die Worte flossen über ihre Lippen, bevor sie über ihr Tun nachdachte. Sie wartete die Antwort gar nicht erst ab, sondern begann, sich mit einer Selbstverständlichkeit zu bewegen, als sei dies eine lange geplante Aufführung.

Ihre Füße steppten über das Straßenpflaster. Sie achtete nicht auf das Gewehr, nicht auf die immer größer werdenden Augen der Männer, die Schnappatmung des Sturmbannführers. Ihr Körper schien fern der Angst, die durch ihre Hirnwindungen strömte, ein Eigenleben zu führen und ihre Stimme erklang, als wäre sie in Gestalt von Marika Rökk der Leinwand des deutschen Kinos auf den Champs-Elysées entstiegen: »*Wenn ein junger Mann kommt, der fühlt, worauf's ankommt, weiß ich, was ich tu …*«

Die Soldaten johlten begeistert. Aus einem Haus wehte ein

französischer Kommentar, irgendwo wurden Fensterläden zugeschlagen, eine Fahrradklingel ertönte. Marga sang und tanzte unbeirrt weiter – bis die energisch betätigte Hupe eines Automobils ihrem Vortrag ein Ende bereitete.

Wer in dieser Form für eine freie Straße sorgte, musste eine Persönlichkeit von Bedeutung sein.

»Fahren Sie weiter«, zischte der Sturmbannführer entnervt, »und sorgen Sie hier nicht für einen Auflauf.«

Marga zwang sich, den Männern fröhlich zuzuwinken, bevor sie zu Isabelle in die Rikscha stieg. Michael schwang sich auf den nächstgelegenen Sattel, wobei er diesmal den hinteren Sitz nahm.

Harald ließ sich deutlich mehr Zeit, wartete ab, bis die Straße so weit frei war, dass sie an den Uniformierten und ihrem Laster vorbeifahren konnten. Im Hintergrund legte der Autofahrer seine Hand auf die Hupe. Harald übernahm die Führung und das Tandem zog den Anhänger in gemäßigtem Tempo an.

Erst als sie außer Sichtweite des Opel Blitz waren, trat Harald beherzter in die Pedale.

»Wir fahren in die falsche Richtung«, murmelte Isabelle, unterließ es aber, einen der beiden Radler darauf aufmerksam zu machen.

Marga war es egal. Sie lehnte sich zurück und versuchte, ihren Herzschlag zu beruhigen. Ihr Wunsch, auf den Spuren von Cole Porter zu wandeln, war vergessen. Sie schloss die Augen und ließ die Szene noch einmal Revue passieren. Seltsamerweise hatte sie das Richtige getan, obwohl sie völlig kopflos gehandelt hatte. Wahrscheinlich sollte sie »Wenn ein junger Mann kommt« in ihr Repertoire aufnehmen. Aber würde sie das Lied je singen können, ohne die Furcht um Michael körperlich zu spüren, die sie angetrieben hatte?

Das Gefährt stoppte und Marga öffnete die Augen. Sie

hielten vor einem kleinen Café, vor dem vier Korbstühle um zwei runde, schmiedeeiserne Tische gruppiert auf dem schmalen Trottoir standen.

»Ich brauche ein Bier«, erklärte Harald und wirkte dabei erstaunlicherweise nervöser als zuvor im Gespräch mit dem Sturmbannführer. »Wie ist es mit euch?«

»Gute Idee«, stimmte Michael zu.

»Champagner«, meinte Isabelle. »Auf den Schrecken hilft nur Champagner.«

»Ich gebe eine Runde aus, ganz egal, was es ist«, versprach Harald.

Als hätten sie sich abgesprochen, traten er und Michael neben den Anhänger. Vier Hände streckten sich Marga entgegen.

»Danke«, sagte Michael.

»Du warst wunderbar«, sagte Harald.

Sie fühlte sich in die Enge getrieben. Hilfe suchend blickte sie zu Isabelle, die sich anschickte, auf der anderen Seite allein aus der Rikscha zu steigen.

»Moment mal«, bat Marga, »ich komme mit Ihnen.«

Auf diese Weise der Unannehmlichkeit enthoben, sich zwischen Michaels oder Haralds galanter Geste entscheiden zu müssen, sprang Marga erleichtert aus dem Wägelchen.

»Ich sollte auch Ihnen danken«, hörte Marga in ihrem Rücken Michaels Stimme. »Sie sind ein wahrer Freund, Harald Alsen.«

Sie blickte über die Schulter und sah gerade noch, wie Harald dem anderen jovial auf die Schulter klopfte. »Nun übertreiben Sie es nicht. Wir hätten alle Probleme bekommen, wenn Sie aufgeflogen wären. Kommen Sie, wir trinken ein Bier zusammen und dann ist die Sache vergessen.«

Diesmal hatte Harald zwar nicht allein die Situation gerettet, aber er blieb Margas Schutzengel. Ohne seine ruhige

Gelassenheit hätte sie vermutlich niemals den Mut aufgebracht, vor dem entsicherten Gewehr loszulegen, als befände sie sich auf der Bühne der Scala in Berlin. Sie fing seinen Blick auf und lächelte ihm zu.

33

Ihre Stimme hallte in einer Endlosschleife in ihm nach. Jeder Ton spulte sich so originalgetreu ab wie auf einem Magnetofonband, das er immer wieder neu startete. Michael stand am Fenster seines Gärtnerhauses, starrte auf die dunkle Auffahrt von Château Valory und hörte Marga singen, als tanzte sie neben ihm.

Je länger er nach draußen sah, desto mehr meinte er, dass die Büsche am Rande des Kieswegs ihre Formen veränderten. Verwandelten sie sich nicht gerade in eine leibhaftige Person, in die junge Frau, die ihm heute Mittag wie eine gute Fee erschienen war? Schimmerten die Silberstreifen des Mondes nicht bereits wie die Strähnen ihres blonden Haars?

Michael lauschte weiter in die Nacht und auf das deutsche Lied in seinem Kopf, das er zum ersten Mal gehört hatte. Der Filmschlager war zu neu, um einem *Franzosen* geläufig zu sein, der sich nur für Jazz interessierte. Marga und Harald erzählten, als sie bei Bier und Sekt zusammensaßen, von musikalischen Komödien und Revuefilmen, die die Lichtspielhäuser des Reiches eroberten und den *Broadway-Melody*-Streifen der Vorkriegszeit nachempfunden waren. Auch gab es inzwischen viele Studioorchester, deren Aufnahmen die verbotenen angloamerikanischen Platten ersetzten. Zwar waren Klarinetten- oder Saxofonsoli offiziell verpönt, aber wenn stattdessen ein Akkordeon erklang, durfte selbst das linientreue Deutsche Tanz- und Unterhaltungsorchester gelegentlich von den Vorgaben der Reichsmusikkammer abweichen. Die Unterhaltungsmusiker orientierten sich am Geschmack ihres Publikums. Michael war begeistert von den Berichten. Er saugte sie auf wie ein Schwamm, wohl bemerkend, dass sich Isabelle dabei langweilte. Aber er konnte nicht anders, als immer wieder nachzufragen.

Seltsam, in Gesellschaft von Harald fühlte er sich zum ersten Mal wieder wie zu Hause. Das Gespräch mit dem Orchesterleiter vermittelte ihm eine Leichtigkeit, die er genau genommen seit seinem Abschied aus Hamburg nicht mehr empfunden hatte. Und das lag nicht nur an der glücklich überstandenen Kontrolle durch einen übereifrigen Sturmbannführer der SS.

Bis zum Einmarsch der Deutschen waren seine Papiere in Ordnung gewesen. Er war mit dem echten Pass des richtigen Jules Delaborde in Frankreich eingereist, als die Schweizer ihn ins Deutsche Reich auszuweisen drohten. Mit der *Leihgabe* konnte er sich relativ frei in Paris bewegen. Natürlich musste er Polizeikontrollen aus dem Weg gehen, denn man konnte nie wissen, ob irgendjemand herausfand, dass Jules Delaborde seinen Ausweis als gestohlen gemeldet und Ersatz beantragt hatte. Illegale Flüchtlinge waren nach Kriegsbeginn schließlich auch hierzulande nicht willkommen. Als die Wehrmacht näher rückte, wurde Michaels Lage brenzlig – ebenso wie die Tausender anderer Immigranten. Er besaß jedoch weder das Geld noch die Kontakte jener jüdischen Künstler, die sich damals im Café Angelina an der Rue Rivoli trafen und auf ihre Visa für die USA warteten. Außerdem vertraute er auf seine neue Identität als Franzose – nicht ahnend, dass Paris schon so rasch okkupiert wurde und die Besatzer eine Fingerabdruckpflicht einführten, die ihm auch noch die falsche Identität raubte.

Nach wie vor stand er unter dem Schutz Jules Delabordes – und inzwischen auch der Familie Valory –, aber er bewegte sich wie auf einem Vulkan, sobald er das Schloss verließ. Er stöhnte beim Gedanken daran, welcher Teufel ihn geritten hatte, mit einem Tandem durch die Stadt zu radeln. Mit seinen vierundzwanzig Jahren war er offenbar geblendet gewesen von der Vorstellung, Isabelle und Marga in einer Rikscha zu kutschieren. Außerdem wollte er Marga wiedersehen. Als Isabelle ihm erzählte, dass Harald über seine wahre Identität Bescheid wusste, war die Entscheidung gefallen. Und es hätten ja auch ein paar vergnügliche Stunden werden können, wenn sich ihnen nicht dieser aufgeblasene Sturmbannführer in den Weg gestellt hätte.

Alles war anders gekommen – und nun stand Michael hier am Fenster und lauschte Margas Stimme nach.

Marga, die ihm bei ihrem Wiedersehen in Valory so irritierend fremd erschienen war und die trotzdem das einzige Verbindungsglied zu seiner Heimat darstellte. Marga, die ein Teil seines Lebens gewesen war, den er in seiner Erinnerung hütete wie einen Schatz, der aber unwiederbringlich der Vergangenheit angehörte. Marga, die sich zu einer anbetungswürdigen Frau entwickelt hatte, die sich einem Gewehrlauf in den Weg stellte, um ihn, den fast abtrünnigen alten Freund zu schützen. Sie war schön, mutig, brillant, begabt. Einfach umwerfend. Und Michael hatte sich heute neu in sie verliebt.

Sein Herz sagte ihm, dass dies etwas anderes war als ihre Jugendliebe. Damals hatte er die Schwärmerei für das größtmögliche Gefühl einem Mädchen gegenüber gehalten. Seine wirkliche Liebe galt schließlich der Musik. Das stimmte nach wie vor. Aber sonst? Er wusste, dass aus seiner wunderbaren Freundschaft zu Isabelle niemals mehr werden könnte. Statt sich auf dem Vertrauen auszuruhen, das ihm die Tochter des

Vicomte entgegenbrachte, versank er in der Ungewissheit dieser schmerzlichen neuen Sehnsucht. Er hatte Marga mit seiner Zurückhaltung verletzt, das war ihm ebenso klar wie die Tatsache, dass ihm seine Situation wenig Spielraum ließ, um diese wunderbare Frau für sich zu gewinnen.

Michael wischte sich mit der Hand über die müden Augen. Sein Verlangen nach Margas Händen, ihrem Duft, ihren Lippen vermischte sich mit Bildern von früher, als sie sich so nah wie Geschwister waren. Seine Hilflosigkeit wuchs. Er würde sie vielleicht nicht wiedersehen. Jedenfalls nicht so bald.

Gilles de Valory hatte sich unmissverständlich ausgedrückt, nachdem Isabelle ihrem Vater den Vorfall gebeichtet hatte: Der Vicomte verlangte, dass Michael das Anwesen vorläufig nicht mehr verließ.

Wie bei den meisten Haussmann-Bauten in Paris gab es auch vor dem Fenster von Margas Hotelzimmer einen Austritt. Keinen Balkon im herkömmlichen Sinne, sondern lediglich einen winzigen, mit einem schmiedeeisernen Geländer gesicherten Mauervorsprung, auf dem ein Erwachsener gerade stehen konnte. In den unteren Etagen war jedes Fenster mit diesem Freiraum versehen, weiter oben gehörte ein Altan zu mehreren nebeneinanderliegenden Zimmern. Marga etwa musste ihn sich mit Harald teilen. Das führte allerdings dazu, dass sie kaum jemals hinaustrat, weil sie ihre Ruhe haben und nicht seinen Zigarettendunst einatmen wollte, den er wie eine Aura nach jeder Vorstellung um sich verbreitete.

Heute Nacht war es anders. Es drängte sie nach draußen. Sie konnte nicht schlafen, warf sich in ihrem Bett hin und her, belastet von den Ereignissen, erschöpft und ruhelos zugleich. Die Zimmerluft erschien ihr stickig und verbraucht. Ohne die Nachttischlampe anzuknipsen, stand sie weit nach Mitternacht auf, zog die Verdunkelungsvorhänge zurück und öffnete die Tür. Sofort erfasste ein milder Wind ihr dünnes Nachthemd. Sie fröstelte, rührte sich nicht vom Fleck, horchte in die Stille.

Die Sperrstunde war längst vorbei und die Stadt lag im Dunkeln. Nur Mond und Sterne überzogen die Fassaden der Häuser und die schmalen Straßen zu ihren Füßen mit einem zarten Lichtschein. Als sie auf den kleinen Balkon trat, konnte Marga einen einsamen Fahrradfahrer erkennen, der zu einem Gebäude schräg gegenüber radelte, dort abstieg und das Eingangsportal aufstieß. Der Unbekannte schob seinen fahrbaren Untersatz durch den Torbogen und verschwand. Die Tür schloss sich, darunter leuchtete nur kurz ein schmaler gelber Streifen auf.

Den Kopf in den Nacken gelegt, blickte sie auf den wie mit funkelndem Staub gepuderten Himmel. Automatisch flossen die ersten Töne der »Stardust Melody« leise über ihre Lippen. Ob Michael schon schlief? Oder wachte er – ebenso wie sie – unter diesem magischen Sternenzelt?

Sie wünschte, er wäre nicht mit Isabelle zurück aufs Land gefahren. Nicht einmal eine Minute hatte sie mit ihm allein sein können. Dabei wollte sie das unerwartete Zusammentreffen als Zeichen nehmen, dass alles gut würde. Aber sie hatte sich gefügt und sich ohne ein persönliches Wort mit *bisous* auf jede Wange von Michael verabschiedet – wie dies unter Freunden in Frankreich üblich war. Und er war mit Isabelle abgezogen, als wären die beiden ein Paar. Deshalb war schließlich gar nichts gut.

Marga seufzte schwer.

»Du klingst, als würde alle Last der Welt auf deinen Schultern liegen!«

Warum überraschte es sie nicht, Haralds Stimme zu hören? Sie hatte nicht bemerkt, dass er nur wenige Schritte neben ihr stand. Seltsamerweise erschrak sie nicht, als er sie ansprach.

Es war ihr nur ein bisschen peinlich, weil ihr Nachthemd so dünn war. Schamhaft schlang sie die Arme um ihren Leib.

»Vielleicht klinge ich so, weil ich finde, dass die Last der Welt auf meinen Schultern liegt.«

Er lachte leise. »Du hast dich heute eindrucksvoll dagegen zu wehren gewusst. Das war großartig, Marga. Ich kenne keine Frau mit so viel Mumm in den Knochen.«

»Ich habe nicht sonderlich darüber nachgedacht, was ich tue. Es war eine automatische Reaktion. Du solltest das nicht überbewerten.«

»Es war Liebe, nicht wahr?«

Unwillkürlich atmete sie tief durch. Harald wusste von dem Mann, dem ihr Herz gehörte. Aber: Was wusste er von Isabelle de Valory und Jules Delaborde? Warum war er in Michaels Geheimnis eingeweiht worden? Marga schüttelte den Kopf, als könne sie auf diese Weise die vielen Fragen verscheuchen, auf die sie keine Antwort fand.

»Du brauchst es mir nicht zu bestätigen«, unterbrach er ihre Gedanken und senkte die Stimme. »Ich weiß, dass Michael der Grund ist, warum du unbedingt nach Paris wolltest.«

Erstaunt wandte sie sich zu ihm um. Sein Gesicht war nur schemenhaft zu erkennen und blieb deshalb so unergründlich wie die Welt der Sterne über ihr.

»Wieso kennst du seinen richtigen Namen?«, flüsterte sie.

»Ich bin nicht dumm, Marga, und ich bin ein alter Freund von Jules Delaborde.«

»Oh!«, machte sie nur und zermarterte sich das Gehirn, wie sie Harald danach fragen sollte, warum Michael in Frankreich unter dem Namen eines Musikers lebte, der ganz offensichtlich mit den Nazis kollaborierte. Allerdings war die Information, dass dieser Mann offenbar ein Kumpel von Harald war, nicht dazu angetan, sie zu beruhigen. Vertrauten Isabelle und Michael – ja, sie selbst – womöglich dem Falschen?

»Leider ist Michael ein ziemlicher Stiesel«, fuhr Harald fort. »Wenn ich an seiner Stelle wäre, würde ich dir jetzt die Sterne vom Himmel holen.«

»Bist du aber nicht«, gab sie ärgerlich zurück.

Wie konnte er den geliebten Mann einen Flegel schimpfen? Michael war niemals unhöflich. Er war nur zur falschen Zeit am falschen Ort. Aber ein wenig mehr Zuwendung hätte er nach ihrer Straßenshow schon aufbringen können. Da hatte Harald nicht ganz unrecht. Michael hatte sich in dem kleinen Bistro verhalten, als wäre nichts gewesen, als würden vier Freunde um einen Tisch sitzen, trinken und plaudern. Dabei war ihr zuvor fast das Herz stehen geblieben. Dennoch: Es war indiskutabel, dass Harald sich über Michaels Verhalten mokierte.

Marga überlegte, ob sie nicht besser zurück in ihr Zimmer gehen sollte, als Harald plötzlich sagte: »Ich würde mich freuen, an seiner Stelle zu sein.«

Seine Worte brachten eine Saite in ihr zum Klingen, die sie nicht hören wollte. Deshalb bemühte sie sich, ihn misszuverstehen. »Ich glaube dir gerne, dass du lieber mit Isabelle de Valory aufs Land gefahren wärst, als heute Abend ein nur mäßig besuchtes Konzert zu geben.« Das Olympia war tatsächlich nicht ausverkauft gewesen.

»Unsinn«, seine Stimme klang tief, rau und unendlich sanft. Er fasste nach der Hand, die auf ihrer Schulter lag, und zog sie mit zärtlicher Gewalt an sich. Die Wärme seines Körpers drang durch die Seide seines Morgenmantels, als er sie an sich presste. Sein Atem berührte ihre Lippen.

»Marga, hier ist ein Kuss von Michael …«, flüsterte er.

Er überrumpelte sie – und deshalb ließ sie ihn gewähren. Sie schmeckte Sehnsucht, fühlte Geborgenheit und das Verlangen, niemals wieder aus diesen Armen vertrieben zu werden, die sie so wundervoll umschlossen hielten. Wie gerne bildete sie sich ein, dass diese Arme Michael gehörten. Dass es sein Kuss war, den sie mit Hingabe erwiderte …

Da ließ Harald sie plötzlich los. Sie taumelte und schnappte irritiert nach Luft.

Stumm sahen sie einander an und konnten in der Miene des anderen trotz des silbernen Sternenschimmers doch nicht viel mehr erkennen als das Weiß in den Augen.

Eine Ohrfeige wäre der dramatischen Situation wohl angemessen gewesen. Doch als Marga das einfiel, war der Moment bereits verstrichen, in dem sie ihrer Entrüstung hätte freien Lauf lassen können.

Sie kam sich überrumpelt vor. Gleichzeitig war sie wütend auf sich selbst, dass sie Haralds Mund nicht widerstanden hatte. Mit einem Mal fühlte sie sich so nackt, als trüge sie das dünne Nachthemd nicht. Sie ballte die Hände zu Fäusten, bedachte Harald mit einem knappen, zornigen Blick, den er hoffentlich bemerkte, und stürzte zurück in ihr Zimmer. Mit einem unnötig lauten Knall schlug sie das Doppelfenster zu, sodass die Scheiben klirrten.

Der Zorn blieb. Auf sich, auf ihn. Sie war machtlos gegen ihre Gefühle. Sie konnte Harald ausschließen, sogar die Vorhänge vor den magischen Sternenhimmel ziehen. Aber seinen Kuss spürte sie noch lange auf ihren Lippen.

34

Sie musste dringend ihren klaren Kopf zurückgewinnen, fand Andrea, als sie sich am Fuße des Grande Arche von Frank verabschiedete.

Eigentlich wollte er sie nach Hause bringen. Wahrscheinlich wollte er auch in ihr Bett. Sie wies ihn jedoch mit deutlicher Körpersprache ab, sprang in ein Taxi und bat den Fahrer, rasch loszufahren. Wie im Krimi. Als sie sich umdrehte, sah sie im Rückfenster, dass Frank ebenso erstaunt wie kapitulierend die Arme hob und dem Wagen nachsah. Wie in einer Komödie. Seufzend blickte Andrea wieder nach vorn. Sie befand sich in keiner Filmszene. Es war ihr Leben, um das sie sich kümmern musste. Und es wurde Zeit, dass sie die Dinge selbst in die Hand nahm.

Am nächsten Morgen versuchte sie, ihre Mutter anzurufen. Diesmal waren ihr die Telefonkosten gleichgültig. Aber sie erreichte nur jemanden mit friesisch-trockener Stimme und erfuhr wenig überraschend, dass Frau Barbara Cramer nicht ans Telefon kommen könne. Sie sei nicht da. Die Tochter solle sich wieder melden. Tschüss.

Wütend schleuderte Andrea ihr Handy von sich. Glücklicherweise landete es im Sessel, sodass es die Attacke ohne Schaden überstand.

Dann suchte sie die alte, schon reichlich zerfledderte Landkarte aus dem Korb mit dem Krimskrams heraus, die sie manchmal nutzte, um Auswärtsengagements zu lokalisieren. Sie breitete den Faltplan auf ihrem Esstisch aus, beugte sich darüber auf der Suche nach dem Ort Pacy-sur-Eure. Jules Delabordes frühere Wirkungsstätte befand sich keine achtzig Kilometer westlich von Paris. Eine Autofahrt von etwa einer Stunde. Eigentlich kein Problem, wenn sie einen Wagen besitzen würde.

Sollte sie Frank anrufen? Wahrscheinlich wäre es die naheliegendste Lösung. Doch aus irgendeinem Grund wollte Andrea die Fährte des alten Mannes ohne ihn aufnehmen. Sie waren sich gestern Abend verstörend nah gekommen. Keine gute Voraussetzung, um ein Rätsel aus der Vergangenheit zu lösen. Sie musste den Zusammenhang zwischen Jules Delaborde und sich selbst allein herausfinden. Außerdem konnte sie Frank immer noch erzählen, was sie erfahren hatte – wenn sie denn überhaupt etwas erfahren würde. Schließlich war es nichts anderes als ein Bauchgefühl, das sie in die Normandie lockte.

Es bedurfte einiger Telefongespräche, bis Andrea einen fahrbaren Untersatz organisiert hatte. Ausgerechnet Janusz, der Orgelstudent aus Polen, konnte sein Auto für den Rest des Tages entbehren. Andrea versprach ihm ein gemeinsames Abendessen, und als er vorschlug, sie zu begleiten, versprach sie ihm außerdem in naher Zukunft einen gemeinsamen Ausflug aufs Land, wenn er sie diesmal allein fahren ließ. Als sie jedoch den fünfzehn Jahre alten Citroën 2CV durch die Rue de Javel tuckern sah, fragte sie sich, ob sie nicht zu großzügig gewesen war. Janusz' Ente wirkte wenig vertrauenerweckend. Dennoch stieg sie ein und brachte ihren Kommilitonen zur Metro-Station Commerce, wo er viel Wirbel um ihren Abschied machte, als wollte sie mit seinem Wagen übers Meer nach New York fahren. Als sie Janusz endlich abgesetzt hatte, fädelte sie sich in den Verkehr zur *Autoroute de Normandie* in Richtung Rouen ein.

Nach einer Weile begann sie sich zu entspannen. Sie

konnte zwar nicht besonders schnell fahren und hielt sich deshalb an die rechte Spur, aber es machte nichts: Die Raser traf sie bei der nächsten Zahlstelle für die Autobahngebühr wieder. Lächelnd winkte sie dort im Vorbeifahren dem Porschepiloten zu, der sie zuvor hupend überholt und sich dann in die falsche Schlange eingeordnet hatte.

Es war ein sonniger Tag, wie geschaffen für eine Landpartie, und das hob Andreas Laune. Auf den grünen Hügeln jenseits der Pariser Vorstädte grasten schwarz-weiße Kühe unter einem lichtblauen Himmel, den zarte Wolken durchzogen wie zerrissene Wattebäuschchen. Je weiter westlich sie kam, desto durchscheinender sah dieser Himmel aus. Die Luft, die durch das hochgeklappte Fenster strömte, roch mild und zugleich würzig nach Erde und Meersalz. Sie suchte in dem altmodischen Autoradio die Frequenz von Jazzradio und wurde auf ihrem Weg von einer Sendung namens »Gipsy Jazz« begleitet, in der vor allem Django Reinhardt den französischen Swing der Dreißiger- und Vierzigerjahre spielte.

Überraschend schnell erreichte sie die Ausfahrt No. 15. Ab hier folgte sie den Schildern nach Pacy-sur-Eure, fuhr durch im Sonnenlicht schimmernde Wälder, passierte eine Allee mit Apfelbäumen und erreichte schließlich mühelos die wenig prätentiöse Kleinstadt, in der mittelalterliche Häuser mit abblätterndem Putz eine leicht morbide Schönheit verströmten. Sie fuhr die Hauptstraße entlang zum Hôtel de Ville.

In der Stadtmitte von Pacy stellte sie Janusz' Auto ab und stieg aus. Was sollte sie nun tun? Sie war so zielsicher gefahren, hatte keinen Moment daran gezweifelt, hier Antworten auf ihre Fragen zu erhalten.

Aber nun stand sie neben dem in französischen Ortschaften üblichen Boule-Platz und wusste nicht, wohin sie sich wenden sollte. Meist spielten betagte Männer mit den silbrig glänzenden Kugeln. Wahrscheinlich auch hier – und vielleicht kannte man Jules Delaborde. Aber es war Vormittag, Pacy strahlte eine schläfrige Geschäftigkeit aus – und um diese Uhrzeit kam niemand von den Alten zum Sandplatz. Genau genommen hasteten die Passanten alle nur vorbei.

Es wäre wohl zu einfach gewesen, auf den Kleinstadtklatsch zu hoffen. Am besten, sie suchte nach dem ehemaligen Restaurant von Jules Delaborde, von dem in der Zeitung berichtet worden war. Sicher erinnerte sich dort noch jemand und konnte Andrea Auskunft über den früheren Wirt geben. Sie beschloss, sich im erstbesten Lokal zu erkundigen.

Seufzend spazierte sie durch die schmalen Straßen und zu den Auslagen der verschiedenen Geschäfte. Ein Friseur, ein Fischladen, eine Bäckerei, ein Fleischer … ein Immobilienhändler, vor dessen Schaufenster sie stehen blieb.

Die Collage beeindruckender Fotos eines Anwesens, das sich anscheinend in der Nähe befand, zog Andreas Neugier an: Ein richtiges Märchenschloss aus dem 17. Jahrhundert mit Zinnen, Türmen, einem barocken Ehrenhof und einem Rosengarten, einem Labyrinth aus Buchsbaumhecken und einer Reihe von Nebengebäuden stand zum Verkauf. Andrea näherte ihre Nase der Glasscheibe, betrachtete die Bilder der Innenräume, zu denen auch ein riesiges Musikzimmer mit Flügel gehörte, und gab sich sekundenlang der Illusion hin, in diesem verwunschenen Château spielen zu dürfen.

»Ein Jammer, dass das Schloss nun doch verkauft werden soll. Man stelle sich vor: Fremde kommen hierher, Amerikaner womöglich, weil die neuen Besitzer aus dem Park einen Golfplatz gemacht haben. Finden Sie das nicht auch schrecklich, Mademoiselle?«

Im ersten Moment erstaunt, aber dann amüsiert lächelnd wandte sich Andrea zu der weiblichen Stimme neben sich um. Auf dem Land kam man offenbar leicht ins Gespräch. Ein guter Anfang für ihr Vorhaben.

Allerdings konnte sie wenig zu der Abneigung der gepflegten alten Dame gegen Golfplätze und amerikanische Touristen sagen. Da sie nicht wusste, wie sie sonst auf die Bedenken reagieren sollte, erwiderte sie vage: »Es ist bestimmt teuer, ein solches Anwesen zu erhalten.«

»Ja, natürlich ist es das!«, rief die Dame entrüstet aus. »Deshalb wäre es sehr vernünftig gewesen, das Château endlich zu einem *Monument historique* zu erklären. Dann bekommt der Besitzer Zuwendungen vom Staat, verstehen Sie? Und der zuständige Minister entscheidet persönlich bei einem Verkauf. So war es ursprünglich geplant, aber obwohl Maurice Parlamentarier ist, hält er nichts davon. Kaum ist der gute alte Jules durch diesen schlimmen Unfall außer Gefecht gesetzt, wird Valory den Immobilienhaien zum Fraß vorgeworfen.«

Andrea suchte nach einer Stütze, doch ihre Finger glitten an der Schaufensterscheibe ab. Sie hatte plötzlich Mühe, sich auf den Beinen zu halten. Verlegen rieb sie sich die Hände.

»Jules, Maurice«, wiederholte sie langsam. »Sie meinen nicht zufällig die Delabordes, Madame?«

»Wen denn sonst?«

Sie konnte nicht anders – Andrea starrte die Fremde an und kam sich dabei vor wie ein Fisch. Sie öffnete und schloss den Mund mehrmals und brachte keinen Ton heraus.

»Ich komme jeden Tag hierher, um zu sehen, ob das Angebot schon entfernt worden ist. Das wird es ja, wenn das Anwesen verkauft wurde, nicht wahr?« Eine Hand, hell und zart wie Porzellan, blau geädert und sehr schmal, fasste an die Kette aus kleinen roséfarbenen Perlen, die den Hals der Dame zierte. Wie viele alte Menschen hörte sie sich anscheinend am liebsten selbst reden, denn sie fuhr fort, ohne eine Antwort abzuwarten: »Ist das nicht furchtbar? Dreihundert Jahre im Familienbesitz der de Valorys und dann ist mit einem Mal alles vorbei.«

»Hm. Ja. Ich …«, Andrea schluckte, räusperte sich, während sie interessiert gemustert wurde. Schließlich atmete Andrea tief durch und bemerkte: »Ich wusste nicht, dass Monsieur Delaborde ein Schloss besitzt. Betrieb Jules Delaborde nicht ein Restaurant hier in Pacy?«

Die hellblauen, auffallend klaren Augen der Dame starrten Andrea verständnislos an. »Aber natürlich. Das *Le Swing* befand sich im Schlosskeller. Da Pacy der größte Ort in der Nähe ist, wird die Gemeindereform gerne übersehen, nach der das Anwesen heute zum Kanton Vernon gehört, und die Stadt liegt weiter entfernt. Kannten Sie das Restaurant?«

»Nein. Leider. Ich … ähmmm … ich weiß nur, dass Monsieur Delaborde senior früher Musiker war.«

»Das ist aber lange her, mein Kind. Da waren Sie noch nicht geboren.« Die alte Dame lächelte. Ob in der Erinnerung oder über Andreas Jugend, war nicht auszumachen. »Es war Krieg und dann kamen neue Zeiten und erforderten andere Maßnahmen. So wurde aus dem wunderbaren Gitarristen ein Wirt. Aber Jules machte auch diese Sache sehr gut. Er geriet ganz nach seinem Vater, dem Vicomte, der ein Vorbild für uns alle war … was man übrigens von Maurice nicht immer sagen kann. Ich meine, dass der nicht nach seinem Vater gerät. Nun, es ist wohl die Politik, die die besten Männer verdirbt, nicht wahr?« Offensichtlich hielt sie nicht gerade große Stücke auf den Rechtsanwalt und Abgeordneten.

»Ich dachte, Jules Delaborde habe Klarinette gespielt.«

»Nein. Wie kommen Sie denn darauf? Das wüsste ich aber. Nein, nein, Jules hat niemals ein Blasinstrument angerührt.«

Andreas Herz schlug schneller. Sie zwang sich zur Ruhe, überlegte, ob sie die redselige Dame auf einen Kaffee einladen sollte oder ob dieses Ansinnen womöglich als unangemessen aufgefasst würde.

Jedenfalls hatte sie die Herkunft *ihres* Jules Delaborde geklärt. Schade eigentlich, dass der alte Mann nicht der Klarinettist auf der Schellack war. Die Aufnahme von »Stardust Melody« klang sehr schön. Dennoch blieb ihre drängendste Frage auch in Anbetracht von Madames Auskunftsfreudigkeit offen: Interessierte sich Jules Delaborde wirklich nur für Andreas Darbietungen als Pianistin, weil er vor über fünfzig Jahren selbst Musiker war?

Sie nahm allen Mut zusammen und lächelte ihre Gesprächspartnerin zuvorkommend an. »Sie können wunderschön erzählen, Madame. Am liebsten würde ich Ihnen noch Stunden zuhören. Aber vielleicht setzen wir uns dazu hin und ...«

»Sehr freundlich, mein liebes Kind«, die Dame erwiderte Andreas Lächeln, ihre klugen blauen Augen leuchteten auf. »Sie sind wirklich sehr aufmerksam. Leider kann ich nicht mehr lange mit Ihnen plaudern. Auch alte Leute haben ihre Termine, wissen Sie. Man ist dadurch manchmal in größerer Zeitnot als die Jugend.«

Aus Angst, den Kontakt zu Jules Delabordes Vergangenheit, den sie soeben gefunden hatte, schon wieder zu verlieren, wagte Andrea einen überstürzten Vorstoß: »Können Sie sich noch an die Freunde von Monsieur Delaborde aus Kriegszeiten erinnern? Es müssen Deutsche gewesen ...«

»Mademoiselle«, fiel Madame Andrea ins Wort und wedelte ungeduldig mit der Hand, »das ist kein Thema, über das wir gerne sprechen. Sie sind nicht von hier, oder?« Als Andrea schweigend nickte, fuhr sie fort: »Sie verstehen das nicht. Heute sind wir alle Europäer, da spielt es keine Rolle, ob der eine Deutscher ist und der andere Franzose. Aber jetzt muss ich leider gehen ...«

»Es geht um meinen Großvater!«, brach es hastig aus Andrea heraus. »Wissen Sie, ich komme aus Deutschland und studiere in Paris. Ich bin auf der Suche nach der Geschichte meines Großvaters. Er kannte Monsieur Delaborde.«

Hoffentlich verschrecke ich sie mit dieser Behauptung nicht noch mehr, flehte sie im Stillen.

Doch die alte Dame, die sich bereits abgewandt hatte, drehte sich zu Andrea um. »Sie sind eine nette junge Frau, Mademoiselle, sehr sympathisch. Ich weiß nicht, ob die Bekanntschaft mit Ihnen ein Segen für Jules ist, aber sicher wird sich Maurice darüber ärgern. Er schirmt seinen Vater nämlich sogar vor seinen früheren Nachbarn ab.« Sie kicherte leise. »Deshalb gebe ich Ihnen einen Rat: Fragen Sie Pierre. Er wird Ihnen weiterhelfen. *Au revoir, Mademoiselle.*«

Andrea hatte Mühe, mit ihr Schritt zu halten. »Wer ist Pierre? Wo finde ich diesen Monsieur?«

»Schauen Sie heute Nachmittag bei den Boule-Spielern vorbei und fragen Sie nach ihm. Entweder ist er bereits da oder man wird Ihnen sagen, wann er kommt.«

Bevor Andrea noch etwas sagen konnte, hatte die Dame den automatischen Öffner einer Tür im Nachbargebäude der Immobilienagentur betätigt und verschwand in dem Haus. Ein Emailleschild an der Mauer wies auf die Sprechzeiten des ansässigen Allgemeinarztes hin.

In diesem Moment hallte die Kirchturmglocke über die Schieferdächer der Kleinstadt. Sie schlug elf Mal.

Unwillkürlich blickte Andrea auf die Uhr. Ihre Begeisterung verflog. Sie würde wohl noch fünf oder sechs Stunden warten müssen, bis die Männer sich am Boule-Platz trafen. Was um alles in der Welt sollte sie bis dahin unternehmen? Wieder einmal ratlos ließ sie die Schultern hängen.

35

Das Engagement von Harry Alsens Tanzorchester in Paris fand ein schnelles und in dieser Form unerwartetes Ende. Die Musiker und ihre Sängerin wurden in die Büros der Propagandaabteilung Frankreich im Hotel Majestic beordert, wo Leutnant Weber ihnen mitteilen musste, dass man ihren Vertrag zur Truppenbetreuung nicht verlängerte.

»Die Herren sollen sich nach ihrer Rückkehr unverzüglich im Deutschlandhaus am Berliner Adolf-Hitler-Platz beim Kurzwellensender melden«, fuhr Weber in ungewohntem Befehlston fort. Dann reichte er Kurt ein mit Reichsadler und Hakenkreuz-Stempeln versehenes Papier. »Das ist ein Stellungsbefehl. Sie dürfen das Vaterland vor den Bolschewiken verteidigen.« Nach einer Kunstpause fügte er launig hinzu: »Für Sie ist in der Rundfunkkapelle von Lutz Templin leider kein Platz, er spielt selbst Saxofon.« Was offenbar als Scherz gemeint war, fand keiner der Anwesenden komisch.

Betretene Blicke flogen umher.

Kurt schnappte hörbar nach Luft und murmelte: »Ich brauche eine Zigarette.«

Wortlos gab Harald seine Packung weiter.

Alle schwiegen so betroffen, als befänden sie sich auf einem Begräbnis. Nach einer Weile klopfte Ulli seinem Kollegen ebenso hilflos wie väterlich auf die Schulter, woraufhin Kurt ihm den Rauch seiner eben angezündeten Zigarette ins Gesicht blies. Niemand sprach aus, dass es eine Ungerechtigkeit war, ein Mitglied der Band auszusortieren und in den Krieg zu schicken, aber vermutlich dachten alle dasselbe.

Ein Alibi, fuhr es Marga grimmig durch den Kopf. Kurt ist ein Alibi oder ein Bauernopfer.

»Ich bin der Meinung …«, hob Harald an.

»Und ich …?«, fragte Marga.

Beide hatten gleichzeitig zu sprechen begonnen und beide brachen im selben Moment ab. Unwillkürlich sahen sie einander an. Es war das erste Mal seit dem Kuss, dass Marga ihm direkt in die Augen blickte.

In den Wochen danach hatte sie es geschafft, Harald aus dem Weg zu gehen, wann immer dies möglich war. Oder zumindest niemals allein mit ihm zu sein. Ihr Umgangston war freundlich, aber distanziert. Marga war zu verwirrt, um die nötige Gelassenheit aufzubringen, über die nächtliche Begegnung auf dem kleinen Balkon zu lachen oder sie gnädig mit dem Mantel des Vergessens zu bedecken. Sie nahm *ihm* übel, dass er sie in diese Lage gebracht hatte. Bei sich selbst suchte sie nur ganz kurz nach dem Grund für ihre Verwirrung. Sie fand es zu kompliziert und wollte nicht ihre eigene Gefühlswelt infrage stellen müssen. So war es auch damals in Aarhus nach dem nächtlichen Tanz gewesen. Aber die Erinnerung daran schaltete sie ebenfalls lieber aus.

Nach einer endlos scheinenden Weile nahm Harald die Brille ab und massierte seinen Nasenrücken. Mit der freien Hand deutete er eine Geste an, die Marga zum Sprechen aufforderte.

Sie sah von ihm fort. Ihr Herz klopfte wild, aber sie zwang die innere Aufregung nieder.

»Wo soll ich mich melden?«, erkundigte sie sich bei Leutnant Weber.

»Darüber habe ich leider keine Informationen, Fräulein Mai«, antwortete er und seine Stimme wurde weich. »In meinen Unterlagen steht nichts über einen neuen Einsatz für Sie. Wahrscheinlich sollen Sie sich in der Heimat für den Arbeitseinsatz bei der NS-Frauenschaft zur Verfügung stellen.«

Marga erbleichte. »Warum? Was habe ich falsch gemacht? Ich habe …«

»Bitte fragen Sie nicht mich«, fiel ihr Gerhard Weber ins Wort. »Das ist Sache des Propagandaministeriums.«

»Na denn, mein Mädchen«, Kurt legte den Arm um Margas Schultern, »lass uns einen heben gehen. Cognac oder Pastis? Was möchtest du?«

»Später.« Marga bemühte sich um ein Lächeln, was ihr nicht leichtfiel. »Geh schon mit den anderen vor. Ich komme nach.«

Eine Mischung aus Schock, Verzweiflung und Wut rauschte durch ihre Adern. Sie fühlte sich wie der Inhalt eines Cocktailshakers und Leutnant Weber schüttelte ihn gerade kräftig durch.

Angelegentlich kramte sie in ihrer Handtasche, während Harry Alsens Tanzorchester den Raum verließ. Seine Meinung, die Harald vorhin hatte ausdrücken wollen, behielt er nun für sich. Er warf Marga einen langen Blick zu, ging dann aber hinter seinen Musikern hinaus. Wahrscheinlich nahm er ebenso wie sie an, dass ihr Weber nicht vor versammelter Mannschaft verraten würde, warum sie fallen gelassen wurde.

In Marga keimte ein schrecklicher Verdacht auf. War es möglich, dass jemand sie angezeigt hatte? Steckte der übereifrige Sturmbannführer nach seiner gescheiterten Personenkontrolle dahinter? Margas Straßenkonzert war zwar schon eine Weile her, aber die Mühlen der Behörden mahlten manchmal langsam. Schließlich hatte sie mit ihrer Einlage die Autorität des Sturmbannführers untergraben. Oder lag es am Swing? Zwar spielten alle Tanzkapellen in Paris ungehindert die Musik der Feinde, dennoch konnte es sein, dass Harry

Alsens Tanzorchester zufällig ins Fadenkreuz der Gestapo geraten war.

Als sie mit Weber allein war, brach es aus ihr heraus: »Hat man mich wegen irgendeines Vergehens angezeigt, dessen ich mir nicht bewusst bin?«

Er schüttelte den Kopf. »Wissen Sie, Fräulein Mai, ich bedauere persönlich sehr, dass Sie Paris verlassen. Aber aus Rücksicht auf die Volksgemeinschaft muss jeder von uns Dinge tun, die einem auf den ersten Blick unverständlich erscheinen mögen, im Nachhinein aber Sinn ergeben. Schauen Sie mich an: Ich hätte niemals für möglich gehalten, einmal als Besatzungssoldat in Frankreich zu leben. Ich habe Romanistik studiert – und deshalb hat man mir diese Uniform übergestreift.«

»Das beantwortet meine Frage nicht, Herr Leutnant«, versetzte sie frostig, obwohl er ihre Kälte nicht verdiente. Webers Offenheit seine eigene Person betreffend war bemerkenswert. Immerhin gab er zu, nicht aus eigenem Enthusiasmus zum Propagandaoffizier geworden zu sein.

»Ich weiß es nicht.« Er stand vor ihr und ähnelte dabei auf fast rührende Weise einem begossenen Pudel, sodass ihm Marga glaubte.

Stumm blickte sie auf ihre schmalen Hände. Während sie wie verloren über ihre Zukunft grübelte, kam plötzlich Leben in Leutnant Weber. Seine Miene hellte sich auf. Er raschelte mit den Papieren auf seinem überladenen Schreibtisch, suchte etwas und fand ein unbeschriebenes Blatt mit offiziellem Briefkopf und einen Stift. »Ich habe eine Idee, wo Sie sich in der Heimat melden können, bevor Sie bei der NS-Frauenschaft vorstellig werden«, erklärte er.

Er notierte etwas. »Ein Freund von mir arbeitet für den Reichssender Hamburg. Vielleicht kann man dort eine so fähige Person wie Sie gebrauchen. Wenn Sie mich fragen, wäre eine persönliche Bewerbung unbedingt einen Versuch wert.« Er faltete das Empfehlungsschreiben zusammen, um es ihr in die Hand zu drücken. »Ich wünsche Ihnen viel Glück!«

»Danke«, sagte sie verwundert und erleichtert in einem. Ohne es anzusehen, schob sie das Blatt Papier in ihre Handtasche.

»Vielleicht sehen wir uns ja irgendwann wieder. Wenn es inzwischen geklappt hat mit einer Beschäftigung beim Rundfunk, erwarte ich als Gegenleistung ein Rendezvous.«

Sie streckte ihm die Hand entgegen. »Das verspreche ich Ihnen. Auf Wiedersehen.«

In Gedanken versunken verließ sie Webers Büro. Sie schritt auf dicken Teppichen durch das riesige Gebäude, an offen stehenden Zimmertüren vorbei, in denen Telefone klingelten oder das Klappern von Schreibmaschinen ertönte. Weber hatte erzählt, dass die Propagandastaffel erst kürzlich aus einer Wohnung an den Champs-Elysées hierher umgezogen war, und es bedeutete durchaus eine Verbesserung. Zumindest in räumlichem Sinne. Allerdings unterstanden die Mitarbeiter hier einer schärferen Kontrolle, denn das Majestic war auch der Sitz des Militärbefehlshabers Frankreich. Marga lächelte unverbindlich den Uniformierten zu, die ihr auf dem Weg zum Ausgang begegneten, und fragte sich, wie Leutnant Webers Karriere in diesem Umfeld wohl verlaufen mochte und ob sie ihm jemals wieder begegnen würde.

»Da bist du ja endlich«, rief Harald erleichtert aus, als sie langsam die Außentreppe zur Avenue Kléber hinunterschritt. Er stand neben einem der Alleebäume jenseits der von parkenden Wehrmachtsfahrzeugen verstopften Seitenfahrbahn, eine glimmende Zigarette zwischen den Fingern.

Erstaunt sah sie sich um, zuckte mit den Achseln und überquerte die schmale Straße. »Wo sind die anderen?«

»Die sind schon vorgegangen. Kurt brauchte dringend einen Schnaps.«

Sie nickte, beschäftigte sich wieder mit ihrer Tasche. Auf diese Weise vermied sie es, Haralds aufmerksamem Blick zu begegnen.

»Na?«, wollte er wissen, als sie nichts sagte.

»Was – na?«

»Hast du von Weber etwas erfahren?«

»Nein«, antwortete sie, während sie den Verschluss ihrer Handtasche geräuschvoll zuschnappen ließ. »Nein, er konnte mir nicht sagen, warum ich nicht mit euch zum Kurzwellensender nach Berlin darf.«

»Vielleicht braucht die Aufnahmeleitung gerade keine Sängerin.«

»Kann schon sein. Das ist vermutlich wie mit unserem Saxofonspieler.« Zum dritten Mal ließ sie die Blicke umherschweifen. »Wohin sollen wir gehen, um die anderen zu treffen?«

»Oh, das hat noch Zeit.« Harald zog an seiner Zigarette, dann warf er die Kippe in den Rinnstein. Als wäre dies die größte Selbstverständlichkeit, nahm er ihren Arm und schob sie sanft, aber bestimmt vorwärts. »Ich möchte dir etwas zeigen. Komm!«

Sie hatte keine Lust, mit ihm herumzulaufen. Genau genommen wollte sie überhaupt nicht mit ihm allein sein. Aber weil sie nicht wusste, wohin sie sich sonst wenden sollte, ließ sie sich von ihm führen. »Ich weiß nicht, was das werden soll«, schimpfte sie dabei. »Was willst du mir zeigen?«

Harald grinste. »Den Eiffelturm, Marga. Du kannst nicht aus Paris wegfahren, ohne den Eiffelturm aus der Nähe gesehen zu haben.«

Seine Worte schienen einen Hebel in ihrem Innersten umzulegen. Bislang hatte sie auf ihre bevorstehende Heimreise mit Trotz und Schuldzuweisungen reagiert. Plötzlich wurde ihr jedoch die Konsequenz bewusst: Sie musste sich wieder von Michael trennen!

Zwar hatte sie ihn seit dem misslungenen Ausflug auf den Spuren von Cole Porter nicht wiedergesehen, aber allein ihn in der Nähe zu wissen tat gut. Auch wenn ihr der Gedanke an die Zeit nach dem Krieg damals in der Kirche von Pacy-sur-Eure weit weg erschienen war, sagte sie sich inzwischen, dass es nicht ewig so weitergehen konnte. Irgendwann war das alles vorbei und Michael und sie würden zueinanderfinden. Mutig nährte sie diese Hoffnung und fand sie durch die Briefe bestärkt, die Michael ihr schickte. Er unterschrieb sie mit *Jules*, manchmal auch mit *Michel*.

Eigentlich berichtete er nur von seinem Alltag, den frühsommerlichen Arbeiten als Gärtner. Jeder Brief konnte in falsche Hände geraten. Deshalb schrieb er wohlweislich nichts, was irgendwie mit seiner Herkunft zu tun haben oder Marga an die gemeinsam verbrachte Jugend erinnern könnte. Er klang wie der Verehrer eines Bühnenstars. Aber hin und wieder las sie zwischen den Zeilen ein wenig mehr und richtete sich daran auf.

Isabelle hatte sie seit jenem Nachmittag auch nicht wiedergesehen. Sie wusste nicht, ob sich die Tochter des Vicomte heimlich mit Harald traf, und sie bedauerte, dass der Kontakt abgebrochen war, aber sie fragte nicht nach ihr. Da sie beinahe täglich auftreten musste, hatte sie irgendwann gar keine Kraft mehr, sich die harmlosen Verabredungen mit einer gleichaltrigen Frau zum Einkaufsbummel, Spazierengehen oder in einem Café auszumalen. Nach dem Krieg, dachte sie häufig, werde ich wieder Zeit auch für derartige Vergnügungen haben.

Als sie missmutig neben Harald die Avenue Kléber hinaufging, fiel ihr plötzlich auf, dass ebenso Gilles de Valory aus ihrem Leben verschwunden war. Sie hatte seine Aufmerksamkeiten nicht vermisst, aber es war doch merkwürdig, dass keine Blumen mehr von ihm kamen, keine Pralinen oder Parfüm, nicht eine einzige Einladung. Der Vicomte glänzte ebenso durch Abwesenheit wie Isabelle. In Anbetracht seiner engen Bekanntschaft mit Botschafter Abetz und der Vorteile, die ihm die deutsche Kommandantur ganz offensichtlich gewährte, erschien ihr das nun in einem anderen Licht.

»Meinst du, es hat uns jemand angezeigt?« Sie klang atemlos und gehetzt.

»Wenn man uns Wehrkraftzersetzung vorwerfen würde, hätten wir kein neues Engagement erhalten, sondern eine Einweisung in ein Lager«, gab Harald nüchtern zurück. »Unser Vertrag ist abgelaufen und die Option auf eine Verlängerung wurde nicht wahrgenommen. So etwas passiert, Marga.«

»Aber Kurt …«

»Ja«, konstatierte er düster. »Das ist die Kröte, die wir schlucken müssen. Ich werde, so schnell es geht, versuchen, ihn als Musiker anzufordern. Aber dafür muss ich erst einmal in Berlin sein und mir anschauen, wie die Dinge dort laufen. Hier kann ich nichts für ihn tun.«

Sie senkte den Blick auf ihre Füße und schwieg.

»Marga«, sagte er eindringlich, »sie können uns nicht ständig alle unabkömmlich stellen. Ich hoffe, dass Kurt nicht lange bei der Wehrmacht bleiben muss. Aber wir dürfen uns nichts vormachen: Es kann morgen genauso jeden anderen treffen – auch mich. Irgendeine Verwendung würden sie trotz meiner Kurzsichtigkeit wohl für mich finden, wenn sie es darauf anlegten.« Er kickte einen losen Stein aus dem Weg, der von einer Mauer gebröckelt war. »Wir haben bei dem guten Leben hier fast vergessen, dass um uns herum Krieg herrscht.«

Ihr fiel etwas ein, das zu ihrem Verdacht gegen den Vicomte

de Valory passte. »Wo ist eigentlich Jules Delaborde? Wir sind schon Monate in Paris und haben ihn nicht getroffen. Findest du das nicht merkwürdig?«

»Nein. Er spielt jetzt in Berlin. Und lass den Mann in Ruhe. Er hat dir nichts getan.«

»Hmmm«, machte sie mürrisch.

»Ich werde auch versuchen, ein neues Engagement für dich zu finden.«

Er lenkt ab, dachte sie. Warum stellte sich Harald wieder vor den französischen Gitarristen? Dabei war Jules Delaborde ihrer Meinung nach suspekter als der Rest seiner Familie. Der Himmel wusste, wie Michael ausgerechnet an diese Leute geraten war.

»Danke, Harald, aber bemüh dich bitte nicht. Leutnant Weber hat mir eine Adresse beim Reichssender Hamburg gegeben.«

Harald stutzte, verlangsamte erstaunt seinen Schritt, ging dann nach einer kurzen Atempause im vorherigen Tempo an Margas Seite weiter. »Das klingt gut«, befand er schließlich.

»Warten wir's ab.«

Eine Weile liefen sie schweigend weiter. Marga fand den Weg mühsam, es ging leicht bergan. Wohin auch immer Harald sie führen mochte, ihre Füße in den hochhackigen Spangenschuhen begannen zu brennen. Warum hatten sie nicht die Metro genommen? Obwohl sie meinte, keinen Schritt mehr tun zu können, trottete sie tapfer neben Harald her. Ihre Gedanken eilten ihr voraus und lenkten sie von dem Schmerz an Ballen und Fersen ab.

Ob sie es irgendwie einrichten könnte, in Paris zu bleiben? Wenn Michael illegal in Frankreich lebte, müsste ihr das auch gelingen. Frauen waren meist sogar unauffälliger als Männer. Aber nicht, wenn sie groß und blond sind, schalt sie sich, als sie eine Gruppe junger Französinnen bemerkte, die an einer

Bushaltestelle warteten. Alle zierlich und brünett – typisch. Hier konnte sie nicht so ohne Weiteres untertauchen. Marga seufzte.

Das wütende Geklingel eines Fahrradfahrers, dem fast gleichzeitig das Echo anderer Velos folgte, riss Marga aus ihren Betrachtungen.

Ohne auf den Verkehr zu achten, war sie von der Bordsteinkante getreten und buchstäblich beinahe unter die Räder gekommen.

Zur Salzsäule erstarrt, hob sie entschuldigend die Hände, lächelte die erbosten Radfahrer verlegen an. Dann sah sie anklagend über ihre Schulter zu Harald, der stehen geblieben war. »Warum hast du mich nicht gewarnt?«

»Ich habe nicht den Eindruck, dass du von mir beschützt werden möchtest.«

Wütend begegnete Marga seinem Blick. In seinen Brillengläsern spiegelte sich die Sonne und sie fragte sich, ob seine Augen Funken sprühten oder ob das Glitzern eine Folge der Reflexion war. Sie wünschte, er wäre weniger aufgebracht. Wenn es einen Menschen gab, mit dem sie darüber sprechen könnte, in Paris unterzutauchen, dann war es Harald. Aber wahrscheinlich irrte sie sich in ihm – und er würde sie nicht verstehen …

Er unterbrach ihre Gedanken, indem er sie über die breite Straße zerrte. Marga war insgeheim dankbar für seinen Arm, denn es herrschte reger Betrieb an diesem riesigen Platz, in den acht oder noch mehr Straßen mündeten. Die Verkehrsadern von Paris flößten ihr noch immer großen Respekt ein und sie vergaß augenblicklich sogar ihre drängenden Probleme. Ein paar Atemzüge lang gab sie sich Haralds Schutz hin. Als sie jedoch sicher vor dem mächtigen neoklassizistischen Gebäude des Palais de Chaillot stand, verflog diese Illusion. Sie musste selbst für ihre Zukunft sorgen, entschied sie. Harald war nicht die richtige Person, der sie sich anvertrauen durfte.

Obwohl sie ihm ihre Hand entzog, folgte sie ihm zu einer Terrasse, die sich vom Place du Trocadéro weg an der anderen Seite des Ausstellungs- und Konzertpalastes befand. Im nächsten Moment verschlug es ihr den Atem.

Vor ihren Augen erhob sich als ewiges Zeugnis der Ingenieurskunst der von Gustave Eiffel im vorigen Jahrhundert erbaute Turm in den blauen Himmel. Die Stahlkonstruktion schimmerte nicht schwarz wie aus der Ferne, wenn Marga den Eiffelturm an irgendeinem Ort in Paris über den Häusern gesehen hatte, sondern in einem rostigen Rotbraun, was dem Bauwerk eine seltsame Lebendigkeit verlieh. Fasziniert starrte sie auf das Wahrzeichen, nahm nur am Rande den hellen Sandstein der Terrasse wahr, auf der sie stand, die Kaskaden des Brunnens und die Grünflächen darunter und das saphirblaue Band der Seine, die sich zwischen ihrem Standort und dem Marsfeld gegenüber schlängelte, auf dem sich *La Tour Eiffel* befand. Sie dachte an den Berliner Funkturm und daran, dass dieser trotz einer gewissen Ähnlichkeit in ihrer Erinnerung nun wenig spektakulär wirkte.

Sie spürte, wie sich ihre Wangen röteten. Eine Brise spielte mit ihrem Haar und der Feder auf ihrem Hut. Begeisterung erfasste sie – und ein seltsames Gefühl von Freiheit. Sie breitete die Arme aus, als wollte sie die atemberaubende, herrliche, hinreißende Aussicht umarmen.

In einer Ecke der Brüstung stand ein Mann in dunkler Arbeiterkleidung. Von seinen Schultern hingen Körbe in allen Größen und unterschiedlichsten Inhalts, um den Hals hatte er ein Lederband geschlungen, an dem ein Bauchladen befestigt war. Der fliegende Händler verkaufte aber nicht nur altmodische Souvenirs, Alltägliches und vermutlich auch Schwarzmarktware – er besaß zudem ein tragbares Grammofon, das er auf der Mauer abgestellt hatte. Außer Marga und Harald waren zwar weder andere Zivilisten noch Soldaten in der Nähe, aber in den beiden Touristen erkannte der Händler offensichtlich potenzielle Kunden. Er drehte an der Kurbel und kurz darauf dröhnte knarzend eine alte Aufnahme von »Ça c'est Paris« aus dem Trichterlautsprecher.

Die Lebensfreude, die sie angesichts des Eiffelturms gepackt hatte, ließ Marga in den Refrain einstimmen. Die Sängerin auf der Schallplatte hatte ja so recht – das war Paris!

»Du machst Mistinguett Konkurrenz«, bemerkte Harald belustigt.

Lachend sah sie ihn an. »Wem?«

»Mistinguett ist die vermutlich berühmteste Chansonette Frankreichs. Du hast dich während unseres Aufenthalts hier viel zu wenig mit deinem Gastland beschäftigt, meine Liebe.«

»Dann habe ich einen Grund wiederzukommen.«

Er blickte Marga stumm an, während die Sängerin auf der Schellack die Schönheit ihrer Stadt besang. Dann hob er die Hand und strich ihr zärtlich über die Wange. »Ich hoffe sehr, dass wir noch einmal hier sein dürfen. Unter anderen Voraussetzungen würde ich …«

Marga sollte nie erfahren, was Harald sagen wollte. Seine Worte wurden von einem grölenden Trio unterbrochen.

Als sie sich erstaunt umdrehte, sah sie drei Flieger der deutschen Luftwaffe nahen, die sich untergehakt hatten und aus vollem Hals den Refrain eines Liedes schmetterten, das seit Kriegsbeginn durch den Reichsrundfunk wirbelte: »Hört ihr die Motoren singen: ›Ran an den Feind!‹ …«

»Lass uns lieber gehen«, raunte Harald. »›Bomben auf Engeland‹ ist nicht mein Musikgeschmack.«

»Schalt mal das Gejaule ab!«, brüllte der mittlere der drei Männer mit nicht mehr ganz klarer Stimme. »*Ferme-la*, Froschfresser! Von diesem Ort blickten der Führer und Hermann Göring auf den Eiffelturm. Hier wollen wir was Deutsches hören!«

Ein markerschütterndes Kratzen drang aus dem Lautsprecher, als der Abspielarm rücksichtslos über die Scheibe geschoben wurde. Die Deutschen lachten, der Franzose ergoss sich in einem unverständlichen Schwall von Worten seiner Muttersprache.

»Wenn unsere Soldaten die Besetzung Frankreichs weiter mit so viel Cognac begießen, wird das nichts mit der Eroberung der Welt«, knurrte Harald.

»Schade«, murmelte Marga, doch sie meinte nicht die Zukunft des Deutschen Reichs.

Harald nahm ihre Hand und führte sie gemessenen Schrittes an den betrunkenen Luftwaffenangehörigen vorbei, die den Inhalt der diversen Körbe und des Bauchladens des Händlers überprüften.

Als sie ein Stück entfernt waren, führte er ihre Hand an seine Lippen und küsste sie sanft. »Es tut mir leid, dass wir unterbrochen wurden. Eigentlich wollte ich mit dir über etwas anderes reden als über den Durst der Wehrmacht.«

Sie standen wieder am Place du Trocadéro, umtost vom Lärm aus Hupen, Fahrradklingeln und den Dieselmotoren der Militärfahrzeuge. Der Zauber, der Marga zuvor ergriffen hatte, war verschwunden. Den Eiffelturm in ihrem Rücken, entzog sie Harald ihre Hand und sah kopfschüttelnd zu ihm auf.

»Das macht nichts. Du kannst es mir auch ein anderes Mal sagen. Wir sollten jetzt schleunigst zu den anderen gehen. Kurt wartet bestimmt schon auf uns.«

Er nickte ernst. »Die Jungs mögen dich, Marga. Ohne dich werden wir eine andere Truppe sein.«

»Ohne Kurt auch«, gab sie zurück.

36

Andrea wanderte hinunter zum Fluss. Alle Arten von Wasser zogen sie an. Als Kind hatte sie auf den Knien ihres Großvaters sitzend verkündet, sie müsse eine Meerjungfrau sein. Sie sah die Szene noch vor sich, im Hintergrund lief die legendäre Radiosendung »Hamburger Hafenkonzert«. Danach hatte ihr Opa sonntagmorgens den Rundfunkapparat nicht mehr eingeschaltet, wenn Andrea in der Nähe war, eine Begründung gab er nicht. Ihrer Liebe zum Wasser tat das keinen Abbruch. Vor nicht allzu langer Zeit hatte sie sich sogar einmal als Pianistin auf einem Kreuzfahrtschiff beworben, leider ohne Erfolg. Der zuständigen Mitarbeiterin der Reederei erschien Jazz-Percussion zu modern für die übliche Klientel und Andrea zu jung, um die Bordunterhaltung – Easy Listening und Evergreens – glaubwürdig zu transportieren.

Sie fand einen Kieselstein und warf ihn über das flache Wasser, wo er einmal aufhüpfte, bevor er versank. Erstaunlich, dass sie das noch konnte. Ein Lächeln erhellte ihre Züge. Sie blinzelte in die Sonne und spürte die Wärme auf ihrer Haut.

Vielleicht war das der Moment, sich mit dem Lebensstil ihrer Mutter auszusöhnen, dachte Andrea. Wenn sie es genau betrachtete, hatte Barbaras Abenteuerlust auch immer etwas Aufregendes für sie gehabt, einen Hauch von Geheimnis und Spannung. Bedauerlich, dass sie siebenundzwanzig Jahre alt werden musste, um zu verstehen, warum ihre Mutter wie ein schwankendes Schiff durch das Leben trieb. Zu erfahren, dass die Leute, die sie aufgezogen hatten, nicht ihre Eltern waren, musste furchtbar für sie gewesen sein. Andrea konnte es Barbara nachfühlen, empfand sie sich doch plötzlich selbst wie ein Boot ohne Heimathafen.

Spontan zog Andrea ihr Handy aus der Tasche. Sie wollte noch einmal versuchen, Barbara zu erreichen. Wie schade … das Netz reichte nicht aus, um ein Ferngespräch nach der Insel Sylt zu führen. Seufzend schaltete sie ihr Mobiltelefon ganz aus. Nicht, dass Frank Renner daran dachte, sie anzurufen, und ihre innere Einkehr störte. Oder er rief nicht an, was sie dazu verleiten würde, regelmäßig die Technik zu überprüfen. Andrea stieß bei diesem Gedanken einen leisen Fluch aus. Sie wollte sich nicht verlieben. Nicht jetzt. Nicht bevor sie wusste, wer sie wirklich war und was ein alter Mann namens Jules Delaborde mit ihr zu tun hatte.

Eine Wolke zog vor die Sonne. Andrea drehte sich um und spazierte langsam in die Stadt zurück. Sie beschloss, die Sehenswürdigkeiten des Ortes zu inspizieren und mit der Kirche zu beginnen.

Die Beschilderung wies ihr den Weg zur Église Saint-Aubin, einem trutzigen, mittelalterlichen, normannischen Gotteshaus, ein paar Gehminuten entfernt vom Marktplatz in einer schmalen, mit den typischen französischen Kleinwagen zugeparkten Seitenstraße gelegen. Wie bei den meisten katholischen Kirchen war das Hauptportal um diese Uhrzeit verschlossen, aber um die Ecke fand sie einen zweiten Eingang.

Andrea war von ihren Großeltern katholisch erzogen worden. Jeden Sonntag durfte sie an der Hand ihrer Oma eine Opferkerze in der Stiftskirche zu Baden-Baden entzünden. Die Symbolik der Liturgie interessierte sie kaum, dafür beeindruckte sie der Lichterglanz enorm. Die Kerzen besaßen für sie eine besondere Kraft. Das war bis heute so, weshalb Andrea ganz automatisch den flackernden Flammen folgte.

Wie in den meisten katholischen Kirchen Frankreichs war

die Wand hinter dem Leuchter bedeckt von Plaketten, Steintafeln in unterschiedlichen Größen und mit Beschriftungen, die von Wunderglauben, Dankbarkeit oder Not zeugten. Neugierig, aber auch voller Mitgefühl für die Sehnsüchte, das Leid und die Erleichterung der Stifter las sie einige der Inschriften.

Ihre Blicke wanderten über die alten Marmorplatten. »*Merci M & M 1942*« stand schlicht auf einer Tafel im Lichtkreis der Kerzen.

Dann stachen ihr die goldenen Buchstaben einer anderen Platte ins Auge, die sie wispernd wiederholte: »*Je ne t'oublierai jamais, Isabelle, 1944*«.

Wie traurig. »Ich werde dich niemals vergessen …« Was mochte mit Isabelle geschehen sein? Es lag so viel Schmerz in diesen paar Worten. Andrea stellte sich vor, dass diese Frau gewiss keines natürlichen Todes gestorben war in jenem dramatischen Jahr, als die Alliierten Frankreich befreiten.

Andrea las weiter – und erstarrte.

»*Que Dieu me pardonne! Jules Delaborde 1945.*«

»Gott möge mir verzeihen!« Sie sagte sich die Inschrift leise auf Deutsch vor, als könnte sie den Sinn so besser verstehen. In dem alten Gewölbe klang ihre Stimme wie ein dumpfes Zischen. Ein kalter Schauer überlief sie. Ihr Herz schlug schneller.

Kein Zweifel, es handelte sich um eine Tafel jenes Mannes, der vor Andreas Augen überfahren worden war.

Sie beugte sich vor, um auch die weiter unten angebrachten Plaketten zu entziffern, stellte sich schließlich auf die Zehenspitzen für die Platten weiter oben. Doch der Name Delaborde tauchte kein zweites Mal auf.

Vielleicht hatte Gott ihm noch nicht verziehen, dachte sie, wischte die Vorstellung von Schuld und Sühne jedoch rasch beiseite. Du bist verrückt, schalt sie sich im Stillen. Das ist

Hokuspokus, so etwas gibt es nicht. Trotzdem war da etwas Mystisches, das sie plötzlich gefangen hielt wie in einer Zwangsjacke.

Fast fluchtartig lief sie aus der Kirche.

Obwohl die Sonne wieder hinter den Wolken hervorgekommen war, wurde ihr nicht warm, als sie auf die Straße trat. Andrea sehnte sich nach einem heißen Tee. Und danach, mit diesem Monsieur Pierre zu sprechen, der mehr über Jules Delaborde wusste. Aber dafür war es noch zu früh.

HAMBURG HERBST 1942

37

Die Rückkehr in ihre Heimat war für Marga ein Schock. Sie hatte Hamburg vor Beginn der britischen Flächenbombardierungen verlassen und kam nun in eine Stadt, die deutliche Wunden aufwies. Es war etwas anderes, als über »die Terrorangriffe des Engländers« nur im Rundfunk zu hören oder die Meldungen in den Zeitungen zu lesen. Aber Margas Eltern schienen sich nicht sonderlich aufzuregen und ertrugen die Begleiterscheinungen des Krieges mit stoischer Ruhe. Marga hatte zudem mit Blick auf ihre alten Nachbarn den Eindruck, dass dieses Verhalten nicht ungewöhnlich war.

Als sie sich mit ihrer Freundin Helga auf einen Kaffee treffen wollte, stand sie fassungslos vor der Ruine des Alsterpavillons. Der Wind wirbelte den weißen, feinkörnigen Staub des einstigen Marmorpalastes hoch und trieb ihn Marga in die Augen. Seufzend wischte sie sich über die Lider. Wie sehr hatte sie sich als junges Mädchen gewünscht, einmal auf dieser Bühne zu singen. Zu singen, zu steppen – und von Michael begleitet zu werden …

»Sieht ziemlich traurig aus, nicht wahr?«, unterbrach Helga ihre Gedanken.

»Ja«, sagte Marga nur und starrte unverwandt auf das nackt wirkende Plateau an der Binnenalster.

Das Gewässer gehörte zur Hamburger Innenstadt wie ein Diamant in die Fassung einer Tiara – nun war es zu einer hässlichen Bauwüste verkommen. Arbeitskompanien waren damit beschäftigt, die Verbreiterung des Alsterlaufs mit Holzbohlen zuzudecken. Die Männer wirkten fremd, überwiegend waren es wohl Kriegsgefangene, vielleicht auch junge Leute aus besetzten Ländern, die zum Arbeitsdienst in Deutschland gezwungen wurden. Ihr Anblick überraschte Marga nicht besonders: Sie wusste aus Frankreich von den Zwangsarbeitern. Überdies hatte ihr der Vater erzählt, dass die Abdeckung der Alster den angreifenden Bombern die Orientierung erschweren wollte. Die Wasseroberfläche glitzerte selbst in tiefster Finsternis. Zusätzlich entstand auf der Außenalster eine künstliche Insel, bestückt mit vier Flugabwehrkanonen, samt Steg. Der Krieg war dadurch in Margas Heimat auf eine Weise sichtbar, die sie in Paris nicht für möglich gehalten hätte.

Beklommen drehte sie sich zur gegenüberliegenden Häuserfront um, die zwar nicht unversehrt, aber auch nicht völlig zerstört war. Das Dach des Hamburger Hofs hatte den schweren Luftangriff im Juli überstanden. An der Fassade des Alsterhauses wirkten die schwarzen Streifen des Feuers wie aufgemalt. Das Warenhaus hatte jedoch längst wieder geöffnet und auf den mit Brettern reparierten Schaufenstern warben Plakate für das aktuelle Sonderangebot: ein dreiteiliger Herrenanzug. Sicher ein Ladenhüter, denn fast alle Männer trugen inzwischen Uniform.

»Eigentlich gab es den Tanzpalast schon seit Ende Juni nicht mehr«, plauderte Helga. Sie hakte sich bei Marga unter und hielt auf den belebten Jungfernstieg zu. »Da wurde nämlich verfügt, dass der Alsterpavillon spätestens um fünf Uhr nachmittags schließen muss. Ohne Abendprogramm keine richtige Musik mehr, wenn du weißt, was ich meine.«

»Kein Swing.«

»Genau. Irgendjemand fand wohl heraus, dass das ›Lied vom blauen Ludwig‹ der ›Saint Louis Blues‹ ist, der ›Schwarze Panther‹ eigentlich der ›Tiger Rag‹ und dass ›Dinah‹ rein gar nichts mit einem ›Moosröschen‹ zu tun hat.«

Wider Willen musste Marga lachen.

»Mir kommt es vor wie gestern«, wechselte sie das Thema, »als wir mit Nobsi im Alsterpavillon saßen und er von seiner Begegnung mit Michael in Paris erzählte.«

»Mir nicht«, gab Helga bitter zurück. »Ich habe ihn nicht mehr gesehen, seit seine Einheit an die Ostfront verlegt wurde. Auf den versprochenen Urlaub warten wir immer noch und nun sitzt er irgendwo an der Wolga fest. Manchmal denke ich, unser letztes Treffen war in einem anderen Leben.«

»Ach, Helga, das klingt so traurig. Dabei solltest du stolz auf ihn sein. Er ist ein tapferer Soldat. Und du bist eine gute deutsche Ehefrau«, fügte sie in dem Stakkato hinzu, der zu den meisten Rundfunkansprachen gehörte wie die Fanfaren aus »Les Préludes« von Franz Liszt zu den Ankündigungen von Siegesmeldungen.

Helga nickte versonnen. »Natürlich bin ich stolz auf ihn. Norbert ist ein wunderbarer Mensch … Ich vermisse ihn mehr, als du dir vorstellen kannst.«

»Doch, doch«, murmelte Marga und dachte an Michael. »Ich weiß genau, wie du dich fühlst.«

Eigentlich hatte sie Helga von ihrem Wiedersehen mit Michael erzählen wollen, doch sie entschied sich plötzlich dagegen. Wenn sie ehrlich war, gab es ja auch nicht viel mehr zu berichten als das, was Norbert damals im Hot Club de France erlebt hatte. »*A fine romance with no kisses*«, ging es Marga durch den Kopf. Eine Schlagerzeile, die Ginger Rogers und Fred Astaire in dem Film *Swing Time* gesungen hatten. Doch, meldete sich eine vorlaute Stimme in ihrem Innersten, es hatte Küsse gegeben. Aber von dem Falschen, erwiderte Marga eigensinnig.

»Was meinst du? Wer ist falsch?«, fragte Helga verblüfft.

Sie hatte aus Versehen laut gesprochen, wie peinlich. Marga spürte flammende Hitze auf ihren Wangen. Wenn sie doch nur nicht so viel an Harald denken müsste! Und an die Kollegen, die ihr ans Herz gewachsen waren.

»Also, der Untergang des Alsterpavillons ist schon seltsam«, fuhr Helga fort, Margas Verlegenheit ignorierend. »Am Abend vor dem Luftangriff wurde das erste Mal wieder für ein Musikprogramm geöffnet. Weißt du, was das Abschiedslied war? ›So wird's nie wieder sein‹. Ist das nicht ein unglaublicher Zufall?«

Trotz des spätsommerlich warmen Wetters spürte Marga Gänsehaut auf ihren Armen.

Sie war gedankenverloren neben Helga die Straßen entlanggelaufen, und als sie aufblickte, befanden sie sich an den Großen Bleichen. Vor ihnen ragte die riesige Glaskuppel des Tanzpalastes Trocadero offenbar unversehrt in den blassblauen Himmel. Der Anblick hob Margas Stimmung sofort. »Solange das Trocadero noch öffnet, mache ich mir keine Sorgen um den Swing«, bemerkte sie leichthin.

»Sag das nicht.« Helga schaute sich unauffällig um, ob auch niemand lange Ohren bekam. »Seit die Gestapo im Stadthaus die Sonderstelle Swing eingerichtet hat, gibt es mehr als nur Dresche oder eine Nacht Arrest. Als Swingkid kannst du heute ins Lager kommen. Vor ein paar Tagen hat sich ein Siebzehnjähriger in den Alsterauen erschossen, bevor man ihn zum dritten Mal verhaften konnte.«

Vor uns das Trocadero, wo die besten Swingmusiker gespielt haben, dachte Marga, und ein paar Hundert Meter weiter die Straße hoch das Polizeipräsidium, das sogenannte Stadthaus. Angewidert von dem Unrecht, das dort geschah, zog sie Helga rasch in die Poststraße, den Verbindungsweg zum Neuen Wall. Bloß weg aus dem Dunstkreis der Behörde. Die meisten Deutschen machten einen Bogen um die Büros der Gestapo, manche Leute hatten vor der Polizei mehr Angst als vor Kriminellen. Marga traute spätestens seit der letzten

Razzia keinem Staatsdiener mehr, gleichgültig, ob er einen Ledermantel oder den Helm der Ordnungspolizei trug. Dennoch würde sie sich mit den Verhältnissen hier arrangieren müssen.

Ihre Bewerbung beim Reichssender Hamburg war auf Anhieb erfolgreich verlaufen. Entweder hatte Leutnant Webers Empfehlungsschreiben ihr die Türen zu den Aufnahmestudios an der Rothenbaumchaussee geöffnet – unweit ihrer elterlichen Wohnung – oder es bestand tatsächlich ein gewisser Mangel an jungen Frauen mit für den Rundfunk geeigneten Stimmen. Nach einem Vorsprechen war sie für eine Hörspielproduktion engagiert worden: Für die Rolle einer Operettendiva brauchte man eine Sprecherin, die gleichzeitig die Gesangseinlagen bewältigen konnte. Ein Glücksfall in Fortsetzung. Nicht, dass es ihr Traum gewesen war, als Hanna Glawari in die Radiogeschichte einzugehen, aber es gefiel ihr deutlich besser, als Telefonverbindungen im Fernsprechamt an der Schlüterstraße herzustellen oder wie Helga in einem Krankenhaus als Hilfsschwester zu arbeiten. Und mit Melodien von Franz Lehár würde sie nicht in Ungnade fallen. Eigentümlich nur, dass die Geschichte der »Lustigen Witwe« ausgerechnet in Paris spielte.

»Meinst du, wir verraten unsere alten Freunde, wenn wir dem Jazz untreu werden?«, hörte sich Marga plötzlich fragen.

Mit ihren Gedanken war sie wieder einmal nicht nur bei Michael und Norbert, sondern vor allem bei Harry Alsens Tanzorchester. Sie redete sich ein, dass ihr nicht Harald in den Sinn kam, sondern jeder einzelne seiner Musiker, vor allem Kurt. Mit dem stand sie noch in Briefkontakt, er hatte ihr geschrieben, dass seine Platten ihm die Tage bei der Wehrmacht *versüßen;* wahrscheinlich eine zensurfreundliche Umschreibung dafür, dass die Aufnahmen und vielleicht auch die Erinnerungen an Paris den Kasernendrill für ihn erträglich machten.

»Ich fürchte, Norbert hat in Stalingrad andere Sorgen«, erwiderte Helga. »Seine Briefe klingen nicht so, als wäre unser Musikgeschmack sein vordringlichstes Problem.«

»Na ja«, wandte Marga – ungeachtet Norberts Schicksal – nachdenklich ein, »wenn die heute vierzehnjährigen Swingkids auf noch mehr Repressalien stoßen als wir vor dem Krieg, dann sollten wir sie doch eigentlich unterstützen, anstatt den einfacheren Weg zu gehen. Ich weiß nicht, aber ich fühle mich nach dem, was du erzählst, in meiner privilegierten Stellung irgendwie schuldig.«

»Schuld ist ein Begriff, über den ich nicht nachdenken will.«

Marga warf ihrer Freundin einen überraschten Seitenblick zu.

Doch Helga ignorierte, was sie zweifellos in Margas Augen hätte sehen können. »Was willst du sonst tun, Marga? Deine Anstellung beim Rundfunk quittieren und in die NS-Frauenschaft eintreten?«, zischte sie. »Sei doch zufrieden! In deiner neuen Stelle kannst du den Leuten am Volksempfänger wenigstens ein bisschen Freude bereiten. Gleichgültig, um welche Musik es sich schließlich handelt. Das ist allemal besser, als Frontberichte in der politischen Rundschau und die Namen der Gefallenen und Verwundeten verlesen zu müssen.«

»Vielleicht«, murmelte Marga.

Ihr Blick fiel auf ein Ladengeschäft auf der anderen Straßenseite, wo der Weg vom Neuen Wall fort und über die Schleusenbrücke zum Rathausmarkt führte. Früher hatte sich dort das Modehaus Robinsohn befunden, deren Kundin ihre Mutter war. Dann wurde es von anderen Besitzern übernommen und Maibachs gingen nicht mehr dort einkaufen. Die alten Eigentümer waren verschwunden, ebenso wie die Friedländers und andere Freunde, Nachbarn, Kaufleute.

Ich hätte in Paris bleiben sollen, dachte sie wehmütig. Sie hätte den Mut aufbringen sollen, in Michaels Nähe zu bleiben. Dabei war sie schließlich ohne Zögern fortgegangen, weil sie fürchtete, den geliebten Mann durch ihre Anwesenheit am Ende in Gefahr zu bringen. Harald, dem sie sich schließlich doch anvertraute, hatte sie darin bestärkt.

Harald. Immer wieder Harald.

Wenn sie doch nur endlich aufhören könnte, an ihn zu denken. Ihre Gedanken kamen ihr vor wie die sich ständig wiederholende Tonfolge auf einer hängen gebliebenen Schallplatte. Quälend, verstörend, entnervend.

38

Marga stand im Aufnahmestudio, die Musiker des Rundfunkorchesters in ihrem Rücken. Konzentriert lauschte sie dem Klang der Geigen, sah zu dem Dirigenten hin, um ihren Einsatz auf den Ton genau zu treffen. Die eine Hand spielte nervös mit dem untersten Knopf ihrer Strickjacke, die andere umklammerte den stählernen Mikrofonständer. Obwohl sie für die Hörer am Volksempfänger nicht zum ersten Mal die »Lustige Witwe« sang, spürte sie lähmendes Lampenfieber in sich aufsteigen. Das lag nicht zuletzt an dem Tenor, der als Danilo engagiert war und nach einer von ihr erteilten Abfuhr vorige Woche nimmermüde anmerkte, dass ihr Können weit unter seinem künstlerischen Niveau liege.

»*Lippen schwiegen, flüstern Geigen, hab mich lieb …*«, begann sie.

Ihre Augen wanderten durch die Glasscheibe, die den schalldichten Saal von dem viel kleineren Raum mit dem Tonmeister am Mischpult trennte. Neben dem Techniker hatte ein

Gast Platz genommen. Das war an sich nicht ungewöhnlich und Marga überlegte, ob es sich um jemanden vom Reichsministerium für Volksaufklärung und Propaganda handelte. Deshalb sah sie länger als nötig hin, obwohl sie für den Bruchteil einer Sekunde sogar geblendet wurde. Der Mann trug eine Brille und das Glas blitzte kurz auf, als sich das Licht der Tischleuchte darin brach. Im nächsten Moment erkannte Marga das zu der Brille gehörende Gesicht. Verblüfft sah sie durchs Fenster. Ihr Mund öffnete sich, aber es kam kein Ton heraus, geschweige denn ein Wort.

Der Dirigent wies mit seinem Taktstock auf sie, ihr Duettpartner stieß sie reichlich flegelhaft in die Seite. Die Harfe wiederholte ein Zwischenspiel, aber in Margas Kopf herrschte entgeisterte Leere.

»*All die Schritte sagen, bitte hab mich lieb …*«, sprang der Tenor schließlich ein. Obwohl es sich um eine Live-Schaltung handelte, konnte er das wütende Beben in seiner Stimme kaum unterdrücken.

Marga hoffte, dass die Rundfunkhörer nicht wahrnahmen, wie aus einem berühmten Liebeslied der Protest eines geschmähten Sängers wurde. Panik ergriff sie, aus ihrem Lampenfieber und dem unprofessionellen Verhalten geboren.

Tapfer ignorierte sie ihr Herzrasen, drehte den Knopf an ihrer Strickjacke. Mit geschlossenen Lidern zwang sie sich zur Konzentration. Plötzlich trug der Walzer sie mit auf eine Wolke der Leichtigkeit und des Zaubers – und dort fand sie zurück zu ihrem Einsatz.

Das Duett klappte nun endlich wie geprobt. Als Marga die Refrainzeile »hab mich lieb« wiederholte, sah sie mit einer gewissen Erleichterung auf – und unvermittelt zu dem Fenster ihr gegenüber. Das Gesicht mit der Brille lag jetzt im Schatten, aber sie spürte förmlich, dass die Augen darin sie genau beobachteten.

»Du hast mich lieb!«, sang sie mit Inbrunst. Ein Automatismus, der auswendig gelernte Text und die Melodie hatten sich in ihrem Kopf längst zu der bekannten Einheit geformt. Doch angesichts des Studiogastes waren ihr die Worte, die so gar nichts mit ihr persönlich zu tun hatten und die sie mit dem unsympathischen Tenor einstudiert hatte, mit einem Mal peinlich.

»Was war denn mit Ihnen los?«, erkundigte sich der Dirigent, nachdem das Mikrofon abgeschaltet worden war.

»Ich werde mich über Sie beschweren!«, donnerte der Sänger entrüstet, fügte einen Atemzug später aber schmeichlerisch hinzu: »Wenn Sie natürlich für eine private Probe zu mir kommen möchten, werde ich noch einmal ein Auge zudrücken. Ich stehe Ihnen jederzeit zur Verfügung, Fräulein Marga. Wie sollten Sie die Hanna Glawari auch besser einstudieren als mit meiner Hilfe?!«

»Entschuldigung. Es tut mir wirklich leid. Ein Anfall von Kopfschmerzen. Migräne. Ich weiß nicht, was in mich gefahren ist.« Zur Unterstützung ihrer Worte hob Marga in einer dramatischen Geste die Hand an die Stirn.

Hinter ihr erklang verhaltener Applaus.

Als Marga herumfuhr, stand sie Harald gegenüber.

Wie ein Echo gingen ihr ungewollt die Textzeilen von eben durch den Kopf. Sie wünschte, im Boden zu versinken. Ihre Wangen glühten.

»Was machst du hier?«, herrschte sie ihn an.

»Deine Freude, mich wiederzusehen, ist herzerfrischend«, konstatierte er. Er reichte einem vorübergehenden Musiker, den er offenbar kannte, kurz die Hand. »Hallo, wie geht's …?« Dann wandte er sich wieder Marga zu: »Ein kurzfristiges Engagement führte mich nach Hamburg, und da dachte ich mir, ich schau mal nach, was meine alte Freundin so treibt.«

»Bist du nicht mehr beim Sender in Berlin?«

»Man kann dort ein paar Tage auf mich verzichten.«

»Aha«, antwortete sie, weil ihr kein Thema einfiel, über das sie mit Harald zwanglos plaudern könnte. Immerhin waren sie nicht allein, standen mitten im Aufnahmestudio, die Musiker strebten an ihnen vorbei und durch die offenen Türen nach draußen zu einer Zigarettenpause oder in die Kantine, vielleicht auch zu einem schnellen Skatspiel. Tenor, Dirigent und Tonmeister lehnten über eine Partitur gebeugt am Mischpult und diskutierten lautstark. Es gab also eine Menge Zuhörer, und ob die Mikrofone tatsächlich ausgeschaltet waren, wusste sie nicht sicher.

»Ich muss schon sagen«, Harald grinste frech, »mein Besuch hat sich gelohnt. Dich als Operettendiva zu erleben hat die Reisestrapazen mehr als wettgemacht.«

»Stimmt. Ich war heute nicht besonders gut.«

»Vergiss deinen verpatzten Einsatz!« Er machte eine wegwerfende Handbewegung. »Allein, dein neuer Musikgeschmack ist ... ähmmm ... nennen wir es – überraschend. Wollen wir irgendwo etwas trinken und uns darüber unterhalten? Hast du Zeit?«

An diesem Abend hatte sie nichts vor. Nicht einmal ihre Eltern würden auf sie warten, weil die heute ins Schauspielhaus gingen. Der monatliche Theaterbesuch stand an, für Professor Maibach ein nicht einmal durch den Krieg zu erschütterndes Ritual. Dennoch wusste Marga nicht recht, ob sie Haralds Einladung annehmen sollte.

Nachdenklich betrachtete sie seine vertraute Erscheinung. Er war dünner geworden in den vergangenen Monaten. Obwohl man die Lebensmittelkarten aufgewertet hatte und den Volksgenossen eine höhere Kalorienzufuhr als voriges Jahr zubilligte, zeigte Haralds zu weites Sakko deutlich den Unterschied zu ihrem guten Leben in Paris. Irgendetwas an seinem

Äußeren berührte sie. Vielleicht eine winzige Nachlässigkeit wie die etwas zu langen Haare, die dringend eines Friseurbesuchs bedurften. Sie wusste es nicht, aber in ihrem Hinterkopf tauchte die Frage auf, die sie sich vor einiger Zeit schon einmal gestellt hatte: Gab es jemanden, der sich um sein Wohl sorgte, um ihn kümmerte? Im nächsten Moment schalt sie sich still: Was geht dich das an?!

Plötzlich hielt sie den Knopf in der Hand. Sie hatte so lange daran herumgezogen, dass er abgerissen war. Dennoch blickte sie verwundert auf das Malheur. Es war besser, Harald zu sagen, dass sie eine Verabredung hatte. Sie waren einander so vertraut – und doch brachte zu viel Nähe zu diesem Mann nichts Gutes. Das hatte sie ja mehr als einmal erlebt.

In diesem Moment begannen die Sirenen zu heulen. Die einheitlichen, gleich langen Töne waren durch die offenen Türen auch in dem schalldichten Aufnahmestudio deutlich zu hören. Nach den relativ ruhigen Herbstwochen kam der Fliegeralarm an diesem Novemberabend nicht nur für Marga überraschend. Ein Durcheinander entstand, als die Musiker zurückkehrten, um ihre Noten und Instrumente einzusammeln und in Sicherheit zu bringen. Musikinstrumente waren inzwischen eine unersetzbare Kostbarkeit, selbst auf dem Schwarzen Markt kaum zu bekommen. Auf Höflichkeit achtete keiner mehr so genau. Marga wurde angerempelt und geschubst, weil sie sich nicht von ihrem Platz rührte.

»In den Keller!«, dröhnte der Tenor, als befände er sich auf großer Bühne. »Folgen Sie mir!«

Harald nahm Margas Hand. »Weißt du einen besseren Ort als den Bunker des Funkhauses?«, wollte er wissen, was jedoch wohl nur rhetorisch gemeint war, denn er zog sie bereits mit sich in Richtung Flur.

Im Vorbeilaufen griff sie nach ihrer Handtasche, die sie vor der Aufnahme neben dem Mischpult deponiert hatte, und riss ihren Mantel vom Haken. Dann hielt sie mit Harald Schritt durch das Treppenhaus, wo sie sich inmitten der aus den Büros und Studios stürmenden Rundfunkmitarbeiter wiederfand. Trotz der späten Stunde waren noch eine Reihe von Sekretärinnen, Redakteuren und Sprechern an ihrem Arbeitsplatz. Das Heulen veränderte sich. Die sogenannte öffentliche Luftwarnung wurde zu dem durchdringenden, auf- und abflauenden Jaulen des Vollalarms. Jeder wusste, was dies bedeutete: Feindliche Bomber befanden sich im Einhundert-Kilometer-Radius vor der Hansestadt. Doch die aufgeregten Stimmen der Mitarbeiter des Reichssenders, die den Anordnungen des Luftschutzwarts Folge leisteten, waren nicht minder durchdringend als das Signal.

»Jetzt kommen die britischen Terroristen schon bei Regenwetter und Wolken. Das ist unerhört!«

»Passen Sie doch auf!«, kreischte eine Frau. »In meiner Handtasche liegt die Ration auf meine Reichseierkarte und ich will keine Rühreier machen.«

»Hat der Engländer noch nicht genug? Unsere Flieger haben doch erst vor zwei Wochen Canterbury plattgemacht.«

»Das war die Rache für die Bomben auf Lübeck, Rostock und Köln!«

»Hat jemand Lust auf eine Partie Skat?«

Im offiziellen Sammelschutzraum angekommen, lehnte sich Harald etwas abseits gegen eine der neuen Holzverstrebungen, die die Decke im Fall eines Treffers abstützen sollten. Er seufzte vernehmlich. »Unser Wiedersehen hatte ich mir gemütlicher vorgestellt. Erst die rührselige Operettennummer und dann auch noch Fliegeralarm. Marga, Marga, du machst Sachen mit mir.«

Statt sich auf einen der Stühle oder ein Feldbett niederzulassen, stellte sich Marga neben ihren Besucher. »Ich werfe keine Bomben«, erwiderte sie lakonisch.

Er schmunzelte. »Aber du schlägst ein wie eine Bombe.«

»Als Hanna Glawari ja wohl eher nicht.«

»So schlecht warst du gar nicht. Besonders dieses *hab mich lieb* fand ich sehr ansprechend.«

»Haha«, gab sie zurück und schlug die Augen zur Decke. Im selben Moment ärgerte sie sich über ihr wie wild trommelndes Herz. Warum löste Harald nur immer wieder diese Reaktionen bei ihr aus? Sie hatte ihn monatelang nicht gesehen und nun …

Margas Gefühlschaos wurde von einem schlanken Mann unterbrochen, der leise summend auf der Bildfläche erschien. Er war groß, sein rötliches Haar schimmerte in der Notbeleuchtung wie mattes Kupfer, sein Gesichtsausdruck und seine Gestik wirkten überheblich und fast unverschämt arrogant. Marga war ihm einmal im Treppenhaus begegnet, wusste aber nicht, welche Position er besetzte. Eigentlich hätte sie ihm jetzt auch keine große Aufmerksamkeit geschenkt, wäre ihr das Lied auf seinen Lippen nicht bekannt vorgekommen. Es klang wie »Slumming on Park Avenue« von Irving Berlin. Aber sie mochte kaum glauben, dass jemand so dreist war, im Luftschutzkeller des Großdeutschen Rundfunks amerikanischen Swing zu singen. Interessiert spitzte sie die Ohren.

Der Fremde ging gerade an ihr und Harald vorbei, als die Melodie mit einem leisen Text unterlegt wurde: »Let's go bombing, oh, let's go bombing, like good old British airmen do …«

Mehr verstand Marga nicht, denn der Mann tauchte in eine Gruppe ihr ebenfalls unbekannter Rundfunkmitarbeiter ein, die ihn mit großem Hallo begrüßten. Sie hätte jedoch schwören können, dass der korrekte Refrain anders lautete.

Um sich abzulenken, sang sie leise die Zeilen, die ihr zu der Melodie einfielen: »*Let's go slumming, take me slumming …*«

»Lass das, bitte«, fiel ihr Harald scharf ins Wort.

Sofort verstummte sie.

Mit einem leichten Kopfnicken deutete Harald auf den Mann von eben. Seine Miene wirkte wie versteinert. »Wer war das?«

Sie zuckte mit den Achseln. »Keine Ahnung.«

»Könnte das jemand vom Auslandsrundfunkdienst sein?«

»Meinst du *Germany Calling*? Woher soll ich das wissen? Ich habe mit den Fremdsprachennachrichten nichts zu tun, mich hat man für die Hörspielabteilung und die leichte Muse verpflichtet. Genau genommen wusste ich nicht einmal, dass hier im Haus ein Kurzwellenprogramm aufgezeichnet wird. Ich dachte, die Sendungen würden in Berlin auf Wachsplatte aufgenommen und dann an die Stationen irgendwo in der Welt verschickt. Aber dieses Prozedere solltest du besser kennen als ich …« Haralds plötzliche Ernsthaftigkeit irritierte sie ebenso wie der Song des Unbekannten. Sie spürte, dass sie sich auf verbalem Glatteis befanden. Deshalb wechselte sie rasch das Thema und rief fröhlich aus, bevor Harald etwas einwenden konnte: »Was macht dein Tanzorchester denn so, Harry Alsen? Wie geht es den anderen?«

»Sind Sie Harry Alsen?«

Der Mann von eben war aus irgendeinem Grund noch einmal durch den Keller gelaufen und hatte offenbar Margas Bemerkung aufgeschnappt. Interessiert blieb er stehen.

»Guten Abend«, wünschte Harald.

»Sie spielen in Charlie's Orchestra, nicht wahr?« Jetzt erkannte Marga, dass der Mann mit leichtem Akzent sprach.

Margas Augen flogen verwundert vom einen zum anderen. Von Charlie's Orchestra hatte sie noch nie gehört und sie konnte sich kaum vorstellen, dass Harald mit seiner Reputation als Orchesterleiter und Pianist in einer unbekannten Kapelle spielte.

»Kann schon sein«, gab Harald vage zurück.

Der Fremde nickte ihm höflich zu, lächelte Marga kurz und unverbindlich an. »Entschuldigen Sie, ich habe mich nicht vorgestellt: Mein Name ist William Joyce. Ich freue mich, Ihre Bekanntschaft zu machen, Herr Alsen. Auch wenn dies in etwas bizarrer Umgebung geschieht.« Sprachs und wanderte weiter, um mit anderen Leuten zu plaudern, als befände er sich auf einem Empfang.

»Wer ist Charlie's Orchestra?«, erkundigte sie sich, nachdem Joyce außer Hörweite war.

Harald schüttelte gedankenverloren den Kopf. »Die beste und gleichzeitig unbekannteste Bigband der Welt«, raunte er. Seine Finger strichen zart über ihre Wange. »Sei so lieb und vergiss den Namen. Es ist ein reines Studioorchester und …«

»Aber ich dachte, ihr spielt mit Lutz Templin …«

»Bitte, Marga. Mach nicht so einen Wirbel darum. Es ist nicht wichtig.«

Die Art, wie er mit ihr sprach, seine Zögerlichkeit, waren so untypisch für ihn, dass ihre Neugier geweckt wurde. »Es soll für mich nicht wichtig sein, wo du spielst?«, protestierte sie. »Hör mal, wir sind zusammen aufgetreten, wir …«

»Bitte!«, wiederholte er eindringlich.

Dann schien ihm etwas einzufallen. Sein angespannter Gesichtsausdruck veränderte sich zu einem Schmunzeln. »Wenn du nicht endlich Ruhe gibst, erzähle ich dir nicht, dass ich Post aus Paris bekommen habe und dich grüßen soll.«

Sie riss die Augen auf. »Wer hat dir geschrieben?«

Haralds Lächeln wurde breiter. »Isabelle de Valory schrieb ihrem Halbbruder nach Berlin und legte ein paar Zeilen für mich dazu. Sie erwähnt darin den Gärtner ihres Vaters und dein Name fiel auch.«

»Der Gärtner … soso …« Marga konnte nicht verhindern, dass sich ihre Stimme überschlug. Schon wieder klopfte ihr

Herz viel zu schnell, doch diesmal gab sie es auf, dagegen anzukämpfen. »Es geht ihm also gut, ja?«, forschte sie nach. »Dem Gärtner, meine ich.«

»Soviel ich weiß, geht es ihm ganz hervorragend.«

Es war albern und sicher benahm sie sich unglaublich kindisch, aber was scherte sie das? Die Nachricht aus Frankreich war wundervoll. Sie hatte nicht damit gerechnet, irgendetwas von Michael zu hören, solange Krieg herrschte – und das konnte noch ewig dauern. Aber nun das!

Spontan schlang sie die Arme um Haralds Hals.

»Danke, dass du als Bote zu mir gekommen bist«, flüsterte sie in sein Ohr.

»Nein, ich …«, hob er an. Doch im nächsten Moment schien er es sich anders zu überlegen: »Ja, genau so ist es.«

Sie hörte an seinem Ton, dass er log, aber das war ihr egal. Alles war einerlei. Wichtig war nur, dass sie sich keine Sorgen um Michael zu machen brauchte. Dass sie überhaupt ein Lebenszeichen von ihm erhielt, erschien ihr wie ein Wunder. Voller Dankbarkeit küsste sie Harald auf den Mund.

»Gleich gibt es Entwarnung! Hat diesmal nicht lange gedauert«, meldete eine Stimme aus den Tiefen des Kellers. Marga nahm an, dass sie dem Radiomitarbeiter gehörte, der in Funkkontakt mit dem Stadthaus und dort mit der Warnzentrale der Luftschutzabteilung stand.

Ein erleichtertes Raunen ging durch die Menge der Wartenden.

»Die Bomben sind in der Elbe gelandet und haben keinen Schaden angerichtet. Zwei Flugzeuge der Royal Air Force sind über dem Friedhof Ohlsdorf abgestürzt oder abgeschossen worden.« Dieses Ende wurde mit allgemeiner Heiterkeit aufgenommen.

Mit einem sanften Griff löste Harald Margas Arme von seinem Hals. Dann nahm er die Brille ab, die von ihrem Atem beschlagen war, und begann die Gläser umständlich mit seiner Krawatte zu putzen. »Es ist das erste Mal, dass *du* mich geküsst hast«, stellte er nebenbei fest.

Sie lachte. »Wetten, es war auch das letzte Mal?«

39

Die Füße auf dem Schreibtisch, im Chefsessel zurückgelehnt, blickte Frank aus dem Fenster. Es war weder sein Arbeitsplatz noch sein Stuhl, aber er fand beides ausgesprochen bequem und hervorragend geeignet für ein Nickerchen oder zum Nachdenken. Die Aussicht ließ ihn darüber hinaus neidisch werden: Hinter den Dächern erhob sich die Spitze des Eiffelturms in den von orangeroten und lavendelfarbenen Streifen durchzogenen Nachmittagshimmel, die Stahlkonstruktion leuchtete in einem matten Kupferton. *Angenehm* war eine Untertreibung, *spektakulär* allerdings etwas zu großspurig für die Beschreibung von Jürgen Weigands Büro, dafür waren die Möbel dann doch zu sehr Dutzendware. Letzteres durfte er seinem Freund natürlich nicht sagen, der sich gerade auf dem Weg zur Pressekonferenz irgendeines Filmstars im Hotel Crillon befand.

Als hätte er nichts Besseres zu tun, vertiefte sich Frank nun in die Frage nach dem treffenden Adjektiv. Das bot wenigstens eine Abwechslung, nachdem er sich seit Stunden mit den Gedanken an Jules Delaborde herumquälte – und an Andrea Cramer.

Den Tag hatte er damit begonnen, die Sekretärin von Maurice Delaborde zu nerven. Er rief stündlich in der Kanzlei an, bis der Maître schließlich in einer Sitzung gestört werden konnte und bestätigte, dass Frank den nächstmöglichen freien Termin erhalten sollte. Allerdings standen eine Reihe von politischen Verpflichtungen im Kalender des Abgeordneten, sodass Delaborde frühestens in der nächsten Woche Zeit für ein persönliches Gespräch hatte.

Frank fügte sich notgedrungen. Nach einem *express* an der Bar des nächstgelegenen *tabac* fuhr er mit der Metro zu Jürgen Weigands Büro im 16. Arrondissement. Hier bat er Jacqui, sich bei der RPR, Delabordes Partei, nach dessen bevorstehenden Auftritten zu erkundigen. Das Ergebnis war zwar zu erwarten gewesen, überraschte Frank aber dennoch: Delabordes Sekretärin hatte die Wahrheit gesagt.

In der Zwischenzeit rief er sich den spröden Abschied von Andrea zu Füßen des Grande Arche ins Gedächtnis. Frank war wie verzaubert von dieser Frau. Sie war toll! Und wusste das selbst nicht einmal. Je näher er sie kennenlernte, desto mehr stellte er fest, wie sehr ihn gerade ihre Natürlichkeit ansprach. Sie legte es nicht darauf an zu gefallen und tat es daher mehr als etwa Jacqui mit ihren aufreizenden Blicken und zweideutigen Gesten.

Verärgert über die Gedanken, die immer wieder dasselbe Thema in seinem Kopf umkreisten, nahm er die Beine vom Tisch und setzte sich gerade hin. Wie zum Trotz griff er zum wiederholten Male nach seinem Handy und stellte eine Verbindung mit Andreas Mobilfunknummer her. Doch wie bei den Versuchen zuvor meldete sich eine Computerstimme, die ihm auf Französisch mitteilte, dass dieser Anschluss vorübergehend nicht erreichbar sei.

»Frank!« Jacqui erschien in der Zimmertür. »Für dich ist etwas abgegeben worden.«

Er schaltete sein Telefon aus und ließ den Blick über die zierliche Gestalt in dem schwarzen Kostüm wandern. Er verwarf die Idee, aus Frust mit ihr zu flirten, und lächelte sie unverbindlich an.

»Danke«, sagte er, nahm ihr ein großes braunes Kuvert ab und achtete darauf, dass sich ihre Hände nicht berührten.

»Möchtest du einen Kaffee?«

Sein Lächeln wurde herzlicher. »Sehr gerne.«

Als sie hinausschritt, vergaß sie nicht, ihn mit einem aufreizenden Hüftschwung in dem engen Bleistiftrock zu erfreuen. Sie war eine Augenweide. Und im Gegensatz zu Andrea wollte sie ihn.

Während er sich wieder im Sessel zurücklehnte und die Füße lässig auf dem Tisch überkreuzte, drehte er den an ihn adressierten DIN-A4-Umschlag auf der Suche nach einem Absender hin und her, fand aber keinen Namen. Verwundert riss er die Lasche auf.

Heraus rutschte eine Dokumentenmappe aus grauem Karton, an die ein Notizzettel geheftet war. »*Avec des compliments*, Archive de Hot Club de France«. Sein Gesprächspartner war anscheinend in den alten Unterlagen fündig geworden.

Frank schlug die Mappe auf – und sah auf ein Schwarz-Weiß-Foto, das schon einen leichten Sepiaton angenommen hatte. Vier Personen waren darauf abgebildet: eine junge Frau vor einem Mikrofon, hinter ihr drei Musiker im Smoking, ein Klarinettist zu ihrer Rechten, ein Gitarrist im Vordergrund und hinter diesem ein hochgewachsener Mann mit Brille, der einen Taktstock schwang. Doch nicht die Männer erregten Franks Aufmerksamkeit, sondern die blonde Sängerin in der Mitte.

Es war wie ein Déjà-vu. Frank wusste, dass er sie schon einmal gesehen hatte. Er konnte sich nur nicht erinnern, wo.

Nachdenklich drehte er das Foto um. Auf der Rückseite standen vier Namen in verblassender Tinte: Marga Mai, Jules Delaborde, Harry Alsen, Jules Delaborde. Darunter waren – offenbar nachträglich – mit Bleistift die Jahreszahlen 1942/43 und ein Fragezeichen geschrieben worden.

Das also war der doppelte Jules Delaborde. Es bedurfte keiner großen Phantasie zu erkennen, welche von den drei

Musikern diesen Namen trugen. Der Klarinettist und der Mann mit der Gitarre besaßen eine gewisse Ähnlichkeit, der Dritte war ein völlig anderer Typ. Zumindest wissen wir jetzt, dass es tatsächlich zwei Musiker mit diesem Namen gab, dachte Frank. Wahrscheinlich waren sie verwandt. Er fühlte angesichts dieser einfachen Lösung seltsamerweise eine gewisse Enttäuschung in sich aufsteigen.

»Hier ist dein Kaffee!«, verkündete Jacqui und stellte die Tasse weit genug von Franks Beinen entfernt auf dem Schreibtisch ab. »Schwarz, nicht wahr?«

»Danke«, murmelte er, ohne den Blick von dem Foto zu wenden. Was irritierte ihn an der Aufnahme nur so?

Jacqui beugte sich neugierig über seine Schulter. »Oh, was für eine originelle Idee. Ich habe schon mal gehört, dass man sich in alten Kostümen fotografieren und das Bild dann entsprechend bearbeiten lassen kann. Es sieht fast authentisch aus.«

»Was?« Frank sah verblüfft zu ihr auf. »Das ist ein Original aus den Vierzigerjahren …«

»*Mais non. Non, non*. Mach dich nicht lustig über mich. Ich erkenne doch die Frau. Es ist diese Deutsche, die wir bei dem *bouquiniste* mit den alten Schallplatten getroffen haben. Wie hieß sie noch? Ich habe ihren Namen vergessen.«

»Andrea«, antwortete er automatisch.

»Oh!« Die Französin zögerte, vielleicht irritiert, weil er sich so prompt erinnerte. »Nun ja, wenn das ihr Name ist … ihr Gesicht ist es auf jeden Fall. Ist das ein Versteckspiel oder wie nennt ihr das in Deutschland?«

»Charade«, er sprach das aus dem Französischen stammende Wort bewusst französisch aus. Er hob kurz den Blick zu Jacqui, lächelte sie an und starrte dann wieder auf das Foto.

Er kam sich vor wie im Kino, wenn sich der Vorhang langsam schließt und wie durchsichtig wirkt, bevor er die Leinwand vollständig verdunkelt. In seiner Vorstellung war es jedoch umgekehrt. Der Vorhang hob sich, aber er hatte anfangs noch den Eindruck, ein durchsichtiges Tuch verdecke die Personen auf der alten Aufnahme. Erst nach einer Weile angestrengten Hinsehens sah er ganz klar, was Jacqui sofort aufgefallen war. Vielleicht hatten Frauen ja ein besseres Auge für andere Frauen. Aber sie hatte recht: Die Sängerin Marga Mai besaß eine frappierende Ähnlichkeit mit Andrea Cramer, einer jungen Musikstudentin, die sich über fünfzig Jahre nach diesem Motiv als Pianistin durchs Leben schlug. Ihre Augen, die Wangenpartie – der Mund war nahezu identisch. Frank erinnerte sich genau an die Lippen, die er so leidenschaftlich gerne geküsst hätte, wovon ihn jedoch die Begegnung mit Maurice Delaborde abhielt.

»Wir müssen herausfinden, wer die anderen Leute auf diesem Bild sind«, überlegte er laut. »Den doppelten Jules Delaborde bekommen wir nicht zu fassen, aber vielleicht erfahren wir etwas über diese Marga Mai und einen Harry Alsen.«

»Was meinst du? Ich verstehe nicht …«

Frank drehte das Foto um, sodass Jacqui die Beschriftung lesen konnte. »Schau mal. Es handelt sich definitiv um ein Original und nicht um irgendeine Schummelei.«

Stumm vor Staunen las sie die Jahreszahlen.

Er zog seine Beine an, wobei er beinahe die Kaffeetasse umgeworfen hätte, stellte die Füße auf den Boden und sprang von seinem bequemen Platz auf. Bevor er gedankenverloren neben dem Schreibtisch auf und ab zu gehen begann, legte er das Foto vorsichtig in die Mappe zurück.

Wer war die Sängerin, der Andrea wie aus dem Gesicht geschnitten war? Konnte die Ähnlichkeit Zufall sein? Wenn Andrea von Marga Mai wusste, musste sie auch Jules Delaborde kennen. Egal, welcher der alte Mann war, sie kannte beide.

Frank bekam leise Zweifel an Andreas Aufrichtigkeit, schob den aufkeimenden Verdacht aber rasch beiseite. Warum sollte Andrea ihm ihre Verbindung zu einer Frau verschweigen, die Jules Delaborde gekannt hatte? Er versuchte, sich daran zu erinnern, was sie über ihre Familie erzählt hatte. Von einer Sängerin war nie die Rede gewesen. In diesem Punkt war er sich absolut sicher.

Als Frank auffiel, dass Jacqui noch immer dastand und ihm bei seiner Wanderung interessiert zusah, fuhr er sie an: »Sei so gut und lass mich allein. Ich muss ein bisschen recherchieren. Jürgen wird doch nichts dagegen haben, wenn ich sein Festnetz benutze?« Da die Frage rein rhetorisch gemeint war, wartete er ihre Zustimmung gar nicht erst ab. Er lehnte sich über den Schreibtisch, angelte nach dem Telefon, wählte die Vorwahl für Deutschland und dann die Nummer seiner Eltern.

40

Gut sechs Monate nach der Begebenheit im Luftschutzkeller des Reichssenders Hamburg fiel Marga Harald zum zweiten Mal spontan um den Hals. Überschwänglich küsste sie ihn. Es war der Moment, in dem sie wieder festen Boden unter ihren Füßen spürte.

Sie war gerade die Gangway der Lufthansa-Maschine hinuntergestolpert und stand am Rollfeld des größten Pariser Flughafens Le Bourget. Vom ersten Flug ihres Lebens würde sie vor allem ihren aufrührerischen Magen und ihr pochendes Herz in Erinnerung behalten. Statt des wunderbaren Blicks, den Harald ihr versprochen hatte, begleitete sie graues Wetter. Immerhin war an einem wolkenverhangenen Tag wie diesem ein Flug mit der JU 52 sicher weniger gefährlich, weil der Himmel über der »Festung Europa« frei blieb von Bombern der Royal Air Force, die ohnehin kaum Angriffe bei Tag flogen. Doch nicht einmal dieses Wissen löste ihre verkrampfte Sitzhaltung. Die Angst vor einem Absturz flog mit.

Daran änderten auch die anderen Passagiere nichts. Neben Harry Alsens Orchester waren ein paar hochrangige Offiziere an Bord sowie Zivilisten, deren Äußeres nichts über ihre Aufgabe verriet. Wahrscheinlich Diplomaten, dachte Marga, oder Spione. Oder Journalisten. Es war ihr egal, welchen Beruf diese zehn Männer und drei Frauen ausübten, Hauptsache, die Mitpassagiere stellten eine gute Lebensversicherung für sie dar. Bestimmt legte man in den Reichsministerien in Berlin auf die Unversehrtheit etwa des hochdekorierten Obersts oder des eleganten grauhaarigen Herrn im schwarzen Staubmantel mehr Wert als auf die Gesundheit von ein paar Musikern und ihrer Sängerin.

Dabei war Marga inzwischen sehr bekannt. Ihre Rundfunkauftritte erfreuten sich großer Beliebtheit, sowohl als Live-Veranstaltung als auch daheim vor dem Volksempfänger. Im Winter waren die Berge von Post, die Margas Gesangseinlagen betrafen, stetig gewachsen. Dafür hatte sie ihr Repertoire abgewandelt. Natürlich durfte sie nicht swingen, das war im Radio unmöglich, auch wenn sie sich nach Michaels Musik sehnte. Sie wechselte aber von den traditionellen Operettenmelodien zu schmissigeren Titeln wie aus dem kürzlich uraufgeführten Revuefilm *Karneval der Liebe*, in dem eine Art »deutscher Swing« anklang, und gab gelegentlich Seemannslieder zum Besten. Das Auftrittsverbot von Lale Andersen kam ihr dabei zugute. Marga war ebenso blond, aber jünger als der Schlagerstar, und sie sang in einer ähnlichen Stimmlage das Lied von Lili Marleen. Im Winter gab sie Gastspiele im Harz und zu Ostern war sie erfolgreich auf Tournee in den Ostseebädern. Begleitet wurde sie von einer Combo, die sich aus Mitgliedern des Rundfunkorchesters zusammensetzte. Mit Harald und seinen Musikern arbeitete sie nicht mehr zusammen.

Deshalb rechnete sie auch nicht damit, die alten Kollegen wiederzusehen, als sie erneut ein Engagement für die Truppenbetreuung in Frankreich erhielt. Umso mehr freute sie sich zu erfahren, wer sie begleiten würde. Selbst Kurt hatte man wieder »uk«, unabkömmlich, gestellt. Harald indes war sie nach dem denkwürdigen Abend im Luftschutzkeller noch ein paar Mal begegnet. Er kam gelegentlich nach Hamburg, besuchte Marga im Sender, lud sie zu einem Abendessen oder einem Glas Wein ein. Es waren Treffen von guten Bekannten. Nicht mehr. Selten zudem und unspektakulär. Manchmal war

Marga über seine plötzlich distanzierte Haltung ein wenig irritiert, aber sie behielt ihre Verwunderung für sich. Sein Leben ging sie nichts an, sollte sie angesichts des Durcheinanders in ihrer eigenen Gefühlswelt nicht einmal interessieren. Sie hatte genug mit ihrem Traum von einer gemeinsamen Zukunft mit Michael zu tun – wieso ertappte sie sich dabei, Harald zu vermissen?

Wenn sie darüber nachdachte, war es ein seltsames Leben, das sie führte. Sie kam sich vor wie in einem ständigen Wechselbad zwischen zwei Welten. Auf der einen Seite ihre Sehnsucht nach Michael, während die Monate ohne ihn unaufhaltsam verflogen. Daneben die trotz allem angenehme Verbindung zu Harald. Hier der Erfolg als Sängerin, die in schalldichten Räumen den Frieden und die Lebendigkeit von Musik fühlte. In ihrem privaten Alltag dagegen die Knappheit von Lebensmitteln und Kohlen, durchwachte Nächte im Luftschutzkeller. Gefeiert – und mit abgebrochenen Fingernägeln auf der Bühne, weil sie vor einem Auftritt auf Anweisung des Gauleiters mit ihrem Vater den Dachboden von brennbaren Materialien entrümpeln musste. Der berauschende Applaus stand schließlich hilfloser Traurigkeit gegenüber, als sie erfuhr, dass Norbert zu den deutschen Soldaten gehörte, die bei Stalingrad kapitulierten und in sowjetische Gefangenschaft gerieten.

Nun also wieder Paris.

»Sieh mal an, die reinste Wiederholungsschleife – Leutnant Weber ist da …«, stellte Ulli fröhlich fest.

»… und zum Oberleutnant wurde er inzwischen auch befördert, wenn ich das richtig sehe«, fügte Heinz hinzu. Der Bassist nahm ihre Hand und zog Marga mit sich zum Wagen.

Die Flugzeuge der Luftwaffe mit dem schwarzen Balkenkreuz als Erkennungszeichen, die entlang der Rollbahn und vor dem Hangar im Dunst des Nieselregens auf ihren Einsatz warteten, verschwammen vor ihren Augen. Die Messerschmitt-, Junkers- und Dornier-Maschinen wirkten auf Marga wie ein Mahnmal der Realität.

Tatsächlich schien sich Paris verändert zu haben. Die Stadt, die Marga als im Sonnenlicht leuchtende, lebendige Metropole in Erinnerung hatte, zeigte sich von ihrer tristen Seite. Als Oberleutnant Weber die Sängerin und die Musiker von Harry Alsens Tanzorchester über die Boulevards chauffierte, konnte sich Marga beim Blick durch das Fenster nicht des Eindrucks erwehren, es liege ein graues Tuch über den breiten Straßen, den Bäumen und Menschen. Jüngere Leute waren fast gar nicht mehr zu sehen, die älteren schlichen freudlos dahin. Selbst unter den Besatzern schienen die jüngeren Wehrmachtsangehörigen verschwunden. Keine Spur mehr von den jungen, attraktiven deutschen Soldaten, die mit einer charmant plaudernden Französin durch die Straßen flanierten.

Als sie Gerhard Weber ihre Beobachtung vorsichtig andeutete, erklärte er, dass die meisten Einheiten mit kampferprobten Soldaten an die Ostfront verlegt worden waren. Die gesunden Franzosen derselben Altersgruppe wurden zum Arbeitsdienst, die meisten von ihnen nach Deutschland geschickt. Die Pariser Jugendlichen habe man überdies vor Kurzem in großer Zahl wegsperren müssen.

»Was ist passiert?«, hakte Marga nach.

»Die Swingjugend, wissen Sie. Der Reichsführer SS möchte dieses Übel endlich ausgerottet sehen. In der Heimat wird inzwischen radikal durchgegriffen. Zwei bis drei Jahre Konzentrationslager sind für die Jugendlichen das Minimum. Sind Sie nicht aus Hamburg, Fräulein Mai?«

Weber erwartete anscheinend keine Antwort, denn er fuhr unbeeindruckt durch ihr Schweigen fort: »In Hamburg greift die gefährliche anglophile Tendenz besonders um sich, wie man hört. In einer Zeit, in der Deutschland um seine Existenz kämpft und die Volksgenossen den totalen Krieg wollen, muss dem mit aller Entschiedenheit begegnet werden. Die französischen Kommunisten sehen in der Jugendgefährdung überdies ein Mittel zur Destabilisierung der Bevölkerung. Denen sind alle Mittel recht. Vor fünf, sechs Wochen wurden Jugendliche zu einer Demonstration auf dem Boulevard Saint-Germain angestachelt. *Zazous* nennen sich diese armen Irren. Sie haben sich Davidsterne an ihre merkwürdige Kleidung geheftet und *swing* darauf geschrieben statt *juif* für Jude. Nun, die Judenfrage haben wir im Griff. Den Rest werden wir auch noch erledigen.«

Im Wagen war es still geworden. Marga starrte aus dem Fenster und hoffte, ihr Magen werde seine Rebellion einstellen.

»Ich habe eine wichtige Information für Sie«, wechselte Weber das Thema, nachdem er energisch auf die Hupe gedrückt hatte, als ihm ein Bus die Vorfahrt zu nehmen drohte. »Hier in Paris sind Sie für neunzig Konzerte gebucht, das Reichsaußenministerium ließ uns überdies wissen, dass Sie für fünf weitere Auftritte verpflichtet werden.« Er legte eine Kunstpause ein, dann: »Es handelt sich um Veranstaltungen im privaten Rahmen in der deutschen Botschaft in Lissabon.«

Harald pfiff leise durch die Zähne.

»Sie haben deutlich bewiesen, wie Sie zum Endsieg stehen, Herr Alsen«, erklärte Weber großmütig. »Da ist dann auch mal ein kleiner Ausflug ins Ausland drin. Der Führer zeigt sich eben gerne erkenntlich. Außerdem traut man Ihrer Kapelle die beste Unterhaltungsmusik zu.«

Alarmiert sah Marga zu Harald. Was meinte der Oberleutnant der Propagandastaffel? Was war in den vergangenen Monaten in Berlin geschehen? Hatte Harald die Seiten gewechselt und war zum willfährigen Werkzeug der NS-Politik geworden? Spionierte er womöglich die anderen Musiker aus, die bei ihrer Wortwahl im engen Kreis häufig ebenso wenig aufpassten wie sie selbst? War er ein Denunziant?

Harald wich ihrem Blick aus und putzte angelegentlich seine Brille.

Zutiefst beunruhigt senkte sie die Augen auf ihre Hände.

Wie vor einem Jahr war Harry Alsens Tanzorchester im Hotel Vernet untergebracht. Marga registrierte dankbar die vertraute Umgebung. Sie beschloss, Harald um eine Aussprache zu bitten, sobald sie die Meldescheine an der Rezeption ausgefüllt hatten und auf ihre Zimmer gingen. Sie musste wissen, was Webers Anspielung bedeutete. Erst wenn sie Haralds Antwort kannte, würde sie entscheiden, ob die Reise nach Portugal Fluch oder Segen war.

Neben dem Portierstresen befand sich ein Besuchersessel, auf dem bereits ein Gast Platz genommen hatte. Marga nahm die Person in dem allgemeinen Durcheinander ihrer Ankunft zunächst gar nicht wahr. Sie strebte müde und verwirrt zur Anmeldung und zu ihrem Zimmerschlüssel, einen Jungen im Rücken, der ihre Koffer schleppte, um sie herum die Kollegen mit ihren Gepäckstücken und Pässen. Haralds Reaktion spürte sie mehr, als dass sie sah, wie er die Schultern straffte und zu dem Gast eilte. Irgendetwas an seiner Gestik verleitete sie, sich dem Fauteuil zuzuwenden.

Eine junge Frau mit lackschwarzem Bubikopf und einem mit Stoffblüten reich verzierten Haarband erhob sich. Sie streckte Harald strahlend beide Hände entgegen, die dieser ergriff und eine nach der anderen an seine Lippen führte.

Sein Verhalten war unmissverständlich.

Von nun an brauchte sich Marga nicht mehr zu fragen, ob es eine Frau in Haralds Leben gab. Vor ihren Augen stand die Antwort.

Isabelle de Valory.

»Bist du von allen guten Geistern verlassen?«, schrie Marga. »Wir befinden uns mitten im Krieg. In Nordafrika stehen die

Alliierten, Stalingrad ist gefallen und auf die Städte überall in Europa werden Bomben abgeworfen, aber du turtelst herum, als befändest du dich im siebenten Himmel.«

Harald lehnte mit dem Rücken an der Tür und verlagerte sein Gewicht von einem Bein auf das andere, bevor er gelassen die Knöchel überkreuzte. Seine Miene war unergründlich, als er mit größter Gelassenheit antwortete: »Worüber regst du dich eigentlich so auf?«

Seine Ruhe brachte sie fast noch mehr auf als die Entdeckung, dass Harald nicht der integere Mann war, für den sie ihn bislang gehalten hatte. Nein, nicht immer war sie von seiner Charakterstärke überzeugt gewesen, korrigierte sie sich in Gedanken. Nach ihrer ersten Begegnung hatte sie anders über ihn gedacht. Vielleicht stimmte es ja doch und der erste Eindruck war entscheidend, den man von einem Menschen gewann.

Marga hatte ihn im Foyer um ein Gespräch gebeten und ihn nach einer flüchtigen und wenig herzlichen Begrüßung ihrerseits der Tochter des Vicomte de Valory überlassen. Dann war sie auf ihr Zimmer gerauscht, wo sie ruhelos auf und ab lief und dabei die noch nicht ausgepackten Koffer umrundete, bis es schließlich klopfte. Gut gelaunt trat Harald ein, sicherlich nicht ahnend, dass sich in Marga im Lauf der vergangenen Stunde Fragen, Gefühle und Vorwürfe zu einem riesigen Ballast aufgetürmt hatten. Mit erhobener Stimme machte sie sich Luft.

»Ich ärgere mich über deine Verantwortungslosigkeit!«, kreischte sie.

Er zuckte die Achseln und schwieg.

Sein Gleichmut machte alles noch schlimmer. Wenn er sich wenigstens verteidigen, ihr eine Erklärung geben würde. Marga sagte sich zwar tapfer, dass er sich natürlich verlieben konnte, in wen er wollte. Er brauchte sie nicht um Erlaubnis zu bitten. Aber warum hatte er sich ausgerechnet Isabelle de Valory ausgesucht? Die Beziehung der beiden hatte sozusagen vor ihren, Margas, Augen begonnen – und wurde von ihr gewiss nicht gutgeheißen. Außerdem war da noch das zweifelhafte Lob von Oberleutnant Weber. Beide Entdeckungen warfen ein verstörendes Licht auf Harald.

»Ich wusste nicht, dass du so ein Verräter bist«, versetzte sie, um einen Atemzug später Gerhard Webers Tonfall nachzuäffen: »*Sie haben deutlich bewiesen, wie Sie zum Endsieg stehen, lieber Herr Alsen* … Was soll das heißen? Weiß das ProMi von den untersten Chargen bis zum Minister, dass du dich von einer Französin verführen lässt, deren Vater ein Kollaborateur ist?«

»Werde bitte nicht gewöhnlich.« Seine Stimme klang strenger.

»Du hättest mich einweihen können. Ich hasse Überraschungen!«

»Ich bin dir keine Rechenschaft schuldig, Marga.« Er veränderte seine Position. »Im Übrigen ist es dieser Kollaborateur, der deinen Jugendfreund schützt. Oder sollte ich sagen, *deine unerfüllte Lieb*e?! Bist du eifersüchtig, weil sich meine Liebe zur Abwechslung mal erfüllt?«

Marga sank das Kinn auf die Brust, als ihr bewusst wurde, wie viel Wahrheit in Haralds Worten lag. Dennoch war sie nicht bereit, klein beizugeben. Keinen Funken Verständnis konnte sie für ihn aufbringen. Feindselig starrte sie ihn an.

Noch einmal zuckte er stumm mit den Achseln, dann kehrte er ihr den Rücken zu und verließ kommentarlos ihr Zimmer. Kurz bevor er die Tür schloss, steckte er aber noch einmal den Kopf zu ihr herein.

»Ich an deiner Stelle würde morgen Vormittag zwischen zehn und elf Uhr in den Tuilerien spazieren gehen.«

Als er ging, knallte er die Tür mit Wucht ins Schloss.

41

Der Regen war über Nacht stärker geworden, und als Marga das Hotel verließ, goss es in Strömen. Deshalb entschied sie sich dagegen, die Champs-Élysées hinunterzuspazieren, und nahm die Metro von der Haltestelle Place de L'Étoile zur Concorde. Sie fuhr in Paris nicht gern mit der Untergrundbahn, weil zu den Gleisen meist höhlenartige Gänge führten, in denen sie sich fürchtete. Jeder Schritt hallte auf den alten Steinen und gerade unter der Place de la Concorde schienen die Wege zwischen Bahnsteig und Ausgang endlos, außerhalb der Stoßzeiten wirkte es hier verlassen und gruselig.

Marga rannte unter dem Gewölbe entlang, nahm die falsche Treppe ans Tageslicht und musste deshalb noch den riesigen Platz überqueren, um an ihr Ziel zu gelangen. Der Wind, der von der Seine heraufwehte und sich in den Häuserschluchten fing, zerrte an den Verstrebungen ihres Schirms, sodass sie ihn schließlich zuklappte. Atemlos, schwitzend und nass bis auf die Haut erreichte sie das von Laternen, Säulen und Skulpturen flankierte Portal des Jardin du Tuileries.

Jenseits des Eingangs, zwischen ehemaligen Blumenrabatten und Rasenflächen, auf denen jetzt Gemüse angebaut wurde, hinter den Büschen und unter den Alleen war es still. Der Regen tropfte in das Wasser des Bassins und hinterließ Dutzende von Kreisen darauf. Ein Mann hantierte mit seinem Schirm und stemmte sich gegen den Wind. Er hatte den Kragen seines Mantels hochgeschlagen, den Hut tief in die Stirn gedrückt.

Der Kies knirschte unter ihren Füßen, die Feuchtigkeit rann über ihr Gesicht, klatschte ihr das Haar an die Wangen und ruinierte ihren Turban. Marga war das völlig gleichgültig, sie hielt direkt auf den Mann zu, bis er sich umdrehte.

Endlich!

Sie fiel ihm um den Hals – fast so wie gestern Harald. Doch diesmal legte sich ein Arm um ihren Körper, drückte sie fest an seinen Leib. Mit der anderen Hand versuchte Michael, den Schirm schützend über ihre Köpfe zu halten.

Sein Mund suchte ihre Lippen und sie schmeckte das Salz von Tränen, die Süße des Regens und die Erfüllung ihrer Sehnsüchte. War sie es, die weinte? Einerlei. Zärtlichkeit und Leidenschaft ließen sie beide zu einer Person verschmelzen, zu einem Gefühl.

»Die meiste Zeit meines Lebens warst du in meiner Nähe«, flüsterte Michael zwischen zwei Küssen, »aber erst jetzt habe ich begriffen, wie viel du mir bedeutest ... Verzeih mir ...«

Die Worte rauschten an Marga vorbei. Der Wind zerrte an ihrem Regendach, aber Michael hielt den Schirm so tief über ihren Köpfen, dass keine Böe darunterfahren konnte. Sie küssten sich und genossen die Illusion, in einem abgeschlossenen Raum zu sein, obwohl sie auf dem Mittelweg standen, der durch die Gärten der Tuilerien von der Place de la Concorde zum Louvre führte.

Um Atem ringend, löste sich Michael von Marga. »Das ist anstrengender als jedes Klarinettensolo«, versuchte er, seine plötzliche Befangenheit zu überspielen.

»Du kannst den Schirm zumachen, es regnet nicht mehr«, erwiderte sie, weil ihr nichts anderes einfiel. Sie kannten sich so gut, sie hatten sich wiedergefunden. Aber nun wusste Marga seltsamerweise nicht, was sie sagen, wohin sie mit ihren Händen sollte. Sie spürte dem Druck seiner Lippen nach.

Einen Moment lang herrschte Schweigen zwischen ihnen. Dann begann sich Michael wieder ebenso ausführlich wie linkisch mit dem Parapluie zu beschäftigen. Nachdem die untere Federraste zugeschnappt war, blickte er sich suchend um.

Marga wartete. Als er ihr wieder in die Augen sah, brach es

aus ihm heraus: »Lass uns reden. Es gibt so viel zu erzählen. Aber ich fürchte, die Parkbänke sind zu nass, um sich darauf zu setzen.«

»In welches Café wollen wir gehen?«

Michael schüttelte den Kopf. »Kein Café, Marga. In einem Lokal können wir uns nicht ungestört unterhalten, da weißt du nie, wer mit großen Ohren am Nebentisch sitzt.«

»Ich dachte, in Paris wäre es nicht so schlimm wie zu Hause.«

»Es gibt hier jede Menge Spitzel. Seit der Verhaftung einiger Anführer der Résistance ist man in Paris nirgendwo mehr sicher vor der Gestapo.«

Marga hatte noch nicht von der »Résistance« gehört, aber sie fürchtete sich davor nachzufragen. Sie fröstelte. Wenn sie sich nicht bald etwas Trockenes anzog, würde sie sich erkälten, und wie Harald reagierte, wenn sie wegen einer Grippe ausfiel, wollte sie sich nicht einmal in ihrer Fantasie ausmalen. Sie brauchten einen Ort, an dem sie sich in Ruhe aussprechen konnten.

»Was hältst du davon, wenn wir in mein Hotelzimmer gehen?«

Michaels Wangen röteten sich. »Ich weiß nicht …«

Mein Güte!, fuhr es Marga durch den Kopf. Praktisch jedes Mitglied von Harry Alsens Tanzorchester war irgendwann einmal in Margas Zimmer geschneit – und hatte sich rein gar nichts dabei gedacht. Wie oft war Harald bei ihr gewesen, ohne dass etwas zwischen ihnen passiert war! Harald mit seiner besonnenen Art würde diese Situation wahrscheinlich deutlich besser meistern als Michael. Harald, der Verräter!

»Glaubst du wirklich, ich lade dich unter einem Vorwand in mein Hotelzimmer ein, um anschließend … um dann …«, diesmal brach sie ab. Empört und hilflos. Vor allem aber verärgert, weil der Zauber ihrer zärtlichen Leidenschaft so schnell verflogen war. Weil sie an Harald denken musste und weil Michael sie anscheinend für ein leichtes Mädchen hielt. Überhaupt: Hatte *er* sie nicht damals in ihrem Zimmer in Schloss Brécourt regelrecht überfallen, um eine Unterredung herbeizuführen?

Ihr Herz pochte heftig. Sie wollte sich nicht von ihm trennen. Schon gar nicht so. Aber sie musste ein Engagement erfüllen, trug Verantwortung. Sie konnte unmöglich länger frierend in den Parkanlagen herumstehen und sich über ihre Tugend sorgen.

Da er nichts sagte, griff sie zögernd nach seiner Hand. »Es tut mir leid, Michael, ich muss los.«

Er umschloss ihre Finger. »Also, gut. Dann gehen wir in dein Hotelzimmer, wenn du glaubst, dass du mich an der Rezeption vorbeischmuggeln kannst.«

»Oh!« An diese Hürde hatte sie nicht gedacht, dennoch: »Ich bin sicher, uns fällt etwas ein.«

Hand in Hand liefen sie los.

Marga ignorierte eine Pfütze und fragte: »Weißt du, was mir gerade durch den Kopf geht? Kennst du ›Singin' in the Rain‹?«

»Judy Garland? Ich hab's hier in Paris zum ersten Mal gehört.«

»Und ich auf Tournee in Dänemark. Harald hat es den Jungs und mir vorgespielt.« Bei der Erinnerung schmunzelte sie. Nur ganz kurz fragte sie sich, wieso sie schon wieder an Harald dachte.

Um die nach ihrer Seele greifenden Peinlichkeit zu verwischen, stimmte sie »*I'm singin' in the rain …*« an. Michael pfiff leise die Melodie dazu. Sie waren ein perfektes Duo. Und der Song wie geschrieben für ein Liebespaar, das durch diese nach dem Regen aufklarende Stadt spazierte.

Erst als ihnen Passanten entgegenkamen, verstummten sie. Es waren Zivilisten, wahrscheinlich Franzosen. Aber man konnte nie wissen. Ohne sich abzusprechen, verlangsamten sie ihre Schritte, gingen bedächtig des Wegs.

Nach ein paar Metern wandte Marga den Kopf und blitzte Michael an. Laut und vernehmlich sang sie den Refrain des bekannten Schlagers »Regentropfen, die an dein Fenster klopfen«, woraufhin Michael seine Stirn gegen ihren Kopf lehnte. Sein ganzer Körper bebte vor verhaltenem Lachen.

Michael brachte ihr bei, wie die Pariser ihren Widerstand gegen die deutsche Besatzung mittels einer Metro-Fahrkarte ausdrückten: Wenn man die Karte einriss und dabei ein V formte, stand dieses für das Wort *victoire* – Sieg.

»Die Lage hat sich gewandelt«, berichtete er, als sie von der Station George V langsam zu Margas Hotel gingen. »Seit die Wehrmacht im vorigen November das freie Frankreich besetzt hat, ist alles anders. Die Rebellion gegen die *boches* wächst, die einzelnen Gruppierungen beginnen sich zusammenzuschließen. Es sind nicht mehr nur die Kommunisten, die sich auflehnen, sondern auch die Bourgeoisie.«

»Ich habe von der Demonstration der *zazous* gehört.«

Michael ließ den Kopf hängen.

»Ich war wieder einmal zu feige, um an der Kundgebung teilzunehmen. Dabei war es *mein* Protest, verstehst du? Es ging um unsere Musik und um die Swingkids. Tapfere Kerle, sage ich dir. Wahrscheinlich sind die Boys und Girls heute mutiger, als wir es damals waren. Schließlich brauchten wir nicht mit Lagerhaft zu rechnen. Aber ich musste dem Vicomte mein Ehrenwort geben, mich nicht einzumischen, als die *zazous* verhaftet und abtransportiert wurden.«

Sie stutzte. »Gilles de Valory? Was hat der denn damit zu tun?«

Michael hielt im Schritt inne. Sie waren bereits in Sichtweite des Hotels. Er nickte zu dem Gebäude hin und verkündete mit feierlicher Miene: »Dazu schulde ich dir noch eine Erklärung, ich weiß. Lass uns oben darüber reden.«

Marga stutzte, aber sie ging nicht auf seine Formulierung ein. Den Ärger, der sie kurz erfasste, wischte die Aufregung darüber fort, wie sie Michael ungesehen in ihr Hotelzimmer schmuggeln sollte.

Am Ende klappte es einfacher als gedacht. Der Portier war wohl gerade auf einen Kaffee oder ein frühes Mittagessen verschwunden und in das ansonsten menschenleere Foyer drang lediglich das Brummen eines Staubsaugers aus einem hinteren Raum. Vorbei an der verwaisten Rezeption konnten Marga und Michael unbehelligt die Treppe hinaufhuschen. Da sie diesmal ein Zimmer im ersten Stockwerk bewohnte, war der Weg dorthin nicht allzu weit. Als sie Frauenstimmen vernahm, die sich näherten und wahrscheinlich den Zimmermädchen gehörten, schloss Marga hektisch die Tür auf und schob Michael hinein, bevor sie selbst eintrat und von innen verriegelte. Seine erhobenen Augenbrauen ignorierte sie.

Sie ließ ihren klammen Mantel von den Schultern gleiten. »Würdest du dich bitte umdrehen? Ich muss die feuchten Sachen ausziehen.«

Michael wurde rot, tat aber, wie ihm geheißen. Unschlüssig verharrte er auf seinem Platz, dann trat er ans Fenster, wobei er darauf achtete, wie er sich hinter den Vorhängen platzierte, um von der Straße aus nicht gesehen zu werden.

Während Marga rasch Rock und Bluse wechselte, ging er endlich auf ihre Frage nach Gilles de Valory ein: »Jules Delaborde hat mir das Leben gerettet und deshalb bin ich seiner Familie verpflichtet. Ohne ihn wäre ich damals nicht nach Frankreich gekommen und ohne seine Hilfe würde ich wahrscheinlich längst in irgendeinem Arbeitslager sitzen, wenn nicht sogar Schlimmeres.«

»Was hat er getan, dass du dich dermaßen in die Hand

dieser Leute begibst?«, fragte sie und knöpfte sich das Oberteil zu. »Das sind Kollaborateure! Diese Menschen, die nur nach dem eigenen Vorteil trachten und deshalb mit jedem Geschäfte machen, gehören zur übelsten Sorte.« Flüchtig kam ihr Harald in den Sinn, der anscheinend auch die Seiten wechselte, weil er sich davon einen persönlichen Nutzen versprach. Nun, dann passt er ja perfekt zu Isabelle de Valory, dachte sie grimmig.

»Ich bin fertig, Michael.«

»Das ging aber schnell«, lobte er. Seine Augen leuchteten, als er sie ansah.

Sie erwiderte sein Lächeln. »Jetzt bist du an der Reihe. Runter mit den nassen Klamotten!«

Wieder zog diese ungewohnte Röte über seine Wangen. »Ich glaube nicht, dass ich mich im Schlafzimmer einer Dame so ohne Weiteres …«

»Herrje! Stell dich nicht so an!« Ihr Lächeln verschwand. »Du bist doch Musiker. Musstest du bei Bobby Schwan nie hinter der Bühne dein Hemd in Gegenwart der Sängerin wechseln?«

»Natürlich. Aber in diese Frau war ich nicht verliebt.«

»Früher sind wir zusammen schwimmen gegangen …« Sie unterbrach sich, als ihr ein trauriger Gedanke kam. »Damals hast du mich nicht geliebt, stimmt's?«

Hilflos zuckte er mit den Schultern. »Du warst wie eine kleine Schwester für mich, Marga.«

Einen Moment lang wusste sie nicht, ob sie lachen oder weinen sollte. Seine Ehrlichkeit trieb einen Stachel in ihr Herz. »Und am Bahnhof, als du fortgefahren bist – was war da?«

»Die Situation hatte mich überwältigt. Aber als ich dir sagte, dass ich dich lieb habe, war das keine Lüge. Das stimmte schon. Nur eben nicht so wie heute.«

»Hm.«

Als sie vorhin »Singin' in the Rain« gesungen und Michael die Melodiestimme gesummt hatte, war sie so glücklich gewesen. Und nun warf dieser Mann einen Schatten über ihre kostbarsten Erinnerungen.

Vielleicht sollte sie nicht so viel an die Vergangenheit denken und daran, was sie einst mit ihm verbunden hatte. Das Band war über die Jahre lose geworden, jedenfalls von seiner Seite. Aber gerade im Park hatten sie beide diese Magie gespürt, die alles in einem neuen Licht erscheinen ließ.

Ohne weiteren Kommentar ging sie an Michael vorbei zum Fenster, stellte sich ihrerseits mit dem Rücken zum Zimmer. Blicklos schaute sie hinaus auf das Gebäude gegenüber. Die Sonne malte goldene Streifen auf die helle Fassade.

»Häng deine nassen Sachen irgendwo zum Trocknen auf und zieh meinen Morgenmantel über, du findest ihn am Haken neben dem Schrank«, wies sie ihn schließlich mit freundlicher Stimme an. Sie klang in ihren eigenen Ohren übertrieben mütterlich oder wie eine fürsorgliche Ehefrau. Dumme Gans, rügte sie sich still.

Sie hörte, wie er seine Kleidungsstücke nacheinander auszog.

»Du wolltest wissen, was es mit meiner Beziehung zu den Valorys beziehungsweise zu Jules Delaborde auf sich hat«, erinnerte Michael plötzlich.

»Ja. Allerdings.«

»Du bist Jules einmal begegnet, nicht wahr? Wir haben eine gewisse Ähnlichkeit …«

»Ich habe ihn sogar beinahe mit dir verwechselt.«

Er lachte freudlos. »Wegen dieser Ähnlichkeit gab mir Jules damals in Zürich seine Papiere, als ich aus der Schweiz ausgewiesen werden sollte. Wir spielten zusammen bei Bobby Schwan und wurden Freunde. Er half mir, andernfalls hätte ich nach Deutschland zurückgemusst. Jedenfalls konnte ich mit seinem Pass die Grenze nach Frankreich überqueren. Jules meldete seinen Ausweis kurz darauf in Bern bei der französischen Botschaft als gestohlen und ließ sich Ersatzdokumente ausstellen, mit denen er dann nach Paris heimreiste. Ich lebte bescheiden unter seinem Namen, machte Musik und versuchte, Jules im Alltag nicht zu nahe zu kommen, um nicht aufzufliegen. Es war alles ganz einfach – bis die Wehrmacht Frankreich besetzte. Isabelle, die ich irgendwann mal durch Jules kennengelernt hatte, half mir, mich zu verstecken. Wenn ich erwischt worden wäre, hätten sie auch Jules hochgenommen. Das verbindet uns.«

Verblüfft drehte sich Marga um. Michael war gerade dabei, den Gürtel ihres Morgenmantels zu verknoten.

»Da er den Diebstahl gemeldet hatte, traf ihn doch aber keine Schuld. Wer sollte sich denn für seine Person interessieren? Du warst in Gefahr. Ja. Aber Jules Delaborde?«

»Wir haben nicht nur bei Bobby Schwan, sondern auch im Hot Club de France zusammen gespielt, man hätte rasch eine Verbindung zwischen uns beiden herstellen können«, erklärte Michael, während er sich bückte, um seine Sachen vom Boden aufzuheben und auf den Möbelstücken im Zimmer zum Trocknen zu verteilen. »Wenn die Gestapo einen schwarzen Fleck finden will, findet sie ihn. Glaube mir. Außerdem wäre es Jules sicher ziemlich schlecht bekommen, wenn herausgekommen wäre, dass er ausgerechnet den Sohn eines Juden vor den Behörden verstecken half. Nein, nein. Wir hatten keine andere Wahl. Darin hatte der Vicomte absolut recht. Dass mich Jules' Vater unter seine Fittiche nahm, ist ein großes Glück für mich. Ich bin ihm dafür auf ewig dankbar.«

Marga verstand die Motive des Vicomte noch immer nicht. Aber sie wollte gern glauben, dass Jules Delaborde und Gilles de Valory aus Eigennutz handelten, nicht für ein gutes Werk. Um sich selbst zu schützen, schützten sie eben einen deutschen Halbjuden. Warum eigentlich nicht?, beruhigte sie sich in Gedanken. Krieg und Verfolgung brachten die seltsamsten Verbindungen auf, daran bestand kein Zweifel. Ihr fiel etwas ein. Bevor sie jedoch darüber nachdenken konnte, warum Harald schon wieder durch ihre Gedanken kreiste, erkundigte sie sich, ob ihr Orchesterleiter in die Geschichte mit dem Pass eingeweiht war.

»Ja. Natürlich. Er ist ein alter Freund von Jules. Die beiden haben schon vor dem Krieg in Berlin zusammen gespielt, und inzwischen sind sie dort gemeinsam bei irgendeinem Rundfunkorchester, soviel ich weiß. Kurzwelle oder so.«

Für eine Weile hing jeder seinen Gedanken nach. Ein Grummeln und Knurren holte Marga in die Realität zurück.

Michael erstarrte, während sie in schallendes Gelächter ausbrach.

»Meine Güte, hast du Hunger?«, fragte Marga glucksend vor Vergnügen.

»Na ja, eintausendzweihundert Kalorien pro Tag und Person sind nicht gerade viel. Mehr gesteht die Besatzungsmacht einem Franzosen heutzutage nicht zu. Es kann mir also niemand etwas abgeben, und da ich keine Lebensmittelkarten besitze und die Preise auf dem Schwarzen Markt so gestiegen sind, dass nicht einmal mehr reiche Leute dort einkaufen können, muss ich mich mit dem begnügen, was aus den Gärten des Châteaus kommt und nicht requiriert wird.«

Diesmal wurde Marga rot. Vor Zorn. »Ich bitte dich, Gilles de Valory hat mir voriges Jahr ein Mittagessen im Ritz spendiert, da kann er doch wohl wenigstens dafür sorgen, dass du satt wirst.«

»Wie gesagt, die Zeiten haben sich geändert. Der Vicomte kann nicht mehr so agieren, wie er zweifellos gerne möchte.« Michael drehte den vorhin benutzten Metro-Fahrschein in seiner Hand, den er aus der Hosentasche gezogen hatte. »Die Leute sagen, die Fleischration ist so klein, dass man sie in ein Ticket einpacken kann. Man muss nur achtgeben, dass die Fahrkarte nicht abgeknipst ist, sonst fällt das Fleisch durchs Loch.«

»Aha …«

»Marga«, er trat vor und legte den Arm um ihre Schultern, »was ist los mit dir? Das war ein Witz!«

Aus Höflichkeit lachte sie kurz auf, aber lustig fand sie Michaels Bemerkung nicht.

42

Marga stand mit dem Rücken zum Zuschauersaal, schwenkte die Arme wie der mittelmäßige Dirigent einer Volksmusikkapelle und sang voller Inbrunst »Bei mir bist du schön …«. Harry Alsens Tanzorchester begleitete sie, besonders Kurts Trompeteneinlage war Jazz pur. »*Bei mir bist du schön, please let me explain …*« Der englische Text, den die Andrews Sisters um die Welt getragen hatten, perlte wie selbstverständlich über Margas Lippen.

Nachdem sie mit einer großartigen Geste auf ihn gedeutet hatte, legte Heinz ein Solo am Bass hin. Die anderen Musiker spielten gut gelaunt weiter. »*I could say ›bella, bella‹, even ›sehr wunderbar‹ …*«, setzte Marga mit ihrem perfekten Taktgefühl an der richtigen Stelle wieder ein. Sie schwang die Hüften und fuhr sich mit beiden Händen lasziv in die Haare, als sie nicht mehr dirigierte. »*So kiss me and say that you will understand*!«, endete sie.

Lachend breitete sie die Arme aus und verneigte sich vor den Kollegen.

Kurzer, verhaltener Applaus erklang im Hintergrund. Es war der höfliche, aber wenig begeisterte Beifall eines einzelnen Zuhörers in der Salle Pleyel.

»Ich würde Ihrer Aufforderung gerne nachkommen, Fräulein Mai«, kommentierte eine wohlbekannte Stimme, »aber ich bin trotzdem der Meinung, dass dies kein Lied für unsere tapferen Soldaten ist. Das ist entartete Musik!«

Marga fuhr herum. Im Dunkel des Parketts konnte sie niemanden erkennen, aber der Sprecher war Oberleutnant Weber.

Sie hörte die Musiker mit den Notenblättern rascheln.

»Amerikanisch-hebräische Unterschicht-Musik ist eine Beleidigung für deutsche Ohren, selbst wenn sie so reizend vorgetragen wird wie von Ihnen«, fügte Weber hinzu. In dem leeren Konzertsaal hallten seine Worte von den Wänden wider.

Sie legte die Hand über ihre Augen, um gegen den Scheinwerfer anzublinzeln, der die Bühne beleuchtete. Sie zwang sich, das Entsetzen hinunterzuschlucken, das sie angesichts des unerwarteten Zuhörers erfasste. Dann holte sie tief Luft und rief fröhlich in die Richtung, in der sie Weber vermutete: »Das war nur eine Art Fingerübung, Herr Oberleutnant, die ausschließlich als Einstimmung für uns gedacht ist. Natürlich würden wir niemals etwas aufführen, das nichts für unsere Helden ist. Nicht wahr, Jungs?« Schwungvoll wirbelte sie zu den Musikern herum, zwinkerte ihnen zu.

»Ja, Marga«, antwortete der Chor, als hätten sie diese Szene schon mehrfach geprobt.

Ulli fügte laut und vernehmlich hinzu: »Harry Alsen legt unsere Repertoirelisten regelmäßig der Musikabteilung der Propagandastaffel zur Prüfung vor. Hat man Ihnen das nicht gesagt?«

»Doch, doch …« Webers Stimme wurde von den dröhnenden Tritten seiner schweren Militärstiefeln übertönt. Er blieb vor der Bühne stehen. »Darüber müssen wir auch noch einmal reden. Dieses Lied …«, er schnippte mit den Fingern, weil ihm der Titel anscheinend nicht sofort einfiel, »dieses Lied ›Warum ist die Banane gelb?‹ ist absolut inakzeptabel.«

»Aber das ist ein deutscher Filmschlager«, protestierte Marga. »Was ist daran anstößig?«

»Das ist nichts für ein Konzert vor unseren Truppen, Fräulein Mai. Wo ist denn nun Herr Alsen?«

Er wandelt auf Romeos Spuren, wollte Marga antworten, behielt den bissigen Kommentar aber für sich.

Tatsächlich war Harald außerhalb ihrer Proben und Auftritte so gut wie nie ansprechbar. Marga nahm an, dass er viel Zeit mit Isabelle de Valory verbrachte. Schließlich war er bis über beide Ohren verliebt. Anders konnte sich Marga seine Unpünktlichkeit, seine wechselnden Launen und sein gelegentlich stilles Lächeln kaum erklären. Allerdings hatte Marga ihn und die Tochter des Vicomte seit ihrer Ankunft kein zweites Mal zusammen gesehen. Es sollte ihr recht sein, denn sie selbst war mit ihren heimlichen Verabredungen mit Michael beschäftigt. Jeder andere Gedanke störte nur. Jedoch fürchtete sie, Harald gehe ihr absichtlich aus dem Weg.

Statt seine Frage zu beantworten, trat Marga an die Rampe, bückte sich und reichte Weber die Hand. »Guten Tag, Herr Oberleutnant.«

Ulli schlug die Schlegel zu einem Tusch über Becken, Trommeln und Tomtom seines Schlagzeugs.

»Nun ja, eigentlich bin ich Ihretwegen hier«, erklärte Weber. »Ich möchte Sie sprechen, Fräulein Mai.«

Michael, fuhr es ihr durch den Kopf. Er weiß von Michael.

Bei ihrem nächsten Atemzug überlegte sie, dass das nicht sein konnte. In den sechs Wochen, die sie nun in Paris war, hatten sie sich höchstens drei Mal in einem Park getroffen. Sie waren dort ganz sicher niemandem aufgefallen. Darüber hinaus war Marga an einem freien Tag mit dem Zug nach Pacy-sur-Eure gefahren, wo sie sich mit Michael in einem Café verabredet hatte. Aber sie benahmen sich, als würden sie sich zufällig begegnen – er, der Gärtner von Château Valory, und sie, der frühere Gast auf dem Anwesen. Hatte man sie beobachtet, wie sie verstohlen Michaels Hand hielt? Wurde sie von der Gestapo beschattet? Marga wusste, dass so etwas keine Seltenheit war. Allerdings hatte sie keine Ahnung, wie man es herausfand.

Sie nagte an ihrer Unterlippe, grinste dümmlich und setzte sich an den Bühnenrand, wo sie die Beine scheinbar gut gelaunt baumeln ließ. Ihr Herz schlug bis in ihre Kehle, aber die Anwesenheit der Musiker in ihrem Rücken gab ihr eine gewisse Sicherheit, als würde sie von den Kollegen beschützt.

»Bitte. Da bin ich. Was kann ich für Sie tun?«

Weber warf einen Blick über ihre Schulter. »Ich wollte Sie eigentlich alleine … hmmm …« Er unterbrach sich, zögerte, drehte die Mütze in seiner Hand, die er abgenommen hatte, als er sie begrüßte. Dann gab er sich offenbar einen Ruck. »Wir können natürlich auch hier reden, wenn Sie möchten.« Er legte noch eine Pause ein, bevor er fortfuhr: »Es gibt schlechte Nachrichten aus Hamburg, und weil Sie von dort sind und Familie haben, dachte ich, das würde Sie interessieren.«

Ihre Beine hörten auf zu schlenkern. Sie wartete ganz still auf das, was kommen würde. Nicht einmal richtig zu atmen wagte sie.

Weber sah sie mitleidig an. »Der Luftterror konzentriert sich seit zwei Tagen auf Ihre Heimatstadt, Fräulein Mai. In der Nacht zum Sonntag sind die ersten Bomben gefallen und seitdem gibt es quasi im Stundentakt Fliegeralarm. Der Engländer greift in der Nacht an, der Amerikaner am Tag. Wegen der vom heißen Wetter begünstigten Flächenbrände ist es trotz des heldenhaften Einsatzes unserer Feuerwehr noch nicht gelungen, die Fernsprechleitungen zu reparieren, die gleich zu Beginn der Angriffe zerstört wurden. Leider ist das Polizeipräsidium auch getroffen worden; deshalb sind die Informationen recht spärlich, die nach außen dringen.«

Nach der ersten Schrecksekunde begann Marga fast panisch zu rechnen: Jetzt war Dienstagnachmittag, das bedeutete, dass die Stadt und ihre Bewohner seit zweieinhalb Tagen praktisch ununterbrochen unter Beschuss standen. Das hatte es noch nicht gegeben. Mehr als achtundvierzig Stunden im Keller warten, bangen, hoffen – wenn man so lange überlebte.

»Meine Eltern …«, hauchte sie. Dann erstarb ihre Stimme und sie schlug vor Entsetzen die Hände vors Gesicht.

»Ich dachte mir, dass Sie sich Sorgen machen, sobald Sie hören, was in Hamburg passiert. Wenn ich also etwas für Sie in Erfahrung bringen soll, lassen Sie es mich bitte wissen. Sie brauchen mir nur die Adresse Ihrer Eltern zu geben.«

Das Rascheln, Klappern und Füßescharren der Musiker war verstummt. Niemand rührte sich mehr, während Weber sprach.

Marga meinte, ihren eigenen Atem wie das laute Schnaufen einer Dampflok zu hören. Wenn Weber dermaßen offen über die Fliegerangriffe redete, war die Situation zu Hause wahrscheinlich bedeutend schlimmer. Eine unbestimmte Angst um ihre Mutter und ihren Vater raubte ihr alle Kraft.

Ein Knarren und Quietschen drang wie ein unheimliches Lebenszeichen durch den stillen Konzertsaal, dann das Klappen einer Tür, Schritte von mehreren Personen.

»Tag, allerseits«, rief Harald aufgeräumt von irgendwoher im Zuschauersaal. »Tut mir leid, dass ich zu spät komme. Ich habe ein neues Bandmitglied mitge…« Er unterbrach sich, als er der Stimmung gewahr wurde, die auf und am Rand der

Bühne herrschte. »Was ist los? Habt ihr einen Trauerfall zu beklagen?«

»Lass es gut sein«, gab Kurt matt zurück.

Oberleutnant Weber berührte sanft Margas Arm. »Ich tue für Sie und Ihre Familie, was ich kann.«

»Ja. Danke«, nuschelte Marga. Sie nahm die Hände von ihrem Gesicht und erhaschte gerade noch sein freundliches Lächeln, bevor sich Weber zu den Neuankömmlingen umdrehte.

»Guten Tag, Herr Alsen, ich bin wegen der Musikfolge hier.«

»Was ist damit nicht in Ordnung?«

»Bonjour, Lieutenant«, wünschte die zweite Person im Hintergrund.

Margas Blicke flogen zu Jules Delaborde, der aus dem Schatten in den Lichtkreis vor der Bühne trat. Obwohl sie diesmal auf eine Begegnung vorbereitet war, erschütterte sie seine Ähnlichkeit mit Michael. Falls sie jemals an der Geschichte mit dem vertauschten Pass gezweifelt haben mochte, so wurde ihr die Plausibilität in diesem Moment in voller Tragweite bewusst. Für einen Moment abgelenkt, verdrängte sie die Tragödie, die sich in ihrer Heimatstadt abspielte. Als ihre Augen zu Harald wanderten, kehrten die Ängste jedoch zurück. Sie wünschte sich Trost, jemanden, mit dem sie ihre Sorgen teilte und der ihr die Hoffnung vermittelte, wie durch ein Wunder würde alles wieder gut.

Da entdeckte sie auf Haralds weißem Hemdkragen gleich der Signatur auf einem Kunstwerk die Spur eines blutroten Lippenstifts.

Sie sprang von der Bühne, drängte sich an Weber vorbei und trat vor ihren Orchesterleiter. »Zieh dir bitte ein anderes Hemd an«, rief sie und ihre Stimme klang in ihren eigenen Ohren zu schrill. »Dieser Schmutz ist ja widerlich!«

Anscheinend zu verblüfft über diesen heftigen Angriff, reagierte Harald nicht. Auch die anderen blieben stumm.

Marga schnappte nach Luft, als hätte sie sich völlig verausgabt. Da ihr die Worte fehlten, das Gesagte zu entschärfen oder sich wenigstens zu erklären, machte sie auf dem Absatz kehrt, marschierte laut auftretend zu der Treppe, die die Bühne mit dem Zuschauerraum verband. Dort verharrte sie kurz, atmete tief durch. Dann trampelte sie in Richtung Garderoben davon.

Als sie wieder zur Ruhe kam, wurde Marga bewusst, dass nur Michael der Mensch war, den sie sich an ihre Seite wünschen sollte. Michael kannte ihre Eltern ebenso lange, wie er sie kannte, Professor Maibach war ihm einmal fast so vertraut wie sein eigener Vater. Darüber hinaus würde Michael die Zerstörung seiner wunderschönen Geburtsstadt gewiss mehr betrauern als ein Tourist wie etwa Harald, auch wenn dieser eine enge Verbindung zu Hamburg pflegte. Allerdings besaß sie nicht genügend Informationen, um Michael aus seinem sicheren Versteck zu reißen und zu beunruhigen.

Marga betrachtete sich im Spiegel über dem Schminktisch in ihrer Garderobe. In ihren Augen schimmerten Tränen.

Warum traf sie der Beweis für Haralds Affäre mit Isabelle so sehr? Sie wusste doch längst, dass die beiden ein Paar waren. Dabei ging deren Privatleben sie überhaupt nichts an. Harald konnte tun und lassen, was ihm beliebte. Sie verfügte über keinen Besitzanspruch auf seine Freundschaft. Außerdem war sie ja selbst längst vergeben. Und glücklich. Natürlich war sie glücklich. Michael war der Mann ihres Lebens. Ihre Beziehung gründete zwar noch immer mehr in der Erinnerung als in der Gegenwart, aber wenn erst der Krieg vorbei war, würde sich das ändern.

Trotzig rief sie sich die eigene Stärke ins Gedächtnis. Sie

brauchte niemanden. Jedenfalls nicht jetzt. Sie war stark, sie kam zurecht. Sie würde auftreten, wie es von ihr verlangt wurde, und abwarten, weil sie das für die einzig vernünftige Lösung hielt. Mehr konnte sie zurzeit ohnehin nicht tun – auch wenn ihr Herz an der Ungewissheit zu zerbrechen drohte.

Die insgesamt sieben Wellen von Luftangriffen auf Hamburg dauerten etwa eine Woche, aber auch in den ersten Augusttagen erhielt Marga keine Informationen über das Schicksal ihrer Eltern.

Oberleutnant Weber schonte Marga nicht. Er versorgte sie mit allem, was er in Erfahrung bringen konnte: dass ein Feuersturm bislang unbekannten Ausmaßes über Hamburg gefegt war, in den Trümmern noch immer Glut schwelte und die Bergungsarbeiten verzögerten, die Opfer kaum zu zählen waren und in den Straßen Leichen lagen. Praktisch alle Stadtteile östlich der Alster waren verwüstet. Zehntausende von Obdachlosen flüchteten in die umliegenden Wälder oder über die Elbe. Selbst der Hamburger Gauleiter Karl Kaufmann sprach inzwischen öffentlich von einer »Katastrophe«. Nur die Ratten freuten sich.

Mitte August fand Marga endlich Gelegenheit, Michael ihre Ängste anzuvertrauen. Sie trafen sich am Rand von Pacy-sur-Eure, wo die dicht bewaldeten Hügel der Normandie leicht anstiegen und die mit Klee und Butterblumen übersäten Wiesen zum Ausruhen in herrlichstem Sonnenschein einluden. Jules Delaborde hatte Marga nach der Vorstellung gestern eine Nachricht mit einer Skizze von Michael übergeben. So fuhr sie also an ihrem spielfreien Tag mit der Bahn aufs Land und folgte auf einem Spaziergang dem Plan bis zu einem kleinen, verlassen wirkenden Bootshaus am Fluss. Der geliebte Mann hockte auf dem Steg und warf Kieselsteinchen ins Wasser, als Marga eintraf.

Selten war sie so glücklich gewesen, ihn zu sehen, zu umarmen. Nie zuvor brachen aber auch die Worte so überstürzt aus ihr heraus. Sie ließ sich neben ihn fallen, spürte seinen Arm um ihre Schultern und wiederholte Webers schaurigen Bericht.

»Die armen Menschen«, schloss sie atemlos. »Ich bete, dass meine Eltern nicht dazugehören. Rotherbaum und Harvestehude sollen nicht so schwer getroffen sein, sodass Hoffnung besteht. Spätestens wenn die Post und die Telefonleitungen wieder funktionieren, weiß ich, wie es Mutter und Vater geht.«

Es dauerte lange, bis Michael ihr antwortete. Sie dachte, er sei überwältigt von der Tragödie, doch dann presste er hasserfüllt hervor: »Geschieht ihnen ganz recht, diesen verblendeten Volksgenossen!«

»Was?« Marga konnte trotz ihrer dunklen Brille gegen das gleißende Sonnenlicht Michaels düstere Miene nur schemenhaft erkennen. »Wie meinst du das?«

»So sollst du geben Leben für Leben, Auge für Auge, Zahn für Zahn, Hand für Hand, Fuß für Fuß, Brandmal für Brandmal, Wunde für Wunde, Strieme für Strieme«, zitierte er feierlich. »So steht es in der Thora. Wenn jetzt so viele Menschen leiden, dann geschieht es ihnen recht, weil sie zusahen oder mithalfen, als ihre Nachbarn gedemütigt und verschleppt wurden.«

»Aber meine Familie … unsere Freunde …«, stammelte Marga.

Es schien, als müsste Michael seine Antwort überdenken. Er schwieg eine Weile, dann räumte er nicht weniger verbittert ein: »Deine Eltern haben nicht Hand an meinen Vater oder andere Juden gelegt, das stimmt schon. Unsere alten Freunde schon gar nicht – wer Swingmusik macht, weiß, was Freiheit bedeutet. Trotzdem kann ich kein Mitleid empfinden.

Wie heißt es so schön? *Wer sich in Gefahr begibt, kommt darin um!* Die Leute wollten die Gefahr nicht sehen, die von Hitler ausging, und haben sich einfach angepasst.«

Sie versuchte, ihn zu verstehen. Doch angesichts der schlimmen Lage, in der sich ihre Mutter und ihr Vater vermutlich befanden, gelang es ihr nicht, im Gegenteil. Sie fuhr ihn an: »Es konnten nicht alle Deutschen fortgehen. Dein Vater bekam die Möglichkeit, in Afrika zu bleiben, du bist über die Schweiz ausgereist, nicht einmal deine Mutter …«

»Exakt. Und weil nicht alle fortgehen konnten, wurden und werden die Juden, die zurückgeblieben sind, entehrt und in Lager gesperrt. Vor den Augen ihrer Nachbarn.«

Margas Stimme war sehr leise, aber sehr klar, als sie sagte: »Ich war auch ihre Nachbarin.«

Als Michael darauf schwieg, fragte sie sich zum ersten Mal, ob Politik und Krieg ihre Liebe zerstören könnten. Sie lebten in unterschiedlichen Welten, belastet von anderen Ängsten und Sorgen, offenbar nur geeint in der Erinnerung an ihre gemeinsame Jugend und in der Hoffnung auf bessere Zeiten. Selbst ihr stets größter Zusammenhalt – die Begeisterung für den Swing – hatte sie in verschiedene Richtungen getrieben: Marga stand allabendlich auf der Bühne, während Michael nur noch von einer Musikerkarriere träumen durfte. Ein öffentlicher Auftritt war inzwischen selbst im Hot Club de France zu gefährlich, nachdem es in Paris verstärkt Razzien gegeben hatte. Überdies machte es ihr Lebensumfeld unmöglich, dass sie wenigstens ihre Lieblingsplatten zusammen anhören und sich darüber austauschen konnten wie früher.

Früher, dachte Marga traurig, ist so lange her.

Ein Zitronenfalter flatterte über Michaels Locken, als wollte ihr die Natur zeigen, dass es noch eine friedliche Welt gab.

Plötzlich veränderte sich Michaels Gesichtsaudruck. Milde lächelnd wandte er sich wieder Marga zu. »Es ist ja nicht so, dass der Rest der Welt Juden, Zigeuner – und wer auch immer nicht nach der Façon des Führers ist – mit offenen Armen aufnimmt. Wusstest du, dass Django Reinhardt nach seinem Auftrittsverbot neulich in die Schweiz fliehen wollte?«

Sie schüttelte den Kopf und er fuhr fort: »Die Eidgenossen haben ihn nicht über die Grenze gelassen, er musste umkehren. Dabei dachte ich, sie würden nur so unbekannte Leuchten wie mich ausweisen. Wie man sieht, mögen sie auch Berühmtheiten nicht, wenn sie zum falschen Volk gehören.«

»Was macht er jetzt?«

»Django Reinhardt lebt zurückgezogen, aber unbehelligt in seiner Pariser Wohnung. Hier schützt ihn seine Popularität. Angeblich sollen sich sogar hochrangige Wehrmachtsoffiziere für ihn verwenden. Verrückt, nicht wahr?« Er warf die letzten Kiesel, die er in Händen hielt, über die Wasseroberfläche.

Einer Eingebung folgend, packte sie sein Handgelenk, als könnte sie auf diese Weise festhalten, was ihr zu entgleiten und wie die Steinchen in unsichtbare Tiefen zu versinken drohte.

»Liebst du mich?«

Michael sah sie überrascht an. »Ja. Natürlich. Sehr.«

»Warum?«

»Was – warum?«

Sie versuchte, seinen verunsicherten Blick festzuhalten. »Warum liebst du mich, Michael?«

»Weil …«, er räusperte sich. »Na ja … keine Ahnung …«, gestand er, bevor er lebhaft hinzufügte, als wäre ihm etwas eingefallen: »Meine Gefühle sind eben so. Was soll ich dir sagen? Du bist wie Musik für mich. Du bist mein Alles.«

Er legte den Arm um sie und drückte sie sanft nach hinten, sodass sie ins Gras sank. Dann küsste er sie. Und für den Moment stand die Welt endlich still.

Wenige Tage später erhielt Marga eine Nachricht von ihren Eltern: Ihrer Mutter und ihrem Vater ging es gut, beide hatten die Luftangriffe überlebt, ihre Wohnung war unbeschädigt geblieben.

43

In Kriminalfilmen waren die Ganoven meistens im Schutz der Dunkelheit unterwegs. Harald indes ging am späten Nachmittag seiner neuen Beschäftigung nach. Er fühlte sich alles andere als wohl in seiner ungewohnten Rolle als Kurier, empfand nicht einmal so etwas wie Abenteuerlust. Doch das lag vermutlich nicht nur an der Helligkeit, sondern vor allem an dem dicken Paket Reichsmark- und Franc-Noten, die er in seiner Jackentasche bei sich trug. Jules hatte ihm das Geld nach der Probe ausgehändigt und ihm eine Adresse genannt, wo er sich am Nachmittag einfinden sollte. Widerspruchslos machte er sich auf den Weg nach L'Odéon.

In der Metro herrschte um diese Uhrzeit viel Betrieb. Ausgemergelte, freudlos blickende Franzosen standen mit ihm im Waggon. Eine Gruppe alter Männer war anscheinend unterwegs zum Fischen, sie trugen Angeln, Fangnetze und Klappstühle. Vermutlich wollten sie irgendwo an der Seine auf Nahrungssuche gehen. Harald befürchtete allerdings, dass der Fluss inzwischen überfischt war. Vielleicht stellte die Ausrüstung aber auch nur ein Ablenkungsmanöver dar und die Hobbyfischer waren in Wahrheit Widerstandskämpfer, die in ihren Köderbüchsen Munition transportierten. Die Anschläge auf deutsche Soldaten nahmen täglich zu, aber auch Verhaftungen von angeblichen oder tatsächlichen Résistance-Mitgliedern; mindestens mit Hausdurchsuchungen musste heutzutage wohl jeder Franzose rechnen. Das Misstrauen auf beiden Seiten wuchs, es gab Schmierereien auf Wänden und Pflastersteinen: ein schlichtes V als Zeichen des Sieges der Franzosen über die deutschen Besatzer.

Harald versuchte, sich klein zu machen, was ihm natürlich nicht gelang. Obwohl auch er nicht mehr satt wurde und seine Anzüge deutliche Altersspuren aufwiesen, sah man ihm den Deutschen an. Allein deshalb war er für diesen Weg ausgewählt worden. Er lief nicht so schnell Gefahr, dass die Sache aufflog. Nicht einmal eine Ausweiskontrolle brauchte er zu fürchten. Selbst Jules Delabordes Beziehungen waren dagegen keine Garantie mehr; der besaß nun einmal französische Papiere und die Waffen lagen heutzutage lockerer in der Hand als noch vor einem Jahr.

In Châtelet verließ Harald die Linie 1. Auch die Angler stiegen aus. Er verlor die Männer jedoch aus den Augen, als er den zum Teil deutschsprachigen Schildern zu den Gleisen der Linie 4 folgte und zu rennen begann, als sein Zug einfuhr. Je näher er seinem Ziel kam, desto beklommener fühlte er sich. Drei Stationen später stieg er wieder aus – und obwohl er sich zu zwingen versuchte, nach vorn zu schauen, kam er nicht umhin, immer wieder einen verstohlenen Blick zurückzuwerfen.

»Mein Gott, ich bin Musiker!«, tröstete er sich laut.

Ein Musiker, der vor lauter Angst Selbstgespräche führt, dachte er einen Atemzug später zerknirscht.

Die meiste Zeit seines Lebens hatte er sich für einen unpolitischen Menschen gehalten. Er war bei der Machtergreifung zu alt, um für die Hitlerjugend infrage zu kommen, und wähnte sich lange lediglich als Karteileiche der Reichsmusikkammer, Mitglied der NSDAP war er nie geworden – in seinem Herzen tendierte er mehr zum Kommunismus. Ein Mann, der Jazz spielte, musste für die klassenlose Gesellschaft sein. Aber er wäre niemals auf die Idee verfallen, seine Meinung anders als durch seine Musik zu äußern. Als beliebte Kapelle lebte Harry Alsens Tanzorchester lange Zeit wie in einem Elfenbeinturm. Dann kam der Krieg. Der Wert einer »uk«-Stellung vom Propagandaministerium, seine Verantwortung für die Bandkollegen und schließlich auch die Macht, die er auf irrwitzige Weise plötzlich in Händen hielt, veränderten alles. Es war die Macht der Popularität, die es ihm ermöglichte, weiterhin verbotene Songs zu spielen – und nun fand er sich gerade deshalb mitten in der Politik wieder.

Engagements zur Truppenbetreuung waren eine Sache. Harry Alsens Tanzorchester trat in Konzertsälen oder Musikhallen, Tanzcafés oder Nachtclubs wie in Friedenszeiten auf. Der einzige Unterschied bestand vielleicht darin, dass die meisten seiner Zuhörer Uniform trugen und die Frauen in der Minderheit waren. Die Verpflichtung zum Auslandsdienst des Kurzwellensenders hatte dagegen eine ganz andere Qualität. Damit wurden er und andere Musiker zum Instrument der psychologischen Kriegsführung.

Charlie's Orchestra, wie sich die Band von Lutz Templin nannte, nahm nur die Besten. Nicht nur aus dem Deutschen Reich. Kollegen aus ganz Europa waren dabei, Musiker aus Italien, Belgien, der Tschechei, den Niederlanden – und Jules Delaborde mit seiner Gitarre. Sie spielten in den Aufnahmestudios im Deutschlandhaus am Berliner Adolf-Hitler-Platz reinsten amerikanischen Swing. Die neuesten Noten lagen vor, die Arrangements häufig im Original oder zumindest ebenbürtig mit denen jenseits des Atlantiks. Der Traum eines jeden Jazzers, wenn auch das größte Geheimnis des Propagandaministeriums.

Joseph Goebbels hatte die Bigband ins Leben gerufen, damit die Schlager dem Geschmack der Zuhörer in Großbritannien entsprachen, wenn via Kurzwelle Beiträge über den

Kanal geschickt wurden. Die englischsprachigen Nachrichten und persönliche Mitteilungen britischer Kriegsgefangener wurden im Funkhaus in Hamburg aufgezeichnet, die Musik kam von der Wachsplatte und wurde dazwischengeschnitten. Für Harald überraschend, erfreute sich der Auslandsrundfunkdienst der Aufmerksamkeit von Millionen Zuhörern in Großbritannien und den USA. Um die feindlichen Soldaten von der Sinnlosigkeit ihrer Angriffe zu überzeugen, engagierte das ProMi muttersprachliche Autoren, die auf die bekannten Melodien verfremdete Texte dichteten. Diese wurden dann aufgenommen. Alles unter größter Geheimhaltung. Harald stockte noch heute der Atem beim Gedanken an die Szene im Luftschutzkeller, als Marga das Lied erkannte, das William Joyce vor sich hin sang. Glücklicherweise konnte er sie ablenken. Nicht auszudenken, wenn sie in ihrer direkten Art nachgefragt hätte.

Ach, Marga!

Törichte, bezaubernde, liebenswerte, talentierte, schöne Marga …!

Wenn er es recht bedachte, eilte er jetzt vor allem ihretwegen durch die schmalen Straßen. Mit klopfendem Herzen und dem Wunsch, dass das Pochen eine andere Ursache hatte als die Furcht vor Entdeckung.

Die Szenerie erinnerte ihn ein wenig an den so abrupt beendeten Ausflug mit Isabelle und Michael, als sie auf den Spuren Cole Porters wandeln wollten, obgleich es hier lebendiger, bunter und weniger elegant zuging als damals im 7. Arrondissement. Viele Radfahrer waren unterwegs, wohl auf dem Heimweg von der Arbeit, Hausfrauen, Mütter mit Kindern, zwei hübsche junge Mädchen fuhren auf Rollschuhen herum, dazwischen die obligatorischen deutschen Uniformen.

Harald senkte den Blick, als ihm eine Gruppe Soldaten in Begleitung eines französischen Polizisten entgegenkam, drehte sich zu einer Auslage und betrachtete interessiert die angestaubten Korsagen einer Korsettmacherin. Die albernen jovialen Bemerkungen der anderen Männer überhörte er geflissentlich.

Die Buchhandlung, in die er schließlich trat, befand sich nur ein paar Häuser die Rue L'Odéon hinauf. Ein kleiner Laden mit nur einem Schaufenster, der sich kaum von den Geschäften im Umkreis unterschied. Vollgestopfte Regalwände und Bücherstapel auf fast jedem freien Fleck ließen entweder auf eine große Leidenschaft der Buchhändlerin schließen oder auf einen Mangel an Kunden. Vielleicht auf beides, dachte Harald.

Er sah sich um. Außer ihm und einer androgyn wirkenden, nicht mehr ganz jungen Frau mit kurzem, aus einem markanten Gesicht gekämmten Haar, die kerzengerade auf einem Stuhl neben dem Fenster saß und las, schien sich niemand für das Angebot zu interessieren. Er war mit ihr allein.

»*Pardon, Madame*«, begann er.

»Die deutschen Bücher finden Sie in dem Regal vorn links«, gab sie zurück, ohne von ihrer Lektüre aufzublicken.

Harald räusperte sich. Warum befiel ihn nur plötzlich die unsinnige Angst, er könnte seine Stimme verlieren? Oder Jules' Auftrag vergessen?

Ein wenig heiser wiederholte er die Worte, die ihm sein Freund eingebläut hatte: »Ich suche die Werke von Shakespeare im Original. Am liebsten wäre mir eine Ausgabe des *Kaufmanns von Venedig.*«

Den Atem anhaltend, wartete er darauf, dass sie ihm die verabredete Antwort gab.

Mit schier unendlicher Langsamkeit hob sie die schweren Lider. Sie sah ihn eindringlich an. Ihre Blicke schienen seine Brillengläser zu sprengen.

»Versuchen Sie es mit *Hamlet,* mein Herr. Das ist die einzige Originalausgabe, die ich Ihnen anbieten kann. Letztes Regal auf der rechten Seite, Sie finden das Buch im zweiten Fach von oben.« Ohne seine Reaktion abzuwarten, konzentrierte sie sich wieder auf das Werk in ihren Händen.

Als er ihrer Anweisung folgte, brach Harald der Schweiß aus. Es konnte eine Falle sein. Wer garantierte ihm – oder Jules –, dass die Buchhändlerin eine integere Person war? Nur weil sie mit Ernest Hemingway, Ezra Pound oder James Joyce getrunken und gefeiert hatte, die vor zwanzig Jahren in Paris lebten, war sie nicht zwangsläufig ein besserer Mensch. Sie besaß einen kleinen Verlag, der französische Literatur an der deutschen Zensur vorbei veröffentlichte, hieß es. Aber machte das allein sein Vorhaben sicherer?

Er fand das in Leder gebundene Exemplar auf Anhieb, zog es mit zitternden Fingern zwischen den anderen Buchrücken heraus. Der Goldschnitt war einwandfrei.

Wieder sah er sich um.

Im Laden rührte sich nichts. Ein leises Rascheln ließ darauf schließen, dass *Madame libraire* eine Seite umschlug. Unwillkürlich bewunderte er sie für ihre Gelassenheit.

Er schlug das Buch auf und stellte erleichtert fest, dass es nahezu hohl war. Innen lag ein altes braunes Kuvert mit verblasster Beschriftung. Harald tauschte es gegen die von einem dünnen Band zusammengehaltenen Banknoten aus seiner Tasche. Erst nachdem er das Buch an seinen Platz zurückgestellt und sorgfältig zurechtgerückt hatte, überprüfte er den Inhalt des Umschlags. Jules hatte ihn gewarnt, er dürfe sich nicht zu lange damit aufhalten. Deshalb musste ein flüchtiger Blick genügen, der ihm bestätigte, dass es sich um Ausweispapiere handelte.

Nachdem er alles in die Innentasche seines Sakkos geschoben hatte, ging er zu der Buchhändlerin zurück.

»Es tut mir leid, Madame, *Hamlet* ist nicht nach meinem

Geschmack. Ich werde wiederkommen, wenn Sie den *Kaufmann von Venedig* vorrätig haben.«

»Tun Sie das, mein Herr.«

Beim Verlassen der Buchhandlung ertappte er sich bei dem Gedanken, dass er sich gern eine Weile mit dieser bemerkenswerten Frau unterhalten hätte. Aber das war unter den gegebenen Umständen unmöglich.

Vielleicht ein andermal, hoffte er still.

Wenn der Krieg vorbei war, dachte er. Wenn er nicht den Boten für einen Freund spielte, der einem Mann falsche Dokumente besorgte, um sich selbst und viele andere zu schützen, und weil der Mann auch ein Freund war und ein begabter Musiker. Er wollte zurückkehren in die Buchhandlung von Adrienne Monnier, sobald er wieder ein unpolitischer Mensch sein durfte. Vorausgesetzt, dass er die Fahrt nach Lissabon unbeschadet überstand.

44

Bedrückt starrte Marga aus dem Abteilfenster, ließ die Landschaft blicklos vorüberziehen. Sie beteiligte sich selten an den Gesprächen von Harry Alsens Tanzorchester, nippte nur an der Flasche Cognac, die lärmend herumgereicht wurde, und bemühte sich, so zu tun, als gäbe es nichts, was sie belastete. Als der Zug auf dem kleinen Bahnhof im äußersten Südwesten Frankreichs eintraf, fragte sie sich, wie sie es geschafft hatte, die vergangenen zwölf Stunden so gefasst durchzuhalten.

Dabei hätte sie eigentlich die Welt umarmen sollen vor Freude. Oder zumindest Michael, der immer wieder verstohlen ihre Hand drückte. Aber sie sah ihm meistens nicht einmal in die Augen, weil sie befürchtete, sich sonst zu verraten. Ihre Liebe durften sie nicht zeigen. Nicht vor den anderen Musikern, schon gar nicht vor den Kontrolleuren in der Eisenbahn.

Sie beobachtete still, wie er aufblühte im Kreis der Kollegen. Die Musik war Michaels Welt, hier konnte er wahrscheinlich sogar mehr er selbst sein als allein in ihrer, Margas, Gesellschaft. Seltsamerweise fühlte sie sich ausgeschlossen, aber das störte sie diesmal nicht. Sie hing ihren Gedanken nach und rief sich Bilder aus weniger schweren Tagen ins Gedächtnis.

Durch Harald erfuhr Marga, dass Michael in der Tarnung eines Musikers von Harry Alsens Tanzorchester die französische Grenze passieren sollte, wenn sie sich alle auf dem Weg zu dem Gastspiel in der deutschen Botschaft in Lissabon befanden. Harald kam nach einem Auftritt in ihre Garderobe, um ihr von den Plänen zu berichten.

»Du weißt von seinen Papieren?«, fragte sie verblüfft.

»Allerdings«, er senkte die Lider, um seine Brille zu putzen, was nach der schweißtreibenden Vorstellung wahrscheinlich nötig war, aber auch seine Nervosität verriet, »Jules weiß es auch …«

»Wie konnte ich nur annehmen, dass irgendetwas ohne Jules Delaborde passiert«, zischte sie.

Harald setzte seine Brille wieder auf, rückte sie gerade. »Beruhige dich! Bei unserem Quartett wird es bleiben. Den anderen sagen wir, dass sich ein weiterer Musiker unserer Truppe anschließt.«

Sie schüttelte den Kopf. »Das geht nicht. Sie werden Michael als Gärtner des Vicomte erkennen.«

Harald lachte. »Na, und? Warum soll ein Gärtner nicht auch ein guter Musiker sein? Immerhin erklärt sich unsere Bekanntschaft aus der Vorgeschichte.«

»Erst die Rosen, dann die Klarinette«, gab sie lakonisch zurück.

Er berührte sanft ihre Schulter. »Mach dir keine Sorgen, Marga. Es wird schon gut gehen. Ein bisschen Glück gehört zum Leben dazu.«

»Hmmm«, machte sie, schwankend zwischen Egoismus und Angst. Wenn doch dieser verdammte Krieg endlich vorüber wäre!, fuhr es ihr durch den Kopf.

»Wir sollten vor der Abreise für ein Foto posieren. Ein hübsches Bild in der Tasche macht uns authentischer.« Harald grinste. »Du zwischen den beiden Herren Jules Delaborde – das ist bestimmt ein großartiges Motiv.«

Zunächst hielt sie den Vorschlag für verrückt, aber dann fand sie es schön, eine aktuelle Fotografie von sich und

Michael zu besitzen. Die Aufnahme machte ein schweigsamer Mann, den Jules – natürlich – kannte, zwischen ihren Proben und der Vorstellung, als sonst niemand in der Salle Pleyel war. Haralds Anwesenheit erschien ihr für die Motivwahl unpassend, aber sie protestierte nicht. Der Orchesterleiter stand zwar im Hintergrund, aber sie nahm ihn als dominant wahr. Er wurde zum Mittelpunkt, und das gefiel ihr nicht. Irgendwie war es verkehrt.

Beim Betrachten der Abzüge ein paar Tage später fühlte sie sich in ihrer Meinung bestätigt. Ihr Versuch, das Bild so auseinanderzuschneiden, dass nur sie und Michael darauf zu sehen waren, erwies sich als Fehler. Also klebte sie die Teile wieder zusammen. Dann schob sie die Aufnahme als Lesezeichen in ein Buch, das sie in ihrem Handgepäck für die Fahrt nach Lissabon verstaute.

Erst unmittelbar vor der Abreise sahen sie sich wieder. Die Gare du Maine am Boulevard du Montparnasse war nach dem britischen Luftangriff im September so weit wieder hergestellt, dass die Züge wie zuvor von hier aus in Richtung Süden rollten. Das Wachpersonal und vor allem die Männer mit Ledermänteln und tief in die Stirn gezogenen Hüten, die sich auf jedem Perron herumtrieben und wahrscheinlich zur Gestapo gehörten, raubten Marga den Atem. Sie zwang sich, nicht ständig zu Michael hinzusehen, der – anscheinend zwanglos mit Harald plaudernd – über den Bahnsteig schritt, als gehörte er schon immer zu Harry Alsens Tanzorchester. In der einen Hand trug er seinen Instrumentenkoffer, in der anderen eine Reisetasche aus abgewetztem Leder mit seinen Habseligkeiten. Seine Papiere wirkten echt genug, um die Kontrollen zu überstehen. Als Marga hinter ihm in den Waggon stieg, meinte sie, den eigenen Herzschlag so laut in ihren Ohren pochen zu hören, dass er die Geräuschkulisse des Bahnhofs übertönte.

Anfangs wunderte sie sich, dass die anderen Mitglieder der Kapelle Michael derart freundlich willkommen hießen. Die Musiker fragten nicht nach seiner Lebensgeschichte, sondern akzeptierten ihn in ihrer Mitte. Erst als der Zug gen Süden ratterte und sie schweigsam aus dem Fenster blickte, fiel ihr ein, dass das der Jazz war. Die Freiheit der Musik bedeutete, jeden so zu nehmen, wie er eben war. Marga war überzeugt davon, dass sich Kurt und die anderen ihr Teil dachten, aber es gab kein Wenn und Aber. Die Männer unterhielten sich über Songs, als spielten sie schon ewig zusammen, und reichten untereinander die neueste Ausgabe der *Mitteilungen* weiter, die seit Kurzem in Paris von einem Wehrmachtsoffizier herausgegebene Jazz-Zeitung. Der Swing war das Bindeglied für die Reisegruppe, und wer swingen konnte, galt von vornherein als unverdächtig.

Bei ihrer Ankunft an der französischen Grenze dämmerte es bereits stark. Hier wollten sie übernachten und die Fahrt morgen von dem spanischen Bahnhof auf der anderen Seite des Stacheldrahts fortsetzen – ein Schicksal, das alle Reisenden nach Süden traf, wie Jules berichtete: »Das hat nichts mit dem Krieg oder der Neutralität Spaniens und Portugals zu tun. Auf der Iberischen Halbinsel wurden vor Jahrzehnten andere Gleise verlegt als in Frankreich oder im Deutschen Reich. Deshalb kann die Eisenbahn nicht weiterfahren.«

Marga hatte sich auf den letzten Kilometern vor Hendaye schlafend gestellt, die Augen geschlossen und dem Gemurmel der lebhaft geführten Gespräche gelauscht. Obwohl sie von den vertrauten Stimmen eingelullt wurde, kam sie nicht zur Ruhe. Immer wieder kreisten Visionen von dem bevorstehenden Abschied durch ihr Hirn. Als der Zug mit quietschenden Bremsen hielt, hob Marga die Lider.

Sie begegnete Michaels Blick. Offensichtlich hatte er sie schon eine ganze Weile angesehen.

Sein Lächeln berührte sie, es lag unendlich viel Zuversicht darin.

»Endstation!«, rief Harald mit aufgesetzt guter Laune. »Aussteigen! Beeil dich, Marga, sonst fährst du wieder zurück nach Paris.«

Nur widerstrebend wandte sie sich von Michael ab.

»So einfach wirst du mich nicht los«, gab sie in gespielter Heiterkeit zurück.

Wie eine Gruppe lärmender Schulkinder stieg Harry Alsens Tanzorchester aus dem Zug. Koffer wurden durch die Tür und das Abteilfenster hinausgereicht, irgendjemand gab Befehle an einen Kollegen weiter, es wurde gelacht, geschimpft, gealbert. Die lange Fahrt war aufreibend gewesen. Die nach Salz und Sand schmeckende Luft weckte Margas Sinne, die milde Atlantikbrise hüllte sie in die Illusion von Ferien, über ihr kreischten Möwen.

Auf dem Bahnsteig versammelten sich Wehrmachtssoldaten in einer geschlossenen Reihe. Junge Männer aus ihrem Zug – hohlwangige, bleiche Infanteristen, manche trugen Verbände am Kopf oder Binden an den Armen, andere stützten sich auf Krücken. Offenbar waren diese Verwundeten zu gesund für einen Lazaretttransport.

Jules Delaborde nahm Margas Arm und schob sie an der Gruppe vorbei. »Hier ins Baskenland werden vor allem Einheiten von der Ostfront verlegt. Praktisch alle Hotels zwischen Biarritz und Saint-Jean-de-Luz sind jetzt Soldatenerholungsheime. Eine malerische Felsenküste, Palmen, Strand und Meer als Alternative zum russischen Winter.«

»Schön«, murmelte sie, weil ihr keine bessere Antwort einfiel.

»Das kommt auf die Zukunft des Einzelnen an, nicht wahr?«

Überrascht sah sie Jules an. Schwang in seiner Frage leiser

Zweifel am Endsieg mit? Von Isabelle de Valory hätte Marga Derartiges nicht weiter verwundert, aber den Sohn des Vicomte in einer anderen Rolle als der des Kollaborateurs zu erleben war trotz seiner Hilfe für Michael ungewohnt. Immerhin war sie nach wie vor überzeugt, dass er nichts tat, was ihm nicht selbst Vorteile oder zumindest Schutz bot.

»Ja, vermutlich«, antwortete sie vage. Sie konnte ihm einfach nicht vertrauen. Da mochten Michael und Harald von ihm halten, was sie wollten.

Für die Mitglieder von Harry Alsens Tanzorchester waren im Hotel de la Gare schräg gegenüber dem Bahnhof Zimmer reserviert. Das weiß getünchte zweistöckige Fachwerkhaus mit rotbraunen Fensterläden, die eines neuen Farbanstrichs bedurften, und einem roten Ziegeldach lag an der Ecke einer schmalen Seitenstraße. Anscheinend unterbrachen an diesem Abend nur wenige Gäste hier ihre Reise nach Spanien, denn außer zwei Einheimischen, die ein Brettspiel spielten und Rotwein tranken, befand sich niemand auf der Terrasse vor dem Eingang und in dem kleinen Foyer. Dieses füllte sich durch die Musiker jedoch rasch. Da es Marga zu eng war und sie annahm, dass Harald für die Zimmerverteilung sorgte, ging sie wieder hinaus.

Es wurde schneller dunkel als in nördlichen Breiten. Ein tiefes Lavendelblau zog sich über den Himmel. Die ersten Sterne glitzerten so grell, dass ihr der alberne Gedanke kam, in dieser Gegend müsste der Himmel verdunkelt werden und nicht die Stadt auf der Erde.

Sie wandte sich zu den beiden alten Männern, die unverdrossen mit ihren weißen und schwarzen Steinen über die Felder zogen, würfelten und so taten, als würden sie das schwächer werdende Licht nicht bemerken. Allerdings schienen sie auch die junge Blondine nicht wahrzunehmen, die näher trat und ihnen zusah. Konzentriert spielten sie weiter – bis einer der beiden den Kopf hob, ihr einen anerkennenden Blick zuwarf und dann ein zahnloses Lächeln schenkte.

»*C'est le jeu de toccadille*«, nuschelte er und deutete auf das Spiel.

Sie erwiderte sein Lächeln, nickte eifrig, als hätte sie verstanden, worum es sich handelte.

Das Stimmengewirr der Musiker wehte zu ihr heraus. Marga kümmerte sich nicht darum. Interessiert sah sie den beiden Spielern zu. Dabei überlegte sie, ob es baskische Fischer waren, die in der Nacht hinausfuhren und jenseits der deutschen Sperren auf Fang gingen. Unwillkürlich regte sich ihr Hungergefühl. Wie lange war es her, dass sie frischen Fisch gegessen hatte?

Sie war so in Gedanken versunken, dass ihr Michaels Anwesenheit erst auffiel, als er sie am Arm berührte.

Er schwenkte einen Schlüssel an einer bunten Kordel vor ihrem Gesicht. »*Voilà, Mademoiselle.* Du kannst dein Zimmer beziehen.«

»Ach, ich würde lieber mit dir am Meer spazieren gehen«, entfuhr es ihr. Es war eine spontane Antwort – und erst einen Atemzug später begriff sie, dass dies wirklich ihr Herzenswunsch war.

»Jetzt?« Michael klang erschrocken.

Sie zuckte mit den Achseln. »Ja. Wann sonst?«

Unsicher trat er von einem Fuß auf den anderen, warf einen Blick zurück durch den Eingang ins Hotel. Die Stimmen klangen inzwischen gedämpfter, wahrscheinlich befanden sich einige Musiker schon auf dem Weg in ihre Räume. Es war Michael anzusehen, dass er die Situation abwog: Sollte er etwas mit ihr allein unternehmen und sich dadurch womöglich vor den anderen kompromittieren?

Marga befürchtete, dass er ablehnen würde. Wahrscheinlich

war das auch vernünftig. Schließlich lag die Grenzüberquerung noch vor ihnen. Es brauchten nicht alle Kollegen zu wissen, wie gut sie Michael schon kannte. Wenn sich nur einer aus irgendeinem dummen Grund verplapperte, würden die falschen Papiere Michael ohne Umwege in Gestapohaft bringen.

Resigniert schlug sie vor: »Wir sollten unser Gepäck holen.« Sie konnte nicht verhindern, dass ihre Worte von einem Seufzen begleitet wurden.

Er schüttelte, plötzlich grinsend, den Kopf. »Unsere Sachen kommen bestimmt nicht weg, wenn sie noch eine Weile am Tresen stehen bleiben. Ich werde jedem erzählen, der es wissen möchte, dass ich meiner Pflicht als Kavalier nachkomme und dich auf einem Abendspaziergang beschütze. So muss sich niemand wundern, warum ich mit dir unterwegs bin. Oder soll ich lieber Harry Alsen als Begleitung für dich rufen?«

»Um Himmels willen!«, lachte sie, doch das Lachen erstarb sofort.

Er würde nicht kommen, dachte sie unvermittelt und spürte eine seltsame Verlorenheit in sich aufsteigen. Früher wäre Harald immer an ihre Seite geeilt, aber seit er sein Herz an Isabelle verloren hatte, konnte sie sich seiner bedingungslosen Freundschaft nicht mehr sicher sein.

»Wo sollen wir langgehen?«, fragte Michael, der ihre Stimmungsschwankung wohl nicht bemerkt hatte. »Das Meer ist hinter dem Bahnhof, glaube ich.«

Marga wandte sich an die beiden Einheimischen. »*Bonsoir, Messieurs*«, sagte sie und winkte ihnen zu.

Keine halbe Stunde später wünschte sie, sie hätte die Männer nach dem Weg gefragt. Der romantische Spaziergang, den sie beabsichtigt hatte, wurde zu einem Irrlauf durch den Ort. In der verdunkelten Kleinstadt fanden sich Marga und Michael trotz des Mondscheins nicht zurecht. Sie liefen die verwinkelten Gassen hinauf und wieder hinunter, fanden erst nach einer Weile zurück auf die Hauptstraße mit ihren Schuppen und zu den Bahngleisen. Ein Lastwagen mit zugeklebten Scheinwerfern ratterte an ihnen vorbei, irgendwo blökten Schafe.

Marga hatte Michaels Hand ergriffen und zog ihn weiter. »Das Meer ist hier lang, da bin ich ganz sicher«, behauptete sie, obwohl sie nicht die geringste Ahnung besaß.

Sie liefen über Schotter, schlugen Haken und bogen in einen anderen Weg ein. Der inzwischen abgekühlte Wind ließ die Fächer einer Palme vibrieren, silbrige Olivenbäume rauschten leise. Marga und Michael stiegen über eine niedrige Mauer aus zusammengesetzten Natursteinen. Am Horizont schimmerte der Atlantik wie ein schwarzes Band aus Satin. Einen Zugang zum Wasser schien es von hier aus allerdings nicht zu geben. Deshalb beschlossen sie umzukehren.

Marga deutete in eine Richtung. »Wer zuerst an der Hauptstraße ist …«, rief sie und rannte los. »Na, komm schon! Fang mich!«

Lachend setzte er sich in Bewegung, folgte ihr an den Schatten niedriger Lagerhäuser vorbei, unter den tief hängenden Ästen einer Baumgruppe hindurch zu einer gepflasterten Straße, die in eine Brücke mündete. Wasser gluckerte. Die Silhouette einer Bergkette erhob sich in der Ferne, an ihren Hängen glitzerten vereinzelt Lichter mit den Sternen um die Wette.

Marga lief weiter, weil sie irgendwo nahe der Straße den Strand vermutete.

Ein Schlagbaum beendete ihren Sprint.

Sie hielt so abrupt inne, dass sie beinahe vornübergefallen wäre.

Im selben Moment rief eine Stimme: »Halt! Stehen bleiben!«

Das Mondlicht schien auf einen Stahlhelm, fing sich in dem Gewehrlauf, der auf Marga gerichtet war.

Sie wich zurück – und prallte gegen Michael.

»Tut mir leid«, murmelte sie hastig, »wir haben uns verlaufen.«

»Ist das die Grenze?«, fragte Michael.

In seiner Stimme schwang eine Sehnsucht, die Marga die Tränen in die Augen trieb.

»Was haben Sie denn gedacht?«, schnarrte der Wachposten. »Wo wollen Sie hin?«

Marga schluckte den Kloß in ihrer Kehle hinunter. »Wir wohnen im Hotel de la Gare und wollten uns nur die Beine vertreten. Die Fahrt hierher war lang. Wie gesagt, wir haben uns verlaufen.« Sie zog Michael am Ärmel, doch der rührte sich nicht. »Lass uns bitte zurückgehen«, flehte sie.

Der Soldat machte eine deutliche Bewegung mit seinem Gewehr. »Hau'n Sie ab!«

»Bitte«, forderte Marga eindringlich und nahm Michaels Hand. Diese fühlte sich eiskalt an.

Sie spürte, wie schwer es ihm fiel, sich abzuwenden. Jenseits des Schlagbaums, der die Brücke teilte, flackerten nicht nur an den Berghängen Lampen. Jetzt sah sie deutlich beleuchtete Fenster durch das Grün der Bäume schimmern, Laternen am Rand der Straße. Spanien. Ein neutrales Land, verschont von diesem Krieg und ohne Verdunkelungsvorschriften. Marga vermied es, nachzurechnen, wie lange es her war, dass sie abends eine Gaslampe hatte aufflammen sehen.

Die starke Faszination, die das Licht auch auf Michael ausübte, war fast zu greifen. Doch ihn berührte wohl nicht nur das Licht.

Nach einer Weile folgte er ihr mit schweren Schritten. Als er stehen bleiben wollte, zog sie ihn weiter.

»Morgen werden wir diese Grenze passieren«, sagte sie leise.

Er drehte kurz den Kopf, um einen Blick nach hinten zu werfen. »Was wäre, wenn ich jetzt ginge?«

Ihr stockte der Atem. »Du solltest nichts überstürzen.«

»Mich trennen zehn Schritte von der Freiheit!«

»Morgen früh werden es nicht viel mehr sein. Außerdem sind deine Papiere auf einen Musiker ausgestellt, der sich auf Tournee befindet. Wie willst du dem Posten erklären, dass du kein Instrument bei dir hast?«

Er blieb ihr die Antwort schuldig.

Ob er sich noch einmal auf den Weg machen würde, nachdem er sie ins Hotel gebracht hatte? Die Befürchtung, dass Michael in dieser Nacht verschwinden könnte, überfiel Marga mit der Wucht eines körperlichen Angriffs. Sie begann zu zittern. Die Angst davor, wieder ohne ihn zu sein, ihn suchen zu müssen und vielleicht diesmal nicht mehr zu finden, verwandelte sich in einen Albdruck. Stumme Tränen rannen über ihre Wangen.

»Marga, Liebes, was ist los mit dir?« Überrascht blieb Michael stehen, legte die Arme um ihren bebenden Körper, wiegte sie wie ein kleines Mädchen.

»Verlass mich nicht«, wisperte sie kaum hörbar an seiner Schulter.

»Das werde ich nicht«, erwiderte er sanft.

Sie wussten beide, dass es eine Lüge war. Es blieb ihm ja nichts anderes übrig.

Für den Augenblick tat Marga die Unwahrheit wohl. Sie wollte vergessen, dass sie ihn ziehen lassen musste. Sie wollte die Wärme seines Körpers bis in alle Ewigkeit spüren, seinen Duft einatmen, der sich mit der würzigen Luft mischte. Sie klammerte sich an ihn, als wollte sie ihn nie mehr loslassen. Dennoch konnte sie nicht aufhören zu weinen.

»Bleib bei mir«, flüsterte sie wieder und wieder. »Bitte bleib bei mir!«

Er neigte sich zu ihrem Ohr, raunte etwas, das sie nicht verstand. Aber allein seine Stimme wirkte beruhigend und verlockend zugleich.

Aus einem Bistro, das sich irgendwo in der Straße befand, drang das Spiel eines Akkordeons. Der mitreißende Rhythmus eines Volksliedes. Es ist der Süden, ging es Marga durch den Kopf, hier ist die Musik leichter und sind die Sterne heller. Langsam entspannte sie sich.

Michael vergrub sein Gesicht in ihrer Halsbeuge. Er küsste die zarte Haut und ihr entfuhr ein Kichern, weil sie dort empfindlich war. Er lachte gedämpft, was sich wie ein Pusten anfühlte.

»Du warst schon immer kitzelig«, raunte er. Seine Hände begannen forschend, über ihren Rücken zu streicheln, über ihre Taille, und fuhren anschließend unter ihre Achseln.

Sie wand sich, zappelte und gibbelte.

»Na, siehst du«, stellte er fest und schloss sie wieder in seine Arme, »jetzt lachst du. So gefällst du mir!«

Sie zog die Nase hoch. »Ich sollte es dir nicht so schwer machen, nicht wahr?«

»Stimmt. Hatten wir das Thema nicht schon einmal – damals am Bahnhof in Hamburg?« Er blickte über ihre Schulter in die Ferne und auf einen unbestimmten Punkt. »Wir beide wissen, wie schnell alles vorüber sein kann. Es gibt immer nur den einen Moment, um das Glück festzuhalten.«

»Ja …« Sie lauschte dem Nachhall ihrer Stimme. Und während sie noch diese eine zustimmende Silbe in sich klingen ließ, formte sich eine Entscheidung in ihrem Kopf, ihrem Herzen und ihrem Körper.

Es gibt für alles immer nur den einen richtigen Moment.

Sie legte den Kopf in den Nacken, sah in sein ernstes

Gesicht, tauchte in seine dunklen Augen ein. »Ja«, wiederholte sie, »du hast recht. Deshalb möchte ich dich festhalten. Ich will nicht mehr auf die Zukunft warten. Lass uns das Glück nehmen, wie es kommt. Es ist da, Michael.«

Eitelkeit, Scham und Zurückhaltung hinunterschluckend, bat sie: »Liebe mich!«

Kaum hatte sie es ausgesprochen, wünschte sie, geschwiegen zu haben. Anständige Mädchen boten sich ihrem Kavalier nicht an.

Einen schrecklichen Moment lang war es still zwischen ihnen. Michael rührte sich nicht, schien den Atem anzuhalten. Nur sein Herz pochte wild an ihrer Brust.

Dann presste er sie so fest an sich, als wollte er ihren Leib zerdrücken. In dieser Umarmung verharrten sie – bis er sich von ihr löste. Sofort darauf ergriff er ihre Hand.

»Schau, da geht's zum Bahnhof. Von dort sind wir im Nu am Hotel.« Seine Stimme klang heiser.

Verunsichert trottete sie neben ihm her. Mit der freien Hand strich sie sich immer wieder das Haar zurück, das ihr der Wind ins Gesicht blies. Sie war nervös, angespannt, auch ein bisschen verzagt. Dabei wollte sie ihn so sehr. Mehr als alles andere wollte sie von Michael genommen werden, ihm gehören, wie sie nie zuvor einem Mann gehört hatte. Sie wollte endlich eins sein mit ihm, seine Frau sein, nur für diese Nacht.

Die beiden alten Männer saßen nicht mehr auf der Hotelterrasse, das Foyer war fast leer. Ein müder Portier kauerte hinter dem Tresen auf seinem Stuhl, das Kinn auf der Brust. Offenbar war er eingenickt und bemerkte die eintretenden Gäste nicht.

Michael ließ Margas Hand los, griff nach ihren Reisetaschen und seinem Instrumentenkoffer, die noch auf demselben Platz standen wie zuvor. Mit einem Kopfnicken gab er ihr zu verstehen, dass sie zuerst die Treppe hinaufgehen sollte. Schweigend folgte er ihr zu ihrem Zimmer. Als sie die Tür aufschloss, stand er so dicht hinter ihr, dass sie seinen Atem in ihrem Nacken spürte. Sie trat ein – und er folgte ihr.

Durchs Fenster fiel Mondlicht in einem silbernen Streifen auf ein französisches Bett. Marga nahm die Silhouette eines Nachttisches wahr, erkannte einen Stuhl und einen schmalen Schrank. Sie hätte vortreten und die Verdunkelungsvorhänge schließen sollen, doch sie rührte sich nicht. Sie hielt den Atem an, als Michael ihre Taschen absetzte. Dann fiel die Tür mit einem leisen Klicken ins Schloss.

Seine Arme umfingen sie, sein Körper drückte sich gegen ihren Rücken. Vorsichtig tasteten seine Hände über ihre Schultern, berührten ihre Brüste, sandten Blitze durch ihren Leib.

Mit klopfendem Herzen senkte sie die Lider, starrte fast verwundert auf seine Finger, die geschickt ihre Bluse aufknöpften. Wie viele Frauen hatte es in seinem Leben schon gegeben? Natürlich war sie nicht die Einzige, wie hatte sie das je annehmen können. Gekränkt wollte sie sich von ihm lösen. Doch durch die Bewegung rieb sie sich an ihm, spürte sein Verlangen. Elektrizität zog durch ihre Muskeln und Nervenbahnen, sammelte sich zwischen ihren Beinen. Sie presste die Lippen aufeinander, um nicht laut aufzuschreien.

Er streifte ihr die Bluse ab, im nächsten Moment schob er ihren Rock hoch. Durch ihren Kopf rasten Gedanken, mischten sich mit der Dunkelheit ihres Begehrens, versuchten einzuordnen, was mit ihr geschah, verloren sich darin, dass sie nur noch fühlte. Erst mit Verzögerung begriff sie, dass sie kein Höschen mehr anhatte und ein Träger ihres Büstenhalters an ihrem Handgelenk hing. Sie spürte, wie sich Michael umständlich mit der freien Hand seiner Kleidung entledigte, während die andere ihre Brust umschloss. Ihr unkontrolliertes Stöhnen fand zu einer Melodie. Sie verfing sich in der Vorstellung, er spiele hingebungsvoll sein Instrument.

Sein Atem streichelte ihre Schultern, seine Lippen küssten die Biegung ihrer Wirbelsäule, seine Finger liebkosten ihre Hüften. Sie rieb sich wieder an ihm, wie es sie der Zufall zuvor gelehrt hatte. Als er sie sacht nach vorn beugte, dachte sie, vor Begierde sterben zu müssen. Sie klammerte sich an das schmiedeeiserne Fußende ihres Bettes – und in ihr explodierte ein Feuerwerk der Lust.

Harald empfand sich weder als Margas Gouvernante noch als Michaels Aufpasser. Deshalb hinterließ er eine Nachricht an der Rezeption und suchte nicht weiter nach den beiden, als die Musiker aufbrachen, um in einem baskischen Bistro ein paar Straßen hinter dem Hotel zu Abend zu essen. Der Portier hatte ihnen das Restaurant empfohlen und es war einfach, gemütlich und gut. Irgendwann holte der Wirt sein Akkordeon hervor und spielte die heiteren Melodien seiner Heimat, während die Mitglieder von Harry Alsens Tanzorchester entspannt schwarzen Tabak rauchten und schweren Rotwein tranken. Sie lauschten den fremdartigen Klängen und Harald war sicher, nicht der Einzige zu sein, der davon träumte, als Tourist nach Südwestfrankreich zu reisen … nach dem Krieg.

Seine gelassene Stimmung wurde von dem Hinweis auf die nahende Sperrstunde zerstört. Also bezahlte er für sich und die anderen. Dann brachen sie auf, zogen lärmend und betrunken zum Hotel de la Gare. Kurz traf ihn die Überlegung, dass Marga und Michael sich hoffentlich ebenfalls an die Regeln hielten und in ihrer blinden Verliebtheit keinen weiteren Fehler begingen. Denn natürlich war die Abwesenheit der beiden aufgefallen, es hatte ein paar anzügliche Kommentare seitens der Kollegen gegeben, aber bald interessierten sie sich mehr dafür, ihren Hunger und Durst zu stillen.

Auf dem Weg zurück begegnete der Gruppe kein einziger deutscher Soldat, auch kein französischer Polizist. Offenbar gab es in Hendaye keine Streifen, jedenfalls heute Abend nicht. Als Harald diese Beobachtung Jules mitteilte, antwortete der Franzose: »Das ist kein Wunder. Die Küste des Aquitaine ist der mit Abstand am schlechtesten bewachte Strand Frankreichs.«

Gut für Marga und Michael, falls sie noch unterwegs waren, dachte Harald.

Er murmelte ein »Ach, ja?!« und steckte sich im Laufen eine neue Zigarette an der Kippe der vorherigen an.

»Die Basken sind ein eigenwilliges Volk, egal, ob sie diesseits oder jenseits der Grenze leben«, erwiderte Jules. »Sie lassen sich nicht gerne bevormunden.«

Harald nickte. »Wer tut das schon?«, gab er leichthin zurück. Er überlegte, was hinter Jules' Worten stecken mochte. Wuchs der Widerstand gegen die deutsche Besatzung in dieser Region stärker als anderswo? Beim nächsten Zug an seiner Zigarette ärgerte er sich darüber, dass er inzwischen immer und überall Heimlichkeiten vermutete. Wenn er zu viel Alkohol trank, schien die Furcht vor Verfolgung schlimmer zu werden. Aber er wurde auch leichtsinniger mit seinen Antworten.

Sauf nicht so viel!, schalt er sich still.

Erleichtert registrierte er, dass keines der Gepäckstücke von Marga und Michael mehr neben der Rezeption stand. Die beiden befanden sich demnach pünktlich zur Sperrstunde im Hotel. Er hoffte, dass sie einen romantischen Abend zu zweit verbracht hatten. Wirklich erfreulich fand er diesen Gedanken jedoch nicht. Wahrscheinlich lag diese unangenehme Anwandlung aber an dem schalen Nachgeschmack von Wein, Knoblauch und Nikotin, den er auf der Zunge schmeckte. Jedenfalls redete er sich das ein. In dem Bewusstsein, dass er mit einem Kater erwachen würde, ging Harald zu Bett.

Es war sicher, nur ein paar Minuten geschlafen zu haben, als er von einem Klopfen geweckt wurde. Der Störenfried war nicht direkt laut, aber so nervtötend, dass das Trommeln Einzug in Haralds Träume fand und ihn schließlich aus dem Schlaf riss.

»Ja … ja, doch …«, knurrte er, schlug die Decke zurück und tappte auf bloßen Füßen zur Tür. Draußen war es nicht mehr ganz dunkel, graues Licht fiel zwischen den bunten Baumwollvorhängen, die er nicht ganz zugezogen hatte, ins Zimmer. Anscheinend hatte er länger geruht als angenommen. Er öffnete einen Spaltbreit, spähte hinaus.

»Wo ist Michael?« Jules drückte die Tür auf und stürmte ohne Aufforderung herein.

Harald breitete die Arme aus. »Hier ist er nicht.«

»*Crétin!*«, zischte Jules, wobei nicht ganz klar war, ob er Harald für einen Dummkopf hielt oder Michael. »Zieh dich an. Wir müssen ihn finden. Sofort.«

Müde wischte sich Harald über die Augen. Schärfer sah er anschließend trotzdem nicht. Es dauerte eine Weile, bis er begriff, dass seine Brille noch auf dem Nachttisch lag.

Während er zurück zum Bett ging, hörte er Jules hastig fortfahren: »Michael darf unter keinen Umständen zur Grenze. Der Fälscher, der seinen Pass gedruckt hat, ist aufgeflogen. Die Gestapo hat ihn verhaftet und seine Räume durchsucht. Dabei haben sie eine Liste mit Namen gefunden. *Mon dieu,* ein Franzose fertigt eine Liste mit den Namen seiner falschen Dokumente an, als wäre er ein Deutscher! Kein Mensch in meinem Land ist so ordentlich, aber ausgerechnet der einen Ausnahme müssen wir begegnen.«

Harald wurde vage bewusst, worüber sich Jules aufregte. Wenn Michael mit seinen falschen Papieren als Mitglied von Harry Alsens Tanzorchester verhaftet würde, wären sie alle dran. Die Zusammenhänge waren ihm dennoch nicht ganz klar. Er setzte die Brille auf und drehte sich langsam zu seinem Freund um.

»Was soll das heißen? Weiß die Gestapo, wer Michel Fréjus ist?«

»Nicht unbedingt. Aber sie wissen definitiv, dass ein Mann mit diesem Namen, einem gefälschten Pass und einem falschen Ausreisevisum nach Spanien unterwegs ist …«

»Und woher *weißt du* das?«, fiel Harald ihm ins Wort.

»Was glaubst du?«, gab Jules unwillig zurück. »Es gibt überall in Frankreich Leute, mit denen ich in … na, sagen wir …« Er legte eine Kunstpause ein, dann: »Sagen wir mal, Leute, mit denen ich verbunden bin. Nachrichten verbreiten sich heutzutage schnell, vor allem schlechte. Ich bin sicher, irgendein Wichtigtuer in Paris hat bereits die Dienststelle hier in Hendaye angerufen und seine Information weitergegeben. Ihr Deutschen prahlt ja immer gleich damit, wenn ihr etwas Neues in Erfahrung gebracht habt.«

Langsam löste sich der Nebel in Haralds Hirn auf.

Wenn er sich bislang noch leicht benommen gefühlt hatte, so war er inzwischen nüchtern. Er verstand allerdings noch immer nicht, was Jules von ihm wollte. Und das sagte er ihm.

»Komm endlich und hilf mir suchen!« Als Harald der Aufforderung nicht folgte, rang Jules verzweifelt die Hände. »Michael hat heute Nacht nicht in seinem Bett geschlafen. Wir sollten uns ein Zimmer teilen, aber er war nicht da. Erst dachte ich, er hat ein bisschen Spaß mit einem Mädchen, aber dann …«

Marga!, durchfuhr es Harald.

Er griff nach seinem Morgenmantel, warf ihn über. Den Gürtel band er zu einer schiefen Schleife, während er an Jules vorbei auf den Flur lief.

Sie bewohnte das Zimmer neben seinem – wie immer. Er musste also nur wenige Schritte zurücklegen. Obwohl ihn sein Unterbewusstsein warnte, hörte er nicht auf seine innere

Stimme. Deshalb war er nicht vorbereitet auf das, was ihn erwartete.

Er klopfte. Als niemand antwortete, drehte er den Knauf und stellte fest, dass nicht abgeschlossen war. Zu seinem größten Erstaunen glitt die Tür wie von selbst auf. Ohne sonderlich darüber nachzudenken, machte er einen Schritt nach vorn. Im nächsten Moment gefror Harald das Blut in den Adern.

Im blaugrauen Licht der Morgendämmerung fiel sein Blick auf Margas nackten Oberkörper und unwillkürlich auf ihre Brüste, die bei der rhythmischen Bewegung ihrer Hüften sanft auf und ab wogten. Erst danach sah er ihr von wirrem Haar bedecktes Gesicht, den wie zu einem stummen Schrei geöffneten Mund. Mit deutlicher Zeitverzögerung wurde ihm bewusst, dass sie auf Michaels Lenden saß. Die Liebenden waren derart mit sich selbst beschäftigt, dass sie den Eindringling nicht bemerkten. Anscheinend waren die beiden kurz vor dem gemeinsamen Höhepunkt.

Die Tür klappte gegen den Schrank. Dieses Geräusch drang zu Marga durch, denn sie wandte den Kopf. Harald fing ihren glasigen Blick auf, sah zuerst Hingabe, Leidenschaft und Entzücken darin, bevor sich ihre Augen in blankem Entsetzen weiteten.

Ein spitzer Schrei entrang sich ihrer Kehle.

Jules tauchte neben Harald auf. »Was ist … *Mon dieu!*«

Während Marga sich von ihrem Geliebten rollte und Michael wüste Flüche ausstieß, trat Harald den Rückzug an. Er bewegte sich wie unter Schock, ungelenk wie ein Zinnsoldat und im Zeitlupentempo.

Ein Durcheinander der Stimmen, ein knapper Wortwechsel zwischen Jules und dem Liebespaar folgte Harald, doch er hörte nicht hin. Dass die Tür hinter ihm zuklappte, nahm er wahr wie ein Geräusch aus einer anderen Welt.

Verstört lehnte er sich gegen die Wand im Flur. Er wünschte sich eine Zigarette. Oder einen Schnaps. Vielleicht würde eine gehörige Portion Nikotin und Alkohol verhindern, dass seine Knie nachgaben.

Wie sollte er jemals das Bild der völlig aufgelösten, wollüstigen, hinreißend schönen Marga aus seiner Erinnerung vertreiben?

Harald stieß mit dem Kopf gegen die Wand und schloss die Augen. Doch seine Hoffnung, dass alles ein Albtraum gewesen war, erfüllte sich nicht. Als er die Lider hob, erwachte er nicht in seinem Bett, sondern stand noch immer in dem dämmrigen Hotelkorridor.

Alles war real. Einschließlich der Gefahr.

45

Wer immer dieser Pierre war, von dem die alte Dame vor dem Immobilienbüro gesprochen hatte, Andrea erfuhr es nicht. Unter den Männern, die sich am Nachmittag zum *Pétanque* auf dem Sandplatz vor dem Rathaus trafen, befand sich zwar ein Typ namens Pierre, aber der war jung und kannte Jules Delaborde nicht. Die älteren anwesenden Semester bestätigten, was Andrea längst wusste: Jules war ein netter Kerl und sein Sohn Maurice nicht unbedingt beliebt. Was es mit *Pierre* auf sich hatte, konnte niemand sagen, denn jeder hatte offenbar mindestens ein halbes Dutzend Bekannte, die auf diesen Namen hörten. Welcher von ihnen womöglich in geheimnisvoller Verbindung zu Jules Delaborde stand – Arme hoben sich ratlos, Schultern zuckten.

Als Entschädigung für ihr vergebliches Warten luden die Männer Andrea ein, mit ihnen zu spielen. Sie lebte zwar schon eine Weile in Paris, hatte häufiger im Jardin du Luxembourg oder auf dem Champ de Mars zu Füßen des Eiffelturms zugesehen, aber die eisernen Kugeln selbst nur einmal ziemlich erfolglos geworfen. Aus Neugier nahm sie die Einladung an. Es wurden wundervolle Stunden.

Zuerst stritten sich die Männer, zu welcher Gruppe von Spielern sie gehören sollte. Nachdem dies mit viel Palaver, ihrem kaum ernst genommenen Schlichtungsversuch und charmanter Schäkerei schließlich festgelegt war, begann das eigentliche Vergnügen. Andrea wurde beigebracht, die Zielkugel zu fixieren, wie sie die Boule im richtigen Winkel hielt, in die Knie zu gehen hatte und schließlich einen sogenannten *Halben Wurf* unternahm. Sie vermutete, dass die Regeln ihretwegen verändert wurden, aber der Spaß war es anscheinend allen wert. Unter großem Applaus gewann sie nach einem *Eisenschuss* ihre ersten Punkte und wunderte sich dann doch ein wenig, als ihre Formation nach zahllosen weiteren Würfen, Rollen und Schüssen vorn lag.

Mit größtem Bedauern ließen ihre Spielpartner sie ziehen, als die Dämmerung grauer und die Schatten länger wurden. Andrea winkte ihnen zu und ging zu Janusz' Auto zurück. Obwohl Jules Delaborde sie hierhergeführt und auf gewisse Weise jeden ihrer Schritte begleitet hatte, war sie seinetwegen nicht mehr so verunsichert und von Schuldgefühlen geplagt. Es schien, als hätte der alte Mann sie auf ihren Wegen durch seine Heimatstadt an die Hand genommen. Sie wusste zwar noch immer nicht, warum er ihr gefolgt war, aber sie fühlte eine eigentümliche Wärme und Ruhe in ihrem Herzen, wenn sie nur an ihn dachte.

Bevor sie den Wagen startete, versuchte sie noch einmal, auf Sylt anzurufen. Doch das Büro im Klappholttal war nicht mehr besetzt. Andrea warf ihr Handy auf den Beifahrersitz und fuhr los. Das Piepsen, das ihr das Eingehen von Nachrichten und verpassten Anrufen verkündete, ignorierte sie. Um nicht weiter davon belästigt zu werden, angelte sie nach ihrer Handtasche, die sie in den Fußraum geworfen hatte, und legte sie auf das Mobiltelefon. Dann stellte sie das Radio ein – die Sendung »Swing Obsessions« lief gerade. Begleitet von Johnny Hess, Yves Montand, Ray Ventura und anderen französischen Musikgrößen der Vierzigerjahre, fuhr sie zurück nach Paris. Obwohl es sie schmerzte, dass sie Barbara noch immer nicht erreicht hatte, fühlte sie sich seltsam beschwingt. Dabei hatte sie von dem Calvados, den die Boule-Spieler herumreichten, nicht einmal genippt.

Fröhlich summend bog sie in die Rue de Javel ein, auf der Suche nach einem Parkplatz fuhr sie im Schritttempo an ihrem Wohnblock vorbei – und trat reflexartig auf die Bremse. Hinter ihrem Wagen antwortete sofort ein mehrfaches wütendes Hupen.

Andrea starrte auf die Szene, die sich in der Toreinfahrt zu ihrem Haus abspielte. Zwei Männer rangelten miteinander im Licht der aufflammenden Beleuchtung. Ein Dritter kam hinzu und versuchte, die Streithähne zu trennen, was einer der Kämpfer als Gelegenheit zum Verschwinden sah, doch sein Gegner packte ihn reaktionsschnell am Schlafittchen. Ein lebhaftes Wortgefecht folgte, wild gestikulierende Arme flogen durch die Luft. Dann kam eine schreiende Frau hinzu. Noch nie hatte Andrea eine Schlägerei beobachtet. Schlimmer noch, sie erkannte die Beteiligten.

Frank Renner zerrte am Kragen eines Sakkos – und dieses gehörte dem Kerl, den sie wiederholt in ihrer Nähe zu sehen geglaubt hatte. Offensichtlich war der Mann ihrer Concierge eingeschritten, bevor die Hausmeisterin selbst auf der Bildfläche erschien. Andrea benötigte nicht viel Phantasie, um sich klarzumachen, um wen es bei der handgreiflichen Auseinandersetzung ging.

Ohne nachzudenken, folgte Andrea ihrem Instinkt, zog die Handbremse an und sprang aus der Ente. Sie gestikulierte in Richtung der hinter ihrem Auto entnervt und protestierend hupenden Autofahrer, signalisierte im Laufen, dass sie gleich weiterfahren werde. Ein Seitenfenster wurde heruntergelassen und wüste Beschimpfungen ergossen sich über sie. Doch sie achtete nicht darauf, rannte zwischen parkenden Fahrzeugen hindurch und über das Trottoir auf die Scheinwerfer zu.

»*Mais qu'est-ce que se passe ici?*«, schrie sie die streitende Gruppe an. »Was ist denn hier los?«

»Na, endlich!« Frank stöhnte auf.

Und dann redeten plötzlich alle durcheinander.

»Mademoiselle Cramer …« Ein unverständliches Kauderwelsch aus französischen und portugiesischen Worten prasselte auf Andrea nieder. Manuel, der Hausmeister, versuchte seine Frau Teresa gelegentlich zu unterbrechen, aber Andrea verstand ihn ebenso wenig wie die Concierge. Dennoch nickte sie, als wäre sie vollständig im Bilde.

Durch die flüchtige Unaufmerksamkeit der anderen anscheinend ermutigt, versuchte sich der vierschrötige Mann in dem schlecht sitzenden billigen Anzug Franks Griff zu entziehen.

Andrea, die ihn aus den Augenwinkeln fixiert hatte, brüllte ihn an: »*Arrétez!*«

Augenblicklich stand er still wie beim Militär.

Das Hupkonzert hinter Andrea wollte kein Ende nehmen, von irgendwoher drang die Sirene eines Polizeifahrzeugs zu ihr durch.

»Ok …« Sie atmete tief durch, griff nach dem Arm des Fremden. »Kommen Sie mit. Kommen Sie einfach mit.«

Die freie Hand legte sie beruhigend auf die Brust des Hausmeisters. »Alles ist gut. Machen Sie sich keine Sorgen. Ich habe alles unter Kontrolle. Nur muss ich jetzt wegfahren. Ich unterhalte mich mit Monsieur in Ruhe im Auto.«

Sie sandte einen Blick und ein Kopfnicken zu Frank und hoffte, dass ihre Körpersprache und sein Französisch gut genug waren, um ihr Vorhaben für ihn verständlich zu machen.

»*Ça va aller*«, wiederholte sie beschwörend, wobei ihr nicht klar war, ob sie sich selbst versicherte, dass alles in Ordnung war, oder den anderen.

Erstaunlicherweise ließen sich sowohl Frank als auch der Unbekannte in Janusz' Wagen verfrachten. Andrea winkte den hupenden und schimpfenden Autofahrern zu, bevor sie sich ans Steuer setzte. Dann drückte sie das Gaspedal durch, sodass ihre beiden Mitfahrer in ihren Sitz zurückfielen. Sie brauste mit Höchstgeschwindigkeit durch die Einbahnstraße, als wäre sie nunmehr auf der Flucht. An der nächsten Kreuzung bog sie mit quietschenden Reifen links ab und reihte sich in den Verkehr ein.

»Mademoiselle!« Dem Mann neben ihr brach der Schweiß aus. Er wischte sich mit seinem Taschentuch über die Stirn. »Könnten Sie bitte etwas manierlicher fahren, wenn Sie mich schon entführen? Ich habe keine Ahnung, was Sie von mir wollen, ich kenne Sie ja nicht einmal, aber ich würde gerne noch in diesem Leben erfahren, was los ist.«

»Natürlich kennen wir uns«, protestierte Andrea. »Sie sind mir tagelang gefolgt, haben mich beobachtet. Warum waren Sie vor meiner Haustür?«

»Ich wollte Freunde besuchen.«

»Er hat sich bei deinem Hausmeister nach dir erkundigt«, meldete sich Frank von der Rückbank auf Deutsch. »Deshalb wurde ich auf ihn aufmerksam. Die beiden standen auf der Straße und sprachen über dich, als ich nach dir suchte.«

»Aha.«

»Warum bist du nicht an dein Handy gegangen? Ich habe versucht, dich zu erreichen.«

Andrea trat plötzlich auf die Bremse, als der Bus vor ihr an einer Haltestelle hielt. Ihr Beifahrer fiel nach vorn.

»Mademoiselle, lassen Sie mich bitte aussteigen. Es ist alles ein Irrtum. Sie werden mich niemals wiedersehen. Das verspreche ich Ihnen.«

Sie drehte sich zu ihm um, legte die Hand auf das Schloss seines Sicherheitsgurts, damit er diesen nicht lösen konnte. Meine Güte, ich habe mich so vor diesem Mann gefürchtet, fuhr es ihr durch den Kopf, und nun spiele ich hier Supergirl! Die Vermutung, dass er mehr über Jules Delaborde wusste, verlieh ihr ungeahnte Kräfte.

Nach einem Räuspern verkündete sie mit fester Stimme: »Sie bleiben hier, Monsieur. Und zwar so lange, bis Sie mir die Wahrheit erzählen. Wer schickt Sie?«

»Niemand«, erwiderte er verbissen.

»Ich fahre mit Ihnen die ganze Nacht auf dem Périphérique um Paris herum, wenn es sein muss.«

Frank stieß einen anerkennenden Pfiff aus. »Nicht übel.«

Einen Moment sahen sich Andrea und der Fremde stumm an. Ihr kam es vor, als schätze er seine Chancen ab. Um zu fliehen, hätte er sie wahrscheinlich trotz ihres Widerstands zur Seite stoßen und aus der Ente springen können. Doch ihr Beifahrer schien beeindruckt von Andreas Eigensinn.

»Sie haben gewonnen, Mademoiselle Cramer«, sagte er nach einer Weile. »Es besteht kein Grund zur Aufregung, ich bin Privatdetektiv und nicht James Bond. Meine Fachgebiete sind Ahnenforschung und Erbschaftsangelegenheiten …«

Irgendwo in ihrem Innersten öffnete sich eine Tür. »Ahnenforschung und Erbschaftsangelegenheiten«, echote Andrea.

»Ja, gewiss. Ich jage keine Verbrecher. Wenn Sie einen Parkplatz finden und mich in einem Bistro zu einem Glas Wein einladen möchten, beantworte ich Ihre Fragen, soweit ich kann. Mein Name ist Robert Borniche.«

Die rasche Kapitulation verblüffte Andrea fast noch mehr als der Inhalt seines kurzen Monologs. Sie starrte Monsieur Borniche fassungslos an, unfähig zu einer Reaktion.

»Sei so gut und tu, was er sagt«, bat Frank. »Ich möchte endlich raus aus dieser Karre.«

46

Wieder und wieder ließ Marga den Abschied von Michael in ihrem Kopf Revue passieren. Keine Sekunde, die sie in Hendaye miteinander verbracht hatten, wollte sie je vergessen. Als könnte sie mit ihren Gedanken den geliebten Mann festhalten. Doch sosehr sie sich auch anstrengte – die Erinnerungen begannen, sich unverzüglich zu verändern: Manche Bilder verblassten, andere blieben so nah, als hätte sie sie gerade erst erlebt. Ihre letzten Stunden mit Michael wurden zu einer Melodie, die in ihr nachklang, mit immer leiseren Tönen.

Überlagert wurde zunächst alles von ihrem Schmerz. Und von ihrem Entsetzen. Scham, Wut und Unverständnis vermischten sich zu einer aggressiven Mixtur. Im Zustand des ersten Schocks hatte sie zwar überraschend vernünftig reagiert, aber später ergossen sich ihre Tränen wie eine Sturzflut über einen Staudamm. Gespeist von Selbstmitleid, Verzweiflung und Sorge.

Jules Delaborde versicherte ihr, dass er Leute in der Gegend kannte, die sich um Michael kümmern würden. Es sei allerdings für alle Beteiligten sicherer, wenn sie nichts weiter darüber erfuhr. Ihren in hysterischem Tonfall vorgebrachten Wunsch, bei ihm zu bleiben, lehnte der Geliebte kategorisch ab. Sie bat Jules um Auskunft, nähere Informationen, wohin Michael gehe, bettelte, flehte ihn an – der Gitarrist blieb jedoch so unbeweglich wie eine bis zum Anschlag gestraffte Saite seines Instruments. Seine harte Haltung brachte Marga wieder zu der Frage, ob der freundliche Jules nicht nur ein

Kollaborateur, sondern auch ein Verräter war. Ein Mann mit zwei oder mehreren Gesichtern. Vielleicht hatte er Michael verraten. Warum auch immer. Wer konnte da schon sicher sein? Der Krieg holte die erbärmlichsten Seiten eines Menschen hervor. Es schien ihr, als würde sie nicht nur von der Trennung, sondern vor allem von der Ungewissheit erdrückt.

Obwohl sie sich innerlich sträubte, trat sie gemeinsam mit den anderen die Weiterreise nach Lissabon an. Die Zugfahrt war in jeder Hinsicht strapaziös – ihre Ankunft allerdings spektakulär.

Die Straßenbeleuchtung, die Neonreklamen an den Fassaden und auf den Dächern der Häuser raubten Marga den Atem. Für eine Weile vergaß sie darüber ihren persönlichen Kummer. Staunend saß sie in dem Wagen, den die hiesige Propagandaabteilung zum Bahnhof geschickt hatte, und blickte auf Wege mit brennenden Laternen und blendenden Autoscheinwerfern, sah in Fenster mit gelbem Licht, war fasziniert von der rot flammenden Werbung über Bars, Restaurants und Cafés. Unfassbare Eindrücke nach den Jahren in Verdunkelung und Schwärze.

Am liebsten wäre sie durch die helle Nacht spaziert, doch sie wollte sich den Musikern nicht anschließen. Hätte es den möglichen Verrat nicht gegeben, würde sie jetzt an Michaels Hand durch die Gassen und über Treppen schlendern. Dieser Gedanke zerriss ihr Herz. Schluchzend warf sie sich auf das quietschende Bett in ihrem Pensionszimmer. Nie wieder könnte sie aufhören zu weinen. Der See aus Tränen überstieg das Meer, das Michael nun weiter von der Freiheit trennte.

Als sie sich ein wenig beruhigte, fiel ihr ein, dass es schon wegen Harald unmöglich war, mit den Kollegen auszugehen. Sie konnte ihm nicht in die Augen schauen, ohne sich seines verstörten Blicks zu entsinnen. Genau genommen wollte sie nicht einmal mit ihm reden, weil *peinlich* ein noch viel zu harmloses Wort für das Gefühl war, das sie ihm gegenüber empfand. Auf der Zugreise hatte sie ihm aus dem Weg gehen können, war vor allem an der Seite von Kurt und Ulli geblieben. Bei einer Tour durch das Nachtleben der portugiesischen Hauptstadt konnten sich Gruppen bilden und sie alsbald in Haralds Nähe bringen. Lichterglanz und die zu erwartende Weinseligkeit waren dabei keine guten Begleiter.

Es spielte keine Rolle, dass sie sich beileibe öfter geschworen hatte, sich von Harald zurückzuziehen. In der Vergangenheit war ihre Freundschaft stärker gewesen als ein falsches Wort oder eine unglückliche Fügung. Heute meinte das Schicksal es weniger gut mit ihnen. Es war unverzeihlich, wie er in ihr Zimmer eingedrungen war. Notwendig – vielleicht. Ja. Aber das machte die Situation nicht besser. Als sie sich endlich von der durchgelegenen Matratze in ihrem Pensionszimmer erhob, ans Fenster trat und in die Gaslaterne davor blickte, entschied Marga, sich von ihm zu lösen. Es standen nicht mehr viele Veranstaltungen an, sie konnte also absehen, wann sich ihre Wege endgültig trennten.

In den folgenden Tagen kam sie sich vor wie ein gut gepflegtes Instrument, das zu Proben und Auftritten wie geschmiert funktionierte. Zuverlässig und auf den Takt genau. Die Kollegen beobachteten diese Entwicklung mit Sorge, das war ihr bewusst. Sie spürte gelegentlich die verstohlenen Blicke des einen oder anderen Musikers, es sprach sie jedoch niemand direkt an. Harald zeigte eine gewisse Ungeduld im Umgang mit den Männern, Marga war indes nichts vorzuwerfen. Sie benahm sich ausgesprochen professionell, höchstens ein wenig gefühlskalt. Doch das sollte in einer Zeit, in der die Welt unter dem eisigen Sturm des Krieges zu erfrieren drohte, keine große Rolle spielen. Ihr Herz war wie erstarrt, es würde sich erst wieder lebendig anfühlen, wenn sie Michael wiedersah.

Eine Woche sollte Harry Alsens Tanzorchester in Portugal bleiben. Die ersten Tage verbrachten sie in Lissabon, spielten in der deutschen Botschaft an der Rua do Pau da Bandeira auf dem höchsten Punkt eines der vielen Hügel der Stadt, von dem man aufs Meer schaute. Die Künstler wohnten allerdings nicht in diesem vornehmen Viertel, sondern an der von Palmen und Platanen gesäumten Avenida de Liberdade, die eine frappierende Ähnlichkeit zu den Champs-Élysées aufwies. Marga war dankbar für diese Innenstadtlage, denn sie ermöglichte ihr zumindest einige einsame Erkundungstouren.

Es herrschte ein unglaubliches Durcheinander an Nationalitäten und Menschentypen. Ein babylonisches Sprachengewirr hing zwischen den stuckverzierten, weiß gekalkten und in Pastelltönen gestrichenen Häusern, deren Fassaden häufig mit bunt bemalten Fliesen geschmückt waren. Je nachdem, wo sich Marga gerade aufhielt, roch es nach Meer, Salz und Tang, wie eine Reminiszenz an die große Seefahrernation. Dann wieder nach Basilikum, Jasmin und Kaffeebohnen, nach Internationalität und Eleganz. Anderenorts nach Abfall, Fäulnis und Kloake und nach bitterster Armut. Die Unterschiede lagen so dicht beieinander wie die verschiedenen Schicksale der Einheimischen und Gestrandeten.

Lissabon war ein großer Wartesaal für Emigranten aus allen Teilen Europas, doch wer in diesen Tagen für ein amerikanisches Visum anstand oder in der Pastelaria Suiça auf irgendjemanden hoffte, der Einreisepapiere für die Schweiz übrig hatte, war im Grunde bereits in Lissabon verloren. Marga hörte ihre Kollegen darüber debattieren, dass die meisten Flüchtlingsschiffe längst abgelegt hatten und nicht wiederkehrten. Kurt behauptete, in der Stadt hielten sich nun vor allem hoffnungslose Fälle auf sowie Spione aus so ziemlich allen Ländern Europas, portugiesische wie deutsche Geheimpolizisten und die Hofnarren gekrönter Häupter, die nach Portugal ins Exil gegangen waren.

Marga fiel auf, dass vor den Cafés viele Frauen allein im milden Herbstsonnenschein saßen, eine Zigarette nach der anderen rauchten und mit blicklosen Augen vor sich hin starrten, vielleicht bar jeder Hoffnung auf Papiere, die ihnen die Erlösung bringen sollten. Die allgemein herrschende Verzweiflung und die Nervosität übertrugen sich in der Rua do Carmo auf Marga. Zwischen Geschäften mit luxuriösen Auslagen befand sich das Büro der Propagandaabteilung des Großdeutschen Reiches, wo sie sich – wie die anderen Mitglieder von Harry Alsens Tanzorchester – regelmäßig zu melden hatte. Sie stellte sich vor, wie Michael einen Umweg machte, um nicht an diesem Gebäude vorbeigehen zu müssen, und wie er in einem nahen Park herumstand und darauf wartete, dass das Warten ein Ende hatte. Keine schöne Vorstellung. In diesen Momenten tröstete sie sich damit, dass er trotz allem in Lissabon keiner Lebensgefahr ausgesetzt wäre. Als sie hörte, dass die Selbstmordrate unter den Exilanten stieg, war sie sich nicht einmal dessen mehr sicher.

In Gedanken bei dem Geliebten wanderte sie vor ihrer Abreise nach Estoril durch das alte jüdische Viertel, nur ein paar Schritte von den belebten Geschäftsstraßen entfernt. Marga erinnerte sich an eine Geschichte, die der alte Friedländer ihr einmal erzählt hatte. Es ging um die portugiesischen Juden, die im 17. Jahrhundert nach Hamburg gekommen waren und einst zu den bedeutendsten Kaufleuten der Hansestadt gehörten. Obwohl die meisten dieser Familien bereits Jahrzehnte später weiterzogen, waren ihre Spuren nie ganz verblasst.

In einer Gasse duftete es nach Schmalzgebackenem und sie kaufte sich die Spezialität, die sie erstaunt und recht undamenhaft im Gehen probierte: *Bolas de Berlim* – Pfannkuchen oder

Berliner, wie die marmeladengefüllten Teigbällchen zu Hause genannt wurden. Sie wischte gerade den Zucker von ihren Händen, als sie ein weiß getünchtes Gebäude mit Giebeldach entdeckte, das sie aus unbestimmten Gründen anzog. Sie trat näher und sah die hebräische sowie eine lateinische Inschrift. Offensichtlich war das Haus eine Synagoge.

Unschlüssig stand sie vor dem Eingang. Sie war Protestantin – durfte sie dieses Gebetshaus überhaupt betreten? Würde die göttliche Vorsehung sie bestrafen, wenn sie es tat? Neugier und der Gedanke an Michael siegten, Marga schüttelte Aberglauben und Erziehung ab. Entschlossen drückte sie die Tür auf und trat ein.

Zu ihrer größten Überraschung ähnelte das Innere auf den ersten Blick dem einer christlichen Kirche. Rundbögen, Säulen, Holzbänke und ein Altarraum ließen Marga staunen. Die hebräischen Inschriften auf Mauern und Wandtafeln sowie die fünfarmigen Leuchter bewiesen jedoch, dass sie sich im Tempel eines anderen Glaubens befand. Aber die vor dem Thoraschrein von der Decke hängende Lampe erinnerte sie wieder an das Ewige Licht der Katholiken. Einerseits schien die Szenerie vertraut, andererseits sehr fremd. Sie schritt die Bank- und Stuhlreihen entlang, berührte zaghaft die Lehnen mit den Fingerspitzen.

Sie versuchte, an Michael zu denken. Es gelang ihr jedoch nicht, ihn sich hier im Gebet vorzustellen. Wie mochte ein jüdischer Gottesdienst wohl ablaufen? Sie hatte keine Ahnung und erst jetzt wurde ihr bewusst, dass das vielleicht nicht einmal der Geliebte beantworten konnte. Falls er mit seinem Vater regelmäßig in die nahe ihrer Wohnung gelegene Dammtorsynagoge gegangen war, hatte er jedenfalls nie darüber gesprochen. Seltsam. Sie meinte, ihn so gut zu kennen, aber im Grunde wusste sie wenig von ihm.

»*Menina* …!« Ein Wasserfall aus portugiesischen Worten

ergoss sich über Marga, von denen sie natürlich kein einziges verstand.

Verwirrt sah sie auf den kleinen grauhaarigen Mann in einem abgetragenen schwarzen Anzug, der auf sie zueilte. Sein Gesichtsausdruck zeigte eine Mischung aus Verzweiflung und Entrüstung.

»Ja, bitte?«, fragte sie höflich auf Deutsch.

Er nickte. Ob verständnisvoll und erleichtert, konnte sie nicht genau sagen. Dann zeigte er zu dem mit schönen Schnitzereien versehenen hölzernen Geländer der Galerie. »Der Platz der Frauen ist oben«, erklärte er leise in Margas Sprache.

»Oh … Entschuldigung …«

Ihre Augen flogen umher. Sie hatte von dieser Besonderheit nichts gewusst.

»Ich wollte mich nur ein wenig umsehen«, stammelte sie. »Ich bin keine … ich bin nicht … Ich bin zu Besuch in Lissabon und ein Freund von mir …« Sie brach ab, weil sie Unsinn redete und schon die unverbindliche Bezeichnung *ein Freund* nicht auf Michael zutraf. War er nicht in der Nacht in Hendaye *ihr Mann* geworden?

»Wenn Sie Fragen haben, beantworte ich Sie Ihnen gerne«, versuchte ihr der kleine Mann weiterzuhelfen.

»Nein. Danke. Das ist sehr freundlich, aber ich sollte gehen.« Tatsächlich meldete sich ihr Pflichtgefühl. Sie wusste nicht, wie lange sie schon umhergestreift war. Und ob sie den Weg zurück zu ihrer Pension auf Anhieb fand, war nicht sicher. Sie musste wirklich zurück. Mit einem Lächeln fügte sie hinzu: »Leben Sie wohl.«

»*Schalom*!«

Marga wusste nicht, was der Abschiedsgruß bedeutete, aber er klang in ihr nach.

Als sie die Synagoge verließ, blendete sie der helle Sonnenschein. Goldene Sterne tanzten vor ihren Augen, Fassaden und Passanten verschwammen zu einer wabernden grauen Masse. Bewegte sich der Stamm einer Platane? War da nicht der Schatten eines Menschen, der zu rasch um die Häuserecke bog? Oder bildete sie sich ihren Verfolger nur ein? Sie kniff die Lider zusammen, aber erst langsam wurden die Konturen um sie her wieder deutlicher. Sie konnte weit und breit niemanden entdecken, der ihrer Person besondere Aufmerksamkeit schenkte. Dennoch fuhr sie erschrocken zusammen, als eine Katze um ihre Beine strich und sich maunzend entfernte.

Am nächsten Morgen versammelten sich die Mitglieder von Harry Alsens Tanzorchester vor dem Eingang zu ihrer Pension an der Seitenspur der breiten Avenida de Liberdade. Die Gepäckstücke der Musiker, Instrumentenkoffer und Margas Reisetasche waren zu einem kleinen Berg gestapelt, der darauf wartete, in den Bus verfrachtet zu werden, mit dem sie in den Badeort Estoril zu den nächsten Auftritten fahren sollten.

Marga war spät dran, sie hatte verschlafen. Ihre Gedanken waren in der Nacht Achterbahn gefahren, sie hatte sich stundenlang ruhelos auf der Matratze hin und her geworfen. Ständig gingen ihr Fragen durch den Kopf. Nach Michael. Nach der Religion seines Vaters. Und warum Menschen wie der freundliche kleine Mann in der Synagoge in ihrer Heimat dem Teufel gleichgesetzt wurden. Michaels Schicksal hatte Marga schon immer mit der Politik hadern lassen, aber das Schreckliche trat in dieser Stadt ohne Krieg in eine andere Dimension. Angesichts der vielen Menschen in den Cafés und auf den Straßen, die nichts anderes tun konnten, als auf bessere Zeiten zu hoffen, spürte sie Zorn in sich aufsteigen. Zudem dachte sie an alte Freunde wie Norbert, die an die

Freiheit des Swing glaubten und ihr Leben für eine Ideologie aufs Spiel setzen mussten, die nicht einmal annähernd ihrer eigenen Meinung entsprach. Unpolitische Männer wie ihr Vater, der seine persönliche Erfüllung in der Literatur der Klassik fand, wurden dem Bombenhagel für einen Kampf ausgesetzt, der niemals der seine war. Wie hatte es so weit kommen können? Was war geschehen, das alle Werte ihrer Kultur vernichtete? Hatte der Mob über Intelligenz und Bildung gesiegt? So einfach konnte es gewiss nicht sein, weshalb sie sich in Gedanken wie ein Mantra aufsagte, dass sie sich besser informieren musste. Es genügte offenbar nicht, verbotene Musik zu lieben und zuweilen heimlich BBC oder Radio Beromünster zu hören. Als Marga endlich einnickte, träumte sie von Menschen, die ihre Menschlichkeit verloren hatten.

Da sie nicht mit den anderen gefrühstückt hatte, gab es ein großes Hallo, als sie sich zu den wartenden Kollegen gesellte. Sie ließ ihre müden Blicke umherschweifen und stellte fest, dass Harald noch nicht abfahrbereit war. »Unser Chef ist heute unpünktlich. Was hält den denn auf?«

»Die Gestapo«, versetzte Kurt, der ihr am nächsten stand.

Marga dachte an ihren Traum. »Das ist kein guter Witz«, gab sie verärgert zurück.

»So war es auch nicht gemeint«, erwiderte Kurt nachdrücklich. In für ihn ungewöhnlich bitterem Zynismus setzte er mit einem Achselzucken hinzu: »Vielleicht hat ihn auch die PVDE, die hiesige Geheimpolizei, zu einem Gespräch eingeladen. Wer weiß?! Jedenfalls wurde Harry noch vor der ersten Tasse Kaffee abgeholt.«

»Das glaube ich nicht …«

»Wie du meinst.«

Kurt wollte sich abwenden, aber Marga hielt ihn am Ärmel fest.

»Wir müssen Harald helfen. Wir …«

»An wen willst du dich wenden? An die deutsche Botschaft?«

Seine kalte Ironie traf sie wie ein Schauer aus Eiswasser. Kurt hatte natürlich recht. Sie hatten keine Handhabe gegen die Leute, die Harald abgeholt hatten, welcher Nationalität auch immer diese waren. Dennoch pulsierte das Blut in ihren Adern und trieb den Gedanken voran, dass sie nicht untätig bleiben und Harald seinem Schicksal überlassen konnte. Alle Vorbehalte gegen ihn waren angesichts der Bedrohung vergessen. Ihr Wunsch nach Trennung existierte nicht mehr. Sie hatte Michael verloren – was sollte aus ihr werden, wenn nun auch noch Harald spurlos verschwand? Er gehörte zu ihrem Leben wie ein Fels zur Brandung. Sie waren Freunde. Aber die anderen waren doch auch seine Freunde! Warum taten alle so, als wäre nichts geschehen?

»Heinz …!« Marga lief zu dem Bassisten, der radebrechend und gestikulierend mit dem Busfahrer über den Transport seines Instrumentenkoffers verhandelte. Sie schob sich zwischen die beiden Männer. »Was unternehmen wir wegen Harald?«

Er starrte sie verwirrt an. »Was meinst du? Wir fahren wie verabredet los und Harry kommt nach. Es soll eine regelmäßige Zugverbindung geben, die Lissabon mit Estoril verbindet, und es sind auch nur zwanzig Kilometer. Das schafft er schon ohne uns.«

»Wir können uns doch nicht einfach aus dem Staub machen!«

»Sie helfen Harry nicht, indem Sie in aller Öffentlichkeit einen Aufruhr veranstalten«, wurde Marga von einer wohlbekannten Stimme mit französischem Akzent zurechtgewiesen. »Es tut mir leid, aber ich muss Ihnen sagen, dass Sie sich diesmal unbedingt zurückhalten sollten.«

Marga fuhr zu Jules Delaborde herum. »Wie können Sie es wagen, in diesem Ton mit mir zu sprechen?«

»Entschuldigung, Marga. Tun Sie, worum ich Sie bitte, und halten Sie endlich den Mund.«

Sie spürte, wie sie erbleichte. Ihre Kehle wurde trocken, die Zunge schwer. Sie blieb nicht aus Rücksicht auf Haralds Lage stumm. Das scheinbar gleichgültige Verhalten der anderen Musiker erzürnte sie ebenso, wie Jules' Aufforderung sie sprachlos machte. Obwohl es ihr zutiefst widerstrebte, dem Franzosen das letzte Wort zu überlassen, presste sie die Lippen aufeinander.

»Marga.« Jules' Stimme klang diesmal sanft. »Ich weiß nicht, warum Harald abgeholt wurde, aber er wird zurückkommen. Da bin ich ganz sicher.«

Eigentlich wollte sie sich in keine Diskussion ausgerechnet mit dem zwielichtigen Franzosen einlassen, der überall seine Finger im Spiel zu haben und alles zu wissen schien. Dennoch fragte sie fast automatisch: »Was macht Sie so sicher?«

»Harald ist ein viel zu kleiner Fisch. Die Gestapo wird sich in einem neutralen Land nicht seinetwegen ins Gerede bringen wollen. Als meine Landsleute in der unbesetzten Zone den Sozialdemokraten Rudolf Breitscheid ans Deutsche Reich ausgeliefert haben, war das etwas anderes. Eine Schande für die französische Polizei, aber es ging um einen wichtigen Politiker.«

Sie verstand ihn nicht wirklich, weil sie nichts mit dem Namen Rudolf Breitscheid anfangen konnte, aber sie begriff, was Jules ihr vermitteln wollte. Sie tippte nervös mit dem Blockabsatz ihres Schuhs auf den Boden, als übe sie für eine Steppeinlage.

»Fahren Sie bitte mit nach Estoril, wie er es von uns allen erwartet«, fuhr Jules eindringlich fort.

Als sie noch immer nicht reagierte, fügte er noch einen Ton

leiser hinzu: »Und beten Sie, dass er nicht wegen der Papiere für unseren gemeinsamen Freund verhört wird.«

Ihr wurde schwindelig. Sie taumelte, fasste auf der Suche nach Halt ins Leere.

Reaktionsschnell nahm Jules ihren Arm, stützte sie. Offenbar missverstand er sie, denn er bemerkte: »Sie müssen seinetwegen nicht zusammenbrechen, Marga. So schlimm wird es für Harald schon nicht werden. Er ist ein starker, aufrechter Charakter.«

»Ja … ja … natürlich …«, haspelte sie und machte sich von ihm los. »Das war nur ein kleiner Schwächeanfall. Die Sonne bekommt mir nicht.«

Er betrachtete sie nachdenklich. »Vertrauen Sie mir und machen Sie sich keine Sorgen. Ich dachte ja eigentlich, dass Sie und …« Er unterbrach sich, bevor er den Namen nannte, der ihm offenbar durch den Kopf ging. Plötzlich lächelte er und fragte: »Steigen Sie jetzt in den Bus?«

Marga nickte.

PARIS FRÜHLING 1999

47

Nervös trommelte Andrea mit den Fingern auf die Tischplatte aus Marmor. Es war ein Dreivierteltakt, der ihr durch den Sinn ging. Aus dem Rhythmus formte sich in ihrem Kopf eine Melodie, die ersten Töne des *Boléro* von Maurice Ravel. Der begnadete Jazzpianist Jacques Loussier hatte den Titel kürzlich aufgenommen. Sie war von der Schallplatte sofort begeistert gewesen. Offenbar hatte sich diese Bearbeitung in ihrem Unterbewusstsein festgesetzt. So wollte sie spielen können. Aber bis dahin war noch ein weiter Weg, der sie wahrscheinlich erst einmal weiter durch Hotellobbys führte. So wie durch die Halle des Concorde La Fayette, wo sich nur ein einziger Zuhörer für ihr Klavier interessiert hatte …

Sie gemahnte sich zur Ruhe und konzentrierte sich wieder auf ihre Begleiter. Glücklicherweise hatten sie den letzten freien Tisch in einem ansonsten überfüllten Bistro ergattert. Nachdem jeder etwas zu trinken bestellt hatte, war Schweigen zwischen sie getreten.

Andrea fühlte eine beginnende Migräne hinter ihren Schläfen, die sich zweifellos verschlimmern würde, wenn Monsieur Borniche sein Zigarillo angezündet hatte und sie den Rauch einatmen musste. Seit einer gefühlten Ewigkeit versuchte der Privatdetektiv, die Flamme seines Feuerzeugs vor der Zugluft zu schützen. Vielleicht aber zögerte er auch nur sein Geständnis hinaus.

Derweil hielt Frank demonstrativ nach der Kellnerin und ihrer Bestellung Ausschau. Oder nach dem recht ansehnlichen

Hinterteil der jungen Frau, die selbiges schwungvoll durch die eng gestellten Stuhlreihen des voll besetzten Bistros bewegte. Andrea konnte nicht genau sagen, was Franks Blicke auf sich zog, aber für den Moment war ihr das ohnehin egal. Erleichtert registrierte sie, dass sich auf dem kleinen Tablett, das über die Köpfe der anderen Gäste balanciert wurde, ein Rotweinglas, eine Biertulpe und ein Mineralwasser befanden. *Badoit* war sozusagen Erste Hilfe gegen den Kopfschmerz, nachhaltiger wirkten anschließend hoffentlich ein Aspirin – und die Wahrheit aus Monsieur Borniches Mund.

Als die Getränke vor ihnen standen, begann Andrea: »Nun, Monsieur Borniche, ich warte auf Ihre Erklärung.«

Der Privatdetektiv warf das Feuerzeug auf den Tisch, drehte das kalte Zigarillo in der einen Hand und griff mit der anderen nach seinem Glas. Erst nach einem kräftigen Schluck antwortete er: »Monsieur Jules Delaborde engagierte mich in einer Familienangelegenheit. Er hatte Ihr Foto, Mademoiselle Cramer, in einer Jazz-Zeitung gesehen und meinte, eine gewisse Ähnlichkeit zwischen Ihnen und einer Dame festzustellen, mit der er vor vielen Jahren befreundet gewesen war.«

Unwillkürlich versuchte sich Andrea den alten Herrn als ihren biologischen Vater vorzustellen. Konnte ihre Mutter eine Affäre mit einem so viel älteren Mann gehabt haben? Unmöglich war das natürlich nicht, sie würde sie danach fragen, wenn sie sie endlich erreichte. Aber da war noch die Geschichte von Barbaras Blutgruppe …

»Hat er Ihnen den Namen seiner alten Freundin genannt?«, unterbrach Frank ihre Überlegungen.

»Nein, Monsieur. Ich vermute, es handelte sich um eine Liebesaffäre. Solche Geschichten kommen andauernd vor. Meine Kunden erwarten diesbezüglich Diskretion. Der Name von Madame erschien mir vorläufig auch nicht wichtig, denn

Monsieur Delaborde wollte lediglich alles über Mademoiselle Cramer wissen.«

»*Mon dieu!*«, stöhnte Andrea, während sie sich die Nasenwurzel massierte. Warum endete dieser schöne Tag eigentlich mit einem Dröhnen und Hämmern hinter ihrer Stirn? Dabei brauchte sie einen klaren Kopf zum Nachdenken. »Wenn ich Sie richtig verstehe, Monsieur Borniche«, fasste sie langsam zusammen, »haben Sie vermutlich einiges über mein Leben herausgefunden, nicht aber den Grund, warum Monsieur Delaborde an mir interessiert war.«

Endlich gelang es dem Privatdetektiv, sein Zigarillo anzuzünden. Er bemühte sich, den Rauch nicht in Andreas Richtung zu blasen, doch die Zugluft wehte ihn zurück. »*Pardon*«, entschuldigte er sich sofort und wedelte mit der freien Hand, um die Schwaden zu vertreiben. Obwohl sich Andrea und Frank in Erwartung seiner Antwort zu ihm vorbeugten, legte er noch eine Pause ein. Offenbar haderte er mit seinem Berufsethos.

Frank stöhnte leise auf Deutsch: »Machen Sie es nicht so spannend!« Auf Französisch fügte er hinzu: »Hören Sie, Monsieur Borniche, ich denke, ich weiß, wer die Frau aus Jules Delabordes Vergangenheit ist …«

»Du kennst meine Mutter?«, entfuhr es Andrea.

Verständnislos schüttelte er den Kopf. »Nein. Natürlich nicht. So alt dürfte sie kaum sein. Mir ist aus einem Jazzarchiv eine Fotografie aus dem Zweiten Weltkrieg zugespielt worden. Darauf ist eine Sängerin mit zwei Musikern abgebildet, die sich ähnlich sehen und beide Jules Delaborde sein sollen. Zumindest einer der beiden scheint unser Freund zu sein. Über die Frau weiß ich noch nichts – außer dass du ihr wie aus dem Gesicht geschnitten bist. Deshalb habe ich den ganzen Tag versucht, dich zu erreichen.«

Andrea starrte ihn in einer Mischung aus Wut und Fassungslosigkeit an. »Das ist eine wichtige Information. Wieso erzählst du mir erst jetzt davon?«

»Erinnere mich an einen Moment, an dem es früher möglich gewesen wäre.«

»Hast du das Foto bei dir?«

»Nein. Aber ...«

»Mademoiselle, Monsieur«, meldete sich der Privatdetektiv zu Wort, »ich habe nichts dagegen, wenn Sie unter sich sein möchten. Sie haben sicher viel zu besprechen. Ich verabschiede mich inzwischen und wünsche Ihnen noch einen schönen Abend.« In einer abschließenden Geste griff er nach seinem Weinglas und trank den verbliebenen Inhalt in einem Zug aus.

Andrea und Frank wechselten einen raschen Blick. Borniches Verhalten trug nicht dazu bei, Andreas Ärger zu verringern. Sie hatte mit Frank Deutsch gesprochen und natürlich nutzte ihr Gast die Chance zu verschwinden. Um sein Einverständnis zur Kooperation zu würdigen, zwang sie sich zu einem Lächeln, mit dem sie um Verzeihung bat. Dabei war sie ganz sicher nicht fröhlich gestimmt.

»Bitte gehen Sie noch nicht, Monsieur Borniche. Wir waren sehr unhöflich, das tut mir leid. Es war auch nur eine ... ähmmm ... private Debatte. Nicht wichtig! Sie wollten mir erzählen, aus welchem Grund sich Monsieur Delaborde an Sie gewandt hat. Ein Artikel in einer Jazz-Zeitung und eine alte Liebe allein waren es ja wohl nicht.«

Mit Bedauern sah Borniche in das leere Weinglas. Dann hob er seinen Blick. »Monsieur Delaborde sprach von einer verlorenen Tochter.«

Das Stimmengewirr um sie her dröhnte plötzlich unnatürlich laut in Andreas Kopf. Es wurde zu einer Kakofonie aus Bemerkungen, die sie in den vergangenen Tagen gehört hatte. Die französischen und deutschen Worte traten in einem verwirrenden Durcheinander an Tönen aus dem Hintergrund ihres Gehirns hervor. Es waren jedoch keine klaren Erinnerungen, die sie bestürmten, nichts, was einen Sinn ergab. Dennoch wusste sie, dass sie die Fragmente unbedingt in eine Ordnung bringen musste. Wenn sie das schaffte, wäre sie der Wahrheit näher gekommen. Aber sie konnte nicht nach den jeweiligen Enden ihrer Gedankenfäden greifen und diese entwirren.

Andreas Handy klingelte. Reflexartig kramte sie in ihrer Handtasche danach. Ihr Herz klopfte schneller. Vielleicht war es Barbara, die sich dank einer magischen Verbindung gerade im richtigen Moment bei ihr meldete. Ohne sich bei den beiden Männern in ihrer Gesellschaft zu entschuldigen, drückte Andrea auf die grüne Taste.

»*Allô, oui!*«

»*Salût,* Andrea«, meldete sich eine vertraute Frauenstimme, die nicht ihrer Mutter gehörte. »Wo bist du? Ich versuche seit Stunden, bei dir anzurufen.«

»Cristina, sei mir nicht böse, ich habe gerade keine Zeit. Ich melde mich später bei dir.«

Andrea wollte das Gespräch mit ihrer Freundin beenden, doch diese schrie hektisch ins Telefon: »Warte! Es ist wichtig!«

Ein leises Stöhnen entschlüpfte Andreas geöffneten Lippen. Sie schenkte ihren Begleitern ein verzagtes Lächeln. »Geht es um das Angebot von Aldo Fumagalli?«, erkundigte sie sich matt.

»Nein, nein. Der ist abgesprungen, als ich ablehnte, die Vertragsverhandlungen am Sonntagvormittag in seinem Büro irgendwo in La Défense zu führen, wo um diese Zeit natürlich keine Menschenseele unterwegs ist. Du hattest recht, ich geb's ja zu.« Cristina legte eine kleine Pause ein, die Andreas letzten Nerv raubten, bevor sie sagte: »Mein Bruder hat sich die alten Prozessakten deines Monsieur Delaborde noch einmal vorgenommen …«

»Er ist nicht mein …«, warf Andrea rasch ein, unterbrach sich dann aber und lauschte ergeben, was die andere atemlos vor Aufregung zu berichten wusste.

»… Jean hatte neulich nicht alles bis zur letzten Seite gelesen, verstehst du? Nichts ist so, wie es auf den ersten Blick zu sein schien. Jules Delaborde wurde zwar wegen Kollaboration mit den Deutschen angeklagt, aber die Verhandlung nahm eine ganz unglaubliche Wendung, denn eigentlich arbeitete er für die Résistance. Dein Monsieur Delaborde war ein Doppelagent. Er war der Sohn eines Vicomte de Valory und die ganze Sippe agierte irgendwie im Widerstand. Ich weiß da nichts Genaues. Nur dass seine Schwester Isabelle im August 1944 erschossen wurde. Wenn du mich fragst: armes Mädchen. Es passierte wohl kurz bevor die Amerikaner nach Paris kamen. Schreckliche Geschichte. Jedenfalls wertete man diese Sache und einige Zeugenaussagen zugunsten des Angeklagten. Er wurde von allen Vorwürfen freigesprochen, an seiner weißen Weste haftet kein Makel. Was sagst du nun?«

»Gut. Das ist gut.«

»Mehr fällt dir dazu nicht ein?«, protestierte Cristina empört. »Ich finde diese Wendung sensationell. Das beweist, dass der Typ kein so schlechter Mensch ist.«

Andrea hörte kaum zu. Ein Bild kristallisierte sich vor ihrem inneren Auge aus dem Chaos ihrer Gedanken heraus. Es waren die Inschriften auf den Plaketten in der Kirche von Pacy-sur-Eure, die ihr am Vormittag aufgefallen waren. Plötzlich formten sich die Stimmen in ihrem Kopf zu klaren Aussagen. Die Worte von Maurice Delaborde auf der Dachterrasse des Grande Arche, die Ausführungen der alten Dame vor dem Immobilienbüro, der Auftrag an Monsieur Borniche und die Suche nach den leiblichen Eltern ihrer Mutter – alles begann sich in einen Reigen zu verwandeln, der nicht mehr nur Fragen aufwarf, sondern auch erste Antworten zu bieten schien.

48

Auf der von Palmen gesäumten Promenade herrschte verhaltener Betrieb, ältere Spaziergänger vertraten sich hier die Beine, Männer mit tief in die Stirn gezogenen Hüten hasteten vorüber, blieben plötzlich stehen, sahen sich um, gingen langsam weiter, als warteten sie auf jemanden. Gouvernanten schoben Kinderwagen an den Cafés vorbei, in denen eine ähnliche Wartesaal-Stimmung herrschte wie in den Kaffeehäusern in Lissabon, obgleich nicht annähernd so viele Tische besetzt waren. Die Praia do Tamariz jedoch lag fast verlassen da. Nur ein paar Fischer waren unterhalb der sich über den Strand erhebenden Burg mit dem Flicken ihrer Netze beschäftigt, ein buntes Boot dümpelte an einer Boje in ihrem Blickfeld.

Impulsiv streifte Marga ihre Schuhe ab und lief barfuß durch den Sand. Ihre kostbaren Seidenstrümpfe befanden sich ordentlich zusammengerollt in der Kommode ihres Hotelzimmers, darauf brauchte sie nicht zu achten. Während sie verlassene Liegestühle passierte, rieben die feinen Körnchen herrlich zart unter ihren Sohlen. Sie atmete tief den Duft von Salz und Algen ein, ließ den Wind in ihren Haaren spielen und lauschte auf das Rauschen und Gurgeln, mit dem die Urgewalt des Meeres die Wellen gegen das Ufer warf. Das Wasser, das schließlich um ihre Zehen spülte, war bitterkalt. Doch das störte sie nicht. Sie rannte so weit hinaus, bis ihr Rocksaum durchnässt war, dann erst blieb sie stehen. Es tat gut, nichts zu denken, nur zu fühlen.

Obwohl die Musiker im Bus so getan hatten, als wären sie ein Kinderchor auf Landverschickung, war die durch Haralds Fehlen entstandene Beklommenheit greifbar. Das Orchester ohne Dirigent erschien Marga wie Münzen ohne Portemonnaie. Irgendwie verloren. Keiner wusste, wann ihnen Harald nachreisen konnte, und es wagte keiner, seinen Platz einzunehmen. Kurt musste als Stellvertreter zwar über kurz oder lang die Initiative ergreifen, aber jedem war klar, dass er erst in der letzten Minute einspringen würde. Deshalb wirkte die aufgesetzte Fröhlichkeit auf Marga zusätzlich deprimierend. Sie saß stumm auf ihrem Platz, starrte aus dem Fenster, ohne etwas zu sehen, ganz wie auf der Fahrt von Hendaye nach Lissabon.

Nachdem sie ihr unerwartet elegantes Hotelzimmer bezogen und die Tasche ausgepackt hatte, es aber anscheinend keine Neuigkeiten gab oder gar die Rückkehr Haralds zur Truppe gefeiert werden konnte, machte sich Marga auf zu einer Strandwanderung. Der schöne Badeort mit seinem Casino und den hochherrschaftlichen Residenzen interessierte sie weniger als das Ufer der Tejo-Mündung. Das Meer zog sie magisch an. Wenn ihr irgendetwas helfen konnte, einen klaren Gedanken zu fassen und ihre aufgewühlten Gefühle wieder in Ordnung zu bringen, so war es der Anblick des Atlantiks.

Der nasse Glockenrock schlackerte um ihre nackten Beine, als sie mit energischen Schritten den Strand entlangwanderte. Ihre Gedanken flogen mit den weißen und aschgrauen Wolken über den perlmuttblauen Himmel. Zu Michael. Zu ihren Eltern, ihren Freunden. Genau wie Michaels Schicksal war völlig ungewiss, was sie bei ihrer Rückkehr nach Hamburg erwartete. Ihre Heimatstadt war schwer gezeichnet vom Feuersturm. Die Mutter hatte in ihren Briefen ein trostloses Bild gezeichnet, vorsichtig zwar, wegen der Zensur, aber

Marga konnte zwischen den Zeilen lesen. Auch dass ihr Vater sich mehr und mehr zurückzog und in seinen Büchern vergrub.

Um ihre Mutter zu unterstützen, wollte Marga heimkehren, das gebot schon ihr Pflichtgefühl. Trotzdem kroch die Idee, in Portugal zu bleiben, wie ein Geschwür durch ihr Gehirn. Allein die Vorstellung, auf absehbare Zeit im Lichterglanz einer friedlichen Stadt zu leben, war verlockend. Als Sängerin fand sie bestimmt Arbeit in Lissabon oder einem der Küstenhotels. Jazz war auch hierzulande beliebt, nicht nur die sehnsuchtsvollen Klänge des Fado. Sie würde nicht in Cafés herumsitzen wie die anderen Frauen und auf ein Visum warten. Sie wartete ja auch nicht auf Papiere, weil sie nur hierbleiben wollte, bis der Krieg vorbei war. Es kursierten Gerüchte, dass das bald der Fall sein könnte, nachdem der Siegeszug der Wehrmacht an allen Fronten gestoppt worden war. In Portugal hörte man andere Nachrichten als in Frankreich oder gar in Deutschland, selbst die Informationen der BBC wurden zuweilen als Propaganda bezeichnet. Lissabon war auch ein guter Ort für einen Neuanfang mit Michael, ein Sprungbrett nach New York. Doch so stark es sie zu einer Veränderung in ihrem Leben drängte – es war nichts als ein Traum.

Als ihre Beine von dem strammen Marsch durch den Sand schwerer wurden, drehte sie um. Wie lange war sie unterwegs gewesen? Estoril hatte sie weit hinter sich gelassen, die Sonne stand tiefer. Hoffentlich suchten die Musiker nicht schon nach Marga. Sie beschleunigte ihre Schritte, was gar nicht so einfach war, weil sie sich nun gegen den Wind stemmen musste.

Sie strich sich eine Haarsträhne aus den Augen. In diesem Moment sah sie eine hochgewachsene Gestalt auf sich zukommen.

Die Art, wie er sich bewegte, war so vertraut, dass sie nicht erst das Gesicht zu erkennen brauchte. Unwillkürlich begann sie zu rennen. Sie achtete nicht auf Muschelscherben und Strandgut, nicht auf die Böen. Wie kopflos lief sie auf den Mann zu, der jetzt stehen blieb.

Er wartete auf sie.

Sie konnte kaum noch atmen. Ihre Knie drohten einzuknicken, als sie ihn erreichte. Mit einem Mal wurde sie sich seiner Unversehrtheit bewusst. Sie spürte Erleichterung in sich aufwallen. In gleichem Maße meldete ihr Körper den Verlust seiner Kräfte. Es war wie ein Reflex, als sie sich Harald an den Hals warf.

Im nächsten Moment schloss er die Arme um ihren bebenden Leib.

Sie lehnte den Kopf an seine Schulter und senkte die Lider, genoss seine Wärme. Das Rauschen des Meeres klang wie eine Hintergrundmelodie in ihren Ohren.

»Könnte es sein, dass wir beide einen romantischen Umweg genommen haben?«

Sie verstand nicht, was er meinte, aber Hauptsache Harald war da. Ihr Freund. Nichts war mehr peinlich. Sie hatte sich lange nicht so sicher gefühlt wie an diesem Strand und bei diesem Mann. Alles würde gut werden. Deshalb deutete sie nur ein Nicken an, ohne sich aus ihrer angenehmen Position zu rühren.

»Marga, ich …« Ein Brecher schlug gegen den Felsen, auf dem sich das Kastell erhob. Das Tosen verschlang Haralds Worte.

Er wiederholte nicht, was er zu sagen versucht hatte. Das Gesicht in ihrem wirren Haar vergraben, stand er eine Weile ganz still. Schließlich löste er sich von ihr und schob sie sanft von sich.

»Wir müssen reden!«

Marga zuckte mit den Achseln. »Ja. Warum nicht?«

Plötzlich fühlte sie sich wieder befangen. Der Wind strich um ihre Beine und ließ sie frösteln. Haralds Wärme fehlte ihr. Sie bewegte sich vorwärts, ohne darüber nachzudenken. Von körperlicher Müdigkeit keine Spur mehr. Langsam lief sie an den auf den Sand schwappenden Wellen entlang, Harald folgte ihr sofort. Die Gischt sprühte Marga feinen Regen ins Gesicht, sodass sie abrupt einen Schritt zur Seite machte, ihn anrempelte und dadurch leicht ins Straucheln geriet.

Er fing sie auf.

Da war sie wieder – die Geborgenheit, die Harald ihr immer aufs Neue vermittelte. Ihre Unsicherheit wurde vom Wasser davongetragen wie das Stück Treibholz, das eben noch auf dem Sand gelegen hatte. Als wäre es die größte Selbstverständlichkeit, fasste sie nach seiner Hand. Und Hand in Hand spazierten sie in wohltuender Einigkeit los. Nur die Riemchen ihrer Pumps lagen zwischen ihren Fingern.

Sie nahmen denselben Weg, den Marga gekommen war. An einigen Stellen fanden sich noch ihre Fußabdrücke und Marga versuchte hineinzutreten. Er tat es ihr gleich, woraufhin sie lachend über den nassen, festen Sandstreifen hopsten, den die Ebbe freigab. Dennoch ließen sie einander nicht los. Nach einer Weile sahen sie sich atemlos an, schmunzelten und bummelten weiter.

»Ich frage dich das sehr ungern«, begann Harald, »aber was hattest du in Lissabon in einer Synagoge zu suchen?«

»Eigentlich nichts«, antwortete sie automatisch, den Blick gegen die tief über dem Meer stehende Sonne gerichtet. »Ich geriet zufällig in das Judenviertel und war neugierig. Es war sehr …« Sie unterbrach sich, sah erstaunt zu Harald. Vor ihren Augen tanzten goldene Sterne. Genau wie beim Verlassen der Synagoge. Die Schatten fielen ihr wieder ein. »Jemand hat mich bespitzelt …«, resümierte sie leise.

»Hast du geglaubt, die Leute vom ProMi lassen uns unbeobachtet durch ein freies Land spazieren?«

Ihre Finger umschlossen seine Hand fester. »Wurdest du meinetwegen abgeholt?«

»Ja«, antwortete er knapp.

»Es tut mir leid, dass ich so naiv war.«

Ihr Herz – eben noch offen und voller Glück – zog sich zusammen. Wie mochte Michael in Frankreich durchkommen, wenn sie sich nicht einmal in Lissabon der Macht des Führers entziehen konnte? Der Gedanke an den Geliebten erinnerte sie daran, dass sie gerade mit einem anderen Mann Händchen hielt. Obwohl sie das nicht unpassend fand, weil es sich um Harald, ihren besten Freund, handelte, ließ sie ihn los. Sie spielte mit ihren Schuhen und wünschte, Michael wäre bei ihr.

»Deine Neugier in allen Ehren, aber sie hat uns ziemlichen Ärger eingetragen«, fuhr Harald fort. Er verschränkte die Arme hinter seinem Rücken. »Man wollte wissen, warum ich eine Sängerin von anscheinend jüdischer Herkunft in der deutschen Botschaft in einem neutralen Land auftreten lasse. Von der Truppenbetreuung ganz zu schweigen. Es war nicht einfach, diesem Einfaltspinsel von der Gestapo klarzumachen, dass er sich irrt. Er behauptete sogar, dein Ariernachweis wäre gefälscht.«

Sie ließ ihr Kinn auf die Brust fallen und schwieg betroffen. Über ihr kreischte eine Möwe.

»Am Ende half uns dein Vater aus der Patsche.«

Hatte sie richtig gehört? »Wer?«

Ein bitteres Lachen erklang. »Dass dein Vater eine wesentliche Rolle in deiner Ahnentafel spielt, sollte dich nicht überraschen, meine Liebe. Aber in diesem Fall war das Zusammentreffen bestimmter Faktoren einfach … Glück …« Harald brach ab, legte einen Arm um ihre Schultern und zog sie an sich. Nachdem er seine Schrittlängen den ihren angepasst hatte, marschierten sie weiter. Seine Stimme klang versöhnlich, als er erzählte: »Sie haben jemanden von der hiesigen Propagandaabteilung hinzugezogen. Wie es der Zufall wollte, hatte der Mann in Hamburg Germanistik bei Professor Maibach studiert. Er bestätigte, dass es sich bei deiner Familie nicht um Nachkommen aus den Stämmen Davids handelt. Wie du dir vorstellen kannst, besaß sein Wort mehr Gewicht als meines, sogar mehr als deine Papiere.«

Ihr wurde schwindelig. Sie lehnte sich dichter an ihn, suchte Halt.

»Warum warst du wirklich in der Synagoge?«

»Das habe ich dir doch gesagt!«

Er ignorierte ihre leicht entnervte Antwort. »War es wegen Michael?«

»Ja.« Sie stöhnte auf. »Natürlich. Ich dachte, ich wäre ihm dort nahe.«

»Und?«

»Was – und?«

»Bist du ihm in der Synagoge nähergekommen?«

Sie schüttelte seinen Arm ab. Vor ihrem inneren Auge tauchte der Blick auf, mit dem er sie angesehen hatte, als er in der offenen Tür ihres Hotelzimmers in Hendaye stand.

»Was soll das, Harald?«, fragte sie scharf. »Was willst du wirklich wissen?«

»Nichts.« Er kickte eine Muschel über den Sand. »Gar nichts. Ich bitte dich nur, Dummheiten zu unterlassen. Die Sache mit dem Fälscher in Paris hat uns alle in Gefahr gebracht. Deshalb musst auch du dich vorsehen. Ich möchte nicht erleben, wie du in ein Lager abtransportiert wirst, weil du vollkommen blind gegen jede Vernunft handelst.«

»Warum bin ich unvernünftig? Ich rege mich darüber auf, dass ich bespitzelt werde. Dass ein guter Mensch wie Michael sich unter falschem Namen verstecken muss. Wir dürfen die Musik, die uns Spaß macht, nur heimlich spielen und …« Sie hatte sich in Rage geredet, hielt jedoch plötzlich inne.

Mit hängenden Schultern blieb sie stehen. Sie streckte die Hand nach ihm aus, doch er ergriff sie nicht. Zögernd atmete sie ein und aus, dann tief durch. »Es tut mir leid, Harald. Ich muss mich bei dir entschuldigen. Du hast mir großen Ärger erspart und ich schreie hier herum. Dabei sollte ich mich bei dir bedanken.«

Sie stellte sich auf die Zehenspitzen und hauchte einen Kuss auf seine Wange. Er reagierte nicht.

»Die Sache ist noch nicht ganz im Reinen«, versetzte Harald. Er senkte den Blick, bohrte mit der Schuhspitze ein Loch in den Sand. »Das ProMi will, dass du von Paris nach Stuttgart fährst und …«

»Ich möchte zuerst nach Hamburg zu meinen Eltern«, fiel sie ihm ins Wort. »Meine Mutter braucht mich.«

Er sah ihr in die Augen. »Du bist zum Kurzwellensender abkommandiert worden, Marga. Es spielt keine Rolle, was *du* möchtest. Da die Musikstudios wegen der ständigen Fliegerangriffe von Berlin nach Stuttgart verlegt wurden, müssen wir dorthin. Charlie's Orchestra benötigt anscheinend eine neue Sängerin.«

Trieb der Wind ihr die Tränen in die Augen? Ein Sandkorn? Oder die neue Nachricht? Sie wollte sich nicht vorschreiben lassen, wo sie auftrat. Es war ihre Entscheidung, dachte sie trotzig. Doch sie wusste, das traf nicht zu. Sie schluckte, dachte an Kurt, der vor gut einem Jahr ebenso wenig entscheiden durfte, wo er spielte. »Brauchen die auch einen Saxofonspieler?«, fragte sie mit erstickter Stimme.

»Marga, ich weiß nicht, wie viel von Harry Alsens Tanzorchester übrig bleibt, bis der Krieg vorbei ist. Im Moment ist mir aber am wichtigsten, dass du in Sicherheit bist.«

»Wäre ich das denn bei meinen Eltern nicht?«

»Doch«, gab Harald mit einem traurigen Lächeln zu, »aber es gibt schlechtere Orte als das Aufnahmestudio von Charlie and His Orchestra. Hoffen wir, dass wir uns bald nicht mehr um unsere Unversehrtheit sorgen müssen.« Endlich löste er sich aus seiner starren Haltung und nahm sie wieder in seine Arme.

Marga vergrub ihr Gesicht an seiner Schulter und weinte bitterlich.

49

Unschlüssig stand Andrea neben dem geliehenen Auto. Der Privatdetektiv hatte sich eben verabschiedet. Nun war sie allein mit Frank, der wie selbstverständlich neben ihr her zu dem Wagen geschlendert war, anstatt zur Metro-Station zu laufen oder sich am Straßenrand ein Taxi herbeizuwinken.

»Kommst du klar?«, fragte er so leise, dass sie ihn bei dem herrschenden abendlichen Verkehrslärm kaum verstand.

Nervös spielte sie mit ihrem Autoschlüssel. Sie wollte Frank nichts von Barbaras verzwickten Lebensumständen erzählen. Noch nicht jedenfalls. Sie musste erst einmal mit ihrer Mutter reden. Und die würde sie heute nicht mehr erreichen können. Darüber hinaus behagte ihr die Vorstellung, den Rest des Abends und die kommende Nacht allein in ihrer Wohnung zu grübeln, nicht sonderlich. Sie könnte Frank natürlich mitnehmen, aber er würde ihren Wunsch nach Gesellschaft wahrscheinlich missverstehen. Andererseits bedurfte es sicher nur des einen oder anderen Anrufs und sie würde ihre Freunde in irgendeinem Lokal treffen. Aber sie wusste, dass sie sich nicht in eine Bar setzen und so tun konnte, als hätte es den heutigen Tag nicht gegeben.

»Warum nicht?«, erwiderte sie frostig. Sie versuchte, möglichst gleichgültig zu klingen. »Es ist ja nichts passiert.«

»Immerhin haben wir herausgefunden, dass Jules Delaborde nach einem verlorenen Kind suchte«, erinnerte Frank prompt. »Und wir haben den Namen einer Sängerin aus den Vierzigern, die dir sehr ähnlich sieht.«

»Ich weiß.«

»Kannst du dir vorstellen, dass dein Großvater eine Affäre mit einer Sängerin gehabt haben könnte?«

Die Vorstellung war so absurd, dass Andrea ein kurzes, bitteres Lachen entfuhr. »Nein. Das ist absolut unmöglich.«

Frank schob die Hände in seine Hosentaschen und trat von einem Bein auf das andere. »Wir haben jetzt zumindest einige Anhaltspunkte mehr, mit denen wir Jules Delabordes Sohn konfrontieren können.«

»Der wird sich wundern.«

»Ich frage mich, ob man einen Onkel wie Maurice Delaborde haben will.«

»Vielleicht ist der besser als gar keiner«, gab sie lakonisch zurück. »Allerdings befürchte ich ernsthafte Auseinandersetzungen um das Familienerbe, sollten unsere Verwandtschaftsverhältnisse nicht nur eine Spinnerei sein, der du und ich gerade erliegen. Die Immobilie, um die es geht, scheint von einigem Wert zu sein.«

»Was für eine Immobilie?«

Ohne darauf einzugehen, spann sie den Faden weiter: »Seien wir nicht voreilig. Wildfremde Menschen sehen sich manchmal so gleich wie Zwillinge. Ähnlichkeit muss nichts bedeuten. Es könnte daher sein, dass der alte Mann einem Irrtum aufgesessen ist. Er ist mit den Plänen seines Sohnes wohl nicht immer einverstanden. Möglicherweise hat er deshalb nach einer verlorenen Tochter oder Enkeltochter gesucht, die dem guten Maurice einen Strich durch die Rechnung macht. Ich bin sozusagen Jules Delabordes Strohhalm.«

»Andrea, was für eine Immobilie?«

Erst nach seiner Rückfrage fiel Andrea ein, dass Frank noch nichts von dem wusste, was sie bei ihrem Besuch in Pacy-sur-Eure herausgefunden hatte. Jetzt war der Zeitpunkt gekommen, ihn auf einen Kaffee einzuladen. Oder auf ein Glas

Wein. In ihrem Kühlschrank stand noch eine halbe Flasche Bourgogne Aligoté. Und ein wenig Crème de Cassis war auch noch da, der als Ergänzung perfekt zu dem Weißwein passte. Vielleicht konnte sie ihm zudem etwas zu essen anbieten, wenn sie kreativ mit ihren Lebensmittelresten umging – oder einen Lieferservice anrufen. Sie hatte viel zu erzählen, da wäre eine Stärkung nicht verkehrt. Was aber würde geschehen, wenn sie ihren Bericht beendete?

»Aufwachen!« Frank schnippte vor ihrem Gesicht mit seinen Fingern. »Um was für eine Immobilie geht es, Andrea?«

»Morgen«, hörte sie sich zu ihrer eigenen Überraschung mit fester Stimme sagen. Als wollte sie sich selbst überzeugen, dass sie die richtige Entscheidung traf, plapperte sie schnell weiter: »Lass uns bitte morgen reden. Ich bin sehr müde und will nur noch ins Bett. Wir können uns gleich in der Frühe auf einen Kaffee und Croissants treffen, wenn du möchtest. Dann erzähle ich dir alles, was ich in Erfahrung gebracht habe, und du zeigst mir dieses alte Foto mit der ominösen Sängerin. *D'accord?*«

Im ersten Moment schien er sprachlos. Er versuchte, ihren Blick festzuhalten, und Andrea sah ihm standhaft in die Augen. Sein Unwillen amüsierte sie plötzlich. Es war das uralte Spiel zwischen einem Mann und einer Frau.

An diesem Abend gewann sie es.

Er stieß einen tiefen Seufzer aus. Dann nickte er ergeben. »*D'accord*. Obwohl du mich ganz schön auf die Folter spannst.«

»Tu ich nicht. Ich bin nur vollkommen fertig.« Ihre Hand war mit einem Mal ganz ruhig, der Autoschlüssel schwang nicht mehr hin und her. »Wir sehen uns morgen … oder übermorgen, wenn dir das lieber ist.«

»Ich rufe dich an.« Er neigte sich vor und hauchte ihr einen zärtlichen Kuss auf die Wange. »Schalte dein Handy nicht aus.«

»*Bonne nuit*«, erwiderte sie.

Er wartete, bis sie den Wagen aufgeschlossen und sich hinter das Steuer geklemmt hatte. Er blieb auf seinem Platz am Straßenrand, während sie startete und den Blinker setzte.

Als sie sich vorsichtig in den fließenden Verkehr einordnete, sah sie im Rückspiegel, wie er ihr zum Abschied winkte. Er wirkte ein bisschen verloren.

Für einen kurzen Moment erwog sie, auf die Bremse zu treten und die Beifahrertür zu öffnen. Aber ihr war klar, dass diese Geste einem Versprechen gleichkäme. Sie drückte das Gaspedal durch.

Zehn Minuten Heimfahrt und zwanzig Minuten vergebliche Parkplatzsuche folgten. Schließlich stellte sie die Ente entnervt auf dem Hof der nahe gelegenen Schule ab. Entweder musste sie morgen um sieben Uhr raus und wegfahren oder der Eigentümer des Fahrzeugs würde sich darum kümmern. Während sie ihre Straße entlanglief, tippte sie auf dem Mobiltelefon die Nummer von Janusz ein. Der Ruf ging durch, doch er meldete sich nicht. Sie wartete. Vielleicht war ihr Kumpel irgendwo in einem Bistro und hörte das Klingeln nicht auf Anhieb …

»Andrea!«

Das Handy glitt ihr aus der Hand und fiel mit einem scheppernden Geräusch auf das Straßenpflaster.

»Oh! Es tut mir leid, ich wollte dich nicht erschrecken. Hoffentlich ist nichts kaputt … Ich …«

»Mama!«

Es war das erste Mal seit ihrer frühen Kindheit, dass sie ihre Mama spontan so nannte. Der Aufschrei war Andrea ganz selbstverständlich über die Lippen gekommen. Ebenso natürlich erschien es ihr jetzt, Barbara nicht nur mit der üblichen oberflächlichen Umarmung zu begrüßen, die man Freunden nebst einem Küsschen rechts und einem Küsschen links irgendwo in die Luft nahe den Wangen schenkte. Andrea drückte ihre Mutter mit einer Herzlichkeit an sich, die sie selbst erstaunte. Tatsächlich war Barbara der einzige Mensch auf der Welt, den sie an diesem Abend wirklich brauchte.

»Was machst du in Paris?«

Barbara hielt Andrea ganz fest. »Nach dem Abbruch unseres Telefongesprächs dachte ich, es ist an der Zeit, dass ich mich um dich kümmere. Also habe ich meine Sachen gepackt und mir eine Zugverbindung von Westerland über Hamburg nach Paris herausgesucht. Ich war ziemlich lange unterwegs, aber nun bin ich da – und habe ein bisschen Angst, du schickst mich vielleicht weg.«

»Warum sollte ich das tun? Wenn ich gewusst hätte, dass du kommst, hätte ich dich vom Bahnhof abgeholt.«

»Ich habe versucht, dich von einem Fernsprecher im Zug anzurufen. Aber es ging nur deine Mailbox ran und verschlang das Guthaben auf meiner Telefonkarte.« Barbara sprach ruhig und vernünftig, ganz ohne Vorwurf in der Stimme, schien sogar über ihre eigene Nachlässigkeit zu lächeln.

»Ja.« Andrea seufzte. »Tut mir leid. Mein Handy war ausgeschaltet.«

Barbara schob Andrea von sich, hielt die Schultern ihrer Tochter aber umfasst, um die körperliche Verbindung nicht ganz auflösen.

»Mach dir keine Gedanken, weil ich warten musste. Das ist in Ordnung. Ehrlich gesagt, ich hatte befürchtet, dass du dein Handy abgeschaltet hast, weil du nichts mehr mit mir zu tun haben wolltest – nach allem, was ich dir neulich erzählte.«

Es war typisch für Barbara, dass sie selbst ein ausgestelltes Telefon auf sich bezog. Aber in diesem Moment störte sich Andrea nicht an der Egozentrik ihrer Mutter. Sie war glücklich, dass Barbara den weiten Weg auf sich genommen hatte. Wann war sie, Barbara, zum letzten Mal irgendwohin gereist, nur um sich zu kümmern?!

Andrea löste sich sanft von ihrer Mutter und bückte sich nach dem Apparat. Durch den Aufschlag war das Glas über dem Display zerbrochen. Das Gerät selbst hatte sich ausgeschaltet. Vermutlich für immer. Schade zwar, aber das war jetzt gleichgültig. Ob noch mehr kaputt war, würde sie später begutachten. Oder morgen. Offenbar würde sie wieder einmal nicht erreichbar sein. Desinteressiert schob sie das Mobiltelefon in ihre Handtasche.

Sie griff nach Barbaras Hand, spürte den warmen Druck ihrer Finger. So ist das also, dachte Andrea, wenn Mutter und Tochter eine Einheit bilden. Zumindest wussten sie beide mit Sicherheit, dass sie zusammengehörten. Das war ein gutes Gefühl.

»Komm, Mama. Wir gehen nach Hause. Ich muss dir etwas erzählen.«

STUTTGART JULI 1944

50

Das Licht der Leuchtröhre über ihr flackerte. Marga lag mit angezogenen Knien auf der Krankenliege und fragte sich, wie lange sie wohl noch flackerndes Licht und Stromsperren mit den dazugehörenden schrecklichen Folgen würde aushalten müssen. Diese fast schon beklemmend vertraute Angst, in den Keller zu fliehen und dort auf das Zischen und Pfeifen der abgeworfenen Bomben zu lauschen, legte sich auf ihr Herz und schnürte ihr die Luft ab.

Jeden Moment konnte das Leben ausgelöscht sein. Sogar Bunker bildeten keine Sicherheit mehr. Wenn diese schwer getroffen wurden, gab es dort ebenso Tote und Verletzte zu beklagen wie unter den brennenden Häusern. Deshalb blieben manche Leute – trotz strikten Verbots – gleich an den Fenstern ihrer dunklen Wohnungen oder gingen auf die Dächer, um die sogenannten Christbäume zu beobachten, die von den gefürchteten Mosquito-Flugzeugen des Feindes zur Markierung abgeworfen wurden, bevor die Masterbomber auf einer tieferen Flugbahn Sprengbomben, Luftminen und Stabbrandbomben über die Städte prasseln ließen. Innerhalb kürzester Zeit breitete sich dann das Feuer aus. Zurück blieben Häuserruinen, eingestürzte Kirchtürme, Trümmer, Schutt und Asche, Verzweiflung, Tod und Durchhalteparolen.

Die meisten Menschen nahmen ihre Situation mit erstaunlicher Gleichmut zur Kenntnis. Stoisch wanderten sie nachts in die Keller. Ausgezehrt von schlaflosen Stunden, meist längst kriegsmüde und sprachlos vor Verbitterung. Lediglich bei den Tagesangriffen, die seit Kurzem vermehrt von der britischen und amerikanischen Air Force geflogen wurden, erwachten die Leute aus ihrer Lethargie. Dann rannten sie von ihren Arbeitsstellen, aus den endlosen Schlangen vor den Geschäften, in denen es zumindest Grundnahrungsmittel noch in ausreichenden Mengen auf Marken zu kaufen gab, von ihren Wohnungen und Notunterkünften oder aus anderen Bereichen ihres zur Normalität verdammten Alltags voller Todesangst in Schutzräume und Bunker. Trotz der ständigen Furcht gab es keine Proteste, dafür hatte niemand Zeit. Überleben hieß das Zauberwort, das die Kraft eines jeden Einzelnen raubte.

Überleben war auch das Mantra, mit dem Marga fast täglich von Harald am Aufgeben gehindert wurde. Dabei hatte sie in den vergangenen Monaten mehr als einmal der Mut verlassen. Genau genommen ging es ihr von Anfang an als Sängerin von Charlie's Orchestra ausgesprochen schlecht. Sie fühlte sich elend, weil sie gezwungen war, auf ihre geliebten Songs Propagandatexte zu singen, die die Hörer des deutschen Kurzwellensenders jenseits des Ärmelkanals beeindrucken sollten. Um möglichst viele Engländer vor den Rundfunkgeräten anzusprechen, wurden britische Kriegsgefangene an den Mikrofonen genötigt, ein paar Sätze an ihre Familien zu richten. Doch von diesen Interviews hatte Marga nur gehört, erlebt hatte sie sie bislang nie. Die Wort-Sendungen wurden im Hamburger Funkhaus aufgezeichnet und dann mit den Musikaufnahmen unterlegt, die aus dem Studio in Stuttgart stammten, ihrem neuem Arbeitsplatz. Eine in Stuttgart verbliebene Abteilung des Überseesenders zog im März in das Kurhaus nach Bad Mergentheim, sodass praktisch nur noch das Musikstudio übrig blieb.

Hier trällerte Marga nun statt des eigentlichen Textes zu dem Cole-Porter-Titel »You're the Top« den neuen Refrain:

»*You're the top, you're a German flyer. You're the top, you're machine gun fire, you're a U-boat chap with a lot of pep. You're grand …*« Manchmal sang sie auch im Duett mit Karl Schwedler, nach dessen Kosenamen das Orchester benannt war: unter anderem die durchaus fragwürdige Version des vertrauten Standards »You're Driving Me Crazy«, ein Schlager, der eigentlich von blindem Verliebtsein handelte: »*The Germans are driving me crazy, I thought I had brains, but they shot down my planes …*« Sinngemäß übersetzte und reimte Marga für sich: »Die Deutschen machen mich verrückt, ich dachte, ich hätte Verstand, aber sie schießen mein Flugzeug in Brand …« Tatsächlich musste der Feind zuweilen hohe Verluste verzeichnen. Bei den Luftangriffen auf das nahe Stuttgart gelegene Bad Cannstatt und den Ortsteil Feuerbach im Februar hatte die Flak die meisten Maschinen abgeschossen.

Aber da besaß das Wort überleben bereits eine andere Dimension für Marga. Im Februar erfuhr sie, dass sie schwanger war.

Anfangs hatte sie geglaubt, sie müsse sich dauernd erbrechen, weil sie die mysteriöse Tätigkeit von Charlie and His Orchestra im wahrsten Sinne des Wortes zum Kotzen fand. Harald hatte sie zwar darauf vorbereitet, dass die besten Swingmusiker Europas in den Kellern eines Hauses am Kaiserplatz zusammenkamen und Musik machten, die ihren Fans niemals zu Ohren kommen würde, sondern nur über Kurzwellensender der Feindberieselung diente, lange, bevor die Briten mit Radio Calais eine Konkurrenzstation einrichteten. Aber Marga hatte trotzdem nicht mit diesen kriegsverherrlichenden, im Grunde sinnleeren, auch den britischen Premier Winston Churchill und den amerikanischen Präsidenten Franklin D. Roosevelt diffamierenden Liedern gerechnet.

Bis auf ihren Leadsänger schien kein Mitglied von Charlie's Orchestra dem Nationalsozialismus sonderlich zugetan. Die meisten Kollegen spielten eben einfach nur um ihr Überleben. Denn der Bedarf an guten Musikern war seit dem Tanzverbot nicht mehr so groß wie früher. Wer sein Instrument in Stuttgart niederlegte, würde wahrscheinlich unverzüglich die Einberufung erhalten.

Die Angst vor einem erneuten Kriegseinsatz hatte Kurt dazu gebracht, Harry Alsens Tanzorchester in Portugal zu verlassen. Nach den Auftritten in Estoril war er zwar noch mit allen nach Lissabon gefahren, hatte sich dort aber abgesetzt. Harald vertraute Marga später an, dass er ein paar Zeilen von Kurt bekam, die er zwar gleich vernichtete, aber niemals vergessen würde: »Danke für alles. Such mich nicht. Ich habe die Schnauze voll vom Krieg. Wir sehen uns irgendwann wieder.« Kurts Verschwinden brachte Harald ein Verhör durch die Propagandaabteilung in Paris ein, aber ansonsten kehrten er und die anderen unbehelligt nach Deutschland zurück.

In Paris ließ sich Marga noch einmal zu einer lautstarken Diskussion mit Jules hinreißen. Sie verlangte wieder und wieder Auskunft über Michaels Verbleib. Jules' Antworten genügten ihr nicht. Dass es dem geliebten Mann gut gehe, er sicher in einem Versteck untergebracht sei, mochte sie ohne jeglichen Beweis nicht glauben. Sie schrie, schluchzte, trampelte. Der Franzose ließ sich nicht zu einer Information hinreißen.

Erst Haralds Hinzukommen und das Gefühl, der sonst so feinsinnige Orchesterleiter stehe kurz davor, ihr eine Ohrfeige zu verpassen, brachten sie zum Schweigen. Danach betrauerte sie mit stillen Tränen ihr Unglück, das Schicksal und den anscheinend immer wiederkehrenden Verlust ihrer großen Liebe. Wann hörte der Wahnsinn endlich auf? Wie lange würde es dauern, bis sie Michael wiedersah?

Vier Monate später bestätigte ihr ein Arzt in Stuttgart, dass sie ein Kind erwartete. Michaels Kind.

Im ersten Moment reagierte Marga vollkommen verstört.

Sie war nicht verheiratet, der Vater ihres Babys war ein Flüchtling mit jüdischen Wurzeln, der sich irgendwo in Frankreich versteckt hielt. Hin- und hergerissen zwischen der Liebe zu Michael und dem Makel einer unehelichen Geburt, schwankte sie zwischen Mutlosigkeit und Hoffnung, Freude und einer unbestimmten Todessehnsucht.

Wie sollte sie ihren Eltern erklären, dass sie in anderen Umständen war? Was würde Harald dazu sagen?

Da Dr. Bäumle ihrer Anmeldung entnahm, dass sie ledig war, erkundigte er sich nach einem potenziellen Verlobten.

Ohne sonderlich darüber nachzudenken, benutzte sie Harald als ihren persönlichen Rettungsanker. Marga behauptete kühn, eine Affäre mit einem Musiker zu haben. Sie nannte keinen Namen, ließ aber vage anklingen, dass es sich um den Orchesterleiter ihres früheren Engagements handelte.

»Nun werden Sie und der Kindsvater sicher rasch heiraten wollen. Machen Sie sich wegen der notwendigen Papiere keine Sorgen. Ich bin Ihnen bei der Beschaffung der Eheunbedenklichkeitsbescheinigung gerne behilflich.«

»Oh!«, Marga schnappte nach Luft. »Ich weiß nicht …«

Das Gesicht des Doktors nahm eine ungesunde dunkelrote Farbe an. »Sie denken nicht zufällig an etwas so Verwerfliches wie eine Abtreibung, nicht wahr? Abgesehen davon, dass auf einen Schwangerschaftsabbruch hohe Gefängnisstrafen stehen, ist es die Pflicht einer jeden deutschen Frau und Mutter, gerade in Kriegszeiten eine große Anzahl Kinder zur Welt zu bringen. Wie alt sind Sie, mein Fräulein?«

Der Donnerhall seiner Worte schüchterte sie ein.

»Dreiundzwanzig«, hauchte Marga, obwohl ihr Geburtsdatum ebenfalls aus dem Anmeldeformular hervorging.

»Ein gutes Alter. Da wird es höchste Zeit, dass Sie Ihrer Aufgabe nachkommen und die Säulen von morgen gebären, die das Weiterbestehen des deutschen Volkes sichern.«

»Ja … aber …« Sie brach ab, weil sie ihrer Stotterei nichts Sinnvolles hinzufügen konnte. Genau genommen wusste sie nicht, was sie tun sollte. An eine Engelmacherin hatte sie auf Anhieb zwar nicht unbedingt gedacht, aber diese Möglichkeit war trotz des Verbots und der körperlichen Gefahren sicher eine Überlegung wert.

»Ah, ich verstehe!«, unterbrach Dr. Bäumle ihr Gedankenchaos. Sein Ton wurde etwas milder, als er vorschlug: »Wenn der Kindsvater Sie nicht heiraten will, Fräulein Maibach, ist das natürlich ein Schlag für Sie, aber nicht der Aufregung wert. Ich lasse Ihnen von meiner Sprechstundenhilfe die Adresse einer Lebensborn-Einrichtung heraussuchen, wo man sich um Sie kümmert. Wir haben hier im Schwäbischen schöne Entbindungsheime auf dem Land, wo Sie als wertvolle junge Frau in Sicherheit Ihr Kind gebären und dem Führer zum Geschenk machen können. Man wird dort bis zur Geburt auch finanziell für Sie sorgen. Nach der Nägele-Regel dürfte das Mitte Juli der Fall sein.«

»Ich glaube nicht …«, hob Marga panisch an. Sich zur Ruhe mahnend, schluckte sie den Kloß in ihrem Hals hinunter. »Ich glaube nicht«, wiederholte sie leise, »dass ich jetzt schon eine Entscheidung treffen kann. Bitte geben Sie mir noch etwas Zeit …«

»Welche Entscheidung?«, fragte der Mediziner überrascht. »Ich dachte, Sie hätten keine Wahl.«

Als Marga die Praxis verließ, fiel ihr ein Goethezitat ein, das ihr Vater früher immer benutzte, wenn sie in ein Dilemma geriet: »In der Welt ist es sehr selten mit dem Entweder-oder getan.« Professor Maibach hatte stets versucht, ihr einen dritten Weg aufzuzeichnen. Meistens waren ihr Entscheidungen anschließend leichter gefallen.

Was aber sollte der Ausweg aus dieser schicksalhaften Situation sein? Michael konnte sie nicht heiraten, aber sie würde seinen Sohn oder seine Tochter auch niemals weggeben wollen. War es dann nicht tatsächlich besser, das Baby gar nicht erst zu bekommen? Aber wo sollte sie jemanden finden, der sich zu dem Eingriff bereit erklärte? Woher das Geld dafür nehmen?

Sie legte die Hände auf ihren noch flachen Bauch und versuchte, in sich hineinzuhorchen.

Unwillkürlich bildete sie sich ein, den Herzschlag des kleinen Wesens zu spüren, das in ihr wuchs. Sie hörte in ihrem Hinterkopf den Nachhall eines zarten Stimmchens. Beides war zwar völlig unrealistisch, aber sie war sich sicher, bereits in einer Verbindung zu dem Kind zu stehen. Michaels Kind. Das Pfand ihrer Liebe. Es war sicher eine Tochter. Marga wollte keinem Jungen das Leben schenken, der einmal Soldat würde und womöglich für eine Gesinnung fiel, die nicht die seine war – so wie es vielen jungen Männern erging. Sie wollte ein kleines Mädchen die Liebe zum Jazz lehren, gerade so, wie Michael ihr seine Musik nahegebracht hatte. Dieses Mädchen sollte den Swing in Frieden und Freiheit spielen dürfen. Dieser Gedanke richtete Marga auf.

Ja, dachte sie, wir werden überleben. Alle beide.

Zunächst beschloss sie, die Neuigkeit für sich zu behalten. Mit der Zeit würde sich eine Lösung finden. Die Übelkeit ließ glücklicherweise irgendwann nach, und außer, dass sich ihr Busen anfühlte wie aufgepumpt, stellte sie noch keine wesentlichen Veränderungen an ihrem Körper fest. Marga war meist sehr müde, aber das waren nach den Luftangriffen und den damit verbundenen zahllosen in Schutzräumen durchwachten Nächten fast alle Bewohner Stuttgarts. Sie ging nicht mehr zum Arzt. Weder zu dem strammen Nazi Bäumle noch zu einem anderen. Für den Moment genügte es ihr, nach außen hin so zu tun, als wäre nichts geschehen.

Für sich begann sie von ihrer kleinen Familie zu träumen.

Und vom Überleben. Sie malte sich aus, wie Michael und seine natürlich musikalische Tochter gemeinsam in einem hübsch eingerichteten Musikzimmer Margas Lieblingsmelodien spielten. Die Harmonie, die diese Wunschträume in ihr auslösten, kämpfte ihre gelegentlichen Panikattacken nieder, die sie mit einer gewissen Regelmäßigkeit erfassten. Das waren dann die Momente, in denen sie sich ihre Situation realistisch vor Augen führte. Vielleicht war das Schlimmste, dass sie keine Person in ihrem Umfeld besaß, der sie sich anvertrauen konnte. Ihre Jugendfreundin Helga fehlte ihr. Aber eine Schwangerschaft war nichts, was man am Telefon besprach. Die Angst, ihre Briefe könnten abgefangen werden, schloss auch diesen Weg der Kommunikation aus. Außerdem fühlte sie sich irgendwie schlecht, weil sie ein Baby erwartete, während Helga, die schon so lange mit Nobsi verheiratet war, nichts anderes blieb, als auf den geliebten Mann zu warten, bis dieser aus der Gefangenschaft heimkehrte – irgendwann.

Sie nahm zwar nicht so massiv zu, wie sie es erwartet hatte und von anderen Frauen kannte, aber über kurz oder lang fiel es ihr immer schwerer, ihr Bäuchlein zu kaschieren. Obwohl es Mode wurde, weite Jacken zu tragen, machte die Stoffknappheit genau das äußerst schwierig. Hinzu kam die Lebensmittelrationierung. Als Schwangere hatte Marga Anspruch auf eine größere Kalorienaufnahme und vor allem den erweiterten Bezug von Milchprodukten, Obst und Gemüse, das wusste sie. Um bessere Marken zu erhalten, musste sie sich aber registrieren lassen. Würde man sie als ledige Mutter dann von Amts wegen nicht gleich an die Lebensborn-Einrichtung verweisen? Der Hunger wurde fast unerträglich, aber Marga biss die Zähne zusammen. Sie war glücklich, dass Dr. Bäumle ihr nicht eine Person vom Reichsfrauenwerk auf den Hals gehetzt hatte. Da wollte sie nicht selbst für unnötige Aufmerksamkeit sorgen.

Ein Schwächeanfall beendete ihr Versteckspiel.

Es passierte nach einer Musikaufnahme beim Verlassen des Studios. Die meisten Kollegen eilten bereits in die Kantine – heute gab es eine Rarität wie echte Wiener Würstchen zu dem Eintopfgericht aus Linsen und Spätzle –, aber Marga trödelte noch ein wenig im Vorraum der Tontechnik herum.

Sie setzte sich auf einen Stuhl und wühlte übertrieben lange in ihrer Handtasche, als wäre sie auf der Suche nach etwas. Tatsächlich war ihr für einen Moment schwarz vor Augen geworden und ihre Beine fühlten sich so schwer an, dass sie kaum einen Fuß vor den anderen zu setzen vermochte.

Geldbörse, Spiegel, Lippenstift und Notizbuch verschwammen vor ihren Augen. Ihr wurde schwindelig. Zwar drang in ihr Bewusstsein eine Warnung, aber sie reagierte nicht auf die innere Stimme.

Statt sich zurückzulehnen, registrierte sie mit erstaunlicher Verzögerung, wie ihr Oberkörper zur Seite kippte. Was auf ihrem Schoß lag, fiel klappernd und scheppernd zu Boden.

Sie nahm noch einen Ausruf wahr, der wie das französische »*Merde*!« klang, aber dann war nichts mehr um sie her.

Marga erwachte auf dem Boden liegend. Neben ihr kniete ein Mann, der sein Einstecktuch gerade in ein Wasserglas tauchte. Sie zwinkerte und erkannte Jules Delaborde.

»Was … was … ist … passiert?« Das Sprechen bereitete ihr Mühe, sie fühlte Übelkeit in sich aufsteigen. »Mir ist … so schlecht …«

»Beweg dich nicht. Du bist in Ohnmacht gefallen.« Der Franzose legte ihr das feuchte Tuch auf die Stirn, dann schob er ihr seinen Arm unter den Kopf. Das ungewohnte Du ging ihm wie selbstverständlich über die Lippen. »Es wird dir gleich besser gehen, Marga. Dein Kreislauf muss nur wieder in Schwung kommen.«

»Wie lange … war ich … ohnmächtig?«

»Nur ein paar Sekunden. Ich kam gerade zur Tür herein, als du vom Stuhl gefallen bist. Wie gut, dass ich mein Feuerzeug im Instrumentenkoffer liegen gelassen hatte und deshalb noch einmal umkehren musste.«

»Mein …«, stöhnte sie leise, biss sich dann aber auf die Zunge, um gerade noch das Wort »Baby« zu unterdrücken.

Es war mehr ein Reflex als Absicht, dass sie die Hände auf ihren Bauch presste. Seit etwa zwei Wochen spürte sie stärkere Bewegungen des Kindes. Was anfangs wie der Flügelschlag eines Schmetterlings gewirkt hatte, entwickelte sich zu energischen Tritten. Heute Morgen hatte sie zum ersten Mal einen feinen Druck in ihrer Handfläche gespürt, die sie gegen ihre Wölbung gelegt hatte. Ein unvergleichliches Glücksgefühl erfasste sie, als sie auf diese Weise mit Michaels Tochter in Kontakt trat. Es war ganz sicher ein Mädchen. Als Marga jetzt mit den Fingerspitzen nach einem Lebenszeichen tastete, fürchtete sie, dass »ihr« etwas passiert sei – nicht »ihm«. Zu ihrer größten Erleichterung antwortete ein munteres Strampeln.

Jules wischte die Träne mit dem Daumenballen fort, die sich unter Margas Lidern hervorgestohlen hatte. »Seit wann weißt du es?«

Sie riss die Augen auf. »Was?«

Er schmunzelte. »Du kannst mir nichts vormachen, Marga. Ich bin Franzose. Wir sind Fachleute in Sachen Liebe – auch darin, was daraus werden kann. Ich beobachte dich schon eine ganze Weile. Offensichtlich bekommt Jules Delaborde Nachwuchs. Nicht ich. Der andere.«

Ihr wurde abwechselnd kalt und heiß. Sie spürte, wie sie rot wurde. Am liebsten wäre sie aufgesprungen und davongelaufen, aber sie fühlte sich nicht in der Lage, sich zu rühren. Sie schloss die Augen und zog das feuchte Taschentuch darüber.

»Mach dir keine Sorgen«, fuhr der Musiker fort, »keinem anderen dürfte aufgefallen sein, was ich bemerkt habe. Und es ist gerade niemand hier außer uns beiden. Du kannst dich mir anvertrauen, wenn du möchtest.«

»Als mir zuletzt gesagt wurde, ich solle mir keine Sorgen machen«, entfuhr es ihr, »wurde mir eine Entbindung in einer Lebensborn-Einrichtung angeraten und dass ich mein Baby dem Führer zum Geschenk machen soll.«

»*Mon dieu*!«

»Ich will das nicht …!«

Es schien Marga, als wäre ein Damm gebrochen. Es war ihr unmöglich, die Worte zurückzuhalten. All das, was sie in den vergangenen Monaten für sich behalten hatte, löste sich. Während sie Jules ohne Beschönigung der Tatsachen erzählte, wie sie erfahren hatte, dass sie schwanger war, und dass sie noch immer auf ein Wunder hoffte, das ihr Überleben sicherte, richtete sie sich langsam wieder auf.

Das Taschentuch fiel herunter und Jules griff danach. Er hörte ihr schweigend und mit besorgter Miene zu, stützte sie, ohne dabei zudringlich zu wirken. Schließlich schlug er vor: »Wollen wir ein bisschen spazieren gehen? Es ist ziemlich kühl draußen, aber frische Luft wird dir guttun. Und dann suchen wir uns irgendwo ein Lokal, wo es sich offen reden lässt. Nicht wie in der Kantine, wo uns jeder zuhört.«

»Ich habe Hunger«, gestand sie kläglich.

»Wir werden etwas Anständiges für dich und dein *bébé* zu essen finden. Ihr könnt meine Reichsfleischkarte haben, wenn deine Coupons schon verbraucht sind. Mir ist sowieso mehr nach Spätzle oder Maultaschen.«

Marga war sich sicher, dass Jules log, aber sie nahm sein Angebot dankbar an. Später fragte sie sich, wieso sie sich eigentlich zuerst dem Mann anvertraute, den sie lange Zeit für einen Kollaborateur, Spitzel, Spion, Doppelagenten oder was auch immer Unerfreuliches gehalten hatte. Sie wunderte sich zwar auch weiterhin über Jules' Rolle in dem Spiel der Mächtigen, aber das war inzwischen zweitrangig. Jules eignete sich deshalb zu ihrem Ratgeber, weil er in gewisser Weise Michaels Schutzengel war – und gleichzeitig Haralds Freund.

»Ich fürchte mich so davor, dass Harald mich fortschickt, wenn er erfährt, was los ist«, gestand sie, während sie sich im Restaurant Alte Kanzlei über den Zwiebelrostbraten hermachte, den Jules für sie bestellt hatte. »Aber ich weiß nicht, wohin ich gehen soll. Selbst wenn meine Eltern mich nicht rauswerfen, bleibt die Angst, dass mir das Kind fortgenommen wird. Ich bin und bleibe ledig.«

»Mach dir keine Sorgen«, wiederholte Jules, »ich rede mit Harald. Allerdings liegt es nicht in seinem Ermessen, dich zu entlassen. Er hat das Sagen bei Harry Alsens Tanzorchester, nicht aber bei Charlie's Orchestra und schon gar nicht beim Kurzwellensender.«

Aber er ist der Mensch, auf dessen Unterstützung ich am Ende baue, antwortete sie im Stillen.

Harald hatte ihr in den vergangenen Jahren immer zur Seite gestanden. Sie wollte seinen Schutz und seine Freundschaft nicht mehr missen. Wenn sie heute daran dachte, wie oft sie in der Vergangenheit beschlossen hatte, mit ihm zu brechen, schämte sie sich für ihre Naivität und Selbstgefälligkeit. Sie waren ein gutes Gespann, und seit sie in Stuttgart Zimmer an Zimmer in einer Pension lebten, hatte sich ihre Kameradschaft zu einem tiefen familiären Gefühl entwickelt. Sie waren wie Bruder und Schwester. Nicht einmal die Erinnerung an das unglückselige Zusammentreffen in ihrem Hotelzimmer in Hendaye änderte etwas daran. Dennoch fürchtete sie sich vor seiner Reaktion auf das Baby. Es würde ihr das Herz brechen, wenn er sie wegen ihrer Schwangerschaft verurteilte.

Es kam ganz anders als erwartet. Harald fing Marga eines

Morgens auf dem Flur der Pension ab. Sie war auf dem Rückweg vom Bad zu ihrem Zimmer und er kam ihr in seinem dunkelblauen Morgenmantel entgegen, den sie seit ihrer Tournee nach Dänemark kannte. Um den Hals hatte er ein Handtuch geschlungen und in seinem etwas unausgeschlafenen, zerzausten Zustand sah er sehr attraktiv aus, wie ihr unvermittelt auffiel.

Seine Augen hinter der Brille blitzten, seine Mundwinkel zuckten amüsiert. Wahrscheinlich machte er sich lustig über ihr blasses, ungeschminktes Gesicht und die nassen Haare, die wie eine goldene Haube an ihrem Kopf anlagen.

»Guten Morgen, Marga. Weißt du, dass du mir heute Nacht den Schlaf geraubt hast?«

»Was soll der Unsinn?«, gab sie matt zurück. Sie hatte ebenfalls nicht geschlafen, weil *die* Kleine in ihrem Bauch einen ziemlichen Tumult veranstaltet hatte.

»Jules und ich haben uns gestern Abend in einer Weinschänke unterhalten«, fuhr er unbeirrt fort. »Zur Reblaus oder so. Es war ziemlich ungewöhnlich. Wenn ein Franzose sagt, dass der Württemberger Riesling fast ebenso gut wie ein französischer Wein schmeckt, hat er entweder recht und es wurde uns ein vorzüglicher Tropfen kredenzt. Oder er war betrunken. Oder …« Harald legte eine kleine Pause ein, blickte sie nachdenklich an. Dann fügte er hinzu: »Oder er heckt etwas aus. Ich tendiere zu Letzterem.«

Durch Margas Gliedmaßen zog ein seltsames Kribbeln. »Ja. Und? Was hat das mit mir zu tun?«

»Er hat mir die Lösung deines kleinen Problems vorgetragen.«

Ihre Augen flogen hektisch umher. »Bitte, Harald, nicht hier auf dem Flur.«

»Es gibt schlechtere Orte, um einen Heiratsantrag zu machen«, gab er spöttisch zurück.

»Einen … was …?« Ihr Herzschlag verwandelte sich in ein Trommelfeuer. Marga wurde schon wieder schwindelig. Sie griff in die Luft, weil sie nach Halt suchte.

Harald schob seine Hand um ihren Ellenbogen. »Ja. Wir werden heiraten. Jules meint, das wäre das Beste für dich und das Kleine.«

Unausgesprochene Fragen stürzten auf sie ein. Doch ihr entfuhr nur ein verwirrtes: »Ach? Meint er das? Und du tust, was Jules Delaborde dir sagt?«

In einem der Zimmer drehte ein Gast den Volksempfänger auf volle Lautstärke. Der rheinisch gefärbte, kalte und wohlbekannte Tonfall Joseph Goebbels' drang deutlich durch die geschlossene Tür auf den Flur: »… die Lage ist ernst, aber die Gegenmaßnahmen laufen an. Das deutsche Weltheer hält böse Überraschungen für die feindlichen Truppen bereit …«

Die Worte des Propagandaministers lenkten Harald von seinem eigentlichen Thema ab. »Eine alliierte Invasion scheint unmittelbar bevorzustehen«, murmelte er, »wenn sie schon Inhalt einer Rundfunkansprache ist.«

»… sollte der Feind wirklich das denken, was er sagt und schreibt«, höhnte die gesichtslose Stimme durch den Flur, »und tatsächlich die Absicht haben, mit einem so bodenlosen Leichtsinn ein Unternehmen zu starten, von dem alles abhängt, dann wünsche ich ihm Gute Nacht!«

Marga hörte nicht auf das aufpeitschende Gerede aus dem Volksempfänger. Auch Haralds Kommentar war zweitrangig. Nur der Begriff »bodenloser Leichtsinn« prägte sich bei ihr ein.

Es war eine bizarre Duplizität. Ein bodenloser Leichtsinn war es nämlich, wenn sie Haralds seltsamen Antrag annahm. Was hatte sich Jules bei seinem Vorschlag nur gedacht? Sie liebte Michael – das wusste er doch besser als manch anderer. Und was war mit Harald los, dass er bereit war, mit einer Frau die Ehe einzugehen, die von einem anderen ein Kind erwartete? Sie wusste nicht, ob es nach Isabelle de Valory eine andere in Haralds Leben gab. Wenn es so war, benahm er sich ausgesprochen diskret. Marga hatte ihn nie gefragt, aber auszuschließen war es natürlich nicht. Er war ein gut aussehender Mann, ein hervorragender Pianist, besaß Charme, Humor und Intelligenz. Warum sollte er ihr mit einer Vernunftehe aus der Patsche helfen?

Alles fühlte sich verkehrt an. Einfach falsch. Sie wünschte sich einen Rosenstrauß und eine Untermalungsmelodie wie im Film, ein schönes Kleid und am besten einen Kniefall des geliebten Mannes. Etwas, das es in den Filmen von Ginger Rogers und Fred Astaire ständig gab. Diese Situation zwischen Tür und Angel war vollkommen unpassend. Nicht nur, weil sie sich beide im Bademantel befanden und sie nasse Haare hatte.

Sie bewegte die Zehen in ihren Hausschuhen. Ihr Tanz damals in dem Hotelzimmer in Aarhus fiel ihr ein. Harald war immer für verrückte Situationen gut.

»Das kommt überhaupt nicht infrage!«, entschied sie. »Es ist nicht richtig, wenn wir heiraten. Gut gemeint, natürlich, und dafür danke ich dir auch, aber …« Sie unterbrach sich, weil ihr etwas einfiel: »Oder sollte ich besser Jules Delaborde danken?«

Harald grinste. »Er würde dich heiraten, wenn das für ihn als Franzosen nicht deutlich schwieriger wäre.«

»Oh!«

»Marga«, er senkte seine Stimme, wurde wieder ernst, »es ist das Beste. Niemand wird sich wundern, wenn wir zum Standesamt gehen. Wir sind schon so lange zusammen unterwegs, dass selbst deine Schwangerschaft ziemlich unauffällig sein dürfte. Nichts muss sich ändern. Du kannst hierbleiben, dein Baby zur Welt bringen und singen, wenn du dir das weiterhin zutraust …«

»Halt!« Sie holte tief Luft, um das zu sagen, was wie eine Alarmglocke in ihrem Kopf schrillte: »Es würde sich sehr viel ändern. Wenn wir verheiratet sind, würden wir nicht mehr in getrennten Zimmern leben und …«

Harald brach in bitteres Lachen aus. »Glaubst du wirklich«, zischte er, »dass ich eine Frau anrühre, die von einem anderen Mann geschwängert wurde? Erinnere dich bitte: Ich habe diesen Umstand mit eigenen Augen gesehen. Was du mir unterstellst, ist grotesk!«

Sie war sich nicht sicher, ob sie ihn nicht hauptsächlich deshalb heiratete, weil sie befürchtete, ihn zu beleidigen, wenn sie beharrlich ablehnte.

An einem Tag Anfang Juni hatten sie alle Papiere zusammen, die sie für die standesamtliche Trauung benötigten: Gesundheitszeugnis, polizeiliches Führungszeugnis, einen Nachweis über die arische Abstammung des Brautpaares über drei Generationen und einen Nachweis über die Fähigkeit zur Führung eines Haushalts. Hilfreich war die Tätigkeit beider Eheleute für das Propagandaministerium in kriegswichtigem Auftrag. Und Harald hatte recht: Obwohl Marga bereits Ende des siebenten Monats war, schien sich niemand darüber zu wundern, dass sie den Bund fürs Leben schlossen. Marga schnappte irgendeine Bemerkung des Standesbeamten auf über das Gauklervolk im Allgemeinen und Sängerinnen und Pianisten im Besonderen, die eben nach anderen Regeln lebten als die treudeutschen Bürger. Aber das war auch die einzige auffällige Kritik.

Die Musiker gaben ihnen Geleit, andere Freunde besaßen sie nicht. Ulli und Heinz waren ihre Trauzeugen. Margas Eltern nahmen die Wendung im Leben ihrer Tochter zwar nicht gleichgültig, aber ebenfalls wenig überrascht zur Kenntnis. Eine Reise nach Stuttgart war für sie unmöglich. Professor Maibach ging es körperlich nicht sehr gut, erzählte ihre Mutter am Telefon. Obwohl die Hansestadt in den vergangenen Monaten nicht zum Ziel von Luftangriffen geworden war, verkraftete sein Herz die ständig lauernde Gefahr immer schlechter. Marga war dankbar für die labile Gesundheit ihres Vaters. Ihre Heirat wäre ihr ungleich verlogener erschienen, wenn er sie Harald zugeführt hätte. Außerdem war es ja nicht ihre *richtige* Hochzeit. Die wollte sie nachholen, wenn der Krieg erst vorüber war – nach einer Scheidung und mit einem anderen Bräutigam an ihrer Seite.

Marga und Harald heirateten an einem Dienstag. Später erfuhren sie, dass es der Tag war, an dem alliierte Streitkräfte in der Normandie landeten. Zwei Tage zuvor war Rom von britischen und amerikanischen Truppen befreit worden. Unvermittelt stellte sich ihnen daraufhin die Frage, wann Paris fallen würde. Im Reichsrundfunk wurde jedoch vermeldet, die Gegenoffensive der Wehrmacht in Frankreich wäre erfolgreich.

Jules, der wieder einmal über unbekannte Quellen verfügte, behauptete, dass in der Normandie, der Bretagne und der Vendée erbitterte Schlachten ausgefochten wurden. Überall schien Chaos zu herrschen.

Auf Margas Frage, ob Michael in Sicherheit war, antwortete er zum ersten Mal, ohne auszuweichen: »Ich weiß es nicht. Ich weiß es wirklich nicht. Ich kann meine Familie nicht mehr erreichen.«

Zumindest erriet sie daraus, dass der Geliebte wieder auf Château Valory weilte.

Zwölf Tage nach ihrer Trauung kam es wieder zu folgenschweren Luftangriffen auf die Innenstadt von Hamburg. Professor Maibach erlitt angesichts der erneuten Bedrohung einen Herzinfarkt. Er überlebte, stürzte Marga aber in einen tiefen Gewissenskonflikt. War sie verantwortlich für sein Leiden, weil sie nicht darauf bestanden hatte, dass ihre Eltern nach Stuttgart reisten? Wahrscheinlich wären sie noch eine Weile im beschaulichen Schwabenland und somit in Sicherheit geblieben. Harald versuchte, sie zu beruhigen und ihr die Schuldgefühle auszureden, doch Marga reagierte mit einem hysterischen Weinkrampf.

Dann kam die Nachricht, dass ihre Freundin Helga durch die Bomben ums Leben gekommen war. Ihre Mutter machte ihr die traurige Mitteilung. Helga hatte sich an jenem achtzehnten Juli in den öffentlichen Luftschutzraum in der Wexstraße geflüchtet und war dort gefallen, wie es im Amtsdeutsch hieß. Die angeblich sicheren Mauern hatten den Volltreffern nicht standgehalten. Sechsundzwanzig Menschen waren mit ihr gestorben.

Nie zuvor hatte Marga so verzweifelt getrauert. Nur die Kindsbewegungen in ihrem Leib konnten sie trösten.

»Wenn es wirklich ein Mädchen wird«, schluchzte sie, »nenne ich sie Helga. Versprich mir, Harald, dass wir sie Helga nennen werden. Du bist offiziell für sie verantwortlich.«

Und er gab ihr sein Ehrenwort.

Als sie mit angezogenen Knien auf einer Pritsche lag und sich an dem flackernden Neonlicht störte, ließ Marga die Geschehnisse der vergangenen Monate Revue passieren. Sieben Tage waren seit Helgas Tod und dem Herzinfarkt ihres Vaters vergangen. Dass es Helga nicht mehr gab, hatte sie erst gestern erfahren. War ihr Zusammenbruch eine logische Folge dieser beiden einschneidenden Ereignisse?

Harald hatte sie in die Frauenklinik gebracht. Wie viele Stunden war das her? Sie konnte sich daran weniger gut erinnern als an die Tage, die seit dem Bombardement Hamburgs vergangen waren. Sie döste immer wieder ein, sackte weg in ein Niemandsland aus Traum und vollständiger Umnachtung. Vielleicht wurde sie auch bewusstlos. Es war ihr nicht möglich, eine Unterscheidung zu treffen.

Wo war Harald? Sie wandte den Kopf, versuchte, die Sterne wegzublinzeln, die sie nach ihrem starren Blick in die Leuchtröhre begleiteten. Wie damals in der Sonne Lissabons, als sie aus dem Dämmerlicht der Synagoge nach draußen getreten war. Schatten huschten um die Häuserecken. Jedoch keine Gespenster, sondern Menschen, die ihr gefolgt waren. Harald hatte die missliche Situation für sie geregelt.

Harald, der immer für sie eingetreten war. Der immer half, wenn sie Hilfe benötigte. Warum tat er eigentlich so viel für sie? Er hatte sein Versprechen gehalten und war auch nach der Trauung ihr Freund geblieben. Niemals stellte er jene Ansprüche, die ihm als Ehemann zustanden. Im Gegenteil. Er umgab sie mit zurückhaltender, aber aufmerksamer Zuneigung. Warum war er so lieb zu ihr? Sie hatte ihn nie gefragt. Das musste sie sofort nachholen, beschloss sie. Unbedingt. Es war wichtig.

»Mein Mann …« Ihre Stimme war ein gebrochenes Stöhnen. Sie bemerkte eine weiße Tracht in ihrer Nähe und nahm all ihre Kraft zusammen, um einigermaßen verständlich zu fragen: »Haben Sie meinen Mann gesehen?«

Es fühlte sich vertraut und gut an, Harald so zu nennen. Meist vermied sie es, weil es ihr so falsch erschien wie ihre Ehe. Aber plötzlich lagen Schutz und Geborgenheit in diesen Worten. So wie *Hafen* für einen Seemann das Synonym für Sicherheit bedeutete.

»Wir haben Ihren Mann fortgeschickt, Frau Alsen«, sagte die Krankenschwester mit dem warmen, begütigend schwäbischen Akzent. »Er kann jetzt nichts für Sie tun.«

»Aber …«, hob sie an, brach dann jedoch ab. Wie sollte sie der wildfremden Frau erklären, dass sie ohne Harald verloren war?

»Der Doktor kommt gleich. Wir werden Ihr Kind mit Kaiserschnitt holen müssen. Es sieht ganz nach einer Placenta praevia aus. Das ist eine Fehllage des Mutterkuchens. Der Operationssaal wird bereits vorbereitet. Machen Sie sich keine Sorgen.«

Machen Sie sich keine Sorgen …

Marga war während einer Probe zusammengebrochen. Harald hatte durchgesetzt, dass sie auch hochschwanger singen durfte. Was hätte sie auch sonst tun sollen? Es gab ja nicht einmal ein Heim, das sie für das Kind hätte herrichten können.

Den Propagandatext zu dem Bing-Crosby-Schlager »I've Got a Pocketful of Dreams«, den sie vom Blatt probierte, hatte sie in ihrem Dämmerzustand vergessen, aber sie erinnerte sich genau, mit welcher Wehmut sie ihre Darbietung versah. Ihre Augen schwammen in Tränen, denn auch sie hatte einst die Taschen voller Träume gehabt. So wie Helga und all die anderen jungen Frauen, deren Leben durch den Krieg auf die eine oder andere Weise zerstört worden war. Doch immerhin gewährte ihr, Marga, das Schicksal Taschen voller Hoffnung.

Mitten in der zweiten Strophe setzten Blutungen ein. Hellrotes Blut, das Margas Beine bald in Strömen hinabrann. Sie hatte keine Schmerzen – und sie machte sich Sorgen!

Wieder wurden ihre Lider schwer.

Das lang gezogene Heulen einer Sirene riss sie aus ihrer Benommenheit. Fliegeralarm!

Marga fuhr hoch. Um sie herum herrschte plötzlich Hektik.

»Bleiben Sie in der Schnittlage liegen«, schrie die eben noch so besonnene Krankenschwester. »Wir operieren im Keller.«

Sofort wallte Panik in Marga auf. Sie wollte nicht in den Keller. Ein Kaiserschnitt barg viele Risiken, davon hatte sie gehört. Sie wollte das nicht! Sie wollte eine Geburt, wie ihre Mutter sie erlebt hatte.

Warum begriff niemand, dass noch viel Zeit war? Noch hatte sie doch gar keine Wehen, verlor nur Blut. Das war sicher gefährlich – aber bestimmt nicht so schlimm wie eine Notoperation im Keller. Da lag ein Irrtum vor.

Ihre Tochter sollte keinesfalls in einem Schutzraum geboren werden. Helga war in einem solchen gestorben.

Es gab nur einen Menschen, der sie hier rausholen konnte.

»Harald«, schrie Marga.

Doch er hörte sie nicht.

Sie war auf sich allein gestellt.

Überleben, fuhr es ihr durch den Kopf, Michaels Kind muss überleben.

Über den mittelalterlichen Fachwerkhäusern von Stuttgart dröhnten die ersten Bombermotoren. Es war nach Mitternacht. Der 25. Juli war angebrochen.

CHÂTEAU VALORY AUGUST 1944

51

Graue Wolken zogen sich über dem Schloss zusammen. Das Wetter war seit Wochen so schlecht, dass Michael allmählich begann, Isabelle zuzustimmen und es für ein Omen zu halten. Besonders jetzt, da sie verschwunden war.

Isabelle hatte sich auf den Weg nach Paris gemacht, um ihrem Vater zu helfen – oder zumindest Näheres über die Umstände seiner Verhaftung zu erfahren. Sie trat die wegen der Kämpfe in der Nähe gefährliche Reise an, obwohl in Paris zum Generalstreik gegen die Besatzer aufgerufen worden war und anscheinend Chaos herrschte. Die Mitteilungen aus der Metropole, die sie durch das im Weinkeller versteckte Funkgerät erhielten, waren unmissverständlich. Auf andere Informationsquellen konnten sie nicht mehr bauen, zumal Radio Paris inzwischen seinen Sendebetrieb eingestellt hatte und es private Telefonverbindungen ebenfalls nicht mehr gab. Der geheime Funkkontakt genügte jedoch, um Isabelle in Aufruhr zu versetzen.

Der Vicomte steckte in Schwierigkeiten. Er schien einmal zu oft auf sein Glück und seinen Charme vertraut zu haben. Ein nervöser Gestapomann nahm ihm seine naive Deutschfreundlichkeit nicht mehr ab und setzte ihn fest. Gilles de Valory drohte die Exekution.

Michael hatte Isabelle aufzuhalten versucht, war ihr mit Logik und Vernunft begegnet. Doch sie wollte nicht hören, dass sie in Valory besser aufgehoben sei und es ganz sicher nicht der Wunsch ihres Vaters war, wenn sie sich in Gefahr begab.

Sie ignorierte seine Einwände und berichtete, was er schon geahnt hatte: dass die Familie aktiv mit dem Widerstand verstrickt war. Seine falschen Papiere, die ihm zur Flucht nach Lissabon verhelfen sollten, waren nicht die einzige Bestätigung dafür. Das Funkgerät, das er erst nach seiner Rückkehr aus Hendaye entdeckte, war ein weiterer Beweis. Nun erzählte ihm Isabelle, dass Gilles de Valory ein alter Kamerad Charles de Gaulles und Général Leclercs in der Militärschule Saint-Cyr bei Versailles gewesen war und von Anfang an de Gaulles politische Ambitionen unterstützte. Die hervorragenden Deutschkenntnisse des Vicomte sowie seine guten Kontakte zu den Besatzern hatten es ihm ermöglicht, Informationen nach London in de Gaulles Hauptquartier zu übermitteln. Jules – als Musiker unverdächtig – trug das Seine dazu bei. Sie kämpften mit ihren Mitteln für ein freies Frankreich, »in dem wir wieder atmen können«. Michael fand Isabelles Ausführungen in diesem Punkt zwar etwas übertrieben, da die Valorys seines Wissens nicht einmal auf dem Schwarzmarkt einkaufen mussten und kaum Hunger litten, aber er widersprach natürlich nicht. Er ließ sie gehen – und hätte sie doch am liebsten am Pfosten der Treppe festgebunden.

Allein in dem riesigen Anwesen fühlte er sich ebenso verloren wie im vorigen Jahr, als sein Leben eine völlig neue Wendung nahm. Jules hatte Michaels Schicksal in Hendaye in die Hände eines Bauern gelegt, der offensichtlich der in diesem Teil Frankreichs traditionellen Untergrundbewegung angehörte, dem Maquis. Seitdem ahnte Michael, wie weitreichend die Beziehungen der Valorys waren, und sah sich mit einer Welt konfrontiert, von der er nichts geahnt hatte. Er lebte eine Weile bei Mitgliedern der Partisanengruppe, die Sabotageakte verübten. Als Übersetzer abgefangener Nachrichten war er sehr nützlich. Es war eigentlich eine gute Zeit im Südwesten Frankreichs, obwohl sie ihn für immer veränderte. Der verträumte Musiker musste sich nun endgültig der harten Realität stellen. Deshalb überraschte es ihn nicht einmal sonderlich, als er unmittelbar nach der Landung der Alliierten in der Normandie den Befehl erhielt, nach Schloss Valory zurückzukehren. Die Reise zu Fuß und mit diversen Fahrzeugen, auf Schleichwegen und häufig bei Nacht, schien eine Ewigkeit zu dauern. Ständige Truppenbewegungen der Wehrmacht erschwerten die Fahrt. Niemals konnte er wirklich sicher sein, nicht in die Hände des Feindes zu fallen. Ein Feind mit Michaels eigener Nationalität.

Als Michael endlich auf dem vertrauten Anwesen ankam, war die Front in der nördlichen Normandie zwar weiter gen Osten gerückt, aber noch nicht so weit wie erwartet. Die Wehrmacht leistete erbitterten Widerstand. Erfolgreicher waren die US-Divisionen, die sich aus dem Südwesten kommend nach Paris vorkämpften. Über dem Schloss kreisten dennoch gelegentlich die Flugzeuge der RAF, die Seine-Brücke bei Vernon war getroffen worden, keine zehn Kilometer entfernt. Deshalb erwartete Isabelle fast täglich den ersten Luftlandetrupp der Alliierten.

Sie brauchte den neuen, alten Gärtner als Boten für Meldungen, die sie erhielt und an Résistance-Kämpfer in der Umgebung weiterreichte. Durch seine Zeit bei den Männern des Maquis war Michael in dieser Aufgabe geschult. Der Vicomte weilte indes in Paris, verbunden mit seiner Tochter durch das Funkgerät. Regelmäßig schickte Valory Nachrichten über das, was in der Stadt geschah oder er in Erfahrung bringen konnte. Bis der Kontakt abbrach und Isabelle über einen Mittelsmann von seiner Verhaftung erfuhr.

Seit ihrer überstürzten Abfahrt war Michael ganz allein in dem riesigen Gebäude. Isabelle hatte die verbliebenen Dienstboten schon vor einer Weile zu ihren Familien geschickt. In diesen Zeiten brauchte niemand mehr ein Dienstmädchen und einen Hausdiener. Überall auf den Möbeln sammelte sich Staub, der Garten begann zu verwildern. Die Rosen ließen ihre vom vielen Regen schweren Köpfe hängen. Ein Sinnbild von Michaels eigener düsterer Stimmung.

Der Anblick der Rosenbeete erinnerte ihn an Margas Aufenthalt in Valory. Er gestattete sich selten einen Gedanken an sie. Meistens versuchte er, die Erinnerung an Marga ebenso auszublenden wie die an seine Eltern. Diese geliebten Menschen gehörten zu einem anderen Leben. Seine Hoffnung auf ein baldiges Wiedersehen mit ihnen war nach dem misslungenen Attentat auf Hitler im Juli zerstört. Seitdem zwang er sich, ausschließlich in der Gegenwart zu leben und nicht mehr zurückzuschauen.

Michael wandte sich vom Fenster und vom Blick auf die Rosen ab. Seine Schritte hallten auf dem alten Fließenboden. Obwohl es erst Nachmittag war, herrschte bereits dämmriges Licht in den Sälen im Parterre. Er beschloss, in den Weinkeller zu gehen und das Funkgerät einzuschalten. Isabelle hatte ihn zwar ausdrücklich vor Alleingängen gewarnt, aber die Ungewissheit setzte ihm mehr zu als die Missachtung ihres Verbots. Vielleicht konnte er über irgendeinen Mittelsmann in Erfahrung bringen, was mit Gilles de Valory geschehen war und warum sich Isabelle nicht meldete. Irgendjemand würde ihm schon antworten.

Plötzlich drangen Motorengeräusche durch die dicken Mauern. Im ersten Moment, den Fuß auf der obersten Stufe der Kellertreppe, dachte Michael, das Dröhnen käme vom Herannahen eines Gewitters. Er wollte gerade hinabsteigen, da wurde ihm bewusst, dass es sich um ein Fahrzeug handelte, das über die Auffahrt heranbrauste.

Isabelle war zurück. Michael wurde schwindelig vor Erleichterung.

Er drehte sich um und lief zum Eingangsportal. Nur das Einsetzen des prasselnden Regens hielt ihn davon ab, die Tür schwungvoll aufzureißen. Da er die Nässe nicht in die Halle wehen lassen wollte, zögerte er kurz.

Neugierig warf er einen Blick durch den Glaseinsatz nach draußen. Und erstarrte.

Durch den Schleier der von einem Windstoß aufgepeitschten Tropfen erkannte er ein deutsches Militärfahrzeug. Der Kies spritzte unter den Rädern auf, als der Wagen auf dem Vorplatz abbremste. Sechs Männer in Uniform sprangen heraus – Waffen-SS.

52

»Haben Sie Jean-Paul Sartre gelesen, Mademoiselle Cramer?«, erkundigte sich Maurice Delaborde, wartete ihre Antwort jedoch nicht ab, sondern plauderte weiter: »Sein Bericht *Ein Spaziergänger im aufständischen Paris* erschien zunächst in der Zeitung Combat, inzwischen wurde das Werk in verschiedenen Sammlungen veröffentlicht. Sartre beschreibt darin sehr anschaulich, was zwischen dem 15. August 1944, dem Beginn des Generalstreiks gegen die Deutschen, dem anschließenden Aufstand der Résistance und dem 25. August, dem Tag der Befreiung, geschah.«

»Hmmm«, machte Andrea. Allerdings reagierte sie mehr aus Höflichkeit denn aus Interesse. Die Gräuel, die vor fünfundfünfzig Jahren gewiss von den Besatzern angerichtet wurden, spielten für sie nur eine untergeordnete Rolle. Sie hatte sich nach Isabelle de Valory erkundigt, weil sie hoffte, durch die Erinnerung das Eis zwischen sich und Jules Delabordes Sohn zu brechen. Nicht unbedingt wegen des Schicksals seiner Tante.

Tatsächlich schien sich der Rechtsanwalt aber für das Thema zu erwärmen. Er lehnte sich auf seinem Stuhl zurück und begann davon zu berichten, dass in jenen Tagen Ende August 1944 in praktisch jedem Stadtviertel von Paris eine unfassbar brutale Schlacht geschlagen wurde. Obwohl Wehrmacht und SS wahllos in die Menge schossen, war damals praktisch ganz Paris auf den Beinen. Selbst in den ruhigeren Vierteln wurden Barrikaden errichtet, gehörten Gewehrsalven zum alltäglichen Schreckensszenario, nirgendwo war man mehr sicher. Die Menschen fielen wie Bäume, es blieb wenig Zeit für Begräbnisse. Doch hielten sie aus – ganz so, wie auf den Flugblättern gefordert, die von alliierten Flugzeugen abgeworfen wurden. Bis zu dem Tag, an dem Général Leclerc mit seiner 2. Panzerdivision durch die Porte d'Orléans in die Stadt marschierte.

Es konnte niemals vollständig aufgeklärt werden, ob Isabelle de Valory standrechtlich hingerichtet wurde oder in eine zufällige Aktion geriet. Als sie Paris nach einer langen Irrfahrt endlich erreichte, hatte sich der Vicomte absetzen können. Er war seinen Verfolgern mit dem für ihn typischen Geschick entwischt. Isabelle begab sich auf die Suche nach ihm. Das wurde ihr zum Verhängnis.

»Sie muss eine Ausnahmeerscheinung gewesen sein«, schloss Maurice Delaborde seinen Bericht. »Mein Vater sprach lange gar nicht und dann sehr viel über seine Schwester. Es kommt mir vor, als hätte ich sie persönlich kennengelernt, obwohl ich ihr natürlich nie begegnet bin. Ich wurde erst nach Kriegsende geboren.« Er blickte auf seine Hände, sah wieder auf und fügte hinzu: »Bei aller Trauer muss man realistisch bleiben. Wahrscheinlich war dieser Tod gnädiger für Isabelle de Valory als eine Anklage wegen *horizontaler Kollaboration*. Die Frauen, die nach der Befreiung von Paris überwiegend von Kommunisten gehetzt wurden, mussten das Leid eines ganzen Volkes sühnen. An den Pranger gestellt wurde nicht nur, wer eine Affäre mit deutschen Soldaten hatte, sogar Sekretärinnen und Hausangestellte der Besatzer wurden schließlich verfolgt. Den manchmal noch sehr jungen Mädchen scherte man den Kopf kahl und trieb sie in einem erniedrigenden Marsch durch Paris. Es muss furchtbar gewesen sein. Soviel ich weiß, erlebte meine Tante eine kurze Romanze mit einem Deutschen. Der Verlust ihrer Würde hätte die ganze Familie getroffen.«

Schweigen senkte sich über den eleganten Glastisch mit den geschwungenen vergoldeten Füßen im Besprechungszimmer der Rechtsanwaltskanzlei. Maurice Delaborde zupfte an den gestärkten Manschetten seines blau-weiß gestreiften Hemdes. In den goldenen Knöpfen fing sich das Sonnenlicht, das durch die hohen Altbaufenster in den Raum fiel. Er strahlte eine professionelle Ruhe aus, die durchaus beeindruckend war. Jules Delabordes Sohn war jedoch nicht nur Jurist, sondern auch Politiker – er wusste, wie er mit schwierigen Situationen umzugehen hatte.

Andrea fiel es dagegen viel schwerer, Gelassenheit zu demonstrieren. Sie war niemand, der lange mit den Gefühlen hinter dem Berg hielt, und hätte Maurice Delaborde daher am liebsten auf den Kopf zugesagt, dass sie in seinem Vater ihren Großvater vermutete.

Frank wusste inzwischen von Barbaras ungeklärter Herkunft und hatte Andreas Mutter sogar kennengelernt. Er warnte Andrea auf dem Weg zu ihrem Termin mit Maurice Delaborde vor zu großer Hoffnung: »Wir wissen nichts, was irgendwie beweisbar wäre. Die Frau auf der alten Fotografie, die dir und deiner Mutter so ähnlich sieht, konnten wir noch nicht identifizieren. Die Tatsache, dass sie hier während des Zweiten Weltkriegs als Sängerin aufgetreten ist, sagt nichts über irgendwelche Verwandtschaftsbeziehungen aus. Und selbst wenn sie eine folgenreiche Affäre mit unserem Jules gehabt haben sollte – wie wäre das Kind dann von Paris nach Baden-Baden zu deinen angeblichen Großeltern gekommen? Das ist nicht logisch. Und was nicht logisch ist, wird ein Anwalt wie Delaborde junior binnen Sekunden in der Luft zerreißen.«

Deshalb hatten sie sich darauf geeinigt, harmlos erscheinende Fragen zu stellen und darauf zu warten, was Maurice Delaborde von sich aus preiszugeben bereit war.

Die Stille zwischen ihnen wurde fast peinlich. Andrea blickte zu Frank, der sich mit dem Ellbogen auf dem Tisch abstützte und abwartete. Sie konnte keine so gelangweilte Miene zur Schau stellen, wirkte wie auf dem Sprung. Jetzt schob Delaborde den Ärmel zurück und blickte mit zusammengezogenen Augenbrauen auf seine Uhr – Stahl und Gold, die neue Santos von Cartier musste ihn ein Vermögen gekostet haben. Der Mann liebte es zweifellos teuer. Andrea fiel ein, wie stark er daran interessiert war, das Familienschloss gegen den Willen seines Vaters so rasch wie möglich zu verkaufen.

»Was wurde aus dem Vicomte de Valory, Ihrem Großvater?«, erkundigte sie sich.

Delaborde wirkte leicht genervt. »Gilles de Valory kam bei einem Verkehrsunfall ums Leben, als ich ein kleiner Junge war. Mein Vater sagte immer, dies sei ein gnädiger Tod gewesen, da er ihn sich niemals als alten, gebrechlichen Mann habe vorstellen können. Außerdem haftete dem Vicomte – trotz aller Verdienste für de Gaulle – stets der Makel seiner Doppelzüngigkeit an.« Bevor Andrea darauf antworten konnte, fuhr er hastig fort: »Wissen Sie, Mademoiselle, das sind alles alte Geschichten. Längst vergessen. Was geht uns der Krieg an?«

»Nun …«, hob Andrea an.

»Ihr Vater war der Alleinerbe des Vicomte«, fiel ihr Frank ins Wort. »Richtig?«

Delabordes Miene verdüsterte sich. »Auf diese Frage habe ich gewartet, Monsieur. Gut, dass Sie endlich zur Sache kommen. Wir brauchen uns nicht mit Small Talk aufzuhalten. Ich habe bereits Vorkehrungen getroffen, die für Mademoiselle ausgesprochen günstig sind.« Erwartungsvoll blickte er von Frank zu Andrea.

»Wie bitte?« Sie starrte ihn verblüfft an.

Frank versetzte ihr unter dem Tisch einen Tritt.

Vor Delaborde lag eine große Mappe aus weichem schwarzen Leder. Diese öffnete er. Darin befanden sich Papiere, die er langsam durchzublättern begann.

»Ich habe hier einen Vertrag aufgesetzt, den ich Sie bitte zu unterschreiben«, murmelte er wie zu sich selbst. »Natürlich werden Sie von weiteren Ansprüchen Abstand nehmen und sich verpflichten, meine Familie künftig nicht weiter zu behelligen …«

»Sie sollten uns vielleicht zuerst sagen, wie es Monsieur Jules Delaborde geht«, warf Frank ein. Er setzte sich aufrecht hin. »Es dürfte verständlich sein, dass sich Mademoiselle Cramer aufgrund der Vorkommnisse für die Gesundheit ihres … ähmm … Großvaters interessiert …« Das eine Wort hallte seltsam nach, schien in der Luft zu schweben wie Zigarettenrauch.

Unwillkürlich hielt Andrea den Atem an.

Delaborde wirkte weniger beeindruckt. Er blickte kurz hoch, dann wandte er sich wieder den Papieren zu. »Gut. Es geht ihm den Umständen entsprechend sogar sehr gut.« Er fächerte die Blätter auf, schob sie wieder zusammen.

Er konnte Frank nicht missverstanden haben. Franks Französisch war fehlerfrei gewesen.

Andrea schnappte nach Luft. Der alte Mann, der sich für ihr Klavierspiel interessiert hatte, sollte also tatsächlich ihr Großvater sein.

Bei näherer Betrachtung gefiel ihr diese Vorstellung. Dennoch blieb sie skeptisch. Wer war dann ihre Großmutter? Die Frau, die sie großgezogen hatte, konnte es nach Barbaras Blutuntersuchungen nicht sein. Was war mit der unbekannten Sängerin geschehen, die Jules Delaborde auch gegenüber dem Privatdetektiv angesprochen hatte?

Neue Fragen und keine Antworten, dachte sie bekümmert.

»Meine Mutter wurde am 25. Juli 1944 in Stuttgart geboren«, entfuhr ihr, als würde das irgendetwas aussagen.

»Das wusste ich nicht«, gab Delaborde zu. Er schob den Vertrag über den Tisch zu Andrea. »Aber natürlich bestätigt das Datum alle anderen Angaben. Mein Vater war damals als Musiker beim Reichsrundfunk in Stuttgart beschäftigt. Nach dem Krieg hat er allerdings nie wieder ein Instrument angerührt. Er hatte mit seiner Vergangenheit gebrochen, wie man so schön sagt. Jedenfalls war das so bis zu dem Tag ...« Er brach ab.

»Bis er Mademoiselle Cramers Foto in einer Jazz-Zeitung sah«, vollendete Frank.

»Ja«, antwortete Delaborde schlicht. Dann wandte er sich Andrea zu: »Lesen Sie sich das bitte alles in Ruhe durch, Mademoiselle, und unterschreiben Sie auf der gepunkteten Linie auf der letzten Seite.«

Ihr schwirrte der Kopf. Sie konnte weder sprechen noch lesen.

»Ich finde es sehr nett von Ihrem Vater, dass er sich nach der langen Zeit zu seiner Enkelin bekannt hat«, hörte sie Frank im Plauderton bemerken. »Vielleicht sollten wir aber seine Tochter an einer Vereinbarung beteiligen. Ist Madame Barbara Cramer nicht die wichtigste Person in dieser Geschichte?«

»Bitte keine Komplikationen, Monsieur!« Delaborde zog ein Kuvert aus der Mappe und wedelte damit in der Luft herum. »Ich denke, dieser Scheck wird auch Madame Cramer klarmachen, dass wir uns nicht erpressen lassen. Mein Vater mag in Erbschaftsangelegenheiten eine andere Meinung vertreten als ich, aber als Jurist stecke ich selbstverständlich die rechtlichen Grenzen ab.«

»Monsieur Jules Delaborde weiß also gar nichts von unserem Gespräch und …«, Andrea tippte mit dem Zeigefinger auf die Papiere vor sich, »… diesem Vertrag?«

»Natürlich habe ich ihn nicht darüber informiert, Mademoiselle. Er befindet sich in der Rekonvaleszenz. Aufregung würde ihm nur schaden.«

Irgendetwas stimmt hier nicht, dachte Andrea. Ihre Erlebnisse mit dem alten Mann passten nicht zu der Klarheit, mit der sich sein Sohn äußerte. Maurice Delaborde wollte verhindern, dass weitere Nachkommen seines Vaters finanzielle Ansprüche stellten und möglicherweise den baldigen Verkauf von Château Valory aufschoben. Dieses Verhalten konnte sie auf gewisse Weise sogar nachvollziehen. Aber warum war Jules Delaborde vor ihr davongelaufen, wenn er sich seiner Sache so sicher war, wie die Reaktion des Anwalts vermuten ließ? Wollte er womöglich gar nicht, dass sie von ihrem verwandtschaftlichen Verhältnis erfuhr? Dann wäre es auch nicht in seinem Sinne, wenn sie Geld von seinem Sohn annahm.

Während sie über das Verhalten der Messieurs Delaborde grübelte, zog Frank eine verkleinerte Kopie des alten Fotos aus der Brieftasche und reichte diese dem Mann, der einsam auf der anderen Seite des Konferenztisches thronte.

»Kennen Sie diese Frau?«

Delaborde warf nur einen flüchtigen Blick auf die Aufnahme. »Oh! Ein Bild aus alten Zeiten. Die Dame habe ich noch nie gesehen. Der Gitarrist ist mein Vater. Die anderen Männer kenne ich auch nicht.«

Andrea wusste nicht, was sie zu der Frage brachte, die ihr plötzlich durch den Kopf ging. Vielleicht war es der doppelte Jules Delaborde auf dem Foto. »Was genau hat Ihnen Ihr Vater über mich gesagt?«

Für einen Moment wirkte Delaborde junior irritiert, fasste sich aber rasch und wirkte wieder so glatt wie zuvor. »Nicht viel, Mademoiselle Cramer. Er zeigte mir den Zeitungsausschnitt mit dem Bericht über Sie. Als ich mich erkundigte, warum er sich für eine junge Pianistin interessiere, antwortete er: ›Weil sie die Enkeltochter von Jules Delaborde ist.‹ Dann passierte der Unfall und es gab keine Gelegenheit mehr zur Diskussion über dieses Thema.«

Was für ein Unsinn, fuhr es Andrea spontan durch den Kopf. Der alte Mann hatte auf sie nicht so senil gewirkt, dass er in der dritten Person von sich sprechen würde. Maurice Delaborde sagte sicher nicht die Wahrheit. Ihr fiel ihre Überlegung wieder ein, dass sie ein Strohhalm für den Alten war, um sich gegen die Verkaufspläne des Sohnes zu wehren. Er war freundlich zu ihr gewesen, hatte ihr zugehört und sich für sie interessiert. Diese Aufmerksamkeit konnte sie ihm nur danken, wenn sie jetzt seine Sache vertrat. Außerdem war da noch Barbara, die in Andreas Wohnung darauf wartete, von dem Gespräch mit Maurice Delaborde zu erfahren.

Entschlossen faltete Andrea die Papiere zusammen und stopfte sie in ihre Handtasche.

»Vielen Dank für Ihre Zeit und Ihre Mühe, Maître Delaborde.« Sie erhob sich. »Ich werde mir den Vertrag in Ruhe durchlesen und Sie informieren, sobald ich ihn unterschrieben habe. Falls ich das überhaupt möchte.«

»Mademoiselle!« Delaborde sprang auf und richtete das Kuvert in seiner Hand wie eine Pistole auf Andrea. »Sie machen einen Fehler. Es handelt sich hierbei um einen Scheck, der auf einhunderttausend Franc ausgestellt ist. Er ist nur gültig in Verbindung mit Ihrer Unterschrift.«

»Ich bin nicht käuflich.« Ein stolzes Lächeln huschte über ihr Gesicht. »Grüßen Sie bitte Ihren Vater von mir. Ihm würde ich übrigens sehr gerne ein Privatkonzert geben, sollte er gesundheitlich dazu in der Lage sein und sich die Gelegenheit ergeben. Selbstverständlich ohne Gage, nur zu unserem

Vergnügen. Aber vielleicht verstehen Sie das nicht, Maître Delaborde.« Ohne ein weiteres Wort des Abschieds verließ sie die Kanzlei.

53

»Gott sei Dank! Das Fieber sinkt endlich …«

Marga nahm die fremde Frauenstimme wie durch dichten Nebel wahr. Sie brauchte eine Weile, um zu begreifen, dass sie gemeint war. Was wollte die Person von ihr? Wovon sprach sie?

Sie wusste nicht, wo sie sich befand. Ihre Lider ließen sich kaum heben, sie war müde, ihr Kopf schwer. Obwohl ihr Körper vor Hitze zu brennen schien, war ihr eiskalt. Schüttelfrost zog über ihre Arme, erfasste ihren Leib. Gleichzeitig brach ihr im Nacken und auf der Stirn Schweiß aus. Sie hob eine Hand, um die Feuchtigkeit von ihrer Schläfe zu wischen. Plötzlich hielt sie inne. Ihr fiel etwas auf. Sie schob ihre Hand unter die Decke und legte sie auf ihren Bauch. Die vertraute Wölbung war nicht mehr zu spüren.

Ein rauer Schrei drang über ihre aufgesprungenen, entzündeten Lippen.

Im nächsten Moment legte sich ein schweres Gewicht auf Margas Schultern. Sie war hochgeschreckt, doch nun wurde sie wie mit Blei niedergedrückt. Eine Gegenwehr war unmöglich.

»Nun beruhigen Sie sich, Frau Alsen.«

Panik erfasste Marga. Tränen rannen unkontrolliert über ihre Wangen und vermischten sich mit den Schweißperlen.

»Wo ist mein Kind?«

Die Fremde schien die Frage nicht gehört zu haben. Sie antwortete: »Sie hatten sehr hohes Fieber, Frau Alsen. Wir haben

Sie beinahe verloren.« Dabei zwang sie Marga weiterhin in eine liegende Position.

»Mein Kind ist nicht mehr da. Wo ist es?«

»Wir mussten um Sie kämpfen, junge Frau. Wundinfektionen sind ein Teufelswerk. Aber jetzt haben Sie das Gröbste überstanden. Bald wird das Fieber ganz unten sein.«

Gleich wache ich auf, dachte Marga. Alles ist nur ein böser Traum. Wenn ich aufwache, schläft Harald in dem zweiten Bett neben mir, und wenn ich ihm erzähle, dass ich schlecht geträumt habe, wird er mich in den Arm nehmen und trösten. Dann spüre ich auch mein Baby wieder in meinem Bauch und alles ist gut.

»Wenn Sie mir versprechen, dass Sie ruhig liegen bleiben, lasse ich Sie los.«

Marga nickte ergeben. Es war nur ein Traum, da konnte sie großzügig sein und sich fügen.

Der Druck auf ihren Schultern ließ nach.

»Jetzt machen Sie mal die Augen auf. Dann helfe ich Ihnen zum Waschbecken und auf die Toilette.«

Es kostete Marga enorme Anstrengung aufzuschauen. Nur der Gedanke an die Sicherheit, die sie erfassen würde, wenn sie aus diesem Albdruck floh und sich in ihrem Pensionszimmer wiederfand, verlieh ihr die Kraft dazu.

Langsam hob sich der Nebel. Sie erblickte Konturen, unterschied nun auch andere Stimmen, die durch den Raum wehten. Es erschien ihr, als würde ein Wattebäuschchen vor ihren Augen zerrissen und aus ihren Ohren gezogen. Zurück blieben Flusen, aber die störten kaum das Bild, das sich Marga bot.

In dem Zimmer, in dem sie sich befand, waren auf jeder Wandseite vier weitere Lager aufgestellt, die dem Bett glichen, in dem sie lag. An den Umrisslinien, die sich unter den Decken abzeichneten, erkannte sie die Formen menschlicher

Körper. Leises Gemurmel drang zu ihr, Seufzen, ein verzweifeltes Schluchzen oder Stöhnen, genau war das nicht zu unterscheiden, dann ein Klappern wie von Porzellan und Metall. Ein rundes, rotwangiges Gesicht schob sich in ihr Blickfeld, das von einer weißen Schwesternhaube eingerahmt wurde.

»Gut gemacht! Nach einer so langen Fieberphase tun sich alle Patientinnen schwer …«

Und plötzlich erreichte die Erkenntnis Margas Bewusstsein, dass sie nicht träumte.

Sie starrte die Krankenpflegerin an. »Wo ist mein Kind?« Ihre Stimme bebte. Sie wiederholte ihre Frage und ihr Ton wurde mit jedem Wort schriller. »Wo ist mein Kind?«

Bevor die andere Frau etwas antwortete, kehrte die Erinnerung mit der Wucht eines Paukenschlags zurück. Die Frauenklinik. Flackerndes Licht. Blut. Ein Fliegerangriff. Der Keller, in den man sie trug. Eine Notoperation. Bebende Erde, als die Bomben aufschlugen. Die Maske, die man ihr aufsetzte. Der lange Schlaf. Dann war da Wärme. Ein zarter Laut aus einem wie bei einem kleinen Fisch geöffneten herzförmigen Mund. Das größte Glücksgefühl, das sie sich jemals hatte vorstellen können.

Eisige Kälte erfasste sie. Marga begann zu zittern. Automatisch bewegte sie ihre Beine, strampelte, schlug unwillkürlich um sich.

»Nun beruhigen Sie sich doch!«

Warum sagte die Schwester ihr nicht, wo ihre Tochter war?

Es war etwas mit dem Kind geschehen. Sie wusste es. Sie spürte es. Ihr Bauch war ebenso leer wie ihr Herz.

Marga richtete sich unter größter Anstrengung auf, doch ihr wurde schwindelig dabei. Ihr brach wieder der Schweiß aus. »Ich will mein Baby sehen!« Sie wunderte sich über die Festigkeit ihrer Stimme.

»Wenn Sie nicht mehr randalieren, werde ich Ihnen helfen.«

»Schaffen Sie mir mein Kind herbei. Sofort!«

Die Krankenschwester wandte sich ab. »Wie Sie wollen. Ich spritze Ihnen jetzt ein Barbiturat und dann können Sie …«

»Nein!« Wieder ein Schrei, der sich aus Margas Kehle stahl. Sie wollte keine Medikamente, nicht mehr schlafen und von Albträumen gequält werden. Sie musste unbedingt bei Verstand bleiben und in Erfahrung bringen, wo sich ihr Kind befand. Die anderen Laute in dem Zimmer erstarben.

»Hören Sie um Gottes willen endlich auf, hier alle Leute verrückt zu machen, Frau Alsen. Das hilft doch niemandem.«

Sei vernünftig, Marga!

Michael.

Wieso sprach Michael zu ihr und ermahnte sie? Das waren seine Abschiedsworte in Hendaye gewesen, als sie sich geweigert hatte, sich von dem Geliebten zu trennen.

Ihr wurde klar, dass sie sich fügen musste. Wie sie sich immer fügte, wenn andere ihr Schicksal zu bestimmen versuchten. War das nicht auch so, als Jules Delaborde in ihr Leben eingriff? Wenn sie sich fügte, würde die Pflegerin mit ihr sprechen und ihr sagen, wo sich Michaels Tochter befand. Dann konnte Marga reagieren und einen Weg aus ihrer schlimmen Lage finden.

Ihr Seufzen klang wie der letzte Atemstoß eines waidwunden Tieres.

»Gut. Sie haben verstanden«, stellte die Krankenschwester fest. Nach einer kleinen Pause fuhr sie fort: »Sie wurden mit Blutungen in die Klinik gebracht. Erinnern Sie sich daran?«

Marga ballte die Hände zu Fäusten. Natürlich hatte sie noch deutlich die Szene im Gedächtnis, wie sie bei der Probe vor dem gesamten Orchester zusammengebrochen war. Darüber wollte sie nicht sprechen. Sie wollte wissen, wo ihr Kind war. Doch sie schwieg und biss sich auf die ohnehin wunden Lippen.

»Als alles für den Kaiserschnitt vorbereitet wurde, begann der Fliegeralarm. Das gesamte Krankenhaus musste in den Keller evakuiert werden. Leider konnte der Herr Doktor nicht auf die Entwarnung warten. Die Zeit arbeitete gegen Sie, Ihr Leben und das des Kindes standen auf dem Spiel. Glücklicherweise haben wir unten einen provisorischen Operationssaal eingerichtet. Dort musste Ihr Kind geholt werden …« Die Pflegerin unterbrach sich, dann setzte sie hinzu: »Es war leider nicht lebensfähig.«

Ein zartes Gesichtchen wie von einem Rubens-Gemälde, ein herzförmiger Mund, der sich öffnete und wieder schloss, das zarte Stimmchen …

»Das stimmt nicht!«, kreischte Marga. »Ich habe mein Baby gesehen. Ich habe es im Arm gehalten. Das weiß ich ganz genau!«

Sie schlug die Decke zurück, wollte aufspringen, sich auf die Suche begeben …

»Ja … ja doch …« Die Schwester schien für einen Moment verunsichert. Wohl mehr um sich zu sammeln, als Marga tatsächlich am Aufstehen zu hindern, drückte sie ihre Patientin wieder auf das Laken. Dann: »Frau Alsen, nun bewahren Sie doch endlich Haltung! Die Klinik wurde getroffen. Der britische Terror hat die Säuglingsstation zerstört. Es tut mir sehr leid für Sie, aber wir müssen nun einmal alle Opfer für den Endsieg bringen.«

Ein brennender Schutzraum. Helgas Tod.

Tränen rannen in unaufhaltsamen Strömen über Margas Wangen. Ihr Herz trommelte so kräftig, dass es ihr schien, es würde ihren Brustkorb aufreißen. Der Schmerz sammelte sich in ihrem Hals, drängte mit einem einzigen Laut heraus.

Dann spürte sie die Nadel in ihrem Arm. Bevor sie in gnädige Bewusstlosigkeit sank, hörte sie, wie eine gequälte Frau einen markerschütternden Schrei ausstieß. Es war ihre eigene Stimme.

CHÂTEAU VALORY AUGUST 1944

54

Michael wartete nicht darauf, ob die SS-Leute zuerst die Nebengebäude inspizierten. Sie würden ins Schloss kommen. Entweder sofort oder später. Der Zeitpunkt spielte keine Rolle. Er musste unverzüglich handeln.

Er drehte auf dem Absatz um und lief zur Kellertreppe. Ohne zurückzublicken, nahm er zwei Stufen auf einmal. Er flog mehr oder weniger hinunter – und schlug schließlich am Fuß auf den Knien auf. Sowohl seine zerrissene Hose als auch den Schmerz ignorierend, rappelte er sich sofort hoch.

Ein Fluch lag ihm auf der Zunge, aber er schluckte ihn hinunter. Atemlos lauschte er. Es war still. Das Poltern, mit dem er niedergefallen war, hatte niemanden auf ihn aufmerksam gemacht. Die dicken Mauern schluckten viele Geräusche. Die Militärstiefel würden sie allerdings höchstens dämpfen. Er würde bis hier unten hören, wenn die ungebetenen Gäste durch die Halle trampelten. Der Gedanke gab ihm Sicherheit, denn somit war er auf die Männer vorbereitet, wenn die dem Untergrund zur Inspektion entgegenstrebten.

Durch die Kellerfenster fiel ohnehin nur wenig Licht, bei der herrschenden Witterung war es ein matter Streifen Grau, der ihm die Orientierung mehr erschwerte als erleichterte. Er hatte die Kerzen und Streichhölzer auf dem Tisch im Eingangsbereich liegen lassen, die er üblicherweise entzündete, wenn er mit Isabelle den Weinkeller aufsuchte. Deshalb tastete er sich wie blind an Wänden und Fässern entlang. Dabei musste er leise und achtsam vorgehen.

Zwischen seinen Bewegungen lauschte er immer wieder nach oben. Er schnappte nach Luft, versuchte, seinen raschen Atem, sein panisch klopfendes Herz zu beruhigen.

Der Regen prasselte gegen die Kellerfenster.

Knirschte der Kies? Michael wagte nicht, in die Nähe des Oberlichts zu treten, um Ausschau zu halten. Er drückte sich in den Schatten des Raums und gegen ein Regal mit eingestaubten Flaschen. Noch zwei Schritte, dann hatte er den kleinen wackeligen Tisch mit dem Funkgerät erreicht. Wenn ihm sein Leben lieb war, musste er den Transceiver unbedingt verstecken – und selbst verschwinden. Am Ende des Raums befand sich eine Luke, die noch weiter ins Erdreich und zu einem geheimen Gang führte, den einer der Schlossbesitzer vor zweihundert Jahren wohl aus romantischen Gründen erbauen ließ. Der Gang führte zu einem Gehöft, wahrscheinlich hatte der damalige Vicomte ein Techtelmechtel mit der Bauerstochter. Isabelle hatte Michael diesen alten Familienklatsch erzählt.

Isabelle! Hoffentlich kam sie nicht gerade zurück, während SS-Leute das Anwesen einnahmen. Oder waren die Männer da, weil weder Gilles de Valory noch seine Tochter heimkehren würden?

Michael beschloss, seinen Plan zu ändern. Er musste versuchen, einen Funkspruch abzusetzen, solange die Männer noch nicht in die Nähe des Kellers gekommen waren. Mit ein bisschen Glück blieb ihm dann noch Zeit …

Ein Knall ließ die Fensterscheiben klirren.

Die mit einer gewissen Verzögerung folgende Salve eines Maschinengewehrs übertönte das Prasseln des Regens.

Wieder erklangen Pistolenschüsse.

Dann wütende Schreie, die unverständlich zu Michael drangen, aber wie Befehle klangen.

Was war da draußen los?

Michael wusste, dass er unbeirrt seinem Plan folgen und das Funkgerät einschalten sollte. Doch die Neugier siegte über die Vernunft.

Alle Vorsichtsmaßnahmen, die ihm die Widerstandskämpfer des südwestfranzösischen Maquis beigebracht hatten, waren in einer einzigen Sekunde vergessen.

Er löste sich aus den Schatten der Weinfässer, duckte sich, um nicht in den Lichtkreis der Fenster zu geraten, und trat näher.

Das Mauerwerk erzitterte unter dem Maschinengewehrfeuer.

Michael stellte sich seitlich des Oberlichts auf die Zehenspitzen, erspähte Beine in hohen Stiefeln.

Er konnte die unterschiedlichen Waffen an ihrem Klang unterscheiden, nicht aber feststellen, wer auf wen schoss. Er hatte von Gerüchten gehört, dass amerikanische Fallschirmjäger diesseits der Front absprangen. Aber die Soldaten der US-Luftlandearmee würden nicht am Tag kommen. Schon gar nicht bei schlechtem Wetter. Oder doch? Aber was sollten sie auf dem Anwesen des Vicomte de Valory, wo zum ersten Mal in vier Jahren Krieg Angehörige der Waffen-SS aufgetaucht waren? Eben deshalb, resümierte er für sich. Hier haben die Alliierten eine vermeintlich sichere Basis und ein Funkgerät der Résistance.

Einige Atemzüge lang war es draußen still. Dann peitschten erneut Schüsse über den Hof. Fast gleichzeitig drang der Lärm der vollautomatischen Kanone in den Keller.

Glas zerschellte. Michael registrierte, wie die Fensterscheibe über ihm zersprang. Dann spürte er einen Schlag gegen seinen Kopf.

Es ging alles rasend schnell – und doch schien es ihm wie in einer Zeitlupe zu geschehen.

Verwunderung erfasste ihn. Warum war er getroffen worden? Er befand sich doch nicht inmitten des Gefechts. Dann setzte der Schmerz ein. So stark. So schrecklich. Er nahm ihm jeden Gedanken an etwas anderes als an dieses Brennen. Er sah nichts mehr. Das Letzte, was er noch irgendwie wahrnahm, war, wie seine Knie einknickten. Erst als er auf dem Boden aufschlug, leuchtete ein letzter Satz wie ein Blitz in seinem Kopf auf: Bitte, Gott, lass die Amerikaner kommen!

Dann konnte er nicht mehr denken.

55

Vor der Tür des Renaissance-Gebäudes, das zwischen dem Schloss Franz' I. und dem Musée Maurice Denis in einer Seitengasse der feinen, bourgeoisen Kleinstadt lag, stieß Frank einen tiefen Seufzer aus, der wie ein Pfiff klang. In seinem Rücken leuchteten die vornehm unaufdringlichen Messingschilder von Maurice Delabordes Büro, anderen Anwaltskanzleien, einem Architekturstudio und mehreren Arztpraxen im Sonnenlicht.

»Respekt!«, lobte er. »Du hast mich beeindruckt.«

»Hunderttausend Franc!«, schnaubte sie. »Wofür hält der mich? Für ein Mädchen von der Straße? Das sind etwa dreißigtausend D-Mark. Kein Vergleich zu dem Wert, den das Erbe der Valorys sicher tatsächlich darstellt. Sein Angebot war eine Beleidigung. Außerdem sollte meine Mutter bei dieser Sache ein Mitspracherecht haben.«

Frank zog das Mobiltelefon aus der Innentasche seines Sakkos und tippte den Code ein, um es wieder einzuschalten. »Möchtest du sie gleich anrufen?«

Bis jetzt hatte Andrea ihr zerstörtes Handy nicht ersetzen können. Da ihr ein neuer Apparat zu teuer war, versuchte sich ein Verflossener von Cristina gerade daran, sich mittels technischen Verständnisses in Andreas Herz zu reparieren. Zumindest in romantischem Sinne wenig erfolgreich. Alles Weitere würde sich finden. Sie hatte keine Eile. Ihre Erreichbarkeit beschränkte sich auf ihren Festnetzanschluss, was gar keine so schlechte Erfahrung war, wie sie zugeben musste.

Sie schüttelte den Kopf. »Ich schaue Barbara lieber in die Augen, wenn ich ihr beibringe, dass Jules Delaborde ihr Vater war.«

Der Piepston des Handys zog Franks Aufmerksamkeit an. »Entschuldige«, murmelte er, »eine SMS vom Büro.« Er drückte eine Taste, las. Dann mit einer Mischung aus Verwunderung und Freude: »Mein alter Herr hat sich gemeldet. Er kennt unsere Sängerin.«

Andrea war sich nicht sicher, richtig gehört zu haben. »Wer?«

»Mein Vater.« Frank sah sie belustigt an. »Du glaubst es nicht, aber ich habe auch einen Erzeuger. Er ist schon ein bisschen alt, weil er erst spät in seinem Leben zu einer Familie kam. Der Krieg hat ihm ziemlich zugesetzt. Er ist eigentlich ein sehr verschlossener Mensch, spricht fast nie über die Vergangenheit. Aber er erzählte immerhin mal, dass er in seiner Jugend in Hamburg Musik machte. Deshalb habe ich ihm auf gut Glück eine Kopie des Fotos geschickt. Und … *voilà*!« Er hielt Andrea das Display seines Mobiltelefons vor das Gesicht.

Es blieb ihr nichts anderes übrig, als den Text zu lesen: »*Dein Papa hat angerufen und bestätigt, dass er eine Mademoiselle Mai kennt. Du sollst dich bei ihm melden. Bisous, Jacqui.*«

Andrea fühlte einen seltsam unbestimmten Ärger in sich aufsteigen. »Das ist nicht dein Ernst, oder?«

»Was?« Er erwiderte herausfordernd gelassen ihren Blick.

»Nicht, dass es mich etwas anginge. Aber hast du mit dieser Französin tatsächlich eine Affäre? Das ist doch die Frau, mit der du neulich an der Seine unterwegs warst, als wir uns bei dem Schallplattenhändler trafen.«

»Und wenn schon …«, gab er scheinbar leichthin zurück.

Andrea konnte nicht verhindern, dass sie zornig mit dem

Fuß aufstampfte. Es war nicht nur wegen Frank. Die ganze Situation machte ihr zu schaffen. Und Frank war nun einmal da und musste ihre Wut aushalten. Wie hatte Maurice Delaborde sich ausgedrückt? *Die Frauen mussten das Leid eines ganzen Volkes sühnen.* Es brauchte immer einen Sündenbock. Auch wenn es ungerecht war, Frank kam ihr in dieser Rolle gerade recht. Sie wandte sich ab, marschierte mit trotzig gesenktem Kopf auf die Station des RER zu, einer Art S-Bahn, die Paris mit den Vororten verband.

Er lief ihr nach, umfasste ihren Arm und hielt sie auf. »Ich habe keine Affäre mit Jacqui«, sagte er ernst. »Tut mir leid, ich wollte dich nur ein bisschen aus der Reserve locken.«

Mit einem Mal war der Zorn verraucht. Müde schüttelte sie den Kopf. »Mein Vorrat an Geduld ist erschöpft. Weißt du, die Geschichte mit meiner ungeklärten Herkunft beunruhigt mich. Irgendwie passt nichts zusammen von dem, was wir erfahren. Es sind immer wieder Neuigkeiten, die zu einem Netz aus Halbwahrheiten führen, aber keine wirklich sinnvollen Ergebnisse bringen.«

Seine Hand strich beruhigend über ihren Arm. »Pass auf! Wir gehen jetzt in den Schlosspark und setzen uns auf eine Bank. Während du die Sonne genießt und dich ein wenig beruhigst, telefoniere ich mit meinem Vater. Vielleicht erfahre ich irgendetwas, das uns weiterbringt.« Er legte einen Finger unter ihr Kinn und zwang sie, ihm in die Augen zu schauen. »Einverstanden?«

Erst als sie auf der Parkbank ihre Beine in den elegantesten schwarzen Hosen ausstreckte, die sie besaß, und von dem weichen Klang seiner gedämpft ins Telefon sprechenden Stimme eingelullt wurde, begriff sie, wie albern sie sich benommen hatte. Franks Privatleben ging sie nichts an. Er konnte tun und lassen, was er wollte. Das hatte nichts mit ihr zu tun.

Durch ihren Kopf wehten die leisen Töne eines Klarinettensolos. Sie sollte Barbara die Schellack vorspielen, die sie bei dem *bouquiniste* gekauft hatte. Die Erinnerung an die alte Aufnahme wurde überblendet durch den Anblick von Frank und Jacqui unter dem Regenschirm. Doch sie wischte das Bild energisch fort, sang leise die ersten Töne der »Stardust Melody«.

»Vater, warte mal einen Moment, bitte«, hörte sie Frank sagen. Er hielt das Handy vom Ohr weg und nickte ihr zu. »Es gibt noch eine Neuigkeit: Ich erzähle dir gleich, wer der geniale Klarinettist ist, der sich Jules Delaborde nannte. Muss mich nur kurz verabschieden.« Dann nahm er sein Gespräch wieder auf.

Andreas Herz wurde weich. Nicht, weil sie vielleicht gleich eine neue Antwort erhielt. Es war der Ton, in dem Frank mit seinem Vater sprach, der sie berührte. Zunächst hatte sie darauf geachtet, sein Gespräch nicht zu belauschen. Jetzt hörte sie zu. Allerdings nicht wegen der Inhalte, sondern weil da ein fürsorglicher Sohn respektvoll und zärtlich mit seinem alten Herrn redete. Obwohl die Unterhaltung nicht einfach zu sein schien, blieb Frank bewundernswert geduldig. Ein durch und durch netter Mann. Sie lächelte still in sich hinein.

STUTTGART SEPTEMBER 1944

56

»Ich denke nicht daran, die Stadt zu verlassen!«, verkündete Marga. »Du kannst machen, was du willst. Aber ich gehe nicht von dem Ort weg, an dem meine Tochter verschwunden ist.«

Harald blieb auf seinem Weg durch das Zimmer stehen, das seit ihrer Heirat eine Art Zuhause für ihn und Marga geworden war. Sie konnten von Glück sagen, dass sie dieses etwas kitschig-plüschig eingerichtete Heim hatten, denn nach den schweren Luftangriffen Ende Juli waren Tausende ohne Obdach. Zu Beginn ihrer ungewöhnlichen Ehe hatte Marga noch Pläne geschmiedet, wie sie eine eigene Wohnung einrichten würde, wenn sie erst wieder ein normales Leben führen konnten. Aber über die Zukunft sprach sie nun nicht mehr. Seit ihrer Entlassung aus der Frauenklinik war sie nur noch zurückgewandt. Deshalb verwunderte ihn wenig, wie sie auf die Nachricht reagierte, nach Bad Mergentheim zu übersiedeln. Mit einer Trotzreaktion hatte er gerechnet. Vielleicht nicht mit diesem energischen Ausdruck in ihrem blassen Gesicht und dem leidenschaftlichen Lodern in ihren Augen, die tief in dunklen Höhlen lagen. Aber ein gewisser Eigensinn hatte schon immer zu Margas Charakter gehört. Es war nicht das erste Mal, dass er Überzeugungsarbeit leisten musste.

Einen Seufzer unterdrückend, legte er den Pullover, den er gerade von der Kommode zu seinem Koffer tragen wollte, über die Lehne eines Stuhls. Dann trat er vor Marga, ergriff ihre Hände.

Sie saß auf dem Bettrand und blickte zu ihm auf. Unerschütterlich. Obwohl letztlich nur noch ein Häufchen Elend.

»Wir haben keine Wahl«, erklärte er eindringlich. »Die Musikstudios wurden nach Bad Mergentheim verlegt. Unsere Kollegen von Charlie's Orchestra sind schon da. Sie erwarten uns.«

»Egal. Ich bleibe hier.«

»Morgen früh sollten wir mit dem ersten Zug aufbrechen, der in Richtung Heilbronn fährt«, fuhr er unbeirrt fort. »Bitte, räum jetzt deine Sachen zusammen. Wir können nicht die ganze Nacht mit Kofferpacken verbringen. Du brauchst den Schlaf, um wieder ganz gesund zu werden.«

Er fügte nicht hinzu, dass er befürchtete, die kleinste Windböe würde ihren ausgemergelten Körper vom Bahngleis fegen. Die auf den Kaiserschnitt folgende Infektion hatte ebenso an ihr gezehrt wie der lange Klinikaufenthalt. Doch das war nichts, was nicht eines Tages wieder in Ordnung kommen konnte. Etwas anderes war viel schlimmer. Das wundervolle Licht, das Marga stets zum Strahlen gebracht und ihn von ihrer ersten Begegnung an fasziniert hatte, war erloschen. Sie war nur noch ein Schatten ihrer selbst. Es schmerzte ihn unsäglich, ihrem Leiden zuzuschauen. Es zerriss sein Herz. Doch er konnte ihrer Trauer nichts entgegensetzen. Der Tod ihres Kindes hatte diese lebendige junge Frau zerstört.

»Ich verstehe, dass du den anderen nachreisen musst«, erwiderte sie ruhig, »aber ich denke nicht daran, als dein Anhängsel mitzukommen. Ich werde keinen Ton mehr singen, bevor ich nicht weiß, wo meine Tochter ist.«

Als die schwangere Marga ständig nur von einem Mädchen gesprochen und niemals in Erwägung gezogen hatte, möglicherweise einem Jungen das Leben zu schenken, war Harald oft ziemlich entnervt gewesen. Umso verblüffter reagierte er auf die Nachricht, dass sie tatsächlich eine kleine Helga zur Welt gebracht hatte. Offenbar bestand zwischen einer werdenden Mutter und ihrem ungeborenen Kind bereits eine tiefere Verbindung, als er geahnt hatte. Diese Erkenntnis berührte ihn. Er sah darin jedoch keine Erklärung dafür, dass sie sich weigerte, den Tod des Mädchens zu akzeptieren. Es war schwer für sie, natürlich, aber die Flucht vor der Realität machte die Situation nicht besser. Vor allem für ihn nicht, der auf Dauer immer weniger Geduld für ihre Beharrlichkeit aufbrachte.

Entsprechend hilflos reagierte er: »Du bist meine Frau!«

»Oha!«, gab sie zurück. »Muss ich dir deshalb widerspruchslos folgen?« Sie entzog ihm ihre Hände, begann nervös mit den Nägeln an der Nagelhaut ihres linken Daumens zu ziehen.

Diesmal gelang es ihm nicht, ein leises Aufstöhnen zu unterdrücken. Er sank neben sie auf das Bett. »Weißt du, eigentlich ist das so gedacht.« Er versuchte, seinem Tonfall ein wenig Ironie beizumischen, doch auch das klappte nicht besonders gut.

Sie schüttelte stumm den Kopf.

»Marga! Du kannst hier in Stuttgart nicht mehr tun, als weiter zu verzweifeln.«

»Ich werde hierbleiben, bis ich weiß, wo meine Tochter ist.«

»Hergott! Versteh doch endlich: Sie ist tot!« Sein Aufschrei riss ihn auf die Beine. Es waren Worte, die ihm unbedacht über die Lippen kamen. Einen Atemzug später bereute er seine Unvorsichtigkeit bereits. »Tut mir leid, ich …«

»Wo ist die Leiche?«, fragte sie eisig.

Er stand hoch aufgerichtet vor ihr, rang die Hände und wagte nicht, sie zu berühren, als fürchte er sich davor, dass ihn diese zarte, auf dem Bett kauernde, entschlossene Frau niederschlagen könnte. »Ich weiß es nicht. Darüber haben wir doch gesprochen …«

»Natürlich weißt du es nicht, weil es keinen Leichnam gibt!«, wütete Marga. »Meine Tochter lebt. Alle haben mich angelogen. Und ich werde hier auf sie warten, bis ich sie wieder in meinen Armen halten kann.«

»Aber …«

»Du verstehst nichts davon.« Jetzt hob sie die Stimme zu jenem unangenehmen Kreischen, das ihre Worte seit einer gewissen Zeit begleitete. Körperlich völlig ruhig, redete sie sich immer weiter in Rage: »Du bist ein Mann. Aber du bist nicht mein Mann. Das bist du nur auf dem Papier. Und du bist nicht der Vater meiner Tochter. Deshalb hast du keine Ahnung davon, worum es hier geht. Das ist etwas anderes, als Tanzmusik für das ProMi zu spielen. Michael würde …« Rasch presste sie die Lippen zusammen.

Michael. Der Held ihrer Jugend. Ihr Liebhaber. Der Mann, an dem sie alle anderen Männer in ihrem Leben maß. Ein auf ein Podest gestellter Mensch, dem niemand gerecht werden konnte, sosehr er sich auch bemühte. Und Harald hatte alles getan, um dem überhöhten Widersacher das Wasser reichen zu können. Es war offenbar nicht genug gewesen.

In Margas Blick entdeckte er Hass. Sie wollte ihn treffen. Weil sie selbst zerstört war, wollte sie auch ihn vernichten. Er war ihr der nächste Mensch geworden, deshalb wollte sie ihn mit in ihren Abgrund ziehen. Das verstand er, war aber dennoch schockiert über das, was er in ihren Augen las. Im selben Moment spürte er, wie die Mauer bröckelte, die er im Lauf der Zeit gegen ihre Angriffe aufgebaut hatte. Es war ja nicht so, dass er nicht selbst litt – unter dem Krieg, ihrer Verzweiflung, seiner Liebe zu ihr.

Er nahm die Brille ab, betrachtete den Rahmen, als hielte er ihn zum ersten Mal in der Hand. »Ich möchte dich nicht allein zurücklassen. Du würdest wahrscheinlich nicht einmal hier wohnen bleiben können, weil große Zimmer wie dieses für Familien gebraucht werden. Wie und wovon willst du leben?«

Der Hinweis auf ihre eingeschränkten finanziellen Mittel schmerzte ihn. Es war unfair, sie daran zu erinnern. Andererseits musste sie begreifen, dass ihr ohne die Sicherheit eines Ehemannes an der Seite und ohne die Arbeit für Charlie and His Orchestra nur der Weg in den verhassten NS-Frauendienst blieb. Zögernd setzte er seine Gläser wieder auf. Eigentlich war es ihm lieber, ihre Verzweiflung nicht ständig in aller Klarheit vor Augen zu haben. Ihr Anblick war nach wie vor verstörend.

»Meine Entscheidung ist unwiderruflich. Außerdem ist es vielleicht ganz gut, wenn wir uns hier und jetzt trennen. Sobald der Krieg vorbei ist, wird Michael nach mir suchen und so schnell wie möglich nach Stuttgart kommen. Ich hörte die Leute reden, dass es schon bald aus ist mit dem Wahnsinn.«

In ihrer Stimme lag ein Flehen, ein Heischen um Zustimmung, das ihm fast das Herz brach. Niemand sprach laut über ein möglicherweise bevorstehendes Ende des Krieges, denn wer öffentlich den Endsieg bezweifelte, riskierte eine Anzeige. Irgendein treuer Nazi hörte immer und überall mit – außer in privaten Räumen wie diesem. Allein die Wortwahl, die Marga in der Abgeschiedenheit ihres Zimmers gebrauchte, wäre draußen lebensgefährlich. Aber vielleicht will sie ja sterben, fuhr es ihm durch den Kopf.

»Der Krieg ist erst vorbei, wenn die Waffen schweigen«, entgegnete er nach einer Weile. »Mundpropaganda beendet weder Kämpfe noch Luftangriffe.«

Sie ignorierte seinen Einwand. In diesem fremden, hohen, kalten Ton sagte sie: »Mach, was du willst, Harald. Fahr in die Sicherheit von Bad Mergentheim. Mein richtiger Mann kommt sowieso bald zu mir und wir werden unser Kind finden, das du mir nicht einmal zu suchen hilfst. Aber du bist ja kein Familienmitglied. Ich muss und werde hierbleiben, um auf meinen Mann und unsere Tochter zu warten!«

Ihre Worte trafen ihn tiefer, als er für möglich gehalten hatte. Vielleicht war es auch mehr die ständige Wiederholung, die ihn so verletzte. Er wollte sich nicht streiten. Aber er wollte auch nicht Michael Friedländer immer wieder als Sinnbild dessen vorgehalten bekommen, was er selbst für Marga eines Tages zu sein gehofft hatte. Das Maß war voll. Die ihn umgebende Mauer aus Besonnenheit und Zurückhaltung brach endgültig ein.

Er wandte sich ab, zog seinen Pullover von dem Stuhl und wunderte sich selbst, dass seine Finger zitterten. In ihm begann etwas zu brodeln, das wie überkochendes Wasser an die Oberfläche schäumte. Zornig warf er sein Kleidungsstück in den Koffer. Dann drückte er den Deckel zu, obwohl sich noch ein Hemd im Schrank befand.

Aus den Augenwinkeln beobachtete er sie. Marga zeigte keinerlei Reaktion. Nicht auf seine wütende Gestik, nicht darauf, dass er seinen Koffer sorgfältig verschloss und anhob. Sie wirkte wie zur Salzsäule erstarrt – und nun auch ebenso stumm. Noch einmal regte sich ein starkes Gefühl für sie. Es war jedoch nicht mehr die Liebe, die ihn seit Jahren immer wieder dazu verleitete, ihren selbstlosen Beschützer zu spielen. Mitleid wallte in ihm auf. Er konnte dieses lebende Elend nicht sich selbst überlassen, wollte einen letzten Versuch wagen, sie umzustimmen – und wenn es dafür der so lange verborgenen Wahrheit bedurfte.

»Hör mir gut zu«, begann er, »denn ich werde es nur ein einziges Mal sagen.« Unwillkürlich legte er eine Pause ein, um sich ihrer Aufmerksamkeit zu versichern. Doch Marga blieb regungslos.

»Ich liebe dich. Ich habe dich geliebt, seit du dich damals im Curio-Haus mit mir in den Speiseaufzug gezwängt hast …«

Er unterbrach sich kurz, weil er eine winzige Reaktion an ihr bemerkte. Es ließ sie also nicht ganz kalt, was er sagte. Gut. Sehr gut.

Deutlich sicherer fuhr er fort: »Natürlich wusste ich von Anfang an, dass du einem anderen nachtrauerst, und deine Liebe zu Michael wuchs, je unerreichbarer er wurde. Deshalb habe ich so manches unternommen, um dir das Wiedersehen zu ermöglichen. Jugendfreundschaften überdauern nicht zwingend die Jahre bis zum Erwachsensein. Menschen verändern sich. Doch du wolltest nicht begreifen, dass Michael ein anderer geworden war. Er ist ein feiner Kerl. Ich mag ihn. Aber die Erfahrungen, die er machen musste, sind nicht spurlos an ihm vorübergegangen. Er hat mir zum Abschied gesagt, dass er dachte, durch dich sein altes Leben zurückzugewinnen. Das Schicksal ließ es nicht zu. Und es war ziemlich naiv von dir, zu glauben, dass ihr dort weitermachen könntet, wo ihr vor fünf Jahren als Swingkids in Hamburg aufgehört habt …«

»Sei still!« Ihre Hände fuhren hoch, legten sich über ihre Ohren. »Ich will diesen Unsinn nicht hören. Wie kommst du dazu, Michael und mich dermaßen zu beleidigen? Was du sagst, würdigt unsere Tochter herab. Das ist ungeheuerlich!«

Harald ahnte, dass es besser wäre, sich aus dem Wortgefecht zurückzuziehen. Er sollte ohne ein weiteres Wort gehen. Sich selbst beruhigen und ihr die Zeit geben, sich zu sammeln. In irgendeiner Kneipe würde er schon Obdach finden. Das wäre zweifellos besser. Er würde sich dem Streit entziehen und Marga morgen früh gut gelaunt abholen, nachdem sie beide über Nacht Zeit hatten, zu sich zu finden. Jedes weitere Wort würde dieses Vorhaben erschweren oder sogar unmöglich machen. Er wusste dies alles – und doch konnte er nun nicht mehr an sich halten.

»Dummerweise wurde meine Zuneigung zu dir in derselben Zeit tiefer, in der ich beobachtete, wie du dich Michael an den Hals warfst und der arme Teufel vollkommen verwirrt und kopflos in die Falle tappte. Ich habe dich bis zum Wahnsinn geliebt – und daran konnte nicht einmal Isabelle de Valory etwas ändern. Als du schwanger warst, träumte ich manchmal davon, dass es mein Baby wäre. Ich mag ein Narr sein, Marga, aber ich bin kein verantwortungsloser Trottel. Und deshalb kommst du mit nach Bad Mergentheim, selbst wenn ich dich an den Haaren hinter mir herziehen muss.«

Marga sprang auf. Tränen rannen unkontrolliert über ihre Wangen, liefen an ihrem Kinn entlang und tropften auf die weiße Bluse, wo das Wasser dunkle Flecken hinterließ. Er war zu weit gegangen, das wurde Harald bewusst. Am liebsten hätte er sie in die Arme gezogen, sie getröstet und ihr eingeredet, dass jedes seiner Worte eine Lüge war.

Doch Marga wollte keinen Trost.

»Was fällt dir ein?«, schluchzte sie. »Du bist nichts weiter als ein erbärmlicher Egoist. Glaubst du, ich würde mit dir gehen, wenn du Michael in ein schlechtes Licht rückst? Weil du unsere Liebe miesmachst und unsere Tochter verunglimpfst? Ich hasse dich, Harald Alsen. Verschwinde! Ich will dich nie wieder sehen!« Sie schlug die Hände vors Gesicht. Ihr Körper schwankte wie eine Pappel im Sturm.

Er atmete schwer. Sein Brustkorb hob und senkte sich.

Das Heulen von Sirenen durchbrach ihr Schweigen. Fliegeralarm. Akute Luftgefahr. Geräusche drangen vom Flur herein: aufgeregtes Füßestampfen, eiliges Zuschlagen von Zimmertüren, Stimmengewirr. Trotz der relativ späten Stunde – es war lange nach zweiundzwanzig Uhr – schien das ganze Haus binnen Sekunden auf den Beinen.

Es war mehr ein Reflex als eine bewusste Handlung, als Harald seine Hand nach Marga ausstreckte. »Komm!«, flüsterte er rau.

Sie starrte ihn mit weit aufgerissenen Augen an.

Mit einem Mal wusste Harald, dass es vorbei war. Er hatte verloren.

Eine seltsame Ruhe legte sich über ihn. Er warf ihr einen letzten Blick zu, wunderte sich flüchtig darüber, dass ihr Haar im Lampenschein unverändert golden schimmerte. Dann griff er nach seinem Koffer, zog den Mantel vom Haken, warf ihn sich über den Arm. Ohne zurückzuschauen, öffnete er die Tür und trat auf den Flur. Er machte sich nicht die Mühe, die Tür hinter sich zu schließen.

Was für ein jämmerlicher Abgang!, dachte Marga unwillkürlich.

Spätestens in fünf Minuten würden sie sich im Keller treffen und vor ihren Mitbewohnern so tun, als wäre nichts geschehen. Kein Streit. Keine unverzeihlichen Äußerungen. Keine Bitterkeit. Sie würden sich als glücklich verheiratetes Ehepaar ausgeben, das vielleicht höchstens einer Meinungsverschiedenheit zum Opfer gefallen war. Schließlich galten sie ja in der Öffentlichkeit als zwei Menschen, die ohne einander nicht sein konnten.

Aber war es nicht genau so?

Die Frage schallte in Margas Gehirn wie das Echo von Haralds Schritten, als er ihr Zimmer verließ. Die stillen Worte übertönten sogar das Heulen der Sirenen in ihrer Straße und das Rufen in Flur und Treppenhaus.

Hatten sie nicht eigentlich von Anfang an eine Einheit gebildet? Waren da nicht eine ganze Reihe glücklicher Momente gewesen, die sie verbanden? Warum hatte sie vergessen, wie liebevoll Harald war, als ihre Schwangerschaft fortschritt? Wie er sie in die Frauenklinik begleitete und zärtlich umarmte? Er hatte niemals mehr gefordert, als sie zu geben bereit war. Dennoch war er fürsorglich und immer für sie da. Sie wehrte sich gegen Haralds Zuneigung – und doch verließ sie sich auf ihn. Sie schenkte ihm blindes Vertrauen, ohne zu begreifen, warum.

Ich liebe dich.

Drei Worte, die alles veränderten.

Mit plötzlicher Gewissheit traf sie die Erkenntnis, dass sich ihre Beziehung nicht nur auf seine Gefühle gründete, sondern ebenso fest auf ihre eigenen.

Während sie über ihr Gesicht wischte und hoffte, die Tränenspuren, so gut es eben ging, zu beseitigen, fragte sie sich, warum sie sich stets dagegen gewehrt hatte, ihre Zuneigung zuzulassen. Man liebte seine Eltern, Geschwister, Freunde. Manche Frauen behaupteten sogar, den Führer zu lieben. Warum *wollte* sie niemals Harald lieben? Weil sie die Konkurrenz zu Michael fürchtete? Den Verlust ihrer Träume, auf deren Erfüllung sie ihr ganzes Leben aufgebaut hatte?

Jugendfreundschaften überdauern nicht zwingend die Jahre bis zum Erwachsensein. Menschen verändern sich.

War Michael tatsächlich so sehr ein anderer geworden, wie Harald behauptete? Hatte sie die Wahrheit nur nicht erkennen wollen?

»Frau Alsen!« Die aufgebrachte Stimme der Wirtin, die in der Tür auftauchte. »Was machen Sie denn noch in Ihrem Zimmer? Gehen Sie rasch in den Keller. Man hört ja schon die Motoren der Flugzeuge.«

»Ja …«, murmelte Marga zerstreut. »Ja. Ich komme …«

Sie stolperte mehr, als dass sie nach unten ging. Verwirrt von den unerwarteten Gedanken, die auf sie einstürmten. Noch immer geschwächt von den Folgen der Geburt auf wackeligen Beinen. Dabei riss sie beinahe einen Eimer mit

Löschwasser um, der vorschriftsmäßig auf einem Treppenabsatz stand. Sie erreichte den Keller, als die Erde unter den ersten Detonationen bebte.

Es erwartete sie das inzwischen wohlbekannte Bild: Mütter, die ihre Kinder in den Armen hielten und leise Gute-Nacht-Lieder summten, vollständig angezogene Frauen, die vielleicht gerade aus dem Kino gekommen waren, weil es sonst keine Möglichkeiten zur Unterhaltung mehr gab, Menschen im Nachtgewand, die aus ihrer Bettruhe gerissen waren, alte Männer, in deren faltigen Gesichtern sich Trotz und Hass abzeichneten, weil sie vielleicht an ihre eigenen Erfahrungen als Soldat im Ersten Weltkrieg dachten. Eine Gruppe hatte sich untergehakt, was nicht nur ein Zeichen von Nähe war, sondern auch eine erprobte Art, im Stehen zu schlafen. Marga fühlte sich verloren zwischen diesen Leuten, die Nachbarn und Familienmitglieder waren, alte Schulfreunde womöglich. Sie war eine Fremde. Als noch Kollegen in derselben Pension untergebracht gewesen waren, hatte sie sich geborgen gefühlt. Mit Harald an ihrer Seite hatte sie so gut wie niemals Furcht gespürt.

Marga blickte sich um. Seine hochgewachsene Gestalt konnte sie auf Anhieb jedoch nirgendwo in diesem Gewölbe ausmachen. Unwillkürlich wandte sie sich an die Frau, die sie als ihre Zimmernachbarin erkannte: »Haben Sie meinen Mann gesehen?«

Die Wände zitterten unter einem Einschlag in nächster Nähe.

»Nein. Tut mir leid.« Die Frau schüttelte den Kopf.

Die schwache Notbeleuchtung zuckte. Margas Herz zog sich zusammen. Sie tastete sich vor. »Haben Sie meinen Mann gesehen?«, wiederholte sie. Wandte sich an Leute, die sie nur von einem flüchtigen Gruß auf der Treppe oder vor dem Haus kannte. Sie fragte Menschen, die sie nie zuvor gesehen hatte. Doch immer wieder erntete sie ein Kopfschütteln oder ein »Nein, tut mir leid«. Unwillkürlich trugen ihre Füße sie weiter in den Stollen hinein. Zu anderen Menschen. Mit derselben Frage und derselben Antwort. Irgendwann begann sie zu rufen: »Harald! Wo bist du?« Doch niemand antwortete.

Da es unter zerstörten Häusern immer wieder verschüttete Opfer zu beklagen gab, waren Durchbrüche zwischen den Kellern angelegt worden. In fast übermenschlicher Anstrengung hatten die Stuttgarter – vor allem Frauen, Kinder und Alte – monatelang ein unterirdisches Netz von Gängen geschaffen, das immer zu irgendeinem Ausgang führte. Stollenwarte achteten darauf, dass ausschließlich Anwohner mit der sogenannten Dauerkarte in diesen Fluren Zuflucht fanden. Die Bescheinigung erhielten nur die Helfer, die tatsächlich am Bau beteiligt gewesen waren. Harald hatte Marga erzählt, dass er – wie viele andere Musiker auch – mit der Schippe loszog, nachdem er sie im Krankenhaus besucht hatte. Er durfte sich also in diesen besonderen Bunkern bewegen, hatte ihr, der Rekonvaleszentin, ebenfalls einen Ausweis besorgt. Panisch irrte Marga auf der Suche nach ihm durch diese Unterwelt.

Ich liebe dich.

Ihre Füße schmerzten, in ihren Beinen spürte sie kaum noch Kraft. Die Rufe nach ihm wurden leiser, heiserer.

Während die Bomben mit ihrem surrenden Pfeifen auf die Häuser über Marga prasselten, verlor sie die Orientierung. Sie wusste nicht mehr, wie lange sie schon umherlief. Zuweilen im Kreis. Die Stimme drohte ihr zu versagen.

»Harald!«, krächzte sie. »Harald!«

Vielleicht hatte er das Haus verlassen und hielt sich jetzt in einem der Bunker auf, die in die Hänge geschaufelt worden waren. Oder im nahen Waldburgtunnel, den man ebenfalls zu einem Schutzraum ausgebaut hatte. Sie musste raus aus dem Keller. Anderswo nach ihm suchen.

Erstaunlicherweise fand sie sofort einen Ausgang. Niemand hielt sie auf, die Menschen waren mit sich selbst beschäftigt, mit der Bedrohung und ihrer Todesangst.

Das Licht ging aus. Auf allen vieren erklomm Marga die Stiege. Irgendwo unter ihr schrie ein Baby.

Sie hielt inne. Rief ihre Tochter nach ihr? Sie wollte umkehren, nachschauen. Doch der Gedanke an Harald zwang sie nach oben. Zuerst musste sie ihn finden. Dann würden sie gemeinsam nach Helga suchen. Sie hatte sich geirrt, als sie behauptete, er würde dies nicht tun. Vielmehr ließ sie ihm gar keine Chance dazu.

Eine Tür. Surren. Knistern. Motorengeräusche. Ein heißer Luftzug.

Auf Marga wartete die Hölle.

PARIS SOMMER 1999

57

Es war für Andrea völlig verrückt, dass ausgerechnet Franks Vater das Puzzle aus Fragen und unzureichenden Antworten zu einem ersten großen Ganzen formte. Nicht nur, dass er die Sängerin auf dem alten Foto erkannt hatte – er wusste auch, wer der zweite Mann war, der sich damals Jules Delaborde nannte. Ein Jugendfreund von Norbert Renner. Unfassbar.

Als Andrea die Schellack auf den Teller ihres Schallplattenspielers legte, um die Aufnahme von »Stardust Melody« ihrer Mutter vorzuspielen, konnte sie ihr berichten, dass der Klarinettist eigentlich Michael Friedländer hieß. Der alte Renner hatte seinem Sohn am Telefon von der großen Liebe eines Swinggirls und dem Schicksal eines begnadeten Musikers mit jüdischen Wurzeln erzählt. Obwohl er nach seiner späten Rückkehr aus sowjetischer Kriegsgefangenschaft Mitte der Fünfzigerjahre nur schwer in ein bürgerliches Leben finden konnte, war Norbert Renners Interesse am Jazz nie erloschen. Er sprach zwar kaum über diesen Teil seines Lebens, spielte auch nicht mehr selbst, weil ihn das Musikmachen schmerzlich an seine verstorbene Frau Helga erinnerte, aber Swing oder Bebop ließen ihn trotzdem nicht los. Regelmäßig schaltete er das Radio ein und hörte internationalen Jazz.

Auf diese Weise wurde er irgendwann auf einen Mann namens Mike Free aufmerksam. Einen amerikanischen Klarinettisten, dessen Technik ihn seltsam berührte, weil sie ihn an einen Kumpel von früher erinnerte. Er wusste nicht, was aus seinem Freund Michael geworden war, und sah keine Möglichkeit, dies herauszufinden. Genau genommen wollte er auch nicht zurücksehen, weil er sich inzwischen in einem neuen Leben einrichtete. Norbert hatte einen Job bei der noch jungen Bundeswehr angenommen – er hatte ja nichts anderes gelernt, als in einer Armee zu dienen – und eine neue Frau gefunden, die ihm drei Söhne schenkte. Er kaufte sich also Schallplatten mit Aufnahmen des Musikers aus New York, weil ihm die Interpretation gefiel. Über kurz oder lang sah Norbert ein aktuelles Foto von Mike Free, las über dessen Biografie. Zu seiner größten Überraschung waren der Amerikaner und Michael Friedländer ein und dieselbe Person, Irrtum ausgeschlossen. Obwohl es ihm in den Fingern juckte, über den Produzenten Kontakt aufzunehmen, meldete sich Norbert nicht. Als er in einer Fachzeitschrift las, dass der inzwischen international hochgeachtete Musiker eine Europa-Tournee ablehnte, nahm Nobert an, dass Michael aus denselben Gründen nicht zurückschauen wollte wie er. Er hatte sie zwar nicht gesucht, aber Franks Vater nahm an, dass er irgendwo im Rundfunk oder Fernsehen auf ihren Gesang getroffen wäre, wenn Marga den Krieg überlebt hätte. Deshalb ließ er die Sache auf sich beruhen und sprach auch mit niemanden über die Verbindungen von einst – bis Frank ihm die Kopie einer alten Fotografie aus Paris schickte.

»Die Wahrscheinlichkeit, dass die schöne Marga in Paris eine Affäre mit Mike Free hatte, ist größer als die Annahme, dass sie in den echten Jules Delaborde verliebt war«, resümierte Frank. Er saß mit Andrea und Barbara in einem kleinen Café an der selbst in der sommerlichen Hochsaison für Touristen ruhigen Place des Vosges. »Ich vermute, dass der Alte dem raffgierigen Maître Delaborde einen Bären aufgebunden hat, um den vorschnellen Verkauf des Anwesens zu verhindern.«

Barbaras Augenbrauen hoben sich. »Indem er eine weitere Erbin aus dem Hut zauberte?«

»Genau. Unser Freund nannte Andrea seinem Sohn gegenüber ›die Enkeltochter von Jules Delaborde‹ …«

»Ich erinnere mich«, fiel Andrea ihm ins Wort, »dass mich diese Ausdrucksweise von Anfang an verwunderte.«

»Mich auch. Ich hatte ja das Vergnügen, ihn bei diesem Jazzbrunch kurz kennenzulernen. Deshalb habe ich mir erlaubt, in dem Immobilienbüro in Pacy-sur-Eure nachzufragen. Maurice Delaborde scheint dermaßen beeindruckt von eurem angeblichen Verwandtschaftsverhältnis zu sein, dass er die Verkaufsbemühungen aussetzen ließ.«

»Jetzt verstehe ich, warum der Mann ständig Nachrichten auf Andreas Anrufbeantworter hinterlässt«, rief Barbara aus. In ihrer Stimme schwangen Empörung und Amüsement. »Glücklicherweise befinden sich meine Französischkenntnisse auf dem Niveau eines Säuglings, sodass keine Gefahr besteht, jemals mit Delaborde junior ins Gespräch zu kommen. Der alte Herr tut mir leid.«

Andrea rührte stirnrunzelnd in ihrem Milchkaffee. Als sie aufsah, meinte sie: »Unsere Familienverhältnisse wären doch sehr einfach zu klären. Ein Vaterschaftstest könnte alle Zweifel beseitigen.«

»Im Prinzip«, erwiderte Frank, »aber den Test können nur die Betroffenen beantragen und nicht ein Sohn, der fürchtet, um sein Erbe geprellt zu werden. Selbst wenn deine Mutter Jules Delaborde verklagen wollte, müsste der alte Mann dazu gehört werden. Er kann die Formalien allein durch seine schlechte Gesundheit verschleppen. Und – wie auch immer das Ergebnis aussieht – er hat ein Interesse, dass der gute Maurice noch recht lange glaubt, in Barbara eine Halbschwester zu haben. Die rechtlichen Schritte können also dauern.«

»Und nun?« Andrea blickte herausfordernd von einem zum

anderen. »Was nun? Ich meine, wir wissen wieder einmal mehr, aber nicht genug. Das kann doch nicht ewig so weitergehen.«

»Nein, natürlich nicht. Die einzige Person, die uns die Ähnlichkeit zwischen dir, deiner Mutter und ihr erklären kann, ist diese Marga Mai. Dank meines Vaters haben wir ihren bürgerlichen Namen und eine Adresse in Hamburg, wo sie mit ihren Eltern wohnte. Ich habe mich bei einem befreundeten Rechtsanwalt erkundigt: Eine Anfrage aus berechtigtem Interesse – am besten wegen einer Erbschaftsangelegenheit und das ist ja nicht einmal gelogen –, also eine schriftliche Anfrage aus berechtigtem Interesse beim Einwohnermeldeamt sollte uns auf die Spur der Dame bringen.«

Barbara war blass geworden. »Was ist, wenn sie nicht mehr lebt?«, fragte sie leise. »Dein Vater hat doch gesagt, er habe nichts mehr von ihr gehört.«

»Nicht daran denken«, murmelte Frank und legte seine Hand begütigend auf ihre. »Mein alter Herr hat Marga Mai nicht gesucht. Das macht den Unterschied.«

Andrea beobachtete Franks Geste und dachte, dass sie selbst gerne seinen Trost gespürt hätte. Doch da sie sich niemals mehr ohne Barbaras Begleitung trafen, entwickelte sich ihre anfängliche erotische Anziehungskraft gerade zu tiefer Freundschaft. Manchmal bedauerte Andrea diese Entwicklung, aber sie wusste, es war besser so. Schon allein deshalb, weil sie restlos damit überfordert war, eine neue Beziehung zu ihrer Mutter aufzubauen, die bis auf Weiteres bei ihr wohnte. Und auch, weil Frank Paris verlassen musste, um in Boston eine Dokumentation über den kürzlich bei einem Flugzeugabsturz tödlich verunglückten Sohn von John F. Kennedy zu drehen. Er versprach zwar, dass er so rasch wie möglich zurückkehren werde. Doch sie wollte nicht auf ihn warten müssen.

In Franks Abwesenheit korrespondierte Barbara mit seinem Anwaltsfreund. Sie übertrug Dr. Hans Cassel das Mandat, anschließend wandte der sich an das zuständige Bezirksamt in Hamburg-Eimsbüttel.

Etwa vier Wochen später erhielt Andreas Mutter die Nachricht, dass Margarete Maibach zunächst nach Berlin, dann wieder zurück nach Hamburg gezogen sei, sich aber zuletzt nach Stuttgart umgemeldet habe. Der letzte Eintrag auf der Karteikarte stammte aus dem Jahr 1944. Der Jurist versicherte Barbara, eine entsprechende Anfrage an die Behörde in der Hauptstadt Baden-Württembergs bereits abgeschickt zu haben.

Während Barbara die Information mit stoischer Ruhe zur Kenntnis nahm, meinte Andrea aufgeregt: »Endlich passt mal etwas zusammen. Wenn diese Frau nach Leipzig umgezogen wäre, würde ich mich ärgern, aber Stuttgart klingt gut. Es ist doch dein Geburtsort, Mama!«, fügte sie hinzu, als müsste sie sie daran erst erinnern.

Es vergingen quälende sechs Wochen, in denen Andrea versuchte, Geld zu verdienen. Es waren Semesterferien und sie nahm jede Möglichkeit wahr, irgendwo aufzutreten und zu spielen, egal, ob mit ihren Freundinnen als Frauen-Percussion-Band oder als Pianistin mit ihrem Repertoire von alten Schlagern. Hin und wieder rief Frank an, erkundigte sich nach ihrem Befinden und fragte nach ihrer Mutter. Er meldete sich aus Boston, dann aus Hamburg. Persönliche Themen sprach er nie an und Andrea ließ es gut sein. Nur gelegentlich spürte sie ein leises Bedauern, weil sie kein Paar geworden waren.

An einem regnerischen Oktobervormittag verteilte die Concierge wie immer die Post und überreichte Barbara ein Schreiben mit deutscher Briefmarke und Hamburger Poststempel.

Als Andrea aus dem Supermarkt nach Hause kam, verharrte ihre Mutter scheinbar entspannt mitten im Wohnzimmer auf dem Boden im Lotussitz. Ohne ihre Yogaübung zu unterbrechen, sagte Barbara: »Auf dem Tisch liegt etwas, das du dir ansehen musst. Aber sprich mich bitte nicht an. Ich muss mich auf meine Asanas konzentrieren.«

Neugierig griff Andrea nach dem maschinengeschriebenen Blatt mit dem inzwischen bekannten, beeindruckend eleganten Briefkopf der Kanzlei Cassel & Kollegen. Dann las sie:

Sehr geehrte Frau Cramer,
beiliegend übersende ich Ihnen ein Schreiben des Meldeamtes Stuttgart-West zur Kenntnisnahme, eine Rückgabe ist nicht erforderlich. Wie Sie der Anlage entnehmen können, ist Frau Margarete Alsen, geborene Maibach, geboren 1921 in Hamburg, vor einiger Zeit nach Bad Canstatt verzogen, einem Ortsteil von Stuttgart. Um die weiteren Nachforschungen abzukürzen, bat ich einen Kollegen in Stuttgart, das örtliche Telefonbuch zu konsultieren. Die Telefonnummer von Frau Alsen habe ich vorsorglich auf dem Beiblatt notiert. Sollten Sie wünschen, dass ich mich mit der Dame in Verbindung setze, lassen Sie mich das bitte wissen.
Mit freundlichen Grüßen
Dr. Hans Cassel
Rechtsanwalt

Achtundsiebzig, war Andreas erster Gedanke.

Die junge Sängerin auf dem Bild des Hot Club de France war heute achtundsiebzig Jahre alt. Wie würde eine so betagte Dame reagieren, wenn plötzlich zwei wildfremde Frauen vor ihrer Tür standen, die behaupteten, Verwandte zu sein? Nahestehende Familienmitglieder, womöglich Tochter und Enkeltochter. Die Ähnlichkeit zwischen ihnen war der deutlichste Beweis ihrer Verbindung, wenn auch der einzige. Frau Alsen, geborene Maibach, musste von ausgezeichneter Gesundheit sein, wenn Andrea und Barbara mit ihrem Besuch keinen Herzinfarkt provozieren wollten.

Doch welche Möglichkeiten blieben ihnen, um die Sache endlich zu Ende zu bringen? War es richtiger, den Anwalt in einer so privaten Angelegenheit vorzuschicken? Würde ein sachlich verfasstes juristisches Schreiben Margarete Alsen weniger aufregen als ein Besuch? Ein Telefonanruf erschien Andrea ausgeschlossen. Allerdings war Stuttgart mit dem Zug vom Gare de l'Est bequem zu erreichen. Was sprach dagegen, dass sie so schnell wie möglich aufbrachen? Andreas diverse Jobs – ja –, aber sie würde sich krankmelden. Diese Lüge – und womöglich auch ein bisschen Ärger – waren ihr dieses letzte Kapitel in der Geschichte wert, die sie seit Monaten umtrieb.

»Mama …« Die Bitte ihrer Mutter ignorierend, wandte sich Andrea um.

Barbara stand auf dem Kopf, Leib und Beine in die Höhe gestreckt. Ihre Muskelanspannung war unübersehbar, dennoch wirkte sie erstaunlich ausgeglichen. Fassungslos sah Andrea zu, wie sich Barbaras Brustkorb unter ruhigen Atemzügen hob und senkte. So hatte sie sie noch nie gesehen.

»Mama, was machst du da?«

»Du sollst mich doch nicht stören«, grummelte Barbara. In einer geschmeidigen Bewegung zog sie die Knie langsam an, stellte die Füße auf und rollte sich nach ein paar Sekunden auf dem Boden zusammen, wo sie in dieser Position liegen blieb.

Entsetzt stürzte Andrea zu ihr, bückte sich, berührte ihre Schulter. »Ist alles in Ordnung mit dir?«

Mit hochrotem Kopf richtete sich Barbara auf, blieb jedoch in der Hocke sitzen. »*Garbhasana*«, erwiderte sie eine Spur atemlos. »Die Stellung des Kindes. Damit löst man *Shirshasana* auf, den Kopfstand. Leider hast du mich zu früh aus dieser Übung geholt. Ich hatte meine Meditation noch nicht abgeschlossen.«

»Oh!«

»*Shirshasana* bringt geistige Stärke und innere Klarheit.«

»Aha.« Verwundert blickte Andrea auf ihre Mutter nieder. »Könntest du diesen Hokuspokus bitte für einen Moment vergessen? Wir müssen eine Entscheidung treffen!«

»Eben dafür ist Yoga ein altbewährtes Mittel«, behauptete Barbara und stand auf. Sie nahm Andrea das Anwaltsschreiben aus der Hand und ging in Richtung Küche. »Ich werde Frank bitten, sich mit Margarete Maibach-Alsen in Verbindung zu setzen«, verkündete sie, während sie den Brief auf die Arbeitsplatte legte und eine Flasche vom Boden aufhob.

»Frank ist nicht dein Laufbursche«, erinnerte Andrea. Sie lehnte gegen den Türrahmen und beobachtete, wie Barbara das stille Mineralwasser an die Lippen setzte und gierig trank. Yogaübungen machten offenbar durstig.

»So ein alberner Gedanke kann nur die Folge eines Kopfstands sein«, setzte sie bitter hinzu.

Barbara wischte sich mit dem Handrücken über den Mund. »Hast du eine bessere Idee?«

»Wir könnten nach Stuttgart ...«

»Nein.«

»Warum nicht?«

»Die Überraschung könnte zu viel für sie sein. Ich möchte sie nicht umbringen, bevor ich nicht weiß, wer sie ist und was sie mit mir zu tun hat. Außerdem ist Frank der Sohn eines alten Freundes von ihr, das dürfte für den Anfang hilfreich sein.«

Andrea lächelte. Es war derselbe Gedanke, den sie vorhin verworfen hatte. »Und dann?«

»Das wird sich finden«, behauptete Barbara. In ihrer Stimme schwang Zuversicht. Sie sah an sich hinunter. An dem hüftlangen ausgebleichten und jetzt verschwitzten T-Shirt mit dem aufgedruckten Friedenssymbol für nukleare Abrüstung, den gestopften Leggins. »Ich glaube, ich brauche etwas Neues zum Anziehen. Würdest du mich zum Einkaufen begleiten? Wir sind in Paris. Wo könnte ich meinen Kleidungsstil besser überdenken als hier?«

58

Es war wie ein Déjà-vu. Nur dass heute nicht der blumige Duft des Frühlings in der Luft hing, sondern das würzige Aroma des Herbstes. Der Unterschied zwischen dem Eau de Toilette einer Dame und einem Herrenparfüm. An den Ästen sprossen keine Knospen, die Blätter schimmerten in rotgoldenen Farben, wehten vom Wind getragen über die Seine oder sammelten sich zu feuchten Haufen auf den Uferwegen. Es regnete leicht und ein feiner Dunst hüllte die Türme von Notre-Dame ein wie in eine milchige Verpackung. Busse spuckten die üblichen Massen vor allem japanischer, amerikanischer und deutscher Touristen aus, die sich in Gruppen unter die Vordächer der Bücherstände drängten – mehr auf der Suche nach einem trockenen Unterstand als getrieben von dem Wunsch, einen antiquarischen Schatz auszugraben. Die meisten *bouquinistes* hatten zwar geschlossen, aber der eine oder andere Händler trotzte dem Wetter.

Andrea sah den burgunderroten Regenschirm schon von Weitem durch die grauen Massen aus Windjacken und wasserfesten Mänteln leuchten. Er schützte ein Paar, das auf einer Bank nahe dem Stand saß, in dem Musikalien und alte Schallplatten zum Verkauf angeboten wurden. Die beiden wirkten sehr vertraut, was Andrea angesichts ihrer kurzen Bekanntschaft einerseits befremdlich fand. Andererseits hatte Marga, wie sie genannt werden wollte, Frank ihr Herz ausgeschüttet und vor ihm ihr Leben ausgebreitet. Das schaffte wahrscheinlich eine tiefere Bindung als jahrelanges Nebeneinanderherleben.

»Sie wohnt noch immer im Landkreis Stuttgart, weil dort in einer Bombennacht ihr Kind verloren ging«, hatte er nach seinem Besuch bei der alten Dame am Telefon berichtet. »Sie hielt sich an dem Glauben fest, dass ihre Tochter lebt und eines Tages zu ihr zurückfinden werde. Deshalb blieb sie dort, wo das Baby verschwunden war. Die meisten Menschen halten sie für irrational, manche für verrückt. Aber sie ließ sich nicht davon abbringen.«

»Anscheinend hat es geklappt«, erwiderte Andrea.

»Es geht sogar noch weiter. Ich hatte Glück bei der jungen Dame in der Verwaltung der Frauenklinik.« Frank lachte leise, wurde aber sofort wieder ernst: »Sie half mir beim Durchsehen der Archivunterlagen. Da wir Barbaras Geburtsdatum als Anhaltspunkt hatten, war es nicht schwierig, die entsprechenden Karteikarten zu finden. Wir Deutschen sind ja immer sehr genau und schreiben alles auf, aber in der Nazizeit waren die Leute regelrecht manisch. Völlig verrückt, was die alles dokumentiert haben. Jedenfalls wurde notiert, dass in jener Nacht ein gesunder Säugling per Kaiserschnitt auf die Welt geholt wurde. Des Weiteren gab es eine Totgeburt. In beiden Fällen handelte es sich um ein Mädchen. Und jetzt wird es spannend: Das erste Baby gehörte zu Familie Alsen, das zweite einem Ehepaar Cramer. Irgendeine Krankenpflegerin hielt es für sinnvoll, den Cramers das lebende Kind zu übergeben. Das steht natürlich nicht in den Unterlagen, ist aber eigentlich ganz klar. Ich frage mich zwar, wie der Tausch so gut funktionieren konnte, denn an einer OP sind ja für gewöhnlich eine ganze Reihe von Ärzten und Schwestern beteiligt. Aber was soll's? Allein die Namen sprechen für sich und in einer Bombennacht kann viel geschehen – unsere Generation macht sich davon gar keine Vorstellung.«

Andrea dachte an die junge Frau auf dem Foto. Eine Sängerin. »Dann ist Marga Mai also meine Großmutter …«

»Den endgültigen Beweis würde natürlich erst ein Bluttest bringen, aber die Fakten sprechen für sich. Und Michael Friedländer alias Jules Delaborde der Zweite alias Mike Free … der Typ ist dein Großvater.«

Frank erzählte Andrea, dass Marga nie wieder gesungen hatte. Ihr fehlte die Leichtigkeit dazu, vielleicht auch der Ansporn, wie sie behauptete. Es gab Wichtigeres für sie zu tun. Da sie keine eigenen Kinder mehr bekommen konnte, nahm sie sich fremder Kinder an. Sie machte eine Ausbildung zur Musiklehrerin, engagierte sich in Kulturvereinen vor allem für die Förderung der Jüngsten.

»Du kannst stolz sein«, schloss Frank seinen Bericht: »Sie ist eine fantastische Frau.«

Und eine attraktive Frau, dachte Andrea, während sie Marga aus der Ferne betrachtete. Sie war unübersehbar betagt, aber gepflegt und auf gewisse Weise schick. Den Kragen ihres klassischen beigefarbenen Burburrys hatte sie keck aufgestellt, ihr halblanges Haar, das mehr grauweiß als blond war, leuchtete selbst bei den witterungsbedingt schlechten Lichtverhältnissen silbern. Ihr ebenmäßiges Gesicht war von vielen Falten durchzogen, hatte seine Schönheit jedoch nicht verloren. Sie blickte starr geradeaus und über die Seine – als wage sie nicht, der verlorenen Tochter und ihrer Enkelin zu früh ansichtig zu werden.

Es war Margas Wunsch gewesen, sich irgendwo in der Stadt zu treffen. Dass sie sofort nach Paris reisen würde, stand außer Frage. Allerdings wollte sie Barbara nicht in einem Café zum ersten Mal sehen, in keinem Restaurant warten. Auch für einen Besuch in Andreas Wohnung war sie nicht zu erwärmen. Frank hatte schließlich die Bücherstände an der Seine vorgeschlagen.

»Hier haben wir die erste Spur gefunden«, erklärte er Andrea und fügte hinzu: »Nimm es als sentimentale Geste eines Romantikers.«

Barbara versteifte sich. Sie hielt im Schritt inne. »Ich kann nicht«, flüsterte sie. »Lass uns bitte nach Hause gehen. Ich kann das nicht.«

Kopfschüttelnd blickte Andrea neben sich. Barbara wirkte in dem neuen schwarzen Kostüm und dem wollweißen Mantel darüber, das lange Haar zu einer Banane am Hinterkopf aufgesteckt, wie der seriöse Klon ihrer selbst. Eine schicke Frau, nur sehr entfernt dem bunten Hippiemädchen ähnlich, das sie in ihrem Herzen geblieben war. Wahrscheinlich würde sie sich in ihren alten Klamotten wohler fühlen. Aber sie hatte darauf bestanden, ihrer leiblichen Mutter in dieser eleganten Uniformierung gegenüberzutreten.

»Du kannst jetzt nicht umdrehen, Mama!«

In diesem Moment wandte Marga den Kopf in ihre Richtung.

Der Blick der alten Dame durchfuhr Andrea wie ein Blitzschlag. Ihre eigenen Augen sahen sie an.

Sie spürte, wie Barbara dicht neben ihr zu zittern begann, nach ihrer Hand tastete. Obwohl Andrea kurz schwindelig wurde und sich die Schmetterlinge in ihrem Bauch verselbstständigten, zog sie ihre Mutter sanft vorwärts.

»Mademoiselle!« Die Stimme des *bouquiniste* hallte durch das leise Prasseln des Regens. Er schien Andrea auf den ersten Blick – sicher an ihrem gelben Südwester – erkannt zu haben. »Kommen Sie, kommen Sie. Ich habe eine wundervolle alte Aufnahme für Sie. Es ist nicht die Jazzversion, aber sie besitzt Seltenheitswert: Édith Piaf und Yves Montand in einem Duett.«

Andrea hörte ihn wohl, aber sie reagierte nicht auf den Händler.

Inzwischen war Frank aufgesprungen. Er ging Barbara und Andrea gemessen entgegen, während Marga auf der Bank unter dem Schirm sitzen blieb und sie nur stumm ansah.

Ein paar Touristen schoben sich in das Bild. Die Leute sammelten sich vor dem Stand mit den Musikalien. Ein aufgeregtes Durcheinander setzte ein, als irgendjemand in den Kisten etwas fand, das sein Interesse anzog. Spanische, womöglich südamerikanische Laute drangen zu Andrea durch.

»Musica, Musica!«, rief eine Frau begeistert.

Im nächsten Moment wehten die melancholischen Töne eines Chansons über den Uferstreifen der Seine. Als Andrea den Titel erkannte, traten Tränen in ihre Augen. Was für ein Zufall, dass der Händler ausgerechnet diese Schallplatte auflegte! Der Text von »Les Feuilles Mortes« handelte von einer großen Liebe, die unvergessen und unerfüllt blieb, von Sehnsucht, die sich in Musik ausdrückte, und von Erinnerungen …

»Darf ich bitten?«

»Was?« Andrea starrte Frank völlig perplex an.

Er nahm ihre Hand, die eben noch Barbaras Finger umschlossen hatte. »Lass uns tanzen. Bitte!«

Sie sah ihrer Mutter nach, die trotz der Unterbrechung wie in Trance weiterlief. Dann schüttelte sie entnervt den Kopf. »Was soll das? Es regnet und ich muss zu …«

Frank hielt sie zurück. »Es ist zunächst einmal *ihre* Mutter. Gib den beiden die Möglichkeit, sich unter vier Augen zu begegnen. Marga hat fünfundfünfzig Jahre auf diesen Moment gewartet. Und Barbara irgendwie auch, schätze ich.«

»Aber …« Ihre Blicke hingen an Barbara, die sich zögernd neben der alten Dame unter dem weinroten Schirm niederließ.

»Na, komm schon«, forderte Frank, nahm Tanzhaltung ein und schob sie sanft im Takt der Melodie vor sich her. Er neigte den Kopf herunter und sah ihr in die Augen. Von seinem Haar tropften Regenperlen und flossen über sein Gesicht.

Es blieb ihr nichts anderes übrig, als sich von ihm führen zu lassen. Sie bemerkte, dass die Touristen auf sie aufmerksam geworden waren. Die Leute drängten sich tuschelnd und kichernd unter dem Vordach des Standes und sahen interessiert zu ihnen her.

»Wir machen uns lächerlich«, stellte sie fest, konnte aber ein amüsiertes Schmunzeln nicht verhindern.

Er legte seine feuchte Wange an ihr Gesicht. Dabei fiel der Hut von Andreas Kopf, doch als sie sich umwenden wollte, hielt er sie noch fester. »Egal. Wir heben ihn nachher auf.«

Ihr Haar war binnen Sekunden naß.

»Frank, was soll das?«

»Ich dachte, wir beide beginnen eine neue Geschichte. Die alte scheint mir rund zu sein.«

… und das Meer löscht im Sand die Fußspuren der Liebenden, die sich trennten …

Andrea lauschte auf den Text und erinnerte sich, dass sie beschlossen hatte, sich erst wieder auf eine neue Beziehung einzulassen, wenn sie ihre Herkunft kannte. Nun war es so weit.

»Es ist Zeit für einen Neuanfang«, unterbrach er ihre Gedanken. »Wollen wir's nicht mal miteinander versuchen? Ich denke, wir haben deutlich bessere Chancen als Marga und Michael damals.«

Er schwang sie in einer Drehung herum, sodass ihr Blick automatisch zu ihrer Mutter und ihrer Großmutter flog. Barbara und Marga hielten einander an den Händen. Offensichtlich brauchte sie sich um die beiden keine Sorgen mehr zu machen. Ohne hellseherische Fähigkeiten zu besitzen, war Andrea klar, dass Barbara demnächst umziehen würde.

Ja, dachte sie. Die Gelegenheit ist günstig.

HAMBURG MÄRZ 2000

59

Marga ließ die Puderdose zuschnappen. Es hatte keinen Sinn, dass sie ihr Äußeres ständig überprüfte. Sie war eine alte Frau – und das sah man ihr auch an. In ihren Augen schimmerte zwar wieder der Glanz, den sie in jenem Sommer vor sechsundfünfzig Jahren verloren zu haben glaubte. Aber ihr unendliches Glück über die Begegnung mit ihrer Helga, die nun Barbara hieß, änderte natürlich nichts an der Zeit, die verstrichen war. Im Rückblick war ihr Leben nicht schlecht gewesen, sie konnte sich zufrieden schätzen, doch heute Abend würde es endlich vollkommen sein. Wenn alles gut ging.

Das Leid, das sie so lange begleitet hatte, zog sich unfassbar schnell zurück. Mit dem Brief von Frank Renner, der sich als Sohn des längst tot geglaubten Nobsi vorstellte, hatte Margas Happy End, wie sie es heimlich nannte, begonnen. Sein Besuch, ein altes Foto … alles schien sich plötzlich zu fügen. Dann das Treffen in Paris.

Marga war zum ersten Mal seit dem Krieg wieder in der französischen Hauptstadt; sie hatte davor keinen Anlass zu einer Reise dorthin gesehen. Es war aufwühlend, wie vertraut ihr alles vorkam. Und natürlich gab es keine Worte für das, was sie empfunden hatte, als sie ihrem Kind in die Augen schauen durfte. Es war eine Mischung aus Glückseligkeit und Unglauben, tiefer Liebe und Dankbarkeit. Dass Barbara spontan nach Bad Canstatt ziehen wollte, schrieb Marga anfangs der überwältigenden Freude und der offensichtlich unsteten

Leichtigkeit zu, von der ihre Tochter getragen wurde. Mittlerweile hatte Marga erkannt, dass Barbara in ihrer Nähe zur Ruhe kam. Überraschenderweise engagierte sie sich bald ebenfalls in verschiedenen Kulturvereinen und trug sich ernsthaft mit dem Gedanken, demnächst eine kleine Galerie zu eröffnen. Michaels Tochter schien zum ersten Mal in ihrem Leben irgendwo angekommen zu sein.

Auch nach Hamburg war Marga in all den Jahren nur ein einziges Mal zurückgekommen. Zum Begräbnis ihrer Mutter. Ihr Vater war bei Kriegsende einem zweiten Herzinfarkt erlegen. Im Chaos des Frühjahrs 1945 war es Marga nicht möglich gewesen, den letzten Weg Professor Maibachs zu begleiten. Ihre Mutter starb sieben Jahre später – zu jener Zeit, als die junge Bundesrepublik bereits ein geordnetes Land war und auch der Alsterpavillon auf dem Sockelgeschoss der Bombenruine als modernes, halbkreisförmiges Gebäude mit Flachdach wiederaufgebaut wurde.

In dem alten, vor Kurzem renovierten Raum stand sie nun am Fenster und blickte hinaus in die Dunkelheit. Sie zwang sich zur Ruhe, obwohl fast dieselbe Aufregung sie erfasste, die im Herbst in Paris wie ein bleiernes Gewicht auf ihrer Brust gelegen hatte. Am liebsten wäre sie die Treppe hinaufgestiegen, um nachzusehen, ob die letzten noch fehlenden Gäste dieses denkwürdigen Abends endlich eintrafen, ob sie auch den Weg hierher nach unten fanden. Aber sie wollte sich durch ein Zuviel an Bewegung nicht um das letzte bisschen Atem in ihren Lungen bringen. Sie hatte so lange auf diesen Moment gewartet. Minuten spielten da keine Rolle mehr, selbst wenn sie zu Stunden gerannen.

In einer beispiellosen Aktion hatte Frank Rundfunk- und Fernsehredakteure von seiner fantastisch klingenden Idee überzeugt, einen beeindruckenden Spesenetat zusammengekratzt, ein Team organisiert, Briefe geschrieben, Mails beantwortet, Telefongespräche geführt. Marga bewunderte ihn sehr für sein Bemühen, eine Handvoll Musikrentner aufzutreiben und zur wahrscheinlich ungewöhnlichsten Jamsession des Jahres einzuladen. Zu einem Wiedersehen der ganz besonderen Art. Frank hatte Kurt in einem Seniorenheim in München ausfindig gemacht, und Jules Delaborde, seit dem Unfall an einen Rollstuhl gefesselt, war mit Andrea angereist. Sogar Nobsi wollte wieder zum Bass greifen.

Frank war mit seinem Vater vor einer Ewigkeit, wie Marga es schien, zum Flughafen gefahren. Wenn der Passagier aus New York den Anschlussflug in Frankfurt am Main nicht verpasst hatte, sollten die beiden jeden Moment mit dem berühmtesten Teilnehmer des Gigs eintreffen, dem einzigen von ihnen, der als Musiker noch aktiv war.

Vor zwanzig oder mehr Jahren – Marga wusste es nicht genau – hatte sie in einem Schallplattengeschäft nach einem Weihnachtsgeschenk gesucht. Statt in der Abteilung für Klassik war sie vor den Fächern mit internationalem Jazz gelandet. Der Zufall wollte es, dass sie neugierig durch die Aufnahmen blätterte – und plötzlich ein Album des Klarinettisten Mike Free in Händen hielt. An ihr Gefühl damals erinnerte sie sich besser als an das Datum: Ihr Herz hatte zu trommeln begonnen wie Freddie Brocksieper in seinen besten Tagen als Schlagzeuger bei Charlie and His Orchestra.

Bis zu diesem Moment war sie überzeugt davon, dass Michael den Krieg nicht überlebt hatte. Da sie seit damals keinen Kontakt mehr zu Jules Delaborde unterhielt, wusste sie nicht, was auf Château Valory geschehen war. Sie klammerte sich bis zu der Begebenheit in dem Plattenladen an den Glauben, dass er nach ihr gesucht hätte, falls es ihm möglich gewesen wäre. Die Erkenntnis, dass er ohne sie seinem Traum gefolgt und nach New York gegangen war, traf sie tief. Es war eine Sache, zu wissen, dass sie ihn sicher nicht begleitet hätte, aber eine andere, die Versäumnisse zu kennen. Sie verließ das Geschäft, ohne etwas gekauft zu haben. Die Bitterkeit ließ sich nicht abstellen, die Erinnerung an ihre große Jugendliebe versuchte sie fortan vollkommen zu verdrängen.

Barbara hatte natürlich ein Recht darauf, ihren leiblichen Vater kennenzulernen. Sicher war es auch aufregend für Andrea, dem Großvater zu begegnen, der ihr seine Musikalität vererbt hatte.

Aber wenn Marga wählen könnte, würde sie wahrscheinlich auf das Wiedersehen mit Michael verzichten. Ja, fuhr es ihr durch den Kopf. Ganz bestimmt. Oder auch nicht. Es hatte durchaus Gelegenheiten gegeben, in denen sie für sich anders entschied. Im Moment jedoch erschien ihr bei all der Aufregung der Rückzug aufs Altenteil verlockender. Genau genommen wollte sie gar nicht wissen, ob ihre Liebe zu diesem Mann ein Leben lang hielt, ob ihre Herzen noch im selben Takt schlugen.

»Marga?!«

Sie fuhr herum. Oh Gott, sie wurde schwerhörig! Sie war dermaßen in Gedanken versunken gewesen, dass sie sein Eintreffen nicht wahrgenommen hatte. So viele Füße waren über den Boden geschritten, ein Kellner servierte Getränke, klapperte mit Geschirr und Gläsern, Instrumente wurden gestimmt, Stimmengewirr, ein paar auf dem Klavier angeschlagene Töne. Die wohlbekannte und niemals vergessene Kakofonie vor einer Probe oder einem Konzert. Und mit einem Mal waren die Geräusche ausgeblendet. Alles war still.

Michael stand von ihr. Und doch war er es nicht.

Die Ähnlichkeit mit dem Geliebten von einst war nur noch ein schwacher Schatten. Mike war beleibt, ihm ging es anscheinend gut, der schwarze Rollkragenpullover spannte sich über einem kleinen Bauchansatz. Überhaupt sah er blendend aus. Sein braun gebranntes Gesicht unter den kurz geschnittenen weißen Haaren war von Falten durchzogen, über eine Seite zog sich weiß eine alte Narbe, das Auge verdeckte eine schwarze Klappe, die ihm etwas Verwegenes, Abenteuerliches verlieh, das er früher nicht besessen hatte. Ein Jazzmusiker mit einer Augenklappe, hatte Marga damals beim Betrachten des Schallplattencovers mit einer gewissen Bewunderung gedacht, wer kommt denn auf so eine Idee? An der Narbe, die man auf dem Promotionfoto anscheinend wegretuschiert hatte, erkannte sie jedoch, dass die Verletzung kein Werbegag war.

Zögernd streckte sie die Hand aus. Es war ihr peinlich, als sie fühlte, dass sich in der Handfläche Schweiß ansammelte.

»Guten Abend«, sagte sie leise.

»Marga!«, wiederholte er nur.

Er übersah ihre Geste, breitete die Arme aus und zog sie an sich. Seine Arme legten sich so fest um sie, als wollte er sie erdrücken. Sie spürte, wie er heftig schluckte, die Feuchtigkeit seiner Tränen an ihrer Wange. Es berührte sie, wie sehr ihn das Wiedersehen mitnahm. Sie konnte jedoch nicht anders, erwiderte diesen Überschwang mit angespannten Muskeln, wurde stocksteif. So schnell war sie nicht bereit, ihm das jahrzehntelange Schweigen zu vergeben – zu sehr hatte es sie geschmerzt.

»Ich wollte eigentlich nicht kommen.« Sein Mund war dicht an ihrem Ohr. »Ich habe mich immer geweigert, nach Europa zurückzukehren, weil ich wusste, dass ich die Erinnerungen nur schwer ertragen würde. Nun bin ich doch da und werde dich nie wieder loslassen.«

»Du hättest dich ein wenig früher melden können.«

»Ja … nein … ich …« Er unterbrach sich, legte eine Gedankenpause ein, in der er sein Gesicht in ihrem Haar vergrub. Dann hob er den Kopf, sah ihr in die Augen. »Ich hatte lange ernsthafte gesundheitliche Probleme. Ein Querschläger traf mich, als alliierte Soldaten Château Valory besetzten, und hätte mich der jüdische Chirurg in einem amerikanischen Lazarett nicht zusammengeflickt, wäre ich wohl gestorben. Es dauerte eine Weile, bis ich halbwegs in Ordnung kam. Immerhin konnte ich bald wieder spielen. Die GIs mochten meine Musik. Man könnte sagen, sie nahmen mich mit nach Hause. So kam ich nach Manhattan. Die *Jazz-Baroneß*, eine Emigrantin aus Frankreich, nahm mich dort unter ihre Fittiche und förderte mich. Danach verselbstständigte sich mein Leben. Für eine Umkehr war es zu spät.«

Die Worte waren hastig aus ihm herausgeflossen. Marga erinnerte sich an ihre erste Begegnung im Schloss der Valorys. Damals war ihr auch aufgefallen, wie viel er plötzlich redete. Michael war ein Getriebener. Vom Schicksal dazu gemacht. Nicht nur in Hamburg, in Zürich und in Paris. Offenbar auch in New York. Vielleicht gefiel es ihm ja. Sie hatte sich nie damit abfinden wollen, dass sich der junge Mann, in den sie sich einst verliebt hatte, veränderte. Es wurde Zeit, das zu akzeptieren.

»Bist du glücklich geworden?«

»Dass ich noch immer auf der Bühne stehen darf, ist das größte Glück meines Lebens.«

Seine Worte schwangen in ihr nach wie die eben berührte Saite eines Instruments. Das größte Glück seines Lebens hätte seine Tochter sein sollen, dachte sie wehmütig.

Während sie über die Linien in seinem Gesicht strich – so vertraut in seinen Zügen und doch so fremd –, fragte sie: »Bist du verheiratet?«

Er verzog die Miene zu einem Grinsen. »Ich hatte viele Frauen. Keine war wie du. Nach der vierten Scheidung gab ich auf. Die Ehe ist anscheinend nichts für mich. Es sei denn, du würdest es endlich mit mir versuchen wollen.«

Marga konnte nicht verhindern, dass sie errötete. Sie war alt genug, um zu wissen, dass ein flüchtiger Heiratsantrag wie dieser sehr charmant war, aber vermutlich nicht ernst gemeint. Oder doch? In Michaels Augen, die noch immer sehr intensiv waren, lag ein Flehen. Meinte er wirklich, was er sagte?

»Aber … ich …«, begann sie, schluckte den Rest ihres Satzes jedoch hinunter. Zerstreut sah sie über Michaels Schulter.

Ihre Blicke wanderten durch den Raum, der sich inzwischen mit Tontechnikern und anderen betriebsamen Geistern gefüllt hatte. Sie sah Nobsi, der stirnrunzelnd den Bass hin- und herdrehte, Jules im Gespräch mit Kurt und Andrea, glaubte durch die Geräuschkulisse Jules' heiseres Lachen zu hören, ein schöner Eindruck, der sie bei anderer Gelegenheit erfreut hätte. Jetzt jedoch wallte Panik in ihr auf. Sie begann die Person zu vermissen, nach der sie Ausschau hielt. Verzweiflung senkte sich über sie. Es war ein vertrautes Gefühl von Verlust und es machte ihr immer wieder zu schaffen.

»Entschuldige mich bitte einen Moment«, murmelte Marga.

Sie stieß Michael unbeabsichtigt energisch von sich. Dann stürzte sie an ihm vorbei, blickte sich wieder suchend um.

Harald war nicht da.

Es konnte kein Zufall sein, dass ihr Mann im Moment ihres Wiedersehens mit Michael verschwand. Was sollte sie tun, wenn er die Umarmung falsch interpretierte? Sie hatte geglaubt, ihre Beziehung stehe nach all den Jahren nicht mehr auf tönernen Füßen. Doch wahrscheinlich war ihre Ehe noch heute ebenso zerbrechlich wie in jener Bombennacht, als Harald ihr seine Liebe gestand. Damals war sie durch die brennende Stadt gelaufen auf der Suche nach ihm, lange bevor die Sirenen Entwarnung gaben. Niemals würde sie vergessen, wie gleichgültig ihr das eigene Leben geworden war; den einzigen Menschen zu verlieren, der noch zu ihr gehörte, überstieg die schrecklichste Vorstellung. Als sie ihn verschüttet in einem halb eingestürzten Hausflur fand, warf sie sich auf die Knie und grub in den Steinen, bis ihre Hände bluteten …

In ihrem Kopf drehte sich alles. Bilder aus der Vergangenheit holten sie ein, verwoben sich mit den Erlebnissen der Gegenwart.

»Kann ich dir helfen?« Andreas besorgte Stimme. Ihre Finger, die sich federleicht auf Margas Schulter legten. »Oma, was ist mit dir los?«

Die Selbstverständlichkeit, mit der ihre Enkelin sie *Oma* nannte, versetzte Marga immer wieder einen kleinen wohligen Schauer. Das Wort wärmte sie regelrecht. Diesmal jedoch achtete sie kaum auf die familiäre Anrede. »Wo ist Harald?«, stieß sie hervor. Und noch einmal: »Hast du Harald gesehen?«

»Ja, klar. Er ist gerade nach oben an die frische Luft gegangen. Ich glaube, er wollte in Ruhe eine Zigarette rauchen.«

Es war die älteste Ausrede, um von der Bildfläche zu verschwinden. Manche Männer kamen nicht wieder, nachdem sie behauptet hatten, Zigaretten kaufen zu wollen. Marga traute Harald zu, dass er Michael auf diese Weise das Feld überlassen wollte. Einen Atemzug lang fiel ihr auf, wie hysterisch sie sich aufführte, doch es gelang ihr nicht, wieder zur Ruhe zu kommen. Das befürchtete Missverständnis erschien ihr zum Greifen nah.

Marga ließ ihre verdutzte Enkeltochter ohne weitere Erklärung stehen und lief sichtlich aufgeregt davon. Sie achtete nicht auf den sich füllenden Saal des Café-Restaurants, in dem Popmusik leise vom Band gespielt wurde. In der Tür stieß sie mit einem Paar zusammen, das ihr mit der ein wenig arroganten Geduld jüngerer Menschen den Weg frei machte. Sie spürte die belustigten Blicke in ihrem Rücken. Natürlich wirkte eine völlig aufgelöste alte Frau lächerlich, stellte sie in nüchterner Selbsteinschätzung fest.

Kühle Luft schlug ihr entgegen. Der Verkehr brauste über den Jungfernstieg, ein Hupkonzert ertönte, an der Anlegestelle eines Dampfers der weißen Alsterflotte dröhnte dumpf ein Schiffssignal. Die Lichter der Großstadt ließen die Kulisse fast taghell erscheinen. Das letzte Mal, als Marga zu einer ähnlichen Uhrzeit an diesem Platz gestanden war, hatten die Verdunkelungsvorschriften die Szenerie in Finsternis getaucht.

Rasch riss sich Marga von den Erinnerungen los und hielt Ausschau nach Harald.

Sie brauchte nicht lange zu suchen. Ihr Mann stand etwas abseits, die glühende Spitze seiner Zigarette wirkte wie eine Sternschnuppe vor seiner hochgewachsenen Gestalt. Auch mit über achtzig hielt er sich sehr gerade. Marga hatte stets bewundert, wie wenig das Alter an ihm nagte. Selbst die Tatsache, dass er in jener Bombennacht seinen linken Arm verloren hatte, setzte ihm schon lange nicht mehr zu. Natürlich konnte er nicht mehr als Pianist auftreten, aber als Musikredakteur war er nach dem Krieg für Radio Stuttgart ein Gewinn, wurde dort später zu einer Institution. Als sie ihn jetzt sah, wie er gedankenversunken das eigentlich vom Hausarzt verbotene Nikotin genoss, wallte unendliche Liebe in ihr auf.

Es war eine andere Liebe als dieses berauschende, unberechenbare Gefühl, das sie seinerzeit für Michael empfunden hatte. Harald stand für Sicherheit und Vertrauen. Lange hatte es sogar Leidenschaft für sie gegeben, heute war es eine Zärtlichkeit, die sie für keinen anderen Menschen in dieser Weise aufzubringen vermochte. Damals wäre es ihr einerlei gewesen, mit ihm zu sterben. Heute wünschte sie sich, dass sie gemeinsam gehen durften, auch wenn sie hoffte, dass das Schicksal ihnen beiden, Barbara und Andrea noch ein wenig Zeit ließ.

Langsam trat sie vor ihn hin. »Na?«, fragte sie. »Möchtest

du nicht lieber ein bisschen auf deine Gesundheit achten? Ich brauche dich noch ein paar Jahre.«

»Ich dachte, ich gehe mal lieber ein bisschen aus dem Weg, wenn du und Michael Wiedersehen feiert.«

Am liebsten hätte sie ihn geschüttelt.

Sie verschränkte die Hände hinter ihrem Rücken. »Ich hatte Angst, du würdest deshalb davonlaufen.«

»Da ist eine Zigarette doch wohl die bessere Alternative.« Harald lachte grimmig. »Warum hätte ich denn verschwinden sollen? Gibt es irgendetwas, was du mir sagen möchtest?«

»Ich liebe dich«, antwortete sie schlicht.

Er warf die Zigarette auf den Boden, trat den Stummel aus. Dann legte er den rechten Arm um ihre Schultern. »Das weiß ich. Für einen Moment dachte ich nur … Ach, vergiss es. Ich bin ein Idiot.«

»Wir sind beide ziemliche Dummköpfe.«

»Deshalb passen wir so gut zusammen.«

»Stimmt. Aber jetzt sollten wir hineingehen. Die anderen warten sicher auf uns.«

Überraschenderweise zögerte er. »Ich weiß nicht, ob wir diese seltsame Neuauflage von Harry Alsens Tanzorchester wagen sollten …«

»Bitte kneif jetzt nicht. Frank hat sich so viel Mühe gegeben, unsere alten Freunde zusammenzutrommeln.«

»Ja. Aber alle können ihre Instrumente theoretisch wie damals spielen. Nur ich … Wahrscheinlich hat mich das so an Michael irritiert. Rein optisch ist er nicht mehr der Alte, aber Mike Free ist ein beeindruckender Mann, und wenn der erst die Klarinette ansetzt … Was kann ich schon dagegenhalten?«

Bevor Marga etwas antworten konnte, erklang eine zaghafte Stimme im Hintergrund: »Du hast mich!«

»Andrea, was machst du hier?«, wollte Harald wissen.

Sie schob sich zwischen die beiden alten Leute, hakte sich bei ihnen unter. »Ich hole euch. Vor allem hole ich dich. Du willst mich doch wohl nicht allein am Klavier sitzen lassen, oder? Meine rechte Hand ist deine linke, Harald.«

»Hm«, grummelte er, ging aber ohne zu zögern mit. Nach zwei Schritten begann er: »Wenn wir ›I Got Rhythm‹ spielen wollen, müssen wir aber noch einmal über diese Stelle reden, diesen Akkord am Anfang. Ich finde, du gehst da viel zu modern ran. Der Titel wurde 1930 geschrieben. Der Swing von damals ist das Synonym für Freiheit, nicht der Free Jazz der Nachkriegszeit. Das müsst ihr jungen Leute noch lernen, weißt du.«

»Dann bring's mir bei«, erwiderte Andrea lächelnd.

Marga hörte den beiden zu und das Geplänkel verband sich in ihrem Kopf zu einer Melodie. Endlich erklang der Swing in ihrem Gehirn wieder so stark wie damals, bevor sie dachte, ihre Stimme für immer verloren zu haben. Wenn Harald wieder spielte, konnte sie auch wieder singen. Im Stillen beglückwünschte sie Frank zu der Musikauswahl. Wahrscheinlich hatte er bei dem Text des erfolgreichsten Jazzstandards aller Zeiten an sich und Andrea gedacht, aber zu Marga passte der Refrain ebenso wie zu ihrer Enkelin: Mit dem Gefühl für Rhythmus, ihrer Musik und dem richtigen Mann an ihrer Seite konnte ihr nichts geschehen.

Fußnote Berlin, Januar 2015

Jeder Roman nimmt seinen Anfang in einer Vorgeschichte, im Auffinden des Stoffs, in der ersten Umsetzung von Ideen. Und dann dauert es unter Umständen sehr lange, bis daraus eine Handlung reift und die fiktive Geschichte bereit ist, erzählt zu werden.

Meine erste Begegnung mit dem Thema Swing im Dritten Reich liegt fast fünfzehn Jahre zurück. Damals absolvierte meine Tochter ein Schülerpraktikum bei der Hamburg Welle des Norddeutschen Rundfunks. Eines Abends erzählte sie mir von einem interessanten Mann, der in ihrem Alter – also mit siebzehn oder achtzehn Jahren – wegen seiner Musik im Konzentrationslager Moringen gesessen hatte. Der Mann hieß Günter Discher (1925–2012) und war inzwischen der »älteste Jazz-DJ Deutschlands«. Er schenkte Jessica einige Bücher über die Hamburger Swingjugend, die ich mir auch ansah. Zu meiner größten Überraschung fand ich in den Berichten meinen Vater wieder. Natürlich wusste ich, dass es zwischen 1941 und 1944 das Kammertanzorchester Michael Jary gegeben hatte, eine reine Studioband, die niemals öffentlich aufgetreten ist. Aber ich kannte den Stellenwert nicht, den die Kapelle offensichtlich in der Geschichte des Swing in Deutschland einnahm. Zudem war ich den meisten der damaligen Musiker irgendwann einmal begegnet. Das war der Ausgangspunkt meiner Recherche.

Ich vertiefte mich in das Thema, nahm Kontakt zum Jazzinstitut Darmstadt auf, später zum Barmbeker Schallarchiv in Hamburg und war irgendwann den spektakulären Geschichten zum Swing im Dritten Reich auf der Spur. Besonders faszinierend fand ich dabei Charlie and His Orchestra. Diese Band war in der Öffentlichkeit weitgehend unbekannt, die Musiker, Sänger und Sängerinnen hüllten sich jahrzehntelang in Schweigen über ihre Tätigkeit bei Goebbels' Propagandaorchester. In einer seltsamerweise wenig Aufsehen erregenden Fernsehdokumentation aus dem Jahr 1989, einer Koproduktion der BBC und des SWR, sprachen einige Musiker erstmals über die damals angeblich weltbeste Swingband. Es gab niemals reguläre, zum Verkauf bestimmte Schallplatten dieser Kapelle. Die wenigen Aufnahmen, die noch existieren, besitzen daher einen sehr hohen Sammlerwert.

Unabhängig von dieser Recherche und der Lektüre zahlloser musikwissenschaftlicher Bücher sowie der Erinnerungen von Fans, Musikern, Sängern und Sängerinnen habe ich die das Orchester und seine Mitglieder betreffenden Dokumente beim Bundesarchiv in Berlin eingesehen. Dabei ist mir vor allem aufgefallen, wie viele Künstler noch gegen Ende des Zweiten Weltkriegs »uk«, unabkömmlich, gestellt waren. Des Weiteren fand ich bemerkenswert, dass die Mitglieder von Charlie's Orchestra – trotz der zum Teil haarsträubenden, propagandistisch umgeschriebenen Texte ihrer Titel – bei der sogenannten Entnazifizierung kaum Probleme hatten. Mit Ausnahme von Karl »Charlie« Schwedler, nach dem die Band benannt war, spielten alle beteiligten Musiker nach dem Krieg unbehelligt weiter – viele anfangs sogar in Soldatenclubs der Amerikaner.

Der Begriff »Swing« ist ein bisschen verwirrend, denn damit ist nicht nur der sehr eingängige Jazz der 1930er- und 1940er-Jahre gemeint, sondern er umfasst auch viele Titel der populären Musik. Es gab während des Zweiten Weltkriegs dann noch die Abgrenzung zum Bebop, aber das ist ein Thema für Musikwissenschaftler und jede Erklärung würde hier zu weit führen. Grundsätzlich war diese Musikrichtung im Dritten Reich verpönt. Zwar ist das berühmte Schild »Swing tanzen verboten!« umstritten, es soll eine Erfindung beziehungsweise ein Marketinggag der 1970er-Jahre sein. Aber Tatsache ist, dass bestimmte Schlager im Reichsrundfunk nicht gespielt werden durften (die Ausnahme bildete im Krieg der Überseesender). Bei öffentlichen Veranstaltungen verhielt es sich anders: Namhafte Tanzkapellen swingten nach wie vor in den einschlägigen Lokalen, was die Instrumente hergaben, das Publikum verlangte es so. Mit Kriegsbeginn verschwanden britische Schallplatten aus dem Handel, später dann auch die amerikanischen Scheiben. Aufnahmen deutscher Bands – wie etwa des Kammertanzorchesters Michael Jary – ersetzten sie für die vielen Fans dieser Art von Musik. Allerdings fanden Platten aus Großbritannien und den USA ihren Weg nach Deutschland zurück über die von der Wehrmacht besetzten Länder – Soldatenpost wurde von den Zensurbehörden weniger kontrolliert und in den Päckchen an die Lieben in der Heimat befanden sich sehr häufig Gegenstände, die es zwischen Düsseldorf und Königsberg, Flensburg und Garmisch längst nicht mehr gab.

Wie im Roman beschrieben, war das besetzte Paris eine der Hochburgen des Swing im Zweiten Weltkrieg, wenn nicht sogar das europäische Zentrum des Jazz. Es stand für mich von Anfang an fest, dass, wenn ich einen Roman über den Swing im Dritten Reich schreiben wollte, dieser auch in Paris spielen müsse. Nicht nur wegen des historischen Bezugs, sondern auch, weil ich diese Stadt ganz besonders liebe. Als ich mich dann allerdings einlas, gerieten meine zuvor gefassten Vorstellungen ziemlich ins Wanken. Umso erleichterter bin ich, dass inzwischen auch seriöse französische Quellen wie etwa der Katalog zu der Ausstellung »Paris libéré«, die ich Anfang Januar besuchte, distanzierter und unparteiischer mit der eigenen Geschichte umgehen, als es in der französischen Nachkriegsgeneration üblich war.

Ich möchte noch auf einen Mann hinweisen, der zwar im Roman nur indirekt Erwähnung findet, der aber einer der wichtigsten Unterstützer des Swing im besetzten Frankreich war. Dietrich Schulz-Köhn (1912–1999) zählte schon in den 1930er-Jahren zu den bekanntesten Jazzjournalisten im Deutschen Reich. Er kam als Besatzungssoldat – Oberleutnant der Luftwaffe – nach Paris, hielt enge Kontakte zum Hot Club de France und brachte 1943 die Fanzeitung *Mitteilungen* heraus. Nach dem Krieg erlangte er vor allem als »Dr. Jazz« und als Moderator bei NWDR, WDR und Deutschlandfunk größere Bekanntheit.

Die Lebensumstände in Paris während der deutschen Besatzung habe ich verschiedenen Quellen entnommen, von denen ich die wichtigsten an dieser Stelle ausnahmsweise erwähnen möchte. Neben dem vorgenannten, 2014 erschienenen Ausstellungskatalog des Musée Carnavalet – *Paris libéré, Paris photographié, Paris exposé* – waren dies in zufälliger Reihenfolge:

Gabriele Kalmbach (Hrsg.), *Paris 1940–1944. Die dunklen Jahre der Ville Lumière*, Berlin, 1993

Gerhard Heller, *In einem besetzten Land. NS-Kulturpolitik in Frankreich, Erinnerungen 1940–1944*, Köln, 1986

Hal Vaughan, *Coco Chanel: Der schwarze Engel. Ein Leben als Nazi-Agentin*, München, 2013

Richard Vinen, *The Unfree French. Life unter the Occupation*, London, 2007

Ronald C. Rosbottom, *When Paris Went Dark. The City of Light under German Occupation 1940–1944*, New York, 2014

Ludovic Tournès, *New Orleans sur Seine. Histoire du Jazz en France*, Paris, 1999

Jean Baronnet, *Les Parisiens sous l'Occupation*, Paris, 2008

Lambert M. Surhone, *Zazou*, 2010

Die Beschreibung von Paris und seinen Hotels und Lokalitäten in den Jahren der deutschen Besatzung entnahm ich dem Reiseführer *Paris – deutsch gesehen* von Oberleutnant Dr. Schulz-Wilmersdorf aus dem Jahr 1941 und dem Grieben-Reiseführer *Paris – kleine Ausgabe*, erschienen 1940.

Das Hotel Concorde La Fayette existierte 1999 in der beschriebenen Form, inzwischen ist es umgebaut und wird unter dem Namen einer anderen Hotelkette geführt. Das Hotel Vernet war im Zweiten Weltkrieg ein Mittelklassehotel, kürzlich wurde es zu einer Luxusherberge saniert. Im Jahr 1999 war das Le Fumoir mein absolutes Lieblingslokal; es besteht noch heute. Das Haus von Cole Porter in der Rue Monsieur im 7. Arrondissement befand sich lange im Besitz seiner Familie, es stand zum Zeitpunkt meiner Recherche zum Verkauf. Ebenfalls zum Verkauf steht Château Brécourt bei Douains in der Normandie. Dieses Schloss ist das Vorbild für Château Valory. Bis vor wenigen Jahren war es ein Hotel, in dem ich einmal die Weihnachtsferien, Heiligabend und Silvester verbringen durfte.

Das Hotel Royal in Aarhus steht unverändert am selben Platz. Lale Andersen beschreibt in ihren Memoiren sehr detailliert, wie sie dort während ihrer Konzerte zur Truppenbetreuung in Dänemark logierte. Der für Gastspiele bekannter internationaler Swingorchester in den 1930er-Jahren und während des Zweiten Weltkriegs berühmte Delphi-Palast in Berlin ist seit 1949 ein Kino. Die Geschichte des Alsterpavillons, der sogenannten Gefühlsimmobilie Hamburgs, entspricht der Beschreibung im Roman, das Café wird nach wie vor bewirtschaftet. Im alten Sockelgeschoss organisiert der Norddeutsche Rundfunk seit einigen Jahren öffentliche Veranstaltungen und Sendungen zum Thema Swing – ein beliebter Gast war hier bis zu seinem Tod der oben genannte Günter Discher.

Ein wichtiger Schauplatz meiner Geschichte ist mein Geburtsort Hamburg. Und das vor allem deshalb, weil die Hansestadt wie kaum eine andere deutsche Stadt für die Swingjugend im Dritten Reich steht. Nirgendwo sonst wurde eine Gestapostelle »Swing« eingerichtet, in keiner anderen Stadt wurden die jugendlichen Fans mit derartiger Härte verfolgt. Die Razzia im Curio-Haus fand wie beschrieben statt und bildete den Anfang der brutalen Hatz auf die Swingkids. Die Hamburger Swingjugend organisierte sich nicht zum Widerstand gegen das Regime, leistete mehr bürgerlichen Ungehorsam. Es waren Teenager, die es nicht in die Hitlerjugend zog, sondern sie wollten die Musik hören, die ihnen Spaß machte.

Mir hat Günter Discher einmal lachend erzählt: »Wir liebten diese Musik, weil sie so schön laut war.« Vergleichbare Jugendgruppen gab es zur selben Zeit übrigens in Frankfurt am Main und in Berlin. Und dann waren da die *zazous* in Paris.

Es ist mir wichtig festzustellen, dass meine zwischen 1939 und 1944 angesiedelte Handlung aus der Sicht einer Sängerin und von Musikern erzählt wird, die ganz normale, unpolitische Menschen waren. Sie wollten in Frieden leben und lieben, aber sie waren auch Kinder ihrer Zeit. Marga und die anderen haben die Erziehung, die Bildung und vor allem das Wissen der Menschen, die damals lebten. Diese Leute besaßen natürlich nicht unsere heutige Sichtweise auf das Dritte Reich, sie blickten ja nicht zurück, sondern steckten mittendrin, samt Bespitzelung und Pressezensur. Dies bitte ich bei alldem, was meine Protagonisten denken und tun, zu berücksichtigen. Parolen, die in manche Dialoge Einzug finden, entsprechen Originalzitaten aus jener Zeit, zuweilen sind sie paraphrasiert, manchmal aber wortwörtlich wiedergegeben. Diese Worte entsprechen nicht meinem persönlichen Gedankengut und auch keinesfalls meiner Ausdrucksweise.

Für mich war es eine Gratwanderung, einmal nicht über Romanfiguren zu schreiben, deren Vorbilder in Geschichtsbüchern zu finden sind. Die Personen hatten in meinem Kopf alle ein reales Gesicht, das ich mehr oder weniger gut kannte. Meist bestanden sie aus mehreren Leuten wie etwa Marga, eine Mischung aus der jungen Evelyn Künneke, Lale Andersen und Ginger Rogers. Auf diese Weise treffen sich hier Fiktion und Erinnerung, private Lebensberichte und historische Wirklichkeit.

Micaela Jary

Verzeichnis der im Roman genannten Künstler

Hans Albers (1891–1960)
»Der blonde Hans«, einer der beliebtesten deutschen Sänger und Schauspieler in den 1920er- bis 1950er-Jahren.

Lale Andersen (1905–1972)
Deutsche Sängerin und Liedtexterin, die mit dem Lied »Lili Marleen« weltberühmt wurde. Ihre Aufnahme war die erste deutsche Schallplatte, die sich mehr als eine Million Mal verkaufte.

The Andrews Sisters
Drei Schwestern, die in den USA in den 1930er-Jahren bekannt wurden und durch ihre Truppenbetreuung im Zweiten Weltkrieg weltweite Berühmtheit erlangten.

Louis Armstrong (1901–1971)
»Satchmo«, der wahrscheinlich berühmteste Jazz- und Swingtrompeter der Welt, er gilt als einer der bedeutendsten Instrumentalisten des Jazz überhaupt.

Fred Astaire (1899–1987)
Amerikanischer Tänzer, Sänger und Schauspieler, der vom American Film Institute in Hollywood auf Platz 5 der 25 größten männlichen Filmlegenden aller Zeiten gewählt wurde.

Irving Berlin (1888–1989)
US-amerikanischer Komponist zahlreicher Jazzstandards, sein bekanntestes Lied ist aber sicher »White Christmas«.

Freddie Brocksieper (1912–1990)
Trotz seiner Herkunft (seine Mutter war Jüdin) arbeitete er im Dritten Reich als Schlagzeuger, war Mitglied bei Charlie and His Orchestra, nach dem Krieg spielte er in amerikanischen Clubs und später für den Bayerischen Rundfunk.

Maurice Chevalier (1888–1972)
Ein weit über die Grenzen Frankreichs bekannter französischer Chansonsänger und Schauspieler mit einem großen Lebenswerk; stand bereits 1909 in den Folies Bergère auf der Bühne, erhielt 1959 einen Oscar.

Bing Crosby (1903–1977)
Gilt als einer der erfolgreichsten amerikanischen Sänger des 20. Jahrhunderts, machte sich anfangs mit seinen Jazzinterpretationen einen Namen, wechselte dann ins Schlagergeschäft und machte als Schauspieler Karriere.

Ella Fitzgerald (1917–1996)
Eine der wichtigsten Jazzsängerinnen des 20. Jahrhunderts, erlangte weit über die Grenzen der USA hinaus Berühmtheit.

Judy Garland (1922–1969)
Amerikanische Schauspielerin und Sängerin, die bereits als Kinderstar weltberühmt wurde. Zu ihrer Zeit war sie eine der höchstbezahlten Schauspielerinnen Hollywoods.

George Gershwin (1898–1937)
Amerikanischer Komponist, Pianist und Dirigent, dessen »Rhapsody in Blue« als Jazzsinfonie in die Musikgeschichte einging.

Benny Goodman (1909–1986)
Amerikanischer Jazzklarinettist jüdischer Herkunft, der als erster weißer Bandleader schwarze Musiker verpflichtete. Für die Nazis war er der Inbegriff des teuflischen, entarteten Swing.

Johannes Heesters (1903–2011)
In Deutschland sehr populärer Schauspieler und Sänger niederländischer Herkunft, dessen Filmkarriere im Zweiten Weltkrieg ihren Höhepunkt erlebte.

Johnny Hess (1915–1983)
Französischer Sänger und Komponist, stammte ursprünglich aus der Schweiz, dessen Titel »Je suis swing« (»Ich bin Swing«) in Frankreich sehr populär wurde und den Begriff *zazous* für jugendliche Swingfans prägte.

Arne Hülphers (1904–1978)
Schwedischer Pianist und Kapellmeister, einer der bekanntesten Jazzinterpreten seiner Zeit, der vor allem ab Ende der 1930er-Jahre durch Tourneen in Deutschland erfolgreich war.

Michael Jary (1906–1988)
Komponist und Dirigent, einer der erfolgreichsten deutschen Filmkomponisten, dessen Karriere zwischen 1938 und 1960 ihren Höhepunkt erlebte. Das Kammertanzorchester Michael Jary war von 1941 bis 1944 für qualitativ hochwertige Swingaufnahmen bekannt.

Emmerich Kálmán (1882–1953)
Ungarischer Komponist, dessen Operetten wie etwa *Die Csárdásfürstin* oder *Gräfin Mariza* bis heute zum beliebtesten Repertoire der Theater in aller Welt gehören.

Peter Kreuder (1905–1981)
Komponist, Pianist und Dirigent, einer der bekanntesten Filmkomponisten der 1930er- und 1940er-Jahre, unternahm nach dem Zweiten Weltkrieg weltweit Tourneen als Pianist.

Evelyn Künneke (1921–2001)
Sängerin, Tänzerin und Schauspielerin, die mit ihren gesteppten Swingeinlagen und ihrer rauchigen Jazzstimme im Zweiten Weltkrieg ihre größten Erfolge feierte.

La Jana (1905–1940)
Österreichische Revuetänzerin und Schauspielerin. Sie starb auf dem Höhepunkt ihrer Karriere an einer beidseitigen Lungenentzündung in Berlin.

Zarah Leander (1907–1981)
Schwedische Schauspielerin und Sängerin, zwischen 1937 und 1943 der bestbezahlte Star der Ufa und damit der größte Star des Dritten Reichs.

Franz Lehár (1870–1948)
Österreichischer Operettenkomponist, der vor allem mit dem Welterfolg *Die lustige Witwe* und dem Lied »Heut' geh' ich ins Maxim« unsterblich wurde.

Theo Lingen (1903–1978)
Der Schauspieler und Regisseur war ab 1929 bis zu seinem Tod einer der beliebtesten Komiker im deutschsprachigen Raum.

Juan Llossas (1900–1957)
Hamburgs »Tangokönig«. Der in Barcelona geborene Musiker leitete im Zweiten Weltkrieg eine der beliebtesten Swingbands Deutschlands. Nach 1945 spielte er für den britischen Soldatensender.

Theo Mackeben (1897–1953)
Komponist, Konzertpianist und Dirigent, schrieb die Filmmusiken zu zahlreichen deutschen Kassenschlagern der 1930er- und 1940er-Jahre.

Glenn Miller (1904–1944)
Einer der erfolgreichsten amerikanischen Bandleader des Zweiten Weltkriegs, war Komponist, Arrangeur und Jazzposaunist. Er verunglückte tödlich bei einem Flugzeugabsturz über dem Ärmelkanal auf dem Weg von London ins gerade befreite Paris, wo er ein erstes Konzert geben sollte.

Yves Montand (1921–1991)
Französischer Chansonnier und Schauspieler, der bereits als Siebzehnjähriger erste Erfahrungen auf der Bühne sammelte. Seine Filme wurden international große Erfolge.

Édith Piaf (1915–1963)
Weltberühmte französische Sängerin und Liedtexterin, die über ihren Tod hinaus bis heute eine Legende geblieben ist.

Cole Porter (1891–1964)
Einer der erfolgreichsten amerikanischen Film-, Musical- und Schlagerkomponisten aller Zeiten, dessen Swingsongs zu Jazzstandards wurden.

Eleanor Powell (1912–1982)
Amerikanische Tänzerin, Sängerin und Schauspielerin, in den 1930er-Jahren auch in Europa sehr bekannt, 1935 erhielt sie den Titel »Weltmeisterin im Stepptanz«.

Django Reinhardt (1910–1953)
Französischer Gitarrist, Komponist und Bandleader, der als Begründer des europäischen Jazz gilt. Er entstammte einer Sintifamilie, spielte unter deutscher Besatzung im Quintette du Hot Club de France in Paris.

Marika Rökk (1913–2004)
Aus Ungarn stammende Schauspielerin, Sängerin und Tänzerin, die seit 1934 bei der Ufa in Berlin unter Vertrag war. Sie gehörte zu den beliebtesten Filmstars des Dritten Reichs.

Ginger Rogers (1911–1995)
Amerikanische Schauspielerin und Tänzerin, die in den 1930er- und 1940er-Jahren einer der größten Stars in Hollywood war. Als Filmpartnerin von Fred Astaire wurde auch sie zur Legende.

Karl »Charlie« Schwedler (1902–1970)
Der deutsche Jazzmusiker und Sänger war der Namensgeber für Charlie and His Orchestra. Als einziges Mitglied der Band setzte er seine Karriere nach dem Zweiten Weltkrieg nicht fort – er wurde Eventmanager.

Teddy Stauffer (1909–1991)
»Swingkönig« der 1930er-Jahre, gebürtiger Schweizer, dessen Karriere durch den Ausbruch des Zweiten Weltkriegs praktisch beendet wurde, er führte später mehrere Hotels in Acapulco.

Lutz Templin (1901–1973)
Deutscher Saxofonist und Bandleader, der 1940 auf Befehl des Propagandaministeriums gemeinsam mit Karl Schwedler Charlie's Orchestra gründete und dafür die besten Swingmusiker Europas verpflichten konnte. Nach dem Krieg spielte er im Stuttgarter Radiotanzorchester.

Charles Trenet (1913–2001)
Französische Chansonlegende, Komponist und Sänger, Schauspieler, Dichter, dessen Lieder weit über die Grenzen seiner Heimat zu Evergreens wurden; »La Mer« ist bis heute ein Welthit.

Ray Ventura (1908–1979)
Französischer Musiker, der bereits als Schüler sein erstes Jazzorchester gründete. Im Zweiten Weltkrieg flüchtete er nach Südamerika, kehrte aber in das befreite Frankreich zurück und setzte seine Karriere fort.

Heinz Wehner (1908–1945)
Deutscher Jazzmusiker und Arrangeur, dessen Orchester zu den besten europäischen Kapellen seiner Zeit gehörte. Ab 1941 wurde er zur Truppenbetreuung in Norwegen und der Tschechoslowakai eingesetzt, seine Spur verliert sich beim Rückzug der Wehrmacht von der Ostfront.

Ilse Werner (1921–2005)
Deutsche Schauspielerin und Sängerin, die vor allem während des Zweiten Weltkriegs zu den beliebtesten Filmstars des Deutschen Reichs gehörte.

Danksagung

Mein Dank gilt wie immer in erster Linie meiner Familie – meinem Mann Bernd Gabriel und meiner Tochter Jessica, die mich unendlich unterstützten und auch antrieben, wenn dies nötig war. Gleich nach meiner Familie kommt meine Agentin Petra Hermanns, ohne deren Hilfe meine Romane sicher niemals in dieser Form erscheinen würden. Mein Dank gilt aber auch ganz besonders der Programmleiterin des Piper Verlags, Julia Eisele, die das Thema *Swing im Zweiten Weltkrieg* aus meinem Gedächtnis holte und mir damit eine Chance gab, und meinen Lektorinnen Elisabeth Witt und – wie immer – Marion Voigt, deren Verständnis, Geduld und handwerkliches Geschick meine Arbeit auf wunderbare Weise begleitete.

Abschließend möchte ich mich bei all den Freunden und Kollegen bedanken, die unkompliziert und manchmal wirklich auf die Schnelle meine Fragen beantworteten und mir an dem einen oder anderen schwierigen Punkt geholfen haben, dass es vorwärtsging mit meiner Geschichte. Ich danke Euch allen – wo immer Ihr seid, in Hamburg, Berlin, Stuttgart, München, Portugal oder sonst wo.